Adultos

Obras da autora:

Melancia
Férias!
Sushi
Casório?!
É agora... ou nunca
Los Angeles
Um bestseller pra chamar de meu
Tem alguém aí?
Cheio de charme
A estrela mais brilhante do céu
Chá de sumiço
Mamãe Walsh
A mulher que roubou a minha vida
Dando um tempo

marian keyes

Adultos

Tradução
Caroline R. Horta

2ª edição

Rio de Janeiro | 2023

EDITORA-EXECUTIVA
Renata Pettengill

SUBGERENTE EDITORIAL
Luiza Miranda

AUXILIARES EDITORIAIS
Georgia Kallenbach
Beatriz Araújo

REVISÃO
Juliana Werneck
Renato Carvalho

IMAGEM DE CAPA
Gemma Correll

DIAGRAMAÇÃO
Leandro Tavares

TÍTULO ORIGINAL
Grown ups

CIP-BRASIL. CATALOGAÇÃO NA PUBLICAÇÃO
SINDICATO NACIONAL DOS EDITORES DE LIVROS, RJ

K55a

Keyes, Marian
Adultos / Marian Keyes ; tradução Caroline R. Horta. – 2ª ed. – Rio de Janeiro : Bertrand Brasil, 2023.

Tradução de: *Grown ups*
ISBN 978-85-2862-477-9

1. Ficção irlandesa. I. Horta, Caroline R. II. Título.

21-71405

CDD: 828.99153
CDU: 82.3(417)

Meri Gleice Rodrigues de Souza - Bibliotecária - CRB-7/6439

Título original: *Grown Ups*

Texto revisado segundo o novo
Acordo Ortográfico da Língua Portuguesa.

2023
Impresso no Brasil
Printed in Brazil

Seja um leitor preferencial.
Cadastre-se no site www.record.com.br e
receba informações sobre nossos lançamentos
e nossas promoções.

Atendimento e venda direta ao leitor:
sac@record.com.br

Para o meu marido.

"Quando éramos crianças, achávamos que, quando virássemos adultos, não seríamos mais vulneráveis. Mas crescer é aceitar a vulnerabilidade... Estar vivo é ser vulnerável."

Madeleine L'Engle

Árvore genealógica

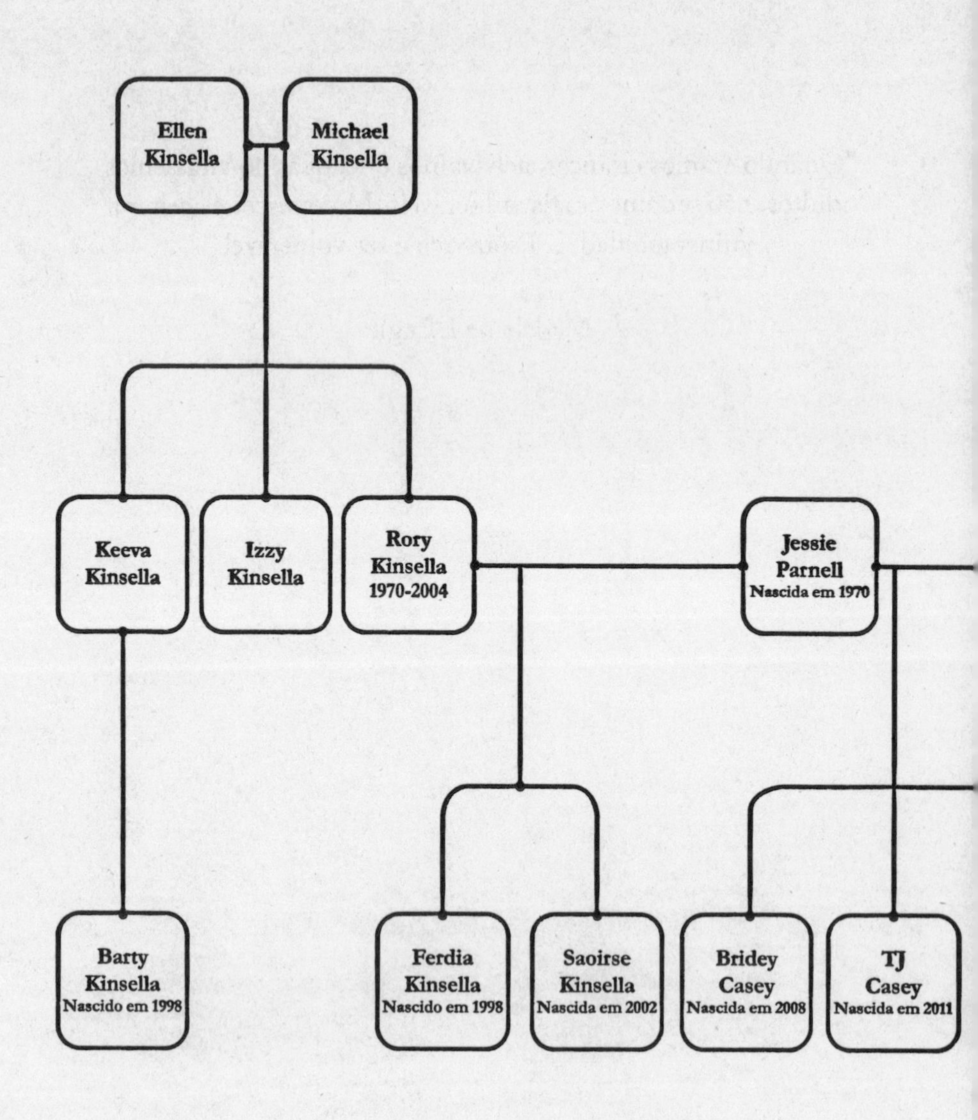

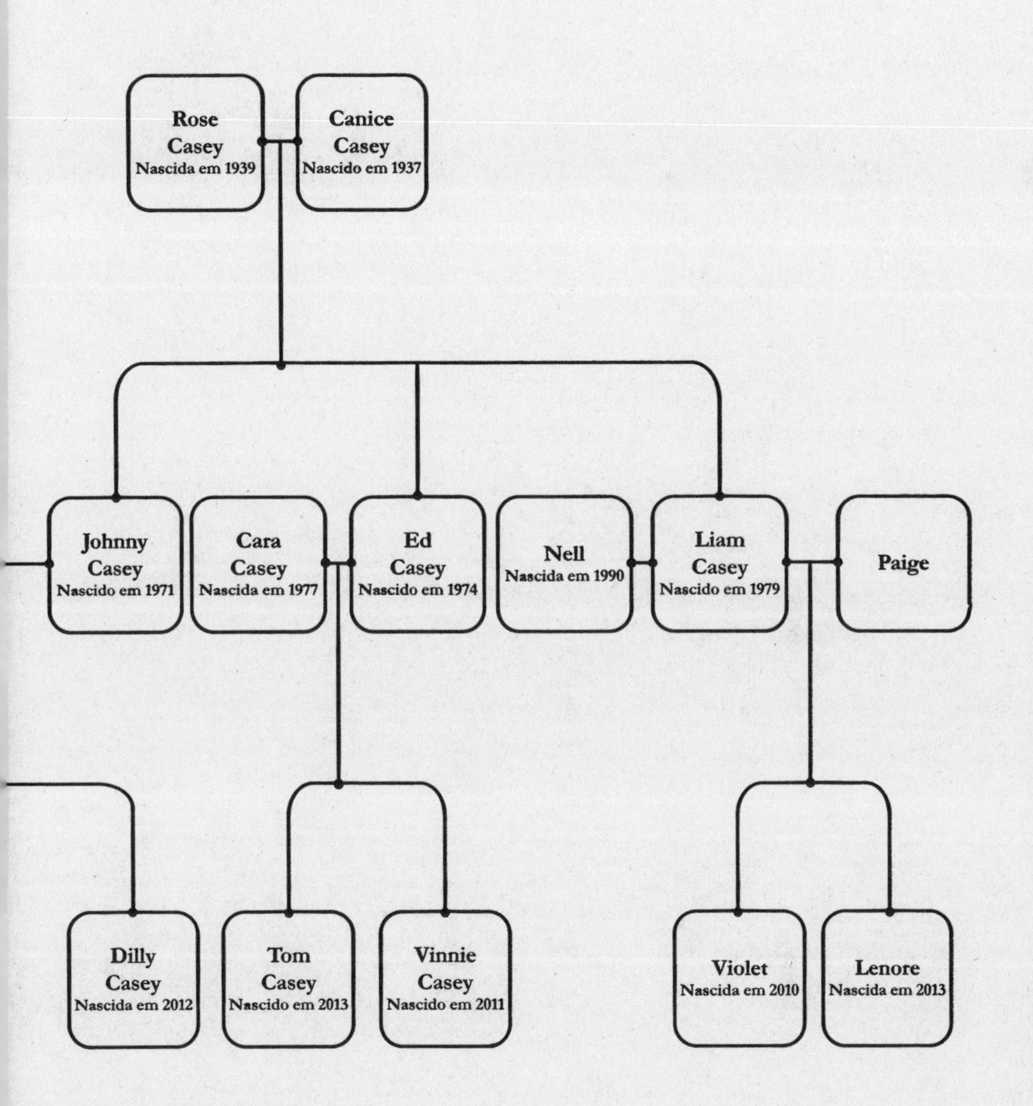
Rose Casey Nascida em 1939
Canice Casey Nascido em 1937
Johnny Casey Nascido em 1971
Cara Casey Nascida em 1977
Ed Casey Nascido em 1974
Nell Nascida em 1990
Liam Casey Nascido em 1979
Paige
Dilly Casey Nascida em 2012
Tom Casey Nascido em 2013
Vinnie Casey Nascido em 2011
Violet Nascida em 2010
Lenore Nascida em 2013

PRÓLOGO

Johnny Casey foi acometido por um acesso de tosse violento — um pedacinho de pão desceu pelo lugar errado. Mas a conversa ao redor da longa mesa de jantar continuou. Maravilha. Ele podia morrer ali, literalmente *morrer*, em seu aniversário de quarenta e nove anos, e será que seus irmãos, as esposas deles, sua *própria* esposa, Jessie, ou algum de seus filhos sequer notariam?

Jessie era sua maior esperança, mas ela estava na cozinha preparando o próximo prato extravagante. Ele só queria sobreviver para poder prová-lo.

Um gole de água não ajudou. As lágrimas escorriam pelo rosto dele quando Ed, o irmão do meio dos Casey, *finalmente* perguntou:

— Está tudo bem aí?

Viril, Johnny gesticulou para o irmão não se preocupar.

— Pão. Desceu mal.

— Por um momento, achei que você estivesse se engasgando — disse Ferdia.

Bom, e por que não falou nada, seu babaca inútil? Vinte e dois anos, e está mais preocupado com os refugiados da Síria do que com a morte do seu padrasto!

— Seria uma pena — disse Johnny, com dificuldade — morrer no meu próprio aniversário.

— Você não morreria — disse Ferdia. — Um de nós tentaria fazer a manobra de Heimlich.

Alguém precisaria perceber que eu estava morrendo primeiro.

— Sabe o que aconteceu outro dia? — perguntou Ed. — Com Heimlich? O homem que inventou a manobra de Heimlich? Finalmente, aos oitenta e sete anos, ele precisou usar a técnica em alguém de verdade.

— E funcionou? Ele salvou a pessoa? — questionou Liam, o caçula dos irmãos Casey, que estava sentado à cabeceira da mesa. — Seria o maior mico se ele fizesse isso e a pessoa batesse as botas.

Liam tinha mania de debochar de qualquer situação, refletiu Johnny. Olha só para ele, recostado na cadeira com aquele ar irreverente que dava nos nervos de Johnny. Aos quarenta e um anos, Liam ainda empurrava a vida com a barriga, usando apenas sua boa aparência e seu charme.

Aquele jeito dele, com o cabelo de surfista e metade dos botões da camisa amarrotada abertos.

— Tipo o dono da Segway — falou Ferdia —, que dizia que seus patinetes motorizados eram totalmente seguros e morreu andando em um.

— Na verdade — corrigiu Ed —, ele só disse que não tinha como cair de um.

— E o que aconteceu? — Embora estivesse chateado com quase todo mundo, Johnny ficou interessado.

— Ele caiu acidentalmente de um penhasco enquanto andava em um.

— Meu Deus. — Nell, esposa de Liam, deu uma risada. — Ele foi enganado pela própria propaganda? Achou que, só porque parecia seguro, era indestrutível?

— É por isso que o traficante não deve usar a própria droga — comentou Ferdia.

— Disso você entende. — Liam lançou um olhar maldoso para o sobrinho.

Ferdia o encarou.

Quer dizer que a rixa entre esses dois tinha voltado? O que será dessa vez?

Ele perguntaria a Jessie. Ela estava sempre por dentro das várias alianças e rixas dos Casey — nada a divertia tanto. Mas onde era que Jessie estava? Certo, lá vinha ela, carregando uma bandeja cheia de, pelo que parecia, sorvete.

— Para limpar o paladar! — declarou ela. — Sorvete de limão com vodca.

— E a gente? — questionou Bridey. Ela tinha doze anos e agia como uma líder de sindicato para os cinco primos menores. Estava sempre pronta para lutar pelos direitos de sua classe. — Não tem *condições* de a gente tomar sorvete de vodca, somos novos *demais*.

— Não seja por isso! — disse Jessie.

É claro que não era, pensou Johnny. Ponto para ela. Nunca deixa a peteca cair.

— Para vocês, só de limão.

Às vezes, Johnny não sabia como Jessie conseguia. Mesmo Bridey sendo a primogênita, ela conseguia ser um pé no saco quando queria.

Bridey deu instruções rígidas às crianças mais novas, dizendo que, se os sorvetes tivessem "um gosto esquisito", elas deveriam se abster de comê-los sem delongas.

Ela usou estas exatas palavras: "abster" e "sem delongas".

Era em momentos como esse que Johnny Casey se perguntava se era mesmo uma boa ideia mandar os filhos para escolas caras. Elas criavam *monstros*.

Jessie voltou para seu lugar à cabeceira da mesa.

— Estão todos servidos? — perguntou ela.

Ouviram-se confirmações alegres, porque era assim que as coisas funcionavam no mundo de Jessie.

Mas, quando o falatório parou, a esposa de Ed, Cara, disse:

— Vou te falar que estou quase morrendo de tanto tédio.

A fala foi seguida de gargalhadas bem-humoradas, e alguém murmurou:

— Você é muito engraçada!

— Não foi uma piada.

Vários olhares se ergueram de seus respectivos sorvetes. A conversa cessou.

— Me poupe. *Sorvete*? — indagou Cara. — Quantos pratos mais a gente vai ter que provar? Será que não podíamos ter pedido uma simples pizza?

Beleza, Cara tinha um ou outro defeito. Pegando leve. Mas era uma querida, uma das pessoas mais legais que Johnny já conhecera. Ele desviou o olhar para Ed: era função dele manter a esposa sob controle. Não que este pensamento tivesse sido machista... Ok, ele admitiu que foi, sim.

Mas Ed parecia estupefato e confuso.

— O quê? — perguntou ele. — Desculpa, Jessie!

Jessie estava sem reação.

Numa tentativa de reverter a situação, Johnny adotou um tom descontraído.

— Ah, por favor, Cara. Depois de todo o trabalho que Jessie teve...

— Mas ela não fez nada! Foi o bufê que fez.

— *Que* bufê? — questionaram várias vozes.

— Ela *sempre* contrata bufê para essas ocasiões.

Jessie jamais contrataria um bufê. Ela ama cozinhar.

A mesa inteira estava entre a comoção e o escândalo.

— Quanto foi que você bebeu? — perguntou Ed a Cara.

— Não bebi nada — respondeu ela. — Porque antes levei um...

— ...uma pancada na cabeça! — Ed terminou a frase por ela, e seu alívio era perceptível. — Ela levou uma pancada na cabeça mais cedo. A placa de uma loja caiu bem na cabeça dela...

— Não foi isso que aconteceu...

— A gente achou que ela estivesse bem...

— Vocês *queriam* que eu estivesse bem — disse Cara. — Mas eu sabia que não estava.

— Você devia ir à emergência! — Jessie estava fazendo de tudo para retomar seu jeito maternal e mandão de ser. — Você claramente sofreu uma concussão. Vá agora mesmo. Por que veio, pra início de conversa?

— Porque Ed precisa de um dinheiro emprestado de Johnny — respondeu Cara.

— Que dinheiro? — perguntou Jessie logo depois.

— Da outra conta bancária — declarou Cara. — Ai, Jesus, não era para eu ter falado isso.

— Que conta bancária? — questionou Jessie. — Que dinheiro?

— Cara, para o hospital agora. — Ed se levantou.

— Johnny? — Jessie olhou nos olhos do marido.

A partir daí ele já sabia o roteiro: ela não falaria mais nada por agora e faria um escarcéu depois. Mas ele ainda tinha uma carta na manga.

— Jessie? Que bufê?

De maneira inesperada, Ferdia encarou Johnny.

— Vai mesmo fazer isso com ela? — perguntou, irritado.

— Tenho o direito de saber.

Ferdia fez uma pausa. Seu tom de voz ao falar com o padrasto tinha muitas facetas.

— Você? Você não tem direito a nada.

Johnny sentiu o medo revirando em seu estômago como uma enguia.

O restante ainda encarava Jessie: será que a Mulher-Maravilha realmente contratava bufês?

— Vocês não deveriam nos expor a isso — disse Bridey, baixinho. — Somos crianças. Isso não é certo.

Encurralada pelo julgamento coletivo, o olhar de Jessie oscilava de um lado para o outro. Ela parecia em pânico.

— Ok, eu admito. Sim! — Ela soou exasperada. — Às vezes. E daí?

— E foi nesse dia que minha infância chegou ao fim — murmurou Bridey.

— Como é que você sabia? — perguntou Liam a Cara.

— Eu fazia a contabilidade de Jessie — respondeu Cara. — Sempre aparecia um pagamento gordo para o Cookbook Café quando tínhamos esses jantares intermináveis. Não precisa ser um gênio para...

— Eu tenho cinco filhos, de oito a vinte e dois anos! — gritou Jessie. — Tenho um negócio, o dia tem poucas horas e, Johnny, você nunca está aqui, e...

Cara se levantou.

— É melhor eu ir logo pro hospital — declarou —, antes que eu arranje briga com todo mundo. Vamos, Ed.

— Ei, Cara, você gostou *mesmo* do meu cabelo assim? — interrompeu Saoirse, de dezoito anos.

— Ai, meu bem, não faça isso! — disse Cara. — Você sabe que eu te amo.

— Isso é um "não"?

— Essa franja deixa o seu rosto redondo que nem a lua.

Aquela franja realmente *deixava o rosto dela parecendo a lua! Cara acertou em cheio. Mesmo assim, não se pode dizer uma coisa dessas para uma adolescente.*

Ao ver a expressão desolada de Saoirse, Cara pareceu morrer de remorso por dentro.

— Sinto muito, querida. Mas vai crescer de novo. Vamos logo, Ed.

— Antes de ir... — Liam semicerrou os olhos. — Você achou *mesmo* que aquela massagem que eu fiz em você foi... Qual foi mesmo a palavra?

— "Divina"? Não. Odiei. Esqueça essa ideia de ser massagista. Você é *péssimo*.

— Ei! — se intrometeu Nell para defender o marido. — Ele está se esforçando.

— Logo *você* o defendendo? — questionou Cara.

De repente, Liam se exaltou. Ele se aproveitou da situação da cunhada para tentar descobrir a verdade.

— E qual é o problema de ela me defender? Conta pra gente, Cara, conta.

— Não, Cara. — A voz de Nell estava aguda.

— Conta — ordenou Liam.

— Não! — disse Nell. — Cara, vai sobrar para você também.

— Conta. — O tom de Liam era insistente.

E foi assim que, lesionada, confusa e sem se importar com mais nada, ela contou tudo a eles.

Seis meses atrás

ABRIL

Páscoa em Kerry

Um

Pouco depois das 7h, o ramal de Cara tocou.

— O imbecil aterrissou. Previsão de chegada em três minutos — disse Oleksandr, o porteiro.

Cara se virou para o estagiário.

— Vihaan, hora do show. — Ela ajeitou a saia mais uma vez e passou a mão em seu coque chignon. — Não esqueça...

— Ficar ao seu lado, sorrir, não falar nada.

— Não demonstre surpresa, não importa o que ele diga.

— Estou empolgado *demais* da conta. Espero que ele seja o capeta.

— Para.

Primeiro Oleksandr sendo irreverente, e agora Vihaan. Naquele lugar, não se podia nem *pensar* essas coisas.

Com Vihaan ao lado, Cara se posicionou, encarando a porta de entrada, no lobby decorado com flores. Ela abriu seu sorriso mais caloroso e deu um passo à frente.

— Seja bem-vindo de volta ao Ardglass, sr. Fay. — Sua recepção foi sincera: ela amava o hotel. — Sou Cara Casey, e esse é o meu assistente, Vihaan...

— Não me interessa o nome de vocês. Só me levem até o meu quarto.

— Certamente, senhor.

— Subam com as minhas malas. Agora. Não daqui a quinze minutos. Agora quer dizer *agora*.

Cara lançou um olhar urgente para Anto, o mensageiro do hotel. *Vai, vai, vai.*

— O elevador é por aqui, sr. Fay.

No elevador, Cara perguntou num tom de voz deliberadamente suave:

— Como foi a viagem do senhor até aqui esta manhã?

— Longa. Entediante pra caralho.

— De onde o senhor...?

— Pare de falar.

Na porta da suíte, a chave eletrônica funcionou. As chaves do Ardglass nunca falhavam, mas a lei de Murphy podia muito bem se certificar de que isso acontecesse logo hoje.

— Seja bem-vindo de volta à Suíte McCafferty.

De todos os cinquenta e um quartos do Ardglass, aquela suíte no terceiro andar era a preferida de Cara — as compridas janelas de guilhotina, com vista para as árvores frondosas da Fitzwilliam Square, a sanca georgiana original, a banheira com pés Cheshire e o piso aquecido...

— Aqui está a bagagem do senhor! — Anto entrou apressado com o carrinho.

— O melhor hotel de Dublin — disse o sr. Fay, sarcástico.

Mas era *mesmo* o melhor: as melhores roupas de cama, a melhor comida, o melhor spa. Entretanto, o que o colocava acima dos outros era o serviço de atendimento da equipe multicultural do hotel: atencioso e eficiente, decoroso, mas descontraído. Todos, desde recém-casados falidos que vinham em lua de mel passar uma única noite de glória até hóspedes endinheirados acostumados a hotéis de luxo, se sentiam especiais.

— Onde posso deixar suas malas, sr. Fay? — perguntou Anto.

— Por que não enfia no cu?

— Não caberiam, senhor. — A estratégia de Anto foi usar o humor descarado típico de Dublin.

— Caberiam no dela. — Billy Fay apontou para Cara. Mas ela engoliu a alfinetada antes mesmo de sentir qualquer coisa.

Anto tirou a bagagem do carrinho rapidamente e se mandou.

Cara renovou o sorriso.

— O senhor gostaria que eu explicasse as comodidades do quarto novamente embora já tenha se hospedado conosco antes?

— Apenas saia daqui, sua vaca gorda.

Vihaan bufou.

Cara teria uma conversa com ele mais tarde.

— Podemos pedir algo para o senhor, sr. Fay? Café? Chá...

— Como eu disse, saia daqui e leve o seu capacho terrorista do Isis.

— Certamente, senhor.

Os dois saíram da suíte e foram em direção à escada dos fundos.

— Nossa. Ling tinha razão. Esse cara é um *monstro*! — murmurou Vihaan.

— Deve ter passado umas dezoito horas viajando. Está cansado.

— Ele fez Ling chorar da outra vez. Foi por isso que você chegou tão cedo, não foi? É a única que consegue lidar com ele? E o que ele quis dizer com terrorista do Isis? Sou *hindu*.

— Vihaan, meu bem, não. Não dê ouvidos a ele.

— E outra coisa, você não é gorda!

Eles se encararam, achando graça de repente.

— Mas — continuou ele — você *é* uma...

Ela tentou tapar a boca de Vihaan com a mão. Ele se esquivou, ambos gratos pelo alívio de toda aquela tensão. Ainda rindo, chegaram à recepção.

— Foi ruim? — perguntou Madelyn.

— Ah, claro. Eu sou terrorista do Isis e...

— Eu sou uma vaca gorda.

Depois de uma olhada furtiva para se certificar de que não havia hóspedes por perto, eles riram até esquecer o estresse da situação.

— Então... — interrompeu Madelyn. — Sobre os vencedores da promoção, sr. e sra. Roberts, eles devem chegar à uma da tarde. Em qual quarto vão ficar?

— Não tenho certeza — disse Cara. — Vou saber assim que os vir.

De vez em quando, numa promoção de rádio, um casal sortudo ganhava duas diárias no Ardglass. Geralmente, eram pessoas que não poderiam pagar pela hospedagem. Cara e sua equipe ficavam muito empolgadas pelos vencedores, queriam que vivenciassem todas as maravilhas que o hotel proporcionava.

— O que sabemos sobre eles?

Os funcionários sempre faziam uma pesquisa discreta nas redes sociais dos hóspedes aguardados para evitar que ocorressem gafes como oferecer uma garrafa de champanhe de cortesia para um alcoólatra em tratamento.

— Não muito. São casados... Paula e Dave Roberts. Estão na casa dos quarenta. São de uma cidade pequena no Condado de Laois. Parece que têm dois filhos adolescentes.

Alguns vencedores da promoção não tinham *nenhum* problema em ficar na cobertura. Outros, desacostumados com hotéis cinco estrelas, se sentiam mais à vontade em quartos comuns. Cara nunca sabia exatamente que caminho seguir até conhecer os sortudos da vez.

Dois

A cento e oitenta quilômetros de distância, no Hotel Lough Lein, no Condado de Kerry, Nell lia o cardápio plastificado do frigobar.

— Sete euros por uma cerveja? Três euros por uma lata de Coca? — Ela pausou, chocada. — Estão tirando sarro da nossa cara. Tinha um mercado perto da última rotatória. Podíamos ter comprado essas coisas por, tipo, bem menos que isso.

Liam deu de ombros.

— Não esquenta. Pega o que quiser. É Jessie quem vai pagar.

— Não gosto disso.

— Olha, a diária do nosso quarto, de todos os quartos, vai fazer os gastos de um frigobar parecerem quase nada. Até mesmo a sua. De qualquer forma, a Jessie não vai te julgar. Não é do feitio dela.

Nell pensou na quantidade de quartos que Jessie tinha reservado e contou nos dedos.

— Jessie e Johnny, Cara e Ed, você e eu. E as crianças também. Ferdia e... Qual é mesmo o nome do amigo dele? Barty. Sim, eles. Saoirse e Bridey. TJ e Dilly. Os dois filhos de Cara e Ed. Alguém mais? Estou ficando sem dedos...

— Então, sete quartos. Mas ela faz as reservas com bastante antecedência e consegue um desconto.

— Quatro diárias, hotel cinco estrelas, último andar, vista para o lago, fim de semana de Páscoa. Liam, eles devem estar cheios da grana.

— Ela trabalha muito. Os dois trabalham.

Eles falavam muito sobre aquilo. Ele estava começando a ficar irritado.

Despretensiosamente, Liam ligou a televisão e zapeou de canal em canal, passando rapidamente por um talk show vespertino, um desenho animado antigo, um jogo de rúgbi e uma reportagem com uma multidão aparentemente desesperada, debaixo de chuva, atrás de cercas de arame farpado... A câmera focava um menino pequeno sentado nos ombros do pai, com o que parecia ser uma sacola de plástico do Tesco na cabeça para se proteger do pé-d'água. Imediatamente, Liam apertou o botão de desligar — mas já era tarde demais, Nell tinha visto.

— Vamos ver como é a sacada — sugeriu ele logo.

Liam empurrou as portas de vidro e foi para fora. Para seu alívio, Nell o seguiu. Em silêncio, os dois se debruçaram no parapeito e olharam para o azul-marinho esmaecido do lago e para as montanhas escarpadas em um tom de verde acinzentado do outro lado. Três andares abaixo, no térreo, crianças corriam e gritavam.

— Lindo, não é? — começou ele. — Muito Instagramável.

— Haha. — Nell pegou o celular e tirou uma enxurrada de fotos. — Sim, é muito bonito.

— Está feliz por ter vindo agora?

— Como se eu tivesse escolha. — Nell bufou de leve.

Liam deu de ombros. Quando Jessie batia o martelo, as pessoas costumavam obedecer.

Fazia cinco meses que estava casado com Nell. No começo, Jessie deu algum espaço, mas, nas últimas semanas, vinha convidando o casal para vários eventos em família. E ela os pressionou de todas as formas possíveis para que aceitassem o convite daquele fim de semana.

— Eu literalmente nunca tinha conhecido um ser humano tão obstinado — disse Nell.

— Você também tem lá seus caprichos. Eu diria até que é pior do que ela — provocou Liam e ficou aliviado ao vê-la sorrir.

Na outra ponta do corredor, Johnny estava chateado porque ele e Jessie tinham sido alocados em uma suíte de dois quartos com as filhas mais novas, TJ e Dilly. Naquele fim de semana, ele pretendia transar com a esposa sem medo de ouvir o som de pezinhos correndo do outro quarto para invadir o seu.

Uma porta trancada era sua definição de liberdade.

Mas Jessie disse que Dilly ainda era muito pequena.

— Quem sabe ano que vem, quando ela tiver oito anos.

— Ela vai completar oito anos no mês que vem. E vai estar no mesmo quarto que a TJ, que tem nove. Ela pode cuidar da irmã.

— Xiu!

Falando nisso, lá vinha TJ, com Dilly atrás.

— Mãe, já desfiz minha mala. Aplausos, por favor.

— Você não existe! Já fez mais do que o seu pai.

— E por que eu faria isso — disse Johnny — se você faz muito melhor?

— Desfaz as malas, seu preguiçoso do caramba! — disse TJ.

Johnny riu.

— Quem será que ela ouviu dizer isso?

— A mamãe.

— Eu sei, meu bem. Foi uma pergunta retórica.

— "Retórica" significa que não precisa de resposta — explicou Bridey em tom esnobe.

De onde *aquela menina* tinha surgido?

— A porta da suíte estava aberta — informou ela. — Vocês precisam ter mais cuidado. Qualquer um poderia ter entrado. — Bridey se virou para TJ e Dilly. — Muito bem, crianças. Vamos fazer uma vistoria nesse quarto de vocês.

Johnny começou a pendurar as roupas.

— Bridey com certeza vai encontrar alguma falha de segurança. Essa menina é um pé no saco.

— Não fala um negócio desses, ela tem ouvido de tuberculoso. Mas esse jeito enxerido dela vai passar. Ela só tem doze anos.

Ele parou de desfazer as malas.

— Eu trouxe um *terno*? Não era para a gente *relaxar*?

— Vamos jantar em um restaurante chique no sábado à noite.

— Não quero botar terno.

— Ninguém está te obrigando. Está aí só para você ter a opção.

É, até parece.

— Beleza, Central de Comando, repassa a programação.

— Hoje à noite, jantar casual no Brasserie, seis e meia, cedo e tranquilo. Depois, as crianças vão para o cinema, e nós vamos tomar uns drinques. Amanhã, Sexta-feira Santa, dia de lazer.

Aquilo significava apenas que Jessie não tinha planejado nenhum almoço ou jantar pomposo. Ele ainda seria obrigado a fazer uma caminhada. Ou a encontrar amigos de Dublin que também estavam de passagem em Kerry. E qual era o sentido? Eles poderiam se ver em Dublin a qualquer momento. Era para ele estar *dando um tempo*.

— Amanhã, peçam serviço de quarto — instruiu Jessie —, peçam misto-quente lá embaixo, façam o que quiserem.

— Até comprar batata frita em Killarney? — perguntou Bridey. Ela tinha retornado de sua vistoria com TJ e Dilly.

Johnny percebeu que Jessie não gostou muito da ideia. Ela preferia que todos permanecessem no hotel, onde pudessem ser convocados a qualquer momento. Se pudesse, colocaria tornozeleiras eletrônicas em todo mundo.

— Mãe, pai, vocês estão cientes de que a janela delas *abre*? Será que eu preciso lembrar a vocês que estamos no terceiro andar?

— Abre literalmente cinco centímetros — retrucou Jessie. Seu celular recebeu uma notificação, e ela o apanhou. — *Porr*... caria. Não é possível!

— O que houve?

— Ferdia e Barty perderam o trem.

— Dois irresponsáveis — declarou TJ, soando assombrosamente igual à mãe.

— Estavam em uma manifestação. — Jessie digitou um número e, em seguida, levou o celular à orelha. — Ferdia, que merda é essa?

— Eita. — Dilly tapou os ouvidos com as mãos.

— Ah, foi? Pois bem, escuta aqui... Não! Não. Você *não* vai dar bolo na gente esse fim de semana. Com os direitos vêm os deveres. Somos a sua família. — Enquanto falava, ela mexia no iPad. — Vai sair um trem amanhã à uma da tarde. Chega à estação de Killarney quinze para as cinco. Venha nele. — Ela encerrou a chamada.

A raiva pairava no ar.

— Mãe, podemos chamar a tia Nell para brincar? — perguntou Dilly.

Jessie fez um gesto para dispensar as crianças.

— Bridey, ensine a ela como ligar para o quarto de Liam e Nell. — Ela se sentou e ficou estranhamente imóvel, claramente preocupada com alguma coisa. — Alguém vai ter que ir buscar os dois patetas na estação amanhã — disse. — O que vai acabar com meus planos de...

— Achei que amanhã fosse “dia de lazer”!

— Sim, mas... — Ela deixou escapar um sorrisinho de culpa. — Eu estava pensando aqui... A gente nunca passeou de charrete na Gap of Dunloe, né?

— Não, amor, não. Só turistas americanos fazem isso.

— Seria divertido.

— Jessie. — Ele deixou as malas de lado. — Você quer me matar de vergonha?

— Estamos criando memórias.

— É sério. Vou precisar de terapia para me recuperar de uma memória dessa.

— A tia Nell chegou! — gritou Dilly do corredor. — E o cabelo dela está rosa!

Dilly arrastou sua tia mais nova para o quarto. O cabelo longo e volumoso de Nell estava realmente rosa, um tom pastel em vez daquele fluorescente berrante.

— Meu Deus, você está incrível! — Jessie ficou de pé num pulo. — Não apenas o cabelo, mas você todinha!

Nell estava com um macacão azul-marinho largo, um coturno Dr. Martens e um lenço amarrado na cabeça com um laço exagerado — parecia que estava pintando parede. Talvez estivesse mesmo. Trabalhava na construção de cenários para peças de teatro, então Johnny não sabia muito bem dizer o que era roupa de trabalho e o que usava no seu dia a dia. Jessie, Johnny sabia, gostava muito do visual de Nell. Ela achava que emprestava "personalidade" à família.

— Obrigada por tudo... — Nell gesticulava sem jeito. — Pelo nosso quarto, esse hotel. Liam e eu nunca teríamos condições de nos hospedar em um lugar tão bonito!

— Ô, meu bem — disse Jessie. — Não há de quê. Estamos muito felizes em ter você aqui.

— Obrigada. — O rosto dela corou.

— Será que meu cabelo fica rosa assim também? — perguntou Dilly.

— Acho que não, fofinha — respondeu Jessie. — Seu cabelo é muito escuro.

Saoirse, dezessete anos, Bridey, doze anos, e TJ, nove anos, eram miniaturas de Jessie: loiras e altas. Dilly, a caçula, uma rechonchudinha de cabelo castanho cacheado, era, sem dúvida, a imagem do pai.

— Ahhh! Mas e você, mamãe? Seu cabelo é claro. Pinte de rosa!

— Eu daria tudo para ter uma fração do estilo da Nell, mas tem mais química no meu cabelo do que na Coreia do Norte inteira. Se eu fizer mais alguma coisa, ele vai cair quando eu passar a mão.

— Sem falar o escândalo que seria no trabalho — disse Johnny.

— É — suspirou ela. — Ah, Nell! Você já agendou uma ida ao spa?

— Hmmm, não... — Ela se acanhou. — Nunca sequer recebi uma massagem.

— O quê? Não! Vamos mudar isso.

Nell sorriu.

— Não sei se é a minha praia.

— Sério, você precisa experimentar. Coloca na conta do quarto. Ai, meu Deus! — A ansiedade tomou conta de Jessie. — Pode ser que não tenha mais nenhum horário disponível! Vamos resolver isso agora. Johnny, ligue para o spa.

— Não — disse Nell. — Por favor.

A caminho do telefone, Johnny ficou paralisado. Qual daquelas duas o assustava mais?

Ele foi salvo por TJ.

— A gente vai ou não?

— Vamos, sim — respondeu Nell. Ela, Bridey, TJ e Dilly saíram correndo da suíte.

— Nossa, Johnny. — Jessie estava pasma. — Ela nunca foi ao massagista.

— Ela tem trinta anos, é uma millennial. Eles não têm dinheiro.

— Eu sei. Tipo, *eu sei*. Mas...

— Ah, pelo amor de Deus, Jessie! Você fala como se ela nunca tivesse visto uma banana. Agora me conta o restante da programação desse fim de semana "relaxante para relaxar".

— *Vai ser* relaxante! — Ela deu uma risadinha. — Meu Deus, eu não tenho jeito mesmo... Mas a gente apanha, apanha e uma hora aprende, né?

Três

Por volta de uma da tarde, uma mulher e um homem, visivelmente mortos de vergonha, avançavam com relutância em direção à recepção do Ardglass. Cara foi correndo para trás do balcão e estampou seu melhor sorriso.

— Sr. e sra. Roberts?

— Sim... Somos nós.

Aquilo *definitivamente* não era caso de cobertura. Os pobres coitados estavam horrorizados. O terno de Dave serviria a um homem muito mais jovem e magro, e o vestido extremamente formal de Paula devia ter sido comprado especialmente para a ocasião. Os hóspedes regulares do Ardglass apareciam com tênis esportivos e roupas de academia descoladas, as cores sem graça e o estilo despojado contradizendo os preços salgados nas etiquetas.

Gentilmente, ela conduziu os Roberts a um conjunto de poltronas.

— Vocês aceitam um café? Um chá? Uma taça de champanhe?

— Não queremos incomodar — respondeu Dave.

— Não é incômodo algum. Podemos entregar no seu quarto assim que fizerem o check-in. Que tal? — Ela sorriu outra vez, desejando desesperadamente que eles curtissem o momento. A Suíte Lua de Mel também estava fora de cogitação, concluiu ela. Provavelmente ficariam sem graça com o nome sugestivo. Mas Cara achava que eles mereciam mais do que um quarto comum. Clique, clique, clique, seu cérebro trabalhava, e ela repassava mentalmente todas as reservas para os próximos dias. — Só um momento, vou olhar no sistema os detalhes da reserva de vocês. — Foi até o balcão da recepção e disse para Madelyn quase sem abrir a boca: — Suíte Corrib.

— *Perfeito* — sussurrou Madelyn e entrou imediatamente em ação, pegando o telefone.

Cara segurou os Roberts enquanto a Suíte Corrib era rapidamente abastecida com champanhe, flores, chocolates artesanais e um cartão de boas-vindas de Patience, a subgerente.

No último andar, aquela era a menor das suítes. A decoração em tons de bege e dourado da adorável salinha de estar era irresistivelmente aconchegante. O quarto era bem iluminado, simples, sem grandes sofisticações — nenhum dossel extravagante para assustar o casal.

Paula olhou em volta.

— Muito bacana. — Ela parecia um pouco menos aterrorizada.

— Que tal aquela xícara de chá agora?

Paula vasculhou o cômodo com os olhos.

— Tem chaleira elétrica aqui? — perguntou ela.

— Os quartos não contam com chaleiras — informou Cara. — Mas, se desejar qualquer coisa, qualquer coisa mesmo, é só ligar lá pra baixo.

— Está bem — respondeu Paula, prontamente.

Cara imaginou que ela não faria aquilo. Paula e Dave eram pessoas tão humildes que, com receio de incomodar, provavelmente tentariam dormir com todas as luzes do quarto acesas em vez de perguntar a alguém como apagá-las.

Então, ela mesma ligou e solicitou o chá. Depois, disse:

— É sério. Aquele pessoal do serviço de quarto lá embaixo precisa trabalhar ou vai perder o emprego.

O sorriso que Dave tentou esboçar pareceu mais uma careta.

— Não é incômodo algum. — E acrescentou, se voltando para Paula: — Deixe alguém servir você para variar. Eu não sei você, mas eu tenho dois meninos e às vezes a sensação é que passo a vida inteira atrás do fogão, fritando iscas de peixe.

Será que Paula estava começando a ver que existia uma pessoa por trás do uniforme e do crachá de Cara?

— Parece que mal eles terminam de comer — continuou Cara — e já está na hora de eu começar a preparar a próxima refeição.

Agora Paula sorria de verdade.

— Tive a sorte de me hospedar aqui algumas vezes — disse Cara. — No começo demorei um pouco para me sentir à vontade. Mas uma hora a gente relaxa. Eles sabem mesmo como cuidar da gente aqui... E é isso que eles *querem* fazer. Agora, me deixe mostrar as comodidades do quarto para vocês.

Ela explicou como funcionavam os sistemas de som e iluminação.

— O cardápio do serviço de quarto está aqui. Mas nós basicamente servimos o que vocês quiserem... Torradas com queijo, batatas ao curry, mesmo que não esteja no cardápio.

Uma batida à porta anunciou a chegada do chá. Enquanto Gustav, um jovem garçom uniformizado, servia delicadamente o conteúdo do bule de prata nas xícaras de porcelana, Dave segurava, duro como uma tábua, uma nota de cinco amassada entre os dedos.

Na primeira oportunidade, ele estendeu a nota e falou ansiosamente para o rapaz:

— Obrigado, meu filho.

— *Eu* é que agradeço, senhor — murmurou Gustav.

Dave deu as costas para o garçom. Ele parecia exausto. Isso não podia continuar assim. Os Roberts pareciam adorar um chá. Se Dave tivesse que passar por aquilo toda vez que quisesse tomar chá, acabaria indo a óbito até o fim do dia pelo estresse de dar gorjetas. E completamente falido.

Ela já pensava em uma solução quando seu ramal tocou. Era Hannah, a cabeleireira.

— Com licença — disse Cara ao casal. — Preciso...

No corredor, ela atendeu.

— Hannah?

— Cancelamento. Quer que eu faça uma escova no seu cabelo? Mas precisa ser agora.

— Está falando *sério*? Que horas são? Uma e meia? Já estou atrasada! Chego aí em dez minutos. *Muito* obrigada. — Mas antes ela correu até o depósito no subsolo. — Tem alguma chaleira sobrando?

Não era possível que não tivesse. Todo tipo de objeto peculiar era abandonado ali. Uma chaleira em bom estado surgiu em dois tempos. Na cozinha, ela reuniu um bule de prata, um coador de chá, xícaras de porcelana — toda a parafernália necessária para fazer chá — numa bandeja e voltou correndo para a Suíte Corrib.

Paula abriu a porta.

— Nossa!

— Podem ficar com tudo isso — disse Cara — se me prometerem que vão pedir tudo que der na telha.

Dave apareceu atrás. Eles pareciam tão aliviados que Cara teve vontade de chorar.

— Perfeito — disse ele. — Vamos fazer isso. Hmmm... Obrigado.

No térreo, Cara cortou caminho pelo jardim em direção ao spa decorado com vidro e arenito onde Hannah a aguardava. De calça cargo preta e top preto, ela mais parecia uma atiradora de elite do que uma cabeleireira.

— Você não está quebrando esse galho para mim sem poder, né? — questionou Cara, desconfiada.

— Nada. A hóspede cancelou. Dez minutos antes da hora. Vai ser cobrada do mesmo jeito, e eu vou receber do mesmo jeito. É seu fim de semana de folga, e você vai curtir mais com o cabelo bonito. Senta ali para eu lavar seu cabelo. Desfaz esse...

— Coque sem graça.

— Isso.

— Você tem toda razão. Um cabelo bonito deixa tudo melhor. — Uma leveza repentina tomou conta de Cara enquanto Hannah massageava seu couro cabeludo. — Eu andei sofrendo por antecipação com esse fim de semana.

— E por quê? Crianças demais?

— Haha. Não, mas, por falar nisso... Tipo, os meus filhos são as crianças mais perfeitas do mundo. *Obviamente.* — Ela e Hannah soltaram risadas sarcásticas. — E os primos deles são uns amores. Mas... — Era o tédio que ela não conseguia suportar.

Se passasse meia hora cuidando de uma gangue de crianças de oito anos, começava a entrar em pânico. Ficava desesperada para pegar o celular, mas não podia se distrair um segundo porque, se tirasse o olho, uma das crianças seria capaz de cair na lareira ou quebrar a perna ao pular de cima de uma mesa.

Pelo espelho, viu Hannah ligar o secador de cabelo com a mesma expressão macabra de quem está dando partida numa serra elétrica.

— Ondas soltas, pode ser?

— Nossa, qualquer coisa. Sim.

Depois de usar o secador, Hannah fez uma bruxaria com o babyliss. Cara ficou observando enquanto as mechas de seu cabelo castanho-escuro caíam onduladas ao redor de seu rosto e se perguntou por que nunca conseguia fazer aquilo em casa.

Mas Hannah era um gênio. Era tão boa no que fazia que a gerência do Ardglass estava disposta a fazer vista grossa para seu jeito meio antipático.

Por fim, Hannah passou os dedos pelas ondas do cabelo de Cara.

— Pronto. Acabei.

No espelho, o cabelo de Cara, de repente sedoso, estava sensual, mas com um visual natural, sem parecer que foi produzido. Ela precisaria mesmo cuidar para que todo o restante estivesse à altura daqueles fios. Mais maquiagem. Roupas melhores.

— Você é *incrível*, Hannah.

Hannah a observava impassível.

— Você é tão bonita. Me parte o coração ver esse cabelo maravilhoso escondido numa *merda* de um coque.

— Olha, eu não tenho como te pagar...

— Ei! Você é minha amiga. Eu não...

— ...agora. Mas vou te levar para tomar um vinho na terça-feira.

— Está liberada. Não mate nenhuma criança. Ou mate. O fim de semana é seu.

Ela colocou os fones de ouvido, procurou Michael Kiwanuka no celular e se jogou naquele dia de primavera.

Embora ainda fossem duas e meia, o bonde estava lotado, talvez porque fosse quinta-feira da Semana Santa e as pessoas já estivessem encerrando o expediente.

Cara terminou cedo porque tinha começado cedo. Geralmente, seu expediente começava às dez, mas hoje tinha chegado às seis para receber Billy Fay. Era um bom lugar para trabalhar, o Ardglass, então nada mais justo.

Quando chegasse em casa, precisaria dar de comer aos meninos — *mais* iscas de peixe, *mais* batata frita de forno, *mais* feijão cozido. Depois teria de deixar Baxter na casa dos pais dela antes de cair na estrada em direção ao Condado de Kerry. Chegariam ao hotel bem na hora do jantar.

Cara se sentia *obviamente* dividida com relação a esse fim de semana. Por um lado, quatro diárias no Lough Lein, um sonho de hotel: qualquer um — mesmo alguém que, diferentemente de Cara, não fosse obcecado por hotéis — mataria por bem menos. Por outro lado, ela se sentia mal com Jessie e Johnny bancando as despesas de todo mundo. Mas, por um terceiro lado, Cara e Ed jamais poderiam pagar por aquilo, e, já que Jessie insistiu *tanto*... Opa! Um homem se levantou, e um assento precioso ficou vago.

Ela foi logo se jogando no assento, e outra mulher também. As duas tinham colocado a mão nele ao mesmo tempo; as reivindicações eram igualmente legítimas. Elas se entreolharam numa batalha de egos silenciosa. Cara encarou a adversária, que estava com uma calça jeans skinny. *Sou tão merecedora desse assento quanto você*, pensou ela. *Mas meu cabelo é o mais bonito da cidade neste momento.* Depois, se lembrou das palavras de Billy Fay. *Vaca gorda...*

Uma onda de desamor próprio rompeu a barragem e inundou cada célula de seu corpo. Ela voltou para o meio da multidão, que se acotovelava, entregando o assento à vitoriosa.

Quatro

— Nossa! — O tom de Jessie fez Johnny parar.

— O quê? — perguntou ele.

— A coluna do *Independent*. Já saiu no site deles. Eu esperava que fosse demorar mais umas duas semanas...

Merda.

— Vai ficar tudo bem. Encaminha para mim.

Em silêncio, eles leram.

> Jessie Parnell está atrasada. Três minutos. Ela invade a PiG Café e lança mão de todo o seu charme: uma reunião de finanças se estendeu demais, ela não conseguia encontrar vaga para estacionar e espera não ter me deixado preocupado.
>
> (Um amigo meu tem uma teoria sobre pessoas pontuais: ou são muito educadas ou têm mania de controle. Me pergunto qual seria o caso de Parnell. Os dois, talvez?)
>
> Parnell é magra como um galgo, alta, um metro e oitenta, eu diria, e seu sobretudo sob medida é de um branco imaculado. Parece rica. Provavelmente porque é.
>
> A história de sucesso da Parnell's International Grocers é conhecida pelo povo irlandês. Em 1996, Jessie Parnell, uma jovem de vinte e seis anos do Condado de Galway, tinha acabado de voltar das férias no Vietnã. Cozinheira entusiasta no tempo livre, ela decidiu reproduzir o *gỏi cuốn*, um prato pelo qual se apaixonara durante a viagem. Mas encontrar a maior parte dos ingredientes em Dublin se mostrou uma missão impossível.
>
> "Isso foi antes da internet", lembrou ela. "A Irlanda não era tão multicultural quanto agora. Se o Super-Valu

ou o Dunnes não tivessem os ingredientes, você simplesmente não encontrava em lugar nenhum. Vi uma brecha no mercado."

É o sonho de todo mundo: se sentar à mesa da cozinha e ter uma ideia que se torne um negócio de sucesso. As melhores ideias são as mais simples, mas talvez você precise do espírito empreendedor de Parnell para tirá-las do papel.

"Na época, os irlandeses estavam começando a viajar para o Extremo Oriente, para lugares como Tailândia e Japão, e experimentando o que meu pai chamaria de 'comida conceitual'. Senti que gostariam de começar a cozinhar aquele tipo de comida."

Então, como foi que ela montou o negócio?

"Eu trabalhava com exportação de alimentos e tinha alguns contatos estratégicos, então sabia onde encontrar os produtos."

Na época, ela tinha dois anos de experiência como representante de vendas na Irish Dairy International.

O fato de Parnell ter conseguido um emprego na IDI naquela época não foi pouca coisa: o maior cliente da empresa era a Arábia Saudita, que tinha a política de não negociar com mulheres. Ciente disso, a IDI relutou em entrevistar Parnell.

No entanto, de acordo com Aaron Dillon, gerente do departamento de Recursos Humanos da IDI, assim que Parnell entrou pela porta, ele soube que ela era especial. "Cheia de energia e otimismo, trabalha muito bem em equipe. Sempre sorrindo, sempre empolgada."

(Fotos da época mostram uma jovem de aparência saudável, com cabelos loiros, sardas e dentes grandes. Dizer que era bonita seria forçar a barra, mas era uma mulher cheia de vida).

"Nem todos gostavam dela", admitiu Aaron Dillon. "Diziam que era 'mandona', mas eu sabia que ela ia longe."

Agora, duas pessoas que sem dúvida gostavam dela eram dois homens que começaram a trabalhar na IDI no mesmo ano — Rory Kinsella e Johnny Casey, seu primeiro e segundo maridos, respectivamente.

"Aqueles dois formavam uma dupla e tanto. Rory era linha-dura, e Johnny vinha com o carisma", confirma Aaron Dillon. "Eram geniais no que faziam."

E os dois sempre foram apaixonados por Parnell, se o que dizem for verdade.

Parnell não comenta nada a esse respeito. Mas, como Johnny Casey já disse que passou "o casamento inteiro de Kinsella e Parnell apaixonado por ela", podemos afirmar com alguma segurança que os boatos são verdadeiros.

Parnell elaborou um plano de negócios para sua proposta comercial, mas confessa, achando graça, que foi fantasioso de sua parte. "Fiz uma projeção de cinco anos", ela ri, "mas não sabia nem se sobreviveria ao primeiro mês".

Ainda assim, ela deve ter sido bastante convincente, porque conseguiu um empréstimo bancário.

"A bem da verdade, naquela época", ela me lembra, "era do interesse dos bancos liberar empréstimos".

No fim de 1996, a Parnell's International Grocers foi inaugurada em uma pequena loja na Rua South Anne. O visual da loja sempre foi uma característica marcante. Acima do lintel, a placa retrô espelhada com uma elegante caligrafia no letreiro dourado parecia, ao mesmo tempo, tradicional e moderna. Passava credibilidade de cara.

Dentro da loja, eram oferecidos panfletos com receitas e workshops de culinária. Os funcionários sabiam muito bem como cozinhar com ingredientes como canela saigon e anchova birmanesa curada que vinham em potes fofinhos.

É claro que os clientes irlandeses pagavam um preço salgado pelo privilégio de comprar tais ingredientes, que poderiam ter sido adquiridos nos mercados de Birmingham ou Brick Lane por um valor dez vezes menor.

Parnell não se culpava.

"Eu pagava o frete, os impostos e assumia todos os riscos."

Desde sua abertura, a PiG (como logo ficou conhecida) foi um fenômeno em vendas. Hoje, olhando em retrospectiva, parece óbvio que a Parnell's International Grocers seria um sucesso — uma população que estava descobrindo a sofisticação, mais rica do que em qualquer outro momento na história.

Mas Parnell diz que, à época, para ela, não foi nada óbvio.

"Eu larguei meu emprego para trabalhar nisso em tempo integral e finalmente tirar meus planos do papel e dei meu apartamento como garantia do empréstimo. Podia ter perdido tudo. Eu estava apavorada. É preciso ter muita coragem para abrir o próprio negócio. Muitas pessoas teriam ficado felizes em me ver fracassar."

Quando contesto, ela insiste.

"Nem todo mundo gosta de mulheres 'ambiciosas'. Quando se descreve um homem assim, é sempre de maneira positiva. Mas uma mulher? Nem tanto. Se eu fracassasse, a vergonha seria tão dolorosa quanto o prejuízo financeiro."

Porém, não fracassou. E insiste — com razão — que um fator importante para seu sucesso foi o *timing*.

Em 1997, quando se casou com Kinsella, a filial de Cork já estava de pé. Àquela altura, Kinsella pediu demissão da Irish Dairy International para trabalhar como representante de vendas na empresa da esposa, e, menos de um ano depois, Johnny Casey se juntou a eles.

À virada do milênio, Parnell já contava com sete lojas em todo o país, sendo que três delas — em Dublin, Malahide e Kilkenny — também eram cafés. Nesse período, embora não parecesse, Parnell também teve dois filhos: seu único filho homem, Ferdia, em 1998, e sua filha mais velha, Saoirse, em 2002.

Quando veio a recessão em 2008, já havia dezesseis filiais da PiG na Irlanda, incluindo um restaurante sofisticado ao lado da loja original, na Rua South Anne.

Havia quem dissesse que a PiG tinha sido "esquecida pela recessão". Mas Parnell é rápida em me corrigir.

"A crise nos atingiu da mesma forma que atingiu os demais negócios. Oito de nossas lojas fecharam as portas."

A recessão pode ter passado, mas o mundo mudou completamente desde a inauguração da primeira PiG. Como o negócio se manteve relevante quando o ingrediente mais raro pode ser encontrado na internet e o mercado do seu bairro vende pimenta-vermelha caribenha?

"Produtos internacionais, frescos e de alta qualidade e variedade. Nos últimos cinco meses, nós trouxemos a cozinha do Uzbequistão, da Eritreia e do Havaí. Também incluímos a culinária guzerate, no lugar da comida indiana comum, e Shandong, em vez da chinesa tradicional. E cada lançamento conta com o apoio da escola de culinária."

Ah, sim, a escola de culinária talvez seja a maior façanha de Parnell. É um verdadeiro mistério como ela continua trazendo chefs famosos, sem tempo e sem paciência, para a pequena e velha Dublin — mas o fato é que continua. No mês passado, Francisco Madarona, chef e proprietário do Oro Sucio, na Península de Iucatã, ministrou dois dias de workshops — imediatamente esgotados — sobre cozinha maia contemporânea. Considerando que as mesas do Oro Sucio estão todas reservadas pelos próximos dezoito meses, é um feito e tanto.

Então, como foi que ela conseguiu convencer Francisco?

"Eu pedi", é a resposta dela.

Hmmm. Desconfio que não seja simples assim. Mas há de convir que ela tem uma combinação única de charme e determinação implacável. Ser uma mulher muito atraente não deve fazer mal. Parnell deixou a jovem dentuça para trás, seu cabelo ostenta um corte chanel de bico impecável e uma coloração loiro-dourada de aparência caríssima, e, considerando que tem quarenta e nove anos, sua pele é perfeita, não se vê uma ruga sequer.

Ela é surpreendentemente direta quanto a suas incursões no mundo dos procedimentos cosméticos.

"Nada de Botox, mas sou louca por um laser. Removi todas as minhas sardas assim — você não imagina o quanto doeu, mas foi o dia mais feliz da minha vida. De vez em quando, faço uma sessão para estimular a produção de colágeno. É uma dor excruciante, mas a beleza dói."

Falando em dor, é consenso entre os especialistas que, se ela tivesse vendido a PiG em 2008 — aparentemente, três interessados cheios da grana fizeram propostas semanas antes de o mundo quebrar —, teria embolsado um valor de fazer cair o queixo. Mas ela recusou todas. Possessiva demais?

Ou talvez o dinheiro não seja uma prioridade absoluta na vida de Parnell. É de conhecimento geral que seus empregados estão em ótimas mãos. Isso explicaria a lealdade religiosa que inspira neles, apesar de sua reputação de "ditadora do bem".

Sua vida parece um verdadeiro conto de fadas, mas não esqueçamos que seu primeiro marido morreu quando ambos tinham apenas trinta e quatro anos. Estavam casados havia menos de sete anos e tinham dois filhos pequenos.

Rory morreu por causa de um aneurisma.

"Foi tão repentino." Seu rosto se anuvia. "Não consigo nem descrever o choque que foi."

Talvez por isso ela tenha dificuldade para acreditar que a felicidade pode durar? Isso certamente explicaria por que ela nunca descansa.

Parnell jamais comentou sobre o início de seu relacionamento com Johnny Casey. Ele trabalhava para ela quando Kinsella morreu, e ela dá os créditos a Casey por ter mantido o negócio na ativa durante aqueles meses de luto.

Foi apenas depois de engravidar do terceiro filho, menos de três anos após a morte do primeiro marido, que tornou público seu relacionamento com Casey. Eles se casaram no mesmo ano, um discreto casamento civil no cartório, em contraste com a festança de casamento com Kinsella, que contou com cento e vinte convidados.

De acordo com várias fontes, os pais e as duas irmãs de Rory, Keeva e Izzy, jamais a perdoaram. Nenhum deles quis comentar a respeito.

Perguntei a Parnell como era trabalhar com o marido (atual)

"Uma mão na roda" é sua resposta imediata. "Se surgir alguma questão de trabalho, posso resolver a qualquer hora. As pessoas sabem que eu o acordo no meio da noite para perguntar se não se esqueceu de fazer alguma coisa."

Dar conta de uma carreira que exige tanto com cinco filhos — como ela consegue?

"Com muita ajuda. Tenho um empregado que vai à minha casa durante a semana. Ele lava a roupa, limpa a casa e cuida das crianças depois da escola."

Espera aí.

"Ele?"

"Sim. Por que não?"

Não é de espantar. Estamos falando de uma mulher cujo primeiro marido trabalhava para ela, e depois foi a vez do segundo. E ela não adotou o sobrenome de nenhum dos dois.

E como faz para relaxar, se é que relaxa?

"Eu chamo as crianças para a minha cama, e nós vemos TV ou simplesmente conversamos sobre a vida. Família é tudo, e não tem felicidade maior para mim do que quando estamos todos juntinhos ali. Amo crianças. Eu tinha quase quarenta e dois anos quando tive Dilly. Adoraria ter mais, inclusive, mas Johnny ameaçou fazer vasectomia."

Sem sequer olhar o celular, ela sabe que nossa hora marcada acabou. Parnell me dá um abraço caloroso e perfumado e vai embora — com seu sobretudo imaculado e o clique-claque dos saltos —, pronta para mudar o mundo.

— Achei tranquilo — disse Johnny.

— Achei maldoso. Tipo, o jeito como ele falou do meu sobretudo. É só meu casaco de frio da North Face... E é mais pelo *conforto*. E só é branco porque não tinha mais a cor preta no tamanho G. E não sou "magra como um galgo", estou em forma. — Ela forçou um sorriso. — E *não tenho* mania de controle.

Johnny ergueu uma sobrancelha.

— Querida...

— Não desse jeito! Ele me fez parecer um monstro! E só tenho um e setenta. Por que ele exagerou minha altura? E essa história de que você estava apaixonado por mim durante o meu primeiro casamento?

— Eu sei. — Johnny tinha dito aquilo da boca para fora em uma entrevista muito antiga. Mas era uma daquelas coisas que sempre ressuscitavam.

— Ele fala como se fosse um fato incontestável, como a ida do homem à lua. Ele me fez parecer uma mulher que odeia homens, infiel, vagabunda, uma girafa de sobretudo branco que dorme com chefs de cozinha! Sem falar nessa tentativa barata de me analisar psicologicamente. Simplesmente *patético*.

— Por favor. Não deixe isso te atingir. Não foi tão ruim... — Para ser sincero, pensou ele, poderia ter sido bem pior.

Cinco

Saindo de Newcastle West, faltando menos de uma hora de viagem, Ed perguntou de repente:

— A gente trouxe os ovos de Páscoa de Jessie e Johnny? Não lembro.

Cara riu.

— Ah, *eu* lembro. Foi um alívio tirar aquilo de casa.

Nos últimos quatro dias, vinham escondendo sete ovos de Páscoa artesanais no depósito do quintal, um mísero agradecimento a Johnny e Jessie pelo fim de semana. Cara e Ed não compraram ovo nenhum para os filhos porque comeriam tanto chocolate nos próximos quatro dias que não seria de espantar se um deles entrasse em coma diabético.

Era mesmo uma pena que ela se sentisse tão dividida com relação a esse fim de semana. O que ninguém sabia era que ela achava a Páscoa quase tão ruim quanto o Natal. Taaanta *comida*...

Até mesmo em sua casa a coisa era complicada, com tanto açúcar por todo lado. Hospedada em um hotel, então, com Jessie no comando, os próximos dias seriam uma comilança só — gigantescos bufês de café da manhã com uma variedade obscena de opções irresistíveis, longos almoços regados a vinho e jantares sofisticados com entrada, prato principal e sobremesa toda noite. Às vezes, Cara brincava com Ed dizendo que não se espantaria se fossem acordados às duas da manhã e alimentados à força para evitar a "inanição noturna".

Talvez conseguisse se safar de um ou outro almoço, mas Jessie gostava de grandes reuniões de família na hora do jantar. Comparecer era praticamente obrigatório.

Além das refeições, haveria açúcar para *todo lado.*

Haveria a caça aos ovos de chocolate na manhã de Páscoa, quando crianças frenéticas invadiriam o jardim para encher suas cestinhas com os ovos de chocolate de recheio cremoso da Cadbury escondidos nas cercas vivas — ano passado, Vinnie tinha encontrado onze, e Tom, dezesseis. Além disso, o hotel distribuiu ovos grandes para todo mundo, adultos e crianças.

Tão assustadora quanto a avalanche de comida era a socialização compulsória daquele fim de semana. Ela não queria ver gente. Ou melhor, não queria ser vista. Queria poder se esconder até emagrecer de novo.

— Está tudo bem? — perguntou Ed, apertando o joelho dela.

— Está.

— Você me diria se não estivesse?

— Lógico!

Ele era um cara bacana, o melhor. Mas ela se recusava a abrir o jogo com o marido porque ele e os meninos estavam tão felizes... No último mês, Vinnie e Tom não falavam de outra coisa: a piscina, os filmes de criança, as brincadeiras com os primos. Eles literalmente riscavam os dias no calendário na cozinha.

O fato era que os próximos quatro dias seriam preciosos, e o mínimo que ela poderia fazer era tentar aproveitar.

— Temos uma televisão só pra gente! — gritou Vinnie do quarto conjugado. — É só nossa mesmo!

— Uma chave só nossa também! — Tom correu até o quarto de Cara e Ed e acenou para eles com o cartão, então zarpou de volta. — Somos adultos agora.

Jessie tinha pensado em tudo, Cara precisava admitir. Aquela era a idade ideal para dar aos meninos seu próprio espaço. Vinnie tinha dez anos, e Tom, oito. Estavam animados com a sensação de independência e, ao mesmo tempo, tranquilos porque os pais estavam logo ao lado.

— Está quase na hora do jantar — anunciou Ed. — Atenção, este é o aviso de três minutos.

Nervosa, Cara foi para a frente do espelho de corpo inteiro se aprontar. Aquele vestido envelope era... triste. Mesmo com o short modelador. Mas, pelo menos, cabia. Tinha passado a viagem inteira, desde Dublin, sofrendo com a calça jeans apertada, uma dor quase prazerosa porque parecia um castigo merecido. Ela poderia ter diminuído o desconforto colocando sua calça jeans "de gorda" antes de sair, mas seria como abrir as comportas de uma vez.

E se — seu coração parou — até mesmo a calça jeans "de gorda" ficasse apertada?

Ah, aqueles dias maravilhosos no início do ano, quando discretamente perdeu cinco quilos em seis semanas! Sendo veterana no ramo das dietas extremas, ela sabia que muito daquele peso era água. Mesmo assim, era como se tivesse apertado algum botão e ativado o modo "boca fechada", porque não comia nada. Tudo ia muito bem até a noite de treze de fevereiro, quando as crianças já estavam na cama. De repente, uma espécie de euforia tomou conta dela, um alívio arrebatador: era hora da recompensa.

— Ed? Amor? O Dia dos Namorados é amanhã. Você comprou chocolate para mostrar que me ama?

— Comprei — disse Ed, receoso. — Você disse que não tinha problema.

Coitado. Ele não fazia ideia da guerra civil travada dentro dela. Com frequência, Cara resolvia banir todo e qualquer açúcar da casa. Às vezes fazia Ed juntar tudo e jogar fora — era doloroso demais para ela mesma fazer isso. Só que, no dia seguinte ou uma semana depois, ela implorava ao marido que lhe desse qualquer coisa que tivesse guardado, porque, àquela altura, Ed já tinha aprendido a guardar alguma coisa sempre.

Uma vez, quando Ed estava fora, Cara entrou no quarto de Vinnie e assaltou o estoque dele. Ela ficou horrorizada com aquela atitude; estava se comportando como uma dependente de drogas, incapaz de parar.

Mas Cara se deu carta branca para enfiar o pé na jaca no Dia dos Namorados. Instruiu Ed a comprar uma caixa de chocolates caros, que ela pretendia devorar sem culpa. O plano era voltar a passar fome em quinze de fevereiro, mas logo percebeu que isso não seria possível.

As últimas oito semanas foram uma série de batalhas perdidas. Todo dia ela começava cheia de determinação, mas uma hora surgia um hóspede rabugento *ou* um momento de felicidade que merecia ser celebrado, e aí acabava comendo alguma guloseima. E então, já que tinha pisado na bola, resolvia avacalhar de vez e tentar de novo no dia seguinte.

Mas ela *precisava* emagrecer até o fim de semana com a família de Ed — haveria piscina, jantares chiques, muita socialização. Porém, a situação estava fora de controle, e foi apenas cinco dias atrás que ela finalmente conseguiu passar vinte e quatro horas sem açúcar.

Tarde demais. Todo o peso que tinha perdido naqueles dias frios e tranquilos de janeiro estava de volta. Ela estava quase seis quilos mais gorda do que naquela noite de fevereiro. Estava morrendo de vergonha. Daria a perna esquerda para escapar daquele fim de semana — uma doença, uma enxaqueca, qualquer coisa.

Houve um breve momento de insanidade em que se perguntou como uma pessoa fazia para quebrar o próprio tornozelo — durou um segundo, quase um flash —, mas a onda de alívio que sentiu só de pensar em ficar enfurnada em casa enquanto todo mundo ia para Kerry foi gloriosa.

— Hora de descer — disse Ed.

— Só preciso... — Ela passou o aplicador de rímel nos cílios.

— Amor, não precisa desse *emperiquitamento* todo. — Ed estava de bom humor. — É um fim de semana em família, pra relaxar.

— Preciso desviar a atenção do meu peso.

— Não diga isso. Você está linda.

— Você deve estar com problema de visão.

— E você deve estar com problema na cabeça. Já que está toda produzida, será que é melhor eu ir mais arrumado?

Ela riu. Ed sempre parecia desleixado, desde os cachos embaraçados até os tênis que usava fazia cinco anos.

— É o seu estilo. Está um arraso. Perfeito.

No corredor, ela disse:

— Vamos de escada. — Não ia fazer diferença alguma em seu peso, ela sabia, mas um grama que perdesse já era alguma coisa.

— Não! — protestaram Vinnie e Tom. — Queremos ir de elevador.

— Mãe... — Tom de repente parecia ansioso. — E se colocarem tomate no meu hambúrguer?

— A gente pede para não colocarem, filho. A gente pede duas vezes.

— Três vezes?

— Três vezes.

Agora, uma nova dose de vergonha era adicionada à mistura. Ela tinha receio de que os meninos tivessem sido contaminados por seus problemas alimentares. Tom era enjoado para comer e magro demais para a idade; já Vinnie era bom de boca e dava para notar isso só de olhar para ele.

No restaurante, vários dos Casey já se reuniam ao redor da mesa comprida. Sem perceber, Cara se viu fazendo o Escaneamento. Era quando ela automaticamente fazia um levantamento do peso de todas as mulheres presentes. Então desejou não ter feito.

Jessie estava a mesma coisa de sempre. O fato é que ela era alta, e peso é sempre uma questão mais fácil para pessoas altas. Mesmo assim, estava claro que ela nunca precisava se preocupar com o próprio peso.

E lá estava Saoirse. Dezessete anos, a sortuda tinha o mesmo tipo físico da mãe: saudável e atlética, mas longe de ser seca.

Paige, ex-mulher de Liam, aquela, sim, era seca. Não esquelética, nada exagerado, mas delicada e esbelta. A primeira vez que Cara viu aquelas costelinhas, as clavículas proeminentes e o rostinho bonito chegou a ficar enjoada de tanta inveja. Mas passou logo. Apesar de seu Emprego Muito Importante, à frente do reposicionamento de marca da filial irlandesa da ParcelFast, era comovente a forma como Paige falava abertamente de sua fobia social.

— Não sou boa nisso — confessou à Cara uma vez, numa festa à qual Jessie obrigara as duas a comparecer.

— Mas você é a mulher que está "indo atrás do *market share* da DHL/ Fedex com garra". — Cara citou Paige para ela mesma. — "Uma garra que vão ter que aturar."

— Sou só uma nerd. Me saio bem em situações profissionais. Mas quando tenho que ser eu mesma? Nem tanto.

Era um mistério para Cara como Paige e Liam tinham durado um segundo sequer como casal. Tudo bem que eram muito atraentes, mas Liam tinha um estilo de vida pouco convencional e Paige era toda certinha.

Quando finalmente se divorciaram, dois anos atrás, Jessie tentou manter Paige no círculo dos Casey.

Mas Paige estava tão decidida a deixar Liam para trás que logo arranjou um novo emprego em Atlanta, sua cidade natal, e levou as duas filhas do casal com ela. Jessie ficou furiosa, mas foi obrigada a deixar para lá quando descobriu que Liam tinha concordado com aquilo em troca de não pagar o aluguel do apartamento em Dublin.

Cara sentia falta de Paige — todos sentiam, mas à tristeza de Cara se somou uma generosa dose de ansiedade quanto ao tipo de mulher que

Liam apresentaria à família desta vez. Sexy como Liam era, não tinha como a nova namorada dele não ser uma deusa, e deusa significa magra. Mas Nell surpreendeu todo mundo. Era autêntica e divertida, e não tinha nada de glamourosa. Mas também não era mirrada: tinha seios bonitos e quadris largos, e era quase tão alta quanto Liam. E eu mencionei a barriga tanquinho, os braços torneados e nenhum sinal de celulite?

— Nossa, Cara, o seu *cabelo*! — disse Jessie. — Está tão sexy! Você está ótima. E *nem me vem* com essa história de que o vestido esconde muita coisa. Só desta vez?

— Hahaha. Mas *esconde*, sim.

Saoirse estava ouvindo a conversa. Ela disse, com palavras sinceras:

— Eu acho que você está linda.

Adolescentes costumavam intimidar Cara — tão lindas, sempre prontas para uma foto de Instagram. Mas Saoirse era um doce, tão inocente que fazia Cara desconfiar que provavelmente era zoada pelas meninas mais metidas da turma dela.

— Cara, você tem covinhas! — declarou Saoirse. — Quem não quer ter covinhas?

— Eu preferia ter os ossos dos quadris aparecendo. — Todas riram.

— Espere só até a menopausa chegar para mim — falou Jessie. — Vou ficar enorme.

Cara revirou os olhos.

— A menopausa vai morrer de medo de você. Vai ser mamão com açúcar. — Cara se sentou, e Tom logo se agarrou a ela.

— Tom! — disse Jessie. — Oi, meu amor. Você ficou um rapazinho com esses óculos novos. O que anda lendo?

— Harry Potter.

— Mas você só tem oito anos! É tão inteligente.

— Adoro ler — disse Tom. — O que é só outra maneira de dizer que sou pereba no futebol, mas tudo bem.

— Você é uma gracinha — falou Jessie.

— Isso também quer dizer que sou pereba no futebol, né?

Jessie voltou a atenção para Vinnie.

— E Vinnie? Como está? — perguntou ela. Na outra ponta da mesa, ele estava travando uma luta de garfos com TJ. — Vinnie? Está tudo bem aí?

— Vinnie! — chamou Cara. — Jessie está falando com você.

Surpreso, Vinnie ergueu o olhar.

— Oi, tia Jessie.

— Como vai você, querido?

— Tenho déficit de atenção, mas não é sério a ponto de ser um transtorno. E tasquei fogo num caixote de madeira no terreno baldio perto da escola.

— Foi só pelo desafio — disse Tom.

— Só. Não vou fazer isso de novo.

Botaram os cardápios na mesa. Será que ela podia pular a entrada? Não, isso poderia chamar certa atenção. Tudo bem, ela pediria uma salada caesar — deixaria o molho de lado, não comeria os *croûtons*. Basicamente, seria apenas alface.

Para o prato principal, talvez peixe. Proteína era bom. Mas nada de batatas. Batata era muito ruim. Mas precisava de carboidratos; se ficasse com fome demais, corria o risco de comer compulsivamente mais tarde. Deus do céu, lá vinham as cestas de pão. Pão era sempre um erro: mexia com ela, eliminava qualquer capacidade de resistir e de repente ela queria devorar *qualquer comida* que estivesse ao seu alcance.

— Olha só pra vocês. — Jessie olhou para cada uma das crianças de uma ponta à outra da mesa, desde Dilly, de sete anos, a Saoirse, de dezessete. — Todos estão tão crescidos!

— Precisamos de mais bebês — disse Johnny. — Expandir a família.

— Não olhe para mim — disse Cara. — Já deu.

— Nem para Nell, por causa do estado atual do planeta. — Liam abriu um sorriso para a esposa. — Vai ficar nas mãos da próxima geração. E aí, Saoirse?

— Para! — Saoirse deu um gritinho. — De qualquer forma, Ferdia é mais velho que eu. Ele que tenha o próximo bebê da família.

— Não! — Jessie ficou pálida. — De jeito nenhum. Ele tem que estudar e... Não. Não mesmo.

Coitada da mulher que Ferdia levar para conhecer sua mamãe, pensou Cara.

Aliás, cadê ele?

— Perdeu o trem — suspirou Jessie. — Aquele palhaço. — Ela revirou os olhos, mas não foi muito convincente. Jessie fazia de tudo para fingir que Ferdia não era seu filho favorito. — Falando nisso — disse ela —, alguém vai estar livre amanhã por volta das quatro e meia para ir buscar Ferdia e Barty na estação de Killarney?

— Eu vou — disse Nell, super-rápida.

— Eu posso ir — disse Ed.

— Não, por favor, deixe que eu vou — insistiu Nell, e Cara entendeu por quê. Ela estava constrangida com o dinheiro que estavam gastando com ela naquele fim de semana e estava tentando (em vão, francamente) compensar.

Cara também já tinha sido assim um dia.

Jessie e Johnny se casaram mais ou menos na mesma época que Cara conheceu Ed. Não demorou até que Jessie começasse a convidar os dois para passar os feriados juntos. Porém, quando confessaram que os custos estavam além de seu orçamento, Jessie se ofereceu para cobrir as despesas deles. Eles negaram. A ideia os deixava pouco à vontade. Jessie não desistiu. Explicou várias vezes que, por ser filha única, ela se beneficiaria mais desses feriados em família do que eles. A generosidade de Jessie era genuína, mas isso não impedia Cara de fazer tudo que pudesse para demonstrar sua gratidão.

Sete meses antes, uma oportunidade surgiu. Johnny fez um comentário inocente sobre a dificuldade de acompanhar as compras on-line de Jessie.

— O problema são as devoluções — disse ele. — A Jessie devolve muita coisa, mas eu acabo me esquecendo de checar se fomos reembolsados.

— Então crie uma planilha — disse Cara. — É fácil. Posso fazer isso para você.

— Mas você não precisaria ter acesso aos nossos e-mails?

Johnny tinha entendido errado. Cara se ofereceu apenas para criar uma planilha, e não para acompanhar as compras de Jessie pela internet.

— Você precisaria vir aqui em casa? — questionou Johnny. — Ou poderia acessar remotamente? Com que frequência poderia fazer isso?

— Ééé... Uma vez ao mês? — Ela resolveu se deixar levar pela situação.

— Mas você não se importa que eu veja todas as suas movimentações financeiras?

— Claro que não! Jessie, vem cá! Cara vai monitorar... Essa palavra é ótima, "monitorar", muito reconfortante. Ela vai monitorar as nossas compras pela internet para se certificar de que a gente receba o dinheiro de volta quando fizermos devoluções.

Jessie não parecia tão feliz com a ideia.

— Cara, não me julgue. Eu sou impulsiva, ainda mais se for tarde da noite e eu tiver exagerado no álcool. Mas a maior parte das compras é devolvida. Sei que tem o gasto com os correios, mas, se eu for pegar o carro para ir até as lojas, o tempo que vou gastar e a gasolina, quer dizer, é provável que...

— Tudo bem, eu não vou fazer isso se você não se sente à vontade.

Jessie mordeu os lábios.

— Se bem que é necessário.

— Sim, é. — Johnny estava decidido.

— E você é da família, Cara.

Dois meses depois, quando Cara já tinha identificado mais de mil euros em devoluções não reembolsadas, Jessie estava completamente à vontade com a ideia. Tanto que Johnny perguntou se ela aceitaria mais trabalho.

— Você poderia fazer a nossa contabilidade mensal? Um relatório mostrando com o que gastamos. Assim teremos uma noção de para onde o dinheiro vai.

Cara quase teve um piripaque só de pensar em descobrir quanto o casal ganhava e com o que gastava. Mas como podia recusar?

— Ed me contou que é você quem toma conta das finanças — disse Johnny. — E que é ótima nisso.

— Não sou, *não*. — Mas ela e Ed viviam tão perto do vermelho que era essencial ter um planejamento financeiro sério. Em contrapartida, Jessie e Johnny não tinham *nenhum*.

— Se o banco liga para mim — disse Jessie —, sei que preciso colocar o pé no freio por um tempo.

Jesus.

— Isso é ruim? — acrescentou ela. — É que eu fico o dia inteiro olhando números no trabalho, e não sobra energia para fazer isso quando chego em casa.

— E eu sou uma negação — disse Johnny.

Cara duvidava seriamente disso.

— É verdade — confirmou Jessie. — Ele só é bom em falar. Manipular. Puxar o saco das pessoas.

— Fechar negócios. — Cara tentou protestar.

— Fazer as pessoas gostarem de mim — disse Johnny. — É basicamente tudo o que eu faço. Por favor, Cara.

Sentindo-se culpada, concordou com um período de teste de quatro meses. Porém, mais tarde, diria a Ed:

— É muita intimidade. É como ver os dois transando.

Ed se acabou de rir.

— Então é só parar, amor.

— Mas eles são tão bons com a gente. Eu estava esperando uma chance de retribuir. Só que... não desse jeito.

Logo Cara percebeu que Johnny e Jessie gastavam mais do que podiam. Talvez nem percebessem. Graças aos cinco cartões de crédito e aos limites generosos, a peteca nunca caía. Quando fez a contabilidade do primeiro mês, avisou que precisavam diminuir os gastos. Eles concordaram solenemente com um aceno de cabeça — e então esqueceram completamente o que ela disse.

No segundo mês, ela fez outra tentativa. Mais uma vez ignorada.

No terceiro mês, Jessie a interrompeu:

— Não precisa, Cara. Nós já entendemos. É que tivemos alguns imprevistos esse mês, por isso parece que gastamos mais do que devíamos. Mas já passou, e os gastos vão voltar ao normal agora.

— Entendi. — Cara ficou ofegante com a esperança que sentiu. — Devo parar, então?

— Não, pelo amor de Deus! Esse tipo de informação pode ser muito útil se um dia precisarmos saber para onde o dinheiro está indo. Se você concordar, gostaríamos que continuasse.

Jessie claramente achava que *parecer* responsável e *ser* responsável eram a mesma coisa.

Depois de muito se remoer, Cara lembrou a si mesma de que Jessie era proprietária de uma empresa bem-sucedida. E que no conselho havia apenas ela e Johnny. Ela poderia aumentar o próprio salário ou o do marido quando bem entendesse.

Ou — Cara não entendia muito desses detalhes corporativos — tirar dinheiro do "caixa" da empresa? Ou pegar um empréstimo pessoal com base nos ativos do negócio? De qualquer forma, aquela era sua chance de retribuir a generosidade deles.

Seis

O jantar de Cara foi um êxito absoluto: nada de pão, nada de batatas, nada de sobremesa.

Mais tarde, as cinco crianças começaram a implorar para a "tia Nell" ir jogar futebol com elas.

— Claro! — disse Nell. — Vou colocar um short.

— E o restante de nós vai se sentar no pátio — declarou Jessie —, encher a cara e fingir que está prestando atenção neles.

Mas Cara tinha medo de vinho — não apenas por causa das calorias, mas também porque abalava sua determinação. No entanto, *não* beber simplesmente não era uma opção. Não com Jessie por perto.

— Já está escurecendo — disse Cara, mas todos já estavam a caminho do pátio com uma pressa desnecessária.

— Não está, não — insistiu Jessie.

— Posso beber um drinque *de verdade*? — Saoirse os acompanhava.

— Você só tem dezessete anos — disse Johnny.

— Você não é meu pai.

— Jessie! — Johnny tentou se esconder atrás da esposa. — Saoirse está dando uma de Luke Skywalker para cima de mim de novo!

Cara observou enquanto os três caíam na risada. A história seria outra se fosse Ferdia no lugar de Saoirse. Quando ele dizia esse tipo de coisa para Johnny, não estava brincando.

— A gente sabe que ela bebe mesmo assim — disse Johnny a Jessie. — É melhor que seja na nossa frente. Peguem aquelas cadeiras. Cara, vai beber o quê?

— Água com gás.

Jessie quase engasgou.

Cara não conseguiu controlar o riso diante da surpresa de Jessie.

— Parece até que pedi água de chuva parada num balde sujo.

— Você vai beber gim — disse Jessie. — Uma boa dose. Como remédio. Claramente não está bem da cabeça.

Nell, agora de short, estava de volta. Como se fosse o Flautista de Hamelin, várias crianças se amontoaram atrás dela, além da patotinha dos Casey. O jogo começou, e todas elas — algumas eram meninos pré-adolescentes — o levaram muito a sério. Nell era uma miragem, correndo e indo ao ataque, seus cabelos cor-de-rosa ao vento.

Nada de bronzeamento artificial nas pernas dela, reparou Cara, de modo que eram ligeiramente rosadas. E mesmo assim ela era linda.

Jessie percebeu o olhar de Cara.

— Ela é incrível, né? — Jessie sempre transbordava de admiração por Nell. — É tão autêntica.

— "Pura", como diz o Liam — soltou Saoirse.

— Oi? — Liam ouviu seu nome.

— Liam, Liam — implorou Saoirse. — Conta pra gente como você e Nell se conheceram. Eu *aaamo* essa história.

— Conta, Liam. Vai — pressionou Jessie. — Conta de novo.

— Beleza — disse ele. — Vou contar.

Sete

...bem, a versão de conto de fadas.

Numa tarde ensolarada, em maio do ano passado, Liam perambulava pelos corredores do Tesco próximo a seu apartamento no disputado Grand Canal Basin. Uma inquietação estranha tomou conta dele, uma necessidade incômoda que não conseguia identificar.

Uma embalagem de iogurte vegano chamou sua atenção. Aquilo era bom, não era? Depois de dar uma olhada rápida nos ingredientes, jogou o produto na cesta — ele estava torcendo para gostar daquilo. Uma garrafa de suco verde, com spirulina, também passou no processo seletivo. Talvez pudesse se contentar com comida saudável. Por um segundo, sentiu um pingo de esperança, mas o desejo falou mais alto, e logo voltou ao Liam estressado e rabugento de antes.

Nada mais nas prateleiras parecia promissor, então, mais por hábito do que qualquer coisa, jogou um engradado com seis garrafas de cerveja na cesta. Será que estava começando a sentir os efeitos daquela umidade terrível? Era bem provável que não, mas, talvez se tomasse um banho, o segundo do dia, aquela agonia escorresse pelo ralo. Melhor comprar gel de banho, nesse caso.

Sentiu aquela sensação outra vez, de queda livre.

Era uma merda aquela vida de solteiro. Nos últimos dez anos, foi Paige quem cuidou de todas as tarefas domésticas, e agora, na ausência dela, ele apanhava para dar conta de tudo. Talvez ele pudesse... andar de bicicleta à margem do rio? Enviar uma mensagem para alguém? Ir para casa e dormir? De qualquer forma, ficar ali parado não ia resolver nada. Devia pagar e ir embora. Foi quando a viu.

Era alta, com os loiros cabelos bagunçados e volumosos. Mesmo antes de ela tomar a estranha decisão de abrir a porta de um daqueles freezers de vidro gigantes e quase entrar nele, e depois simplesmente ficar lá, deixando a porta bater de leve nas costas, ele já se sentia atraído por ela. Ao se inclinar na direção do ar gelado, ela segurou o cabelo pesado no topo da cabeça, revelando um pescoço que o chocou de tão perfeito. Ele sentiu como se fosse a primeira pessoa no mundo a ver aquela parte dela.

Ele olhou, olhou. Finalmente, reuniu coragem para agir e foi em direção ao freezer, abriu a porta, recebendo uma lufada de ar gelado.

— Com licença — disse ele.

Ela se virou. Seu cabelo caiu do topo da cabeça e emoldurou um rosto surpreendentemente inocente.

— Ops! — Ela riu. — Só estava fugindo desse calorão de matar por uns segundos de felicidade.

Ah, sim. O calor. O país inteiro estava surtando porque a temperatura batia 25°C. Era engraçado, mas um pouco... patético? Eles deviam experimentar pedalar de Dublin a Istambul no auge do verão.

E por que ela estava rindo? Ele poderia muito bem estar querendo alguma coisa daquele freezer. Mas só agora viu que era frango congelado, e não, ele não ia querer aquela porcaria processada, mas ela não precisava saber disso.

— "Vamos ali no freezer" — disse ela. — É o novo "Vamos lá em casa ver Netflix".

Ele se surpreendeu com seu humor alegre e irreverente.

— Foi mal. — Ela finalmente saiu da frente. — Você precisa pegar alguma coisa aqui?

— Não — disse ele. — Não... — Quer dizer, quem sabe? Era *aquilo* que ele estava procurando. No entanto, ele se perguntava quanto tempo levaria até enjoar dela. — Isso pode parecer meio estranho, mas você quer tomar uma cerveja comigo?

— Quando? — Ela pareceu surpresa.

— Agora.

— Agora não dá. Estou sem dinheiro.

— Eu pago. Estou com dinheiro. — No calor do momento, tropeçou nas palavras. Para falar a verdade, não tinha lá *tanto* dinheiro. Sempre esquecia.

Ela franziu a testa.

— Eu posso te pagar depois. Assim que eu receber. Mas pode demorar um pouco.

— Não precisa. Não me importo.

— Mas eu me importo.

Sem graça com a insistência dela, ele disse:

— Tá, tudo bem. Pode me pagar depois.

Uma multidão se aglomerava na área externa do pub mais próximo, aproveitando o sol absurdamente quente de maio. A moça, Nell, pediu para se sentar à sombra.

— Vou ficar parecendo um camarão sem protetor solar.

— Passe um pouco então.

— Não, tipo, eu nem *tenho*. Vou comprar assim que receber.

— Nossa, vai acontecer muita coisa quando você receber.

— Vai ser um dia e tanto. — Os olhos dela brilharam.

— E então? O que vamos beber?

— Uma garrafa de Kopparberg.

— Ah. — Ele não tinha nada contra mulheres beberem garrafas inteiras de cerveja. Apenas não era algo que via com frequência. — Beleza. — Quando voltou com as bebidas, perguntou: — Por que você está tão dura?

— Recebendo pouco. Aluguel caro. O de sempre. — Ela abriu um sorriso para ele. Seus dois dentes da frente se sobrepunham um pouco, o que a deixava com uma espécie de biquinho que ele achava vulnerável e sexy.

— Mas você não tem cartão? — perguntou ele. — Para usar enquanto não recebe?

— Só uso dinheiro. Assim seguro a onda.

O que ela queria dizer com aquilo?

— E o Banco do Papai e da Mamãe?

Ela riu.

— Meu pai é pintor e decorador. Minha mãe é cozinheira em um asilo. São quase tão duros quanto eu.

— Então, esse seu emprego...?

— Cenógrafa. Monto cenários para teatro, às vezes para filmes, televisão, sabe? — pausou. — Foi o que estudei na faculdade, mas é difícil conseguir um... Então eu... Eu sou tipo uma eterna estagiária.

— Eles não te pagam?

— Nem sempre, não quando... Não, não quando estou aprendendo. Mas é o que quero para a minha vida, para a minha carreira. Amo cenografia, então não me importo com os problemas financeiros. Pelo menos por enquanto. Era para eu ter estabilidade financeira aos trinta, e vou fazer trinta em novembro, sabe...

Ele assentiu com a cabeça. Ah, ele *sabia*.

— Mas tudo bem. Eu tenho meus bicos! — Ela ficou otimista de novo. — Pinto e decoro casas. Só que muita gente acha que mulher não é capaz de fazer um bom serviço.

— Que absurdo! — Ele imprimiu bastante indignação a essas palavras. Estavam pensando o quê? Ele também sabia militar quando a ocasião exigia.

— Mas, quando me pagam pouco, de repente, é bom ter uma mulher fazendo o serviço. — Mais um daqueles sorrisos tortos.

— Então você coloca papéis de parede, sobe escadas e sai martelando coisas?

— Pregos? Sim. E sou muito boa com o grampeador elétrico. E *amo* uma serra elétrica.

Ele deveria estar impressionado? Porque, tipo, ele *estava*. Mas teve medo de admitir e soar debochado.

— Meu pai trabalha com isso faz quarenta anos — continuou ela. — Aprendi com o melhor. E você? Você parece... Você é alguém, não é?

— Ei, todo mundo é alguém. — Ele sempre dizia isso. Liam, o humilde.

— Você é meio famoso?

— Bem... — Ele deixou no ar um instante para que ela ligasse os pontos mentalmente.

Ela o encarou com os olhos semicerrados, até o silêncio ficar constrangedor. Mas era de esperar. A moça era mais de uma década mais nova que ele, era de outra geração.

— Fui maratonista por muito tempo. Competia principalmente nos Estados Unidos. Mas também participei da ultramaratona no Saara. — Ele queria muito que ela se lembrasse dele.

— Ah, *siiiiim*! — Ele observou enquanto ela puxava pela memória. — Você doou tudo que recebeu dos patrocinadores para uma ONG de combate ao abuso sexual aqui em Dublin. É você, né? Nossa. Ai, foi mal. Por não ter te reconhecido de cara.

Ela era tão fofa. A ansiedade que por tanto tempo vinha sufocando seu peito como um mata-leão se afrouxou.

— Aquilo foi *tão* bacana — disse ela. — Três anos atrás?

— Cinco. — Sete, na verdade, mas ele precisava daquilo para se sentir relevante.

— E você ainda corre?

— Meus joelhos estouraram. Aquela no Saara foi a minha última grande corrida. Fui até o meu limite para tentar vencer.

— E venceu! Arrecadar aquele dinheiro todo por uma causa tão boa! Mas deve ser difícil... seu corpo não deixar mais você fazer o que ama.

— Sim... — Até aquele dia tudo tinha sido fácil para ele. Treinava duro, conseguia patrocínio, era relativamente bem-sucedido. — No início, as coisas iam de vento em popa. Depois, meio que... estagnaram, até que tudo começou a desandar. Parei de ganhar corridas, um patrocinador me largou, e depois outro, até que fiquei sem nada. Ver sua carreira ir pelo ralo aos poucos é... *difícil* para caralho. — Era uma fala bem ensaiada. — Sabe, antes alguém tivesse aparecido e dito: "Acabou, Liam. Você não vai conseguir mais do que isso. Pode parar agora ou passar os próximos três anos e meio se frustrando cada vez mais e ficar desalmado no processo."

— Mas a gente não tem escolha, né? As coisas chegam ao fim — disse ela. — É sempre difícil. E agora? Você tem uma nova paixão?

— Ciclismo. É quase uma obsessão. Faço parte de um clube. No verão passado, pedalei até Istambul.

— Que legal! E como você, tipo, se sustenta? Tem dinheiro guardado da época em que corria?

— Já acabou faz tempo. Para ser sincero, nunca deu muito dinheiro. Quer dizer, eu... É... Eu acabei me casando quando parei de vencer as competições. A Paige, ela tem... Tipo, ela ganha muito bem. — Ele abriu um sorriso acanhado. — Temos duas filhas. Eu não tinha formação para fazer outra coisa, então acabei me tornando dono de casa por acidente.

— Res-*peito*! — Eles fizeram um *high five*.

Ele decidiu não mencionar a babá e a empregada, que faziam todo o trabalho de verdade.

— Respeito nada. Todo mundo me julga... Meus irmãos, meus pais. Dizem que não me comprometo com nada.

— Você se comprometeu com a carreira de maratonista por, sei lá, onze, doze anos? Isso é comprometimento. Agora, você pedala. E parece se dedicar a isso. É casado, está comprometido com...

Ele balançou a cabeça.

— Nos separamos ano passado. Nos divorciamos. Ela voltou para os Estados Unidos com as meninas. Então aqui estou eu, um quarentão fracassado com uma loja de bicicletas. Não me sobrou nada.

— Não é bem assim. — Ela pareceu muito surpresa. — Você levou a vida de um jeito por um tempo e, antes disso, levava de outro jeito. Agora está vivendo sua paixão pelo ciclismo. E, em algum momento, isso vai evoluir para outra coisa.

Aquelas palavrinhas lhe causaram uma epifania. O pai intransigente tinha enfiado na cabeça dele e dos irmãos que eles deviam escolher uma carreira e segui-la sem se desviar. De acordo com Canice Casey, você escolhia sua profissão o mais cedo possível e subia os degraus da escada pouco a pouco até o topo. Qualquer variação disso significava fracasso.

Embora no íntimo Liam desprezasse aquele jeito de pensar, era difícil se libertar dele.

Mas aquela moça — mulher, tanto fazia — oferecia uma maneira diferente de ver o mundo. Uma maneira que apoiava suas escolhas.

— Outra bebida? — perguntou ele. — Por favor?

— Não dá, é sério. O aluguel desse mês está atrasado. E preciso economizar dinheiro para a comida.

Como as coisas poderiam ser assim tão difíceis? Soava... *dickensiano*.

Ela viu o espanto dele e riu.

— Bem-vindo ao capitalismo do século XXI. Até nos países mais desenvolvidos do mundo, pessoas formadas estão aceitando trabalhar organizando prateleiras em lojas. Mas você tem quarenta anos, é de outra geração. Não vai entender.

Não, não, não, ele não poderia deixar que ela pensasse assim. Rapidamente, falou:

— Não, eu entendo, de verdade. A vida está difícil para o pessoal na faixa dos vinte, trinta anos. Tipo, ter que voltar a morar na casa dos pais?

— Bem, em *teoria*, essas coisas aconteciam, mas ele não acreditava que fosse comum. A maioria das pessoas se virava bem. — E o que podemos fazer quanto a isso?

— Não quero dar um sermão.

— Estou interessado. — Mais ou menos.

— Tipo, uma das coisas que perpetuam o capitalismo é a obsolescência programada. — Ela fez uma pausa e perguntou solenemente: — Sabe o que é isso?

Uma pontinha de severidade em sua expressão o entregou.

— Tudo o que compramos é feito para quebrar. E, quando isso acontece, compramos coisas novas. Ou vem a nova tendência da moda e achamos que temos que comprar um produto novo mesmo que o antigo ainda funcione. Então, se alguma coisa minha quebra, eu conserto.

Ele nunca tinha conhecido uma mulher como aquela. Nunca tinha conhecido *ninguém* assim. Será que era a idade dele? Ou suas condições que, admitiu ele, eram acima da média?

O que agradava Liam profundamente era como Nell era diferente de Paige. Eram totalmente opostas: Paige era uma capitalista inveterada. Seu único propósito na vida era fazer as pessoas gastarem mais dinheiro, e era tão boa nisso que foi promovida a CEO de uma empresa.

— Eu não compro roupas novas...

— Espere... O quê? Você não compra *roupas*?

Ela soltou uma risadinha diante do choque dele.

— Eu *compro* roupas, mas não são novas.

— Então onde você compra? Em brechó? Até calcinha?

Ela corou.

— Perdão. — Ele foi indelicado. — Eu não devia...

Liam esperou um sorriso dizendo que estava perdoado. Até mesmo, quem sabe, um comentário sem-vergonha que dissesse que era cedo demais para ele falar sobre as calcinhas dela. Mas Nell manteve a cabeça baixa e a boca fechada.

Oito

Nell, seguida pelo protesto das crianças, se juntou ao grupo dos sedentários.

— Estávamos falando de você agora! — disse Saoirse. — Sobre a noite em que você e Liam se conheceram.

— Jura? — Nell abriu um sorrisinho. — Eu *jamais* imaginaria.

Saoirse encarou Ed, como se tivesse acabado de se dar conta de que o tio também tinha sido jovem e solteiro um dia.

— E você? Como conheceu a Cara? Conta pra gente.

— É! — insistiu Liam, em voz alta. — Eu já contei a *minha* história.

— Conta!

Cara e Ed se entreolharam: eles contariam a versão engraçada.

— Eu conto — disse Cara. — Nos conhecemos em um bar. — Pausa. — Eu estava bêbada. — Pausa mais longa. — Dormi com ele na primeira noite.

— *Tudo* o que dizem para as mulheres não fazerem — disse Ed, solenemente.

— Dois pesos, duas medidas — disse Saoirse. — As mulheres são criticadas, mas ninguém julga os homens.

— Mas, espera aí, eu me casei com ela. — Agora, Ed ria. — Mesmo ela sendo uma safadinha.

— Treze anos depois, e ainda estamos juntos.

Mesmo agora, Cara sentia um aperto no peito só de pensar que eles podiam nunca ter se conhecido.

Não era para ela ter saído naquela noite.

— Estou muito gorda — dissera, enquanto a colega com quem dividia o apartamento, Gabby, rodeava o quarto às pressas, se arrumando.

— Você não está gorda. Só não está tão magra quanto antes.

— Posso usar seu vestido jeans? — perguntou Erin, outra colega com quem dividia o apartamento.

— Pega o que você quiser. — Cara estava largada no sofá, os pés confortavelmente apoiados no braço do móvel. — Não vou para lugar nenhum.

Mas Gabby e Erin insistiram.

— A vida está aí para ser vivida! Você nunca vai conhecer ninguém se ficar trancada em casa comendo batatas chips.

— E quem disse que eu quero conhecer alguém?

— Todo mundo quer conhecer alguém. Você só precisa controlar esse seu dedo podre.

— Não é como se eu fizesse isso de propósito.

Os homens com quem Cara namorou eram tão, aparentemente, diferentes um do outro que demorou anos para ela perceber que tinha, sim, um tipo. Mesmo quando tentava sair com caras que pareciam legais, mais cedo ou mais tarde, eles sempre acabavam revelando sua verdadeira natureza.

— Ah, beleza, eu vou. Vou ser a amiga gorda e sensata.

Pensando bem, ela não estava nem um pouco gorda. Mas já esteve bem mais magra dias antes daquela noite. Foi um período *glorioso*, mas ela cometeu um deslize, enfiou o pé na jaca, teve uma sequência de surtos e, agora, estava engordando outra vez.

Até emagrecer de novo, ela não merecia nada, e aquilo lhe dava certa liberdade. Ninguém a levaria a sério — muito menos os homens —, então não existia pressão. Ela não se importava em ser a amiga gordinha.

O destino delas era um pub badalado no centro de Dublin. Estava abarrotado de gente, e a música alta fazia o teto estremecer. *Estou ficando velha demais para isso.* O trio foi levado aos empurrões pela multidão sempre em movimento, até que — aleluia! — uma mesinha alta vagou e Cara partiu para cima dela.

— Bom trabalho — disse Gabby. — Agora temos uma base. Vamos arrasar. Nossa, achei o amor da minha vida! Ali. — Ela olhou para um grupo de quatro ou cinco rapazes. — Ele. — Um deles era incrivelmente gostoso. — Como é que eu chego nele?

— Só vai lá e diz "oi" — sugeriu Cara.

— Não estou bêbada o suficiente. E, quando estiver, ele provavelmente já vai ter ido embora.

— Segura a minha cerveja. — Cara de repente se animou.

— Espera aí! O quê...? O que você...?

Cara abriu caminho em meio à multidão, analisou os cinco caras e identificou o que parecia ter menos chance de ser um babaca com ela.

— Ei — disse ela. — A minha amiga gostou do seu amigo.

— Dele, não é? — O homem acenou com a cabeça na direção do gostosão. — Do Kyle. É sempre ele.

— É. A minha amiga está ali. Temos uma mesa.

— Uma mesa? Beleza! Vamos lá.

Rapidamente, todos os cinco foram na direção de Gabby e Erin. Se apresentaram, pagaram bebidas. Kyle acabou se afastando, mas Gabby não pareceu se importar. Duas horas depois, para a surpresa de Cara, estavam todos indo para uma festa na casa de alguém em Stoneybatter.

A pequena casa de dois andares estava abarrotada de gente. Cara tinha acabado de pegar uma bebida quando uma garota entrou correndo na cozinha e disse:

— Tem alguma Cara aqui? Estão te chamando lá em cima.

Uma menina tinha se trancado no único banheiro e desmaiado. Uma pequena multidão de pessoas em pânico estava no corredor, esmurrando a porta.

— Cara, graças a Deus! Ela é a amiga responsável hoje — anunciou Gabby para todo mundo. — Ajuda a gente. Ela não pode ficar trancada aí dentro! Estamos todos apertados para ir ao banheiro.

— E também precisamos saber se ela está bem — disse uma voz masculina.

Era o cara simpático que não foi um babaca com ela no pub: Ed.

— E os donos da casa, onde estão? — perguntou ele.

Mas ninguém parecia saber quem eram nem onde estavam os moradores.

— Será que a janela do banheiro é grande o suficiente para passar alguém? — disse Cara.

— A gente pode ver...

Os dois desceram a escada e deram a volta até os fundos da casa. A janelinha de vidro opaco do banheiro estava iluminada — e ligeiramente aberta.

— Você conseguiria passar por ela — disse Ed Legal.

— Não conseguiria... Engordei muito. Mas você, sim, magrelo.

— Então... eu faço o quê? Subo pela tubulação?

— Não estamos num livro da Enid Blyton. Talvez tenha uma escada.

E *tinha* uma escada, numa miniatura de depósito no quintal em miniatura. Juntos, eles a carregaram e a apoiaram na parede.

— Olha só — pausou Ed. — Eu tenho medo de altura.

— E eu sou tão pesada que vou quebrar os degraus.

— Não é, não. Mas, beleza, eu vou.

Ele subiu enquanto ela segurava a escada.

— Estou aqui — gritou ela. — Você está seguro.

Houve um instante de ansiedade enquanto ele se debruçava no parapeito para pular dentro do banheiro. A porta foi aberta, e a menina inconsciente foi retirada. Em seguida, som de sirenes. Luzes azuis piscaram na escuridão da noite, e Cara exclamou:

— Ai, meu Deus! Ed Legal, é a polícia!

Um dos vizinhos tinha visto alguém na escada e achou que estivessem invadindo a casa.

Muitos dos convidados já tinham metido o pé.

A polícia chamou uma ambulância, e, quando a menina foi levada, não tinha mais quase ninguém na casa além de Cara e Ed.

— E agora? — perguntou ele.

— E agora o quê?

— Você poderia vir pra minha casa comigo.

Ela o encarou. De repente, estava sóbria.

— Desculpa. — Ela ficou constrangida. — Você é muito bonzinho. Eu gosto de homem que não presta. Eu já devia ter superado essa fase porque tenho trinta anos, mas não superei ainda.

— Você não me conhece — disse ele. — Na verdade, sou um pervertido. Gosto de desfilar pelo meu quarto com uma máscara de sadomasoquismo e *collant* de luta livre.

Ela riu daquilo.

— E, por acaso, você sabe o que é uma máscara de sadomasoquismo?

— Beleza. — Ele hesitou, parecendo relutante em desistir. — Foi bom te conhecer, Cara.

— Você poderia vir pra minha casa comigo.

Ela não sabia por quê. É que ele era tão legal.

— Não vai rolar nada. Como eu falei, você não é o meu tipo e eu estou sóbria demais — disse Cara, em seu quarto.

— Tudo bem. — Ele deu de ombros. — Podemos apenas conversar. — Os dois riram desse clichê. — Tem problema se eu deitar na sua cama? Por cima da coberta? Vou tirar os sapatos, mas só isso.

— Claro. Eu também vou fazer isso.

Eles deitaram de barriga para cima, vários centímetros de espaço entre os dois.

— Então... — começou Ed. — Você foi muito proativa hoje à noite. Escada e tudo. Você é sempre assim?

— Talvez seja por causa do meu emprego. Eu trabalho em hotelaria. Gerente de reservas no hotel Spring Street. Sempre acabo tendo que resolver alguma confusão. — Meio sem graça, acrescentou: — Ganhei um prêmio ano passado.

— Pelo quê?

— Não sei se deveria ser motivo de orgulho... Por alcançar cento e um por cento de ocupação.

— Isso não é tecnicamente impossível?

— Muita gente acha que tem que fazer check-in às três e check-out ao meio-dia. Mas muitos fazem check-in, digamos, à meia-noite ou vão embora às seis da manhã. Se você ficar de olho em quem está chegando e saindo, dá para reservar o mesmo quarto mais de uma vez em vinte e quatro horas.

— Isso não é *overbooking*?

— É a política de onde eu trabalho. E de muitos hotéis.

— E se a pessoa chegar na hora certa para fazer check-in e não tiver de fato nenhum quarto para ela?

— Prometa um quarto melhor, dê um *voucher* de refeição e peça para voltar em uma hora.

— E se ela ficar puta?

— Está no direito dela. Sou muito simpática com os hóspedes. Mas... — Ela acrescentou, rápida: — Não chego a forçar nada. Só porque sou boa no que faço, não quer dizer que eu concorde com tudo.

— Deve ser difícil seguir uma diretriz com a qual você não concorda. Dissonância cognitiva.

— Nossa, Ed Legal. Você não sabe da missa a metade! De qualquer forma, logo algum gênio vai criar um programa que faça todo o meu trabalho automaticamente e os meus dias de glória vão chegar ao fim.

— Então por que continua fazendo isso?

— Guardar uma porrada de informação na minha cabeça, mudar coisas de lugar, encontrar soluções eficazes? Acho que gosto disso. O que você... Você tem emprego?

— Sou botânico.

— Você é um daqueles caras que abraça árvores?

— Sou cientista.

— É sério? Uau. — Ele parecia sincero demais, normal demais para ser cientista. Mas quantos cientistas ela conhecia? — Ei, a gente devia dormir um pouco.

Uma pausa constrangedora se seguiu. Eles estavam deitados na cama, de roupa. Qual era o protocolo naquele caso?

— Você está atrapalhando minha rotina noturna — disse ela. — Eu faço meditação guiada. Para melhorar a autoestima.

— Vá em frente.

— Acho que posso deixar passar hoje.

Outra pausa constrangedora se seguiu e, desta vez, durou.

Em meio ao silêncio, ele disse:

— Eu não sou magrelo.

— Oooi? — Ela virou o rosto para ele.

— Mais cedo, você me chamou de magrelo. Mas sou só esbelto. Tenho bastante músculo.

Aquilo a fez sorrir.

— Tive que fazer uma bateria de exames para o trabalho. Eles mediram com um aparelho. Tenho trinta e um por cento de músculo. É bastante coisa.

Ela sentiu um friozinho na barriga. Ele era tão fofo.

— Eu poderia tirar a minha camisa e mostrar para você...

De repente, o clima entre eles ficou carregado de tensão.

— Tá bom — foi o que ela conseguiu dizer. — Beleza, mostra aí, então.

— Você ainda está aqui! — disse ela de manhã.

Ele parecia estranhamente mais atraente agora do que na noite anterior, o completo oposto de suas experiências passadas. O cabelo bagunçado dele, os olhos acinzentados, aquela boca surpreendentemente sexy, coisas que ela não tinha notado de primeira porque estava cega pela aura de bonzinho dele.

— Me perguntei se você não seria um "suja-cortinas" — disse Cara. — É como eu e minhas amigas chamamos os caras que, tipo, vão embora de fininho no meio da noite, com a cueca enfiada no bolso, e, como sacanagem final, limpam o pinto nas cortinas. Esse é o tipo de cara que mais encontro.

— Eu poderia fazer isso agora...

Foi engraçado — mas ela não estava disposta a passar por tudo aquilo de novo: se apaixonar por um cara, ficar toda esperançosa, só para ter um fim triste e amargo.

— O que foi? — Ele estava encarando o rosto dela.

— É que eu tenho um tipo. Meu dedo podre insiste em caras que não prestam. Mas estou cansada. Então, me faz um favor, pelo menos uma vez nessa sua vida terrível, faz uma boa ação e me deixa em paz.

— Eu sou um dos caras legais. Você mesma disse! Ficou me chamando de "Ed Legal".

— Mas eu não gosto de caras legais. E gosto de você. Então, por favor, vai embora.

— Eu me dou bem com todas as minhas ex-namoradas — tentou ele. — Não que eu tenha tantas — acrescentou logo. — Acho que estou na média. E nunca fiquei com duas ao mesmo tempo. Nunca traí nenhuma. Sou um...

— Por favor, vai embora.

— Ah. Beleza.

Paradoxalmente, foi a obediência dele que a convenceu a lhe dar uma chance.

— Tudo bem, você pode ficar se responder às minhas perguntas. Qual é o seu pior defeito como namorado?

Ele pensou seriamente.

— A parte financeira, provavelmente. Meu trabalho é uma coisa de nicho. Nunca vou ganhar muito dinheiro e já aceitei isso. Amo o que eu faço. Mas a minha última namorada, Maxie, ficava chateada por eu não ser mais ambicioso.

— O que mais?

— Não ligo para roupas. Às vezes, uso as que os meus irmãos vão jogar fora. Já me criticaram uma ou duas vezes por isso.

— Você disse que é botânico, né? Isso quer dizer que você gosta de passeios ao ar livre?

— Sim! Amo fazer trilha, acampar e... Não? Você odeia?

— *Odeio.*

— Amo ficar em casa também. Gosto de fazer muitas coisas.

— E você mencionou que tem irmãos?

— Tenho dois. Os dois são... Tipo... O mais velho, Johnny...

— Quantos anos mais velho?

— Três anos. Três anos e pouco. É um representante de vendas bem-sucedido que nunca cala a boca. Uma história engraçada atrás da outra.

— Ah, conheço bem o tipo! Fala o próprio nome seis vezes a cada frase? É cheio dos contatos, conhece bares que nunca fecham e, se você sair com ele, vai ser a melhor noite da sua vida, e vai precisar passar uma semana hospitalizado para se recuperar?

Ed despencou no travesseiro e caiu na gargalhada. Parecia feliz e, ao mesmo tempo, pensou Cara, aliviado.

— E ele é... Como posso dizer isso sem soar escrota? Um daqueles caras grotescos porém simpáticos que ainda assim conseguem pegar geral?

— Errou... Todo mundo diz que ele é um "partidão".

— Foto?

Ed mexeu no celular até encontrar uma.

Cara olhou. Johnny tinha cabelos castanhos, corte impecável, cílios longos, sardas e um sorrisão bonito. Ele poderia muito bem ser corretor de imóveis ou um jovem político.

— Ele é tipo uma versão mais produzida de você, *bem* mais produzida, para falar a verdade, e mais cheinho. — Ela deixou as palavras no ar por um instante e então abriu um sorriso de canto de boca. — E isso quer dizer que você também é um partidão.

— Mas Johnny é demais. As pessoas ficam hipnotizadas. *E* os ouvidos da gente chegam a sangrar com todas aquelas histórias absurdas. Ele causa um estrago aonde vai, e, mesmo se fizer você beber até dar perda total, você vai continuar achando ele o máximo.

Esse cara é uma figura, pensou Cara. Ele era um *amor*. Naquele momento, ela sentiu pura felicidade.

— E o seu outro irmão?

— Liam. Liam Casey. O maratonista.

Meu Deus do céu!

Mesmo quem não estava nem aí para esportes sabia quem era Liam Casey. Pouco importava se ele era medíocre e raramente vencia as maratonas internacionais. Com aquele cabelo loiro escuro bagunçado, o olhar sedutor e o sorriso malicioso, ele se tornou um ícone na Irlanda. Se Johnny era um "partidão", ele não chegava *nem aos pés* da sensualidade e do charme de Liam.

É, era de esperar que Ed se sentisse um zé-ninguém tendo ao lado um poço de charme e um deus do sexo.

— E você se dá bem com os seus irmãos? Gosta deles?

— Na maior parte do tempo. Liam é... Ah, você sabe... O cara é um atleta, parece um galã de novela, e é difícil não deixar isso subir à cabeça. Ele jura que a vida vai ser sempre fácil para ele, não que tenha algo de errado nisso. E Johnny é o meu irmão mais velho. Ele tem lábia, charme e é um cara legal. Quase sempre, porque ninguém é perfeito, mas, quando eu era moleque, ele era o meu ídolo. Meio que ainda é.

— Entendi.

— Eles me zoam, os dois. Porque eu sei o nome das plantas em latim. Tipo, eu *tenho* que saber, para o meu trabalho. Eles me chamam de *Hominis ordinarius*. Em latim, significa...

— "Homem ordinário". É, eu imaginei.

Mas ela estava começando a se dar conta de que eles estavam errados. Ed não era ordinário. Modesto, talvez, mas não tinha nada de ordinário.

Nove

Nell acordou com um telefone tocando.

— Bom dia, Nell — disse Dilly. — É Sexta-feira Santa, e está na hora do café da manhã. TJ, Bridey e eu vamos te buscar em cinco minutos. Liam pode vir também.

— O que foi? — perguntou Liam, sonolento.

— Dilly e sua gangue estão vindo.

— Maravilha. — Ele se sentou e esfregou os olhos enquanto ela ia correndo para o banho, vestindo depois um macacão.

No térreo, o restaurante era enorme e estava preparado para receber grupos grandes. Muitas mesas para vinte ou mais pessoas, todas cobertas com toalhas de um branco que era capaz de cegar alguém.

Jessie, Johnny e Saoirse estavam a uma mesa de doze lugares.

— Ed, Cara e os meninos já estão vindo — disse Jessie. — Vocês podem pedir algo do cardápio — falou para Nell — ou então se servir no bufê.

— Ela *sabe* — disse TJ.

— É a primeira vez que ela vem aqui — disse Liam, baixinho.

— E onde ela estava todos os outros anos? — Dilly ficou confusa.

— Você vai entender quando for mais velha.

— Vem! A gente vai te mostrar como funciona o bufê — disse Bridey.

Grata, Nell se levantou. A família do marido parecia do bem, mas eles eram bem mais velhos que ela e tinham vidas muito diferentes. Os únicos com quem se sentia à vontade eram as crianças.

— Eu também quero ficar de mãos dadas com ela! — reclamou Dilly.

— Eu não estava de mãos dadas com ela... estava *trazendo* ela — rebateu Bridey. — De qualquer forma, ela tem duas mãos.

— Bandeja. — TJ entregou uma a Nell.

— *Eu* queria dar a bandeja para ela! — reclamou Dilly.

— Bobeou, dançou.

Meu Deus, quanta comida! Nell já tinha visto bufês de café da manhã antes, mas nunca um paraíso daqueles.

— As frutas ficam aqui — disse TJ. — Mas ninguém liga. *Óbvio.* Ali tem queijo e presunto, para os alemães.

— Salmão defumado e alcaparra aqui — mostrou Bridey. — Por quê? Não. Sei. Perto desse monte de coisa nojenta, salsicha, chouriço. Cruzes. Pode ignorar...

— ...porque a melhor parte é essa aqui. — TJ levou Nell até uma máquina de waffles. — Waffles e panquecas. Pode colocar Nutella ou xarope de bordo...

— Ou os dois! — falou Dilly.

— Depois volta para pegar cereal de chocolate. Mas a melhor parte mesmo... — Elas levaram Nell até um balcão que continha uma variedade fascinante de docinhos. Só o cheiro dava água na boca.

— Com licença. — Uma mulher cutucou o ombro dela.

Nell, saindo do transe dos docinhos, se virou.

— Pois não?

— A torradeira está quebrada. Vocês precisam consertar.

— Eu posso... Tá, eu posso até dar uma olhada...

— Mas você não trabalha aqui? — A mulher apontou para o macacão de Nell.

— Não, mas posso dar uma olhada mesmo assim.

— Ai, perdão! — A mulher recuou e esbarrou em um homem que carregava o prato mais cheio de alimentos fritos que Nell já tinha visto. — Achei que você fosse da manutenção.

As três meninas organizaram um inquérito.

— O que aquela senhora queria?

— Que eu consertasse a torradeira.

— Porque você está com roupa de homem? — exclamou TJ. — É por isso que eu também uso. Assim as pessoas sabem que você tem capacidade de fazer as coisas.

Bridey largou a bandeja, ansiosa por ser a primeira a contar a todos à mesa o que tinha acontecido. Dilly e TJ seguiram na cola dela, então Nell decidiu ir também. Ed, Cara, Vinnie e Tom já tinham chegado, e a história provocou um ataque de riso generalizado.

— Então ela disse: "Achei que você fosse da manutenção!"

— Aí a mulher deu um encontrão num cara, e o bacon dele caiu todo no chão.

— Ele fingiu que não ligou, mas ficou *furioso*!

— E um pedaço do chouriço foi parar na tigela de iogurte dele.

— Foi *tão* engraçado!

Liam era o único que parecia não ver graça.

Johnny ficava fazendo as meninas repetirem a história.

— TJ, fale de novo: "A torradeira está quebrada. Vocês precisam consertar."

TJ obedeceu. Em seguida, Johnny disse:

— Você agora, Nell.

— Então eu, sem entender nada, falei assim: "*Tááá*, eu posso até dar uma olhada."

— O mais engraçado — disse Jessie — é que Nell provavelmente *teria* consertado a torradeira.

— Ah, não. Não sou boa com eletrodomésticos.

— Mas você teria *tentado* — completou Ed, provocando outro ataque de risos.

— Tá — interrompeu Bridey. — A gente precisa comer. Vamos, crianças. Vem, Nell.

Quinze minutos depois, Jessie disse:

— Central Estraga-Prazeres sente informar, mas nossa charrete chegou.

— Rezem por nós — pediu Johnny. — Invejo vocês. Tudo o que vão fazer é escalar uma montanha.

— As refeições de vocês vão estar na recepção, embaladas para viagem — disse Jessie. — E, Nell, você vai se lembrar de buscar Ferdia e Barty na estação?

— Vou.

— Vocês vão voltar a tempo para a escalada? — perguntou Jessie a Ed.

— Sim. Só vamos fazer a trilha até a Catarata de Torc. Quatro horas no máximo.

Lá foram eles. Ed abriu um mapa — Nell estava descobrindo que Ed era ótimo com mapas, provavelmente por causa do trabalho de campo que ele fazia — e consultou uma trilha com Liam.

— Posso retirar? — Um garçom começou a recolher os pratos de cerâmica abandonados. Depois apontou para vários pratinhos com restos de pão doce. — Esses também?

Esse era o problema dos bufês: as pessoas se empolgam e pegam comida de mais. É a natureza humana. Mas, quando Nell pensava em Kassandra e Perla, era doloroso ver tanto desperdício.

Nell as conheceu em um ponto de ônibus, no frio de janeiro. Uma menininha, chorando baixinho, estava de pé ao lado da mãe.

— Está com frio? — Nell já estava tirando o próprio cachecol.

— Está com fome — disse a mãe, Perla. — Jantamos peixe hoje. Ela fica enjoada.

— Você não pode comer outra coisa? — perguntou Nell a Kassandra.

Não, ela não podia. Nell ouviu a história delas. Estavam em busca de asilo. A guerra as tinha expulsado da Síria, e elas vieram à Irlanda com a esperança de obter o status de refugiadas. Mas, até lá — e se conseguissem —, seria como se não existissem. Não teriam garantia nem dos direitos básicos. Dormiam em um prédio com outros pobres exilados das piores partes do mundo. Não tinham privacidade. Havia um único banheiro para dezessete pessoas. Não eram permitidas visitas. As refeições eram fornecidas por uma cozinha central. Era sempre a mesma comida, e a qualidade, precária.

Quando Nell perguntou delicadamente sobre a situação financeira delas, descobriu que Perla recebia trinta e nove euros por semana do governo, e Kassandra, trinta.

— Com esse dinheiro, temos que comprar roupas, remédios, livros didáticos para a Kassandra, tudo — disse Perla. — Quero trabalhar, mas não posso.

Nell deu a Kassandra os dezenove euros que tinha no bolso, pegou o número do celular de Perla e, quando chegou em casa e encontrou Liam, ela estava aos prantos. A situação delas pareceria ruim demais da conta. Nell não tinha ideia de como poderia ajudar, mas sabia que precisava tentar. O mundo só ia melhorar se todos fizessem sua parte.

Desde então, elas mantinham contato. Nell não tinha muito como ajudar na parte financeira, mas fazia o possível para ser uma boa amiga.

Dez

O trem de Dublin foi diminuindo a velocidade até finalmente parar na estação de Killarney.

— Acorda. — Ferdia cutucou Barty. — Chegamos.

Ferdia, um varapau seco com um gorro cobrindo a franja, se levantou e deu uma porrada no bagageiro, fazendo com que sua mala rolasse para fora e aterrissasse perfeitamente em seus braços.

— Pega a minha também, mano.

Barty era uma versão mais baixa e robusta de Ferdia. Até mesmo o gorro e o jeans largo eram quase idênticos aos dele.

Ferdia entregou a mala para Barty e perguntou:

— A gente está de boa?

Barty tinha ficado bravo com Ferdia por ter feito com que perdessem o trem no dia anterior — tudo porque Ferdia quis ir a uma manifestação. Barty estava sempre sem dinheiro e gostava muito daqueles feriados em hotéis de luxo todo ano.

— Tranquilo. — Ele deu de ombros. — Você vai me ver comendo e bebendo em três dias o que eu como e bebo em quatro.

Muita gente estava desembarcando. O movimento da Sexta-feira Santa estava a todo vapor.

— Minha mãe disse que Nell vinha nos buscar — disse Ferdia.

— A nova esposa do Liam? Como ela é?

— Sei lá. A gente mal se conhece. — Ferdia avistou uma mulher de macacão. — É ela.

— Com aquele cabelo? *Caraca*. Não tem nada a ver com a sua mãe, né? Tipo, nada!

— Agora cala a boca. Nell! Oi. — Ferdia a segurou pelos ombros e deu um abraço meio desengonçado nela. — Barty, essa é a Nell. Minha tia Ou quase isso? — perguntou ele a Nell.

— Tia postiça, porque me casei com Liam.

— Isso se Johnny fosse meu pai. Mas não é. — Ele abriu um sorriso tenso. — Enfim, Nell, esse é o Barty, meu primo. É filho da irmã do meu pai. Digo, meu pai que morreu. Filho da Keeva.

— Entendi.

— Você é esperta. — Barty a encarou, visivelmente admirado.

— Por aqui. — Nell caminhou até o carro a passos largos. Os garotos jogaram as bagagens no porta-malas, Barty saltou para o banco do carona e Nell deu ré com uma manobra estilosa.

Não diga nada, pensou Ferdia. Mas — *é claro* — Barty tinha que abrir a boca.

— Você dirige como uma profissional.

Que vergonha. Nell era velha. E casada com seu tio postiço. Barty não devia... fazer o que estava fazendo. Dar em cima dela?

— Vai ser um fim de semana legal. — Barty estava sendo um tremendo babaca. Um babaca *enxerido*. — Estou empolgado.

— Eu não — disse Ferdia. — Mas a minha mãe me mataria se eu furasse.

— Eu entendo — disse Nell. — Você já é um homem, não quer participar dessas coisas de criança.

Espera aí! O quê...? Ela estava... *debochando* dele? Ofendido, Ferdia ficou em silêncio por um momento.

— Não tem nada a ver com a caça aos ovos de Páscoa. Não queria vir porque não concordo com nada disso.

Nell não disse nada, mas ele continuou mesmo assim.

— Aquele dinheiro todo. É errado. Cada um de nós tem um teto para morar.

— *Ferd* — murmurou Barty.

— Ainda assim, estamos pagando uma grana... Beleza, não eu, sei disso... Por outro teto enquanto existe um problema de habitação no país.

— Hmmm. — Os olhos dela encontraram os dele no retrovisor.

— Você não concorda?

— Ferdia, se coloca no meu lugar: se sua cunhada convida você para curtir um feriado com tudo pago e o filho dela começa a criticar a atitude dela, você vai entrar na pilha dele? — Ela soltou uma risadinha. — Seria, no mínimo, estranho.

— E daí? Por quatro diárias num hotel com tudo incluso e todo o chocolate do mundo, você se vendeu. *Beleeeza.*

Os olhares deles se cruzaram novamente — o dela, impassível, o dele, intenso —, e o restante da curta viagem seguiu em silêncio.

A esperança de Ferdia era evitar a família o máximo possível. Mas encontrou Jessie e Johnny andando de um lado para o outro no lobby, com os quatro filhos, obviamente recém-chegados de um passeio.

— Na hora certa — alertou Saoirse.

O rosto de Jessie se iluminou de alegria.

— Filhinho, você chegou! — Ela o puxou para um abraço.

— Não me chame assim, mãe. — Ele ficou envergonhado por Nell ter ouvido.

— Você sempre vai ser meu filhinho. Filhinho número um. — Ela sorriu ao ver a jaqueta, o gorro e o coturno dele. — Parece que está indo descarregar um navio no porto. E você também, querido. — Jessie se voltou para Barty. — Obrigada por vir. Estamos muito felizes que esteja aqui. — Em seguida, abraçou Nell. — Obrigada.

Dilly correu em direção a Ferdia, e ele a pegou no colo.

— E aí, mocinha!

— Fomos passear de charrete! O papai odiou!

— O papai odiou mesmo — disse Johnny.

— Disse que foi o pior dia da vida dele. — TJ se escorou em Ferdia.

— Estava frio — falou Bridey. — E foi *tããão* chato...

— Alguma falha de segurança? — perguntou Ferdia.

— Não tinha cinto de segurança na charrete... Mas — admitiu Bridey — ela não era tão rápida para ser capaz de causar um acidente de verdade.

— É por isso que eu gosto de você, Bridey. Você é justa. Critica quando é necessário, mas também elogia quando é o caso.

Bridey corou.

— Obrigada.

— Fez bem em "perder" o trem ontem — disse Johnny. — Se livrou de um dia infernal.

— Ah, para. — Jessie estava rindo. — Não foi tão ruim assim... E o que é mesmo que dizem sobre a vida? Só nos arrependemos daquilo que não fizemos.

Ferdia viu Nell andando sem jeito em volta do grupo, excluída daquela demonstração forçada de afeto em família. *Vai embora logo*, pensou ele. *O que está esperando?*

Jessie pegou Nell pela cintura.

— Olhe como Ferdia é bonitão. Assim que ganhar corpo, vai ficar irresistível. E aquela barbinha não é uma graça?

— Mãe. — Ferdia não sabia quem estava mais constrangido, ele ou Nell.

— Falando nisso, sr. Irresistível — disse Saoirse —, sua namorada está aqui.

Sammie estava ali? O coração dele deu um salto. Ela tinha decidido não terminar com ele então? E como chegou lá antes dele?

— A falsa do ano passado — disse Saoirse. — Com o sotaque forçado.

Ferdia olhou para Barty e, juntos, disseram:

— Phoebe?

Phoebe tinha sido tanto o ponto alto quanto o baixo da Páscoa passada. A família dela também era enorme. Ela era alguns anos mais velha que os outros jovens e estava claramente de saco cheio do hotel, assim como Ferdia.

No jantar em família da primeira noite, Phoebe estava numa mesa igualmente comprida e tumultuada. Ela olhou para ele uma vez e, na segunda, sustentou o olhar de Ferdia por tempo suficiente para deixar suas intenções bem claras. Uma hora depois, quando ele levava Dilly para ver um filme na sala de cinema, Phoebe trazia um menino pequeno que estava fazendo pirraça. Houve mais uma longa e intensa troca de olhares.

Ferdia e Sammie estavam, pela enésima vez, dando um tempo. Então, ressentido e inconformado, concluiu que tinha direito, sim, de afogar as mágoas com aquela menina. Foi fácil descobrir o nome dela — só precisou escutar como as irmãs a chamavam. E, sim, o sotaque dela, quando respondia aos chamados, era ligeiramente forçado. Mas era *bonita*, com seu cabelo castanho-avermelhado, seus olhos castanhos penetrantes e, como Barty não se *cansava* de dizer, tinha um corpaço.

Depois de subornar TJ para perguntar o sobrenome da menina a uma das crianças, Ferdia encontrou o Instagram dela. Mas a conta era privada. E também não conseguia encontrar seu Snapchat sem o nome de usuário dela.

Enviou uma solicitação para segui-la no Instagram, mas, apesar do clima intenso entre os dois, nada aconteceu.

— Talvez ela apareça mais tarde na casa do lago.

Era o local onde, tradicionalmente, os hóspedes adolescentes se reuniam às escondidas para sessões ilegais de bebedeira na calada da noite. Ferdia e Barty esvaziaram o frigobar do quarto deles e levaram todas as bebidas alcoólicas para o lago. Ficaram lá até duas da manhã, fumando maconha e falando merda, mas ela não apareceu.

No dia seguinte, Ferdia ficou grudado no celular, andando de um canto para outro para se certificar de que estava com sinal. Mas, embora Phoebe tivesse lançado olhares provocantes para ele no lobby e depois na piscina, não aceitou sua solicitação no Instagram.

Foi somente sábado à noite, na véspera da Páscoa, que ele percebeu.

— Ela está sem celular!

— Você está chapado.

— É sério. Eu nunca a vi mexer no celular. Ela está sem.

Barty ficou pasmo.

— O que eles são? Amish?

— Ela deve estar para fazer vestibular.

Na Irlanda, semanas antes do vestibular, os pais costumam confiscar o celular dos filhos para que mantenham o foco.

— Foi por isso que ela não apareceu na casa do lago. Ela tem hora para dormir.

— Então como você vai chegar nela? — perguntou Barty. — Vai mandar um corvo? Obrigar Saoirse a virar amiga dela? Fazer coisas de menina? Elas podem conversar sobre menstruação e tal.

— Eu? — A voz de Saoirse falhou. — Vocês me ignoram o fim de semana inteiro para ficar atrás daquela piranha metida...

— Não fala assim dela.

— ...e agora quer que eu banque a cafetina? — Ela parecia prestes a chorar. — Vão sonhando, seus otários.

Depois de um silêncio constrangedor, Ferdia disse:

— Saoirse. Desculpa. Eu... Ok, beleza... Eu pisei na bola. Deixei você de lado. Um pouco. Desculpa.

— Vocês acham que *eu* queria estar aqui? Ver *Frozen* vinte vezes seguidas? Dividir quarto com Bridey? Quer saber? Não bebi nada desde que cheguei aqui e já tenho *dezesseis* anos.

— Foi mal. — Barty e Ferdia estavam cheios de remorso. — Tipo, mesmo.

Onze

Nell entrou no quarto um pouco abalada. Liam estava estirado na cama, escutando alguma coisa no celular.

— Eles estavam mesmo na estação? — Ele tirou os fones de ouvido. — Graças a Deus. Acho que a coitada da Jessie teria ido até Dublin e jogado Ferdia dentro do carro pessoalmente se ele não tivesse vindo.

— Ele já está aqui. — Ela desamarrou os cadarços dos Converse e jogou os tênis para longe com um chute. — Vem cá, qual é o problema do Ferdia? Ele nos julgou muito. Por estarmos aqui no meio de uma crise habitacional. Eu só queria *morrer*.

— O que ele falou?

Ela parou. Não era bom ficar reclamando, muito menos da família dele.

— Ah, deixa pra lá. É que eu fiquei surpresa. Ele tinha sido muito legal nas outras vezes em que nos encontramos.

Mas quando tinha sido mesmo? Na bebedeira de Jessie na véspera do Ano-Novo? Na festa do Dia de St. Patrick? Quando a farra estava tão grande e tinha tanta gente que ela e Ferdia mal trocaram um "oi"?

— Ele é um idiota — declarou Liam. — Um babaquinha mimado. E Barty é pior. Um imbecil de carteirinha.

— Liam! — Ela deu uma risada cheia de culpa. — Não fala isso.

— Mas é. Uma cópia de Ferdia. Toda vez que ele faz uma tatuagem nova ou qualquer outra coisa, Barty faz igual. Veja os anéis dos dois.

O celular dela vibrou.

— Eita! E-mail — disse ela. — Liam! É... — Ela deu uma lida rápida e virou para ele com os olhos arregalados. — Liam, eu consegui! A peça no Playhouse!

— Ah, é? Aquela sobre o tempo?

— *Timer*, isso.

— Nossa... — Ele parecia atordoado. — Que... Que maravilha! Quanto você vai receber?

— Nadinha. Mas não me importo. É a primeira vez que vou ser cenógrafa-chefe. Eles confiam em mim, Liam! Gostaram das minhas ideias! Temos que comemorar. Quanto tempo falta para o jantar?

— Cerca de uma hora.

— Tempo suficiente. — Ela lançou um olhar fatal para Liam e abriu alguns centímetros do zíper do macacão.

A postura dele mudou completamente, e ele ficou paralisado e alerta.

— Vai ser assim, é?

— Ah, se *vai*.

Mais que depressa, ele saiu da cama, atravessou o quarto e a puxou pela cintura. Então disse baixinho:

— Olá.

— O-*lá*.

Ele segurou o rosto dela com as mãos.

— Você é tão, tão linda...

Ela abriu a calça jeans dele de qualquer jeito, e eles foram levando um ao outro para a cama...

A campainha tocou freneticamente, acompanhada de batidas com a palma da mão na madeira da porta.

— Abre! Abre! — ordenaram vozes de meninas.

— Que porra é essa?

— Ignora — implorou Nell.

— A gente sabe que vocês estão aí dentro! — Os toques de campainha e as batidas continuaram.

Eles se entreolharam com os olhos arregalados enquanto o clima ia esfriando lentamente.

— Vocês precisam ver isso! — berrou alguém, provavelmente TJ.

Aceitando a derrota, Nell apoiou a testa na de Liam.

— Mais tarde? Abotoou a calça?

— Acabei de abotoar.

Assim que Nell abriu a porta, aquele furacão que eram Dilly, TJ e Bridey juntas partiu na direção dela.

— Nell, vem logo! Você também, Liam, se quiser. Estamos espiando a nova namorada de Ferdia. Aquela do ano passado. Ela está na varanda!

— Esperem por mim. — Liam esticou a camisa de malha por cima da calça jeans.

Bridey pareceu horrorizada.

— Vocês dois estavam...? Isso é nojento! Lavem as mãos.

— Não dá tempo! — Dilly estava prestes a explodir de impaciência.

— Aonde vamos? — perguntou Nell.

— Para o quarto da minha mãe — disse Bridey. — Ferdia veio pegar um carregador emprestado...

— Porque — se intrometeu TJ — ele esqueceria a cabeça se não estivesse grudada no pescoço.

— Ele tem coisas mais importantes na cabeça! — A voz de Dilly saiu esganiçada. — É um gênio aquele menino. Saoirse também está lá. — Eles chegaram à suíte de Jessie. — Foi ela que viu a piranha metida na varanda.

Saoirse abriu a porta para eles.

— Ela ainda está lá!

Nell correu atrás das três meninas e de Liam.

— Quer dizer que você conheceu essa menina no ano passado? — Liam correu para a varanda de Jessie e Johnny.

— Espera aí! — Ferdia o puxou. — Fica de boa. Nós dois — Ferdia segurou Liam pelos ombros —, a gente vai para a varanda, tipo, como quem não quer nada. Depois a gente olha para os quartos à direita. E para o andar de baixo. Age, tipo, *naturalmente*.

— Mas a gente foi buscar a Nell! — disse Dilly.

Ferdia se virou irritado.

— Por que não vamos *todos* para a varanda ver a vista então?

Três meninas, de roupão e óculos escuros, estavam relaxando na varanda. Uma pintava as unhas do pé, e as outras duas mexiam no celular. Elas cochichavam entre si.

— Qual delas? — perguntou Liam.

— A do meio.

Mesmo a distância, Phoebe era evidentemente a líder do grupo. Nell a encarou mais um pouco, e, como se sentisse a plateia, a menina olhou para cima.

Ela baixou os óculos escuros, viu Ferdia e o encarou intensa e longamente. Então de repente colocou os óculos de volta e se virou.

Vermelho de raiva, Ferdia voltou para dentro do quarto.

— Valeu mesmo, Nell. Aquilo foi constrangedor pra caralho. Não tinha como ser mais indiscreta?

— Ei! — disse Liam.

Ferdia olhou para Liam, depois para Nell, depois para Jessie.

— Foda-se — declarou ele, marchando para fora da suíte e batendo a porta atrás de si.

Nell estava morrendo de vergonha.

— Desculpa, gente.

— Não, não. Você não fez nada de errado — declarou Jessie.

— É melhor a gente... — disse Liam, indo com Nell em direção à porta. — Nos vemos no jantar.

— Meia hora. — A voz de Jessie soava trêmula.

No corredor, Nell disse:

— Desculpa, amor.

— Não é culpa sua que Ferdia seja um babaca mimado.

Johnny se consumia por dentro. Ferdia desgraçado. Não fazia nem uma hora que estava no hotel e já tinha chateado Jessie e Dilly. E Nell. Era *bom* que ele aparecesse para o jantar.

E qual era a dele com aquela menina na varanda? Ele já tinha namorada! Todo mundo gostava de Sammie. Ela *parecia* brava com aqueles coturnos pesados e os cabelos raspados, mas era muito simpática.

Os dois estavam provavelmente dando mais um tempo. Eles pareciam Burton e Taylor — competições de grito dramáticas e acaloradas que podiam ser perfeitamente ouvidas pela vizinhança inteira, seguidas, alguns dias depois, por um reencontro apaixonado. Foi divertido por uns meses, mas agora até mesmo Johnny estava de saco cheio.

Depois de vários minutos em silêncio, Jessie anunciou:

— Certo, pessoal. Vamos descer agora.

— Tenho que fazer uma coisa — disse Johnny. — Desço em um instante.

Jessie estava para baixo demais para perguntar que "coisa" seria essa. O que era bom, porque ele queria dar uma lida nos comentários abaixo da matéria sobre Jessie. Só queria ver quão ruins eles eram.

Homem Boa-Pinta
JESSIE PARNELL É UMA FEMINAZI CASTRADORA DE MACHO

Tragam a Forca de Volta
Porcarias superfaturadas para os alienados de Dublin 4.

Justiça para os Homens
Magra como um galgo? Ela é gorda pra cacete.

Ataque às Gordas
Mesmo assim, eu comia.

Justiça para os Homens
Você come qualquer coisa que anda ela é HORROROSA uma CADELA velha

Gigante de Dublin
como ela consegue trazer esses chefs pra Dublin? favores sexuais?

Ataque às Gordas
Eu aceitaria um favor sexual dela.

Justiça para os Homens
Horrorosa mesmo, meu amigo. Espero que o coitado daquele marido dela esteja comendo outra.

Homem Boa-Pinta
É CLARO QUE TÁ BASTA OLHAR PRA CARA DO SAFADO PRA SABER QUE ELE COME UMAS VAGABUNDAS NA MOITA PROVAVELMENTE FUNCIONÁRIAS DELE SENÃO SERIA TROUXA PRA CACETE

Morte às Feminazis
Boatos de que ele é comedor. Porra, não julgo. Ela tem cara daquelas que cortaria as bolas do marido, essa mulher aí.

Branco Poderoso
Ela promove o islamismo

Ataque às Gordas
Tô por fora

Branco Poderoso
Vende comida Halal. E aquelas especiarias imundas deles. Se eles não encontrassem a comida nojenta deles aqui na Irlanda, talvez voltassem pra porra da terra dos terroristas.

Paddy, o pombo-correio
Conheci ela. Simpática demais. Falsa.

Johnny voltou a respirar. Eram os mesmos comentários pesados de sempre. Tinha pedido a Jessie que nunca os lesse, e ela disse que não lia, mas quem garante?

Ferdia voltou batendo o pé para o quarto e desabafou com Barty por vários minutos sobre o mico que ele passou por causa da Nell.

— Mas você conhece a sua família — disse Barty. — Eles iam ficar saindo e encarando Phoebe como malucos até ela perceber.

— Só estou morto de vergonha por ela ter me visto com aquela porrada de gente, e eu olhando para ela que nem um *stalker* bizarro.

— Mas no ano passado foi ela que ficou de olho em você. E pelo menos agora ela sabe que você está aqui. Será que ela está com o celular dessa vez?

— Está. Eu vi. — Ele tamborilou com os dedos nos lábios. A raiva pelo constrangimento estava indo embora.

— Agora estou me sentindo meio mal por ter surtado com a Nell. Ela não fez por mal... Não acho que estava querendo atrapalhar.

— Pois é. E, tipo, você também foi meio babaca com ela no carro. Você está revoltado com o lance dos sem-teto, mas isso não é culpa dela.

Nell tinha pegado Ferdia num momento ruim. Ele ficava realmente incomodado com o fato de a própria mãe gastar todo aquele dinheiro enquanto existiam crianças literalmente dormindo em chãos.

— Quem sabe... — disse Barty. — Talvez ela nem quisesse ter vindo.

— Talvez. Eu podia, sei lá... Pedir desculpas a ela?

Ferdia jamais se desculpava com adultos — bem, ele nunca se desculpava com Jessie nem Johnny. Eles já tinham tanto controle que ele não poderia baixar mais a guarda. Mas Nell não era bem uma adulta. Ou talvez não fizesse parte da família de verdade.

— E se ela me mandar ir à merda?

— Não vai. Ela é um amor.

— Hahaha. Seu besta. Só porque você gosta dela. Beleza. Está na hora. Vamos.

Os outros já estavam no restaurante. Antes que perdesse a coragem, Ferdia se dirigiu logo a Nell.

— Posso falar com você? Queria pedir desculpas. Pelos palavrões e por ter culpado você. É que eu fiquei com muita vergonha.

Ela sorriu.

— Tudo bem, Ferdia.

O alívio que ele sentiu parecia o calor do sol.

— E pela grosseria no carro. Desculpa por isso também.

— Nunca aconteceu.

— Então, estamos de boa?

— De boa.

Quando foi se sentar, o celular vibrou no bolso. Ele deu uma olhada. Era uma solicitação de Phoebe.

— Bart! — Ele mostrou a tela para o primo. — *Agora* vai!

Doze

— Veio passar o fim de semana? — Dominique, a massagista, conduziu Jessie pelo corredor à meia-luz.

— Com a minha família. Estão fazendo trilha ao redor do Lough Dan hoje.

— E você está tirando um tempo para si. Muito sábia. — Ela levou Jessie até uma sala aromatizada. — Pode se sentar. Alguma queixa específica?

— Os meus pés são horrorosos.

— Tenho certeza de que são lindos. O que eu queria saber é como gostaria de se sentir depois da massagem. Desintoxicada? Relaxada?

— Relaxada. Acho. — Mas, se relaxasse, quem cuidaria de tudo? Depois que Rory morreu, quando Jessie foi tratar do luto na terapia, a mulher disse: "Você acha que é responsabilidade sua fazer o planeta girar." Só que Jessie sempre foi assim. Era impossível delegar porque sentia que era capaz de fazer tudo melhor e mais rápido que todo mundo.

A massagista já tinha começado.

— Você está bem tensa mesmo.

É por isso que vim fazer massagem.

— Esses nós no seu pescoço... — Dominique falou como se Jessie tivesse atado aqueles nós de propósito.

Ou será que ela estava apenas sensível e exagerando? Tinha coisa demais na cabeça. Aquela matéria tinha mexido com ela. A insinuação de que ela dormia com Johnny enquanto ainda estava com Rory... Por que traziam isso à tona em quase toda entrevista?

Ela *podia* divulgar uma nota dizendo que nunca tinha traído Rory, mas não devia satisfações de sua vida pessoal a ninguém. E, de qualquer forma, eram águas passadas. Além disso, as pessoas que mais importavam nessa história toda — os pais de Rory, Michael e Ellen, e as duas irmãs dele, Keeva e Izzy — jamais acreditariam nela.

Jessie devia ter contado a eles assim que começou a se relacionar com Johnny. Mas enfiou na cabeça que não estava rolando nada sério entre eles. Foi só quando engravidou de Bridey que precisou contar — mas aí já era tarde demais.

Isso tudo foi treze anos atrás. Agora, ela conseguia ver que só podia estar muito cega de amor na época para achar que a família de Rory teria ficado feliz por eles. Ela pisou na bola feio com eles e não se orgulhava nem um pouco disso. Felizmente, esse distanciamento não atingiu Ferdia e Saoirse, que tinham uma relação próxima e amorosa com os avós, as tias e os primos do lado paterno. Mesmo assim, quando as crianças ainda eram pequenas e precisavam de alguém que as levasse e buscasse nos lugares, Ellen e Michael, sem aviso nem cerimônia, sempre apelavam para um terceiro adulto, de modo que, quando Jessie batia à porta dos Kinsella, era certo que um vizinho ou genro os receberia. Michael e Ellen passaram por maus bocados para evitar ver Jessie e Johnny.

Ferdia e Saoirse já tinham idade suficiente para serem mais independentes agora. Jessie se perguntava se, caso ela esbarrasse com um dos Kinsella hoje em dia, eles poderiam ter uma conversa civilizada. Logo após aquele desentendimento terrível, alguém, que ela suspeitava se tratar de sua ex-cunhada Izzy, passou a publicar na internet uma série de avaliações detonando a PiG. Mas já tinha parado fazia tempo. Da família de Rory, além dele próprio, Izzy era de quem Jessie mais sentia falta. Era sua melhor amiga, quase uma alma gêmea. Também amava Keeva — as duas foram suas madrinhas de casamento porque ela não tinha irmãs —, mas Izzy era especial.

Até mesmo agora, se lembrando da discussão com Izzy, quando ela percebeu a barriguinha de Jessie, foi como se tivesse levado uma facada na barriga.

— Você está grávida? — sussurrara a ex-cunhada. — De Johnny? — Ela se debulhara em lágrimas. — Rory se foi. Você ficou com tudo, e nós não temos nada. — Aquele dia horrível terminou com Izzy gritando: — Você nunca o amou de verdade!

O que era um absurdo. Ela era *louca* por Rory. Ele tinha um coração tão bom.

Ok, Johnny conseguira passar a impressão de que, se ela estava interessada, ele também estava... Era uma habilidade e tanto prometer algo sem se comprometer. E, sim, aquilo provocou um friozinho na barriga dela. Era tão ruim assim? Na escola e na faculdade, ela era uma nerd sardenta — ninguém ficava a fim dela! E Johnny era tão gostoso, tão cobiçado... Ter *dois* homens, ambos aos pés dela, foi excitante...

Talvez Johnny só tivesse interesse porque ela estava com o melhor amigo dele. Mesmo assim. O que importa é que ela nunca deu corda para nada daquilo. Foi Rory quem persuadiu Johnny a ir trabalhar na Parnell International Grocers, insistindo que ele seria uma ótima aquisição.

Se voltasse atrás, ela teria escolhido Rory novamente. Ele fazia muito mais seu tipo — era *confiável*. Já Johnny, sempre pareceu... Bem... Sempre pareceu meio safado...

Mas Rory morreu, o que não é lá coisa de gente muito confiável. E ela, apesar dos pesares, acabou se juntando ao talvez-sempre-meio-safado Johnny. Então o que é que se sabe dessa vida?

Treze

— Minhas pernas estão cansadas — reclamou Bridey. — Devia existir uma lei contra obrigar crianças a se exercitar tanto.

Nell concordou em silêncio. Tinha sido um dia adorável: o lago reluzia, a refeição para viagem do hotel incluía garrafinhas de vinho, mas a temperatura despencou e ela estava cansada, pois fazia uma hora que carregava Dilly nos ombros.

— Estamos quase chegando ao estacionamento — avisou Johnny.

— Se a gente estivesse gravando um filme, teriam nos dado um intervalo *horas* atrás — persistiu Bridey.

— Ai, cala a boca! — gritou TJ. — Você só tem doze anos e parece uma velha falando!

— Eles teriam escalado gêmeos, e cada um ia gravar metade do percurso — disse Nell.

— Isso mesmo! — Tom ficou maravilhado com a ideia.

— Você estaria sentado no seu trailer agora, enquanto o seu irmão gêmeo terminava a gravação.

— Lá está o estacionamento!

— Finalmente.

Uma discussão — a enésima — sobre quem ia se sentar ao lado de Nell na minivan de Johnny começou. Desempenhar o papel de árbitro naquela altercação perpétua entre as meninas era dureza.

A minivan de Johnny estacionou na garagem do hotel, e incontáveis Caseys saltaram do veículo aos tropeços.

— Vamos esperar Vinnie e Tom.

Instantes depois, chegou o carro de Ed. Portas de carro abriram-se e fecharam-se.

— Tio Liam — disse Bridey —, vamos fazer uma chamada de vídeo com Violet e Lenore! Podemos fingir que elas estão aqui.

— Tá bem... — Liam lançou um olhar para Nell.

Essa foi a deixa para ela dar no pé.

Ela queria ter uma boa relação com as filhas dele, mas Liam tinha acabado com suas esperanças.

— É que é difícil demais para elas. Já bastou o divórcio...

Nell só as tinha visto pessoalmente uma vez numa viagem rápida a Atlanta, em outubro passado, quando Liam contou às meninas que se casaria outra vez.

— Elas deveriam pelo menos me ver — insistiu Nell.

— Não vai ser fácil...

Não foi. Violet, de dez anos, reagiu com raiva, e Lenore, de sete, ficou confusa e quis chorar. Nell sentia que elas só precisavam se conhecer melhor, mas Liam não queria saber.

— Nell? Aonde você vai? — Bridey soava confusa. — Você é a madrasta delas!

— Não tem problema — disse Liam. — Ela não precisa ficar.

— Mas...

Do nada, Cara falou:

— Tem gente demais aqui, vamos acabar atrapalhando. — Ela segurou o braço de Nell. — Nos vemos daqui a pouco.

Nell se deixou levar até o lobby.

— Obrigada.

— Imagina. — Cara abriu um breve sorriso, e o alívio tomou conta de Nell.

— Ele quer proteger as filhas — explicou Nell. — É difícil para elas aceitar que o pai se casou de novo. Ele acha que é melhor se elas não me virem.

— Eu entendo.

— Ele tem que fazer o que é melhor para elas. Mas estou sendo egoísta. Me sinto mal porque não vou ter filhos. Eu amo crianças, mas o planeta... Sabe?

— Justo. — Enquanto esperavam o elevador, Cara disse: — Restaurante chique hoje à noite. Hora de estrear o Gucci.

— *O quê*? Ah, foi uma piada! Ai, meu coração...

— Desculpa! — disse Cara, e as duas riram. — Com o tempo, você *vai* se acostumar. Demorei *séééculos*, mas... Pois é, que roupas usar e tudo mais.

— Então o que eu *devo* usar hoje à noite?

— Um vestido. Você tem algum?

— Peguei dois emprestados. Minha amiga Wanda, que morava comigo, trabalha com figurinos — pausou ela. — Ai, será que eu posso te mostrar? Você tem um minutinho?

Cara seguiu Nell até o quarto. Ela mal viu o vestido preto longo e brilhante, e já o descartou:

— Formal demais.

— Tem esse também. — Nell mostrou um vestido tubinho que deixava os ombros de fora, com um zíper que ia da nuca à bainha.

— É *lindo*! — suspirou Cara. — Veste.

Nell correu para o banheiro, se espremeu dentro do vestido e voltou puxando o tecido, estranhando algo tão apertado.

Cara ficou perplexa.

— Nell! Você está uma verdadeira *deusa*. E essa cor de berinjela combinou perfeitamente com o seu cabelo...

— Mas tem um "porém". — Nell estava ansiosa. — Não é apropriado para um hotel de família?

— Pois é. Você está gostosa *demais*. Algo mais despojado?

— Sim, mas...

O "despojado" de Nell não ia ser suficiente. Além de pedidos para consertar torradeiras, seus macacões vinham gerando olhares. As crianças grudavam nela, atraídas pelo cabelo cor-de-rosa, mas confusas com suas roupas masculinas.

— Tenho esse. — Nell mostrou um vestido com caimento reto de algodão azul-escuro. Era dois tamanhos maior que o seu, mas tinha custado apenas quatro euros na Oxfam.

— Vista esse. — Então, quando Nell apareceu com ele: — Minha nossa. Tão *estilosa*. É esse que você vai usar. Sapatos? — Cara descartou os sapatos de salto alto emprestados de Wanda e bateu o olho nos Converse vermelhos de Nell. — Esses aqui! Você está incrível. Então, nos vemos no jantar!

Um clique na fechadura — Liam tinha chegado.

— Como elas estão? — perguntou Nell.

Ele sempre ficava mal depois de conversar com as filhas.

— Bem. Eu acho. É difícil saber, na verdade.

— Liam, será que algum dia vou poder conhecer as suas filhas direito?

— Como vou saber? Mas você ia querer acabar com as lembranças felizes que elas têm de Páscoas passadas, monopolizando a chamada de vídeo no meio dos primos delas?

— Eu só... Desculpa. — Ela continuava fazendo tudo errado. Era tão importante que os Casey gostassem dela, mas já tinha se desentendido com Ferdia. Ele se desculpou e agiu normalmente no passeio de hoje, mas aquilo era um lembrete de que ela não conhecia bem aquelas pessoas nem sabia como se comportar entre elas.

— Olha, vai se vestir — sugeriu Liam. — Está quase na hora do jantar.

— Já estou pronta.

Liam a encarou.

— É isso o que você vai usar? Essa... O que é isso, pelo amor de Deus? Uma camisa de malha gigante?

Essa doeu. Doeu, doeu, doeu.

— Lembra hospital. Está parecendo uma enfermeira.

— E não dá nem pra passar por enfermeira sexy, né? — Ela começou a rir. — Mas espera, fica ainda pior. Você ainda não viu as costas. — Ela deu uma pirueta, mostrando a fileira de botões que se estendia por todo o comprimento do vestido. — Parece mais uma daquelas camisolas que a gente usa quando vai ser operado, que deixam a bunda de fora.

Funcionou. Ele riu.

À primeira vista, ninguém diria que Liam gostava de roupas caras: o visual dele era discreto e simples. Mas era só olhar um pouco mais de perto para ver que sua calça de corrida preta desgastada tinha fios de caxemira e sua camiseta básica era cem por cento de lã de merino.

Estava na hora de lembrar a ele com quem tinha se casado.

— Liam, eu gosto de coisas bonitas... Adoraria receber um caminhão cheio de roupa nova. Essas peças usadas que eu compro são sempre meio cagadas. Sei que somos um saco, eu e meus princípios. É sério, fico de saco cheio de *mim mesma*, mas não faço isso para ser insolente.

— Sim. Eu sei, amor. Desculpa.

Fazia onze meses que estavam juntos, e Nell nunca tinha visto Liam tão tenso. Todo esse tempo e ainda não conhecia seus irmãos direito. Nem o casamento deles tinha contado com a presença da família. Geralmente, seu marido era divertido e megaespontâneo. A vida deles não tinha nada a ver com hotéis cinco estrelas, e os dois aproveitavam qualquer oportunidade de aventura. Uma vez, decidiram de última hora passar o fim de semana em Talín. Depois, foi a vez de Madri, aonde foram dois dias seguidos ao Museu do Prado. No dia 23 de dezembro do ano passado, Liam conseguiu voos a preço de banana para a Namíbia, e eles partiram na manhã seguinte. À tarde, depois de uma correria frenética, conseguiram pegar emprestado uma barraca de camping e alugar um jipe. Na noite de Natal, estavam bebendo gim importado e olhando embasbacados para as constelações no céu aberto do deserto.

No salão de jantar, que era na verdade bem formal, Jessie foi correndo em direção a Nell.

— O seu vestido!

Nossa, será que ela tinha feito besteira?

— É da Acne? — chutou Jessie. — Não, não me diga. Filippa K? Uma daquelas grifes suecas? *Adoro* esse visual *oversized*!

— Oxfam — disse Liam. — Devia ser uma camisola de hospital. Se esse vestido pudesse falar, nossa, só ia ter história de hemorroida operada.

Jessie fingiu que não escutou.

— Você está linda de morrer — disse ela diretamente a Nell. — Você sempre arrasa, não importa o look. Queria ter a sua confiança.

— Alerta de piranha metida — murmurou Saoirse.

Phoebe, a líder, passou desfilando com um vestido da Zadig & Voltaire, de costura desgastada e bainha cuidadosamente rasgada. Nell *mataria* por aquela grife. Em um mundo perfeito, toda a coleção ia parar milagrosamente no brechó que ela frequentava. Ela olhou de soslaio para Liam, que acenava com a cabeça sugestivamente para Phoebe. Ela não ia levar aquilo a sério, não. Em vez disso, deu uma bofetada de leve nele e assumiu seu lugar à mesa.

— Agora, sobre amanhã — anunciou Jessie. — Sei que tenho mania de querer controlar tudo e que vocês todos me chamam de "Herr Kommandant", mas a caça aos ovos de Páscoa é muito importante para mim. Por favor, se todos puderem participar... eu ficaria muito feliz.

Ed, Cara, Liam, Nell e até Saoirse e Barty estavam de acordo.

— Ferdia? — Jessie tentou capturar o olhar dele. — Por favor.

— Tá, tá. — Ele abriu um sorriso meio impaciente.

A tela do celular de Ferdia acendeu — era a mensagem que ele esperava.

— Bart — murmurou ele. — Foi mal, mas, tipo, vou precisar do quarto hoje à noite. Não sei por quanto tempo...

— Phoebe? Beleza. Vou dar uma volta perto do lago, no frio, no escuro, sozinho.

— Foi mal, a irmã dela é muito nova...

Barty deu de ombros.

— Não faz meu tipo.

— *Alguém* aqui faz seu tipo? — perguntou Ferdia, esperançoso. Se conseguisse arranjar uma menina para Barty, não ia se sentir tão mal.

— Eu pegaria a Nell, se você quiser arranjar alguém pra mim. Ela é gostosa.

Ferdia se encolheu.

— Bart... Ela não é, nem um pouco. E é casada com o meu tio.

— Tio postiço.

— A parte que importa é que ela é casada.

— Relaxa, Ferd. — Barty sorriu. — Só estou de sacanagem com a sua cara.

Mas por que raios existia... praticamente... um *conluio* para achar Nell tão maravilhosa? Ele tinha ouvido mais cedo, por acaso, a mãe e Cara falando de um corte de gilete visível no joelho de Nell.

— Se fosse eu — disse Cara —, teria pegado o carro e voltado para Dublin.

— Ela é tão talentosa — agora era Jessie quem falava — com aquele trabalho dela. E ao mesmo tempo tão linda e autêntica. E aquelas roupas! Ela é fabulosa! Nunca sei o que esperar.

Era curioso aquele amor incondicional de Jessie pelas roupas de Nell. Era condescendente, uma tentativa de fugir da verdade de que Nell parecia... pobre? Ou seria medo? Alguém de classe média alta, como Jessie, não sabia bem como encaixar uma pessoa como Nell em sua vida. Talvez, se continuasse batendo na tecla de como ela era legal, ninguém suspeitasse de que Jessie, na verdade, estranhava a moça.

Quatorze

Phoebe apareceu por volta da meia-noite. Ferdia estava certo quanto ao ano anterior: os pais confiscaram o celular porque ela estava com dificuldade para passar no vestibular. Agora, era caloura na University College Dublin e estudava direito e gestão empresarial.

— Estudo na Trinity — disse ele. — Economia e sociologia, terceiro ano.

— Trinity. Nossa. Você mora no alojamento?

— Moro sozinho.

Ela pareceu cética. Era raro um aluno do terceiro ano em Dublin morar sozinho.

— Onde exatamente você mora?

— Foxrock.

— E onde mora a sua família?

— Foxrock.

— Então você *mora* com eles!

O triunfo dela o fez rir.

— Moro *perto* deles, mas é o meu cafofo, juro.

Ela não precisava saber que se tratava da casinha onde vovó Parnell morou até morrer e que a decoração ainda era a de uma senhora elegante. Nem que ficava no fundo do quintal da casa dos pais, tão perto que, quando ele e Sammie gritavam um com o outro, Bridey costumava aparecer, pedindo que ele parasse já com aquele "comportamento antissocial".

Phoebe segurou a mão direita dele.

— Qual é a desses anéis todos, Ferdia Kinsella?

— Só tem quatro. Você fala como se eu fosse Lil Yachty.

— Me fala desse aqui. — Ela encarou o anel martelado em prata no polegar dele. — O que significam esses números?

— As coordenadas do lugar de onde meu pai veio, em Kildare.

— Legal. E esse aqui? Parece uma peça que soltou de um trator!

— Quase isso.

Era uma espessa porca de alumínio que TJ e Bridey tinham encontrado embaixo do carro de Jessie. Depois de tentar gravar uma inscrição nela com uma agulha de costura, deram a peça de presente para Ferdia em uma cerimônia formal, pedindo que ele jurasse ser para sempre irmão delas. Mas ele não quis contar isso a Phoebe. Era provável que o zoasse.

— Você não se preocupa com todas essas tatuagens nas mãos? — questionou ela. — Tipo, quando for a uma entrevista de emprego.

— Eu não gostaria de trabalhar em um lugar que me julgasse por causa delas.

— Cheio de princípios. Você é uma figura. Então planeja ganhar a vida sozinho? Fazer fortuna igual à sua mãe?

Ferdia riu um pouco demais.

— Não.

— Está estudando o que mesmo? Economia e sociologia? Economia eu entendo, mas sociologia? *Por quê*?

Porque ele se imaginara no topo de uma organização humanitária, andando por uma cidade de clima quente e seco, cheia de tendas, levando médicos para atender crianças doentes, assinando pedidos de suprimentos de emergência para que fossem distribuídos a novos grupos de refugiados. No entanto, as dez semanas que passou como voluntário nas Filipinas no verão passado foram entediantes e desmotivadoras, só ficava contando coisas e conferindo em intermináveis listas se a quantidade estava certa; qualquer coisa, desde recipientes de alvejante a pacotes de proteína em pó. Não tinha conhecido uma pessoa sequer a quem estava supostamente ajudando nem teve uma única chance de fazer um ato heroico. Agora, não tinha a menor ideia do que ia fazer da vida, mas ela não precisava saber disso também.

— Qual é o *seu* plano? — perguntou ele.

— Direito financeiro. Grande multinacional, aguento por uns anos, faço fortuna e, depois, vejo o que vou querer fazer com o resto da minha vida.

— Onde? Nos Estados Unidos?

— Não! Os Estados Unidos estão falidos. China. É o futuro.

— Você fala mandarim? Vai se dar bem.

— O meu mandarim — contou seu plano infalível — é inexistente. Todos eles vão falar inglês até lá. Vão ter que falar.

— Mas... a China *é* o futuro, então *nós* é que vamos ter que nos adequar a eles.

Uma longa pausa.

— Oi?

— É assim que o poder funciona. Quem o detém define as regras do jogo: nossa aparência, como devemos falar. Como devemos viver.

— Somos nós que detemos o poder.

— Mas você acabou de falar que a China é... — Ele parou. Ela não entendia, talvez nem quisesse entender.

E ele não queria discutir.

— Enfim. — Ele se obrigou a sorrir. — Por mais que eu tenha curtido essa conversa sobre o nosso futuro, tem outra coisa que eu gostaria de fazer com você.

— Ah, é?

— Ah, *se* é. Talvez você possa... Sei lá, tirar o vestido?

— Talvez eu possa.

Rapidamente, ela se desvencilhou do vestido de seda e o deixou deslizar pelo corpo até cair. A lingerie dela era bonitinha e sexy ao mesmo tempo.

— Uau. Claramente, estou saindo com as mulheres erradas.

— Eu poderia ter te avisado. — Ela direcionou a ele um daqueles olhares penetrantes nos quais era especialista. — Você não é *mesmo* o meu tipo... mas é *gostoso*.

A confiança inabalável dela o desconcentrava, a ponto de quase fazê-lo perder a vontade. Ele se sentia obrigado a continuar só porque estavam naquela lenga-lenga havia um ano.

Mas, quando a coisa esquentou, não conseguiu. Ele queria Sammie. Sentia falta dela, do cheiro dela, do jeito como tirava as botas com os pés. Até das calcinhas simples que não combinavam com o sutiã.

— Phoebe. Ei... — Ele se afastou. — Não consigo. Desculpe. Você é bonita, mas estou passando por um término complicado.

— O quê? — Ela ficou perplexa. — Eu não costumo fazer isso. Você tem *sorte*.

— Eu sei. A culpa é toda minha.

— Seu *babaca* — disse ela com desprezo, colocando o vestido de novo. Ele não a culpou por sentir raiva; ele a enganara e brincara com seus sentimentos. — E só para você saber — disse ela —, anel no dedão é super gay!

Ela bateu a porta ao sair, deixando-o sob o peso da realidade inevitável. Sammie não estava lá. Ele e Sammie jamais dariam certo.

Desde que começaram o terceiro ano da faculdade, foram parando de se amar de forma gradual, devagar — depois, de uma vez só. O lance deles era conturbado, fora desde o início, quase três anos atrás. Terminavam várias e várias vezes e depois voltavam. Mas algo mudara. Os términos estavam meio que... perdendo a graça. Os reencontros não pareciam mais sinceros, e os períodos de boa convivência estavam ficando mais curtos. Estava na hora de aceitar: apesar de ainda amá-la, era o fim da história deles.

A idade adulta, sobretudo, significava o acúmulo simultâneo de perdas. Às vezes, o vazio ficava insuportável.

Quinze

— Vamos, Ed. — Risonha, Cara pegou a mão dele e o puxou em direção ao quarto.

Certo, pensou ele. Aquele era o rumo que a noite tomaria.

Ele tentou avaliar quanto ela tinha bebido. Sem dúvida, *um pouco*, para estar dando ideia de transar antes dele, o que nunca acontecia quando estava sóbria. Mas, se ela estivesse mais do que levemente alta, não parecia certo. Para ele, o sexo era uma oportunidade — uma das poucas em suas vidas ocupadas — de intimidade. Havia a urgência do desejo carnal também, mas a chance de ficar bem juntinho dela? Ele precisava disso.

Com zero álcool, era impossível ela relaxar. Porém, com álcool em excesso, não seria ela.

Tentar aproveitar quando ela estava consciente e confortável no próprio corpo era um ponto de equilíbrio difícil de achar.

Eles entraram no quarto na ponta dos pés. Os meninos estavam dormindo no quarto conjugado. Em silêncio, Cara fechou a porta que conectava um quarto com o outro, deu um passo à frente e empurrou Ed sobre a cama.

— Sem. Roupa.

Na mesma hora, ele se levantou outra vez, a abraçou e, com delicadeza, a deitou na cama.

— Tudo bem? — perguntou ele.

— Sim. Tudo ótimo. — Ela o tocou sob a calça, tentando abri-la.

Ele conteve a mão dela e desfez sem pressa o laço do vestido que ela usava.

— Tudo bem? — repetiu ele.

— Não olhe para mim — disse ela. Ele fechou os olhos, e ela riu. — Pode olhar para o meu rosto. Só não olhe para o resto.

Com a palma das mãos, acariciou a pele macia dela, passando pelos antebraços, pelas panturrilhas, partes do corpo que não lhe dessem aflição nem a fizessem se contrair na defensiva.

Em seguida, ela tentou outra vez tirar as roupas dele, querendo apressar as coisas. Era mais gentil deixar que ela ditasse o ritmo, então ele obedeceu, se despindo de tudo. O alívio dela foi imediato. Sua respiração desacelerou e seus músculos relaxaram sob as mãos dele.

— Você é tão sexy — disse ele.

— Ai, nossa. *Não.*

— Mas você é. — Aquele diálogo já estava batido.

Desde a primeira noite juntos, Cara sempre ficara na defensiva em relação ao próprio corpo. Ed fora ingênuo em achar que ela acabaria mudando. Ele a amava por inteiro. Jamais imaginara que fosse ter uma conexão tão intensa com outra pessoa, mas o amor dele não era suficiente para acabar com o desconforto dela. Essa era a dura realidade.

— Não precisamos fazer isso — disse ele.

— Precisamos, *sim*. Eu quero. Ed, eu me sinto atraída por você. Só não me acho atraente.

— Sinto muito que pense assim. Sinto muito que seja tão difícil para você.

Acabaria logo e ela ficaria bem, e de volta ao normal, e feliz, por um tempo, por ter rolado. Ed tinha um corpo forte e esbelto, abdômen definido e coxas musculosas. Ela desejava aquilo, o desejava muito, mas tinha que ser rápido. Era como estar morrendo de fome, mas sentir aversão à comida. Precisava comer o mais rápido possível até que a vontade passasse e o alívio chegasse.

Agora, Ed beijava as coxas dela. Viver em seu corpo era quase insuportável. Sua resistência chegara ao limite, então sussurrou:

— Agora.

Azar o dela ter se apaixonado por um homem que gostava de beijar a parte de trás dos seus joelhos, de passar óleo essencial nas mãos e deslizá-las por suas costas tensas, massageando onde doía com os polegares. Às vezes, ela brincava que ela era o homem na hora do sexo entre eles; desconfiava que Ed não achava isso muito engraçado.

Mas ele a amava. A certeza disso era o que a tranquilizava quando a vida ficava atribulada demais. A vida sexual deles não era ideal, mas ele levava numa boa.

Dos três irmãos Casey, ela teve sorte de ter se apaixonado por Ed.

Johnny: ela conseguia imaginá-lo insistindo para transar três vezes por dia. Bem, nem tanto, mas *muito*.

Ou Liam, com seu passado de celebridade: com certeza já tinha feito de tudo — laranja no sexo oral, ser enforcado com meias-calças, esse tipo de diversão. Só de pensar, ela estremeceu de nervoso.

Dezesseis

Três anos atrás, fora Jessie quem tinha convencido Cara a tentar a vaga no Ardglass.

— Eles não me chamariam — disse Cara. — Não conseguiria me arrumar daquele jeito. — As recepcionistas do hotel sempre mantinham os cabelos presos em coques chignon irretocáveis. Jamais um fio fora do lugar ou um botão faltando.

— Ah, vai lá, Cara. Dê uma chance. É sério, você é ótima. Eu te contrataria.

Até a entrevista de emprego seguira a identidade da empresa — poltronas confortáveis ao lado de uma lareira, com café em um bule de prata, como se eles fossem hóspedes.

— Pense nisto como uma conversa — sugeriu Patience, a subgerente do hotel, uma queniana alta e magra.

— Para que possamos conhecer você — dessa vez, foi o careca rechonchudo e sorridente, Henry, do RH, quem falou.

— Você trabalha com hotelaria há dezessete anos — afirmou o gerente da recepção, um marroquino, Raoul. — Por que nunca chegou a gerente?

Porque tirei licença-maternidade. Duas vezes. Uma vez foi perdoável — mais ou menos —, mas, depois da segunda, passei a ser vista como uma desvantagem.

— Gosto de trabalhar com pessoas. — Isso era verdade mesmo.

— Você tem dois meninos? De cinco e sete anos. Então eles já se viram sozinhos? — Raoul de novo.

— E meu marido é muito presente. — *Exceto de junho a setembro, quando fica fora de casa de segunda a sexta, mas não é culpa dele.*

— Então, quais são seus *hobbies*? — perguntou Henry, do RH.

Cara hesitou. O fato era que, entre o trabalho, o cachorro e os filhos — administrar o tempo que passavam assistindo à televisão, ajudar com o dever de casa, alimentá-los o tempo todo —, ela quase não tinha tempo livre e, durante o pouco tempo que sobrava, o que mais gostava de fazer era ficar na banheira, bebendo vinho tinto e ouvindo músicas dos anos 1990.

Mas Cara tinha quase certeza de que uma entrevista de emprego não era o lugar de compartilhar aquilo.

— Nada de especial — disse ela. — Acho que CrossFit ou... Ou... bordar. Mas temos uma hortinha no quintal e cultivamos vários alimentos. Cenouras, tomates, batatas...

O trio pareceu bem impressionado, e Cara não pôde deixar de acrescentar:

— A "colheita" é patética, para ser sincera. O saldo deve ser uma refeição por ano. Não que isso nos impeça de passar meia hora nos achando o máximo, convencidos de que somos autossuficientes. É ótimo enquanto dura.

Patience e Henry pareciam entretidos.

— O que eu amo mesmo — disse ela —, e não estou falando por falar, é qualquer coisa relacionada a hotéis. Documentários, podcasts, qualquer coisa! Sou *obcecada*! Para ser sincera, inspetora de hotéis seria a profissão ideal para mim.

— Minha nossa! — Henry quase gemeu, e tanto ele quanto Cara começaram a rir.

— E música é importante para mim — completou. — Prince, En Vogue, artistas que eu amava quando era adolescente. Dos atuais, eu gosto de Drake, Beyoncé, The Killers... Só *pop*, nada muito pesado. Não sou muito antenada, só... Coisas normais. Meu sobrinho Ferdia é quem me mantém atualizada.

— O que mais você pode nos contar?

— Tenho duas melhores amigas, Gabby e Erin. Fico feliz quando as vejo. Seja para uma cervejinha, uma noitada, qualquer coisa.

Principalmente, uma noitada. Eram raras ultimamente, mas, quando aconteciam, o trio voltava a ter vinte anos e elas ficavam muito bêbadas. Se a noite não terminasse com uma das amigas tirando os saltos altos e fazendo sinal para um táxi descalça, ficavam se perguntando o que tinha dado errado. Na última vez, Erin disse: "Chega de tequila pra gente. Já vimos que não faz efeito."

— Mas meus filhos, meu marido, meu cachorro — disse Cara animada —, eles são as coisas mais importantes da minha vida.

— Exercícios? — indagou Raoul.

— Ah, sabe como é. — Talvez devesse ser honesta. — Estou sempre correndo atrás do prejuízo. Voltando para a zumba, ioga, qualquer coisa. Fico meio obcecada e faço, tipo, cinco aulas na primeira semana e, depois, não consigo mais ir. Mas levo Baxter para passear! Só uma volta no quarteirão, mas saio com ele duas vezes por dia.

— Qualquer exercício conta. — Henry ficou feliz com o papo, e seus olhos brilharam.

— É o que digo para mim mesma. — Os olhos dela brilharam também. Ele era simpático.

— Televisão? — perguntou Patience. — Séries?

— Nossa, *sim*. O momento mais feliz para mim é quando estou deitada no sofá, vendo *Peaky Blinders* com meu marido. — Por um instante, ela se esquecera de que estava em uma entrevista de emprego.

— Pessoas desagradáveis? — quis saber Henry. — Neste ramo, acabamos nos deparando com gente assim mais do que o normal. Como você se sente a respeito disso?

— Se a pessoa tiver motivo para agir desse jeito e eu conseguir ajudá-la, não vejo problema.

— E quando não existe motivo?

— Sou ainda mais simpática. Odeiam quando eu faço isso. — *Nããão!* Porém, os três riram, ela conseguiu o emprego e, dois anos depois, foi promovida à chefe da recepção.

Dezessete

O sol brilhava no céu na manhã daquele domingo de Páscoa. Olhando pela janela do quarto, Nell avistou vários homens, funcionários do hotel, andando em filas, com certa formalidade, pela parte principal da área externa. Cada um segurava uma cesta funda trançada em vime. Em dado momento que parecia ter sido combinado, eles se afastaram, se dispersaram pela grama e, enquanto Nell observava, começaram a tirar pequenos objetos ovais de dentro das cestas e espalhá-los pelo espaço, colocando-os embaixo de cercas vivas e no meio de canteiros floridos.

— Liam! — Nell quase explodiu de empolgação. — São os homens, os homens dos ovos de Páscoa! Vem ver!

— Você é tão fofa!

— Mas olhe! É mágico!

— Eu já vi.

— Que sem graça, você. — Ela riu e, em seguida, notou as horas. — Liam, se levante! Temos que descer agora.

— Vá você, amor. Estou me sentindo, sabe... Estou com saudades das minhas filhas.

— Mas... — disse Nell baixinho — ...Jessie vai enlouquecer.

— Vou mandar uma mensagem para ela. Ela vai entender. Enfim, aquilo tudo ontem à noite foi só porque ela queria que Ferdia participasse.

— Não se importa se eu for?

— Não. Mas deixe um pouco de chocolate para o resto do pessoal.

Não foi engraçado, mas ele estava chateado, então ela deixou para lá.

— Não demoro.

Quando as portas do elevador se abriram revelando o lobby do hotel, a barulheira de dezenas de crianças superanimadas a recebeu. Duas filas agitadas — uma composta por crianças de até sete anos, e a outra, por crianças com mais de sete — faziam um "s" atrás das portas que levavam ao jardim. Funcionários distribuíam baldes de plástico.

Jessie estava com Dilly no início da fila dos menores. Ambas estavam a postos com a postura ereta, como se estivessem guardando toda energia que tinham para o evento que estava prestes a acontecer. Na outra fila, ela localizou Cara e Ed com os filhos. Johnny estava com TJ. Mais atrás, Saoirse, Barty e Bridey. Nenhum sinal de Ferdia.

Quando ela tentou abrir caminho até Jessie e Dilly, um funcionário prevenido a impediu.

— Isso aqui é uma bomba-relógio — disse ele. — Alguns deles estão esperando há mais de uma hora. Furar fila poderia causar um motim.

Nell riu.

— Beleza. — Aquilo era surreal.

— Assim que as portas se abrirem, você pode segui-los até lá fora — disse o homem. — Vai alcançar sua família rapidinho.

Nell se posicionou no fim da fila. Alguns lugares à frente, um menininho se equilibrava nos ombros do pai, fazendo-a se lembrar da cena na TV que vira de relance na sexta-feira: refugiados sírios parados, impotentes, debaixo de uma chuva torrencial, um menininho sentado nos ombros do pai, com uma sacola de plástico amarrada na cabeça oferecendo uma proteção inútil contra a chuva. Um misto de sentimentos ruins tomou conta dela: tristeza, frustração diante da própria impotência...

— Ei! — disse uma voz.

Era Ferdia.

— Ei! Você veio.

— Estaria correndo risco de vida se não viesse.

Nell sentiu uma irritação súbita e incomum crescer dentro dela, levando embora a opinião favorável que vinha construindo aos pouquinhos sobre ele desde o pedido de desculpas na noite de sexta-feira. Ele e sua guerrinha patética com Jessie. Ia morrer se fosse legal com ela?

— Falta um minuto! — anunciou um homem, que parecia ser o animador do evento. Uma energia renovada percorreu as filas.

As crianças entoavam um grito de guerra:

— Queremos ovos! Queremos ovos!

Uma mulher perto dela resmungou:

— Engulam esses ovos, pestinhas.

E se fossem filas para comida *de verdade*?, pensou Nell. Porque, agora, naquele exato momento, em inúmeras partes do mundo, havia pessoas passando fome e esperando por comida em filas. Como Kassandra.

Sopraram um apito.

— Sete e menores de sete, vão!

As portas de vidro se abriram, e as crianças saíram em disparada, correndo como se suas vidas dependessem disso. Nell e Ferdia ficaram para trás.

— Crianças de Primeiro Mundo correndo atrás de chocolates de que não precisam.

Por um instante, Nell achou que tivesse pensado alto, mas depois se deu conta de que as palavras vinham de Ferdia. Ele era o pior tipo de hipócrita, brincando de luta de classes, enquanto a mamãe pagava as contas e bancava o estilo de vida dele. Por toda parte, havia crianças enlouquecidas se jogando em direção a ovos escondidos e os jogando no fundo dos baldes, fazendo muito barulho.

— Agora, os maiores de sete anos! — Sopraram um apito.

Em uma fração de segundo, as crianças maiores passaram por Nell, causando um zunido, e ela sentiu um medo profundo e momentâneo. *Estou em busca de comida para a minha família, mas estou perdendo para um adversário mais forte e mais rápido.*

— Vão comer tanto chocolate hoje que vão passar mal. — Ferdia ainda estava ao lado dela.

— Feliz Páscoa! — surgiu Jessie, seus olhos brilhavam. Então, uma franzida de sobrancelhas. — Cadê Liam?

— Chateado — respondeu Nell. — Por causa de Violet e Lenore.

— Ah. — Nell observou Jessie processar a informação, passando da irritação à pena, com certa relutância. — Ah. Tudo bem. Bem, pelo menos você veio.

Dezoito

Cara estava se sentindo bem. Ótima, até. O fim de semana estava indo muito melhor do que imaginara. Na sexta-feira, fez a trilha das Cataratas de Torc com Ed, os dois filhos, Liam e Nell. No sábado, deram uma volta completa no Lago Dan, que Ed dizia ter onze quilômetros, e Liam, quatorze. Ela decidira acreditar em Liam. Em ambos os dias, assim que abrira o lanche do hotel que levava consigo, entregara na mesma hora a barrinha de cereal para Ed. Nem se dava tempo para ficar de luto: livrava-se da barrinha assim que a via.

Hoje de manhã, apesar de estar dolorida por causa dos exercícios desses dois dias, ela aparecera na academia do hotel para a aula de ioga das 7h. Levando em conta que era domingo de Páscoa, havia bastante gente. Não foi nenhuma surpresa encontrar Jessie — que ficou desanimada ao vê-la.

— Cara, não coloque seu tapete atrás do meu. Tenho os pés mais horrorosos do mundo. É sério, você vai ficar traumatizada se os vir. Leve o seu tapete para o outro lado da sala. Nunca nos encontramos, está bem?

Para Cara, acabou sendo ótimo. A aula foi puxada, e ela teve que passar uma quantidade de tempo vergonhosa se recuperando na postura da criança.

Mas, durante o fim de semana, ela se alimentou com excelente moderação. Nada de passar fome, porque isso costumava resultar em comer compulsivamente, apenas a quantidade suficiente de proteínas saudáveis, muitos legumes, nada de massas nem batatas, nada de pães, exceto pelos sanduíches que levava como lanche. E o melhor de tudo foi que, apesar de estar rodeada de ovos de Páscoa, conseguiu ficar longe de todo o chocolate.

Já era domingo à tarde, e o fim se aproximava. Voltaria ilesa para casa amanhã.

A luz do sol produzia um reflexo prateado nas águas do lago, e a maioria dos Casey aproveitava o gramado do hotel para relaxar.

— Esse sol está quente mesmo — comentou Jessie.

— Vinnie, Tom — chamou Cara. — Onde estão os chapéus de praia de vocês?

— No quarto.

— Vou lá em cima buscá-los rapidinho.

Cara subiu a escada, foi até o quarto dos meninos, pegou os chapéus, se virou de frente para a porta... e avistou os dois baldes cheios de ovinhos Creme Eggs na penteadeira.

Vou só dar uma olhada.

Abrindo brecha para o perigo, ela atravessou o quarto. *Só vou ficar aqui um minutinho e olhar o que tem dentro.*

Mantendo distância, ela se esticou e, em silêncio, admirou os ovinhos Creme Eggs com o mesmo olhar de amor e nostalgia com que costumava observar os filhos dormindo quando eram bebês.

Vou comer só um.

Não, não iria. Era mais forte que isso. Mas teria que sair dali agora.

Unzinho, vai. Só um. Que mal um faria?

Não existia esse negócio de um só.

Mas a sensação deliciosa que era tocá-lo, o peso que o pequeno volume causava na palma da mão, a textura do papel-alumínio na ponta dos dedos. De repente, ela estava tremendo. A saliva lhe encheu a boca, ela rasgava a embalagem, e, ah, o barulho da primeira mordida — o *som* era prazeroso, o gosto doce cobrindo toda a língua, o recheio melado nos lábios, mais uma mordida, e então tinha acabado, e sem pensar já estava pegando outro, depois outro, e não fazia diferença, porque eram tão pequenos e tinha tantos no balde, e ela deveria pegar alguns do outro balde para igualar a quantidade, e o coração dela estava batendo muito rápido, e ela não conseguia parar, mas poderia fazer a reposição deles, poderia ir de carro até o mercado Spar mais próximo, eles sempre estavam abertos, mesmo nos domingos de Páscoa, e agora ela estava olhando para um ovo de Páscoa de verdade, um ovo grande da Wispa. Havia um monte deles lá embaixo para quem quisesse pegar, não teria dificuldade nenhuma em fazer a reposição dele, então ela ia simplesmente comê-lo, ia comer e aproveitar, porque o estrago já estava feito, então tanto fazia, e depois ela pararia. Abrir a embalagem de papelão, rasgar o papel-alumínio, quebrar o ovo — ouvir o *crack* lhe dava um prazer quase sexual. Ela tirava um pedaço atrás do outro e os engolia sem mastigar direito. Mas começou a se sentir enjoada. O que colocava na boca não tinha mais o sabor de pedacinhos do céu, mas ela continuou comendo até acabar.

E então acabou — e a sanidade voltou.

Ai, *meu Deus*. Como foi que aquilo aconteceu? Todas aquelas calorias. Mesmo calculando o total, ela mentia para si mesma sobre o quanto tinha comido.

Não fora fazer trilha na sexta-feira para liberar endorfina nem para se aproximar de Nell. Fora para queimar gordura. O mesmo valia para a caminhada de sábado ao redor do lago. Todos os outros estavam felizes em estarem vivos, aproveitando o momento sob os raios de sol e o ar puro, mas ela só estava ali porque queria ser magra.

As células adiposas estavam armazenando cada vez mais gordura e expandindo. A calça jeans já parecia mais apertada.

Mas ainda dava tempo...

Ela pegou uma garrafa de água, bebeu tudo em um só gole, foi ao banheiro, esvaziou o copo que continha as escovas de dente, o encheu de água da torneira e virou de uma só vez. O gosto era nojento, mas isso ajudava. Repetiu mais quatro vezes e se agachou diante da privada. Enfiou alguns dedos na garganta para forçar o vômito, forçava, forçava e nada, até que um jato, em grande parte de água, mas com um pouco de chocolate, jorrou para dentro do vaso.

Com os olhos lacrimejando e o nariz escorrendo, ela bebeu mais três copos de água, repetiu o exercício terrível e conseguiu resultados um pouco melhores.

Era exaustivo, era nojento, mas ver todo aquele chocolate sair também era gratificante.

Limpou o banheiro, retocou a maquiagem, recolheu todas as embalagens, as amassou e enfiou tudo dentro da bolsa.

A caminho do supermercado, se sentiu meio fora do ar, quase como em êxtase. Provavelmente não devia estar dirigindo.

Jogou a prova do crime na lata de lixo do lado de fora do mercado. Em seguida, olhou a pilha de Creme Eggs no guichê. Será que dez eram suficientes? Não. Ela não contara, mas supôs que quinze bastaria.

— Crianças... — disse ela, tímida, para a vendedora espantada.

Aquilo era muito, muito ruim. Mas ela tinha conseguido contornar a situação, e não aconteceria de novo.

Dezenove

O celular de Johnny tocou. *Quem* estava ligando para ele às 10h10 em uma segunda-feira pós-Páscoa? Celeste *Appleton*. Cacete, por que *ela* estava ligan...? Ah, sim. Ele se lembrou de um motivo... Fez um esforço sobrenatural para transparecer o máximo de energia e atendeu, dizendo bem alto:

— Celeste!

— Johnny!

— Mas que surpresa!

— Ainda está na cama?

— Haha. — Jesus, é claro que ela não decepcionaria e mencionaria "cama" em menos de dez segundos.

— Temos um formulário de inscrição aqui de um tal Ferdia Kinsella para um estágio de férias de verão. *Este nome não me é estranho,* pensei. *É o enteado de Johnny Casey?* Fiquei me perguntando. E então? É ele?

Entusiasmado, Johnny respondeu:

— Ele mesmo!

— *Entendiii...* — Ele a imaginou enrolando a caneta nos cabelos lisos e sedosos, fazendo um biquinho bem provocante. — Há mais de duzentos candidatos para a vaga. Por que eu deveria chamar o jovem sr. Kinsella?

— O currículo dele é bom. E ele é muito empenhado. — Não era nada. Era um babaquinha preguiçoso, mas não tinha como dizer isso a ela. Não com Jessie ali, fingindo que não estava ouvindo.

— Todos os currículos em cima da minha mesa são bons, Johnny. — Seu tom era risonho. — E tenho certeza de que são todos empenhados. O que mais pode me oferecer?

Um nó se formou na garganta dele.

— O que tem em mente?

— Poderia me levar para almoçar.

Graças a Deus, ela só sugerira um almoço.

— É claro que eu levo! Uma sopa e um sanduíche no pub que preferir!

— Vá se ferrar com esse papo de sopa e pub. Vai ter que se esforçar mais que isso.

— Está falando sério?

— Sempre. Me dê uma resposta nos próximos dias.

Se não o fizesse, Ferdia teria que procurar um estágio de verão em outro lugar.

— Com certeza. Foi ótimo conversar com você, Celeste. Agora vá aproveitar o feriado e o dia lindo que está fazendo.

Ela riu.

— Você me conhece, Johnny. Sou a mulher que mais trabalha na Irlanda.

Assim que ele desligou, Jessie perguntou:

— Quem era?

— Celeste Appleton, do Instituto de Pesquisa Econômica e Social. Ferdia se inscreveu para um estágio de verão lá.

— Que mundo pequeno...

Na verdade, não. Foi ele que tinha sugerido isso a Ferdia. Talvez tenha até se gabado um pouco: "Uma amiga de anos administra o instituto." Acrescentando só em sua mente: *ela nunca me esqueceu.*

— Ela vai chamá-lo? — perguntou Jessie.

— Só se eu almoçar com ela.

— Ah, é? — disse Jessie, pensativa. — Então vá almoçar com ela. Consiga a vaga para ele. Mas prometa que vai se comportar.

— É claro que vou me comportar — replicou ele bem sério, se sentindo ofendido.

O Johnny de antigamente era perfeito para um sexo casual. Jessie odiava se lembrar disso.

— Você e as crianças podem ir colocando as malas no carro — disse Jessie a Johnny. — Vou fazer o check-out de todo mundo. — E pagar a conta que, sem dúvida, está nas alturas.

Na recepção, enquanto a impressora cuspia página atrás de página, Jessie era só sorrisos. Sim, fim de semana maravilhoso, sim, eles voltariam no próximo ano, não, não perderiam por nada neste mundo, ai, ande logo, pelo amor de Deus, acabe com o meu sofrimento e me mostre o valor final.

— Aqui está, sra. Parnell. — A recepcionista simpática lhe entregou o maço de papel.

Jessie foi logo para o final da última página. Merda. Ela já vinha se preparando para um valor alto, mas, mesmo com o desconto da reserva antecipada, era mais do que o esperado — como sempre.

— Tudo certo? — A recepcionista se mostrou solícita.

— Sim, sim. É que, ah...

Mas uma rápida olhada na lista mostrava que não havia nenhum equívoco — por exemplo, ela não tinha *comprado* a maldita charrete por acidente, em vez de só tê-la alugado por quatro horas. Mas todas aquelas despesas de hospedagem e os diversos jantares para quatorze pessoas, serviço de quarto, massagens, lanches para os passeios, bebidas do frigobar, cafés expressos com leite no lobby, e a lista só aumentava.

Jesus! Pelo menos Johnny não estava vendo aquilo, o que a deixou mais aliviada.

Essa parte era estranha com ele. Johnny era seu marido, e eles deveriam compartilhar tudo. E eles já *faziam* isso: uma conta bancária conjunta, cartões de crédito adicionais e um financiamento imobiliário compartilhado. E o mais importante: assim que se casaram, ela tinha lhe dado um aumento para que ele ganhasse o mesmo que ela. Já tinham problemas em excesso com que se preocupar: o ódio de Ferdia por Johnny, os Kinsella se sentindo traídos. Não precisavam piorar as coisas fazendo Johnny se sentir inferior.

No entanto, apesar da "equidade" na relação, havia momentos em que ela, com certeza, sentia que a balança pendia para o lado dela.

Jessie gastava demais. E ele não gostava disso. Ficava preocupado. Mas ela se sentia no direito de gastar o que era dela. A empresa foi criada por ela. Fundada por ela sozinha. Foi ela quem teve as melhores ideias e trabalhou como uma condenada. Não gostava de se sentir controlada nem de pisar em ovos na hora de falar.

O que o artigo dizia era verdade: se tivesse vendido a empresa em 2008, teria mais dinheiro do que poderia gastar. Odiava ser lembrada da oportunidade que perdera, pois, na época, achava — e estava errada — que, se esperasse mais nove meses, o valor de mercado subiria mais ainda.

Mas não podia ficar remoendo isso. Sua vida era ótima, e eles tinham bastante dinheiro. Contanto que continuasse trabalhando duro e que os negócios corressem bem, e...

— Está tudo bem? — Johnny surgiu sobre seu ombro, e ela levou um susto.

— Tudo certo. — Ela forçou um largo sorriso e guardou o envelope com a conta na bolsa.

— Nossa. Você está com aquele sorriso assustador. É tão ruim assim?

— É razoável.

— Eu posso entrar na internet e descobrir quão ruim é.

— Ah, não faça isso, Johnny! — Ela o seguiu até o carro. — Me prometa que não vai olhar.

Ele sorriu.

— Eu prometo.

— Johnny, eu não gasto muito dinheiro com roupas nem sapatos.

— *O quê?*

— Johnny, não gasto. Você devia ver alguns dos preços no Net-a--Porter.

— O *Net-a-Porter* é um site de marcas de luxo.

— Então eu compro minhas roupas na Zara. Olha, família é importante para mim.

Não era nem a família dela, eram os irmãos *dele*. Mas Jessie não tinha irmãos nem irmãs e era uma pessoa cheia de recursos.

— Quem vai dirigir? — perguntou ele.

— Você. — Ela tinha um milhão de e-mails para responder.

Entrando no carro, Jessie se perdeu em pensamentos. Talvez devesse mesmo mudar a forma como gastava, mas era difícil saber como. Devemos viver intensamente cada segundo, aproveitar cada oportunidade e criar o maior número de memórias possível? Ou devemos ser cautelosos e economizar, tendo assim um lugar para onde correr caso um desastre aconteça?

Era impossível decidir, porque não dava para prever o futuro.

Cinco meses atrás

MAIO

Primeira comunhão de Dilly

Vinte

Cara vasculhou os itens de maquiagem espalhados em cima da penteadeira. Passara tanto iluminador nas maçãs do rosto que precisava definir mais as sobrancelhas para criar um equilíbrio. E mais uma camada de delineador marrom com glitter não faria mal a ninguém.

O *gloss*, por outro lado... Parecia que ela havia caído de cara em uma bacia de geleia de cereja; estava grudando tanto que mal conseguia abrir a boca. Como *viviam* desse jeito nos anos 1990?

Seu cabelo estava solto, a não ser pelos dois — francamente, *incríveis* — coques em formato de chifre no topo da cabeça, cortesia de Hannah. Ela enrolara dois cones de isopor com uma mecha volumosa do cabelo de Cara e os manteve imóveis com milhões de grampos.

— Nem uma bomba nuclear vai tirá-los do lugar — disse ela, finalizando-os com spray de um tom vermelho-escuro sinistro.

As roupas foram a parte mais fácil, e por essa ela não esperava. O longo vestido preto acetinado, que não usava desde quando era mais nova, tinha se perdido no fundo do armário. Para a surpresa dela — e graças ao auxílio da cinta modeladora —, ainda cabia. O top vermelho, com estrelas prateadas em relevo, ela encontrou no eBay. E Erin lhe emprestara a sandália plataforma altíssima de oncinha.

As plataformas eram ótimas. Muito fáceis de andar, e parecer mais alta fazia com que também parecesse mais magra, e talvez devesse usá-las mais ve...

— Ei! — Ed tinha subido a escada, e estava olhando para dentro do quarto. — Você está...

— O quê? — De repente, Cara ficou ansiosa. — Ridícula?

— Nossa, *não*. Você está... — Ele a estudou. — *Gata*. — Indo em direção a ela, disse com a voz um pouco rouca: — Tem *mesmo* que sair?

— Haha. — Não ir nem passava pela sua cabeça.

Ele abraçou-a pela cintura.

— Esses cílios são *seus*?

— Não... Ah, Ed. Você não sabe de nada mesmo. — Ela o olhou com carinho.

— Se eu te der um beijo, vamos ficar grudados?

— Vamos.

— Para sempre?

— Para sempre. Fez o meu drinque?

Ele lhe entregou a garrafa térmica de metal.

— Coloquei cem ml de vodca aí, quatro doses. E misturei com energético até a boca. Querida, tem certeza disso? Não podem passar em um pub antes?

— Estamos revivendo a nossa juventude. — Ela achou graça da preocupação dele. — A gente sempre ficava bem depois, não vai ser diferente agora. O que você vai fazer hoje à noite?

— Colocar a dupla para dormir. Ver o programa do Kevin McCloud. Talvez bolar um tabaco só com um pouquinho de maconha.

— Ed...

— Sem drogas?

— Não com as crianças aqui. Mesmo se estiverem dormindo. Foi mal.

— Não, você tem razão.

O celular dela apitou com uma notificação ao mesmo tempo que um carro buzinou do lado de fora.

— Deve ser o meu táxi. Tchau, querido. Não me espere acordado.

Várias Spice Girls criavam aglomerações e passavam para lá e para cá enquanto a entrada não era liberada. Levou um tempo até Cara avistar Gabby e Erin no meio de tanta gente. E então lá estavam elas: Gabby de short jeans desfiado na barra, com uma camisa jeans por cima de um corpete prateado e um comprido rabo de cavalo loiro platinado, e Erin de botas de verniz vermelhas que iam até o joelho, com um vestido de látex preto e uma peruca ruiva bem alaranjada.

Cara foi logo em direção a elas.

— Você está tão jovem! — exclamou Gabby bem alto. — É 1998 outra vez!

— Você está *maravilhosa*!

— Não, *você* está maravilhosa.

— Você está *mais* maravilhosa.

— *Todas nós* estamos maravilhosas. — Erin puxou o vestido para baixo. — Mas estou *derretendo* por baixo disso. Látex é para mulheres novas. — Ela revelou uma pequena garrafa de água. — Trouxe a sua bebida?

— A gente vai beber aqui mesmo, na rua? — perguntou Cara.

— Vamos! — Erin deu um gole na garrafa, não dando a mínima para o que iam pensar, e acenou com a cabeça para o segurança. — Mãe de três e digna de respeito, obrigada por perguntar.

— Tem certeza? — Gabby parecia ter dúvidas. Mas, depois de dar os primeiros goles, disse: — Entrar nos lugares com bebida escondida é como andar de bicicleta. Estou me lembrando da sensação.

— Mas é *óbvio* que ia se lembrar — disse Erin. — Você era a que mais bebia.

— Oi? *Você* era a que mais bebia.

— Às vezes eu era a que mais bebia — falou Cara.

— Você nunca passava perrengue com bebida — disse Erin.

— Mas passava perrengue com os homens. Se lembra, Cara, de quando estava saindo com aquele idiota...

— Qual deles?

— O... Ele era o que mesmo? Mágico?

— *Kian!* — Cara estalou os dedos.

— Ele mesmo! Mas tinha outro otário... Ele tinha um emprego... Bryan com "y".

— Kian, o mágico, apareceu na sua casa uma noite querendo transar. Você não queria que ele entrasse. E *aí* Bryan com "y" chegou.

— Ah, eu me lembro...

— Você apresentou um ao outro, disse que tinham muito em comum, que os dois eram babacas e os pôs para fora. Mostrou para eles quem é que manda! Aquela noite foi empoderamento feminino puro!

Vinte e um

...um busto de cerâmica de Lenin, um relógio com numerais cirílicos, uma coleção de medalhas militares, outro busto de Lenin... Jessie continuou navegando pelo site da Etsy. Os telefones de campanha soviéticos, com ganchos pretos e antigos, chamaram a atenção dela, mas tinha que tentar entrar na mente de Jin Woo Park. *Sou um chef coreano que mora em Genebra e coleciona artigos soviéticos valiosos. Do que eu gosto?*

Continuou navegando. Mais medalhas militares, outro telefone de campanha — e um macacão vintage emborrachado de proteção química em um tom estranho de verde. O coração de Jessie palpitou. É isso! Era esquisito, mas de uma maneira interessante, e chamaria a atenção de Jin Woo Park de um jeito ou de outro. Colocou o produto no carrinho de compras e depois filtrou a busca para "artigos de cozinha soviéticos". A imagem de um fogão a querosene portátil com as iniciais "URSS" gravadas no material carregou na tela. Também foi parar no carrinho, junto de algumas colheres antigas de servir refeições e uma pilha de cartões de receita escritos em alfabeto cirílico.

Ok, já chega. Ela passou rápido pelas taxas absurdas de frete e concluiu o pagamento. Queria que a encomenda chegasse o mais rápido possível.

Jin Woo Park era um dos quatro chefs que estava sondando recentemente, com o intuito de trazê-los para a escola de culinária da PiG. Ele colecionava objetos soviéticos, o que não era tão incomum. Sem dúvida, não era tão ruim quanto o que colecionava dentes humanos. Era preciso achar esses chefs quando estavam em um ponto bem específico da carreira: não podiam ser tão bem-sucedidos a ponto de terem sua própria linha de molhos no supermercado Waitrose nem tão novos na profissão a ponto de ninguém conhecê-los. Se alguém fosse desembolsar quinhentos euros para passar o dia cozinhando com um chef famoso, ia querer se gabar disso — e como se gaba de um chef totalmente desconhecido?

Jin Woo Park, chef e proprietário do Kalgukso, restaurante de culinária suíço-coreana, estava nesse meio-termo. Não foi considerado para as últimas avaliações da Michelin, recebeu muitas críticas em fóruns gastronômicos, então estava se sentindo muito inseguro e precisando de elogios.

Quem não entendia como Jessie convencia todos esses chefs a ir à Irlanda não estava prestando a devida atenção. Os chefs iam porque Jessie fazia por onde. Pesquisava e pesquisava até sentir que eram melhores amigos — tipo, olhe só para ela agora. Era quase meia-noite, e estava no iPad há duas horas, aprendendo tudo sobre a vida dele.

Na maioria das noites, ia para a cama por volta das dez horas, pretendendo ler um livro premiado por meia hora e depois ter oito horas de um sono restaurador. Em vez disso, entrava na internet e ficava pesquisando *resorts* incríveis ou se divertia comprando coisas. Ou então abria o Mail Online — ler o tabloide lhe embrulhava o estômago, mas não conseguia resistir aos comentários no fim de cada matéria. Ver as críticas às atrizes de Hollywood — magra demais, não tão magra quanto deveria, pescoço pelancudo, muito preenchimento labial — fazia com que o ódio que também recebia machucasse menos.

Mas, naquela noite, estava focada em montar com muito cuidado uma caixa de presentes que mostraria a Jin Woo Park que ela genuinamente o "conhecia". A esposa suíça de Jin Woo, Océane, era uma loira de pernas e braços longos, e ele batia mais ou menos no ombro dela. Sem filhos, o que era uma pena, pois a forma mais rápida de conquistar o coração de alguém era sendo legal com seus filhos. Mas Jessie ia trabalhar com o que tinha: ela ia mimar Océane.

O Instagram de Océane era aberto, em inglês, e ela postava *muito*. No geral, selfies pré-treino e sapatos muito caros. Então Jessie lhe daria um par de sapatos fabuloso. Mas precisava saber quanto ela calçava. Se o vício de Océane fosse bolsas, teria sido bem mais fácil. Tentando a sorte, escreveu um comentário na foto de um par de Louboutins:

"Ai, meu Deus. Tão lindos! E que pezinhos pequenos, calça quanto? Trinta e quatro?" Acrescentou quatro emojis com olhinhos de coração e enviou.

Océane tinha vinte mil seguidores — talvez nem visse o comentário de Jessie. Ou talvez achasse que ela tinha fetiche em pés e a bloqueasse.

Mas, logo depois, ela respondeu:

"Quem me dera rs calço trinta e sete."

Que maravilha! Jessie entrou no site da Net-a-Porter e começou a comparar o gosto de Océane com os sapatos em promoção. Océane gostava das grifes de luxo mais comerciais — Manolo, Jimmy Choo, Louboutin. Nada muito ousado. O item obrigatório da coleção dessa estação era o modelo *Knife* da Balenciaga — um tamanco com o bico pontudo e elegante. Estavam disponíveis nas cores azul ou branco. Por mais que Jessie preferisse o azul, o branco era mais... *suíço*. Bem, se Océane não gostasse, poderia trocá-los. Comprar aqueles sapatos lindos para outra mulher era uma tortura. Mas precisava ser feito.

Agora, a carta. Apesar de sempre mudar de acordo com o chef, ela seguia um padrão: em um tom informal e acolhedor, ressaltava que o chef era muito, muito ocupado.

Mas uma semana na Irlanda não seria só trabalho.

Basicamente, a carta de Jessie se resumia em: "Venha para Dublin. Ensine suas melhores receitas em duas aulas, e depois Johnny e os amigos dele vão levar você em uma maratona de pubs interminável. Vai voltar para Genebra com pelo menos vinte histórias que parecem mentira para contar. Sim, você *foi* mesmo parado pela polícia por dirigir na contramão. Quando a polícia se deu conta de que você era o chef coreano-suíço da televisão, voltou atrás com a multa e pediu a receita do seu kimchi. Arcaremos com todas suas despesas, e será muito bem remunerado pelo seu tempo."

A maioria dos restaurantes, mesmo os mais renomados do mundo, tinha dificuldade em não terminar o mês no vermelho, então os chefs costumavam achar uma proposta muito atraente o pagamento único de cinco mil euros por dois dias de trabalho fácil.

Assim que o contrato era assinado, Jessie seguia para o próximo passo. Enviava e-mails dizendo coisas como: "Pelo visto, você é tipo um *rockstar* aqui na Irlanda! Nosso *talk show* mais famoso está doido para te receber! É mais divertido do que parece, as brincadeiras de bastidores são famosas por um motivo!"

Quanto mais imprensa a visita gerava, mais a empresa de Jessie se beneficiava. Depois que o chef ia embora do país, a escola de culinária da PiG passava a oferecer cursos "inspirados" na culinária única do chef, e...

Johnny entrou como um louco no quarto, visivelmente nervoso.

— Jessie, o que você está fazendo *aí*? Nosso *PayPal* está enlouquecendo.

— Fazendo Jin Woo Park morder a isca.

— Usando o *Net-a-Porter*?

— Sapatos para a mulher dele.

— No valor de quinhentos euros?

— É disso que ela gosta. — Jessie disse o que sempre dizia: — A gente tem que gastar dinheiro para ganhar dinheiro.

Às vezes, essa estratégia que Jessie tinha de procurar informações inespecíficas e usá-las com o intuito de atrair chefs para a PiG não dava em nada e ela acabava jogando dinheiro fora. Mas ela não desistia com facilidade, e se encontrava naquela linha tênue entre a insistência saudável e o assédio.

— Posso me deitar? — perguntou Johnny.

— Estou escrevendo para Jin.

— Escrevendo o quê?

— O de sempre... Entendo que sua agenda deve estar cheia, mas você ia adorar conhecer a Irlanda, o povo é tão amigável e...

— ...nem um pouco racista. O que vai mandar para ele?

— Uma garrafa de whisky Middleton, cosméticos da Seavite para a esposa. Ele coleciona artigos soviéticos, então um monte de coisa maluca está vindo da Ucrânia para cá. Pode vir, sim, vem pra cama.

— Até que enfim — disse ele. Tirou a camisa de malha, a calça de moletom e por último a cueca.

Ela olhou para ele por cima dos óculos de leitura, percebendo que ali estava a oportunidade de concluir outra tarefa da sua lista de afazeres.

— *Jooooohnny?*

— O que foi? — Ele olhou rápido para cima.

Ela tirou os óculos e colocou o iPad no chão.

— Se você fosse rápido...

— Eu consigo ser rápido!

— Nada de preliminares, só o evento principal. Não se preocupe comigo, estou ótima.

— Isso é uma daquelas transas só para não perder o costume?

— É uma transa normal, Johnny. Pare de paranoia.

Ele se empolgou e saiu correndo para o banheiro para pegar uma camisinha. Perto dos cinquenta anos, uma gravidez era muito improvável, mas Johnny não queria arriscar.

— Johnny — chamou ela —, o que você acha de uma foto da família inteira, com todo mundo segurando bandeirinhas suíças e coreanas?

— Sim. Não. Sei lá.

— Vou comprar mesmo assim.

— Comprar coisas com um clique te deixa mais feliz do que deveria.

Às vezes, pensou Jessie, o medo dele de gastar a desmotivava.

Para falar a verdade, quando conheceu Johnny, na época em que ele fazia parte da dupla infalível Rory-Johnny, ele passou a impressão de ser um *lunático* inconsequente. Mas isso foi há muito tempo — uma vida inteira atrás — e, agora que não tinha mais o melhor amigo para puxar o freio dele, parecia prudente até demais.

Só para deixar claro, Rory era muito mais prudente.

Ela estava namorando com Rory quando teve a ideia de abrir a PiG. O relacionamento estava bem estável, e ela sentia que iam se casar. Mesmo assim, ficava nervosa quando pensava em compartilhar sua visão grandiosa e espetacular: e se ele a criticasse e implorasse para ser incluído como sócio, ela iria gostar menos dele por querer ficar na aba dela? Em vez disso, ele a encorajou comedida e cautelosamente. Não houve nenhum pedido desesperado de se meter no negócio dela, nenhuma oferta sem pé nem cabeça de colocar o apartamento dele como garantia extra para um empréstimo.

Ela reagira com algumas lágrimas indignadas — não pôde evitar, queria mais apoio. Gentil, ele disse:

— É sua ideia. É brilhante. Você merece todos os louros. Vou te ajudar de todas as formas que eu puder. E, se não der certo, vou cuidar de você.

— E se *der* certo? — Ela ficou confiante de repente. — Sou eu que vou cuidar de você.

Vinte e dois

— Muito baixo — alertou Nell do corredor do teatro vazio. — Se a atriz pisar uns centímetros fora da marcação dela, vai bater a cabeça em um relógio gigante. Suba mais um pouquinho.

Lá de cima, na plataforma elevada, Lorelei gritou:

— Um pouquinho quanto?

— Vou saber quando eu vir. Puxe a corda, vai, puxe mais um... Isso, pare! Bem aí! Me fala as medidas.

Nell deu um passo atrás para ver se todos os treze relógios de MDF permaneciam pendurados a uma distância esteticamente satisfatória um do outro. Mover um afetava indiretamente todos os outros.

— Está bom assim? — Lorelei soou impaciente, o que fez com que Nell desse uma olhada no seu celular.

— Jesus, é isso mesmo que o relógio está dizendo?

— Meia-noite e dez? Sim.

Estavam trabalhando desde as oito da manhã, o que totalizava — Nell fez as contas — dezesseis horas. Mas ela estivera completamente imersa no trabalho. Era um projeto pequeno, com orçamento apertado, mas era dela. Tudo bem que estava construindo o cenário do zero, mas era a cenógrafa da peça. *E* seria paga — se não estourasse todo o orçamento nos objetos de cena, naturalmente.

Mesmo depois de tantos anos, o trabalho ainda parecia mágico.

Seus pais não entendiam de arte, mas, quando criança, Nell tinha sido a única da sua turma de alunos de doze anos a não cair na gargalhada durante a visita ao museu de arte moderna.

Por iniciativa própria, começara a pegar livros na biblioteca sobre Damien Hirst, Picasso e Frida Kahlo. Artigos sobre arquitetura, alta-costura e design de móveis lhe interessavam — e tudo isso gerava atrito em casa.

Petey e Angie ficaram orgulhosos, mas não entendiam muito bem que futuro aquilo podia dar.

Aos quatorze anos, Nell encontrou sua verdadeira vocação. A mãe dela havia conseguido um trabalho na produção de *Tenko* da Raheny Players. O pai, marceneiro, foi contratado para construir o cenário com o irmão de Nell, Brendan.

Em uma manhã de sábado, quando Brendan estava "doente" demais para se levantar da cama, Nell precisou substituir o irmão e foi com o pai pintar o cenário da selva. Verbalizou bem alto sua indignação — tinha coisas melhores para fazer no fim de semana.

Mas logo ficou intrigada com a forma como os painéis de "bambu" e "palmeiras" deslizavam para dentro e para fora do palco sobre rodinhas silenciosas e com a rapidez que as mudanças de cena aconteciam, indo de uma floresta a um campo de concentração em questão de segundos.

— Foi *você* que inventou isso? — perguntou ela ao pai.

— Nós construímos. Foi Stephanie que projetou.

— Entendi. Quero ser uma Stephanie.

— Tudo bem. — Petey piscou para ela com um olho. — Você pode ser uma Stephanie.

Eles sempre a encorajavam a ser ela mesma.

— Te daremos todo o apoio do mundo. — Era o bordão otimista do pai de Nell. — É a única coisa que temos para dar.

Mais uma vez, Liam olhou as horas. Meia-noite e meia. Fazia muito tempo que ela estava no trabalho. Não estava preocupado, só queria muito vê-la. Hoje faziam seis meses de casados. Praticamente um ano atrás, eles nem se conheciam.

— Vamos para a minha casa — disse Liam naquela primeira noite. Ele ainda não tinha certeza sobre ela, mas estava curioso.

— Não.

Aquela não era a resposta que estava acostumado a receber.

— *Haukart* — disse ela.

— Como?

— Estive na Islândia dois anos atrás. Eles têm um prato chamado Hákarl, se pronuncia "haukart". É tubarão fermentado em urina. O gosto é nojento. Eu sabia que não ia gostar, mas mesmo assim quis saber como era...

A voz dela foi diminuindo, e ele começou a ficar envergonhado.

— Eu sou uma pessoa — disse ela. — Não uma novidade.

— Mas...

— Não. — Ela o advertiu, tocando no braço dele.

Ele estava confuso. Achava que os *millennials* eram adeptos do sexo casual.

— Você tem namorado?

Ela achou a pergunta engraçada.

— Não.

— Término difícil?

— Por favor. Pare.

— Então *teve* um término difícil!

— Teve um cara... — Ela encolheu os ombros. — Aceitei as migalhas dele por meses. Me dava pouca atenção, apenas o suficiente para parecer que se importava. E depois... nada. E aí me ligava querendo transar. Então o bloqueei.

— Durona.

— Vou fazer trinta esse ano. Está na hora de levar a vida a sério. Desisti do Tinder.

— Mas por quê? — Ele achava o aplicativo *muito* útil.

— Deixa as relações mais descartáveis. — A sinceridade dela era tocante. — Por algum motivo, fica muito fácil sumir da vida de uma pessoa quando você a conhece pela internet. É como se o seu celular a invocasse, então tivesse o poder de desaparecer com ela também.

— Você já teve um namorado *de verdade*?

— Claro que já. — Ela pareceu ofendida. — Por sete anos, dos dezenove aos vinte e seis anos. Amadurecemos juntos. Mesmo assim, foi difícil. Sete anos é muito tempo. Apesar de os dois últimos anos terem sido bem ruins. Eu tinha medo de nunca mais conhecer outra pessoa — confessou ela. — E não conheci.

— Além do cara das migalhas.

— Ah, ele! — Ela desdenhou com a mão. — Era um babaca. E eu era mais babaca ainda por fingir que ele não era. Conheci muitos babacas! Enfim, acho que vou indo. — Ela se levantou.

— Posso pedir o seu número? — Ele se levantou rápido. — Juro que não sou um babaca.

Ela o olhou nos olhos.

— Você é bonito, rico, e está entediado: *é óbvio* que é um babaca. — Mas ela riu e lhe deu o número mesmo assim.

Ele foi para casa e dormiu por onze horas, a primeira vez em dois anos que conseguiu dormir mais de cinco horas seguidas. Quando acordou, se perguntou o que tinha mudado. E então se lembrou. *Haukart*. Tubarão fermentado, o que quer que ela fosse.

Naquela mesma manhã, Nell acordou em seu quarto pequeno e quente em Shankill, um bairro nos arredores de Dublin. O quarto ficava insuportavelmente abafado nas estações quentes, mas o clima báltico predominava no inverno. Ela foi acordada pelo barulho da notificação de uma mensagem:

> Bom dia ☺ Tá ocupada hoje? Quer ir à praia comigo? Amigos. Você NÃO é tubarão fermentado.

Perdida em pensamentos, Nell abriu a janela para arejar o quarto. Na noite passada, a avaliação que tinha feito de Liam fora "interessante, mas não é para mim". Ele não tinha noção de como era a vida dela. Mas era... cativante. Ela fez várias perguntas sobre o fim da carreira dele na corrida, e até que ele foi bem articulado.

— Depois que parei de vencer — disse —, buscar refúgio em um casamento foi uma ótima maneira de me esconder do meu fracasso. Paige tinha status e dinheiro. Eu queria alguém que cuidasse de mim.

A honestidade dele era intrigante. Atraente.

— Tivemos Violet, e acabou sendo uma distração. Depois, tivemos Lenore. Mesma coisa. A gente se mudava muito, um ano em Vancouver, dois em Auckland. Demorei alguns anos para perceber o quanto me sentia um inútil.

— Ah, sim: masculinidade performativa. Os homens aprendem que devem ser os provedores da família. Se não conseguem ser, sentem que fracassaram.

— Isso tem nome? Uau. Ok! Quando morávamos em Chicago, comecei a fazer teatro. Mas tivemos que nos mudar de novo por causa do trabalho da Paige, para Dublin dessa vez, então não cheguei a me formar. Voltar para a Irlanda como dono de casa... foi o fim da picada. Fiquei com muita vergonha. Poderia bancar esse papelzinho em outro país, mas não aqui. Os últimos dois anos do nosso casamento foram...

Ela esperou, se segurando para não tentar completar a frase.

— Eu não desejaria isso a ninguém — disse ele por fim. — No final, só queria que acabasse logo. Paige me desprezava, e eu a culpava por estar infeliz. Fizemos terapia de casal, o que só piorou as coisas. Descobrimos que a gente se dava mal desde o começo. Ela achou que eu ia mudar, eu achei que ela era forte. Os dois estavam errados.

— Parece ter sido muito difícil. De verdade.

Depois de um momento em silêncio, ele disse:

— Fui uma merda de marido.

— Em que sentido? Você a traía?

— Ei, trair não é a pior coisa que uma pessoa pode fazer. — Sob o olhar cético de Nell, ele continuou: — Eu não valorizava o emprego dela, a dedicação dela, o dinheiro dela. Ela acreditou em mim por anos, e em troca fui um idiota. Agora ela me odeia. E está certa.

Nell olhou outra vez para o celular. Não, ela não devia sair com esse cara. Começou a digitar, mas voltou atrás e apagou tudo. Não era uma boa ideia tomar qualquer tipo de decisão sem antes tomar um café.

Na cozinha, panelas sujas estavam empilhadas na pia e a lixeira transbordava. Seis pessoas moravam naquela casa de três quartos, que era pequena demais para todo mundo.

Molly Ringwald miava, irritada, evidentemente com fome.

— Me desculpe, Mol.

Ela encheu a tigela de ração e depois pôs água para ferver.

Pensando por onde começaria a Operação Limpeza, se perguntou pela primeira vez na vida: *até quando vou ter que viver assim?*

Garr, que morava na sala de estar conjugada, entrou na cozinha com a maior calma do mundo. Portas de vidro fosco eram tudo que separava o espaço dele da cozinha.

— Bom dia — disse ele, sonolento.

— Foi mal. Te acordei?
— Não se preocupe. Chaleira no fogo?
— Sim, mas me ajude a limpar essa bagunça. Garr, conheci um cara ontem à noite... Não do Tinder, da vida real. Mas não é bem assim...
— E como é?
— Ele é... uma gracinha. Eu acho. *Pode ser* que tenha alguma coisa, mas já perdi muito tempo com *homexperiências.*
— Com quê?
— Sabe, "experiências com homens". Dormir com caras só pelo talvez. Além disso, ele tem quarenta anos, é divorciado, tem filhas, bagagem. Acho que ele pode ser uma pessoa horrível, mas é honesto quanto a isso, então talvez signifique que não seja.
— Quando uma pessoa te conta quem ela é, acredite nela.
Ela sorriu.
— *Não* queria ouvir isso. Enfim, ele quer me ver hoje. E acho que eu quero ir.
— Então vai. Viver é se aventurar.
— Vamos deixar o universo decidir. Se alguém nesta casa puder me emprestar trinta euros, eu vou.
— Wanda recebeu um dinheiro ontem. O universo diz "sim".

Nell pedalou para casa pela cidade movimentada. Quinta-feira à noite, as pessoas sempre saíam, mas hoje a rua estava ainda mais cheia que de costume por causa do show das Spice Girls.

No estacionamento subterrâneo da casa deles, ela pendurou a bicicleta no suporte de parede. Quando vira a casa de Liam pela primeira vez, não imaginou que estaria morando lá semanas depois. Parecia um palácio à primeira vista — e continuava parecendo: chaves eletrônicas, sistemas de iluminação sofisticados e *três* quartos. Um era de Liam, e os outros dois, para Violet e Lenore quando vinham passar uns dias, o que, pelo visto, nunca acontecia.

Naquele primeiro dia, foram à praia apenas como "amigos", mas as coisas mudaram rapidamente.

Não foi o rosto sexy e sedutor nem aquele corpo sarado, foi o otimismo dele que a encantou. As pessoas da idade dela não tinham mais esperança no futuro, mas Liam vinha de um mundo diferente — ou talvez de um tempo diferente —, onde expectativas positivas ainda eram permitidas.

Liam estava igualmente encantado pelo estilo de vida econômico dela, pela dedicação que Nell tinha com o trabalho e pela alegria inocente que tirava das coisas pequenas. Os princípios dela o fascinavam — se sentir culpada por "roubar o ar geladinho do Tesco" ou se recusar a usar Airbnb porque "ninguém consegue mais alugar um apartamento, e o Airbnb é um dos grandes responsáveis".

No fim da primeira semana, ele estava dizendo coisas do tipo: "Eu não estava esperando por isso. Mas você realmente... mexeu comigo."

Ela foi mais cautelosa. Na teoria, formavam um casal improvável. Não conseguia ignorar a suspeita que tinha de que ela era apenas uma novidade da qual ele acabaria se cansando.

Quando ele perguntou se ela queria ir morar com ele, ela riu de nervoso.

— Molly Ringwald teria que ir também. — Molly Ringwald era sua gata enorme, felpuda e de pelos alaranjados.

— Molly Ringwald é bem-vinda. Olhe, você já está dormindo quase toda noite comigo.

Porém, ela só cedeu quando um amigo de Garr foi despejado e precisou urgentemente de um lugar para ficar.

— Certo. Mas não nos corrompa! A mim e a Molly... Vai ser muito difícil ter que voltar para uma cama de solteiro em uma casa superlotada.

Mas o que, enfim, a convenceu de que os dois eram para valer foi a forma como ele se adaptou à vida dela. No verão passado, viajaram por duas semanas para fazer a trilha turística do Wild Atlantic Way e tiveram que contar com o serviço de ônibus precário da Irlanda e com hostels e pousadas para passarem a noite — *nunca* Airbnbs.

Às vezes, acampavam sobre as dunas de areia macia perto do mar.

Certa tarde, sentados na areia de uma praia, enquanto o pôr do sol pintava o céu de pêssego, ele disse:

— Me sinto tão vivo. Sinto cada célula do meu corpo. Como se tivesse passado minha vida inteira adormecido e você tivesse me acordado.

Mesmo depois disso, ela não previra o que acabou acontecendo em outubro, menos de cinco meses depois do primeiro encontro deles.

Eles estavam na cama em uma manhã de sábado. Nell tinha acabado de acordar, e a primeira imagem que vira fora a dele, apoiado no próprio cotovelo e olhando para ela.

— Qual é a nossa? — perguntou Liam, como se estivesse dando continuidade a uma conversa que já vinha rolando. — Você e eu? Aonde isso está indo?

— Temos que chegar a algum lugar?

Ele fez uma pausa.

— Vamos nos casar.

— Seu doido! Você acabou de se divorciar.

— Já faz mais de um ano que estou divorciado. E o casamento já tinha acabado muito antes.

A verdade era que ela não precisava ser convencida. A vida era tão imprevisível, ninguém tem muito controle de nada, devíamos conquistar nossa independência da forma que bem entendemos.

— *Se* eu disser sim — começou ela —, eu disse "se", Liam, nada de festança. Nada de vestido, nada disso. Não sou do tipo que quer casar de vestido branco e não conseguiria lidar com todo esse desperdício de dinheiro.

— Entendi. — Pensativo, ele falou: — É algo para se pensar a respeito. Só precisaríamos de duas semanas de aviso prévio para nos casarmos na Islândia. Um hotel na península de Snæfellsnes... Poderíamos fazer os nossos votos em uma banheira de hidromassagem ao ar livre, com a aurora boreal ao fundo.

— Você já pesquisou tudo isso?

— Já fiz até a reserva.

Ela subiu correndo a escada, tão ansiosa para vê-lo que nem fez questão de pegar o elevador.

— Desculpe, desculpe, desculpe, desculpe, desculpe!

— Tudo bem.

Ele estava no computador, mexendo no que parecia ser suas estatísticas de ciclismo. Ele estando ocupado com as coisas dele fazia com que ela se sentisse menos culpada por se preocupar com as dela.

— Perdi a noção do tempo. Feliz seis meses de casados!

Liam a beijou.

— E disseram que não íamos durar — brincou ele. Mas muita gente foi pega de surpresa.

— É muito cedo — disse a mãe de Nell.

— Estou cansada de ficar esperando minha vida começar — retrucou ela. — Já tomei minha decisão.

— Tudo bem, mas e *ele*? — perguntou Petey. — Digo, eu gosto do rapaz...

— Ele está mais decidido do que *eu*!

— Temos a mente aberta. — Petey soava ansioso, porque a verdade é que eles não eram. Eram pessoas gentis, mas tradicionais. — Só que casamento é um grande passo.

— Qualquer coisa, a gente se divorcia — disse ela meio que brincando.

Petey respirou fundo.

— Pode ser.

— Vocês dois eram mais novos que eu quando se casaram.

— Mas nos sentíamos mais velhos. Eu tinha um emprego, sua mãe tinha um emprego, e eu sei que você também tem um emprego, minha querida, mas nós tínhamos um salário. E isso não é uma crítica, é só uma conversa.

— Mas esse é o ponto, pai. Não sei o que vai acontecer no dia de amanhã, que dirá daqui a dez anos. Só posso tomar decisões me baseando nas coisas que sei, e eu sei que quero me casar com ele.

— Nos diga por que você o ama — pediu Angie.

— Ele já viveu muito, já viajou bastante. Teve uma carreira, um casamento. Foi pai duas vezes. É interessante e sabe das coisas. Além disso — acrescentou ela —, ele é um gato.

— Minha nossa. — Petey deu uma resmungada.

— Ele me trata que nem... uma *rainha*. Eu nunca fui tratada assim. — Vendo a si mesma pelos olhos dele, se sentiu independente e boêmia. Uma deusa do mar em contato com a natureza, em vez de alguém vivendo uma vida injusta e sofrida. — Ele é muito mais do que eu sempre sonhei.

— Ah, lá vem... Está dizendo besteiras!

— Pai, me ouve. *Mais* do que eu sempre sonhei. Ele é incrível em maneiras que nem imaginava que podiam existir.

— Alguma coisa nele te preocupa? — perguntou Angie.

— Isso calou a boca dela — observou Petey.

— Ele mal vê as duas filhas pequenas. Deve ser difícil, mas ele não gosta muito de falar sobre isso. — Ela levou a mão à boca. — Às vezes, ele se estressa com o fato de eu não comprar roupas. Gosta de coisas chiques. Mas é só isso.

Depois de uma pausa, Petey disse:

— Certo. Bem, a vida é sua. E eu *gosto* do rapaz...

— Ele gosta do rapaz — disse Angie.

— Eu gosto do rapaz também — repetiu Nell.

— Todos nós gostamos do rapaz — concordou Angie. — Estamos tentando fazer o nosso melhor, Nell.

— Então fiquem felizes por mim.

Petey e Angie se entreolharam e chegaram a um acordo mútuo.

— Tudo bem — disse Petey. — *Estamos* felizes por você; é a mais pura verdade. Então quanto vou ter que pegar de empréstimo com o banco?

— Nem um centavo. Vamos nos casar, mas não vamos gastar dinheiro com o casamento.

— O que isso significa? Que não vou poder entrar com a minha única filha na igreja e levá-la até o altar? Era só o que me faltava!

— Vamos nos casar em outro país, e vocês estão convidados.

— Onde? Tomara que seja em um lugar ensolarado.

— Vai ser em novembro, na Islândia.

— Islândia? Em novembro? Ah, *boa noite*! Já vai se preparando para quando sua avó McDermott ligar. Ela não vai ficar nada feliz!

Dito e feito. No dia seguinte, a avó de Nell ligou e demonstrou toda sua revolta, dizendo que era uma loucura se casar tão rápido assim, ainda mais na Islândia.

— Mas eu o amo tanto, vovó! — disse Nell. — Isso não vale de nada?

— Nunca achei que fosse fazer algo estúpido assim, Nell. Mas para tudo tem a sua primeira vez.

Quando estavam quase caindo no sono, Liam disse:

— Sábado agora é a primeira comunhão de Dilly. Temos que dar duzentos euros para ela.

— Existe uma taxa para comunhões hoje em dia? — Inacreditável!

— Sou o padrinho dela.

Depois de um período de silêncio, Nell disse:

— Dilly não precisa desse dinheiro todo...

— Ah, meu Deus... Está planejando alguma coisa, não está? *Está.*

— Sabe Perla e Kassandra? A mulher síria e a filhinha dela? Tá, você sabe que elas *existem*. Em vez de darmos o dinheiro para Dilly, que tal pedirmos para ela doá-lo para Kassandra? Tipo um apadrinhamento.

— Não sei se Jessie vai concordar com isso... E se Dilly ficar chateada e Jessie e Johnny discutirem com a gente?

— Podemos combinar com eles primeiro. Posso conseguir algumas fotos, talvez uma carta de Kassandra para Dilly... — A cabeça de Nell estava cheia de ideias.

Com cuidado, Liam disse:

— Pergunte a Jessie. Veja o que ela acha.

Vinte e três

Ed e Tom estavam conversando baixinho. Tom devia ter acordado cedo e ido para a cama deles.

— Muitas culturas têm cerimônias para celebrar o amadurecimento — dizia Ed. Pareciam estar falando sobre a primeira comunhão de Dilly, que se aproximava.

— Oito anos é muito pequeno — disse Tom. — Eu tenho oito anos e ainda não sei nada sobre Deus. Quando eu crescer, talvez seja Jedi ou cientista ou... *carteiro*. Mas, agora, sou só uma criança, como vou saber?

Ela deveria estar com ressaca e exausta da noite anterior, mas só sentia alegria. Era como ser jovem de novo, mas sem a presença da insegurança esmagadora e do terrível medo do futuro que tinham sido seus fiéis companheiros aos vinte e um anos.

Os coques vermelhos ainda estavam em sua cabeça — Hannah estava certa: não saíram do lugar. Era melhor se livrar deles antes de ir para o trabalho.

— Na sociedade ocidental moderna, ou seja, a gente, amigão, a infância é prolongada mais que o normal. Cem anos atrás, você já teria saído para trabalhar.

— Numa mina.

— Isso aí. Numa mina.

Era uma delícia ouvir a conversa quase sussurrada dos dois. Hoje seria um bom dia, ela tinha certeza.

— Mas você tem razão, na verdade — disse Ed a Tom. — A Igreja Católica não considera oito anos uma idade em que seja possível distinguir o certo do errado, mas talvez fosse uma boa ideia dar às crianças uma noção de pertencimento à igreja.

— É lavagem cerebral?

— É uma interpretação.

Ed era tão sensato, pensou Cara. Honesto e meticuloso ao abordar todas as coisas.

— Mas, para muitas crianças de oito anos, a cerimônia cria uma forte conexão com a comunidade delas.

— *Nah.* As crianças só gostam porque ganham muito dinheiro. Era tudo o que Vinnie queria.

Sob as cobertas, Cara sorriu. Tom estava certo. Vinnie parecera um pinto no lixo no dia de sua primeira comunhão, se exibindo por aí em seu terno branco e extorquindo quantias absurdas de dinheiro de todos os vizinhos. Se ele sentiu alguma "noção de pertencimento à igreja", Cara não podia dizer que percebeu.

— O que é uma mina? — perguntou Tom.

— Uma mina de carvão.

— Ah, *é*? A gente sempre fala isso, mas eu não sabia o que era.

O celular de Cara tocou. Uma mensagem da mãe dela:

Café antes de você ir para o trabalho?

Seria bom ficar ali com Ed e Tom. Mas, em duas semanas, Ed começaria o trabalho de verão, longe de casa de segunda a sexta, e ela teria que recusar todos os convites. Agora era o momento de aceitar a maioria deles.

Ela jogou o edredom para o lado.

— Ed, o café da manhã e o passeio com Baxter ficam com você. Vou encontrar minha mãe antes do trabalho. — Ela se levantou e, de repente, parou. — Ops, me levantei muito rápido.

Quando a tontura e os pontinhos pretos se dissiparam, ela digitou a resposta:

Big Hat of Coffee, 9h.

Perto da escada, Cara bateu à porta de Vinnie.

— Acorda! Papai vai fazer o café da manhã. Nada de Sugar Puffs, Coco Pops nem Froot Loops.

Ela correu para o banheiro antes que Vinnie começasse a reclamar.

— Ouviu Ed? — gritou ela.

— Ouvi, sim.

Com o chuveiro ligado, ela subiu na balança. Não ganhou peso desde ontem. Mas também não perdeu. E, provavelmente, deveria ter perdido... De qualquer forma, não ia acontecer nenhuma loucura daquelas hoje.

Uma folha em branco. Um recomeço. Ela prometeu a si mesma.

Abrindo a porta do Big Hat of Coffee, Cara avistou Dorothy a uma mesa perto da janela. Desde que se aposentaram, Dorothy e Angus saíam para velejar sempre que o dinheiro dava. Por causa disso, Dorothy se vestia como se pudesse ser convocada para pilotar um catamarã até a Grécia a qualquer momento. Hoje, além de um casaco corta vento amarelo, ela estava com um suéter de lã branco, uma calça chino azul-marinho e mocassins. Seus cachos grisalhos emolduravam seu rosto e sua pele tinha o viço saudável de quem passava muito tempo ao ar livre.

— Pedi café com leite para você, mas evitei o muffin. Não porque sou mão de vaca, mas porque não sei se você está ingerindo ou não açúcar no momento.

— Não estou. E então, como andam as coisas? Como está o papai?

— Ótimo.

Angus, um homem tranquilo, estava sempre "ótimo".

— Pode ser que Vanessa compre um carro novo — disse Dorothy. — Um elétrico. — Vanessa era a irmã mais nova de Cara, que vivia em Stuttgart. — Não um Tesla. Um mais barato. Mas tenho minhas dúvidas sobre carros elétricos. Não são muito lentos? Tipo carrinhos de golfe? Aquele barulho irritante, você aguentaria? Mas... — Ela adotou um tom presunçoso. — "O meio ambiente", ela diz.

Cara não teve como não rir.

— Mas ela tem um bom argumento. E Ed, seu genro favorito, concordaria.

A expressão de Dorothy suavizou.

— Como ele está?

Cara suspirou. Falar sobre Ed lhe causava a mesma sensação de abrir a caixinha acolchoada de uma bela joia e admirar sua beleza. Sempre soube que ela mesma não tinha nada de especial. Nem queria ter. Aquelas pobres almas que participavam de reality shows e berravam que *acreditavam* em si mesmas, bem, ela se preocupava com elas. Cara, sendo uma pessoa comum, teve esperanças na vida. Encontrar um homem — *o* homem — era uma delas. Não se contentaria com qualquer um.

Casamentos felizes existiam. Seus pais eram pessoas comuns, mas um achava o outro extraordinário.

Essas. Coisas. Aconteciam.

Agora, quanto mais velha ficava, mais percebia quão sem noção tinha sido quando mais jovem: ela e Ed, a felicidade dos dois não passava de pura sorte.

— Ed? — disse ela. — Ed está muito bem.

— Falei com Champ por Skype — disse Dorothy. — Foi no domingo? — Champ, o caçula do casal, vivia em Hong Kong. — Está ficando com vontade de se mudar de novo. Devia se inscrever no projeto de Elon Musk para ir a Marte. — Em seguida, acrescentou, infeliz: — Essa aventura, sim, iria agradá-lo. E como estão meus pestinhas adoráveis? Vinnie tacou fogo em mais alguma coisa? Não? — A expressão de Dorothy demonstrou desânimo. — Mas ele, obviamente, tem personalidade.

— Tem mesmo.

— Pelo menos, enquanto tacava fogo, não estava no celular.

— Tem razão, mãe. Uma boa atividade ao ar livre, causar incêndios.

— Enfim. — O tom de Dorothy ficou cheio de decoro. — Você e Ed vão mandá-lo a um *psicólogo infantil*?

— Ah, não. Ele é só uma criança, está testando coisas novas. Tentam patologizar tudo hoje em dia.

— Se eu soubesse o que é "patologizar", provavelmente, concordaria com você. E Tom? Já está lendo *Guerra e Paz*? Não sei de onde ele puxou essa intelectualidade. Com certeza, não do nosso lado. Então, nenhuma novidade?

— A primeira comunhão de Dilly é amanhã.

Aquilo animou Dorothy. Ela adorava histórias das extravagâncias de Jessie. "*Aí* está uma mulher que sabe viver a vida", dizia com frequência.

— E aí? Ela vai levar o papa para fazer as honras?

— Algo mais simples: um bufê e uma praia artificial. Não, não me pergunte. Também não tenho ideia.

— É melhor eu dar algum dinheiro para Dilly. — Dorothy pegou a carteira e, em seguida, ficou em dúvida. — Vinte é o suficiente?

— Vinte é muito.

— Jessie está obrigando vocês a irem à cerimônia na igreja?

Cara balançou a cabeça.

— Somos "bem-vindos", mas não é obrigatório.

— Diferentemente do bufê e da... Como é mesmo? Praia artificial? Ah, como ela é ótima! — Dorothy nunca desaprovava Jessie por muito tempo.

O celular de Cara tocou. Ela viu quem era.

— Trabalho?

Ela virou a tela do celular para baixo na mesa.

— É.

— Atenda, querida! Pode ser algo empolgante. Um paparazzo talvez tenha invadido a cobertura.

— É mais provável que seja sobre alguém que não recebeu a torrada sem glúten.

O celular tocou outra vez e, suspirando, Cara atendeu.

— Madelyn está doente — disse Raoul. — Pode chegar mais cedo?

— Ok. Chego em dez minutos. — Ela desligou. — Sinto muito, mãe, mas tenho que ir.

Cara se despediu e saiu apressada em direção à Fitzwilliam Square. Estava quase passando pelo mercado Spar quando percebeu que não tinha tomado café da manhã. Dentro do local, tinha barras de cereal, maçãs e outras opções saudáveis. Comprou duas barras de chocolate e comeu depressa e discretamente. Com as embalagens jogadas na lata de lixo mais próxima, quase conseguiu convencer a si mesma de que aquilo não tinha acontecido.

Vinte e quatro

Tejumola afastou das orelhas seus *headphones* com cancelamento de ruído e olhou por cima do monitor.

— Acabei de enviar os números de vendas para você, Jessie.

Tejumola era a chefe do setor financeiro da PiG. Bem, ela era *a única* funcionária do setor financeiro. A PiG não tinha mais que sete funcionários na "sede", no simplório bairro de Stillorgan. Só havia espaço para sete, e não era nada glamouroso. Tejumola era pequena, séria, nem um pouco amigável, mas era conveniente para Jessie. Quando se tratava de finanças, ela precisava de alguém em quem pudesse confiar.

Jessie concentrou-se o máximo nos números de vendas de suas oito lojas. Levava aquilo para o lado pessoal. Quando as vendas caíam, sentia uma angústia, da mesma forma que se sentiria caso TJ não fosse convidada para um aniversário por ser "esquisita". Mas, quando o lucro de uma das filiais se mostrava excepcionalmente alto, sentia um quentinho no coração, como se tivessem ganhado uma medalha de dança irlandesa.

O lucro da loja de Kilkenny tinha diminuído. Não drasticamente, mas ainda era preocupante. Jessie nunca esquecia que tinha cinquenta e seis funcionários. Cinquenta e seis pessoas e famílias por quem era diretamente responsável.

Administrar um negócio era um fardo pesado. Porém, àquela altura, ela nunca seria capaz de trabalhar para outra pessoa. Não tinha outra opção senão continuar. Quanto a Kilkenny, talvez ela passasse lá de carro à tarde para dar um apoio a eles. Bom para o moral e... Ai, meu Deus, Rionna estava com aquela cara.

— Acabou de chegar — disse ela. — A *Perfect Living* quer fazer uma matéria de página dupla com você e sua família linda na sua bela casa.

Jessie virou o rosto, exageradamente desolado, para Rionna.

— Ai, meu *Deus*! Minha bela casa está um horror. — Em meio à constante movimentação de cinco crianças e dois cães, às bicicletas, aos skates, às dezenas de sapatos enfileirados no corredor encardido, aos kettlebells espalhados pelo chão da sala de estar, onde seu personal trainer a botava na linha três manhãs por semana, a casa estava um caco. — Vou ter que mandar pintar.

— Vai ter que mandar *limpar*. — Rionna sempre foi a voz da razão. — Uma daquelas equipes especializadas.

— Existem empresas especialistas em limpar cenas de crime...

Rionna riu.

— Eles somem com qualquer vestígio de sangue e coisas piores. Ótimo. Vou procurar uma para você.

— Vou ter que mandar tosar os cachorros, obrigar as crianças a usarem as roupas que a revista quiser promover...

Não nutria nenhuma esperança em convencer Ferdia. Além da hostilidade habitual do filho, as provas do terceiro ano da faculdade começariam na quarta-feira, e seria um erro tomar o tempo de estudo dele.

No entanto, o mais importante era TJ. Sua decisão de se vestir como menino seria destacada na matéria. Jessie sentia uma superproteção feroz e um amor imenso por TJ. Aos nove anos, ela entendia a si mesma o bastante para expressar seus desejos — sabia que era menina, mas não tinha certeza se gostava de ser.

Também não tinha certeza se gostaria de ser menino. Mas já tinha consciência das limitações de ser mulher e não as queria. Em vez de Therese, queria ser chamada de TJ (o "J" se referia ao seu segundo nome, Jennifer). Jessie e Johnny acataram de imediato. Quando TJ disse que queria cortar o cabelo curtinho, Johnny prontamente a levou ao barbeiro.

No momento, TJ não sabia o que estava acontecendo com ela, e Jessie a tranquilizou dizendo que não tinha problema não saber. Mas desconhecidos que se escondiam por trás das redes sociais conseguiam ser extremamente cruéis. Feriam Jessie como se estivessem lhe dando uma facada (Johnny achava que ela não lia os comentários nas matérias sobre ela, mas era óbvio que lia).

— Acho que você deveria aceitar — gritou Mason, o estagiário de administração de vinte e dois anos, do outro lado do escritório. Inteligente e safo nas redes sociais, o restante da equipe, consideravelmente mais velha, costumava tratá-lo como um oráculo. Ele iria longe. Não com a PiG, infelizmente. Seu contrato era de apenas oito meses. Por mais que quisessem que ele ficasse, Mason estava destinado a coisas maiores e melhores. — Posso te passar o público-alvo, porcentagens, alcance de leitores...

— Não, não. Você é ótimo — falou Jessie, rapidamente.

— Alguém interessado na minha opinião? — Johnny sequer desgrudou os olhos do monitor. — Levando em conta que vou ser forçado a usar algum suéter de gola alta, uma calça de chefe de família e a sorrir feito um bobo por oito horas?

— Não — disse Jessie. — Ouça, Rionna. Vou recusar.

— Mas...

— Não. Tudo bem eu fazer publicidade, mas não é bom envolver as crianças.

— Ok. Entendi.

O escritório caiu em silêncio. Tudo o que podia ser ouvido era o barulho das teclas dos computadores e um suspiro ocasional.

Jessie considerou aceitável a decisão de recusar a sessão de fotos. No artigo do *Independent* do mês passado, quando seu antigo chefe fora citado dizendo que nem todos gostavam dela... Bem, aquilo doeu. Tudo o que Jessie sempre quis quando criança era pertencer a um grupo. Mas ela não sacava as deixas, compreendia mal o que diziam e parecia ser a última a estar por dentro da moda. Era como se tivesse perdido trechos do roteiro da vida — ou talvez da página "Como Ser Legal".

Sua mãe tinha quarenta e dois anos quando deu à luz Jessie. Seu pai, cinquenta e um. Como filha única, ela se perguntava se não tinha absorvido sem querer muitas das manias dos pais. Talvez fosse por isso que os adultos costumavam gostar dela — professores e pais de outras crianças. O que, óbvio, era a última coisa da qual precisava.

Adolescente solitária que era, mergulhou em frases motivacionais. "Seja você mesma", a aconselhavam. Mas não dava certo, e o problema era que ela não sabia como ser outra pessoa.

Na faculdade, o papel que criou para si mesma foi o de "pau pra toda obra". Em casas compartilhadas, era ela quem fazia a faxina e organizava o pagamento das contas. Apesar de zoarem de seu impecável Nissan Micra, ninguém recusava uma carona. Quanto aos homens, nenhum ficava a fim dela. Ela sofria de paixonite aguda por garotos atormentados, que fumavam haxixe e adoravam Jeff Buckley. Se a notavam, era só para zoar com a cara dela.

Depois, arranjou um emprego. Ainda não tinha certeza do que tinha acontecido com Rory e Johnny, mas foi a primeira vez na vida que homens bonitos e sexies haviam se interessado por ela. Os que costumavam dar em cima de Jessie eram bem mais velhos ou muito formais ou arrogantes. Gostavam do jeito respeitável e confiável dela. Mais de uma vez, foi elogiada por não ser "machona".

Jessie desconfiava de que aqueles homens críticos nem gostassem dela — nunca percebeu um olhar de paixão de nenhum deles. Eles estavam convencidos de ter enxergado insegurança nela, o que a deixaria mais manipulável. Grata, até.

Estavam errados.

Ela tinha medo de ficar sozinha para sempre — tipo, *óbvio* —, mas nunca ia se contentar com um daqueles homens críticos, quase paternais, com passatempos estranhos. Um criava e exibia gatos birmaneses. Outro tocava flauta em uma orquestra amadora.

Às vezes, Jessie achava difícil acreditar que sua vida atual era esta, uma vida em que a amavam e — às vezes — gostavam dela. Seu sangue gelava só de pensar em como tudo poderia ter facilmente continuado complexo e inalcançável.

O inacreditável era que, hoje em dia, às vezes, a descreviam como "bonita". Mas era tudo graças ao dinheiro. Sem as luzes, as lentes de contato e o Botox — sim, *é óbvio* que tinha Botox; preenchimento também —, sem o personal trainer, as facetas dentárias e a escova no cabelo com duração de doze semanas, ela pareceria uma zé-ninguém competente e pouco atraente, que só estava ali para "dar uma mãozinha".

Vinte e cinco

— Que ótimo — disse Jessie com o olhar fixo na tela.

Várias cabeças se ergueram.

— Não. É um "que ótimo" bom. — Ela riu. — Não é sarcasmo. Pra variar! Todos os ingressos do fim de semana com Hagen Klein foram vendidos! Sete semanas antes de ele vir.

Era uma notícia boa de tantas maneiras. Os chefs de Jessie — ela pretendia convidar quatro por ano — eram a força vital da PiG agora. Os lucros gerados pelas vendas dos ingressos eram recebidos com muita gratidão. Mas a alavancada que as lojas ganhavam com a visita de cada chefe era o verdadeiro bônus.

A verdade é que, sozinhas, as lojas mal se sustentariam. Mas, toda vez que um chef convidado demonstrava o preparo de um ou dois de seus pratos exclusivos em um programa de entrevistas para a televisão, centenas de novos clientes chegavam às lojas à procura do *amchur* em pó, do melaço de zimbro ou de qualquer outro ingrediente caríssimo que ele tenha usado.

Jessie estava ansiosa por Hagen Klein — também conhecido como Chef da Motosserra. Seu restaurante em Tromsø, o Maskinvare, oferecia comidas incríveis, que, às vezes, eram preparadas com ferramentas elétricas. Só que ele era excêntrico, imprevisível e dividia o público — seus *super*fãs costumavam ser jovens demais para bancar os ingressos. Mas aqueles que normalmente pagavam pelos workshops na escola de culinária da PiG gostavam de *bad boys* mais palatáveis.

— A empresa depende muito dos chefs. — Mason interrompeu a linha de pensamento de Jessie.

Aquela devia ser a terceira vez que ele dizia tamanha heresia, o que magoou Jessie.

— Todo o trabalho que você e Johnny têm so para conseguir que um aceite... — disse ele. — Não é um uso produtivo do tempo de vocês. E se um chef pular fora no último minuto?

— É para isso que temos seguro. — Jessie lançou um olhar nervoso para Johnny. — Não temos?

— Vou verificar. — Ele pareceu nervoso.

— Seria bom colocar isso em letrinhas miúdas — disse Mason. — Aliás, precisamos mesmo conversar sobre sua loja on-line.

A PiG sempre teve um site, mas, nas últimas semanas, Mason estava pressionando para expandir o alcance e "reconfigurar a marca PiG por inteiro".

Normalmente, Jessie considerava Mason um geniozinho, mas, nesse caso, ele estava errado. Totalmente errado. O diferencial das lojas físicas era a riqueza de conhecimento que cada funcionário tinha a oferecer. Todos eles cozinhavam com os produtos que vendiam. Ofereciam dicas privilegiadas e conselhos com base no que aprendiam na prática, coisas que um site impessoal jamais poderia reproduzir.

— Jesus! — disse Rionna. — É meio-dia e vinte. A mesa está reservada para meio-dia e meia! Vamos.

Eles tinham uma reunião com Erno Danchev-Dubois, um autointitulado consultor de culinária, no Radisson, um hotel que ficava próximo ao escritório. Todas as outras reuniões tinham acontecido no local. A sede da PiG era pequena demais.

— Devo ir? — perguntou Mason.

— Se você prometer não falar mais nada sobre um site novo...

Mason ajeitou as roupas já arrumadas, e Jessie não conseguiu deixar de sorrir com carinho para ele.

— Olhe só pra você.

Usando calça chino com a bainha dobrada, colete xadrez, camiseta branca e gravata-borboleta vermelha, Mason não passava despercebido. O rapaz carregava uma pasta de couro flexível bem careta e não usava meias com seus sapatos brogue preto e branco. Mesmo com os óculos de armação preta estilo anos 1950, o rostinho sorridente sob o topete arrumado parecia ter uns quinze anos.

Um nerd hipster, aparentemente. Erno o adoraria.

Erno era uma figura rara. Consultores de culinária existiam mais por acidente do que por intenção. Geralmente, haviam estudado em vários países, falavam, no mínimo, quatro idiomas, conheciam muita gente — e já tinham passado por maus bocados. A PiG pagava pela disponibilidade de quatro desses indivíduos para que previssem qual seria a próxima tendência ou os próximos gêneros alimentícios a fazerem sucesso na Irlanda. Mas não era uma ciência exata e aconteciam erros, às vezes, drásticos.

Enquanto entravam no carro, Jessie disse:

— Não levem muito a sério os delírios de Erno hoje. Ele nos deu péssimos conselhos sobre aqueles produtos do Butão.

— Mas ele acertou na mosca em relação à comida de rua colombiana — constatou Johnny.

— E foi por isso que não o dispensamos.

Erno estava com gim-tônica e uma taça de vinho à sua frente. Ele deu um salto, bateu os calcanhares dos sapatos um contra o outro, fez uma reverência e beijou a mão de Jessie e, depois, a de Rionna. De repente, Jessie se lembrou do que Ferdia disse na única vez em que tinha encontrado Erno: que ele parecia um ator ruim. Ele disse: "Na próxima vez em que o vir, ele vai estar interpretando a Mamãe Gansa em uma peça no teatro Gaiety."

Enquanto Jessie observava, ele beijava Johnny no rosto uma, duas, três vezes. Depois, passou para Mason. Os três beijos eram novidade. Nossa...

Tomando atitude — porque ninguém mais o faria —, ela deu uma olhada no cardápio.

— Nada de entrada para mim. Se eu comer muito no meio do dia, acabo ficando sonolenta.

— Eu também — disse Rionna, aproveitando a deixa.

Rionna era ótima. Rionna era mais do que ótima. Jessie ficaria perdida sem Rionna.

— Mesma coisa aqui — disse Johnny.

Johnny também era ótimo.

— Ok — sorriu Mason.

Mason não ligava para comida. Mason era jovem.

Erno foi o único que pareceu triste. Mas Jessie estava tendo sérias dúvidas quanto a Erno.

Depois da conversa fiada de sempre — sobre embaixadores, *fincas*, o novo Hotel Aman em Quioto —, finalmente começaram a tratar de negócios durante a sobremesa.

De acordo com a previsão de Erno, o Brasil era a Próxima Grande Novidade.

— De novo? — Jessie acenou para o garçom e pediu a conta. Um pouco abrupta talvez, mas ela não perderia mais tempo com aquela baboseira. — Você não lembra? Uns três anos atrás? Feijoada em todos os lugares? Mandioca que não acabava mais?

Erno ficou desconcertado.

— Sim... Bem... O Butão vai ser uma explosão.

— Certamente, explodiu a nossa receita líquida no segundo trimestre do ano passado. — Jessie conseguiu sorrir. — Ouça, Erno, não podemos ficar para o café. Foi bom te ver. Vamos entrar em contato.

Quando saíram para o estacionamento, Jessie estava perdida em pensamentos. Erno tinha perdido o jeito, e isso era preocupante.

— Pobre coitado — falou Johnny.

— Me pergunto o que pode estar acontecendo... *Burnout*?

— Muito chegado a bebida?

— Acho que isso é um risco ocupacional.

A empresa contava com mais três consultores, mas Erno era o mais antigo.

— Tem algo para fazer no escritório? — perguntou Johnny. — Por que não encerramos por hoje? A semana não está fácil. — Johnny esteve em uma feira profissional em Munique. Fez um expediente de dezoito horas durante três dias.

— Estava pensando em pegar o carro e ir até Kilkenny, dar um apoio emocional a eles.

— Jessie. Só uma tarde. Parece que nunca te vejo.

— Você trabalha comigo e mora comigo. Quanto mais você quer ver de mim?

— É que gosto de passar um tempo com você. Kilkenny pode esperar. É só uma pequena mudança nos seus planos.

— Você me faz parecer uma daquelas esquisitonas poderosas que nunca se desligam do trabalho.

— Tudo que eu quero é um tempo a sós com a minha esposa. O que tem de tão errado nisso?

— Escuta. Vou chegar em casa lá pelas nove. Não se esqueça de levar os cachorros pra passear.

Vinte e seis

— Pai! Acorda, seu preguiçoso.

Grogue, Johnny acordou. A filha de nove anos, TJ, o encarava.

— Você tem que me levar para o jiu-jítsu! — exclamou ela. — Aqui o seu café. Beba logo. Fique pronto em cinco minutos.

— Por que não pode ser a sua mãe?

— Ela está preparando a areia cinética.

A o quê?

Mas TJ já tinha saído.

Era o dia da primeira comunhão de Dilly. Com todo aquele estardalhaço, Johnny não conseguia nem imaginar como seria o dia do casamento dela. A ensolarada cozinha com teto de vidro era uma agitação só. A casa inteira estava andando de um lado para o outro, e Jessie estava colada em McGurk, os dois diante de uma prancheta. Johnny ficou arrepiado. McGurk lhe causava calafrios. Geralmente, ele trabalhava nos dias de semana, mas Jessie deve tê-lo pressionado a aparecer hoje.

— Bom dia, sr. Casey.

Ele já tinha falado milhares de vezes para o homem deixar essa história de "senhor" de lado, mas McGurk insistia, como se tivesse prazer em ser irritante. O rapaz tinha aquele ar de ex-seminarista. Johnny conseguia visualizá-lo em Roma, debatendo questões teológicas com outros jovens rapazes apáticos e esnobes.

McGurk tinha "uma história". Tipo, *é óbvio* que tinha — Jessie escolhia pessoas com "uma história". Ele foi chefe do serviço de quarto em um hotel de luxo suíço, mas sofreu um colapso nervoso. Procurava uma posição com menos pressão, mas continuou sendo "dedicado e obcecado por arrumação, com fetiche em passar roupas". Nada de errado com isso. O problema era McGurk não ser nem um pouco bom de conversa. Ele se manteve imune à lábia e ao charme de Johnny. Infalivelmente educado, ainda conseguia deixar evidente para Johnny que o detestava.

Johnny queria ter contratado outra filipina alegre e tagarela, como a querida Beth, a antiga empregada. Mas Jessie decidiu que seria McGurk.

— Vai ser bom para as meninas verem um homem em uma posição de submissão a outras mulheres.

— Eu já estou nessa posição — disse Johnny. — E elas me veem todos os dias.

Para aumentar a irritação de Johnny, Ferdia, magricela e desgrenhado, estava relaxado, apoiado na bancada, comendo Sugar Puffs em uma enorme tigela de vidro. Ele realmente tratava o lugar como um hotel gratuito, observou Johnny. Aproveitando a vida em sua casinha nos fundos do quintal, como se fosse um Chateau Marmont, entrando e saindo da casa para comer a comida deles e buscar as roupas lavadas.

— Bem, monte a mesa aqui. — McGurk apontava com a caneta.

— Longe da cozinha? — Jessie soou surpresa.

— Não. Posicioná-la aqui vai ajudar no fluxo.

Jessie assentiu humildemente. Veja só! Aquilo não acontecia com muita frequência.

De alguma maneira, Johnny encontrou o olhar de Ferdia, que disse:

— Tão apavorada com sua própria normalidade que ela tem que se cercar de gente bizarra.

Johnny soltou uma risadinha. Depois, lembrou com quem estava tratando e disse:

— Não fale assim da sua mãe.

— Por falar em gente bizarra — disse Ferdia —, o que será que Nell vai usar hoje?

Olha só quem fala, pensou Johnny, ele e essa camiseta escrito "Girl Power".

— Algo maravilhoso — disse Jessie. — Único. Individual.

— Sério isso? *Não.* — Ferdia se dirigiu a Jessie como se ela fosse uma tapada. — As roupas dela são uma loucura.

— Porque ela compra tudo em brechós. Não compra roupas novas por causa do planeta. Ou tem alguma coisa a ver com "alimentar o capitalismo"? Tanto faz. Ela continua sendo incrível.

TJ balançou as chaves do carro para Johnny.

— Vamos logo, seu bundão inútil. — Ela andou em direção à porta com Camilla e Bubs correndo atrás dela. — Alguém segure os cachorros! — berrou. — Estão tentando sair.

Saoirse os segurou pela coleira enquanto a puxavam para tentar fugir da casa.

Do lado de fora, uma van da DHL encostou.

— Fala, Johnny! — gritou Steve, o entregador.

Viu? *Steve* o chamava de "Johnny". Por que McGurk não conseguia?

— Fala, Steve! — disse TJ.

— Fala, TJ!

Ou será que Johnny devia se preocupar com a família inteira parecendo íntima do entregador da DHL?

— Entrega para Jessie.

— Eu pego.

Johnny olhou para o remetente — Net-a-Porter! Mas que merda era essa? Depois, se lembrou dos sapatos que ela tinha comprado para a esposa de Jin Woo Park.

— Quem vem hoje? — perguntou Ferdia à mãe.

— Ed e Cara, Liam e Nell. Alguns vizinhos e amigos. Vinte e cinco, talvez trinta.

— Inacreditável — murmurou ele.

— Ah, não seja rabugento. — Ela abraçou o filho pela cintura. — Só está irritado porque vamos ficar no quintal, te incomodando na sua casinha.

— Você é hipócrita. — Ele se desvencilhou. — Quando foi a última vez que foi à missa?

— Não vou discutir com você. — Jessie estava tranquila. — Todo mundo na turma dela vai participar.

— Não me diga que vai levá-la até os vizinhos para arrancar dinheiro deles?

— É uma tradição. Fizemos o mesmo com você.

— Não éramos tão ricos na época.

Não somos tão ricos agora...

*

Por um instante, um instantinho minúsculo, ela fingiu que os sapatos eram para si mesma. Ia abrir com muito cuidado a adorável caixa da Balenciaga, dar uma olhadinha e *fingir*.

E, ai, meu Deus, olha só para eles! O couro, o lustroso couro branco e macio. Eram tão *lindos*.

Prová-los por um segundo não faria mal, desde que ela ficasse sobre o carpete. Olhou no espelho, viu o saltinho perfeito com o moderno bico pontudo. Quanto mais olhava, mais os desejava.

Por que não posso ter uma coisa legal assim?

Ela trabalhava *duro*. Ontem, teve um expediente de quinze horas — foi até Kilkenny e levou a equipe para beber e comer pizza com a intenção de levantar o ânimo deles. Já eram onze da noite quando chegou em casa.

Aqueles sapatos eram um número maior que o dela. Porém, por serem tamancos, *daria* para usá-los...

De forma impulsiva, tomou uma decisão. Que se dane, ela ia ficar com eles!

— Mãe! — gritou Saoirse do andar de baixo. — Cara chegou!

Instantaneamente, Jessie foi invadida pela culpa. Cara tinha ido lá para fazer sua contabilidade mensal: era óbvio que ia descobrir que Jessie tinha se apropriado dos sapatos de Océane. Talvez Jessie pudesse, simplesmente, mentir... No geral, não se importava que Cara soubesse o que comprava. O que não suportava eram os discursos da coitada, que tentava ajudar Jessie e Johnny a viver com o que ganhavam.

Só que eles *viviam* com o que ganhavam. Exceto pelos gastos excepcionais que bagunçavam financeiramente o casal — hoje era um excelente exemplo disso. Não era todo ano que um filho fazia primeira comunhão; aquela festa para Dilly era um ponto fora da curva. Então, sim, seu vestido custou uma fortuna e uma boa grana foi desembolsada no bufê daquela tarde — era um alívio não ter que fingir cozinhar desta vez —, mas esse tipo de despesa não acontecia todo mês.

Tudo o que Jessie realmente queria de Cara eram informações, porque, caso chegasse o momento de cortar gastos, ela e Johnny poderiam consultar as planilhas organizadas dela e ver com que deveriam evitar gastar.

No entanto, agora, não havia essa necessidade.

Vinte e sete

— Vamos ficar fora umas três horas — disse Jessie enquanto as crianças iam em direção à minivan. — Você vai ter paz e tranquilidade. McGurk está preparando as coisas na cozinha. Pode ignorá-lo. Ele prefere assim. — Em seguida, completou, pensativa: — Ele não é chegado a pessoas *mesmo*, não é?

— Vamos *logo*! — gritou Johnny.

— Só vou demorar umas duas horas — disse Cara.

— Mas você vai voltar mais tarde? — perguntou Jessie. — Para a festa?

— Óbvio. Caramba, que sapatos *lindos*, Jessie!

— Oh! Ah, obrigada. Promoção. Net-a-Porter.

Promoção em maio? Sério? Bem, enfim... Cara acabaria descobrindo. Era estranho demais ter acesso a tantos segredos dos Casey, mas eles pareciam não se importar, então ela também não deveria.

— Não deixe os cachorros entrarem na casa — foi a última recomendação de Jessie. — Eles vão comer a comida da festa, e Camilla é muito velha, vai acabar vomitando tudo.

A porta bateu. Cara se sentou em frente ao computador na sala de estar, colocou seus fones de ouvido e fez login na conta-corrente dos Casey. Provavelmente, tinha coisas melhores para fazer naquela manhã, mas e daí? Aquilo não era assim tão ruim e lhe dava uma sensação de retribuição.

A maioria das despesas de Johnny e Jessie era nos cartões de débito. Mas eram tantas... Páginas e mais páginas. O principal era o básico de todo mundo — gasolina, supermercado, contas de telefone —, mas havia ostentações frequentes que inflacionavam os gastos totais.

Era fascinante ter acesso às finanças de uma família muito mais rica que seu pequeno quarteto. Dava para perceber que nem Johnny nem Jessie ficavam ansiosos ao observar o medidor da bomba de gasolina no posto, vigiando com muita atenção para que parasse na marca dos vinte euros, porque era o máximo que poderiam gastar. Mas ela não os julgava. Se tinham condições, por que não gastariam?

Se ela tivesse dinheiro até não poder mais, se hospedaria em um daqueles estabelecimentos suíços, que eram uma mistura de hotel e spa, e passaria fome em meio ao luxo. Estaria tão ocupada se livrando das celulites e das rugas que nem notaria a fome. Só que voltar para a vida real não seria nada fácil. Talvez contratasse uma pessoa para andar vinte passos à sua frente, se livrando de todo chocolate no caminho — tipo um *coach* da sobriedade, só que para comida e... *O que é que foi isso?*

Ferdia, todo desleixado, usando calça de moletom e camiseta, espreitava. Ela arrancou os fones de ouvido.

— Jesus! — ele estava dizendo. — Ah, é você, Cara!

Ela riu do susto.

— Desculpe. Assustamos um ao outro.

— Achei que estava sozinho. O esquisito do McGurk saiu para buscar toalhas de mesa, sei lá.

— E você achou que a barra estava limpa? O que está fazendo? Roubando garrafas de vinho? — Ela gostava muito dele.

— Wi-Fi — disse Ferdia. — É uma porcaria lá atrás.

— E acabou encontrando a titia aqui.

— É, mas você é minha tia preferida. — Ele se jogou na poltrona ao lado dela. — O que está ouvindo?

— *A Star Is Born.* Não me julgue.

— Jamais. Você não foi à igreja?

— Estou com pouco tempo. E você?

— Era para eu estar estudando. Faltam doze dias para o início das provas.

— Boa sorte então. E aí? Planos para o verão? Uma longa festança de quatro meses?

Ele abriu um sorriso largo.

— Tendo Jessie Parnell como mãe? Sem chance.

Cara percebeu, um pouco chocada, que Ferdia não era mais um menino atrapalhado e desengonçado, mas um homem feito.

Parecia ter acontecido da noite para o dia. Com seus olhos castanho--escuros, cabelos pretos bagunçados e tatuagens de cima a baixo nos braços, ele tinha a aparência de um messias sexy.

Ela abriu a boca para dizer isso ao sobrinho, brincando, mas parou. Jessie tagarelava tanto sobre a beleza do filho que Cara sentia pena dele.

— Dois dias depois das provas — disse Ferdia —, começo um estágio no Instituto de Pesquisa Econômica e Social. Tirando meu exílio em agosto em uma casa de veraneio na Toscana por uma semana com a família inteira, vai ser só ralação o verão todo.

Ainda focada na aparência dele, Cara reparou que Ferdia estava muito parecido com a foto de Rory pendurada na parede da sala.

Um barulho no corredor os alertou.

— McGurk voltou — disse Ferdia. — Nos vemos mais tarde.

— Ok, meu bem.

Pela fresta entre a porta e o batente, ela viu, de relance, a silhueta magra de McGurk carregando bandejas para a cozinha. Sobremesas. Cara tinha um sexto sentido para doces.

A porta fechou e, instantes depois, Cara ouviu o som do carro de McGurk se afastando outra vez.

Como se estivessem pressionando uma faca em sua jugular, ela se levantou e andou em direção à cozinha.

Seu coração disparou ao avistar a variedade de belezas diante de si: macarons em fortes tons de laranja, lilás e verde, bolos ópera de chocolate, densos e deliciosamente úmidos, tortas de framboesa brilhando com uma saborosa aparência em rosa-claro, pequenos cheesecakes adoráveis e consistentes, travessas de marshmallows e kebabs de abacaxi — eles deviam trazer uma cascata de chocolate...

Seu coração disparou, a adrenalina pulsava dentro dela e sua cabeça latejava.

O que ela queria eram os bolos ópera, e ninguém se importaria se comesse um. Mas, se fizesse isso, não conseguiria parar até comer, pelo menos, dez.

Seria muito vergonhoso se os outros descobrissem que ela havia devorado metade de uma travessa de bolos. Teria que se livrar de uma travessa inteira, com vinte.

Era *capaz* de fazer isso. Pensariam que McGurk esquecera uma travessa na confeitaria sem querer.

Ou ela poderia tentar culpar os cachorros. Camilla era velha e lenta, mas Bubs era um bagunceiro de carteirinha e não teria problemas para subir na mesa.

O empecilho era o banheiro. Usar o banheiro da família de Johnny e Jessie lá em cima pareceria uma violação muito grande da confiança de ambos.

Agarrou o batente da porta; um brilho de suor cobria sua testa e ela só percebeu a força com que apertava os dentes quando alguma coisa dentro da boca deslizou e estalou. Em sua cabeça, o barulho soou feito uma miniexplosão, e algo pequeno e pontiagudo de repente estava chacoalhando em sua boca.

Chocada, confusa, ela cuspiu aquilo na mão — era um pedaço de dente. Usando a língua para examinar, encostou na ponta de um molar. Sentiu gosto de sangue.

O horror tomou conta de si. Dentes eram vitais. Em um nível primitivo, dentes representavam sobrevivência. Como aquilo aconteceu? Cara tinha uma escova elétrica. Cara fazia exames de rotina.

Mas não podia ser... Fazia só um mês que ela estava vomitando. Não era tempo suficiente para desgastar um dente a ponto de quebrá-lo.

Ou era?

Memórias indesejadas dos vômitos três ou quatro vezes ao dia surgiram. Ontem, apesar de suas esperanças mais cedo, saiu completamente do controle.

Ela tinha que admitir que havia comido demais em pouquíssimo tempo.

Vinte e oito

Liam estava de pé no quintal da casa de Johnny, observando Nell organizar com maestria um barulhento grupo de crianças encantadas por ela em uma brincadeira que tinha acabado de inventar. Fazia só um ano desde que a vira pela primeira vez naquele supermercado, mas, às vezes, um ano parecia muito tempo. Às vezes, parecia uma semana. Porque, dias depois de conhecê-la, ele tinha ficado completamente cego de amor.

De repente, entendeu onde ele e Paige erraram. Casar-se com ela foi uma decisão motivada pelo vazio e pelo medo — sua carreira tinha chegado ao fim, e grande parte de sua identidade, desaparecido abruptamente. *Ele* quase desapareceu. Paige lhe ofereceu uma estrutura, um formato, uma nova versão de ser.

Mas seus sentimentos por Nell eram totalmente diferentes. A espontaneidade e a alegria dela eram contagiantes, e ele adorava aquela nova versão de si mesmo.

Ainda assim, ele se conhecia — passou semanas se preparando para a chegada do desencantamento. No fim, um tanto cabreiro, acabou aceitando que isso talvez nunca fosse acontecer.

— Oi, Liam.

Era Cara, bonita com suas covinhas.

— Ah, oi.

Todo mundo dizia que Cara era "um amor de pessoa", mas algo nela o deixava pouco à vontade.

Nell passou correndo por eles, seguida por uma longa fila de crianças. Eles a observaram.

— Ela faz mágica com as crianças — disse Cara.

— É. — Liam sorriu. — É quase uma pena ela não querer ter filhos.

— Mas ela quer, não? — Cara pareceu perplexa. — Só que já tem gente demais no planeta, né?

— Dá no mesmo.

— Dá mesmo?

Felizmente, naquela hora o nem tão pequeno assim brutamontes do Vinnie empurrou uma das crianças, e Cara saiu para intervir.

Foi um alívio. Encontros com Cara o deixavam nervoso, como se ela fosse capaz de enxergar dentro de seu coração, catalogando cada sentimento obscuro que já teve. Uma das verdades mais sensíveis era que a decisão de Nell de não ter filhos era o sinal de que eram perfeitos um para o outro. Ele não queria mais filhos. Tinha falhado como pai. Quando Paige estava grávida de Violet, ele ficou tão animado! Mas a alegria imensa pelo nascimento da filha logo desapareceu diante da falta de conhecimento sobre o que fazer e do choro incessante dela.

De acordo com Paige, ele fazia tudo errado: a alimentava muito rápido, era muito desajeitado trocando as fraldas. Quando tentava acalmar os choros da filha, ela berrava ainda mais alto. Violet não gostava dele, Liam disse isso uma vez a Paige, que afirmou que era *ele* que estava sendo um bebê.

Quando Lenore nasceu, ele teve esperanças de que ela fosse gostar mais dele do que a irmã gostava, mas o padrão se repetiu.

Liam não sabia onde tinha errado, mas elas sempre foram as filhas da Paige. Agora, mais do que nunca.

A verdade era que não sentia falta delas.

Dois amigos do clube de ciclismo passavam por situações parecidas: divorciados, vivendo longe dos filhos e estavam bem. Às vezes, quando ficavam um pouco bêbados, falavam sobre o remorso que deveriam sentir.

— Me sinto mal por não me sentir mal — disse Dan, e era exatamente como Liam se sentia.

Por ser responsável, fazia uma chamada de vídeo com as meninas uma vez por semana — e aqueles domingos sempre chegavam tão rápido. Quase não tinha o que dizer, e elas, muito menos.

— Pra ser sincero, se elas decidissem que não estavam mais a fim de falar comigo, seria um alívio — confessara ele a Dan.

— Pode crer — apoiou o amigo.

— Seu monte de lixo inútil! — Alguém gritou. TJ. O taco com o qual brincava tinha quebrado. — Preciso de um adulto aqui! — O olhar dela passou direto por Liam. — Ed — chamou —, pode me ajudar?

Ed estava dando um sério sermão em Vinnie, o brutamontes. Caminhando em direção a TJ, ele se ajoelhou na frente dela.

— Vamos dar uma olhada. Ah, entendi. — Ele apontou para o cabo. — Olha aqui, TJ...

Ed levava jeito com crianças. Tinha tudo a ver com a forma como controlava sua energia, Liam notou. Ele desacelerava para ficar exatamente no mesmo ritmo que a criança. Lá estava ele, explicando com paciência o que aconteceu. Se fosse Liam, teria agarrado o taco, visto que não dava para consertar e, depois, impaciente, mandado TJ ir brincar com outra coisa, enquanto voltava a própria atenção para algo que o interessasse mais.

— Consegue consertar? — implorou TJ.

— Vou fazer o meu melhor — respondeu Ed.

Talvez, pensou Liam, por ter sido o bebê da família, não tinha aprendido a lidar com crianças mais novas. Ou talvez fosse egoísta demais. Talvez alguns homens não nascessem para ser pais...

Nell passou grande parte da tarde atenta, esperando uma oportunidade de ter aquela "conversa" com Dilly.

A chance acabou surgindo quando Dilly se atirou nela querendo um abraço.

— Ei? — indagou Nell. — Podemos ter uma conversinha?

Dilly semicerrou os olhos, desconfiada.

— Uma conversa boa ou ruim?

— Aaaah... — Ela não queria traumatizar a menina e entrar para a lista proibida de Jessie. — Uma interessante.

— *Entããão*, tá.

Elas se sentaram de pernas cruzadas na grama. Liam se juntou a elas.

— Liam é seu padrinho. — Nell pegou o envelope. — Eu sou a esposa de Liam, e isso aqui é de nós dois. Então... Conheço você há pouco tempo, mas te acho muito maneira.

— Eu é que *te* acho muito maneira!

— Podemos contar para você a história de uma menininha chamada Kassandra? Ela tem oito anos, igual a você. Se abrir o envelope, vai ver uma foto dela.

Confusa, mas obediente, Dilly analisou a foto. Hesitante, ela disse:

— O cabelo dela é legal.

— Ela vem de um país chamado Síria, onde está acontecendo uma guerra.

O rosto de Dilly esboçou uma expressão de medo levemente teatral.

— Está tudo bem — falou Liam rapidamente. — Ela está segura na Irlanda.

— Mas! — Nell não quis fugir do assunto. — Ela teve que deixar tudo o que tinha na Síria. Brinquedos, roupas e... Bem, tudo.

— Ela não pode comprar outros?

— A mãe dela não tem dinheiro. E o pai dela morreu.

Dilly lançou um olhar temeroso a Liam. Parecia verdadeiramente tocada.

— Ela não mora na própria casa. Não tem nem um quarto. Todas as refeições vêm de uma cozinha grande que alimenta muita gente.

— Então, a mãe dela não precisa cozinhar!

Tudo beeem... O Pai Morto foi bom, teve impacto. O bandejão nem tanto. Era melhor Nell seguir outro rumo.

— Mas, às vezes, dão para ela... — Qual era a comida que Dilly odiava? — Escondidinho de carne moída.

— Ecaaa!

— E, se ela não quiser comer, ninguém prepara outra janta. — *Como fariam para você.* — Então Kassandra tem que ficar com fome até a manhã seguinte.

— Aaah...

Dilly era privilegiada demais para entender o que era passar fome, mas sabia que era um conceito trágico.

— Então, hoje, o tio Liam e eu podemos dar duzentos euros para você. Ou podemos dar o dinheiro para Kassandra. Pode ser um presente seu para ela.

— Ela vai conseguir comprar uma casa?

— Não, meu anjo. Mas vai conseguir comprar dois saquinhos de bala Haribo e dois chocolates Twirls por semana até o ano que vem.

— *Só* isso?

— Mas é muita coisa! Ela ficaria muito feliz.

— Bem, então *tá bem*. Talvez a gente possa marcar de brincar.

Ou talvez não. Jessie tinha ficado encantada com a ideia do dinheiro da comunhão de Dilly ajudar outra criança. Mas mesmo as pessoas mais gentis não curtiam passar um tempo com refugiados.

— Ela escreveu uma carta que está dentro do envelope, contando sobre a vida dela para você. Pode ler se quiser.

— Tá bom, vou ler. Ferdia! — O meio-irmão estava passando. — Ferdia, posso te mostrar uma coisa legal?

— Sim. — Ele ajoelhou enquanto Dilly lhe contava tudo.

— Então, tem uma menininha da... Qual é o país, Nell?

— Síria.

Atropelando as palavras, Dilly explicou tudo.

— De quem foi a ideia? — Ferdia pareceu preocupado. Levemente irritado.

— Minha — disse Liam. — Minha e de Nell. De nós dois. — Tinha um tom hostil na voz dele.

— *É mesmo*?

— É uma ideia legal. — A ansiedade tomou conta de Nell. As coisas estavam indo tão bem. Era melhor aquele idiota não estragar tudo. — Dilly ficou feliz porque é uma pessoa generosa e atenciosa.

— Ok. — O fogo nos olhos de Ferdia se apagou. — É, bem... — Como se percebesse que não seria capaz de criticar o plano, ele disse em tom relutante: — Então, isso é... Sim, ótimo. Muito bom, Dilly.

— Cascata de chocolate! — gritou Dilly, ficando de pé e correndo quintal afora. Ferdia a seguiu.

— *Qual* é o problema dele? — quis saber Nell.

— Pirralho mimado.

— É como se só ele pudesse ser politizado aqui.

Baixinho, Liam disse:

— "Ela vai conseguir comprar uma casa?"

O humor de Nell melhorou de imediato.

— Pois é! Achei que não fosse conseguir quando ela disse isso!

— Fizemos uma boa ação.

Ela apertou a mão dele. Sentiu a gratidão invadi-la de tal maneira que ficou praticamente inebriada.

— Obrigada por isso.

Vinte e nove

Papai, quando vão ligar a cascata de chocolate?
Johnny, pegue uma cerveja para Liam.
Pai, Camilla precisa fazer cocô.
Johnny, pegue vinho rosé para Raphaela.
Amigão, onde fica o banheiro?
Johnny, dê seu celular para Bridey.
Pai, Camilla fez cocô na casa de bonecas.

A tarde foi constantemente movimentada, atendendo às necessidades dos outros até que, em uma inesperada calmaria, ninguém mais perguntava por nada e Johnny quase desmaiou de exaustão.

Ele foi andando até a mesa do quintal e, feliz da vida, sentou-se no banco. Sentia como se tivesse cento e vinte anos.

Nunca parava. Simplesmente. Nunca. *Parava.*

Crianças berrando corriam pelo gramado que ele não teve a chance de aparar. Adultos se deslocavam, cheios de energia, entrando e saindo da cozinha — provavelmente, para buscar mais álcool; meu Deus, nunca era suficiente em uma tarde como essa — e correndo pelo quintal, repreendendo seus filhos por mau comportamento.

Ele deu um golão em sua cerveja.

Foi uma semana difícil. A feira profissional em Frankfurt, aqueles dias tinham sido tão longos. Quatro reuniões por hora, doze horas por dia. Por três dias. Conversa atrás de conversa com vários fornecedores de alimentos. Sendo obrigado a tomar decisões no calor do momento. Deveria encomendar quatro caixas? Ou sete mil? Ao final da primeira manhã, seu cérebro tinha derretido.

Mas aquela semana não tinha sido excepcional — toda semana era difícil.

Lá ia Jessie outra vez, caminhando com determinação. Havia algo nela que estava lhe causando uma sensação estranha... Com os olhos exaustos, ele a observou. Eram os sapatos. Coisinhas pontudas brancas que ele nunca tinha visto. Por um instante, ficou impressionado com a forma como Jessie evitava afundar na grama com aqueles saltos fininhos — pura força de vontade.

Em seguida, a sensação voltou. Havia alguma história relacionada àqueles sapatos. E não era boa. Ele poderia tentar descobrir, mas, agora, não queria saber.

Tudo o que desejava era um dia tranquilo, talvez uma tarde chuvosa de domingo no sofá, assistindo a um filme em preto e branco, as crianças e Jessie encolhidas, sonolentas ao seu lado, potes de sorvete e colheres sobre a mesa. Existia um anseio dentro dele por — é — férias. Não como as de sempre, cheias de aventuras, mas um verdadeiro descanso, sonolento e silencioso. Jessie costumava falar sobre o sonho de uma folga restauradora em um spa. Não era o estilo dele — Johnny tinha medo de receber uma massagem e ter uma ereção —, mas, certamente, existiam retiros para homens...

Só que ele desconfiava que isso, provavelmente, incluía cortar árvores para construir o próprio abrigo, o que parecia ainda mais estressante.

Ai, meu Deus, lá vinha Jessie com aquela cara de quem tinha uma tarefa para ele. Se Camilla tivesse feito mais cocô, ele simplesmente entraria no carro e dirigiria até Rosslare, embarcaria numa balsa para a França, desembarcaria em Cherbourg e atravessaria a Europa até que não houvesse mais terra firme, e então talvez continuaria pelo mar.

— Johnny, não enlouqueça, mas sabe a caixa de objetos soviéticos para Jin Woo Park? Quando chegar aqui, vou querer entregá-la pessoalmente.

— Em Genebra? De jeito nenhum!

— Os voos da Ryanair são só um pouco mais caros do que enviar a encomenda por FedEx. — Ela parou. — Essa não é uma boa hora? Você está cansado, amor. Me desculpe, meu bem. Curta a sua cerveja.

Jessie tinha aquela coisa. Ela sempre sabia quando recuar... Espera aí. O que estava acontecendo ali?

Ferdia, com uma expressão familiar e tempestuosa no rosto, avançava a passos largos pelo gramado — Jesus Cristo, ele era a imagem *cuspida* e escarrada de Rory. Como nunca tinha notado isso? Talvez estivesse ficando parecido agora. De qualquer forma, era impossível esquecer os Kinsella. Quando Ferdia e Saoirse não estavam visitando os avós em Errislannan, matérias nos jornais estavam trazendo os ressentimentos à tona. Ferdia acabou de ter algum tipo de desentendimento com Liam, pelo visto.

O celular de Liam tocou, e ele deu uma olhada, quase revoltado.

— É do trabalho. — Ele atendeu. — Chelsea?

Nell ouviu enquanto ele recebia um sermão da gerente.

— Estava ocupado. Não tive como. — Depois: — Ei. É você que monta as escalas. Coloque mais gente pra fazer. Responsabilidade? Me chame de "gerente de mentirinha" o quanto quiser, mas eu não recebo tanto quanto você. — Ouviu e ouviu. — Faço isso amanhã. — Um suspiro. — Na segunda, então.

Ele encerrou a chamada.

— Está com raiva porque não depositei o que entrou de dinheiro ontem. Mas o que ela esperava se somos só três lá?

— Hmmm. Faz sentido. — Na verdade, Nell temia que a atitude de Liam em relação à mulher que gerenciava as seis lojas da PlanetCycle fosse muito agressiva.

— Talvez eu deva sair de lá. Estou recebendo toda a pressão de ser gerente sem ganhar nada por isso.

— Liam, não faça nada de cabeça quente.

— Não. Mas... Aquela coisa de massagem esportiva. Venho pensando nisso há bastante tempo. Talvez eu deva arriscar.

— Você conseguiria trabalhar e estudar ao mesmo tempo? — Eles tinham sorte de Paige deixá-los morar no apartamento sem pagar aluguel, mas ainda precisavam de dinheiro para comida, telefone, o básico.

— Ah, consigo. Vai ser tranquilo.

— Está tudo bem? — Jessie apareceu ao lado deles de repente. — Dilly gostou da ideia?

— Sim! Obrigada! — Nell estava transbordando de felicidade.

— *Entããão...* — Havia um brilho de leve no olhar de Jessie. — Queria falar um negócio com vocês. Toscana, todos nós, agosto? Você já sabe disso, Nell?

— Hmmm, mais ou menos. — Uma casa de veraneio foi reservada e todos estavam convidados.

— Estava pensando — disse Jessie — sobre Violet e Lenore. — Ela ergueu a mão. — Liam! Me escuta! — Falando rapidamente, ela continuou: — Tem espaço pra elas, já foram uma vez e amaram, os primos estão com saudades, *eu* estou com saudades, todos nós estamos com saudades. Aposto que elas estão com saudades da gente. Paige pode ir se quiser...

— Não — cortou Liam. — Paige, não.

— Ok. Mas vamos convidar as meninas. Como você se sentiria, Nell?

— Ai, meu Deus, eu ia *adorar*! — Uma semana ensolarada de relaxamento seria uma ótima forma de conhecer as meninas. Diferentemente daquele único jantar lúgubre e tenso em um bunker com ar condicionado em Atlanta, onde o único som era o dos talheres caros batendo nos pratos caros misturado aos discretos choramingos de Lenore.

— Liam?

— É — disse ele. — Talvez. Vamos ter que ver os voos. Elas viriam de Atlanta para a Irlanda primeiro? Ou iriam direto para Roma? Mas podemos providenciar. Vou falar com a Paige.

— Ou eu posso falar com ela?

— Jessie — disse Liam gentilmente —, a ex-mulher é *minha*. Deixa que *eu* falo com ela.

— Tudo bem! Vai fazer isso? Obrigada! — Satisfeita, Jessie se retirou, animada.

— Isso seria incrível! — disse Nell, com os olhos brilhando, se virando para Liam.

— Tudo pra ver meu anjo feliz.

Do outro lado do quintal, Johnny avaliava Liam. Havia um brilho nele que atraía a atenção, como se tivesse sido banhado em algo reluzente. Estava glamouroso demais para aquele quintal. Nell, que deveria seguir a mesma lógica, não. Mas ela era amável, extremamente agradável, vivia a vida com tanta alegria. Todas as crianças estavam enfeitiçadas — olha só para ela, girando em círculos com Tom, seus cabelos cor-de-rosa esvoaçantes. Será que *Nell* deixaria que ele levasse uma vida tranquila?, perguntou a si mesmo.

Com certeza, era bem mais descontraída do que Jessie jamais poderia ser. E, pelo pouco que ficou sabendo, ela e Liam eram uma ótima dupla para passeios ao ar livre — praias e florestas e tudo o mais.

Mas não podia ficar pensando assim na esposa do irmão.

O *smartwatch* de Johnny apitou e a adrenalina fez seu coração disparar por meio segundo. Era como se Jessie tivesse lido seus pensamentos e estivesse de olho nele. Porém, era apenas um novo e-mail. Indiferente, ele deu uma lida. Se tivesse alguma energia, teria se desesperado, mas, sem muito ânimo, só foi capaz de aceitar: pelo menos, a decisão tinha sido tirada de suas mãos.

O aniversário de cinquenta anos de Jessie estava se aproximando, em julho. Ela não queria uma festa extravagante, como a que teve aos quarenta anos. Depois daquela noite, admitiu para o marido com os olhos marejados de lágrimas:

— Eu nem tinha certeza se alguém ali gostava de mim. Me senti exatamente como me sentia quando era adolescente.

Ela queria passar aquele marco com amigos próximos e familiares, talvez doze ou quatorze pessoas. Tinha dado indiretas sobre um fim de semana de imersão num jogo de escape para solucionar um mistério. Jessie *amava* jogos teatrais de época — as roupas, as histórias, o escândalo no passado dos personagens.

Johnny entrou em contato com um hotel mundialmente famoso, na Escócia, lendário quando se tratava desse tipo de evento, mas os preços eram aterrorizantes, quase mil libras por cabeça. Outro ponto contra foi a logística de levar doze pessoas de avião para outro país. Mas com uma viagem de carro de três horas até o Condado de Antrim, uma chácara bem menor oferecia algo semelhante. Parecia boa, até bonita — uma construção no estilo *regency*. A única preocupação era o preço: tão razoável que chegava a ser desconcertante.

O "BostaAdvisor" era inútil. As trinta e sete avaliações variavam entre cinco estrelas e uma estrela, não havia meio-termo. E, óbvio, as de cinco estrelas, entusiasmadas com a comida deliciosa, a afetuosa hospitalidade e as ótimas fantasias, podiam ser falsas. Apesar de o aniversário estar cada vez mais próximo, ele continuava indeciso entre os dois locais. Só ontem perguntou sobre a disponibilidade no hotel escocês — e, agora, o local tinha lhe respondido que estava lotado. No entanto, o Gulban Manor, com seus preços razoáveis no Condado de Antrim, tinha muitos quartos. Então, Gulban Manor!

Liam agarrou o braço de Jessie quando ela passou apressada.

— Mandei uma mensagem para a Paige. Ela gostou da ideia. Já tinha pagado para as meninas irem para um acampamento de verão, mas vai tentar adiar. — Ele sorriu. — Você a conhece. Ela vai resolver.

— Obrigada, Liam. Obrigada. — Jessie estava quase mais grata do que Nell, o que era bastante coisa. — Se precisar de ajuda com os voos...

— Jessie, você é generosa demais. — Havia uma advertência na voz dele. — Mas o assunto com Paige e as meninas é meu. Deixa que eu resolvo, ok?

— Ok.

Trinta

Às sete da noite, todos os vizinhos já tinham ido para casa. Somente os irmãos Casey e suas famílias permaneceram; os adultos reunidos ao redor da mesa no quintal, as crianças menores assistindo ao YouTube na sala de estar.

Pela milésima vez naquele dia, Cara passou a língua no dente quebrado. Imediatamente, toda a conversa ao seu redor morreu.

Um dente — dos grandes, um molar —, simplesmente, se partiu em dois. Será que aquilo estava *mesmo* ligado ao fato de ela vomitar? A preocupação com o peso foi sempre constante em sua vida. Quando era uma menina magrela de oito anos, com pernas tortas, sabia que muito pão com manteiga a deixaria gorda — e gorda era a pior coisa que uma menina poderia ser.

De onde ela tinha tirado aquele pensamento?

Não da mãe nem do pai, eles não eram assim.

Das meninas da escola? Bem, todas estavam sempre dizendo que eram muito gordas e que queriam ficar mais magras, mas será que alguma tinha chegado ao extremo como ela? Nos últimos dois anos de escola, seu primeiro pensamento ao acordar sempre era "hoje, não vou comer". Apesar de a coitada da mãe implorar para ela tomar café da manhã, Cara costumava sobreviver só com água até o fim da tarde, até não aguentar mais e se alimentar de maneira exagerada, consumindo bem mais calorias do que se tivesse feito as refeições habituais. A repulsa por si mesma era monumental. E, apesar de entender que pessoas anoréxicas levavam vidas deploráveis, no fundo, ela invejava a disciplina que tinham.

Ao longo dos anos de faculdade em Dublin, sempre se considerou gorda, mas a vida que levava — com pouco dinheiro, comendo carboidratos refinados, bebendo cerveja — não lhe dava outra opção.

As coisas só desandaram mesmo quando, aos vinte e dois anos, ela foi para Manchester fazer um treinamento de hotelaria; a saudade de casa, combinada ao constante acesso a comida, fez seu peso disparar. Desesperada, ela comprou remédios para acelerar o metabolismo, mas a deixavam tão agitada que teve que parar. Depois disso, houve uma breve onda de laxantes, mas as reações que causaram em seu corpo a assustaram. Então, descobriu o ato de vomitar.

Após ter voltado a Dublin, passou a usar outros tipos de controle de peso, mais saudáveis. Exercícios físicos tiveram uma breve participação.

Aos vinte e nove anos, fez uma dieta líquida por dez semanas e foi sua época mais magra quando adulta. Se sentiu *incrível*. Mas não durou muito tempo: assim que voltou a se alimentar normalmente, o peso aumentou outra vez. Ficou muito envergonhada, sentiu um tipo de luto por ter perdido sua versão magra. Desde então, tentava encontrar o caminho de volta àquele manequim maravilhoso.

Tirando a pequena recaída depois de cada gravidez, ela pensou que os vômitos estavam sob controle.

Por que não conseguia comer normalmente? Por que tinha que saber o valor calórico de, literalmente, tudo? Por que era sempre oito ou oitenta, tentando desesperadamente controlar tudo?

Ou ela poderia enxergar as coisas de outra forma: por que não era capaz de aceitar a si mesma, independentemente do peso?

Havia muitas pessoas com sobrepeso que estavam bem consigo mesmas. Por que não podia ser uma delas?

Cara se concentrou na conversa ao redor da mesa. Johnny dizia:

— O aniversário de cinquenta anos de casamento, qual o nosso nível de apreensão?

No mês que vem, os velhos Casey, Canice e Rose, fariam um fim de semana de festas para comemorar suas bodas de ouro. Eles moravam do outro lado do país, no pequeno Condado de Mayo, na cidade de Beltibbet. Era obrigatória a presença na celebração.

— O presente deles já está comprado? — perguntou Liam. — Jessie, é você que vai escolher, né?

— Não que isso vá fazer diferença — disse Johnny. — Poderíamos dar o Fort Knox para eles, e, mesmo assim, não se impressionariam.

— Eles que se fodam — disse Liam.

— Ah, Liam!

— Mas é sério. Por que se deram ao trabalho de ter filhos? Só se importam um com o outro. — Liam tinha um bom argumento.

Canice era o advogado da cidade de Beltibbet, juiz de paz e o figurão das redondezas. Todos os seus filhos eram uma amarga decepção, algo sobre o qual ele falava em público:

— Três filhos, e tudo o que eu queria era apenas um para seguir os meus passos na carreira. Para manter o nome da família vivo. Mas Johnny é muito burro, Ed se apaixonou por plantas e Liam sempre foi um caso perdido, achando que seria Roger Bannister quando estava mais do que evidente que seria Forrest Gump. "Aquele garoto gosta mesmo de correr!"

Sempre vinha acompanhado de risadas e gargalhadas, mas Cara sabia que os filhos de Canice não achavam graça nenhuma.

E Rose não ficava nada atrás de Canice. Era uma "beldade" — certamente, foi dela que os três irmãos Casey puxaram a boa aparência. Também era "frágil" e muito "respeitável". A casa da família Casey, um imóvel isolado de dois andares, com dois mil metros quadrados de jardim, distante do restante das pessoas comuns, era o porto seguro de um gracioso estilo de vida, com leiteiras feitas de porcelana chinesa e taças de cristal para licor Waterford. Aos oitenta e um anos, Rose ainda fazia as unhas e os cabelos duas vezes por semana. Nunca trabalhou fora — nem *dentro*, pelo que Ed já tinha lhe contado. Durante a infância dele, uma sequência de mulheres da cidade, aflitas e sobrecarregadas — sra. Dooley, sra. Gibbons e sra. Loftus —, lavavam as roupas, cozinhavam e poliam a prataria.

Ninguém sabia de onde vinham os caprichos de Rose — ela era de uma cidade vizinha, Ballina.

— Eles não foram os melhores pais. — Ed não fazia rodeios.

— Mas a culpa era nossa? — Johnny questionou o irmão, como sempre fazia. — Isso não te incomodava?

— Teria sido melhor se fossem mais carinhosos. Mas, aos treze anos, eu entendi. Eu nunca seria bom o suficiente para os dois. Então, apenas parei... de ligar para isso.

— Liam? — indagou Johnny.

— Já disse, eles que se fodam. — Liam tomou um gole de sua cerveja e soltou uma breve risada. — Olha, eles nunca foram cruéis fisicamente...

— Seu nível de exigência está meio baixo, Liam!

— É sério, Johnny, relaxa — disse Liam. — Nos tornamos bons adultos.

As reações variadas dos três irmãos eram interessantes, concluiu Cara. Liam se comportava como se não estivesse nem aí. Talvez tivesse recebido amor e aprovação suficientes de outras fontes... Mas ela sentia a raiva que havia dentro dele.

Ed estava verdadeiramente em paz com aquilo.

— Eles fizeram o melhor que podiam.

Ele parecia ser um homem tão moderado, tão comum, mas, no fundo, tinha uma forte autoconfiança.

Era Johnny quem insistia em tentar separar o joio do trigo. Ainda tinha esperança de que tudo poderia ser consertado. Continuava ligado a Canice e Rose por laços fortes e complicados.

Trinta e um

Por volta das 20h, Ferdia encerrou uma partida de Fortnite e se esgueirou até a casa da frente. A geladeira, abastecida de cerveja, chiou quando foi aberta. Ele não deveria beber, era para estar estudando, mas estava deprimido pra cacete. Sammie conseguiu uma vaga de um ano no MIT. Em seis semanas, ela deixaria a Irlanda. Eles tinham conversado a respeito; a discussão mais madura que já tiveram. Sem gritos, sem acusações, apenas o triste reconhecimento de que jamais sobreviveriam a um ano separados.

Se ele, ao menos, pudesse abraçá-la por cinco minutos, se sentiria melhor, mas seria impossível nesse fim de semana. Desde que a mudança para os Estados Unidos foi confirmada, ela ficou ainda mais séria em relação ao trabalho.

Porém, Ferdia estava sofrendo. Passava grande parte do tempo questionando se seu diploma valeria a pena.

Se as provas pelo menos acabassem... Viver à sombra delas era frustrante — tudo o que queria era ficar bêbado e desligar a mente por um tempo. Furtivamente, pegou mais duas garrafas da geladeira. Ele se esgueiraria até os fundos do quintal, deitaria na cama e fumaria uma erva...

— Ei!

Merda. Sua mãe o pegou no flagra.

— Pode beber o quanto quiser com a gente, como uma pessoa civilizada. Mas você não vai sair de fininho para encher a cara sozinho. Venha pra cá e se junte a nós.

Ferdia hesitou e, depois, cedeu. Pelo menos, aquilo garantiria abastecimento constante de álcool.

Ed, Liam e Nell se apertaram para abrir espaço no banco.

Ele tomou um golão da cerveja, prestando atenção nas baboseiras que eles estavam falando. Nossa, como foi que sua vida chegou a esse ponto? Sábado à noite, preso com aquela gente...

— E elas vieram da Síria? — Johnny interrogava Nell. — Só a mãe e a filha? O que aconteceu com o pai?

— Foi morto.

Deviam estar conversando sobre a refugiada de Dilly.

— Quer saber? — disse Jessie. — Jesus, isso é horrível. Não temos noção do quão somos sortudos. Devíamos marcar um dia para Dilly brincar com a menininha... É Kassandra o nome dela, né? E como é a mãe? Ela... Sabe, fala a nossa língua?

— Perfeitamente — respondeu Nell. — Mas é muito calada. É compreensível. Passou por muita coisa.

— Ah, é?

Com desdém, Ferdia assistiu à mãe lutar contra o desejo de saber todos os detalhes sórdidos, tentando manter uma postura respeitosa.

— Será que ela gostaria de vir jantar aqui um dia desses?

Ferdia bufou.

— O que foi? — perguntou Jessie.

— Você é tão... *burguesinha*. Convidando pessoas para jantar para poder se exibir dizendo que é "amiga" de uma refugiada.

— Ferdia — rosnou Johnny. — Cala a boca.

A troca de farpas foi interrompida por um som de vibração vindo do pulso de Johnny. O *smartwatch* dele. Nossa, ele era patético.

Uma expressão que surgiu no rosto dele fez Jessie perguntar:

— O que foi agora?

— Marek e Natusia acabaram de me avisar que vão sair do apartamento. Vão voltar para a Polônia.

— Que pena... Eles são uns amores, não causam problemas.

— O que houve? — indagou Cara.

— Ah, nada — disse Johnny. — É o meu apartamento na Baggot Street, o que eu morava antes de me casar com Jessie. Os inquilinos vão embora.

— Não vai ser difícil arranjar outros — comentou Nell. — As pessoas estão desesperadas.

— Eu devia redecorar o lugar. Agora é um bom momento.

Nell aproveitou a deixa.

— Posso fazer isso!

— Acho que não. Você é cenógrafa, não decoradora.

Mas Nell não ia perder a oportunidade.

— Na maior parte do tempo, pintar e decorar é exatamente o que faço.

— Então vamos te pagar.

Ela corou.

— Por favor, não. Fica por minha conta. Você e Jessie fazem tanto por mim e por Liam. É o mínimo que posso fazer.

— Você só vai poder fazer isso se deixar a gente te pagar — insistiu Jessie.

Nell encarou Jessie com um olhar desafiador.

— Veremos — disse ela e abriu um sorrisinho.

— Sabe, você devia colocar no Airbnb — sugeriu Liam.

Era só uma questão de tempo até que alguém aconselhasse isso, mas Ferdia não ficou surpreso quando essa pessoa foi o Sr. Cuzão McCuzeiro da Cidade dos Cuzões, Liam.

— Ganharia muito mais dinheiro assim — continuou o Sr. Cuzão McCuzeiro da Cidade dos Cuzões. — Localização perfeita, centro da cidade. Você teria reservas todos os dias da semana.

Nell parecia chocada.

— Ah, não. — Johnny dispensou a ideia. — Exigiria muito microgerenciamento. Limpeza, arrumação, chaves. E, se um cano estourar ou coisa do tipo...

— Posso cuidar disso tudo — disse Cara.

Todos olharam para ela, surpresos.

— No trabalho, tenho contato com ótimas arrumadeiras, os melhores encanadores de Dublin, eletricistas. O Ardglass fica a cinco minutos a pé do seu apartamento. Se algo desse errado, chegariam lá rapidinho.

— Mas você tem um emprego e dois filhos.

— Eu não teria que fazer nada além de delegar tarefas. Só que eles teriam que receber, os faxineiros e tal.

Ela olhou para Johnny, que assentiu vigorosamente.

— Sim! É óbvio que teriam.

— Mas eu? — disse Cara. — Só precisaria de uma chave.

— E aquela baboseira toda de anfitrião? As avaliações no Airbnb estão sempre falando sobre ótimos anfitriões que deixam tortas de maçã fresquinhas e cestas de lenha para a lareira.

— É sério isso? — perguntou Ed. — Me hospedo em Airbnbs o verão inteiro e *nunca* me deram uma torta de maçã!

— Nada de tortas de maçã — disse Cara. — Mas posso conversar com algumas arrumadeiras para se revezarem entre elas. Tenho certeza de que vai funcionar.

Todos ficaram sem palavras. Será que eles tinham mesmo encontrado uma solução para a pequena crise, no que parecia ser uma ótima saída?

— Bem! — Jessie estava radiante de satisfação. — Vocês se deram bem — disse ela para Ed e Liam — em terem se casado com mulheres tão inteligentes!

Enquanto Cara ria do elogio, Nell parecia verdadeiramente enjoada.

— Seria muito conveniente se vocês dois estivessem tendo um caso — disse Jessie de repente.

— Por quê? — Cara soou confusa.

— Ter a chave do apartamento de Johnny, ter acesso à informação de entradas e saídas. Vocês poderiam programar os encontros para quando não tivesse hóspedes.

Cara revirou os olhos.

— É, com certeza, tenho potencial mesmo para ser amante.

— Você é muito crítica consigo mesma — falou Jessie. Ela olhou para Ferdia. — Né?

Ferdia se encolheu. Mas ele não queria que Cara ficasse constrangida.

— Ei! — disse Ed. — Eu estou *aqui*.

Todos riram, menos — reparou Ferdia — Nell.

Ela murmurou algo sobre ir ao banheiro e saiu da mesa. Instantes depois, Liam fez o mesmo.

Ferdia decidiu segui-los e os encontrou na cozinha.

— ...ninguém consegue um imóvel para alugar em Dublin — dizia Nell. — Tudo porque os proprietários estão disponibilizando os apartamentos para os turistas através do Airbnb.

— Por que Johnny não pode lucrar o máximo com um investimento dele? — O rosto de Liam estava próximo ao de Nell.

— Johnny não precisa de dinheiro. Mas milhares de pessoas na nossa cidade não conseguem bancar um apartamento.

— Então ele deveria abrir mão do dinheiro pelo bem maior?

— Na verdade, *sim*.

— Isso é bobagem.

— Ele dificilmente vai passar alguma necessidade — insistiu Nell quando ele deu as costas e marchou em direção à porta. Em seguida, ela notou a presença de Ferdia. — O que *você* quer?

Diante da ira justificada dela, Ferdia sentiu um súbito medo.

— Só queria dizer que o Airbnb é apenas um dos motivos pelos quais ninguém consegue alugar um imóvel. Precisamos de mais habitação social e acabar com...

— *Eu sei*. Mas isso também não ajuda, né?

Baixando a bola, Ferdia saiu de fininho.

Trinta e dois

Jessie bocejou enquanto seu cotovelo quase escorregou para fora da mesa.

— Vai pra cama, amor — disse Johnny. — Eu cuido de tudo.

Mas Cara e Ed ainda estavam ali, e tinha alguma coisa esquisita acontecendo entre Nell e Liam no corredor.

— Ah, não. Já estamos indo — disse Ed, educado como sempre.

— Está bem. Me desculpem. Estou destruída.

Jessie se despediu e subiu a escada. De repente, se sentiu sóbria, triste e incapaz de parar de pensar em como tudo tinha ficado depois da morte tão repentina de Rory tantos anos atrás.

O primeiro ano depois da morte dele era um borrão. Quase não tirou folga do trabalho. Não por causa de sua necessidade muito real de continuar ganhando dinheiro, mas porque — e ela demorou muito tempo para entender isso — não acreditava que Rory tinha realmente morrido.

As crianças tinham muito mais facilidade de se expressar. A cada três noites, Ferdia acordava com pesadelos em duas. Saoirse, que mal tinha completado dois anos, pequena demais para entender conceitos como "vivo" e "morto", berrava pela casa sempre que não estava com a mãe. Jessie leu que crianças que perdiam um dos pais muito pequenas, mesmo que, como Saoirse, fossem muito novas para se lembrar deles, sempre tinham uma sensação de perda, mesmo sem consciência disso. Tinham maior probabilidade de ter depressão quando crescessem.

Ela se preocupava o tempo todo com os filhos, e a energia que restava direcionava ao trabalho. Não era tão eficaz quanto antes — sua concentração estava terrível, sua capacidade de compreender os fatos, incerta —, mas a carreira tinha, para ela, a mesma importância de sempre.

Racionalmente, sabia que Rory estava morto, mas seus sentimentos estavam confusos.

Uma das poucas emoções das quais se lembrava daqueles primeiros doze ou dezoito meses era a vergonha de, mais uma vez, ser um pouco esquisita. Quando ela e Rory se apaixonaram e eles tiveram um menininho e uma menininha, finalmente sentiu que tinha encontrado seu lugar. Nada de namorados formais e com passatempos estranhos. Nada de ser zoada por outras mulheres. As primeiras amigas de verdade que teve em anos foram novamente cortesia de Rory — as irmãs dele, Izzy e Keeva. No entanto, de repente, era uma jovem viúva enfurecida com os desafios logísticos da vida sem Rory. Levar Ferdia à escola e Saoirse à creche, arranjar tempo para ir buscá-los — bem, ela e Rory tinham um esquema. Agora que fazia tudo sozinha, estava furiosa.

— Tenho que fazer tudo! — se queixou para o terapeuta de luto.

— O que mais tem sentido?

— Preocupação. Por Ferdia e Saoirse.

— E quanto a você?

— Estou irritada porque trabalho em tempo integral e sou praticamente mãe solteira.

— Algo mais?

— Não *existe* mais nada.

As poucas lágrimas que derramara naquele primeiro ano foram de frustração e exaustão, nunca de luto.

Acabou contratando alguém para ajudar com as crianças; escolheu um homem, para que elas tivessem uma presença masculina consistente na vida. Não era o bastante para diminuir sua esmagadora culpa por ter falhado como mãe e pai para os filhos, então ela compensava de maneira exagerada, comprando presentes frequentemente e sempre se esforçando para ser "divertida", mas tendo a sensação de estar sozinha, empurrando uma enorme pedra morro acima.

Naqueles meses, parecia que o tempo estava sempre nublado e cinzento.

Em uma tarde qualquer, já no segundo ano da ausência de Rory, ela estava no carro. Automaticamente, estendeu a mão para segurar a dele — sempre gostaram de ficar de mãos dadas. Quando percebeu que a mão do marido não estava ali, esperando pela sua, o golpe da ausência a atingiu em cheio. *Ele se foi. Está morto. E não vou poder pegar na mão dele hoje mais tarde. Nem amanhã. Nem nunca mais.*

O baque pareceu um golpe físico e a lançou abruptamente para uma nova fase da vida sem ele. Ele estava morto, e ela, condenada. Nunca mais ia se apaixonar por alguém. Tinha seus filhos, seus negócios e seus amigos, e isso teria que bastar.

Tentando prevenir qualquer possível desastre, trabalhou ainda mais do que quando Rory estava vivo, pulando incessantemente de uma loja da PiG para outra ao redor do país. De vez em quando, um sentimento incontrolável tomava conta dela com toda força. Ele ia e vinha sem aviso, um tipo de pânico, uma sensação de que tinha se esquecido de fazer algo que teria consequências catastróficas se não fosse resolvido. Enquanto tentava identificar a tarefa urgente, o tremor da agitação tentava irromper pelo seu corpo, brigando com a sua pele, violento demais para ser contido. No ápice do medo, uma voz interna berrava: "Ai, meu Deus, Rory está *morto*!"

Aqueles eram os únicos momentos em que enxergava a verdade, e eram aterrorizantes.

Mesmo assim, raramente chorava. Anestesiada, caminhou pela vida, sentindo, de vez em quando, o solavanco da horrorosa realidade de uma maneira terrivelmente agressiva.

— Estou fazendo isso da forma errada? — perguntara a Johnny. — Esse negócio de ser viúva?

— Está fazendo da única forma que conhece — respondeu ele.

Porque Johnny era assim: não importava o que ela queria ou do que precisava, ele sempre estava lá.

Trinta e três

— Me perdoe — disse Liam pela centésima vez. — Você não fica em Airbnbs porque tem uma objeção moral. Por te amar, também não fico quando estou com você. Na verdade, eu não menti. Apenas omiti.

— Mas você disse que concordava comigo!

— É, mas foi porque a gente tinha acabado de se conhecer. No início de um lance, sempre se concorda com tudo o que a outra pessoa diz. — Ele não fez nada que todo mundo no planeta já não tivesse feito em algum momento. Mesmo assim... — Eu decepcionei você. — Ele parecia transtornado. — Odeio isso. Mas me desculpe por não ter falado antes, Nell, sou humano.

Ela engoliu em seco. Teria sido muito melhor se agarrar à versão romântica deles dois, mas talvez ela tivesse que amadurecer um pouco.

— Tudo bem. É o pior que vou descobrir a seu respeito?

— Com certeza.

Ela suspirou.

— Me conte sobre essa semana na Itália.

— Jessie alugou uma casa de veraneio. Estive lá três anos atrás. É bem perto de um vilarejo da Toscana que chega a ser *absurdo* de tão perfeito. A casa tem piscina e um olival próprio, onde dá pra literalmente comer azeitona do pé. Tem uma mesa de sinuca, um forno a lenha de verdade para fazer pizza e uma capela antiga no jardim. A melhor parte? Muitas colinas ao redor. É incrível pedalar lá.

— Fica perto de Florença? — O conhecimento dela sobre a Itália era limitado.

— Fica. Mais ou menos uma hora de carro. Posso te mostrar no mapa.

Subitamente, a empolgação fervilhou nas veias de Nell.

— Liam, será que a gente podia ir à Uffizi? Aquela galeria de arte? Lá tem os quadros *Medusa*, de Caravaggio, e *Primavera*, de Botticelli, que eu sempre quis ver.

— Óbvio! Qualquer coisa que faça meu amor feliz!

— Acha que Jessie ficaria irritada se ficássemos um dia todo fora?

— Está brincando? Jessie adora passear.

— Ai, *nossa*. — A alegria tomou conta dela, até o último fiozinho de cabelo. — Liam, Liam! — Ela atropelava as palavras. — Que tal comprarmos ingressos para *todos nós*? Para agradecermos a Jessie e Johnny. E Violet e Lenore também podem ir. Não seria ótimo?

— Paige vai ficar tão chocada que pode acabar morrendo. — A risada dele era sarcástica. — As meninas fazendo algo cultural enquanto estão comigo.

Manhã de segunda-feira, 6h47, e o dia já estava um caos. Johnny embarcaria para Amsterdã para comparecer a reuniões com atacadistas de ingredientes da Indonésia e não conseguia encontrar o carregador.

— Mãe, cadê o leite? — gritou Saoirse da cozinha.

— Na geladeira! — gritou Jessie de volta.

— Não tem nada aqui.

Como?

— Jessie, vou perder o voo.

— Procure na sua mala.

— Já procurei.

— Procure de novo.

— Mãe! — Era Bridey dessa vez. — Camilla está espumando pela boca!

— De novo? Saia com ela pelos fundos!

Jessie pegou a mala de Johnny, abriu o bolso interno e lhe entregou o carregador.

— Aqui.

Disparando escada abaixo, chegando à cozinha, ela escancarou a geladeira, pegou uma das duas caixas de leite que estavam na porta e a pôs com força sobre a bancada.

— Não estava aí um minuto atrás — disse Saoirse em voz baixa.

Onde é que estavam as malditas lancheiras da escola? Não estavam no lava-louças nem em cima da geladeira. Escancarando gavetas, ela acabou as encontrando em um armário junto das frigideiras. *Por quê?* Passando rapidamente manteiga de amendoim nos pães dos sanduíches, fez uma inspeção na geladeira.

— Cadê o queijo fatiado?

— Vinnie comeu tudo no sábado — disse Bridey.

— Mãe! Grozdana chegou!

Mas já? Grozdana era o personal trainer.

Jessie esticou a cabeça para a entrada da casa.

— Grozdana, oi! Cinco minutos!

Com as mãos atrapalhadas, fez quatro sanduíches de manteiga de amendoim. Johnny veio lhe dar um beijo de despedida, e ela direcionou a lateral do rosto para ele.

— Sua orelha... — murmurou ele. — Sempre minha parte favorita em uma mulher.

— Vou te beijar direito quando voltar pra casa. Que será?

— Amanhã à noite.

— Filhinhos! — ordenou ela. — Sejam bonzinhos com o papai, ele vai ficar dois dias fora.

— Seja boazinha com ele *você* — disse Bridey.

— Estou preparando a porcaria do lanche de vocês!

— Tchau — disse Johnny.

Ela tacou os sanduíches nas lancheiras, junto das maçãs e das barras de proteínas e, em seguida, subiu a escada correndo para colocar suas roupas de ginástica. Problemas de Primeiro Mundo, só isso. E pensar que tinha alguém para limpar a casa, lavar as roupas e cuidar das crianças à tarde. Imagine quão difícil a vida seria se não tivesse?

Vestindo a legging, olhou o celular. Uma mensagem de Nell tinha chegado ontem, tarde da noite:

Tão empolgada para ir à Itália! Posso levar vocês para a Uffizi? Por minha conta? Só me diga quantos são, bjs.

Jessie sentiu um desânimo. Uma galeria de arte. Jesus, não, eles não eram o tipo de família que frequentava galerias de arte. Ela abominava seu grupinho — especialmente, a si mesma — por não serem cultos. Mas, depois daquela tarde de domingo terrível na Galeria Nacional, uns dois anos atrás, quando as crianças ficaram quase querendo matar alguém de tão contrariadas e ela mesma ficara tão entediada a ponto de entrar em pânico, eles decidiram manter distância da arte.

— Johnny — dissera ela baixinho —, estou odiando cada segundo aqui.

— Graças a Deus — fora a resposta dele.

— Johnny. Acho que talvez sejamos... uma família de ignorantes. — Olhando por um lado mais positivo, ela dissera: — Talvez sejamos uma família mais *esportiva*.

Mas eles também não eram esportivos. Não jogavam golfe nem tênis nem nenhum outro esporte de classe média. As crianças só praticavam esportes na escola porque eram obrigadas. Nenhuma delas demonstrava aptidão.

Afinal, *quais* eram os interesses de Jessie, Johnny e sua família?

Nem ela nem o marido tinham nenhum interesse nos livros que as pessoas debatiam com tanto fervor. Apesar de comprá-los, livros de culinária eram os únicos de que realmente gostava. Johnny adorava Lee Child e todo ano comprava o novo lançamento para as férias de verão — isso era o suficiente para ele.

Também não iam ao teatro. Toda aquela barulheira no palco de madeira e o falatório alto demais a faziam sentir vergonha alheia pelos atores e esperar ansiosamente a hora do intervalo para ir embora.

Mas, além disso, o que faziam?

Reuniõezinhas. Jessie se apropriou da palavra. Eles eram uma família sociável. Ela era uma pessoa sociável. Hesitante, pensou naquilo. Sim, era verdade. E não, não havia do que se envergonhar. Ela responderia a Nell depois de Grozdana.

Mas e se Nell comprasse os ingressos nesse meio-tempo? *Aí*, eles *teriam* que ir.

Deus do céu, não, seria horrível. Ela não poderia arriscar.

Obrigada, Nell, você é um anjo, mas somos um bando de filisteus. Pode ir sem nós, bjs.

Quatro meses atrás

JUNHO

Aniversário de cinquenta anos de casamento da vovó e do vovô Casey em Mayo

Trinta e quatro

Ela apertou a mão de Ed. Ele se virou, eles sorriram um para o outro sob a noite estrelada e, depois, voltaram os olhos para o palco. Ainda faltavam três semanas para o aniversário dele, mas o show era um presente. Fleet Foxes tinha um lugar especial no coração dos dois, e os deuses conspiraram para que a noite fosse perfeita. A chuva deu uma trégua — shows ao ar livre na Irlanda eram sempre uma roleta-russa —, e estava agradavelmente quente.

Diferente de outros shows, ninguém estava esbarrando em Cara e derramando cerveja para todo lado. Ela já sabia todas as músicas de cor e salteado, mas ouvi-las ao vivo era diferente, melhor. Quando tocaram "The Shrine", a imagem de águias voando sobre montanhas de cumes brancos com um céu extremamente azul ao fundo surgiu em sua mente. De onde era aquilo? De um filme que viu quando criança? Algo na altura daquelas montanhas, as sensações de deslumbramento e medo que geravam, tinham um ar muito juvenil.

No intervalo antes da próxima música, ela puxou a cabeça de Ed até sua boca.

— Essa música me deixou nostálgica por uma vida que não vivi. Lá em cima das montanhas. Talvez no Nepal.

— Ela me lembra *A rua das ilusões perdidas*. Mesmo que eu não tenha lido o livro.

Solenemente, ela assentiu.

— Te entendo — falou.

— Sei que entende. — O sorriso dele iluminava a noite.

A energia ali estava perfeita. Todo mundo parecia feliz, e não havia ninguém embriagado berrando pedidos absurdos para a banda...

Outra música começou. Cara tentou se agarrar à poesia das letras, mas a frase seguinte veio, igualmente cativante, até que ela só era capaz de se agarrar à sensação, não se atendo ao significado. Mas o significado *era* o sentimento. Quão profundo era *isso*?

— Você está bem? — perguntou Ed.

— Estou me sentindo meio chapada — respondeu ela em voz bem alta, por cima do som da banda. — Por causa da música.

O sorriso de canto, o jeito como aqueles olhos franziam e o piscar daqueles cílios a fizeram desabar em uma fascinação momentânea.

— O que foi? — indagou ele.

— Você é meu.

— É óbvio que sou.

— Que bom. Obrigada, Ed. Que bom...

Eles se entreolharam por mais um instante e, em seguida, caíram na gargalhada.

— Duas taças de vinho — disse ele.

— É o suficiente. Foi sempre assim.

Música após música, uma interminável corrente de encantos, um melhor que o outro. Porém, de repente, chegou ao fim. A banda agradecia a Dublin e deixava o palco. Alarmada, ela disse a Ed:

— Eles não tocaram "Mykonos".

Cara e Ed haviam descoberto o primeiro álbum logo depois de se apaixonarem. Quase todas as músicas eram perfeitas, mas "Mykonos" era especial.

— Bis — falou ele. — Eles vão tocar quando voltarem.

— Promete? — pediu ela.

— Não posso. — Sempre literal. — Mas tenho 99% de certeza. Ah, voltaram. Aí vamos nós...

Quando os acordes de "Mykonos" começaram na guitarra, ela se virou para ele:

— Você estava certo!

Ele já a puxava para si. Ela apoiou as costas no peito de Ed, que lhe deu um abraço apertado.

Depois da segunda música após o bis, mesmo quando as luzes foram acesas e as pessoas começaram a ir embora, ela não queria ir.

— Eles foram embora mesmo?

— Dessa vez, foram mesmo, querida.

— Ah, Ed — disse ela. — Foi simplesmente... Não tenho palavras... Tipo, *incrível*.

— Foi, sim. Demais. Obrigado por isso.

— Você se divertiu? Porque você merece o melhor. Foi como uma experiência espiritual. Não foi?

Ele riu.

— Não sei como são essas experiências, mas, se pareceu uma, então, *ipso facto*, foi.

— Pareceu. — Ela estava decidida. — *Ipso facto* mesmo! — Em seguida, começou a rir. — O meu estado... "Mulher explode por causa da própria intensidade".

— Seja tão intensa quanto quiser. E agora? Quer ir beber alguma coisa?

Ela balançou a cabeça.

— Só quero ir pra casa ouvir o primeiro álbum de novo. Não quero ouvir mais nada pelo resto da minha vida... Ai, Ed, desculpa! É a sua noite. Você decide o próximo passo do nosso encontro.

— Estamos em um *encontro*?

— Sim. Mesmo que seja um conceito brega, sim, estamos em um encontro.

Ele riu.

— Nesse caso, quero ir pra casa com você.

— Você parece muito determinado.

— E estou. — Segurando a mão dela com firmeza, ele os conduziu até o trem.

A casa estava vazia. Os meninos e Baxter tinham ido dormir na casa dos pais de Cara, mesmo que meio contra a vontade.

— Esta noite foi *tudo* — disse Cara, sonhadora, vagando atrás de Ed enquanto ele tirava aparelhos da tomada e desligava as luzes. — O clima... Dá pra acreditar nesse *clima*? O público estava tão tranquilo. Ninguém bêbado nem empurrando nem... — Ela bocejou. — Foi tão...

Ela subiu a escada com Ed atrás.

Distraída, tirou o prendedor de cabelo do rabo de cavalo e o atirou nele por cima do ombro.

— Ah, é? — disse ele.

Ah. *É*.

No quarto, ela pôs a música. Descuidada e desatenta, tirou a roupa enquanto Ed enrolava um baseado. Hoje à noite, Cara estava confortável na própria pele. Ele acendeu o baseado, ela se deitou nos travesseiros, de barriga para cima, e ele o colocou nos lábios dela.

Quando tragou, o último pingo de tensão nela sumiu. Em seguida, eles se beijaram.

Cada toque tinha uma sensação diferente, melhor. Se movimentar com Ed, a sensação da pele dela na dele, era delicioso. As vozes cheias de julgamento na cabeça dela foram se calando.

Mais tarde, eles ficaram deitados, enroscados um no outro, ouvindo música. Pela janela aberta, o ar fresco da noite tocava o corpo deles.

Cara estava adormecendo quando "Mykonos" começou.

— Acabei de me dar conta. É isso. É sobre vício? O irmão dele é viciado?

— É o que parece.

— E ele está mandando o irmão para a reabilitação? "Vá hoje mesmo"? Deve ser tão difícil fazer isso.

— Brutal.

— Então que "portão antigo" seria esse onde ele está esperando?

Ed riu, sonolento.

— Uma velha cerca que impede o burro de fugir?

— É uma *escolha*, não é? Entre ficar sóbrio ou não?

— Bem, se você sabia, por que está me perguntando?

— Porque... gosto de te perguntar as coisas... Está com sono? Tudo bem. Também estou...

Trinta e cinco

— ...dor na garganta ou na mandíbula. — Johnny continuou lendo com interesse: — Sensação de enjoo, sudorese, tontura e falta de ar.

Um artigo cujo título era "Como saber se o ataque cardíaco é iminente" apareceu em seu feed.

— Só tenho quarenta e oito anos! — disse ele ao iPad.

Não era o que esperava de uma publicidade direcionada!

Mas ele continuou lendo e, agora, estava esfregando ansiosamente o tórax.

— Sudorese repentina. — O suor subitamente formava gotas em sua testa. De acordo com o artigo, talvez a pessoa nem sentisse dor no peito no meio de um infarto. Poderia sentir apenas um "desconforto".

Não, espere aí, você entendeu tudo errado. Eu corro quinze quilômetros por semana.

Só que não corria. Em *teoria*, ele corria cinco quilômetros, três manhãs na semana, mas, entre a correria da escola, as viagens a trabalho e a implacável exaustão, ele conseguia correr, quem sabe, uma vez a cada quinze dias.

No entanto, saía para passear frequentemente com os cachorros. Já era alguma coisa.

— Tossir ou ficar ofegante. — Instantaneamente, ele tossiu. Ah, com certeza, estava tendo um ataque cardíaco!

O artigo seguinte apontava sintomas que indicavam se a pessoa tinha trombose.

— Tossir sem motivo. — Acabou de fazer isso! — Coração acelerado. — Bem, *agora*, estava acelerado.

Ele precisava de Jessie. Ela colocaria juízo em sua cabeça.

Bem, talvez não. Mas tiraria sarro até ele cair em si.

Jessie, entretanto, viajou para passar um dia em Genebra, armada com presentes para Jin Woo Park e Océane, cheia de esperança de que o chef estaria prestes a fechar o negócio.

Só de pensar em quanto tudo aquilo estava custando era o suficiente para o coração de Johnny começar a disparar outra vez. Mas, quando Jessie estava no modo caçadora de chefs, não adiantava discutir com ela.

Não era só isso. Apesar de ele e Jessie possuírem a mesma porcentagem da empresa — foi o presente de casamento dela —, ele nunca foi capaz de sentir que tinha o direito de criticar. Como poderia pedir que ela diminuísse os gastos, fosse nos negócios ou na vida pessoal? Afinal de contas, foi ela que fez todo aquele dinheiro.

Talvez aproveitasse para tirar uma soneca. Era uma tarde de domingo, a chuva desabava lá fora e, finalmente, ele não tinha nada urgente para fazer...

— Oh, *Jooooohnnneee?* — Saoirse entrou de fininho no quarto.

Nããão! Ela estava prestes a pedir alguma coisa. Alguma coisa *constrangedora...*

— Preciso de um favor.

Uma gota de suor brotou no rosto dele. *O que era agora? Infarto ou trombose?* Ou a simples percepção de que sua rara tarde tranquila estava sendo roubada?

— Ferdia e eu vamos para Errislannan. — Ela se referia à família de Rory. — Para a casa da vovó Ellen. É o aniversário de casamento deles. Vai ter bolo e tal.

Uma carona, era isso que ela estava prestes a pedir. Usaria a chuva como desculpa e apelaria para a sensibilidade dele.

— Leva uma hora e cinquenta minutos de transporte público. Ou vinte e cinco minutos de carro. Aqui no celular diz que a chuva não vai parar. Você pode dar uma carona pra gente?

— Ah, Saoirse! Você não pode dirigir? E Ferdia?

— Nosso nome não foi incluído na cobertura do seguro daquele lixo.

— A Fera? — Mas não, Jessie tinha dirigido até o aeroporto na minivan. Johnny se deu por vencido. — Está bem. Vamos.

Enquanto dirigia pela chuva, Johnny se lembrou da primeira vez que visitou Errislannan. Foi em uma noite de sexta-feira, poucos meses depois que ele, Jessie e Rory tinham começado a trabalhar juntos. O trio teve uma semana especialmente cansativa.

— Pub? — sugeriu Johnny. — Cerveja?

Jessie balançou a cabeça.

— Vou pra casa dormir. — E acrescentou em seguida: — Quer saber? Queria que minha mãe fizesse o jantar, colocasse a mão na minha testa e me dissesse que estou bem. Mas estou destruída demais para fazer a viagem de quatro horas até onde Judas perdeu as botas, em Connemara.

— Também queria — disse Johnny. — Só que sem a mamãe.

— Vamos lá pra casa! — convidou Rory. — Chegamos em quarenta minutos. A mamãe Kinsella vai nos alimentar e nos paparicar.

— Mas não avisamos. — Johnny imaginou como sua mãe, Rose, reagiria a visitas inesperadas.

— E não nos preparamos para isso — lembrou Jessie.

— Do que você precisa? Pijama? Creme facial? Minhas irmãs arranjam tudo. E Ellen Kinsella não precisa de aviso. Ela adoraria o desafio.

— Sério? — Johnny estava tentado.

— Sim! Vamos, a cadela de caça teve filhotes ontem à noite. Vocês não podem perder.

— A gente teria que levar alguma coisa — insistiu Jessie, ansiosa. — Uma lata de biscoitos, uma garrafa de licor.

— Podemos passar no Spar a caminho da rodoviária Busáras.

Jessie e Johnny se entreolharam.

— Vamos? — perguntou ela.

— Dane-se, por que não?

— Então vamos logo! — disse Rory. — Vamos pegar o ônibus das dez e dezoito.

Errislannan era um vilarejo a poucos quilômetros de Celbridge, onde a casa dos Kinsella, um amontoado de pequenos quartos aconchegantes, ficava em meio a mais de um hectare de terra. O sr. e a sra. Kinsella eram professores. Para ajudar com os gastos, Michael cruzava cães de caça, e Ellen criava galinhas.

Desde o início, parecia que Johnny estava conhecendo uma família de contos de fadas.

Ellen, baixinha e entusiasmada, lhes deu as boas-vindas com uma energia calorosa.

— Johnny Casey, ouvimos falar muito de você!

— Desculpe chegarmos quase de surpresa, sem avisar com antecedência.

— Mas não é que você é educado? — disse Ellen, admirada. — E Jessie! *Cailín áileann! Tar isteach.* Michael Kinsella, vem aqui fora!

Michael, uma versão mais velha, porém idêntica, de Rory, veio da cozinha. Com um sorriso gentil, eles apertaram as mãos. A afabilidade causou um leve pânico em Johnny. Algum dia, teria que devolver o favor e convidar Rory para Beltibbet, para a casa de seus pais horríveis. Eles o tratavam como uma vergonha, um inútil, e estendiam o tratamento a qualquer um que fosse seu amigo.

— Podem ir para nossa sala de visitas — disse Ellen. — Eu grito quando a janta estiver pronta.

Michael abriu a porta de uma sala de estar muito bem preservada, com sofás de veludo marrom e uma mesa de centro de vidro fumê. Um pesado copo de cristal foi entregue a Johnny, e, em seguida, Michael serviu boas doses de Johnnie Walker para os quatro.

— *Sláinte.* — Ele bebericou. — Ah, lá vem Izzy.

— Oi! — Izzy, alta e magra, com um rosto fino e expressivo e cachos escuros, colocou a cabeça porta adentro. O olhar dela se fixou em Johnny. — O-lá, mas que gato! Só cuidado para não ficar com dor na lombar por causa desse sofá. — Em seguida, se dirigiu a todos: — Poderiam colocar uma ordem de restrição nesse lugar. É coisa de museu. — Ela estendeu a mão. — Você deve ser Jessie?

Jessie segurou a mão que lhe foi oferecida, seu rosto estava iluminado. Parecia que tinha acabado de se apaixonar.

— Venham jantar! — chamou Ellen.

Na pequena cozinha cheia de vapor, cadeiras que não combinavam umas com as outras estavam reunidas ao redor da mesa. Ellen colocava fatias grossas de cordeiro assado nos pratos.

— Leite, refrigerante ou cerveja preta? — perguntou Michael a Johnny.

— Leite! — Johnny estava contente. — Rose nunca permitiria leite à mesa. Dizia que era "bebida de gente que vive no pântano".

Em seguida, apareceu Keeva. Ela se parecia com a mãe — baixa, cabelos loiros e olhar intenso.

— Sou a mais velha, enfermeira, e vou me casar ano que vem com o rapaz que namoro desde os dezoito anos. Sou a careta. — Mas ela riu ao dizer tais palavras. — Izzy aqui é a caçula. Inteligentíssima, participa do Graduate Fasttrack.

— Tenho meu carro — disse Izzy. — Teria ido buscar vocês três se soubesse que viriam. — Ela olhou fixamente para Johnny. — Especialmente você.

— Só falta um pouco de confiança a ela, na verdade — disse Michael, triste.

Todos riram.

Ellen, entusiasmada e interessada, queria discutir os acontecimentos pelo mundo.

— Que coisa horrível lá em Ruanda! Piorou muito rápido, né?

Johnny não tinha ideia, mas assentiu mesmo assim.

— Ah, por favor! — reclamou Ellen para todos na mesa. — Por que educar os filhos até o ensino superior se eles não conversam sobre as questões importantes do dia?

Depois que Ellen, por fim, parou de empanturrá-los de carneiro e batatas assadas, tirou a torta de ruibarbo do forno Aga, com o recheio feito no fogão por Michael.

Em seguida, vieram o chá e os biscoitos.

Quando a máquina de comida finalmente deu uma pausa, Johnny disse:

— Eu lavo a louça. — Naquele instante, ele teria andado sobre brasas em fogo por aquela família.

— Temos um lava-louças, imbecil — disse Izzy.

Mais risadas.

Jogaram cartas na sala de estar dos fundos (a sala "não tão legal", como dizia Izzy) até as nove, quando ligaram a televisão no noticiário da noite, e era o momento de mais chá e biscoitos.

Jessie dormiu na cama de Izzy, e Izzy e Keeva compartilharam a cama de Keeva.

Rory dormiu no sofá da sala dos fundos. Johnny ficou com a cama de Rory. Dormiu profundamente, sem sonhar com nada, nos lençóis de algodão macios, que eram lavados com frequência, e acordou com o som de bacons e salsichas chiando na panela.

— Venham ver os filhotes — chamou Michael depois do café da manhã.

Na varanda, havia um amontoado de galochas.

— Procurem por aí — disse Michael. — Encontrem um par que caiba.

Do lado de fora, o dia estava claro e ventava, e o ar estava denso com o cheiro da terra fresca. Os filhotes estavam no anexo do campo vizinho. Coisinhas minúsculas, ainda de olhos fechados, tentando mamar.

— Acabaram de nascer, na noite de quinta-feira. — Michael sorriu, babando de amores.

— Tem algo errado com aquele ali? — Johnny chegou para a frente dando uma boa olhada no filhote no canto.

— Sim, ele é o...

— Mais fraco da ninhada. — Johnny sentiu um aperto no coração. — Ele vai ficar bem?

— Vai, sim — disse Michael. — Vamos garantir que fique.

Trinta e seis

Trecho do Caderno de Teatro do Irish Times. Timer, *The Helix, de 13 de junho a 11 de julho.*

Sem nenhuma dúvida a estrela do show é o cenário de Nell McDermott. Uma experiência imersiva e imaginativa, quase fantasmagórica, ele é resultado de uma engenhosa parceria entre objetos de cena e iluminação (cortesia de Garr McGrath).

Treze relógios gigantes, desde relógios de sol até de celulares, são o destaque, mas o público fica ciente da incansável passagem do tempo graças à incessante movimentação no ambiente do palco: árvores no outono perdendo as folhas, que se transformam em flocos de neve, que, por fim, se tornam pétalas de flor de cerejeira, conforme a iluminação passa de tons avermelhados para prateado e cor-de-rosa.

Usando espelhos, McDermott usa truques inventivos com a perspectiva, fazendo com que a água pareça fluir ao contrário e a chuva cair para cima. O que deixa essas façanhas ainda mais extraordinárias é que são, sem dúvida, realizadas com baixíssimo orçamento.

O indiscutível talento e comprometimento de McDermott para trabalhos engenhosos são um bom presságio para seu futuro, talvez em colaboração com Garr McGrath.

Eram 7h32 da manhã, e Nell estava atrasada. Seu pai a esperava em frente ao apartamento de Johnny, na Baggot Street, rodeado por materiais de reforma.

— Desculpe, desculpe, desculpe! — Ela pedalou em direção a ele em alta velocidade e pulou da bicicleta no último segundo.

— Ah, tudo bem — disse ele. — Você teve uma grande noite ontem. Não tem problema deixar a van ali?

— Já pagou no parquímetro?

— Tenho um troço no meu celular. Um *aplicativo*. Tenho que pagar de novo em três horas.

— Pode deixar comigo. Já basta você trabalhar de graça. — Ela pôs a chave na fechadura da porta vermelha. — Aqui, vou pegar a escada. Entre, pai. Coloque tudo no hall de entrada.

Quando toda a parafernália de Petey foi colocada para dentro, ela fechou a porta para a rua movimentada. Imediatamente, tudo ficou quieto.

Nell levantou a bicicleta.

— Vamos para o primeiro andar.

— Cuidado com os degraus. São absurdamente íngremes.

Em duas viagens, eles levaram a escada, os rolos de pintura e as bolsas de materiais pelos traiçoeiros degraus acima até o apartamento de Johnny. Os inquilinos tinham saído no dia anterior.

— Lugarzinho aconchegante. — Petey ficou de pé no meio da sala de estar e olhou ao redor. — Apesar de estarmos na Baggot Street. Mas os ângulos dessas paredes são uma droga. — Petey caminhou pela cozinha, pelo quarto e pelo banheiro. — Esses prédios antigos estão todos se deteriorando. Se tivesse me pedido para colocar papel de parede, eu metia o pé daqui agora.

— É só uma pintura — disse Nell. — Para dar uma revitalizada no apartamento.

— Vamos fazer um bom trabalho para Johnny — disse Petey. — Gosto do rapaz. Ainda está chateada com o negócio do Airbnb?

— Sim, mas não é culpa dele.

— O mundo é assim, Nell. O mundo é assim.

Talvez. Mas, se Liam não tivesse dado aquela sugestão a Johnny, algum sortudo da cidade se mudaria para lá, satisfeito com seu novo apê.

Naquela noite da primeira comunhão de Dilly, quando Liam abriu a boca, num primeiro momento ela ficou confusa — por que sugerir algo que ambos não apoiavam? Mas descobrir depois que, na verdade, ele *não* era contra a deixou ainda mais perplexa. E com raiva.

Liam pediu desculpas e mais desculpas até que o choque passou.

Só que ele não era exatamente o homem que ela achava que era, e isso a assustou. Porque eles estavam *casados*.

Quando estava convencendo o pai a ajudá-la com a reforma, explodiu em um breve desabafo raivoso. Uma semana antes, mais ou menos, fez a mesma coisa com Garr:

— Você é homem. O que acha? Estou exagerando?

— Ele literalmente mentiu? Ou apenas concordou com você?

— Não lembro. Talvez só tenha concordado.

— Você é meio exigente demais.

— *Eu* devo mudar?

— Não, mas... Bem, não sou casado — disse ele, hesitante —, mas dizem que casamento dá trabalho.

O que aquilo queria dizer?

— Acho que a gente tem que perdoar as pessoas por serem babacas às vezes — continuou. — Em vez de simplesmente dar um pé na bunda delas.

"Casamento dá trabalho" sempre lhe soara uma frase sem graça e aristocrática — e vago, a ponto de não ter significado nenhum.

Agora, entendia que aquele misterioso "trabalho" significava descobrir uma característica nada atraente em sua cara-metade e aceitar que não dava para mudá-la.

— Ninguém é perfeito — disse Garr, e Nell, grata, se agarrou a isso.

Liam foi cuidadoso com seu sistema de valores para se apresentar da melhor maneira possível nos primeiros dias. Mas um defeito não fazia dele má pessoa.

— Ok! — O pai gesticulou. — Vamos começar aqui, na sala de estar, e limpar o lugar todo com desengordurante para trabalharmos em uma tela em branco.

— Então, pai... — Nell não conseguia controlar sua empolgação nem um segundo mais. — O que achou da minha peça ontem? — Petey e Angie tinham comparecido à noite de estreia.

— Não entendi bulhufas. O tempo não anda para trás! Estão enganando as pessoas.

— É uma metáfora.

— Sua mãe ficou me dizendo o tempo todo: "Se eu, pelo menos, entendesse alguma coisa..." Enfim! — Ele ergueu a mão para prevenir possíveis objeções. — Você fez um bom trabalho, Nell. Tudo alinhado. Só que eu teria que ver de perto para avaliar o acabamento. Fiquei orgulhoso de você. Me diga, usou gabarito de corte para fazer aquelas curvas nos relógios?

— Até parece! Usei uma serra circular.

— Só me faltava essa! Isso é trapaça... O que foi?

O celular de Nell recebeu uma notificação, o que desviou totalmente sua atenção.

— O que houve? — perguntou Petey. Pela expressão no rosto dela, ele não conseguia decidir se eram boas ou más notícias.

— Um print. De Garr. Ai, pai! É uma crítica do *Irish Times*! Sobre a peça. E estão falando bem do meu cenário!

— Me mostre.

Petey leu. Depois, leu novamente.

— Do *Irish Times*? O jornal? O jornal, *jornal*, digo, não é só na internet? Isso é... — pausou ele. — Quer saber? Esse deve ser o momento de maior orgulho da minha *vida*. É uma pena que nenhum dos vizinhos leiam o *Irish Times*. Selvagens de bosta, todos eles. Ligue pra sua mãe.

— Posso ligar pro meu marido primeiro?

— Ah, é, você tem marido. Vivo esquecendo. Não me deixou entrar com você na igreja, então a memória nunca teve a chance de se *enraizar*... Ligue para Liam, e eu vou descer para comprar vinte exemplares do jornal. Do jornal, *jornal*.

Liam não atendeu, então ela ligou para a mãe, que ficou emocionada de tanto orgulho.

Quando Petey voltou com um grosso maço sob o braço, pegou o celular.

— Não ensinei direitinho a ela, Angie?

Depois de ter convencido a esposa a concordar que foi tudo graças às excelentes instruções dele sobre marcenaria, devolveu o aparelho para Nell.

Quando ela, finalmente, desligou, viu que tinha três chamadas perdidas. Todas do mesmo número — o qual não reconhecia —, mas os elogios a deixaram se sentindo meio inconsequente.

— Nell McDermott falando.

— Nell. Isso. Aqui é Iseult Figgis, da Ship of Fools.

Oh! Nell ficou muda. Ship of Fools era uma das produtoras de teatro mais bem-sucedidas do país.

— Vamos fazer uma montagem de *Trainspotting* para o Festival de Teatro de Dublin, em setembro. Gostaríamos de ter você na cenografia.

A adrenalina correu pelo sangue de Nell, e sua boca ficou seca.

— Pode vir nos ver? Agora? Sei que é cedo.

— Sim — arfou ela. — Com certeza.

— Ficamos na Dawson Street.

— Eu sei. Chego aí em dez minutos. A não ser que precisem do meu portfólio. Não? — Nell encerrou a chamada e, apertando o celular contra o peito, disse: — Pa-pai?

— Você vai me deixar aqui, sozinho, pintando esse apartamento?

— O pessoal da Ship of Fools quer me ver agora. É uma produtora. Tipo, pai, é *a* produtora. Estão fazendo a montagem de *Trainspotting*.

— Aquele troço escocês? Aquele nojento? Nunca me recuperei depois de ter visto aquela cena do...

— Tenho que ir, pai. Isso é *muito* importante.

— Justo. Vai lá. Vou continuar aqui.

Nell pulou na bicicleta e pedalou por cinco minutos pela cidade. A Ship of Fools tinha sede no sexto andar de um prédio comercial. Ao sair do elevador que dava para o lobby deles, vendo as paredes cheias de pôsteres de antigas produções, Nell pensou que ia desmaiar. Tinham até uma máquina de Nespresso!

A própria Iseult estava lá para recebê-la pessoalmente e a levou a uma sala para encontrar Prentiss Siffton, o outro fodão da empresa. Era provável que ambos estivessem com quase cinquenta anos, e usavam tênis, calça jeans e camisa de malha. Tinham uma aparência despojada, porém chique. Nenhum dos dois era exatamente amigável.

Empresários, percebeu Nell. Era por isso que se sentia tão pouco à vontade com eles.

— Assistimos a *Timer* ontem à noite.

— Você fez um bom trabalho.

Instantaneamente, Nell se derreteu.

— Isso vindo de vocês é... Nem sei o que dizer.

— Gosta do seu trabalho? — perguntou Prentiss.

— *Amo*. É tudo o que eu sempre quis fazer. Desde os quatorze anos.

O sorriso dele ficou um pouco mais caloroso.

— Gostaríamos que você trabalhasse em *Trainspotting* — acrescentou Iseult. — Vamos enviar o roteiro por e-mail. A única questão é que temos que ver as suas ideias até segunda-feira.

A euforia de Nell desabou feito uma rocha rolando de um penhasco. É *óbvio* que tinha um porém.

— Mas... hoje é quinta. Não dá tempo de pensar em algo decente.

Depois de certa hesitação, Iseult disse:

— Já tínhamos decidido com quem trabalhar até vermos *Timer*. O trabalho precisa começar o mais rápido possível, é algo grande. É uma oportunidade enorme, mas você precisa começar agora.

Ela seria capaz? Precisava ir amanhã para Mayo, para passar o fim de semana — era o aniversário de cinquenta anos de casamento dos pais de Liam. Ela poderia deixar de ir? Como Liam reagiria? Talvez não fosse se importar. É, provavelmente, ia compreender.

E ainda tinha o jantar de hoje à noite com Perla e Kassandra, na casa de Jessie e Johnny. Ela *precisava* participar, era o elo em comum.

— Então, o orçamento é de quarenta mil euros.

Ai, meu *Deus*! Era quase vinte vezes mais do que o orçamento de *Timer*. Dava para fazer tanta coisa com aquilo...

— A que horas precisam ver o meu projeto na segunda-feira?

— Podemos esperar até uma da tarde — respondeu Iseult.

— Está bem. Ok, me enviem o roteiro por e-mail agora, e eu...

— Não quer saber quanto vai receber? — Prentiss abriu um sorriso levemente complacente.

Nell, literalmente, não conseguiu pensar no que dizer. Imaginou que seu pagamento estaria incluso no orçamento da cenografia. O fato de que tinha dinheiro *extra* era uma surpresa.

A quantia dita era mais alta do que qualquer pagamento que recebera antes.

— Aceitável? — Iseult sorriu de maneira maliciosa. Sabia pelo que Nell passava, pelo que a maioria dos profissionais de teatro passava: costumavam receber tão pouco que aquele valor parecia uma fortuna.

Aceitável? É óbvio que é aceitável! Mas, para mim, não se trata do dinheiro, e sim do trabalho. Foi o que Nell queria ter dito, mas sempre pensava em ótimas respostas tarde demais. *Só uma coisa. Meu trabalho fica muito melhor com Garr McGrath. Já contrataram um diretor de iluminação? Porque só vou aceitar a vaga se puder trabalhar com ele.*

Molly Ringwald se esgueirou para cumprimentá-la.

— Molly, tenho ótimas notícias!

— Também estou aqui! — gritou Liam.

— Por que não está no trabalho?

— Por que não está pintando o apartamento de Johnny?

— Recebeu a minha mensagem? — soltou ela. As palavras atropelavam umas às outras. — Fizeram uma crítica, uma positiva, no *Irish Times,* e a Ship of Fools me ligou...

— O quê? Devagar. Por que não está pintando o apartamento de Johnny?

— Meu pai ficou lá. Publicaram uma crítica positiva sobre o meu cenário no jornal.

— O apartamento de Johnny vai ficar pronto até terça-feira? Porque foi o que você prometeu a ele.

— Provavelmente. — E acrescentou: — Sim, vai. — Ela pediria ajuda a Brendan.

Seus dedos se atrapalhavam enquanto procurava a crítica.

— Aqui.

Em silêncio, ele leu.

— Uau — disse ele por fim. — Isso é... Uau. Arrasou.

— Tem mais. A Ship of Fools me ligou. Querem que eu trabalhe em uma produção.

— Ship of Fools?

— Fui lá no escritório deles.

— Ship of Fools? — repetiu ele. — Como conseguiram seu número?

— Não sei. Mas querem ver ideias para uma montagem de setembro.

— Isso é incrível. — Ele pareceu pasmo.

— Só tem um problema. Preciso pensar em algo até segunda.

— E...? Vai ter que trabalhar em Mayo?

— Liam, não vou poder ir.

Ele a encarou. Parecia... chocado? Irritado?

— Está falando sério? Não está, né? — Com certeza, estava irritado.

— Liam...

— É o aniversário de cinquenta anos de casamento dos meus pais. E você quer deixar de ir por causa de um trabalho que nem é certo? A festa foi planejada há meses.

— Pode ser que eu nunca mais tenha uma oportunidade dessas.

— Meus pais com certeza nunca mais vão fazer cinquenta anos de casados.

Ele tinha razão. Mesmo assim...

— E se eu dissesse a eles como isso é importante?

— Eles não vão entender. Vão ficar chateados. Nell, você faz parte da família agora. Às vezes, temos que fazer coisas que não queremos.

Ele tinha razão: ela estava sendo insensata. Egoísta, até.

Mas e se ela trabalhasse sempre que tivesse um tempinho livre? Não dormisse quase nada? Chegasse bem no começo de tudo e saísse de fininho quando as pessoas começassem a ficar bêbadas? Levaria uma caixa de material com ela...

— Vou ter que trabalhar lá.

— Existem coisas às quais *precisamos* ir, tipo o coquetel de amanhã à noite, a festa de sábado e o almoço de domingo. E olha, não decepcione Johnny com a pintura. Enfim, o que vamos jantar hoje?

— Vamos sair. Encontro humanitário.

Ele ficou sem expressão.

— Você sabe. Levar Perla e Kassandra para jantar na casa de Jessie e Johnny.

— Então isso não é um problema, mas o aniversário dos meus pais é. Anotado.

— É diferente. Perla nem sabe onde Jessie mora.

Ele lhe deu as costas, irradiando rancor.

— Liam, por que você não foi trabalhar?

— Já vou.

— Está atrasado. O que houve?

Ele deu de ombros.

— Chelsea está de palhaçada, e eu mereço respeito. Ela tem que aprender o que acontece quando não estou lá. As coisas desandam.

Outro golpe na atual batalha de determinação entre Chelsea e Liam. Ele estava ressentido por gerenciar a loja da Capel Street e não ganhar tanto quanto Chelsea, que detinha o verdadeiro título de "gerente". Nell temia que Liam fosse demitido por causar muitos problemas. Mas ele sempre lhe garantia que Chelsea precisava muito dele.

No entanto, ela não podia se preocupar com aquilo agora. Dando uma rápida lida no roteiro, ficou logo evidente que se tratava de uma proposta complexa, com diversas mudanças de cenário. Era preciso algo que juntasse isso tudo, algo inteligente, como um palco rotatório. A ansiedade a consumia por dentro. Era difícil dizer qual direção ela seguiria com seu projeto. Deveria replicar o que fizera com *Timer*? Truques com iluminação e espelhos? Ou desafiaria a si mesma com algo que nunca tinha feito?

Uma voz lhe dizia que não era o momento para se arriscar, outra alertava que precisava mostrar sua versatilidade. Garr saberia. Ele sempre foi seu porto seguro. Nell se sentia estranhamente desconfortável com Liam ouvindo suas conversas com o amigo, mas pegou o celular e, desafiadora, falou de onde ele pudesse ouvir.

Garr foi certeiro.

— Eles querem você porque gostaram do seu trabalho em *Timer*. Não arrisque nada novo só por arriscar.

— Ok. — Ela se acalmou. — Acho aceitável.

Ela desligou, e Liam perguntou:

— O que ele disse?

— Para fazer aquilo em que sou boa.

— É mesmo? Já quer ser estereotipada?

Toda a segurança de Nell evaporou. Talvez fosse melhor arriscar com o palco giratório. Era algo diferente.

Mas ambicioso. Ela poderia facilmente estragar tudo.

— Ei, acho que vou pedalar hoje à noite — disse ele.

— Mas nós vamos...

— É. Mas vamos passar o fim de semana todo fora, e só vou ter outra chance semana que vem. Preciso disso para relaxar, amor.

Era a primeira vez que Nell tinha visto Liam emburrado de verdade. Mas não podia — ou não queria — perder o pouco tempo e energia que tinha jogando o novo jogo dele.

— Tudo bem, Liam. Aproveite a pedalada.

Trinta e sete

Cara tirou as luvas de látex, as jogou na lata de lixo e, em seguida, encarou a si mesma no pequeno espelho. Manchas de um cinza-escuro aquoso se acumulavam sob seus olhos. Talvez precisasse comprar rímel à prova de água. Mas isso seria admitir que aquilo havia se tornado uma parte concreta de sua vida. Com um cotonete, ela limpou as manchas e com um pouco de corretivo retocou as falhas na base. Usou enxaguante bucal, que ela bochechou com vontade — seu maior medo era que alguém sentisse o cheiro.

Seu coque estava levemente bagunçado, então ela acrescentou mais uns grampos e uma rajada de spray. Guardando a nécessaire no armário, deu uma última olhada, verificando se o uniforme estava limpo e arrumado, depois, saiu para o estreito corredor no subsolo do hotel.

Como sempre, não tinha ninguém ali que pudesse vê-la. Andando com determinação e forçando um meio sorriso, subiu a escada e voltou para a recepção. Havia sumido por treze minutos.

— Você perdeu — disse Madelyn. — O sr. Falconer chegou.

O quê? Onde? Ele só chegaria daqui a uma hora.

— A reunião dele terminou mais cedo. Mas não tem problema, Vihaan subiu com ele.

Não era para aquilo ter acontecido. Ela nunca tinha abandonado seu posto em um horário movimentado. Sempre havia a chance de um hóspede chegar mais cedo, todos sabiam disso, mas a necessidade tinha sido mais forte que ela, então arriscou.

Lá estava Vihaan, com Ling.

— Onde você estava?

— Dor de barriga.

— De novo? — questionou Madelyn. — Ah...

Ela, Vihaan e Ling observaram Cara. Pareciam desconfiados ou, talvez, apenas preocupados.

— Perdão — disse Cara. — Então... Como ele está? — Ela conhecia o sr. Falconer fazia anos.

— Reclamando do tempo. Está muito quente. Ele não vem à Irlanda para ver o sol.

Algumas pessoas sempre achavam um motivo para reclamar. Tentando não se sentir culpada, Cara seguiu com sua manhã.

Gabby tinha lhe mandado um áudio:

— Cara, me encontre para tomarmos um cafezinho rápido na hora do almoço! Odeio meus filhos. Preciso desabafar.

Ela ficou animada — depois, seu humor seguiu em outra direção. Ela amava Gabby, mas... hoje, precisava fazer outra coisa.

De novo? Mas já?

Ela já tinha feito aquilo hoje.

E precisava fazer de novo.

Eram apenas 12h10, mas o Tesco, na Baggot Street, estava lotado de filas de trabalhadores engravatados esperando para pagar pelo almoço. Ela balançava as pernas, considerando a espera quase insuportável. Era sempre assim: quanto mais perto ficava de comer, mais intensa a necessidade ficava. E *graças* a Deus, um caixa ficou livre. Ela correu com sua cesta — caixas de autoatendimento eram os melhores, porque não tinha ninguém para julgar. Em alta velocidade, passou no leitor de código de barras um donut, um cookie enorme e barras e mais barras de chocolate. Não prestou muita atenção no que colocou na cesta — quantidade importava mais do que qualidade. E sua garrafa de água de dois litros, óbvio. Não podia se esquecer dela.

Mas vinte e nove euros?

Isso era... muito dinheiro.

Que droga! Mas ela ia parar em breve.

O dia estava quente e ensolarado, e Cara se sentou em "seu" banco na Fitzwilliam Square — era perfeito: apenas quatro minutos a pé do Ardglass, mas não era uma linha reta. Dificilmente, seria vista por um colega de trabalho. O donut primeiro — o êxtase do *alívio* daquelas primeiras mordidas —, depois, o cookie gigante, depois, o chocolate. Tudo aconteceu muito rápido. Ela rasgava uma embalagem, já com a barra seguinte a postos, enquanto, eficiente e metódica, deslizava a atual para dentro da boca. Não se tratava do sabor, e sim da sensação, a busca pela calma e, em seguida, pela euforia. Uma Wispa desapareceu em três mordidas, uma Whole Nut, em quatro. Porém, sempre se lembrando de beber água entre uma e outra.

As poucas pessoas que passavam não prestavam atenção nela. Escondida ao ar livre, se camuflava aos outros, como se estivesse almoçando.

Tendo comido quase tudo, ela se sentiu bem. Restava apenas uma Starbar. Ela sempre reservava uma para encerrar. Era como um ponto final. Ficando de pé, juntou todas as sacolas e embalagens, e ainda comendo, começou a caminhar rapidamente. Sem desacelerar o passo, jogou tudo em "sua" lata de lixo e, nesse momento, começou a sentir medo. As moléculas de gordura e açúcar já migravam pelas paredes do estômago, se transformando em placas amareladas de banha em suas coxas, barriga e braços. Precisava se livrar daquilo. Agora.

Passando pela discreta entrada de funcionários do Ardglass, descendo as escadas dos fundos e... Ah, não! Antonio, um dos sous-chefs.

— E aí, Cara! — Ele a cumprimentou com um sorriso deslumbrante.

Por favor, não. Os dois tinham tido conversas maravilhosas sobre Lucca, terra natal dele. Ele tinha expectativa de que ela parasse para conversar.

— Oi, Antonio. Bom te ver. — Ela passou por ele. — Espero que esteja tudo bem.

A mágoa dele a acompanhou e a culpa foi dura. Mas ela. Não. Podia. Parar.

Escancarando a porta do pequeno banheiro, se sentiu subitamente exausta por causa da situação desagradável que estava prestes a enfrentar. Os músculos de sua barriga estavam doloridos, sua garganta parecia estar em carne viva.

Esta é a última vez.

Ela não sabia de onde tinha vindo aquela determinação, mas tinha certeza. Chega. Era loucura. Amava Ed, seus filhos, seu emprego, sua vida. Fazer aquilo era *loucura*.

Trinta e oito

Já era junho. Como foi que isso aconteceu? Jessie distribuiu sem muito cuidado comidas do Oriente Médio pela mesa do jantar. *Mês que vem, vou fazer cinquenta anos, e, sério, qual é a idade em que começamos a nos sentir confiantes e seguros? Porque eu realmente achava que isso já deveria ter acontecido a essa altura.*

Ela analisou a mesa: halloumi grelhado, *baba ganoush*, hummus, azeitonas, pão árabe...

Conquistou muitas coisas em sua vida. Conquistou, *sim*. Cinco filhos, um casamento feliz — *era* feliz, não era? —, administrava uma empresa lucrativa, empregava mais de cinquenta pessoas. Sua vida era bem-sucedida.

Ela esqueceu os copos de água. Voltando para a cozinha, perguntou a si mesma se alguém gostava dela de verdade. Era assombrada por uma sensação recorrente de que todo mundo, simplesmente, a aturava — Jesus! Ela quase levou um tombo!

Eram aquelas porcarias de sapatos — os tamancos de Océane Woo Park. Eram *assassinos*, mas ela os usava sempre que tinha chance, para fazer jus ao dinheiro que gastou.

Péssimo controle de impulsividade: outra coisa que odiava em si. Nunca devia ter experimentado o presente de Océane. Assim que desceu a escada, batendo os saltos contra os degraus, as solas ficaram arranhadas demais para dá-los de presente ou devolvê-los. Ficou secretamente satisfeita — por cerca de meia hora. Depois, a culpa veio. Não tinha dinheiro suficiente para se presentear espontaneamente com sapatos caros.

Apesar de sua tola insistência de que tinha bastante dinheiro para esbanjar, ela sabia, ô, *se sabia*, que seus gastos beiravam o descontrole. Não havia necessidade de checar a contabilidade de Cara, porque, no seu subconsciente, existia uma calculadora fazendo as contas. Na maior parte do tempo, ignorava o incessante clique-clique, mas, de vez em quando, geralmente, pouco antes de dormir, tal calculadora se transformava em um caça-níquel que tinha atingido o prêmio acumulado.

Etiquetas de preço em neon começavam a surgir em sua mente — a festa dos funcionários, as mensalidades da escola, as gorjetas exageradas, a jaqueta caríssima de Saoirse porque ela era uma boa menina, o curso de primeiros socorros de Bridey porque, senão, ela não calava a boca, o *smartwatch* do coitado do Johnny porque ela temia que ele se sentisse negligenciado...

Levando quatro copos, voltou para a sala de jantar arrastando os pés; não podia arriscar nenhum movimento brusco com aqueles sapatos assassinos de merda. Nossa, ela tinha pedido muita comida!

Johnny entrou e parou de repente.

— Jessie. Aqui tem comida suficiente para alimentar metade da população de Aleppo.

— E tem mais na cozinha. Um prato típico da Síria feito com cordeiro, cerejas e melaço de romã. — Ela mesma tinha preparado o cordeiro, a única coisa que cozinhou de toda a refeição, porque não conseguiu encontrá-lo para comprar em nenhum lugar de Dublin. — Eu e meu jeito burguês, como diz Ferdia. Aparentemente, não consigo passar um minuto conversando com uma pessoa sem convidá-la para vir aqui.

— Ele é um abusado, mas talvez tenha razão dessa vez.

Kassandra já tinha brincado outras vezes com Dilly — era apenas uma criança comum. Perla, compreensivelmente, era diferente. Quando se encontravam por causa das meninas, os músculos do rosto dela mal se moviam. Havia uma terrível apatia nela. Não conseguindo conter sua vontade de cuidar, Jessie fez o convite para o jantar sem pensar no que isso implicaria. O que ela e Johnny, no conforto de uma vida segura, diriam a uma mulher que testemunhara horrores que eles não conseguiam nem imaginar? Havia implorado que Nell e Liam fossem para dar um apoio moral.

Quando havia tocado no assunto com Ferdia, ele dissera:

— Ela não é uma aberração.

— Eu nunca disse que era. — Nossa, não podia abrir a boca para falar nada com ele.

— Ah, veja só, somos brancos de classe média, que tal nos reunirmos para ficar cutucando uma refugiada com uma vara?

— Não estou cutucando ninguém, Ferdia. Só estou oferecendo um jantar para a mulher. Mas é você que estuda Sociologia. Você que tem consciência social. — Supostamente. Ela nunca vira muita evidência disso. — Achei que pudesse se interessar.

— Johnny — disse ela agora —, encontrou alguma música síria?

— Encontrei. Baixei. Estamos prontos.

— Acha que teria problema se a gente bebesse? Tipo, você, eu, Liam e Nell?

— Ela não bebe? — perguntou Johnny. — Ah, claro! Talvez também não devêssemos. Não vai fazer mal se ficarmos sem beber uma vez. Ou seria condescendente demais? Estou muito longe da minha zona de conforto aqui.

— Johnny, meu amor... Estou meio que surtando com isso.

Ele soltou uma risada alta.

— Ah, Jessie, você e suas aleatoriedades. Vem aqui. — Ele a abraçou, e ela permitiu.

— Acha que ela fuma maconha? — perguntou Jessie, apoiada nele. — Será que a gente pode pegar um pouco da erva de Ferdia?

— Está falando sério?

— Sei lá. Só quero que ela se divirta...

A campainha tocou. Dilly e TJ desceram a escada aos estrondos, receberam Kassandra e a levaram com elas. Era tudo tão fácil para as crianças. Nell, que, misteriosamente, apareceu sem Liam, teve que resistir para não ser arrastada por elas também.

Perla ofereceu uma pequena caixa de um chocolate estranho do Leste Europeu. Obviamente, tinham sido comprados na promoção de um *outlet* como o Dealz, e isso partiu o coração de Jessie.

— Entre, entre, entre. — Ela conduziu a visita até a sala de estar e ofereceu um assento a ela.

A mulher era bem magra, tinha um olhar sério e usava roupas largas e simples, e Jessie teve que resistir à vontade de colocar um cobertor sobre as pernas dela.

Do nada, Ferdia apareceu. Bem, isso era bom. Jessie fez as apresentações e, em seguida, perguntou a Perla o que ela gostaria de beber.

— Temos água, suco de maçã, Coca zero...

— Vinho branco, por favor — disse ela.

— Ah...! Claro! De qual você gosta? Seco? Doce?

— Vocês têm *sauvignon blanc*?

— Temos, sim! — Johnny estava quase explodindo de alívio.

Perla aceitou a taça, bebericou, fechou os olhos e suspirou.

— Vinho, estava com saudade. — Depois de outro gole, maior desta vez, ela olhou para os rostos pasmos ao redor e disse: — Sei que vocês têm dúvidas. Perguntem, por favor.

Jessie, Johnny e Ferdia ficaram em silêncio de tão envergonhados.

— Ok. — Perla tomou outro gole. — Eu começo. Por que estou bebendo?

— Desculpe por fazer suposições — disse Jessie. — Pensamos que muçulmanos não pudessem beber.

— Não sou muçulmana. Mas, sim, muitos deles bebem.

— Você é cristã? — Jessie imaginou que talvez existisse uma comunidade cristã na Síria.

— Não sou nada.

— Tudo bem — disse Jessie humildemente.

— Sou secular. — Perla abriu um sorriso. — As pessoas gostam de nos rotular. Refugiados, digo. — Já na metade do vinho, uma mulher mais relaxada e alegre começava a surgir. — Eu me considerava de classe média.

— S-sério?

— Pois é. — Outro sorriso, mais brincalhão desta vez. — Vocês pensam que todos nós morávamos em casebres e que eu tinha que usar burca. Mas eu sou médica.

Médica!

— Meu marido trabalhava com tecnologia da informação. Tínhamos um belo apartamento com ar-condicionado em Damasco, dois carros, casa de férias. Nos fins de semana, íamos ao shopping e comprávamos coisas das quais não precisávamos. E tinha muitos que nem a gente.

Ok. Bem. Era exatamente como eles, pensou Jessie.

— Como você fala a nossa língua tão bem?

— Fiz curso quando era criança. — Perla deu de ombros e sorriu. — E moro na Irlanda há cinco anos.

— Então, o que houve? — indagou Ferdia. — Para você vir para cá?

— A guerra. Quando o conflito em Damasco ficou perigoso demais, nos mudamos para Palmira, uma cidade menor. Temporariamente. Arranjei um emprego. Não havia trabalho para o meu marido, então ele ficou cuidando de Kassandra. E esperamos até que a vida voltasse ao normal.

— Imagino que não tenha voltado — disse Johnny.

— Durante uma manhã, fomos acordados por homens barbudos com bandeiras pretas e metralhadoras. Eles foram até a nossa casa.

— Jesus — murmurou Ferdia.

— Não gostaram do fato de eu ficar sozinha com homens no meu consultório.

Ferdia balançou a cabeça.

— Então pediram para você parar?

— Pediram que o meu marido me parasse.

— Como se ele te controlasse? — Ferdia contraiu os lábios. — E ele? Te parou? Não, você é corajosa.

— Precisávamos do dinheiro. Parei de atender na clínica, mas as pessoas continuaram me procurando em casa. Em segredo. Mas alguém nos entregou.

— E eles... te machucaram? — perguntou Jessie.

— A mim? Não. Mas ao meu marido, sim... Eles o levaram até a praça e... o mataram. — Ela engoliu em seco. — E então...

— O que houve? — indagou Jessie, quase sussurrando.

Perla baixou o olhar.

Ferdia encarou Jessie, que, rapidamente, balbuciou:

— Perdão. Perdão. Sinto muito. — Depois de um silêncio respeitoso, Jessie disse, com gentileza: — Sentimos muito por tudo que você passou. Vou servir mais vinho para você.

— Obrigada, Jessie. — Perla abriu um sorriso discreto. — Mais vinho seria muito, muito bom.

De maneira inesperada, todos ficaram muito bêbados bem rápido.

— Talvez a gente devesse comer agora — sugeriu Jessie antes que ficassem totalmente incapacitados.

As crianças menores se juntaram a eles para as entradas, até que perderam interesse e pediram sorvete.

— Que tal o cordeiro típico da síria? — incentivou Jessie. — Já vamos servir.

— Não — disse Bridey. — Já comemos o suficiente. Somos crianças, não precisamos de tanta comida quanto os adultos.

— Kassandra quer sorvete — disse Dilly.

— Tá bem. — Jessie estava altinha demais para se importar. — Você sabe onde fica.

Jessie, seguida por Johnny, foi até a cozinha para buscar o cordeiro.

— Ela é chegada em um vinho, né? — disse Johnny, tirando outra garrafa da geladeira.

Jessie o condenou.

— E você não é?

— Eu não disse... Só quis dizer que isso é bom. É normal. Ela é *normal*.

— Desculpe. Estou um pouco bêbada.

Todos ficaram deliciados ao sentir o cheiro do cordeiro, mas Jessie insistiu que Perla fosse a primeira a provar.

Ela pegou um pedaço com o garfo, mastigou, engoliu e pausou.

— Quem foi que fez?

— Peguei a receita na internet — respondeu Jessie. — Dá pra comer?

— Está uma *delícia*! — De repente, Perla começou a chorar. — Me lembrou da minha casa.

— Ah, não fique assim. — Jessie a confortou. — Ai, estou chorando também!

— Eu também — disse Nell.

— Eu também — disse Johnny.

— Me desculpem — falou Perla. — Só estou um pouco bêbada.

— Pode chorar — encorajou Jessie. — Ninguém aqui se importa. Pode chorar as suas dores. É muito ruim ser refugiada?

— Mãe! — exclamou Ferdia. Em seguida, disse a Perla: — Peço desculpas pela minha mãe.

— Não, não faça isso. As pessoas pisam em ovos quando se trata da minha situação, mas é bom falar. Estou feliz que eu e Kassandra estejamos vivas, mas, sim, é horrível ser refugiada.

— É verdade que você tem que dormir em um abrigo? — perguntou Jessie. — Que serve uma comida péssima no refeitório comunitário?

— Tudo verdade. A comida na maioria das vezes é nojenta. — Ela tomou um gole do vinho e quase sorriu. — Nunca temos privacidade. Há pessoas de onze países diferentes vivendo com a gente no mesmo abrigo. Todos temos hábitos diferentes, então é um desafio... Mas o que realmente acaba com qualquer alegria de viver são os vários pequenos momentos de falta de dignidade.

— Tipo o quê? — perguntou Jessie, hesitante.

— Tipo... — Perla olhou para Johnny e Ferdia. — Peço desculpas aos homens por falar isso, não tenho a intenção de constranger. Mas não ter dinheiro para comprar absorventes é especialmente deprimente.

Johnny começou a encarar os pés com intensidade. Ferdia engoliu em seco, mas se manteve firme.

Jessie parecia chocada e disse:

— Nunca tinha pensado nisso.

— Sem dinheiro para sabonete, sem dinheiro para paracetamol, sem dinheiro para comprar meias novas para Kassandra quando as velhas furam. Essa luta eterna me faz querer ir pra cama e nunca mais levantar.

— Por que você não trabalha? — questionou Jessie. — A Irlanda está precisando de médicos.

— Mãe! — Outra explosão de Ferdia. — Refugiados não podem trabalhar.

— Mas houve uma decisão da Suprema Corte. Eu li sobre isso! — Jessie estava de saco cheio de ser feita de burra.

Ferdia se intrometeu.

— Eles têm que pagar mil euros por uma autorização...

— *E* existe uma lista com sessenta profissões que não podem exercer: hotelaria, motorista de táxi, faxineiro... — completou Nell.

— O tipo de emprego que pessoas que têm dificuldades com o idioma costumam arranjar.

Ferdia e Nell fizeram uma palestra em dupla sobre as formas sorrateiras com as quais o governo impediu efetivamente que refugiados trabalhassem.

— Meu Deus, isso é terrível. Eu não sabia... — disse Jessie. — Me desculpe pela minha ignorância. — Como um pedido de desculpas, encheu mais uma vez a taça de Perla.

Trinta e nove

...ao manter o paradigma psicanalítico básico, K. Horney chama atenção para o fato de que a garota cresce, sabendo que o homem da sociedade "custa caro" em termos humanos e espirituais, e, portanto, a causa do complexo de masculinidade em mulheres deve ser analisada individualmente e...

Nossa, ele literalmente cochilou ali. As duas semanas de Ferdia naquele estágio pareciam dois anos. Tudo o que fez até agora foi ler longos relatórios *entendiaaaantes* e resumi-los em uma página de tópicos para os diretores. Ele estudava Sociologia porque queria fazer uma diferença direta na vida das pessoas. Um macaco treinado era capaz de fazer aquilo.

Mas não podia ir embora. Johnny conseguiu o estágio para ele porque, de acordo com a chefe, Celeste Appleton, eles tinham sido namorados. No início da semana, Johnny, inclusive, apareceu no escritório, deixando Ferdia extremamente confuso por um instante. Levaria Celeste para almoçar.

— Velhos amigos — disse ele.

O velho patético estava tentando fazer com que todos soubessem que ele já tinha transado com Celeste.

— Menos a parte do "velhos" — rebateu Celeste, passando perfeitamente o batom vermelho sem precisar olhar no espelho.

Essa era uma habilidade maneira.

Muitas coisas em Celeste eram maneiras. Era gostosa de um jeito erótico, meio carrasca de um jeito intimidador no escritório. Andava a passos firmes com seus saltos pontiagudos, blusas de seda e saias lápis, usando óculos de armação preta sexy.

O cabelo dela era bonito, tinha um tom escuro brilhoso e estava sempre arrumado em um coque volumoso na altura da nuca.

Às vezes, enquanto lia os relatórios tediosos que tinha que resumir, Ferdia fantasiava em soltar o coque dela só para observar todo aquele volume deslizar lentamente pelas costas da chefe feito uma cascata de melaço.

Graças a Deus, era sexta-feira. Uau. Ele realmente pensou isso? Se tornou um proletário bem rápido.

Hoje, permitiram que chegasse cedo e trabalhasse no horário do almoço para que pudesse ir embora às três e pegar o trem para Westport; uma concessão que só pode ter sido feita graças a Johnny. Era loucura forçá-lo a ir a Mayo para o aniversário de casamento da vovó e do vovô Casey — eles nem eram *seus* avós. Mas sua mãe tinha implorado para que fosse. Ela era uma tragédia, aquela necessidade de ter uma família feliz de mentirinha. Devia desistir, porque ele nunca ia gostar de Johnny, e Johnny nunca ia gostar dele.

Saoirse não se sentia assim, provavelmente porque era nova demais para se lembrar do pai. Parecia bem feliz em fazer parte do enorme clã dos Casey.

Já Ed era razoável. Ed era sensato.

Liam, por outro lado, era um palhaço, literalmente, pior que Johnny.

O único motivo para Ferdia ir para Mayo no fim de semana era porque Barty e Sammie também iriam. Barty era uma das pessoas mais importantes do mundo para ele. Eram muito parecidos — o primo era uma versão mais baixa de Ferdia; as pessoas costumavam pensar que eram irmãos. Eles enlouqueciam um ao outro, mas eram família de verdade.

E Sammie? Às vezes, sentia um alívio esquisito por estar quase acabando. Ele tinha vinte e um anos agora, quase vinte e dois. Um homem. Isso o fazia sentir um friozinho na barriga. Seu futuro era incerto, mas, seja lá qual fosse, ele não se sentia preparado. Tipo, o que adultos de verdade *faziam* da vida? Alguns dos melhores alunos de sua faculdade, faltando um ano para se formarem, já contavam com cargos garantidos em grandes bancos e firmas de contabilidade — mas para fazer *o que* exatamente? Algum tipo de trabalho sujo, manipulando o capitalismo, gerando ainda mais dinheiro para empresas que já possuíam quantias obscenas, enquanto, ao mesmo tempo, acumulavam uma fortuna pessoal.

Mesmo que tivesse estômago para esse tipo de trabalho, Ferdia não se achava inteligente o bastante.

Suas notas eram razoáveis, um pouco acima da média. Jessie dizia que, caso se esforçasse mais, se sairia melhor. Estava errada. Mesmo que se matasse de estudar, nunca se igualaria aos alfas. Alguns do mesmo ano que ele — um pequeno grupo sério — planejavam ser assistentes sociais. A dedicação deles era admirável, mas Ferdia queria ajudar em uma escala maior. No entanto, o estágio do verão passado, contando barris de óleo de cozinha nas Filipinas, lhe mostrou a realidade de trabalhar para uma grande instituição de caridade. Foi um porre *absurdo*, e ele não sentiu de nenhuma maneira a sensação boa que esperava.

Será que tudo isso seria diferente se seu pai não tivesse morrido? Teria menos medo do futuro? Como podia saber? E o que importava? Tudo o que podia fazer era tirar proveito das habilidades que tinha.

Quarenta

Jessie mal notou o sol banhando o verde de Westmeath enquanto eles passavam em alta velocidade na minivan. Todos no carro estavam desanimados com o tormento que emanava de Johnny. Canice nunca perdia a chance de dizer ao filho que ele não estava à altura de administrar os negócios da família. O que não era verdade. Johnny só não quis ser advogado, ficar fazendo testamentos e tabelionato, em uma cidade tão claustrofóbica que o fazia ter a sensação de que havia tijolos empilhados sobre o peito dele. Quanto a Rose, ela parecia incapaz de amar. A não ser quando se tratava de roupas: era uma cliente fiel na Monique's, a butique mais chique de Beltibbet. E era chique *mesmo* — Jessie ficou boquiaberta com os preços, sem reconhecer uma grife sequer. A maioria dos vestidos da loja tinha um robusto espartilho embutido. Era coisa de outro mundo.

O que a impressionava era quanto orgulho Canice sentia da aparência de Rose. Ele sempre estava sentado em uma cadeira do lado de fora do provador e, assim que Rose aparecia, o marido fazia comentários e dava sugestões, genuinamente interessado. Jessie não se lembrava da própria mãe comprando roupas novas, e só de imaginar o pai reparando era digno de uma risada. Eles tinham administrado a mercearia em sua cidadezinha no interior de Connemara. Por morarem ao lado da loja, estavam sempre trabalhando. A loja abria sete dias por semana, mas, mesmo assim, era comum uma batidinha na janela da casa deles à noite ou de manhãzinha — pessoas com alguma emergência, como comprar fósforos ou leite ou um pedaço de corda. Dilly Parnell passou a vida inteira de avental florido. Jessie achava que a mãe não precisava de mais nada. Talvez ela apenas não se interessasse por mais nada. Seus pais eram pessoas humildes e tranquilas — à moda antiga, mas muito amáveis.

Encorajaram Jessie em todas as etapas de seu percurso, os dois sempre a ponto de explodir de tanto orgulho dela. Fazia quase vinte anos desde que seu pai, Lionard, tinha falecido — ele teve demência e foi desaparecendo, como um quadro ao sol. A morte dele foi como um pouso suave.

Não foi bem assim quando sua mãe morreu. A vovó Dilly foi morar na casinha dos fundos do quintal dela e de Johnny; uma presença afável, nada exigente, amada pelas crianças. Nove anos atrás, quando ela morreu, Jessie ficou devastada. TJ tinha apenas seis meses de idade, mas ela decidiu que a única coisa que poderia salvá-la era outro bebê. E foi assim que Dilly — cujo nome foi homenagem à avó — veio ao mundo.

Jessie ainda chorava pelos pais, mas, geralmente, era apenas gratidão pela sorte que teve. Eram pessoas decentes e gentis. *Muito* diferentes de Canice e Rose.

Quando Jessie e Johnny foram para Beltibbet informá-los de que iam se casar, houve uma conversa cortês em um lugar que Rose chamava de "sala de visitas". Jessie achou que tudo havia sido bem resolvido.

Foi só quando estavam saindo que Rose agarrou seu pulso, lhe interrompendo a caminhada.

— Meu filho não é a segunda opção de ninguém — disse ela em um tom baixo e aprazível.

Atônita, Jessie agiu como se não tivesse ouvido. Olhando para trás, aquela tinha sido a melhor abordagem. Se ela e Rose tivessem batido boca, jamais teriam superado. Porém, a hostilidade de Rose a pegou desprevenida. Ainda mais porque os pais de Rory, Michael e Ellen, eram uns *amores*. Jessie começou a se perguntar se a antipatia de Rose era culpa *sua*. Jessie *tinha* sido casada com o melhor amigo de Johnny — talvez Rose estivesse apenas protegendo o primogênito. Mas Cara foi recebida na família Casey com a mesma hostilidade. Não sabia como tinha sido o primeiro encontro de Rose com Paige. Mas Jessie estava *presente* quando Rose disse a Nell:

— *Mais uma* nora. Meu Deus do céu.

Nossa, as próximas quarenta e oito horas a estavam deixando nervosa.

A desconfiança — sempre onipresente — de que ninguém gostava dela de verdade a atingiu outra vez. Suas amigas mais próximas, Mary-Laine e Annette, eram do *networking* Women In Business; elas costumavam trocar comentários irônicos em vez de segredos do coração.

Quanto a Ed e Cara e Liam e Nell, se ela não lhes oferecesse passeios caros, será que sequer os veria? *Você tem que alugar os seus amigos.* De onde veio aquele pensamento terrível? Mas era verdade, não era? Se não desembolsasse uma boa grana, ficaria totalmente sozinha.

Ela precisava parar de pensar daquela forma. Mas isso mostrava o que se aproximar de Canice e Rose causava nela, em todos eles.

Pelo menos, ficariam hospedados em um belo lugar. Alugou três casas de campo, fora da cidade, a uma curta caminhada de distância da Bawn Beach e de suas revigorantes ondas do Atlântico. A agente de locação era cliente antiga da escola de culinária da PiG. Ofereceu a Jessie um desconto em troca de dois ingressos gratuitos para o workshop de Hagen Klein. Jessie, Johnny e as quatro filhas ficariam em uma casa; Ed, Cara e os dois filhos, em outra. A terceira ela apelidara de "casa dos jovens". Liam e Nell ficariam lá, com Ferdia, Sammie e Barty.

Jessie teve que ser esperta para garantir a presença de Ferdia: convidou Sammie, que adorou a ideia de um fim de semana no oeste abastecido com álcool antes de ir embora da Irlanda. Ferdia, ainda relutante, disse que só iria se Barty também fosse convidado. Então, assim ela o fez.

Rose e Canice faziam o possível para ignorar Ferdia — e Saoirse, óbvio —, mas Jessie queria insistir. Amava Johnny, mas não ia fingir que seu casamento com Rory não tinha acontecido...

Uma série de notificações no celular a distraíram; o sinal tinha voltado. Porém, ao dar uma olhada nos e-mails, bateu o olho em um de Posie, a gerente de Malahide, com a maravilhosa notícia de que estava grávida de três meses.

Ah, *merda.*

Mil vezes merda.

Posie gerenciava a loja de maneira brilhante. *Todo* tipo de dor de cabeça da equipe logística teria que receber atenção durante a ausência dela.

Mesmo quando a situação era *totalmente inconveniente*, Jessie se orgulhava de ser boa para seus funcionários. A licença-maternidade de Posie duraria seis longos meses. Jessie daria um chá de bebê e compraria um carrinho moderno.

Mas seis meses de folga! Ela mal tirou um mês para cada filho.

Agora, daria uma rápida olhada no Facebook. Só que isso também lhe deu um susto.

— Meu Deus. — Ela engoliu em seco.

— O que foi? — perguntou Johnny.

— O Facebook está sugerindo que eu envie uma solicitação de amizade para Izzy Kinsella. Por que faria isso? Por que agora?

— Os algoritmos deles são doidos. Ignore.

— Mas... aconteceu alguma coisa? Alguém que eu conheço deve ter adicionado ela.

— As métricas dessa rede social são bem mais aleatórias que isso.

— Desculpe, amor. — Não importava, e o coitado do Johnny já estava passando por muita coisa. — Você está bem?

— Ah, sabe como é... — Ele apertou o volante com as mãos e continuou dirigindo em direção ao sol.

Quarenta e um

Liam pisou no freio de repente, fazendo com que o lápis de Nell riscasse seu papel milimetrado. Chegaram a uma parada em mais uma cidade pequena.

— Ainda falta muito? — perguntou ela.

— Tá parecendo uma criança.

Ficar sentada sem fazer nada no carro pelas últimas quatro horas foi uma tortura. Quatro horas preciosas nas quais ela poderia estar trabalhando, em vez de tentar desesperadamente desenhar em um veículo em movimento.

— Já chegamos? — provocou ele.

Ela olhou o celular. Mais dezessete minutos antes de chegarem à estação de Westport para buscar Ferdia, Sammie e Barty. Depois, levariam mais vinte minutos para chegarem à casa de veraneio.

Mais meia hora sem conseguir trabalhar.

Até mesmo falar sobre o projeto teria ajudado a desenvolver algumas das ideias que tinha em mente, mas Liam ainda estava emburrado com ela. Era difícil saber se devia se sentir culpada ou ressentida. Nunca tinham passado por uma situação como essa, em que ele a repreendia por ser egoísta. Mas o trabalho era muito importante para ela, e ele sabia. Com certeza, Liam sabia que aquela era uma grande oportunidade. Ou talvez ela devesse ser mais amável. Os pais de Liam eram bem desagradáveis. O fim de semana seria difícil para ele.

— Manda uma mensagem pra eles — disse Liam.

O carro estava estacionado do lado de fora da estação de Westport, esperando por Ferdia e companhia. Era para o trem ter chegado cerca de dez minutos atrás, mas não havia nem sinal dele.

— Qual é o número dele?

Liam soltou um "pffft" de irritação.

— Eu não tenho. Pede pra Jessie.

Ela digitou a mensagem. Mas, depois de encarar a tela do celular por um longo tempo em silêncio, disse:

— Ela deve estar sem sinal.

— Então, o que é que a gente devia...?

— Vou entrar e dar uma olhada.

Ela desceu do carro e entrou na estação deserta. Um homem de uniforme media um banco na plataforma.

— Está atrasado — informou ele. — O trem de Dublin. Vinte e cinco minutos.

Tudo bem. Ela poderia se sentar em um banco — desde que não atrapalhasse a medição do homem — e trabalhar enquanto aguardava. Iria pegar suas coisas.

Porém, ao voltar para o carro, Liam decidiu:

— Não vamos ficar aqui.

— Liam, por favor. Prometi a Jessie.

— Eles dizem vinte e cinco minutos, mas pode ser muito mais.

Ela voltou lá para dentro e falou com o homem:

— Quando você diz vinte e cinco minutos, são vinte e cinco minutos mesmo? Ou talvez leve mais tempo?

Se ele respondesse alguma gracinha tipo "Deus criou o tempo e o homem criou a pressa", ela choraria de verdade.

O homem se ergueu lentamente.

— Não estamos na Suíça! — Ele parecia ofendido. — Me falaram sobre um trem que atrasou seis minutos e deram bolo grátis para todos os passageiros.

Nell estava ansiosa demais para aquilo.

— Obrigada.

Do lado de fora, voltou para o carro e disse:

— O homem foi meio vago. Mas, Liam, não podemos abandoná-los aqui.

— Eles podem pegar um táxi. Ou ônibus. Ou carona. — Ele deu partida no motor. — Não vou ficar aqui a noite inteira. Entra.

Relutante, ela entrou. Liam dirigia havia uns minutos quando o celular de Nell tocou.

— Você queria o número de Ferdia? — perguntou Jessie. — O que houve?

— O trem atrasou. O homem não sabia quanto tempo ia demorar. Então, não esperamos. Desculpe, Jessie.

— Não tem problema. Vou pedir ao Johnny para buscá-los quando chegarem.

Quarenta e dois

— O sol está forte demais — disse Tom. — Tem que cobrir ele com uma cúpula de abajur.

— Estamos dirigindo na direção oeste. — Ed explicou aos meninos como o sol nascia e se punha, o que fez Cara se sentir feliz e segura.

Então, o primeiro sopro da maresia surgiu.

— Vinnie! Tom! — exclamou. — Conseguem sentir o cheiro do mar?

— Lá está ele!

Bem depois de uma comprida faixa de areia clara, o sol havia transformado a água do mar em prata líquida. Ed, seguindo o GPS, continuou dirigindo em direção à orla. A estrada ficou mais estreita e logo se transformou em um trecho de terra batida de mão única.

— Não estamos perdidos? — indagou Cara, ansiosa.

— Já fiz a gente se perder, por acaso?

Não.

— Mas onde estão as casas de Jessie? Estamos quase dentro do mar.

— Devem ser bem... por... aqui! — Ed fez a curva, saindo do trecho.

Do nada, uma área isolada com seis casas de aparência perfeita, com fachadas de madeira cor de creme, apareceu. Estavam longe de ser os bangalôs sombrios que as casas de veraneio irlandesas costumavam ser.

— Estamos praticamente na praia! — Cara riu de prazer. — Pode confiar em Jessie. Quer dizer, como é que ela sabia da existência desse lugar?

Não havia limites formais, mas cada propriedade era demarcada por faixas de capim-da-praia.

— *Ammophila* — disse Ed. — Vem de palavras gregas que significam "areia" e "amigo". Esses capins sobrevivem em solos com alta salinidade...

— Pai? — disse Vinnie.

— Filho?

— Para com isso.

— Sim, filho. — Ed soltou uma risada baixinha.

Jessie e sua família andavam do lado de fora da primeira casa.

— Vocês ficam na segunda casa — gritou Jessie, indicando a direção. — A chave está na porta.

Quando desceram do carro, o rugido das ondas soou muito mais alto. A granulosa areia branca que vinha da praia nas proximidades voava pelo chão, e o capim-da-praia de Ed se curvava à brisa. Eram quase 18h, e o sol continuava quente.

— Por que demoraram tanto? — TJ e Dilly foram correndo para Vinnie e Tom.

— Não acredito que se atrasaram ainda mais que a gente! — exclamou TJ.

— O papai dirigiu muito devagar! — disse Dilly. — Ele não queria vir.

— Porque o vovô e a vovó são um pesadelo. Vocês vão nadar?

— Vamos! — disse Vinnie.

— Podemos, mãe? — perguntou Tom.

— Levem as coisas de vocês lá pra dentro primeiro e, depois, podem ir. — Cara abriu a porta da pequena casa, e as quatro crianças se esbarravam ao entrar na frente dela.

O lado de dentro era arejado e iluminado, com chão de madeira e mobília ao estilo Hamptons em azul-claro e bege. A decoração fazia diversas referências à vida marítima. Atrás de cada casa, tinha um deque de madeira, já desgastado pela maresia, bem de frente para a água.

— Meu Deus... — Ed entrou na casa de pé-direito duplo carregando uma mala e parou abruptamente, largando a bagagem. — Isso é incrível. Uma pena que...

— O quê? — perguntou ela. — Está tudo bem, amor?

— Ah, você sabe. — Ele apertou os olhos ao olhar para o sol. — Isso é fantástico. Mas minha mãe e meu pai...

Cara ficou surpresa. Era muito raro ele se sentir incomodado.

— Eu sei. — Ela foi até o marido e o abraçou.

— Principalmente, meu pai — resmungou ele com o rosto nos cabelos dela. — Ficar perto dele é como ficar perto de uma bomba que ainda não explodiu.

— Vai acabar no domingo.

— Nem me fale — disse ele.

— Estou aqui. — Ela o abraçou com mais força. — Você está seguro.

— Obrigado. — Ele se afastou e abriu um sorriso. — Agora, consigo lidar melhor. Ok. Quartos.

— Posso ficar com esse quarto? — berrou Vinnie de algum lugar na casa.

— É o maior? — berrou Cara de volta. — Tem suíte? Porque, se tiver, a resposta é não.

Preciso do meu próprio banheiro.

Com isso, seu humor piorou. Tinha conseguido esquecer a comida e todo o resto. Não era surpresa nenhuma ela ter se encontrado perambulando pela cozinha agora. A geladeira estava cheia de vinho, cerveja e outros produtos "essenciais".

— Ed, olhe!

— Isso é ideia de Jessie, sem dúvida.

E lá vinha Jessie, em uma esvoaçante saída de praia, carregando uma taça de rosé e acompanhada por Bridey.

— Esse *lugar*! — exclamou Cara.

— Eu sei! O fim de semana vai ser horrível. Sem ofensa, Ed. Mas, quando Canice e Rose tiverem destruído o nosso ânimo outra vez, pelo menos vamos ter algo de bom para curar as nossas feridas.

— Mas, falando sério, foi muito caro? Me sinto culpada.

— Dá pra parar com isso? Foi quase de graça por causa de uma cliente. De qualquer forma, gastar dinheiro me acalma. Eu precisava ficar em um lugar legal pelo bem da minha sanidade e não vou hospedar os meus em uma casa ótima e deixar o resto de vocês em um lugar horrível. Estamos juntos nessa.

— Mas você abasteceu a gente com vinho e cerveja. — Cara tirou um bolinho de dinheiro da bolsa e o pôs na mão de Jessie.

— Não.

— Sim!

— Nossa, você é determinada quando quer — se queixou Jessie. — Obrigada, querida.

As quatro crianças mais novas debandaram para dentro da cozinha.

— Estão aqui! — Dilly escancarou a porta de um armário.

— Irado! — Vinnie encontrou um estoque de biscoitos. Ele rasgou um pacote e enfiou um biscoito na boca.

— Ei! — advertiu Bridey. — Agora não pode ir nadar. Vai ficar com cãibra.

— Vai ficar tudo bem. — Cara arrancou o pacote das mãos dele. — Coloque a sunga e vá.

Guardando os biscoitos no armário, ela não teve como não dar uma olhada — *toneladas* de coisas ali: chocolate, marshmallow, umas coisinhas que pareciam cupcakes...

— Sorvete no freezer — anunciou Jessie.

— Ah. — *Não.*

— É que todos vamos precisar de toda ajuda possível para enfrentar esse fim de semana. Cara, Ed, deem uma boa olhada em mim agora. É a última vez que vão me ver sóbria. Planejo começar a beber, ficar bêbada e continuar assim até a tarde de domingo. Vou ficar em um constante processo de reabastecimento.

— Pode ser que não seja tão ruim assim — disse Ed.

Jessie soltou uma risada falsa.

— Acha mesmo?

Era mais difícil para Johnny e Jessie, Cara sabia. Canice era maldoso com todos os três filhos, mas Johnny era o que ficava mais magoado.

E, apesar de Rose ser hostil com as três noras, ela, certamente, pegava mais pesado com Jessie.

— Ok — disse Jessie. — Vou nadar um pouco e, depois, vou começar a me embebedar. — Ela olhou para Ed e Cara. — Vocês vêm também?

— Eu não. — Cara deu um tom bem-humorado à voz, mas não vestiria um biquíni *de jeito nenhum.*

— E você, Ed? — O celular de Jessie tocou. — Ferdia? Você já chegou? Não, Liam não pôde esperar, mas calma, vou mandar Johnny ir buscar vocês. — Ela desligou. — Ferdia. O trem atrasou.

— Eu busco — disse Ed. — Não tem problema nenhum.

— Ah, não... Tem certeza? É que Johnny não está em um bom dia...

— Tenho.

Jessie, rodeada de crianças com roupas de banho e toalhas, caminhou em direção à beira da água. Ed entrou no carro e foi embora, e, de repente, Cara estava sozinha na casinha ensolarada.

Ela não tinha certeza do que fazer. Poderia desfazer as malas, mas só levaria cinco minutos. Talvez devesse ir se sentar no deque e ficar por lá.

Passou a língua na superfície pontiaguda do dente quebrado. No dia em que aquilo havia acontecido, ela entrou em pânico, convenceu a si mesma de que tinha apodrecido todos os dentes da boca. Nao conseguiria suportar ser julgada pelo dentista. Mas o fato era que o dente quebrado não doía, então estava tudo ótimo. Um pouco estranho que um pedaço de esmalte tivesse quebrado sem motivo, mas poderia ser apenas desgaste natural.

Do nada, pensou no sorvete. O tempo estava passando. Ed voltaria em cerca de quarenta minutos, e as crianças, talvez antes.

Ela pretendia ter um fim de semana saudável, mas estando tão próxima da comida e a liberdade da solidão...

Seu coração acelerou. O sangue começou a ser bombeado para suas mãos e pés, pulsando nas pontas dos dedos. Automaticamente, foi para a cozinha e abriu a porta do freezer. Havia quatro potes de Ben & Jerry's. Um deles era de Cherry Garcia, seu preferido. Uma horrorosa combinação de alívio enorme e de sofrimento desolador significava que, agora, aquilo não estava mais em suas mãos.

Três batidas fortes na janela da frente a fizeram dar um salto.

— Toc, toc! — Era Johnny.

Ela não fez nada errado, mas tremia quando foi abrir a porta.

— Deus abençoe a todos. — Johnny fingiu tirar um chapéu, imitando um fazendeiro à moda antiga.

— Oi... Ah, olá. E aí?

— Podemos conversar um pouco sobre negócios? — Ele foi até a sala de estar. — Um *pouquinho* sobre negócios. Um tiquinho. Quase nada. — Parecia meio estressado. — Sobre o lance do Airbnb. Cara, eu sei que você se ofereceu para fazer isso com a maior boa vontade, e aqui estou eu te incomodando no seu fim de semana de folga.

— Nenhuma boa ação tem seu preço. — Foi o que conseguiu dizer.

— Pois, é. Então, escuta, só uma mudança simples: em vez de o lucro ir direto para a nossa conta-corrente, será que poderia ir para uma conta nova? Já até abri, todos os dados estão aqui. — Ele deslizou os papéis na direção dela.

Ela deu uma lida. A conta estava apenas no nome dele. Todas as outras contas, todas as cobranças que tinha visto, eram conjuntas, compartilhadas entre Johnny e Jessie.

— A hipoteca vai ser paga por essa conta também? — Faria sentido, para deixar a tal empreitada autossuficiente.

— Ah, não. Quem sabe se essa coisa de Airbnb vai dar certo? E se não der lucro o suficiente para cobrir a hipoteca todo mês?

A hipoteca era irrisória. Já o Airbnb, no centro de Dublin, ia de vento em popa.

— Vamos fazer dessa forma — disse ele. — Pelo menos, por enquanto.

Cara ainda estava tentando entender: a hipoteca do apartamento de Johnny devia ser paga pela conta conjunta que tinha com a esposa, mas o lucro devia ir para uma nova conta só no nome dele? Talvez Johnny tivesse percebido sua confusão.

— Na verdade, é para Jessie.

Não fazia sentido nenhum.

— Por via das dúvidas — disse ele.

Por via de *quais* dúvidas?

Quarenta e três

A casa era *absurda*. Nova, de muito bom gosto, parecia ter saído de um filme. Tudo era azul ou em tons de bege e completamente luxuoso, mas também discreto. E se derramassem alguma coisa?

A cozinha. Nossa. Um paraíso de última geração com máquina de gelo, torneira com água quente, uma máquina de café Gaggia de verdade, daquelas que só encontramos em uma autêntica cafeteria italiana...

Era surreal.

Liam levou as bagagens para o quarto principal, uma vastidão em branco e cinza-claro. Nell ficou parada à porta, ansiosa, observando o closet e o enorme banheiro.

— Esse quarto não devia ficar com Ferdia? É Jessie quem está pagando, e ele é filho dela.

— *Pra ele?* Ele é só um garoto!

— *Tuuuudo* bem. — Aquele quarto era maior que os outros. Ela poderia reservar um canto para trabalhar, e ainda sobraria espaço suficiente para Liam. — Posso usar a penteadeira para desenhar?

— Pode — disse ele.

Ela levou sua caixa de ferramentas e materiais para dentro e separou os modelos malfeitos em MDF que tinha preparado com pressa. A apresentação de segunda-feira ia ser a pior que já tinha planejado...

— Você vem nadar?

Nell lançou um olhar firme para ele.

— Vou trabalhar. Aproveite o mergulho.

Com um olhar exageradamente perplexo, ele saiu e ela suspirou. Isso aí, vamos lá. Ela se sentou de pernas cruzadas, se concentrando nos desafios do trabalho, mas, exatamente quando sua mente começou a trilhar uma caminho no meio deles, Jessie chegou com uma taça de vinho na mão. Ela se levantou.

— Jessie, me desculpe por Ferdia...

— Imagina! Quem quer ficar em uma estação, esperando por um trem irlandês? Ed já foi buscar eles. Tudo resolvido.

— Se está tudo bem... E, de verdade, Jessie... — Ela ficou sem palavras, tamanha sua gratidão e vergonha. — Essa casa. Não precisava, podíamos dormir em uma barraca.

— Haha, vocês, jovens. Não, precisamos de um refúgio. O fim de semana vai ser exaustivo.

— Está falando de Canice e Rose?

— Estou. Principalmente, de Rose. Ela está sempre insinuando que eu estava com Johnny e Rory ao mesmo tempo. O que eu, claramente, não estava!

— Claramente. — Não era da conta de Nell.

No entanto, ela gostava de Jessie. Era meio doida, ela e aquela extravagância, e as duas não tinham nada em comum, mas a mulher era bem tranquila.

— Não, é sério, Nell. Eu realmente não fiz isso! Sou completamente careta. Mesmo se tivesse ficado a fim de Johnny, o que não aconteceu, teria reprimido antes de fazer qualquer coisa a respeito. Mas, se eu dissesse a Rose que, na verdade, nem reparava em Johnny quando Rory estava vivo porque estava muito apaixonada pelo meu marido, ela também não gostaria. Me disse que não ficou feliz por Johnny ser minha segunda opção.

Nell assentiu da maneira mais compreensiva que pôde. Jessie, na defensiva, e com razão, mal percebeu.

— Cacete, não tem como agradar essa mulher. Nem tente, Nell. Esse é o meu conselho pra você.

— Está bem.

— Então tá! Admito: *sabia* que Johnny tinha uma queda por mim. Bem, desconfiava. Mas isso é tão ruim assim, Nell? Durante minha vida inteira, ninguém gostou de mim, só velhos estranhos que moravam com a mãe e tinham passatempos bizarros, e aí dois garanhões apareceram ao mesmo tempo. E eu não incentivei nada. Além disso! *Além disso*! Tinha certeza de que ele só me queria porque eu era mulher do amigo dele, entende?

— Entendo. — Nell percebeu que Jessie estava altinha.

— Ninguém acredita em mim, Nell. Talvez Saoirse acredite. Mas Ferdia, não. Ferdia *realmente* não acredita, não importa o quanto eu converse com ele. Sabe a Izzy? Irmã de Rory. Ela deixou um comentário no TripAdvisor dizendo que eu era uma vagabunda. Logo eu! Só dormi com quatro homens na vida!

— Isso é cruel.

— Sabe quantos anos eu tinha quando Rory morreu? Trinta e quatro! Um pouco mais velha que você. O que significa que eu era *jovem*! Eu amava muito Rory, fiquei devastada. As pessoas disseram que eu não devia ter me apaixonado pelo melhor amigo dele. Mas isso não parece o mais lógico a ser feito? Ferdia e Saoirse o conheciam; não foi melhor do que colocar um estranho na vida deles?

— Foi.

— Mas foi muito triste perder os Kinsella. Levei muito tempo para superar. Ah, não ligue para mim, Nell, estou um pouco bêbada. — Ela encarou a taça de vinho, vazia agora. — Minha bebida acabou. É a maneira de a natureza me dizer que prolonguei demais as minhas boas--vindas. Enfim. É melhor eu ir alimentar os meus filhinhos. Nos vemos mais tarde.

Ultimamente, por algum motivo, Jessie não conseguia parar de pensar no seu passado com Rory e Johnny.

Em questão de poucas semanas de diferença, os três tinham começado a trabalhar no departamento de vendas da Irish Dairy International. Com quase a mesma idade, fazendo o mesmo trabalho, mantendo uma rivalidade amigável entre eles, criaram um vínculo rapidamente.

Os Três Amigos — realmente receberam esse apelido. Desde o início, sempre se divertiram *muito*.

Johnny era o charme: falante, divertido, generoso com elogios e considerado bastante sexy por muitos. Em um de seus aniversários, as garotas do marketing editaram uma foto, colocando uma estrela brilhando no sorriso dele.

Rory era o mais estável dos dois, divertido e sagaz de um jeito calmo.

O engraçado era que, considerando que acabaria se casando com os dois, não teve interesse em nenhum deles no início.

Gostava de caras esquisitos e criativos. Quanto mais angustiados, melhor. Amar esses caras até que eles se sentissem felizes de novo sempre foi sua esperança, mas, no máximo, esse tipo de homem acabava apenas ficando confuso com ela. Rory e Johnny não eram nem um pouco movidos pela angústia. Eles falavam alegremente sobre terem a casa própria, dirigirem um carro legal, serem promovidos — os mesmos objetivos de vida de Jessie.

Gostavam das mesmas músicas e dos mesmos filmes — coisas comuns (apesar de Jessie curtir caras fracassados de cabelo sujo, seu gosto era bem convencional). Ela nunca ficou muda ou tímida na frente de nenhum dos dois. Já eles a tratavam como um amigo homem. Pela primeira vez na vida, ela se encaixou.

Virou hábito saírem às sextas-feiras para beber e analisar a decepcionante vida amorosa deles. Paqueras não retribuídas pareciam ser a especialidade de Rory e Jessie, enquanto Johnny tinha medo de compromisso e colecionava mulheres obcecadas. Levou bem mais que um ano para que Jessie e Rory começassem a ficar constrangidos na presença um do outro, enquanto Johnny os rondava, confuso e ansioso. Durante quase um mês, todos os três ficaram presos a uma tensão desconfortável até que, em uma noite de sexta-feira, ela chegou ao seu limite.

Era tarde, não conseguiriam um táxi, então Rory e Johnny disseram que levariam Jessie até em casa.

Já tinha acontecido outras vezes, não era nada de mais. Só que, dessa vez, enquanto andavam juntos, os três, lado a lado, com Jessie no meio, Rory, discretamente, segurou a mão dela.

E ela estava esperando. Esperando *alguma coisa*. E ele escolheu aquela noite em particular para tomar uma atitude.

Em seguida, quase que de maneira ridícula, Johnny pôs o braço ao redor da cintura dela.

Ela não reagiu a Rory segurando sua mão e não reagiu a isso.

Não sabia como.

Os três caminharam pelas calçadas, que cintilavam sob a água da chuva, em um ritmo perfeito. Ninguém falou. Como um recheio de sanduíche no meio dos dois homens, em um estado de confusão quase febril, Jessie desejou que aquilo nunca acabasse. Ou talvez quisesse que acabasse imediatamente. Não tinha ideia.

Rory e Johnny sabiam o que cada um estava fazendo?

Na época, ela achava que não. Mas, nos anos seguintes, chegou à conclusão de que talvez soubessem, de que estavam presos a uma rivalidade quase fraternal e que ela era o campo de batalha. Depois de uma vida inteira focando nos homens errados, era estranho demais se dar conta de que ambos eram o tipo certo e estavam disponíveis para ela.

Sem nem dar bola para o interesse de Johnny, Jessie pesou os prós e os contras de Rory como se fosse uma decisão de negócios. Isso era muito importante para permitir que seu coração inexperiente fizesse a escolha certa.

Perguntou a si mesma se seria capaz de morar com ele, se confiava nele com dinheiro, para ser um bom pai, para ser fiel. Se seria capaz de ser fiel a ele. Era impossível prever o futuro, mas considerando os riscos, Rory era uma aposta segura.

Outros fatores ajudaram a consolidar sua decisão. Ela e Rory foram criados em um lugar pequeno, sem muito dinheiro e com pais amáveis. Tinham os mesmos valores — trabalhar duro, mas viver de maneira decente.

Também existia a desconfiança de que Johnny só a queria porque Rory a queria. Se Johnny a conquistasse, teria sido provável que se cansasse dela e começasse a fazer joguinhos. E isso era algo com que ela *não* ia conseguir lidar bem — era capaz de ser durona no trabalho, mas tinha um coração mole.

Assim que decidiu, teve certeza. Não brincaria com Johnny, não haveria ocasiões em que se entreolhariam, cheios de desejo, e fingiriam ser amantes frustrados.

Ela se casou com Rory, e Johnny foi padrinho de casamento.

Quarenta e quatro

Que tal um cenário parcialmente *suspenso*? O cenário principal ficaria no nível do palco, mas poderia ter, talvez, dois ou três "cômodos", que seriam descidos e erguidos conforme necessário. Talvez só um fosse suficiente. Ela teria que verificar os custos, mas a ideia em si era engenhosa. Criaria muito mais espaço. Só que outros fatores deviam ser levados em conta. O seguro, principalmente. Fazer um seguro para o caso de os atores caírem e se machucarem poderia tornar o projeto inviável.

Liam invadiu o quarto, interrompendo a linha de pensamento de Nell.

— Voltei — anunciou. — É in*crí*vel lá fora. Você ia amar.

— Imagino que sim. — Ela se inclinou para o outro lado e continuou os desenhos.

— O sol está *tão* quente. É como se estivéssemos na Grécia. Exceto pela água... congelante!

Ele se sentou na beirada da cama e ficou a observando trabalhar. Agora que tinha plateia, as ideias se esvaíram.

— Acho que devo tomar um banho, né?

Quando ela continuou em silêncio, ele disse:

— Nell? Ei? Devo tomar um banho?

— Se quiser.

— Tipo, eu não *quero*, mas será que quero ficar sentindo o sal na minha pele a noite inteira? Será? Nell?

— Acho que não.

Depois de continuar na cama por mais alguns minutos, ele se levantou. Estava tensa, ficou esperando que ele fechasse a porta do banheiro. Mas ele a deixou aberta e, em seguida, começou a cantar.

Explodindo de raiva, ela atravessou o quarto correndo e fechou a porta com força.

Assim que ele saiu, perguntou, fingindo estar magoado:

— Por que fechou a porta? Não gostou de me ouvir cantar?

Depois, Liam começou a se secar vigorosamente, fazendo espirrar gotas de água sobre os desenhos dela.

— Cuidado, amor.

— Aqui *é* um quarto — disse ele em tom brando.

Fez barulho até para se vestir, falando consigo mesmo.

— Onde é que eu enfio a cabeça nessa camiseta? Calça jeans ou bermuda? Difícil saber. Está quente, mas será que vai ficar frio mais tarde?

Novos passos e burburinhos soaram no corredor. Foi quando Barty, baixinho e sorridente, pôs a cabeça para dentro da porta.

— Oi, Nell.

Em seguida, surgiu Sammie, com uma mochila grande no ombro.

— Oi, Nell. Oi, Liam.

Por fim, Ferdia apareceu por cima dos dois.

— Por que não esperaram a gente? — exigiu de cabeça quente.

— Porque o trem atrasou — respondeu Liam.

— Só por uns minutos!

— Quase uma hora.

— Foi culpa minha — disse Nell. — Eu tinha que trabalhar e... Me desculpe. Devíamos ter esperado.

Ferdia passou o olhar de Liam para Nell e, depois, olhou novamente para o tio postiço. Parecia estar prestes a fazer outra acusação, mas sua ira diminuiu visivelmente.

— Qual é a dos quartos?

— Tem mais dois — disse Liam. — É só escolher.

— Ah, beleza.

Depois de um instante, Ferdia voltou.

— Quem foi que disse que vocês podiam ficar com o melhor quarto?

— Ordem de chegada. — Liam estava animado.

— Foi por isso que não esperaram a gente?

— Fala *sério*! — Liam riu. — Por favor, nos poupe desse complexo de *millennial* de acharem que têm direito a tudo. — Logo acrescentou: — Com exceção de alguns presentes aqui, talvez.

— Eu acho que tenho direito a tudo?

— *Beeeeeem...*

Ah, só se mandem daqui.

Ferdia e os outros foram embora.

— Beleza! — Liam bateu uma palma da mão na outra. — Hora da cerveja. Cerveja, Nell?

— Não, obrigada.

— Ah, vamos lá.

Finalmente, ela virou o corpo inteiro para ele.

— Liam, sinto muito que eu não possa dar toda a minha atenção pra você no momento. Você sabe o quanto essa oportunidade significa pra mim. Por favor, me deixe continuar, só pelos próximos dois dias.

— Nossa, só ofereci uma cerveja! — Ele saiu do quarto pisando firme, deixando para trás um rastro de amargura.

Um tempo depois, a luz do dia já enfraquecia, e Ferdia apareceu na porta.

O que foi agora?

— Quer comer alguma coisa?

— Não. Bem, sim... Espera. Tem alguém cozinhando?

— Estou fazendo uma comida chinesa, tipo um refogado. Você é vegetariana, né? Vou trazer um pouco para você.

Liam estava relaxado, com as pernas sobre o braço da poltrona, bebendo uma garrafa de cerveja. Na cozinha, Ferdia e os amigos estavam reunidos ao redor de uma panela *wok*. Tranquilo, ele rolou o feed do Facebook, leu dois artigos sobre ciclismo pela metade, deu uma olhada no Twitter... e percebeu que os três jovens saíram andando em direção ao deque. Se contorceu para tentar ver melhor. Espere um... Aquilo era um baseado? Por que se esconder dele? Eles... Não tinha como acharem que ele era um adulto controlador, tinha?

Ele pôs os pés no chão e saiu. Barty estava com o baseado na mão.

De repente, Liam ficou furioso. Aquilo era falta de educação.

— Ei! Por que estão se escondendo com isso aí? Não é legal.

Ferdia e Barty se entreolharam, se divertindo.

— É. Não é legal. — Barty soltou uma risada animada e passou o baseado para Ferdia.

O olhar de Liam ficou gélido. Que babaquinha...

— Passa pra ele. *Bora*, deixa o velho dar um tapa.

Foi quando Sammie se deitou de barriga para cima no deque e começou a gargalhar e gargalhar.

— Foi mal — tentou dizer a Liam. — Foi mal. — Ela se sentou outra vez. — Não estou rindo de você. Só estou meio...

Ofendido e confuso, Liam estava tentando entender. Sammie estava rindo dele, *sim*. Barty achava *mesmo* que ele era velho. Era tudo papo-furado. Liam sabia que era maneiro — sempre foi maneiro.

— Podem ficar com o baseadinho de vocês, garotada — respondeu ele. — Cuidado para não ficarem chapados demais.

Hoje à noite, seria a parte "tranquila" das celebrações do aniversário de casamento: uma saída e um karaokê no pub favorito de Canice Casey. Tinham providenciado um open bar para os residentes da cidade que não foram convidados para o elegante jantar de sábado à noite.

Nell se preveniu e pegou algumas roupas, que seriam consideradas adequadas, emprestadas. Usaria um vestido camisa fresco de algodão na cor cinza-claro esta noite. Prendeu os cabelos cor-de-rosa em um coque no topo da cabeça e calçou suas sandálias birken pré-históricas.

Na sala, Liam relaxava em uma poltrona, com várias garrafas de cerveja vazias no chão ao lado dele. Pacotes de Doritos abarrotavam a mesa.

Sammie ergueu o olhar.

— Caralho, Nell, você está incrível!

— Obrigada, querida. Ei, Liam, é melhor irmos. Vocês vêm?

— Vamos — disse Ferdia. — Bar de graça, né?

Liam o encarou com os olhos semicerrados.

— O quê?

— O que *o quê*? — respondeu Ferdia.

Ah, pelo amor de Deus!

— Onde estão as chaves do carro? — perguntou Nell.

— Pra que precisa delas? — questionou Liam.

— Porque vou dirigir.

— Fica a poucos quilômetros daqui — disse Liam.

— Vou voltar sozinha.

— Mas por quê?

Você sabe por quê.

— Porque, assim que todo mundo estiver bêbado o bastante para não perceber, vou fugir para trabalhar.

— Não vai conseguir uma vaga na cidade.

Nell reparou que Ferdia assistia à conversa. Parecia estar se divertindo, e isso a deixou irritada.

— Talvez eu consiga — disse ela, enfática. — Vamos ser otimistas.

— Ali uma vaga! — disse Sammie para Nell. — Bem ali. O cara está saindo.

— Obrigada, criatura incrível.

— É meio apertada — disse Liam. — Não arranhe meu carro.

Ela suspirou.

— Não. Vou.

Nell deslizou o carro dentro da vaga, e os cinco desceram.

Quarenta e cinco

Quando Liam abriu a porta do pub, uma onda de calor e barulho os atingiu. O lugar estava abarrotado.

Nell avistou Canice de pé mais ou menos na metade do caminho; grande, calvo, escandaloso, uma caneca de cerveja na mão. Falava em voz alta, empolgado com o assunto, cercado de pessoas que, provavelmente, dependiam de seu apoio para boa parte de sua subsistência. Explosões de gargalhadas aos berros acompanhavam cada um dos comentários dele.

Rose, ao lado do marido, acomodada em uma banqueta alta, usando um vestido de coquetel com lantejoulas, também estava cercada de puxa-sacos.

Liam abriu caminho em meio à multidão, e Nell o seguiu.

— Parabéns, Rose — disse ela educadamente. — Parabéns, Canice. Cinquenta anos. Isso é, Ah... demais!

Ela não tinha certeza se um abraço seria adequado. Porém, a arrogante reverência que Rose fez a desencorajou de qualquer ideia do tipo.

— Quem é esse? — perguntou a sogra com um sorriso frio. — Ferdia? Ah, o menino de Jessie. Meu Deus, você está muito... *cabeludo*. E aqui está Barty. Para ser honesta, acho que vejo Barty com mais frequência do que o sangue do meu sangue. Não que *você* seja sangue do meu sangue, Ferdia.

Nell puxou Sammie para apresentá-la e, em seguida, a libertou. Era hora de encerrar a conversa antes que Rose fosse muito desagradável.

— Vai beber o quê? — berrou Canice na direção de Liam.

— Uma cerveja, obrigado — respondeu ele.

— Nellie, minha menina?

— Água com gás.

— Não está bebendo? O que está acontecendo com você? — Canice piscou para ela.

— Aff, não estou grávida, se é isso que quer saber.

Os olhos dele se arregalaram. Ela o deixou abalado. Abalou várias pessoas, percebeu Nell pelo súbito silêncio.

— Minha jovem, *imploro* que me perdoe — disse Canice de maneira afetada.

Ela sorriu e repetiu:

— Uma água com gás, por favor.

Um rapaz, aparentemente nervoso, trouxe o pedido rapidamente. Lembrava um barman em um filme de faroeste, pronto para se abaixar atrás do balcão pouco antes de começar um tiroteio. Ela pegou a bebida, sorriu outra vez para Canice, Rose e Liam e, em seguida, se afastou do bar, sentindo os olhares fixos deles às suas costas.

Manter-se totalmente sóbria era difícil quando todos os outros estavam enchendo a cara — e enchendo *mesmo*. Johnny era o centro das atenções, entretendo uma plateia com uma história engraçada atrás da outra, mas a energia dele estava se esgotando, lampejava de dentro dele, feito faísca de pederneira. Jessie, com olhos extremamente observadores, se movia rápido por ali, estando em todos os lugares praticamente ao mesmo tempo.

Cara agarrou o braço de Nell e a prendeu em uma conversa estranha e sombria, na qual insistia o tempo inteiro que ela não tinha noção de como era linda.

— Não permita que ninguém faça você sentir vergonha do seu corpo, Nell. Me prometa? Me prometa.

Até mesmo Ed, normalmente calmo e alegre, estava virando caneca após caneca em um silencioso desespero.

Era meio *louco* como todos tinham medo de Canice e Rose. Sim, eram pessoas terríveis, mas Johnny era coroa, tinha quase *cinquenta anos*. Velho demais para ter medo do próprio pai!

Também era difícil ter que ficar gritando para ser ouvida e respondendo às mesmas perguntas o tempo todo. Depois de uma hora daquela merda barulhenta e repetitiva, ela abriu caminho com dificuldade por entre a multidão e foi até Liam.

— Tá com a chave aí?

— Por que falou aquilo para o meu pai?

— O quê? Ah? Sobre não estar grávida? Porque não estou.

— Não devia ter falado. Ele está furioso.

Ele sempre estava furioso.

— Chave?

— O merdinha do *Ferdia* pegou.

Ela teve que fazer força para atravessar densos grupos de pessoas até alcançar Ferdia e sua turma aglomerados em um canto, quase nos fundos.

— Preciso da chave.

— Por que você vai embora?

— Trabalho. Tenho uma apresentação importante na segunda-feira.

— Uhul pra você.

Firme, ela o encarava.

— Chave?

— Eu estava tentando ser engraçado. — Ele estava sem graça e, obviamente, bêbado. — *Fail* épico.

— Você é hilário — disse ela com um tom educado de sarcasmo. — Chave.

Ele lhe entregou.

— Como vamos entrar?

— Batam. Eu abro a porta.

— E se você estiver dormindo? Ah, mas não vai, né? Tem que se preparar para aquela apresentação importante de segunda.

Ela revirou os olhos, abriu caminho pelo pub lotado e saiu para uma noite amena, exalando com o alívio.

Quarenta e seis

Ferdia abriu os olhos na escuridão. Sentiu como se tivesse dormido por muito tempo e o mundo tivesse sido irreversivelmente alterado, mas era apenas 1h43 da manhã, menos de uma hora desde que ele e Sammie tinham ido para a cama. Agora, estava *completamente* acordado, e ainda tinha grande parte da noite pela frente.

A realidade de que estava prestes a perder Sammie o atingiu, como uma bolinha de loteria chegando a seu descanso final. Era difícil demais ficar ali com aqueles pensamentos. Deslizando para fora da cama, ele encontrou uma calça de moletom e uma camiseta no chão, pegou o celular e saiu para o deque. Ouvindo a agitação e a quietude das ondas, se deitou em uma espreguiçadeira, e seus olhos começaram a se ajustar ao escuro. A espuma branca da crista das ondas ficou visível e... Mas que merda era...? Um barulho! Atrás dele! Um rato?

Uma voz feminina — Nell — disse:

— Quem é? Ferdia? Você me deu um susto!

— Você que *me* deu um susto! — O coração dele estava acelerado.

— Tá fazendo o que aqui fora?

— Tendo uma porra de um ataque cardíaco, muito obrigado! Por que *você* está aqui?

— Estou travada. Com o trabalho. — Ela foi para uma espreguiçadeira ao lado da dele. — Vim aqui fora ligar pra um amigo.

— Pode trabalhar à vontade.

— Ah, não. Eu espero.

Eles ficaram ali, sem falar nada, apenas o som do mar rugindo e puxando a água de volta. Quando seus batimentos cardíacos desaceleraram, ele disse:

— Sogros legais os seus.

As roupas de Nell farfalharam quando ela deu de ombros.

— Eles vão morrer logo.

Ele bufou com uma risada involuntária.

— Você falou isso mesmo?

— Sei lá. Falei? Enfim, o que você está fazendo, sentado aqui fora sozinho?

Ficava mais fácil admitir as coisas em meio à escuridão.

— Sammie vai embora na terça-feira. Chegamos, oficialmente, ao fim, e eu acho que, sabe... — Ele não viu, mas a sentiu assentir. — Não vai encher meu saco com alguma merda condescendente sobre o amor na juventude? — perguntou ele.

— Só tenho trinta anos. *Eu* sou jovem.

— Para mim, você é velha.

Logo ela se sentou e virou para ficar na beirada da espreguiçadeira, bem mais perto dele.

— Aqui vai um pouco de "merda condescendente" pra você, Ferdia: você não sabe de nada.

— Exatamente o que uma velha diria.

Depois de outro longo silêncio, ele perguntou:

— E aí, qual é a desse trabalho? O que você faz?

— Cenários. Para teatro.

Oh. Ele tinha uma vaga ideia de que ela fazia alguma coisa relacionada à pintura e decoração. Cenografia soava mais interessante.

— Você gosta disso?

— Amo. É tudo o que eu sempre quis fazer.

— Como é que alguém tem essa sensação de ter um propósito? Não tenho ideia do que fazer com a minha vida.

— O que você estuda? Sociologia e Economia? Deve ter escolhido por um motivo. Não?

— Sim.

— Então?

Ele estava relutante. Provavelmente, ia soar moralista e ele não queria que ela zombasse dele.

— Lembra de 2008, da crise econômica? Eu tinha dez anos. Estudava em uma escola particular e, no primeiro semestre, logo depois do verão, cinco crianças, simplesmente, desapareceram. Estavam lá um dia e, no outro, tinham sumido. Ninguém nos disse o porquê. Nunca tivemos a chance de nos despedir, eles apenas foram pra casa um dia e nunca mais voltaram. Foi esquisito e meio... horrível. A empresa da minha mãe estava tendo problemas, as lojas estavam fechando, então fiquei esperando me tornar um dos que desapareceriam.

— Uau.

— Sabe quem é Keeva? A mãe de Barty? Ela é enfermeira. Eu a ouvi conversando com a vovó Ellen que muitos homens estavam aparecendo na emergência por causa de tentativas fracassadas de suicídio. Cortavam os pulsos, mas da forma errada, tipo isso. Então, a empresa do pai de Barty declarou falência, e foi *muito* ruim. Teriam sido despejados se Izzy não tivesse se intrometido e ajudado. Depois, um dos meus colegas de escola... O pai dele se enforcou porque devia dinheiro demais.

— Jesus — murmurou Nell.

— Eu ficava assistindo aos noticiários, tentando entender por que as decisões de algumas pessoas complicavam tanto a vida de um monte de gente. Queria "ajudar", então... Economia e Sociologia pareciam ser a combinação certa. Mas quase todo mundo no meu curso quer ser assistente social ou fazer fortuna trabalhando em uma multinacional. Eu quero trabalhar em uma causa, uma em que eu acredite. Ou, pelo menos, queria.

— Como assim?

— No verão passado, fui voluntário na Feed the World, e tudo o que vi foi o interior de um depósito. Literalmente, não encontrei um só ser humano para ser ajudado. E sei que é bem arrogante da minha parte dizer "eu que escolho como quero realizar a minha compaixão". Mas só estou tentando explicar.

— Aaaah, você está atrás daquele "brilho caloroso", né? "Sou uma boa pessoa e melhorei tanto a vida desses pobres adoráveis." Tô certa?

Para sua própria surpresa, ele riu.

— Você me pegou. Quero, sim, o meu brilho caloroso. Isso faz de mim uma pessoa ruim?

— A Feed the World é uma instituição de caridade imensa. Você tem mais chance de conseguir o seu brilho se trabalhar em uma menor. Existe muito ativismo de base, seja voluntário em lugares que não podem te pagar.

— Como não pensei nisso antes? — Respondendo a própria pergunta, ele falou: — Na faculdade, tudo se trata de uma carreira, conseguir uma vaga em uma das grandes instituições.

— Vai até uma mais local. Tente o Conselho de Refugiados — disse Nell. — Ajude pessoas como Perla, da noite passada.

— Ela é ótima. Tipo, é tão *normal*... Quantos anos ela tem?

— Vinte e nove.

— Não é *tão* velha. Quando a vi, achei que tinha, sabe, *quarenta*, mas, depois que ela tomou vinho e se soltou, é, pareceu comum. Foi difícil ficar ouvindo pelo que ela e a menininha passaram. Tudo porque alguns idiotas fanáticos usam a religião para justificar seu ódio às mulheres.

— Falando em odiar mulheres...

A mudança no tom dela o fez erguer o olhar. Conseguia ver o brilho dos dentes e dos olhos dela.

— Qual é o seu problema com a sua mãe?

— *O quê*? — Aquilo não era da conta dela. Como ela *ousa* perguntar essa merda? — Você não faz ideia.

— Então, me explique.

Ele não ia explicar nada.

Os dois ficaram sentados, sem falar nada. Ele era capaz de ouvir a própria respiração, rápida e raivosa. Após uma longa pausa, disse:

— Ela não devia ter se casado com o melhor amigo do meu pai. — Isso calaria a boca dela.

— Essa é a parte que te incomoda? Teria se importado se fosse com um estranho?

Balbuciando com aquela injustiça, ele disse:

— Ela ficou com os dois ao mesmo tempo.

— Não ficou.

— Ficou, sim. Todo mundo sabe. Ouvi Izzy e Keeva falando sobre isso, tipo, *anos* atrás.

— *Não* ficou. Ela amava muito o seu pai. Ficou devastada quando ele morreu. Já chegou a conversar com ela sobre isso? Deveria. Vai pensar diferente.

De repente, na mais estranha reviravolta dos acontecimentos, ele acreditou nela. Uma minúscula mudança de atitude transformou sua mãe de traidora calculista em uma mulher comum cujo marido tinha morrido jovem demais.

Agora, ele não sabia *como* se sentir.

— Ela sabia que Johnny gostava dela? — indagou Nell. — Sim. Ficou lisonjeada? Sim. Isso faz dela uma pessoa ruim?

— Uma pessoa patética, isso sim.

— Patética como? Ela tinha trinta e quatro anos, o que pode parecer muito velha para você, mas não era nem um pouco para ela. Tinha o direito de viver. Você fala tanto sobre os direitos das mulheres, mas não dá um desconto pra própria mãe.

Quarenta e sete

— Johnny... Johnny...

A voz de Jessie o tirou das profundezas.

— Amor, está claro demais...

A realidade lhe alcançou em flashes. *Estou em Mayo. Para o aniversário de casamento dos meus pais. Nunca me senti tão deprimido.*

— Amor. — Jessie o sacudiu. — Você precisa fechar a persiana.

Ele abriu os olhos e logo os fechou com força. O que estava acontecendo?

Tinham ficado *muito* bêbados na noite anterior. Caíram na cama sem fechar a persiana e, agora, a forte luz do sol brilhava sobre eles.

— Por favor — choramingou Jessie —, feche a persiana.

Com um olho aberto, ele cambaleou até a janela, e um breu piedoso acalmou o quarto.

— Obrigada — sussurrou ela. — Que horas são?

— Quatro e dezessete.

— Da manhã?

— É. Tem paracetamol?

— Na minha bolsa. Pode trazer um pra mim também?

Ele vasculhou a bolsa dela até localizar os comprimidos e encheu um copo na pia do banheiro.

— Água de banheiro, hmmm. — Os olhos dela continuaram fechados enquanto ele segurava o copo nos lábios dela.

Sou um homem vazio. Um falso. O nada transborda em mim.

— Deus — gemeu ela. — Temos que escalar o Croagh Patrick de manhã. Hoje. Está marcado. Tenho que preparar os sanduíches.

— Não.

— Vamos dormir mais umas duas horas. Acordar de novo, e nos sentir ótimos.

Quero voltar a dormir e não acordar nunca mais.

Ela lhe deu uma sacudida de leve.

— *Cê* tá bem?

— Não.

Jessie ficou tão chocada que abriu os olhos. Existia o medo real de que, se zombasse dele agora, ele acabaria chorando de verdade.

Olhou para o rosto do marido.

— O que houve, querido?

Você só se casou comigo porque o seu outro marido, um homem muito melhor, morreu. Meu trabalho consiste em ser um intermediário trapaceiro. Tenho quarenta e oito anos e ainda busco pela aprovação do meu pai, e ele nunca vai me dar.

Tento ser um pai para Ferdia, mas sou igual ao meu pai. Ferdia me odeia e as meninas me consideram uma piada.

— Sou um homem vazio.

Os olhos dela se arregalaram com o susto.

— Isso é a ressaca falando. E porque você viu sua mãe e seu pai. Sabe disso.

Ela estava errada.

— Eu sou inútil.

— Não, meu amor, não... Isso é... Me escuta: é só uma ressaca, mas você não precisa ir escalar. Fique na cama. Durma.

Sou um homem muito fraco, sentimental demais.

— Jessie, você me ama?

— É claro que te amo, seu grande idiota!

Ele se virou para o outro lado, deixando as lágrimas escorrerem sobre o travesseiro, e ela se aconchegou de conchinha em suas costas, abraçando-o com tanta vontade que Johnny acabou se sentindo seguro o suficiente para cair no sono.

Sussurros, vozes baixas e passos na ponta dos pés batucando de leve de um lado para o outro no corredor.

— Papai. Papai. — Era Dilly, com a respiração suave em cima dele. — Trouxe Coca sem gás pra você.

— Está doente mesmo? — TJ estava atrás dela. — Ou é só ressaca?

— Estou doente — disse ele com a voz rouca.

— Eu falei! — chiou Dilly para TJ.

— Que horas são?

— Nove horas. Então, papai, vamos ficar com você aqui hoje. A gente decidiu que, em vez de Criar Memórias, vamos tomar conta de você. Bridey e Saoirse vão Criar Memórias, se não tiver problema, então a mamãe tem companhia. Agora, senta e beba a sua Coca sem gás.

— Trouxemos um canudo, mesmo que seja de plástico descartável — disse TJ. — Era o que tinha na casa. Pode ser o seu segredinho.

— Vão escalar — disse ele. — Vai ser ótimo.

— A gente quer ficar com você. Vamos vir te ver a cada meia hora. Mas, se precisar, é só chamar. Não encontramos um sininho, mas...

— E, mesmo que tivéssemos encontrado, pensamos que estivesse com ressaca, então um sino seria ruim...

— Mas você pode bater com um garfo nesse copo. — Dilly demonstrou, e o copo vibrou e zuniu. — E aí a gente vem.

— Podemos ler pra você — ofereceu TJ.

— *Papai*... o que houve com os seus olhos?

— Rinite alérgica. — Foi o que ele conseguiu dizer.

— Rápido! — ordenou Dilly a TJ. — Pegue um comprimido da mamãe!

TJ saiu correndo e Dilly colocou a mãozinha gelada sobre a testa do pai. Ela respirou fundo e disse:

— Você está fervendo.

— Estou?

— *Nããão*. Mas é o que as pessoas dizem quando estamos doentes.

Quarenta e oito

Na casa ao lado, Ed acordou sozinho na cama.

— Cara — chamou ele sem forças. — Cara.

A casa zumbia no silêncio.

Virando de lado lentamente, viu que o celular marcava 9h07. Talvez já tivessem ido fazer a trilha na montanha.

Eles fariam isso? O deixariam completamente sozinho?

Ed estava se sentindo excepcionalmente desanimado. A noite passada foi um daqueles raros momentos em que sentimentos demais e álcool demais deixaram tudo sombrio e tóxico. Aquela sensação ainda pairava durante a manhã.

Ele precisava de algo líquido, mas a cozinha ficava a quilômetros de distância. No grupo de WhatsApp da Família Casey, digitou:

Alguém traz pra mim uma caneca de chá com pouco leite? Quatro cubos de açúcar. Implorando aqui.

Minutos se passaram e ninguém apareceu.

Berocca: será que isso o curaria? Ele costumava evitar remédios, mas era uma emergência. Isso se conseguisse chegar ao banheiro, até a nécessaire de Cara. Ela sempre tinha comprimidos, um para cada sintoma. Com as pernas molengas, se agachou no chão, fazendo uma busca nas coisas da esposa. O que havia ali? Dioralyte. Servia. E Nurofen. Bom também. E... O que era aquilo? Um pedaço de papelão brilhoso dobrado.

Devagar, ele o desdobrou. Era um pote de sorvete vazio, e dos grandes.

Ficou nervoso. Debaixo do pote — sabor Cherry Garcia —, estava a embalagem rasgada de um pacote de biscoitos Lindt.

Merda. Não tinha mais como evitar.

Todo mundo parecia acreditar que ele não percebia nada. Com seu otimismo e gratidão pelas pequenas coisas, era — carinhosamente — visto mais ou menos como uma piada.

Mas Ed percebia bastante coisa.

Foi em Kerry, na Páscoa passada, que pressentiu que havia algo errado com Cara. Na noite de domingo, quando os dois estavam se preparando para dormir, ele sentiu um leve odor de algo azedo, uma lembrança de quando os filhos eram bebês. O cheiro era enjoativo. O lógico seria perguntar a ela, mas seus instintos lhe disseram para não falar nada. Ainda não. A partir de então, ele ficou em alerta.

Imediatamente, ficou óbvio que ela estava escondendo algo. Desde a primeira noite em que se conheceram, ou ela se abstinha de açúcar ou travava uma eterna batalha contra ele. Isso era algo que tinha se tornado constante na vida deles. Porém, ultimamente, nenhum dos dois estava acontecendo. Não havia mais declarações animadas do tipo: "Quinze dias sem chocolate!", ou: "Já estou magra?". Nem mais pedidos constrangidos para ele revelar em que lugar da casa havia escondido o chocolate de emergência, nem ela dizendo, desesperadamente esperançosa:

— Olha, o fim de semana está arruinado. Posso comer o que eu quiser e voltar à ativa na segunda-feira.

Foi quando naquela manhã, talvez umas quatro semanas atrás, enquanto ele vasculhava o banheiro procurando uma gilete nova, se recusando a acreditar que não tinha mais, abriu a porta no alto de um armário, raramente usado, e ficou cara a cara com uma coleção de mais ou menos vinte barras de chocolate. A maneira como as reluzentes embalagens coloridas estavam à espreita em um espaço escuro lhe deu a sensação de que seu mundo estava desabando.

Logo depois disso, ele sentiu um leve cheiro de vômito vindo dela novamente.

Muito tempo atrás, ela contou a ele sobre os dezoito meses que passara em Manchester, quando se empanturrava de comida e, depois, induzia o vômito. Tomado por uma terna tristeza pela garota perdida, ele conseguiu fazê-la prometer que, caso sentisse vontade de fazer aquilo novamente, contaria a ele. Mas, até onde sabia, Cara tinha deixado aquilo no passado.

Até agora.

Ele era cientista — lidava com fatos. A explicação mais simples era, provavelmente, a verdade: Cara estava comendo compulsivamente e, depois, induzindo o vômito. Bulimia. Era melhor dar nome aos bois logo.

Ela *era* bulímica? Ela *tinha* bulimia? De qualquer forma, ele esperava que isso passasse com o tempo, porque não sabia como agir.

Aceitou que Cara tinha seu lado sombrio, que corria dentro dela feito um pequeno rio subterrâneo. Uma vez, ele chegou a pensar que o amor dos dois poderia trazê-la para a luz. No entanto, apesar de, frequentemente, parecer contente, havia momentos em que ela recuava emocionalmente, deixando-o girar a roda sozinho enquanto esperava o retorno dela. Esse era um deles.

Nas últimas semanas, Ed passou muito tempo na internet. Cara estava certa sobre uma coisa: comer compulsivamente era um vício. E, pelo visto, se chamava bulimia. Um estudo dizia que quem sofria do transtorno tinha anormalidades na dopamina semelhantes às de pessoas viciadas em cocaína ou álcool. Mas, pelo que Ed pôde ver, a comida não chegava nem perto de ser tão perigosa quanto o álcool ou as drogas. Drogas e bebida podiam matar, mas comida só virava um problema quando se chegava aos extremos, se alguém fosse obeso mórbido ou perigosamente magro. Cara não era nenhum dos dois.

Ed tinha esperança de que ela saísse dessa com a mesma rapidez que entrara.

Mas ontem, quando voltava para a casa de Mayo depois de ir buscar Ferdia e os amigos, ele a encontrou na cozinha mastigando algo com pressa e em segredo. As bochechas dela estavam inchadas, e os olhos, agitados. Cara não explicou o que estava acontecendo — e ele não perguntou.

Por que não?

Porque não quis envergonhá-la. Se ela não estava pronta para lhe contar, seria correto estragar o disfarce? Ele sentiu que seria má ideia pressionar, tipo quando tenta acordar um sonâmbulo.

No entanto, encontrar aquelas embalagens — guardadas em um lugar onde ela achou que ele não procuraria — significava que algo precisava ser feito. Ed se preocupava com a saúde dela, se preocupava com o que o problema dela com comida poderia estar causando a Vinnie e Tom, mas era mais que isso. Ele e Cara eram melhores amigos. Mesmo quando ela desaparecia dentro de si mesma, ele estava preparado para esperar. Ela sabia que ele o faria — isso a consolava, dissera a ele.

Porém, ao fazer o que quer que fosse que estivesse fazendo agora, removeu totalmente parte de si mesma do alcance dele.

Esquecendo o Berocca, ele voltou para a cama.

Quarenta e nove

Quando Johnny acordou novamente, se sentiu menos apocalíptico. Ficou sabendo que os alpinistas ainda não tinham partido. De acordo com TJ, Ed estava "em péssimo estado".

— A tia Cara disse que nunca o tinha visto tão bêbado quanto ontem à noite. A gente estava nadando enquanto você e o tio Ed dormiam. Mas o tio Ed vai se levantar agora.

— Querem saber, meninas? Vou escalar.

— Não! — Dilly soltou um gritinho. — Você vai piorar se levantar muito cedo. Vou chamar a mamãe! — Ela apontou para TJ. — Não o deixe sair da cama!

Mas, assim que ela disparou lá para fora, TJ acenou com a cabeça em direção ao chuveiro.

— Vai em frente.

Jessie aguardava quando ele saiu do banheiro.

— Tem certeza disso, amor? — Johnny não se lembrava de ela ter sido tão atenciosa com ele antes.

— O banho ajudou. Talvez o exercício e o oxigênio também ajudem. Só nos arrependemos daquilo que não fazemos. Não é?

Ela pausou.

— Eu sou péssima. Como você me atura?

Surpreendentemente, levando em conta quão bêbada a maioria ficou na noite anterior, eles compareceram em peso à escalada. Exceto Nell, que tinha que cumprir algum prazo, todos estavam lá — até mesmo Ferdia e sua tropa.

Talvez fosse o clima. O céu tinha um tom de azul perfeito, e o calor do sol era amenizado por uma brisa suave.

Reunidos no estacionamento no pé da montanha, Johnny teve que se abaixar apoiando as mãos nos joelhos para esperar a tontura passar.

— Olha o seu estado! — zombou Ferdia. — Precisa de um saquinho pra vomitar?

— E você ainda se diz jovem. — Johnny se esforçou para soar animado. — Na minha época, só teríamos acordado às seis da noite.

— Estamos criando memórias. — Sammie já tirava fotos.

Nossa, mais uma não. Viver é tão complicado hoje em dia. Toda memória tem que estar à altura do Instagram.

Ed descia lentamente do banco do carona. Ele e Johnny se entreolharam e riram. Se arrastando pelo cascalho, quase caíram um nos braços do outro.

— Você está tão branco de pálido que chega a estar brilhando.

— Já é alguma coisa. De acordo com Vinnie, eu estava verde feito abacate mais cedo. Será que a gente devia mesmo fazer isso?

— O que não mata engorda.

— Ok. Vamos escalar.

Johnny andou no ritmo de Dilly porque era a mais lenta. Poderia fingir que estava mais atrás para garantir a segurança da menina. TJ estava ao lado deles. Depois, um cachorro, aparentemente vira-lata, apareceu e lhes fez companhia. Era um animal carinhoso, parte spaniel, parte... cão de caça, talvez. Amigável, alerta, pronto para brincar.

Para sua surpresa, Johnny sentiu, outra vez, vontade de chorar. O descomplicado amor animal era uma coisa bela. Se, ao menos, estivesse em Dublin, com Camilla e Bubs...

Como se tivesse lido sua mente, TJ disse:

— Queria que Camilla e Bubs estivessem aqui.

— Eu também.

— Será que vão ficar bem com McGurk?

Johnny tinha suas dúvidas. Imaginou McGurk com sua prancheta, punindo os cães por algum ato bobo.

— Com certeza! — Ele foi todo tranquilizador. — McGurk é muito confiável.

— McGurk é estranho – disse TJ. — Ele não gosta de bicho.

— Ele também não gosta de gente, mas gosta de ser confiável. Os cachorros estão ótimos com ele.

— Acho que gosto mais de bicho do que de gente.

— Acho que eu também.

— Quando crescer, talvez seja fazendeira. Ou veterinária.

— Ou tratadora de zoológico. — Subitamente, Johnny percebeu que essa era sua ambição não realizada na vida.

— Pai, não! É cruel prender animais selvagens em jaulas!

— Antiético! — berrou Bridey mais à frente, sua firme repreensão pairando sob o ar quente.

Uma onda de desolação atingiu Johnny. Mais uma vez, ele se sentiu tão exposto e frágil quanto quando acordou. Não existia nada de bom nesse mundo. Ele queria ser tratador de zoológico e queria que isso fosse ético, mas era tarde demais.

Graças a algum milagre, todos chegaram ao cume. A vista dali era impressionante. Acima, o céu brilhava em um azul vivo enquanto, lá embaixo, as inúmeras ilhas que se espalhavam pela Baía de Clew exibiam um verde reluzente.

A atmosfera era de celebração, e Jessie começou a organizar o piquenique.

— Saoirse, Bridey, peguem o vinho rosé!

Sammie mexia no celular, tirando selfies com Ferdia.

— É tão lindo aqui em cima. — Johnny a ouviu dizer. — Obrigada por isso, Ferd. — Ela tocou o rosto dele carinhosamente. Eles ficaram ali, olhando um nos olhos do outro por um longo instante. Foi ela que se afastou.

Johnny esperava que Ferdia não desmoronasse quando ela fosse embora. Ele já era difícil o suficiente. Mas era jovem, e homens jovens não desmoronavam. *Ele mesmo* passou por isso na idade de Ferdia. Não sabia *o que* era ter o coração partido. Ninguém nunca chegou perto de fazer isso com ele. Bem, não até Rory ficar com Jessie. Aí ele passou a saber exatamente como era.

— Nell — sussurrou uma voz suave. — Nell.

Uma mãozinha tocou suas costas doloridas, e Nell acordou.

Estava dormindo no chão do quarto.

— Você estava dormindo — avisou Dilly, solícita. — Devia estar muito cansada.

Estava mesmo. Acordou por volta das duas da manhã, morrendo de medo de ter sobrecarregado a si própria e seu talento.

Liam estava dormindo ao seu lado, mas ela preferiu conversar com Garr. Saiu para o deque com a intenção de ligar para o amigo — e acabou esbarrando com o pirralho mimado do Ferdia.

Não conseguiu dormir até o começo da tarde, só quando se deitou ao lado de seu pequeno cenário e caiu em um vazio sem sonhos.

— Como foi o seu dia? — perguntou Dilly.

Uma merda, mas ela não podia dizer isso a uma menina de oito anos. Estava óbvio que não era uma cenógrafa tão experiente a ponto de fazer aquilo acontecer. A oportunidade já estava perdida.

Nem mesmo falar com Garr tinha ajudado — ele disse que estava tarde demais para jogar seu trabalho fora e recomeçar.

— No domingo, vou virar a noite com você — prometeu o amigo. — Pode ser que ainda consiga. Tenha fé.

— Quer uma taça de vinho? — perguntou Dilly.

— Oh. Ah. Não, vou tomar café.

— Mas são cinco da tarde, tá liberado beber.

— Café está ótimo. — Nell se levantou e, juntas, foram até a cozinha.

— Senti a sua falta hoje — disse Dilly.

— Também senti a sua.

— Mas você teve que trabalhar. Quer fazer bolhinhas de sabão?

— Quero.

Elas se sentaram no deque, Nell bebericava o café, seus olhos e músculos saboreavam o resto.

Dilly soprou as bolhas quase sem êxito.

— Está ventando muito. Aqui, tenta você.

Nell soprou uma longa e graciosa fileira de bolhas na maresia. Elas se espalharam aqui e ali, bolhinhas cintilantes, antes de estourarem no céu acima delas.

— Isso foi *incrível*. Faça de novo!

Era realmente muito relaxante, pensou Nell, ficar sentada ali, observando as ondas, tomando um café, recebendo uma massagem de Dilly nas costas doloridas.

— Como foi o *seu* dia? — perguntou Nell.

— Glorioso.

— Glorioso? — Ela era engraçada.

— Glorioso. Menos quando o papai bebeu vinho cor-de-rosa demais e acabou chorando porque não podia ser tratador de zoológico. Foi triste.

Uma barulhada anunciou a chegada de TJ e Bridey.

— Você saiu de fininho! — acusou TJ. — *Todas* nós estávamos vindo ver Nell!

— Ai, meu Deus — disse Dilly, cheia de cerimônia. — Devo ter me esquecido.

— Você vai à festa hoje à noite? — perguntou TJ a Nell.

— Vou.

— A gente vai ficar com uma babá — disse Bridey. — Aqui da cidade. Uma garota tonta e magricela, cheia de sardas espalhadas na pele branca igual à de um fantasma.

— Ela é vergonhosa — acrescentou TJ. — Fala tanta besteira! Nell, por que você não pode ser a nossa babá?

Houve uma comoção atrás delas quando Jessie apareceu. Parecia um pouco apavorada.

— Filhinhas, vão dar um pulinho em outro lugar. Preciso falar com Nell.

— Ela está encrencada? — arfou Dilly.

— Por favor, vão logo. Voltem para a casa.

Assustadas com a evidente agitação de Jessie, elas saíram.

— O que você conversou com Ferdia? — indagou Jessie.

Um friozinho de medo percorreu Nell.

— Sobre mim, Johnny e Rory?

— Jessie, não quis interferir...

— Para. Não. Escuta. Ele veio falar comigo. Agorinha. — Ela parecia meio psicótica. — Pediu desculpas. Era só uma criança quando Johnny e eu... Em Errislannan, ele ouvia Izzy e Keeva fazendo insinuações. Era novo demais para entender que elas diziam aquelas coisas porque estavam magoadas.

Então ela não fez uma besteira horrível?

— Ele passou anos com raiva de mim. — Jessie não conseguia parar de falar. — Foi difícil conviver com isso. Consegui dizer a ele o quanto eu amava Rory. Ele disse que sabe disso agora. Eu nem imaginava que... Apenas obrigada, obrigada. Estou muito... Sabe... Você é ótima. Nós te amamos. Todos te amam. Obrigada. Ok. Nos vemos no jantar infernal.

Cinquenta

— Nervosa pra *cacete*. — Jessie atravessou o restaurante, apressada, em direção a Cara. — É assim que me sinto. Se tiver qualquer coisinha errada com a comida hoje à noite, a culpa vai ser minha.

Pobre Jessie, pensou Cara. Aquela noite seria sombria para todos, mas seria pior para ela. Canice e Rose tinham reservado o restaurante chique fora da cidade para a noite especial e exigido que Jessie conseguisse o chef de televisão mais requisitado da Irlanda para cozinhar para eles.

— Alguma coisa vai dar errado — afirmou Jessie. — E eu vou levar esporro. Não importa o que seja. — Ela pegou duas taças de champanhe de uma bandeja que passava. — Beba. Se sobrevivermos a isso, vou comprar fígados novos para nós. Lá está Nell, segura ela!

Nell usava um vestido sexy bem justo no corpo cor de berinjela que tinha comprado para usar em Kerry, dois meses atrás, mas nunca usou.

— Você está in-*crííí*-vel! E os saltos! Olha só você de salto alto!

— Não consigo andar com eles. — Nell riu. — Liam diz que pareço um pedreiro.

— Não liga pra ele — disse Jessie. — Ai, meu Jesus... Rose chegou. Grudem em mim, noras do apocalipse.

Cara lançou um olhar para o outro lado do salão. Rose estava toda glamourosa em um vestido de tafetá roxo; não que Rose fosse descrever o tom com uma palavra tão banal quanto "roxo". Devia ser "orquídea" ou "ametista" ou "uva" — o tipo dela parecia ter todo um léxico para expressar o tom exato de seu vestuário.

— A Monique's se esforçou bastante. — O rosto de Jessie estava congelado em um enorme sorriso falso.

— Haja trabalho naquele vestido — disse Cara — para dar forma àquele bloco de concreto.

— Sorria. Ela deve estar observando a gente.

Cara deu outra olhada e sentiu um choque percorrer seu corpo quando cruzou com o olhar penetrante de Rose.

— E *está*. Ela sabe que estamos falando dela.

— Sorria — ordenou Jessie a Nell. — Sempre que estiver falando sobre ela, sorria feito uma tonta. Tipo eu, olha. — Ela se virou rápido na direção de Nell com uma boca cheia de dentes extremamente brancos, e Cara começou a rir. — Desculpe, estou meio histérica aqui.

Ah, obrigada, Deus! Lá vêm os canapés.

Ela pegou quatro, mesmo que a etiqueta decretasse que só deveria escolher um. Ou, melhor ainda, nenhum. Mas a comida a acalmaria.

— Você é bem inexperiente nesse jogo — lembrou Jessie a Nell. — Só que o único jeito de sobreviver a Rose é ficar em maior número. E não se esqueça de que não é nada pessoal.

— É pessoal, *sim*. — Cara se sentiu compelida a dizer.

— Será *mesmo*? — questionou Jessie. — Porque ela age como uma bruxa com todas nós.

— Direitos iguais para todas.

— Se uma sogra dá uma de bruxa em uma floresta — refletiu Jessie —, mas não há ninguém para ouvi-la cacarejar... Ah, não, essa analogia não vai chegar a lugar nenhum. Cadê aquele rapaz com o champanhe? Mas, Nell, vou te falar, nem todas as sogras são como Rose. Tive outra, uma das mulheres mais gentis que já conheci...

— De quem você está falando? — Johnny se aproximou. — Da minha mãe?

Jessie se virou para ele.

— É, até parece!

Em seguida, todos riram um pouco demais.

Foi uma longa noite, e ela comeu de tudo: canapés demais, pão demais, o *amuse-bouche*, batata gratinada extra, sua sobremesa e, agora, a de Ed também. Ele não quis, e ela não foi capaz de se controlar.

Canice estava de pé para fazer um discurso.

— Essa vai ser boa! — Cara ouviu alguém dizer. — Ele é hilário. Um verdadeiro comediante!

Canice irradiava alegria pelo restaurante.

— Olha só todos vocês, os bons e os melhores de Beltibbet. Desfrutando do jantar? Se não estiverem, reclamem com Jessie, ali. A culpa é dela.

Cara lançou um olhar solidário a Jessie.

— Morei nessa cidade e trabalhei para as pessoas daqui a vida inteira...

Cara se desligou um pouco enquanto Canice fazia comentários indelicados sobre os vários pobres coitados que tinham o azar de morar no mesmo lugar que ele. Depois, voltou a prestar atenção quando o sogro começou a falar sobre a família.

— ...como já sabem, tenho três filhos. Johnny, meio avoado, quer que a vida seja uma festa sem fim. Mas vamos dar os créditos a ele, se casou com mulher endinheirada. Mas e se a esposa for um sargento-mor? Ele não consegue abafar a tagarelice nem que encha os ouvidos com notas de cinco!

Ele deu uma pausa para todos rirem.

— É óbvio que estou brincando, Jessie! — Ele os olhou com bom humor. — Agora, Ed. Ed e suas amadas árvores. Casado com a adorável Cara. Lá está ela, comendo bolo! Não se preocupe, Cara, tem muito mais de onde esse veio.

Outra pausa para as risadas preencherem a sala.

Cara corou de vergonha. Ela nem estava comendo, mas aquele velho desgraçado e cruel sabia exatamente como magoar alguém. Além disso, ela não queria que Ed ficasse em alerta em relação a como as coisas andavam ruins com a comida. Apesar de, ontem mesmo, o marido tê-la flagrado enquanto tentava desesperadamente engolir o restante de um pacote de biscoitos, mas ele não parecia ter notado. Ela tinha sorte de ele ser um homem que não se interessava de verdade pelos detalhes do cotidiano.

Canice passou para Liam.

— Liam achava que seria o próximo Usain Bolt. Disputar uma corrida? Até parece, o idiota não conseguia nem encher a banheira sozinho! E ele me ouviu quando avisei que precisaria de uma profissão à qual recorrer? É óbvio que não! Sabe o que ele faz no tempo livre agora? Anda de *bicicleta*. Para onde pedalou daquela vez, Liam? Istambul, isso mesmo. Levou trinta e um dias. — Ele pausou para respirar. — Dá pra chegar lá de avião em quatro horas. — Gargalhadas aos berros explodiram. Canice sorria gentilmente para o salão. — Ah, só estou brincando um pouco. Mas é sério, pessoal. — Ele estendeu a mão para segurar a da esposa. — Rose, o que eu teria feito sem você? Cinquenta anos de casamento. Sou um homem muito, muito sortudo. Senhoras e senhores, por favor, um brinde à Rose Casey!

As pessoas secavam as lágrimas dos olhos quando ficaram de pé.

— À Rose Casey!

Cinquenta e um

Nell estava fazendo esboços sobre a mesa da cozinha quando a aldrava começou a bater loucamente: tinham chegado do jantar.

Rindo e falando alto, Liam entrou cambaleando, seguido de Ferdia, Sammie e Barty.

— Não esperava ver vocês até o sol nascer. — Nell estava preocupada com como pareciam bêbados. Não ia conseguir fazer mais nada agora.

— Fomos expulsos quando deu meia-noite. — Ferdia a seguiu até a cozinha. — Fecharam o bar. Dá pra acreditar?

Uma garrafa de vinho tinto surgiu na mesa, e Barty já estava se servindo.

— Como está se saindo? — perguntou Liam. Ele foi dar um beijo nela, mas estava tão bêbado que ela desviou facilmente.

— Muito bem. — Ela começou a juntar os lápis e esboços.

— Nell? — chamou Barty. — Uma taça?

— Não, obrigada.

Ferdia, Sammie, Barty e Liam se acomodaram em volta da mesa e já bebiam, cheios de entusiasmo.

— Beba uma taça de vinho — sugeriu Liam a Nell.

— Estou bem.

— Ah, vamos lá! Você não é nem um pouco divertida! — Liam pegou o tubinho de sabão de Dilly e soprou algumas bolhas. Elas subiram e estouraram no teto. — Beba aí.

— Hoje, não.

— Você é chata.

— Sou mesmo. Boa noite, pessoal. Vejo vocês de...

— Alguém vai beber mais? — Liam olhou para Sammie, que estava sentada ao lado dele.

— Vou. — Ela deu de ombros.

— Boa garota.

O tom dele era preocupante, pensou Nell. Ele soava meio esquisito...

Liam pegou o tubinho de sabão outra vez.

— Boa garota — repetiu ele naquela mesma voz suave e, em seguida, soprou uma fileira de bolhinhas bonitas no rostinho lindo de Sammie.

Paralisada, Nell encarava enquanto as bolhas que pareciam pontos de exclamação nas cores do arco-íris estouravam contra os cílios de Sammie.

Barty soltou uma gargalhada abafada e, abruptamente, ficou quieto. Um silêncio perplexo tomou conta da cozinha.

Sammie engoliu em seco, corou e, em seguida, ficou cada vez mais e mais vermelha.

Liam, com um largo sorriso, se equilibrava nos dois pés traseiros da cadeira.

O choque deixou Nell sem reação. O que Liam acabou de fazer foi tão... *errado* que ela nem sabia como reagir. Então, ela empurrou o encosto da cadeira dele, fazendo com que os quatro pés se apoiassem no chão. Estava com tanta *raiva* dentro dela.

— Que porra foi essa? — Ferdia pronunciou as palavras por entre os dentes.

— O quê? — Liam voltou a apoiar a cadeira nos pés traseiros, agindo como se fosse inocente.

— Soprar bolhas na minha namorada?

— São *bolhas*!

— Você estava dando em cima dela, porra. — Ferdia se levantou e ficou de pé atrás da cadeira de Sammie. — Foi... Foi *provocativo* o que acabou de fazer com Sammie. *E* ainda insultou sua esposa.

— São só bolhas — insistiu Liam.

Ele não estava nem um pouco calmo como demonstrava estar, Nell o conhecia muito bem.

Liam riu de Ferdia.

— Olha só pra você, bancando o machão protegendo sua garota.

— Você é um babaca.

— Não, *você* é um babaca. Está sendo extremamente irritante por causa de umas bolhinhas de merda. Tem como ficar calmo, porra?

Liam estava muito, muito irritado, reparou Nell. Esteve assim desde que ela lhe contou sobre a ligação da Ship of Fools. Ela quis sair dali, sair daquela casa, lidar com o marido e aquela merda bizarra em um momento distante em um futuro bem diferente. Mas Sammie era só uma garota.

— Sammie? — Ela a tocou gentilmente. — Querida, vem aqui.

Obediente, Sammie se levantou e a seguiu até o corredor.

— Você está bem?

— Sim. Tipo, me desculpe, Nell, eu não incentiv...

— Para. Você não fez nada errado.

A porta da cozinha abriu, e Nell ficou tensa. Se Liam saísse... Mas não, era Ferdia. Ele foi até Sammie, tocou no braço dela e, delicadamente, a puxou para ele.

— Você está bem? — sussurrou ele. E se virou para Nell: — *Você* está bem?

Provavelmente não, mas a questão ali não era ela.

— Estou. E você?

— Sim. — Ele pôs a mão na cabeça de Sammie enquanto ela pressionava o rosto contra o peito dele. Eram jovens e bonitos e, obviamente, se amavam. Observando os dois, Nell se sentiu sozinha.

Cinquenta e dois

— Eu amo cachorro! — balbuciou Johnny, rápido. — Cães são tão puros... Deus. Estou falando sério, Jessie: vou ser babá de cachorro.

— Tudo bem, Johnny, mas, agora, vai dormir. — Ela estava sentada na cama ao lado dele, tentando ler o jornal no iPad.

— Você acha que estou bêbado. Não estou bêbado — declarou ele, deprimido.

Talvez não estivesse. Ela também não estava, apesar de toda a bebedeira naquele jantar terrível.

— Ano que vem, vou fazer cinquenta anos. Cinquenta anos. — Ele estava deitado de barriga para cima, fazendo comentários para o teto do quarto. — E não fiz nada que valesse a pena.

— Isso é besteira. — Ela não desgrudou os olhos da tela. — E as nossas filhas?

— Elas me acham uma piada. E estão certas. Não sou nada de mais, Jessie. Sou totalmente superficial. Totalmente superficial. Nenhuma sabedoria, nenhuma essência. Foi por isso que quis *você*, Jessie. Você tinha tanta *certeza* de tudo, mas não posso ficar te sugando. Tenho que encontrar meu próprio valor.

— Amor, para com isso. Ficar perto dos seus pais...

— Rory era outro. Tipo, ele tinha *valor* como pessoa. Eu e ele éramos uma boa equipe. Eu tinha o... O *charme* — ele quase cuspiu a palavra —, mas Rory era a essência.

— Johnny, vai estar se sentindo diferente de manhã.

— Já faz um tempo que me sinto assim. Sou oco. Não tenho nada a oferecer. Jessie, você me ama?

— É *óbvio* que te amo! Meu bem, que tipo de pergunta é essa?

— O que temos é de verdade? Ou somos apenas colegas que se casaram? Para rachar as tarifas do hotel quando viajamos a trabalho?

— Johnny! — Aquilo era tão diferente do jeito dele que ela teve dificuldades de encontrar as palavras certas. — Aconteceu alguma coisa? Algo te aborreceu?

— Ah, não. Não se preocupe comigo. Vou dormir agora. Apague a luz.

— Está apagada.

— Mas está claro. É o sol? Até o sol está rindo de mim.

Em questão de segundos, ele estava roncando pesado.

Ela continuou a ler, olhando para ele de vez em quando, com curiosidade e ansiedade. Pobre Johnny. Ter Canice Casey como pai era capaz de abalar a mais forte das personalidades. Não era de surpreender que Johnny tivesse se apegado tanto ao pai de Rory, Michael Kinsella. Ele era um homem tão amável: calmo, sábio, gentil...

Bem, até Johnny e Jessie se apaixonarem e ele fechar a torneira de toda aquela gentileza tranquila e sábia.

Às vezes, ela imaginava se Johnny ainda sentia falta dele. Em fins de semana como esse, Jessie tinha certeza que sim. Mas Johnny teve que fazer uma escolha: ou Jessie ou os Kinsella. Ele a escolheu. De vez em quando, Jessie ficava admirada com o fato de terem terminado juntos no final das contas. Depois da morte de Rory, ela via Johnny constantemente, mas nunca tinha o enxergado como homem. Ela já tinha encontrado seu amor e ele morreu. O trabalho era o que a fazia seguir em frente.

Na época, a pressão para continuar expandindo era constante. Seu principal foco era Limerick, mas os espaços lá eram poucos e afastados. Naturalmente, como era de se esperar, no dia em que vagou um local adequado, Jessie tinha passado a noite acordada por causa de Saoirse. Não confiava em si mesma para dirigir.

— Espera até amanhã — aconselhou Rionna.

Mas era a primavera de 2007, época do crescimento econômico, e os imóveis eram alugados *muito rápido*.

Johnny, como de costume, ofereceu uma carona para ela.

A noite estava começando quando chegaram a Limerick. O local parecia bom. A próxima etapa era a arquiteta dar uma olhada. Mas Clellia só chegaria no dia seguinte.

— Johnny? — perguntou Jessie. — Não sei se vou aguentar uma viagem de sete horas para casa e depois voltar pra cá amanhã de manhã.

Se eu conseguir fazer com que a babá passe a noite com as crianças, você poderia dormir aqui?

Eles tinham saído para comer um sanduíche, e Jessie encheu Johnny de perguntas. "Não acha que a economia está sobrecarregada?" e "Não acha que estou abrindo filiais rápido demais?" e "Não acha que as pessoas pararam de cozinhar?".

Quando foram para o hotel — de uma franquia limpa e barata —, Johnny a acompanhou até o quarto para confirmar que não tinha ninguém embaixo da cama ou no banheiro.

— Sou patética, eu sei — disse ela, como sempre afirmava.

— Não é, não. — Ele olhou dentro do banheiro. — Tudo tranquilo. Boa noite. Nos vemos no café da manhã.

— Boa noite. — Enquanto ele fechava a porta, ela o chamou: — Johnny?

Ele reapareceu.

— Não acha que o local é grande demais?

Exausto, ele balançou a cabeça, e ela lembrou que ele era apenas seu funcionário, uma pessoa sem interesse naquilo. Estava exigindo demais dele.

— Desculpe. Estou te tratando como tratava Rory.

— Nem tanto.

— O que... Ah. Entendi. — Um calor esquentou a pele dela. — Ah, para. Você só me queria porque seu amigo me quis primeiro. Não ia me querer agora que estou disponível.

Depois de um silêncio, ele disse:

— Ainda quero você.

Ainda quero você.

Espera aí. Espera. *Aí.*

— Ah, merda. — Ele esfregou os olhos. — Eu não devia ter dito...

— Mas devia, devia, sim, Johnny. E já está dito agora.

Sensações repentinas transbordavam dentro de Jessie — mais tarde, ela as visualizou como raios de eletricidade, como se uma alavanca gigante tivesse sido movida e ela tivesse sido eletrocutada e trazida de volta à vida.

— Escuta. — Ela saiu da cama. — Espera, por favor. — Não sabia o que estava pensando. *Não estava* pensando, era isso. Estava sendo motivada por instinto, emoção, qualquer coisa, menos pensamentos. — Passa a noite. — Ela se aproximou dele. — Aqui. Comigo.

— Aaaah... *não.*

Jessie empurrou a porta de leve, inclinando a cabeça para ouvir o clique enquanto ela fechava. Depois, pôs a mão no rosto dele, acariciando a barba malfeita com o polegar. Ele era *tão* lindo.

O rosto dele era uma mistura de desejo e confusão.

— Nossa, Jessie, não sei...

— Ainda estamos vivos — disse ela.

— As pessoas vão nos julgar.

Dane-se. Ela sempre seguiu as regras e Rory morreu. Qualquer coisa poderia ser tirada de nós em um piscar de olhos.

— Quem vai julgar?

— Todo mundo.

— Nesse momento, eu não me importo.

— Nesse momento — e ele parecia um homem fragilizado —, eu também não.

A revelação do corpo dele causou surpresa enquanto ela desabotoava lentamente a camisa, saboreando cada segundo, acariciando aquele peitoral definido, deslizando as mãos pelas laterais até o quadril. Tirando a peça de algodão por trás dos ombros, ela logo alcançou a fivela do cinto dele e, em seguida, o zíper.

Ele ficou parado como se fosse um manequim, parecia que aquilo tudo estava acontecendo com outro homem, e então abruptamente a envolveu, puxando-a com força para perto, suas mãos pressionando as costas dela. O primeiro toque da língua dele na dela foi tão inebriante que ela achou que ia desmaiar. Os lábios dele deslizaram na pele dela, se movendo da boca ao pescoço, enquanto calafrios faziam seu corpo tremer. Nas suas costas, uma onda de energia percorreu seu corpo conforme as mãos dele abriam o vestido, a ajudando a se livrar da roupa, que ficou no chão.

Era a primeira vez em dois anos que sua pele sentia algum tipo de sensação, em vez de se sentir envolta em uma espessa jaqueta térmica emborrachada.

Deitar no frio lençol branco, a pele dele tocando a dela, coxa com coxa, abdômen com abdômen, panturrilhas entrelaçadas, foi quase insuportavelmente prazeroso. Era tudo o que ela jamais se permitiu pensar — lento, carinhoso, intenso. Depois, passional, vigoroso, escandaloso.

Foram tantas surpresas: a paciência dedicada com que ele a provava com a boca e assim permanecia, até que ela explodisse em uma incrível sensação, a revelação do quão forte ele era.

— Como eu não *sabia* desses bíceps? — questionou ela com uma indignação feliz.

Não faria comparações. Ela tinha amado Rory. Ainda amava. Gostou muito de Rory. Foi muito feliz com ele.

Johnny era diferente. Era a única coisa capaz de admitir.

E, talvez, mais aventureiro na cama. Ela se permitiria admitir isso também.

Definitivamente mais aventureiro.

Mas foi tudo o que se permitiu pensar quando, finalmente, caiu no sono.

Quando a luz da manhã invadiu o quarto, ela acordou e o encontrou olhando para ela.

— O*láááá*. — Ela se espreguiçou feito um gato feliz e deslizou para perto dele.

Ele parecia abatido.

Com uma voz engraçadinha em tom compreensível, perguntou:

— Johnny, não tá feliz?

— Você é viúva do meu melhor amigo. Tenho a obrigação de cuidar de você.

— Não estamos em um romance vitoriano, Johnny. Posso cuidar de mim mesma. Mas pense só, a gente poderia fazer tanta coisa... — O quê? Se divertir? Se satisfazer? Transar! Essa era a palavra certa. — Johnny, você e eu, a gente poderia transar tanto, fazer tanto sexo bom.

— Isso não me parece correto, Jessie. Não é respeitoso.

— A gente poderia fazer tanto sexo sem respeito? — disse ela alegremente.

— Não.

— Tudo bem.

— Vamos manter as coisas estritamente profissionais.

— Tudo bem.

— Vou pro meu quarto agora. Nos vemos no café da manhã.

Atordoada de tanto êxtase, ela o observou ir embora. As coisas jamais seriam profissionais outra vez. Ela sabia. Ele sabia.

Ele só precisava fazer as pazes com isso.

Ela não planejou ficar grávida.

Ela também não planejou não ficar grávida.

Tinha se comportado como se o que fizessem não tivesse consequências. Quase como se não estivesse realmente acontecendo.

Pensando bem, achou difícil acreditar que foi tão... *burra?* Irresponsável? Só que essas descrições não eram precisas.

Desonesta: essa era a palavra. Ficou mentindo para si mesma: já que não estava dormindo com Johnny, então por que tomaria pílula?

Obviamente, ele também não estava dormindo com ela, então não tinha necessidade de usar camisinha.

Ambos estavam convictos quanto à ideia de que aquele caso era temporário e supersecreto. Ela estava iludida o suficiente a ponto de acreditar que ninguém sabia.

Só que todos sabiam no escritório, sabiam nas lojas, sabiam nos congressos do setor. Nem uma só pessoa ousava perguntar a respeito, mas todo mundo sabia.

A menstruação de Jessie atrasou, e ela se sentia enjoada quase todo dia. Não deu muita importância até a noite em que Johnny olhou seus seios subitamente enormes e perguntou, hesitante:

— Jessie... Será que você está, sabe... Grávida?

Ela considerou aquilo com calma.

— Acho que... Hmmm, sim, posso... Sim, estou. Acho.

Onze semanas, mostrou a ultrassonografia.

— Você não sabia mesmo? — questionou a enfermeira. — Mas faz três meses que não menstrua.

Pela primeira vez em muito tempo, Jessie teve um escandaloso ataque de choro.

— Não consigo entender. Sou uma pessoa sensata. Sou muito racional.

A enfermeira lançou um olhar desconfiado para Johnny e, em seguida, perguntou:

— Está acontecendo alguma coisa?

Jessie desabafou:

— Meu marido morreu faz dois anos e meio. Esse aqui, Johnny, o pai, era o melhor amigo dele. Estou dormindo com ele.

— Ok. Bem, isso...

— Já viu isso acontecer alguma vez? — indagou Jessie. — Alguém ficar grávida e não contar a si mesma?

— Já vi mulheres que não sabiam que estavam grávidas até entrarem em trabalho de parto. A mente humana é capaz de muita coisa.

— Mas eu... Esse tipo de comportamento de fuga da realidade, isso é... novo para mim.

Depois da consulta, ela disse a Johnny:

— Vou ver os Kinsella. Vou contar que estou grávida.

Eles achariam complicado se Jessie encontrasse outro homem — *qualquer* outro homem.

— E quanto a mim? Quero que a gente pare de ficar se escondendo. Eu te amo.

— Eles vão ficar muito chateados.

— Eu disse que te amo.

— Eu também te amo. — Ela estava distraída. — Ok. Vamos vê-los juntos.

Por estarem preocupados com a evidente química entre os dois, decidiram ir visitar os Kinsella separadamente nos meses que estavam tendo um caso.

— Nós vamos ter esse bebê. Precisamos ser corajosos.

Foi terrível, pior do que qualquer um deles tinha imaginado.

— Não achei que fosse ficar tão envergonhada — disse ela a Johnny no caminho de casa.

— Eu sei. E triste.

— Pode ser que melhore daqui a uns meses.

— Pode ser.

Mas o desfecho era que, agora, ela estava oficialmente com Johnny. Ter ficado desatenta em relação à gravidez forçava aquela situação. Também era oficial que eles e os Kinsella tinham se afastado. E isso era difícil.

Voltando ao presente, Jessie olhou para Johnny, deitado ao lado dela. Mesmo dormindo, ele parecia ansioso.

Talvez precisassem de um momento só dos dois. Mas a loucura era que passavam quase todos os segundos de todos os dias juntos. Quanto mais precisavam ficar juntos?

Ela e Johnny faziam tudo lado a lado — o trabalho, os filhos e a vida social. Mas será que estavam em caminhos paralelos, sem nunca se conectar?

Sentiu o medo serpentear no estômago. Aqueles pensamentos eram muito assustadores.

Mas veja, disse a si mesma, se esse for o caso, *faça* alguma coisa. Conserte as coisas. Arranje um tempo para ficarem juntos, só os dois. Seja legal com ele, faça perguntas, tente fazê-lo se abrir e descubra o que está acontecendo.

Quando voltou a atenção para o iPad, continuou se sentindo inquieta. Algo chamou a atenção dela na página de notícias, e seu coração deu um salto: "Hagen Klein vai para a reabilitação."

Que raios era aquilo? Hagen Klein estava escalado para dar workshops na escola de culinária daqui a três semanas! E, de acordo com o jornal, ele tinha se internado em uma clínica de reabilitação por uso de anfetamina.

Não, não, não! Tipo, coitado do Hagen Klein e tudo mais, mas coitada da Jessie também!

Se ele não viesse — e como viria já que estava fazendo reabilitação na Noruega? —, o lucro trimestral deles afundaria.

Seu primeiro impulso foi ligar para Mason, porque ele tinha uma solução para tudo. Mas não! Ele consideraria isso a prova de que a forma como Jessie administrava a PiG estava completamente errada. Alterar a organização atual da PiG para ser uma empresa cujas operações seriam quase que totalmente on-line era a evolução natural, de acordo com Mason. Ele tinha plena confiança que a simpatia do público com as lojas se traduziria em vendas pela internet.

Pelo que Jessie entendia, as duas ideias eram completamente diferentes. Porque o que ninguém sabia sobre Jessie — além da própria Jessie — era que ela não era empreendedora. Empreendedores eram pessoas que percebiam lacunas em um mercado: eram capazes de sacar os pontos fracos, tinham nervos de aço e negociavam feito demônios.

Jessie tinha a reputação de uma mulher de negócios talentosa, mas não era nada além de uma pessoa que transformara seu passatempo em ganha-pão.

Bem lá no fundo, Jessie suspeitava de que seu *único* talento agora era atrair chefs. Se transformassem a PiG em um supermercado on-line, ela seria, literalmente, desnecessária.

Cinquenta e três

— Nell? Tá fazendo o que aqui fora?

Sonolenta, ela abriu os olhos. Ferdia estava de pé, a encarando. Uma linda luz rosa meio dourada preenchia o céu. O sol devia estar quase nascendo.

— Dormindo — balbuciou ela. — Tentando.

— Mas... Ah, me poupe, deixou Liam ficar com o quarto?

— Deitar na cama com ele é que não dá. — Ela pegou um travesseiro e uma manta e dormiu do lado de fora, em uma das espreguiçadeiras. Era surpreendentemente confortável.

— Podia ter ficado com o quarto de Barty!

— Estou bem. Tudo certo com Sammie?

— Ou poderia ter dormido com ela.

Vai embora, Ferdia, preciso dormir.

Mais tarde, outra pessoa a acordou. Liam dessa vez.

— Nell? Meu amor, me desculpa. Por favor, fala comigo.

Irritada, ela se sentou.

— Que porra foi *aquela*, Liam?

— Eu só me senti... deixado de lado. E se você for muito bem-sucedida e não me quiser mais? E se eu for velho e chato demais, e você, na verdade, estiver apaixonada por Garr?

— *Garr*? Vê se cresce! Garr é meu melhor amigo! E você sabe quanto o meu trabalho significa para mim. Achei que ficaria feliz por mim...

— Tenho ciúmes da sua paixão. E foi uma noite esquisita, meu pai estava agindo como um velho canalha e rancoroso... E tem outra coisa... Violet e Lenore não vão pra Itália. Paige disse que não conseguiu desmarcar o acampamento.

— Quando ficou sabendo disso?

— Tipo, uns dez dias atrás? Desculpa por não ter te contado. Fiquei arrasado. Juntando tudo isso, acabei sendo um babaca. Me perdoa, Nell?

— É triste saber sobre as suas filhas. Mas, Liam, o que você fez ontem à noite foi muito errado. Comigo e com Sammie.

— Me diga o que fazer, que eu faço. Qualquer coisa para você me perdoar.

— Peça desculpas a Sammie. E a Ferdia.

— Ferdia é só um garoto... Não vou pedir desculpas a ele.

— Ele já é um homem. E quanto a Sammie? Aquilo foi... Você a *assustou*, Liam.

— Assustei? Mas...

— Se não se resolver com eles...

Naquele momento, Ferdia e Sammie saíram da casa carregando suas mochilas, seguidos por Barty.

— Nell, pode nos dar uma carona até a estação? — perguntou Ferdia.

— Não vão ficar pro almoço?

— Não.

— Aaah — interveio Liam. — Ferdia, Sammie, posso...? Ontem à noite, me desculpem. Tem umas *coisas* acontecendo, sabe... Eu estava fazendo cena. Envolvi vocês dois, e não devia ter feito isso. Me desculpem. Tipo, de verdade.

Ferdia e Sammie, de mãos dadas, encararam Liam sem expressão nenhuma.

— Sem ressentimentos? — Liam soava ansioso.

Foi Sammie que falou:

— Sem ressentimentos. — A voz dela não passava nenhuma emoção. — Sem ressentimentos, não é, Ferdia? Né?

— Ok.

— Então, estamos de boa?

— Também deve desculpas à sua esposa — disse Ferdia a Liam.

— Isso não é da sua conta.

Nell pressentiu que as coisas esquentariam bem rápido.

— Ele já me pediu desculpas, Ferdia.

— Ok.

Seria difícil dizer que foi uma reunião sentimental, mas teria que servir. Quanto aos seus sentimentos? Ela achava que nunca foi tão humilhada, pelo menos não em um relacionamento.

Três meses atrás

JULHO

Aniversário de Jessie

Cinquenta e quatro

Ótima estadia no centro da cidade de Dublin. Cara não demorou a responder minhas dúvidas, e seu associado foi caloroso no check-in. O apartamento estava superlimpo e parecia recém--decorado. Bonito, estiloso, bem equipado, mais para uma suíte de um hotel de luxo. Próximo a academias, shoppings, restaurantes, bares e lojas.

Johnny leu novamente, seu peito radiante de tanto orgulho. Cinco estrelas foi o que deram pela limpeza. Cinco estrelas pela localização. Cinco estrelas por tudo! Ele tinha arrasado em sua estreia no Airbnb! Justiça fosse feita, todos tinham feito um ótimo trabalho na preparação do apartamento para sua nova vida. O pai e o irmão de Nell o deixaram novinho em folha, não apenas com a pintura, como também lixando os pisos, consertando prateleiras capengas, fazendo o que fosse necessário.

Quanto à decoração, mais uma vez, Nell tinha sido maravilhosa, indicando uma mobília acessível e fazendo aquela misteriosa transformação com almofadas e mantas, algo que sempre impressionou Johnny. Apesar de se sentir culpado, era um alívio que, por causa do desastre de Hagen Klein, Jessie estivesse ocupada demais para se envolver. Só Deus sabia quanto teriam gastado!

A administração cotidiana do apartamento foi delegada a um ex--funcionário do Ardglass chamado Hassan. Cara ficou responsável pelo geral, mas, pelo que Johnny sabia, não tomava muito do tempo dela.

Empolgado e satisfeito com aquela avaliação, ele ligou para a cunhada.

— Viu a nossa primeira avaliação? Cinco estrelas! Disseram coisas ótimas sobre você e Hassan!

— Ah, que bom! — Ela parecia distraída.

— E as reservas? — comentou ele, entusiasmado. — Estamos praticamente lotados pelos próximos dois meses, e as pessoas já estão reservando para outubro e novembro.

Liam estava certo: mesmo com as noites vagas de vez em quando, a renda do Airbnb era bem mais alta do que na época em que Marek e Natusia foram inquilinos. A verdade era que tinha passado sete anos sem aumentar o aluguel deles.

— E a renda vai para...

— É. Para a conta nova.

Cara parecia estressada. Imediatamente, ele se sentiu culpado. Ela já tinha problemas demais, e ele não estava ajudando. Foi Johnny que a pressionou para fazer a contabilidade mensal deles, na esperança de que pudesse fazer Jessie se concentrar nas despesas. Não fez diferença nenhuma nos caprichos da esposa, mas a pobre Cara ainda batalhava. Provavelmente — e era aí que a culpa que ele sentia realmente entrava — porque achava que devia fazê-lo, como uma recompensa por todas as viagens que Jessie insistia em pagar.

— Ainda quer fazer isso? — perguntou ele. — Não tem problema se quiser parar.

— Está tudo bem — disse ela. — Não tem problema. Mas tenho que desligar.

— Sim. Desculpa. — Ele não devia ter ligado para ela no trabalho. De acordo com a etiqueta moderna, não devia ter ligado para ela *de jeito nenhum*. Não sem verificar com antecedência se não tinha problema. Pelo amor de Deus. Em breve, seria ilegal dizer "olá" a alguém antes de mandar uma mensagem de texto para ter certeza se era "um bom momento". — Nos vemos amanhã à noite no Gulban Manor.

Johnny voltou sua atenção para os detalhes finais do aniversário de Jessie. *Cinquenta* anos. Ele não estava muito atrás e, tipo, nossa, mas como foi que isso *aconteceu*? Supondo que fossem viver até a velhice, ambos já tinham chegado à metade da vida. E isso nem era garantido: e Rory, que faleceu na idade absurdamente jovem de trinta e quatro anos?

Ultimamente, a vida, com sua imprevisibilidade e qualidades preciosas, era problemática para Johnny. Ele passava tempo demais relembrando o passado ou pensando com ansiedade sobre o futuro. Era melhor parar:

não seria bom para ninguém se perdesse um pouco da sanidade mental. Apesar de que, pelo que parecia, não se tinha poder sobre isso — a crise da meia-idade saía totalmente do controle da pessoa. O que devia fazer era se adaptar.

Chega disso. Enfim, o aniversário de Jessie. Ia ser só na terça-feira, daqui a cinco dias, que ele e as crianças iam pedir comida e o bolo com velas ia chegar. Agradável e simples. A artilharia pesada seria utilizada no fim de semana, no Gulban Manor. Um bolo da Mulher-Maravilha tinha sido encomendado — todos os créditos à confeiteira, porque ela havia capturado a energia agressiva de Jessie.

O presente dele para a esposa o fez mergulhar em um período de introspecção. Era óbvio que tinha que ser significativo, mas ela nunca foi fã de joias. Dizia que "tinha mãos de homem, orelhas engraçadas" e que "não tinha pescoço". Pulseiras eram banidas porque a irritavam.

— Todo aquele barulhinho... Pareço um bando de Hare Krishnas — dissera.

Então, seguindo as instruções de Mary-Laine, ele comprou uma bolsa da Fendi. A que Jessie gostava era adornada com bolinhas peludas, que pareciam formar uma carinha má. Johnny teve que confirmar com Mary-Laine se não era piada. E, apesar de toda aquela esquisitice malvada e peluda, a bolsa tinha provado ser espetacularmente difícil de encontrar. Finalmente, achou uma em Abu Dhabi apenas três dias atrás e — acabando com os nervos dele — chegou à Irlanda naquela manhã.

Esse momento não chegava nem perto daquele calorzinho de orgulho que sentiu mais cedo, então deu uma outra olhada em sua página no Airbnb. Estava cheio de reservas — neste fim de semana, na semana que vem inteira e no próximo fim de semana. Na verdade, pelos próximos três, quatro... *seis* fins de semana! Muitos dias de semana também. Isso! Enquanto checava o calendário, seu olho parou em seis de agosto. Havia algo naquela data... Ah, sim. Era o aniversário de Michael Kinsella. Engraçado o que esquecemos e o que lembramos. Porque, agora, ele estava se lembrando daquela noite, anos atrás, quando ele e Rory pegaram emprestada a motocicleta Honda de Michael e foram até a iluminada Celbridge. Voltando para casa às três da madrugada, no escuro, passando por estradas rurais, a moto morreu. Rory alegou que era capaz de consertá-la, mas estava escuro demais para enxergar. Johnny o chamou de "picareta". Ainda se lembrava do quanto riram daquilo, em alto e bom som, no ar tranquilo da noite.

— Tem um orelhão a menos de dois quilômetros daqui — disse Rory. — Vamos empurrar a moto e ligar pro meu pai.

— Às três da manhã? — Johnny nunca tinha ligado para Canice para pedir uma carona. Jamais o faria. Canice não apenas recusaria, como zombaria de Johnny por ter uma moto furreca. Por ir correndo para o papai. Enfim. Mas Rory ligou e, cerca de dez minutos depois, faróis brilharam em meio à neblina. Michael encostou ao lado deles com uma pequena caminhonete. Usava seus chinelos e uma parca por cima do pijama.

Quando desceu da caminhonete, Johnny instintivamente deu um passo para trás.

— Uma dupla de idiotas — disse Michael de um jeito carinhoso e risonho. Ele pôs a moto na caçamba da caminhonete, e os três entraram na cabine aquecida. — Espero que você não estivesse bêbado dirigindo a moto — falou quando saiu com o carro.

Rory nunca seria tão irresponsável. Era sempre tão bom, tão certinho, que, se tinha alguém que merecia viver até os cem anos, era ele.

Cinquenta e cinco

— Outro? — Garr apontou para o copo vazio de Nell.

— Não posso. Tenho que ir.

— Aonde? — perguntou Triona. — A cunhada rica vai levar todos vocês para Fiji no fim de semana?

— Para! — repreendeu Nell, mesmo em meio às risadas. — É um negócio. Para refugiados em busca de asilo. Uma sessão pública. Discursos e, não sei muito bem, arrecadação de fundos, talvez.

— Muito bom — disse Lorelei. — Queria ser legal que nem você.

— Então nenhuma viagem para Fiji? — indagou Triona.

— Uma casa de veraneio chique na Toscana em agosto te agradaria?

Houve um breve silêncio estranho.

— Toscana? — Lorelei enrugou o nariz. — Sem querer ofender, mas não vai ser um bando de gente velha enchendo o saco sobre vinho?

— *Nããão*. — Nell riu. — Vai ser lindo e ensolarado. Perto de Florença. Eu e Liam compramos ingressos para a Uffizi e talvez a gente vá à Roma outro dia e, tipo, *arte*, cara!

— Você e Liam vão para a Uffizi... — babou Wanda. — Quero a vida de vocês!

— Mas ela tem que passar uma semana inteira com a família do marido — contrapôs Triona.

— Não é bizarro o fato de Nell ter cunhados?

— É sério — disse Nell —, eles são legais.

— Mas não são meio, tipo... Velhos?

Nell riu.

— Sou *casada* com um velho! Sou velha por associação.

— Putz! — exclamou Wanda. — Liam Casey não tem *nada* de velho.

Sem querer, Nell fez contato visual com Garr e desviou o olhar rapidamente. Não queria falar sobre Liam e, principalmente, não com ele ali.

De muitas maneiras, era mais próxima de Garr do que de qualquer outra pessoa no mundo. Ele nunca disse nada desagradável sobre Liam, mas ela tinha uma irritante desconfiança de que não era louco por ele. Diferença de idade? Estilos de vida diferentes? Talvez ele apenas achasse que ela havia se casado cedo demais. Qualquer que fosse o motivo, desconfiava que Garr não se surpreenderia nem um pouco pelas coisas terem ficado esquisitas entre Nell e Liam. Ela *não* queria tocar no assunto.

— É sério — insistiu. — Tenho que ir.

— Vai sair com a gente de novo algum dia desses? — perguntou Garr.

O tom de voz dele era suave, porém mordaz, e ela ficou envergonhada.

— Vou, tipo, *óbvio*. Meu Deus, me desculpem. Senti saudades de vocês. De todos vocês. Esse lance com o Liam foi intenso por um tempo, mas voltei ao normal agora. — Ela deu um forte abraço em cada um deles, demorando mais no de Garr porque o amava mais. — Desculpa — disse, apenas mexendo os lábios, olhando nos olhos dele. — Vou ser uma amiga melhor.

Por um instante, desejou voltar para sua vida antiga, com todos eles, onde tudo parecia mais inocente e *muito* mais divertido.

— Lá vai ela! Admirável Nell!

Ela subiu na bicicleta e pedalou em alta velocidade, na esperança de deixar os sentimentos ruins para trás.

Teve o mês mais solitário e estranho de toda sua vida.

Mais uma vez, descobriu o que queriam dizer com "casamento dá trabalho".

Depois do que Liam fez com Sammie, Nell se sentia terrivelmente desencantada. Liam estava inseguro, com o coração partido pelas filhas não irem à Itália — isso era suficiente para absolvê-lo? Não tinha certeza.

— Não me casei para você ficar de gracinha com outra garota — disse a ele. — É para isso que existem os namorados! E juro que, se tentar fazer uma cena daquelas outra vez, vou embora.

Eles tiveram uma longa e profunda conversa, na qual ele se afundou em remorso. Já tinha passado algum tempo, então ela o perdoou — em grande parte. Mas aquilo a mudou, estava bem menos romântica.

Talvez as coisas devessem ser assim mesmo.

Mas como saberia? Tinha vergonha demais para contar a alguém.

A mãe enlouqueceria de preocupação. Garr, provavelmente, diria a ela para deixar Liam. Quanto a Wanda... Toda vez que via Nell e Liam, gritava: "Casalzão!". A única criatura com quem podia conversar era Molly Ringwald.

O ponto era que amava Liam menos que antes. Ou, quem sabe, nunca tenha amado o verdadeiro Liam.

O amor nos filmes não era retratado daquele jeito. Na vida real, quando a pessoa te decepciona, você deve reajustar a si mesmo — não a ela —, para que a continue amando.

Talvez — e esse era outro pensamento assustador — Liam estivesse sendo obrigado a fazer isso também.

Ela atravessou a sala de conferências lotada. Era sua primeira vez em uma sessão pública sobre refugiados, e era bom saber que não era a única que se importava. Reconheceu um político de um partido pequeno, talvez dos social-democratas. E uma mulher que poderia ser do Conselho de Refugiados da Irlanda. Onde estava Perla? Talvez ainda não tivesse chegado.

Enquanto adentrava o lugar, um homem muito bonito chamou a atenção dela. Era quase meia cabeça mais alto que todos. Era... *Ferdia*?

Jessie devia estar lá. Bom para ela.

Alguém chamou seu nome: Barty, que estava todo sorrisos.

— Barty. Ei. — Eles trocaram um abraço constrangido.

Ela e Ferdia assentiram um para o outro, e Nell olhou ao redor.

— Cadê Jessie?

— Não sei. — Ferdia deu de ombros. — O que está fazendo aqui?

— Perla vai fazer um discurso hoje. Vim dar um apoio, sabe? E você?

— Também. — Ele corou de leve. — Vim apoiar Perla. — Em seguida, ele soltou: — Se importa? Ela é sua amiga, na verdade.

— Não estamos na escola. Digo, ela pode ter mais de um amigo. — Nell tinha a intenção de parecer brincalhona, mas acabou soando sarcástica.

— Lá vem a mulher, em carne e osso — disse Barty.

De fato, lá vinha Perla, com um belo sorriso, os cabelos balançando sobre os ombros nus, usando um vestido de alcinha de linho colorido que Nell já tinha visto em Saoirse.

— Você está bonita — disse Barty.

— Reconhece o meu vestido? — Ela se virou para Ferdia com um brilho no olhar. — Era da sua irmã. Jessie insistiu que eu aceitasse.

Conhecendo Jessie, pensou Nell, era provável que tivesse tentado dar a Perla cada peça de roupa dos Casey.

— Desculpa. — Ferdia pareceu envergonhado.

— Não! Sou grata. É muita gentileza de vocês terem vindo.

— Está nervosa? — perguntou Nell.

— Estou empolgada!

Nell tinha que admitir que ela não parecia nada com a mulher que conheceu naquela noite fria e triste no início do ano.

— Perla? — Um rapaz com uma credencial ao redor do pescoço se aproximou para levá-la ao palco. — Já vamos começar.

— Boa sorte — disseram eles quando ela começou a se afastar.

— Você vai se sair muito bem! — berrou Barty. — Merda pra você!

— Bart — chiou Ferdia —, por favor, *não*.

— Fica de boa — disse Barty. — Nell, fica com a gente. — Sorrateiro, ele arregalou os olhos na direção de Ferdia e mexeu com a boca: — *Vida louca*.

Posicionada entre Barty e Ferdia, Nell foi subitamente invadida pelo medo de sofrer um inadequado ataque de riso incontrolável.

— Como vão as coisas? — quis saber Barty. — Não nos vemos desde o fim de semana infernal, em Mayo.

Ele era demais, concluiu ela. Sensibilidade zero, mas hilário.

— Não foi o melhor dos fins de semana — admitiu Nell.

— E, agora, ele me traz para cá! Às vezes, fico imaginando se me odeia!

O sorriso dela diminuiu. O evento daquela noite era significativo. Não era correto falar mal.

— E Sammie? Como ela tá? — perguntou Nell a Ferdia.

— Eles estão sendo *maduros* — respondeu Barty. Não é, Ferd? Sempre "terão carinho" um pelo outro.

— É verdade. — Ferdia a surpreendeu com um sorriso. — Ela pediu para te dar um "oi". Enfim, como anda o verão? — Aquele era um ponto sensível. — Conseguiu aquele trabalho? — Obviamente, tinha acabado de se lembrar. — Lá em Mayo, não estava trabalhando em um projeto?

— É. Sim, estava. — Ela pigarreou e se obrigou a falar com animação. — Não consegui.

O pessoal da Ship of Fools tinha sido gentil, mas, semanas depois, ainda doía.

— Você se sobrecarregou — disse Prentiss, quase triste. — É uma pena, Nell. Queremos te desejar o melhor no futuro.

Houve uma fraca tentativa de se justificar, mas ele estava certo: ela tentou fazer algo que não tinha experiência o suficiente para fazer funcionar, e a pessoa responsável por isso, achava ela, era Liam. Foi ele que a incentivou a tomar um novo rumo enquanto sua própria intuição lhe disse para se manter no que era boa.

No fundo, sabia que a única culpada era ela, mas o peso de perder a peça estava entrelaçado com sua desilusão em geral.

Então, ela jogou o cabelo para trás, toda alegre.

— Ah, sabe... Não era pra ser.

— Que droga... — Ele pareceu sincero. — Você queria muito, né?

— Queria... — Em seguida, ela falou sem pensar: — Fiquei devastada. Até mesmo agora... — Sua confiança estava em cacos.

— Dê tempo ao tempo. — A voz dele vacilou. — É uma droga. Mas, cara, você precisa seguir em frente.

— Pois, é. — Ela não conseguiu dar nem um passo sequer à frente depois da rejeição. Era como se tivesse perdido todo o amor pelo trabalho.

— "Pois, é" mesmo? — repetiu Ferdia.

Na verdade, as produções menores do Festival de Teatro em setembro estariam à procura de pessoal. Talvez ela devesse enviar umas mensagens, ver se alguém responderia. Pelo menos, Liam ficaria feliz. Ele não sabia como lidar com uma Nell negativa e pessimista. Principalmente porque se inscreveu em um curso de massagem e estava todo entusiasmado. O que já era uma mudança naquela amargura habitual quanto à falta de respeito de Chelsea.

Um chiado de microfone a trouxe de volta à sala.

No palco, o primeiro orador começou a falar sobre pressionar o governo. Depois de um tempo, outra pessoa se concentrou na arrecadação de fundos. Em seguida, um jornalista falou sobre chamar a atenção da imprensa quando fossem publicados artigos errôneos.

Finalmente, chegou a vez de Perla.

— Até que enfim — sussurrou Barty em voz alta. — Estava quase dormindo. Opa... Foi mal, Ferd.

Perla descreveu o cotidiano na Provisão Direta. Era concisa e segura de si. Cada vez mais, a mulher que tinha sido no passado vinha à tona: esposa, mãe de classe média e profissional de respeito.

Nell sempre a considerou pequena fisicamente, mas, apesar de ser magra, ela parecia cada vez maior ultimamente. Era a postura, se empunha de maneira diferente agora, ocupando totalmente o espaço dela.

— Sou médica — disse. — Lido com as situações de maneira científica, lógica e sem muita emoção. Mas, quando falo sobre a Provisão Direta, fico muito emotiva porque não existe lógica. Sinto que criticar o sistema é errado, porque sou grata por estar aqui. Mas por que não posso trabalhar e ter uma vida independente enquanto espero para saber se vou poder ficar na Irlanda? Trabalhei a vida inteira para ajudar as pessoas. Quero ajudar aqui na Irlanda também. Elas foram gentis comigo. O princípio da Provisão Direta é projetado para humilhar. Somos tratados quase como prisioneiros. As pessoas precisam viver como seres humanos, precisam ser independentes e trabalhar para se sustentar. Vocês permitiram que eu me mudasse para o seu país, me mantêm viva fisicamente, mas não me deixam viver a vida por completo. Por favor, tentem imaginar a si mesmos na minha situação e se lembrem de que a única diferença entre mim e vocês é o acaso de termos nascido onde nascemos. — Ela parou, sorriu por um instante e disse: — Obrigada por me ouvirem.

Imediatamente, Ferdia se levantou e aplaudiu com entusiasmo.

Perla se aproximou, toda feliz e energizada.

— Foi bom?

— Foi o melhor de todos! — disse Ferdia. — Você foi muito bem. Ótima.

Então... Ferdia gostava de Perla? Gostava, *gostava*?

— Vamos beber? — perguntou ele.

Perla virou do avesso os bolsos vazios do vestido.

— Isso não parece nada bom. — Ela abriu um sorrisinho brincalhão.

— Eu pago — declarou Ferdia.

Uau. Parecia que ele "gostava" *mesmo* dela.

E ela correspondia? Com certeza, pareciam confortáveis um com o outro.

A preocupação de Nell era Jessie. Ela era legal, bem mais legal do que a primeira impressão que Nell teve. Era evidente que gostava de Perla. Mas poderia ir da água para o vinho se Ferdia se apaixonasse por ela — uma mulher oito anos mais velha que ele e que já tinha uma filha.

No momento, Nell estava bem aos olhos de Jessie, mas, como foi ela que levou Perla para a vida dos Casey, levaria a culpa se as coisas saíssem dos trilhos. Talvez estivesse se precipitando. Talvez fossem apenas amigos.

— Tenho que ir — disse Nell. — Aproveitem a noite.

— Nos vemos no lance de aniversário da minha mãe — disse Ferdia.

— Você vai? — Ela ficou surpresa.

— Vou. Tipo, você tem razão. — Ele parecia envergonhado. — Ela não é tão ruim assim...

— Ah. Que legal! Qual é o seu personagem?

— Quentin Ropane-Redford. Piloto de corrida e solteirão cobiçado. — Ele revirou os olhos. — E você?

— Ginerva McQuarrie. Uma aventureira.

— O que é isso? Alguém que pratica esportes radicais?

Nell riu alto.

— Acho que é uma vigarista, uma mulher que finge ser rica...

— ..."que trama para conseguir dinheiro ou status através de meios inescrupulosos" — disse Ferdia, lendo no celular. — Nossa. Isso é meio...

— *Obrigada*, Ferdia, é *realmente* "meio"...

— Todas as personagens femininas parecem decorativas ou, tipo, *submissas* — disse ele. — Saoirse é uma dançarina, minha mãe é uma secretária, você é uma golpista. Nada legal.

— Não. — Ela manteve o rosto solene. — Não é legal, Ferdia, não é nada legal.

Cinquenta e seis

— É uma festa à fantasia? — perguntou Patience.

— Pior — respondeu Cara. Estava tentando explicar o conceito de um fim de semana de assassinato e mistério para os colegas que não eram irlandeses. — Nos deram identidades, tipo personagens dos livros de Agatha Christie, sabe, vigários, exploradores, militares reformados. Nos fantasiamos e interpretamos os personagens durante o fim de semana inteiro. Duas pessoas vão ser "assassinadas", e a gente vai ter que descobrir quem é o assassino.

A testa lisa de Patience enrugou.

— Brancos são estranhos — disse ela por fim e foi para seu escritório.

— Qual é o seu personagem? — perguntou Zachery. — Já sabe?

— Madame Hestia Nyx, uma médium renomada.

Ela estava morrendo de medo de ter que se enfiar em um vestido curto ou um longo e justo, então tinha implorado a Johnny por um papel que não exigisse roupas apertadas. Johnny protestou, dizendo que era o hotel que decidia essas coisas, mas Cara insistiu:

— Perguntar não ofende — disse.

— Uma médium serviria? Tipo uma vidente? — perguntou ele após retornar.

— O que uma médium veste? — questionou Ling.

— Sabe, coisas esvoaçantes, lenços, pulseiras que fazem barulho, delineador preto. Eu levo as roupas, e o hotel providencia os adereços, coisas tipo uma bola de cristal, eu acho. Talvez cartas de tarô.

— Que hotel é esse? — perguntou Vihaan. Todos ali eram muito interessados em hotéis.

— Gulban Manor, na Irlanda do Norte. Antrim.

— Nunca ouvi falar — disse Ling.

— Bem — suspirou Vihaan —, nem todo lugar é um Ardglass.

A verdade era que Cara não conseguiu encontrar quase nada sobre o Gulban Manor, a não ser a localização, que ficava a pouco mais de três quilômetros do vilarejo mais próximo. O site não tinha informações sobre os quartos — especificamente se tinha frigobares —, apenas dizia: "O Gulban Manor oferece uma variedade de acomodações, que vão desde generosos quartos para famílias até divertidos espaços temáticos." Isso significava que ela teria que esconder chocolate na bagagem, só para caso sentisse necessidade de se encher de doce. E, com grande tristeza, percebeu que, provavelmente, sentiria.

Apesar de suas incessantes decisões de parar, parecia não conseguir. Isso a assustava agora. Todos os dias — pelo menos, duas ou três vezes, às vezes, até mais —, o desejo a dominava. Sair da rotina parecia deixá-la mais suscetível.

Suas costelas doíam, sua garganta parecia arranhada e, de repente, seu dente quebrado tinha começado a latejar.

Apesar de gostar muito de Jessie e Johnny, aqueles fins de semana elaborados a desgastavam. Depois dos dias terríveis em Mayo, só um mês atrás, Johnny não poderia ter feito algo mais simples? Seu tempo com Ed e os filhos era limitado e precioso. Johnny decretou que a festa não permitia crianças, o que significava que os meninos mal veriam Ed por duas semanas seguidas.

Isso sem falar em encontrar um presente decente para Jessie! Cara costumava dar *vouchers* do spa do Ardglass, porque tinha 50% de desconto. *E* porque todos eram apaixonados por aquele spa. Só que precisaria elevar o nível para um aniversário de cinquenta anos. O Ardglass oferecia uma estadia de duas diárias todo ano para muitos funcionários, que podia ser trocada com funcionários de outros hotéis ao redor do mundo. Graças a um acordo com a mulher que gerenciava uma pequena preciosidade de hotel na Finlândia, ela conseguiu uma estadia de duas diárias para Jessie e Johnny em uma suíte com vista para o porto de Helsinque. E Tiina e Kaarle passariam um fim de semana dos sonhos no Ardglass na data que escolhessem. Sortudos miseráveis.

O momento que as reclamações atingiam o pico era de vinte a trinta minutos depois que um hóspede tinha chegado ao quarto. Era quando o alívio de, finalmente, estar em seu espaço pessoal desaparecia. De repente, voltavam para o corpo e redirecionavam todas as suas insatisfações de sempre ao novo ambiente.

Poderiam decidir que, na verdade, sessenta e cinco metros quadrados era pequeno demais e que precisavam de um upgrade. Ou que, apesar de a vista para a praça ser bonita, não gostavam do barulho do trânsito.

Fazia quinze minutos desde que o sr. O'Doherty tinha sido levado até a suíte dele.

— Cinco euros que ele vai querer um segundo banheiro — disse Vihaan.

— Não — discordou Ling. — Aposto que vai querer um andar mais alto.

— Cinco euros? — O olhar de Vihaan ficou mais intenso com tamanha a satisfação.

— Gente — disse Cara —, não podemos apostar dinheiro de verdade. Só é aceitável se for por diversão.

— Então qual é a sua previsão? — perguntou Vihaan.

— Não vai ser tão óbvio. Vai ser alguma coisa com a decoração, que é muito...

— Bonita?

— Quais quartos estão prontos? — Cara pegou a lista atualizada da equipe de arrumação. Já estava alternando reservas mentalmente. Hoje, apenas dois quartos em todo o hotel não estavam reservados: a Suíte Cobertura e o mezanino com jardim no terraço. Alguns dos hóspedes esperados do dia tinham solicitado quartos específicos, então não poderiam ser alterados, mas existia certa flexibilidade com os outros: desde que recebessem a mesma categoria que tinham reservado — ou uma melhor —, costumavam ficar felizes. A maioria dos hóspedes do Ardglass era decente. Era só um babaca ou outro, como Owen O'Doherty, que sentia prazer em encontrar defeitos.

— Por que será que ele está demorando? — questionou Ling.

— Está tomando banho, bagunçando o banheiro para que o pessoal da arrumação tenha que fazer tudo de novo.

— Já se passaram vinte e nove minutos — disse Vihaan. — Acho que você está errada.

O telefone tocou, mas era uma ligação externa, de Gemi, um dos motoristas.

— Bom dia, Cara! Estou com o sr. e a sra. Nilson. Chegaremos aí em quatro minutos.

— Obrigada, Gemi. — *Merda*. — O casal em lua de mel vai chegar daqui a quatro minutos!

— Estão adiantados!

Quase uma hora adiantados.

— Vihaan, interrompa o intervalo de Madelyn. Ling, traga as flores e a papelada.

E agora?

Anto entrou correndo no lobby, transbordando pânico.

— Estão chegando! — disse ele. — Minivan. Homem, mulher, três filhos. A mãe está vestindo um sári.

Os Ranganthan? Não esperavam por eles até amanhã. A não ser que... Ai, meu Deus, *não*.

— Uma segunda minivan vindo atrás com a bagagem. Toneladas. Parece uma loja da LV sobre rodas.

Foi quando, com uma sincronia impecável, Owen O'Doherty decidiu ligar.

— Esse quarto é uma porcaria.

— Sinto muito em ouvir isso, sr. O'Doherty. — Cara agarrou Vihaan e rabiscou em um bloco de anotações: "Chame o pessoal das boas-vindas AGORA." Os Ranganthan precisariam comer e beber algo enquanto a confusão com a reserva era resolvida. — Sr. O'Doherty, há algo específico que o senhor não tenha gostado no quarto?

— Que tal tudo? Muitos enfeites e flores e o cacete. É feio demais e, sabe, *ultrapassado*.

Lá vinha o sr. Ranganthan, seguido pela esposa e os três filhos. Ainda presa ao telefone, Cara arregalou os olhos e abriu um enorme sorriso para eles.

Em sua orelha, Owen O'Doherty berrava:

— Quero um espaço tranquilo. Vocês não têm um quarto com um estilo zen?

— Infelizmente, não, sr. O'Doherty. — Ela sabia o que estava por vir.

— Vocês têm que ter um quarto todo branco. — Sem perder tempo, ele disse: — E a Suíte Lua de Mel?

Pensando rápido, rápido, rápido, ela vasculhou as trocas de quarto: poderia dar um upgrade para o casal em lua de mel, alocando-os na Suíte Cobertura. Eram jovens e, provavelmente, ficariam empolgados. Só que a Suíte Lua de Mel era romântica — tinha até uma jacuzzi externa em um pequenino jardim no terraço, oculto dos prédios vizinhos por esculturas em arbustos de madressilva.

— Sinto muito, mas a nossa Suíte Lua de Mel está reservada. — De repente, sua ira faiscou. — Por um casal em *lua de mel*.

— Não pode trocá-los de quarto? Não? E a cobertura?

Veja só, era isso o que ele queria. Não a cobertura *em si*, mas sim ser a pessoa mais importante hospedada no hotel.

E a questão era que ela *poderia* realocá-lo para lá.

Mas os Ranganthan estavam ali, andando impacientemente de um lado para o outro na recepção e, apesar de ser culpa dela o fato de não terem uma reserva para hoje à noite, Cara poderia acomodá-los na cobertura e no quarto conjugado no andar inferior.

Isso *se* realocasse as pessoas que tinham reservado o quarto conjugado para outro. Ela até conseguiria colocá-los no quarto do sr. O'Doherty. O que significava que o mezanino continuaria disponível.

— Estamos lotados hoje à noite — disse ela. — Mas, fazendo um malabarismo aqui, tem um quarto que consigo esvaziar. É maior e conta com um jardim no terraço. Só que a decoração é semelhante à do quarto atual do senhor. Bem *ultrapassada*. — Cara não conseguiu disfarçar o deboche na voz. Ele já tinha se hospedado lá, sabia como era a decoração. — Por que não dá uma olhada? Se for do gosto do senhor, podemos realocá-lo. Gostaria de dar uma olhada? Bem, isso é... — Forçando um pouco a voz, ela falou ao telefone. — *Formidáááááável*. Vihaan passará aí daqui a pouco.

— Me dê cinco minutos. Acabei de tomar banho.

Cara pôs o telefone no gancho, pronta para se dedicar aos Ranganthan — e seu coração disparou com força quando ela viu que Patience estava logo atrás dela. Será que tinha dado para ouvir sua resposta sarcástica?

— Sr. Ranganthan, sra. Ranganthan. — Ela se apressou para cumprimentar a todos. — Izna, Hyya e... — Qual era mesmo o nome do caçula? — Karishnya!

A coreografia já era familiar para ela: luvas de látex na pia, cotonetes, corretivo, enxaguante bucal, pente, grampos e spray de cabelo, e fim. Ela respirou fundo, saiu no corredor, e deu de cara com Patience. O susto fez sua alma sair do corpo.

— Cara? — chamou a subgerente. — O que está acontecendo?

— Aaah... — Não devia se sentir culpada, usar o banheiro não era ilegal.

— Vamos lá pra cima — disse ela. — Escritório de Henry. Gostaríamos de conversar com você.

— Agora?

— Nesse exato momento.

Todo tipo de explicação lhe escapou. Era como se o cérebro dela tivesse desligado. Mas era melhor pensar rápido em alguma coisa.

— Ah. — O rosto redondo de Henry exibia preocupação. — Feche a porta e se sente.

Com as pernas tremendo, ela puxou uma cadeira.

— Então — disse Henry —, deixando um pouco de lado o fiasco dos Ranganthan, andamos preocupados. Percebemos que tem passado muito tempo lá embaixo. Em um banheiro.

— Eu... Ah...

— Em momentos que você deveria estar na recepção — especificou Patience. — Está com alguma doença?

Antes que Cara pudesse responder, Henry disse:

— Porque, se estiver doente, Cara, doente a ponto de afetar seu trabalho, deveria ir ao médico.

Deus, *não*.

— Não estou doente. Não desse jeito.

— Está tendo problemas com bebida? — perguntou Henry.

— Não!

— Drogas? Cara. Nós te valorizamos. Você é uma funcionária excepcional. Se estiver passando por algum problema, queremos ajudar.

— Estou bem.

— Se não confia em nós — disse Henry, gentil —, como podemos te ajudar?

— Não preciso de ajuda. É sério. Foi só... Eu só estava... Mas vou melhorar.

Ia mesmo.

— Pode nos explicar o que aconteceu com a reserva dos Ranganthan? — perguntou Patience.

A vergonha tomou conta dela.

— Eles me enviaram um e-mail avisando que queriam chegar um dia antes. Tinha disponibilidade. Eu respondi e avisei. Mas não alterei a planilha de quartos. Me desculpem.

— Você nunca fez uma confusão dessas — disse Patience. — E é uma confusão séria. Considerando sua constante ausência com o tempo que passa lá embaixo, é compreensível que estejamos preocupados.

— Não sei como fiz isso. — Cara sentiu vontade de chorar. — Mas prometo que não vai se repetir.

Cinquenta e sete

Johnny passou dirigindo pelos portões do Gulban Manor, e — ai, Jesus *Cristo*, era pior do que ele esperava. Muito, *muito* pior. Só agora percebeu como tinha sido ingênuo. Tinha se deixado enganar pelo truque da foto antiga em um bom ângulo: basicamente, a porta do Gulban Manor era bonita.

Seu coração disparava pura adrenalina: graças à foto de uma porta no estilo *regency*, quatorze pessoas dirigiram cento e cinquenta quilômetros para celebrar o *aniversário de cinquenta anos de Jessie.*

— *É esse o hotel*? — Saoirse, sentada atrás dele, soou surpresa.

O pânico que ele sentiu era tão ruim que parecia que seu coração estava entalado na garganta.

Em sua defesa, era *mesmo* uma porta muito bonita, com uma claraboia de vitral elegantemente curvada sobre ela, posicionada em um pórtico com colunas estreitas.

A casa em si talvez tivesse sido um edifício antigo que acompanhava a entrada de um castelo. Tinha janelas guilhotina muito graciosas dos dois lados da entrada, mas, a partir daí, a aparência da construção era puramente característica dos anos 1970.

Em um impensado instante de loucura, ele sinceramente considerou dar a volta com o carro e sair dali — em direção a *qualquer lugar*, e rápido. Em vez disso, estacionou o carro humildemente. Olhando de rabo de olho, viu que Jessie digeria tudo com calma.

— Jessie, amor. — A voz dele estava baixa e suplicante. — Se for um desastre, vou te recompensar.

— Vai dar tudo certo. — Ela soou estranhamente tranquila.

Deus, *não*. Ela estava dirigindo a ele o tratamento não-estou-com--raiva-estou-decepcionada. Enjoado, ele desceu do carro, seguido de Jessie, Saoirse e Ferdia.

Na foto, a porta da frente tinha uma cor bege e limpa, mas, na vida real, parecia ter recebido uma camada de nicotina. A tinta descascava, a maçaneta estava solta... e um homem baixo e robusto, com sacolas de compras, passou cheio de pressa por ele para abri-la com o ombro.

O hall de entrada era mal iluminado.

O homem, um indivíduo de rosto redondo e bochechas avermelhadas, estudou Johnny e o grupo.

— Vocês estão...?

— Querendo fazer check-in — disse Johnny com a voz fraca.

— Ah! Sim. Não se preocupem. Só vou colocar isso aqui na geladeira. — Ele indicou as sacolas cheias. — Os canapés de amanhã à noite. Não podem ficar ruins. Senão, aí, sim, *teríamos* um assassinato para desvendar. MICAH! — gritou ele para o andar de cima, fazendo Johnny dar um salto. — MUIRIA! Desçam, já chegou gente!

Ele se concentrou em Johnny outra vez.

— Bem-vindos ao Fim de Semana de Assassinato e Mistério do Gulban Manor! Sou Clifford McStitt, o proprietário, ao lado de minha esposa Muiria. Lá vem Micah.

Um adolescente, com o mesmo rosto redondo e avermelhado de Clifford, desceu as escadas. Obviamente, era seu filho.

— A mamãe já vem — disse ele. — É ela que cuida das reservas.

E lá vinha a Mamãe, que era surpreendentemente parecida com o marido. O cabelo dela tinha o mesmo corte de cuia. Os três McStitts poderiam ser trigêmeos.

— Bem-vindos! — A mulher tinha um sorriso caloroso, e Johnny se agarrou ao pingo de esperança que ele lhe passava. Talvez não ia ser um desastre total.

— Johnny Casey. Certo. Você reservou a nossa Suíte Imperatriz. — Ela virou algumas páginas no caderno. — No fim de semana, você será o dr. Basil Theobald-Montague, um cirurgião cardiovascular de renome no passado, agora com...

— A reputação manchada. Isso.

— Sua esposa, Jessie? Você é Rosamund Childers, secretária do parlamentar Timothy Narracott-Blatt e...

— É, "muito bem-humorada".

Muiria estava satisfeita.

— Leram suas biografias? Ótimo! E trouxeram roupas adequadas? Muito bom. Eu diria que vão se divertir. As pessoas disseram que foi divertido da outra vez.

Da outra vez? Só uma vez? Jesus Cristo, aquilo era um pesadelo. Estava mais do que óbvio agora que ele deveria ter desembolsado as quatorze passagens aéreas para irem àquele lugar na Escócia, que era tão caro que chegava a ser um crime.

Muiria voltou a atenção para Ferdia.

— Meu Deus, você é um gato, *ora*. Minha nossa! Com quem ele se parece? — perguntou ela a Micah.

— Ah, *por favor*. — Ferdia estava morrendo de vergonha.

Por uns poucos segundos de sofrimento, Micah e Muiria o analisaram.

— Ele parece um pouco o rapaz de *Poldark* — declarou Muiria.

— Aidan Turner. É verdade! Uau!

— E você veio sozinho? — quis saber Muiria.

Ele queria que Barty estivesse aqui, mas não tinha mais vaga.

— Vamos te colocar no apartamento *studio* — disse ela a Ferdia. — Mas, olhando pra você agora, acho que vai ser pequeno demais.

Quê?

— E *você*? Está sozinha? — perguntou a Saoirse. — Você é...? Micah, leve a mocinha ao apartamento *studio*, e nós vamos escolher algo mais adequado para o Aidan Turner aqui. CLIFFORD! — berrou ela na direção do corredor por onde o marido tinha desaparecido. — CLIFFORD!

O homem surgiu por uma porta no mesmo instante em que Johnny ouviu um carro estacionando lá fora.

— Leve o sr. e a sra. Casey à Suíte Imperatriz e levante esse astral. Outro grupo acabou de chegar. — Para Johnny e Jessie, ela disse: — Assim que tiverem se acomodado, vão até a sala de estar para receberem seus crachás e acessórios.

— Me perdoe — implorou Johnny a Jessie. — Fiz uma grande merda.

A Suíte Imperatriz não era uma suíte. A única coisa que tinha de "imperatriz" no quarto era a cabeceira arredondada da cama. O resto era um branco melamina sem graça.

O mais aterrorizante era que o fim de semana não seria apenas para a família. Rionna chegaria com a esposa, Kaz.

Também viriam de Dublin, na esperança de um fim de semana de assassinato e mistério em uma pousada de luxo, duas amigas de Jessie e seus respectivos maridos.

— É limpo — notou Jessie. — Já é alguma coisa.

— E se eu conseguisse reservar o Lough Erne? — Impulsionado pelo desespero esperançoso, ele pegou o iPad e digitou com pressa. — Lá é cinco estrelas! Ah. Não tem Wi-Fi. Vou descer para...

— Johnny, para. A gente vai ficar aqui. Vamos desfazer as malas e, depois, descer. — Ela abriu o guarda-roupa e disse: — Mas o que...?

O guarda-roupa estava cheio de roupas, provavelmente de Clifford e Muiria.

— Já chega! — gritou Johnny. Com certeza, iriam para o Lough Erne.

— Mãe? Johnny? — A voz de Saoirse veio do lado de fora do quarto.

— Entre — chamou Jessie. Não tinha fechadura na porta, outro problema.

— Vocês têm que vir ver — disse Saoirse. — Estou chorando! É a coisa mais engraçada do mundo! Meu "apartamento *studio*" é uma cozinha. Estou morta, literalmente! Uma cozinha com máquina de lavar roupas. Uma cama dobrável no lugar da mesa.

— Por favor! — Cheia de energia subitamente, Jessie ficou de pé em um salto e puxou Johnny.

No caminho, encontraram Ferdia.

— Ei, o quarto de vocês é meio estranho? — indagou ele. — O meu tem cinco camas de solteiro juntas, como se fosse um jogo de encaixar peças!

— Espera até ver o meu! — disse Saoirse.

Saoirse estava certa. Sua cama ficava em uma pequena e agradável cozinha embutida, com micro-ondas, bloco de facas, torradeira e coisas do tipo.

— Tem banheiro? — perguntou Johnny.

— Lá fora. — Ela os conduziu para um corredor onde encontraram Nell e Liam, que estavam sendo acompanhados até o quarto deles por Clifford. Todos pareciam animados, exceto por uma hostilidade enérgica entre Ferdia e Liam.

Johnny ficou sabendo do acontecido com Sammie naquele fim de semana horrível em Mayo. Esperava que não tivessem discussões nesse fim de semana — as coisas já estavam ruins o suficiente.

— Vocês dois vão ficar na Suíte Suíça. — Clifford abriu uma porta.

Morrendo de medo do que poderia encontrar, Johnny enfiou a cabeça por trás da porta. Jesus, Maria, José...

— Deixa eu ver! — Jessie se inclinou para olhar também. — Ah, para! Isso é muito engraçado!

Era um quarto de criança com um beliche: uma cama de casal embaixo e uma escadinha levando a uma cama de solteiro em cima.

— Suíça! — declarou Jessie. — O que tem de suíço aqui, Clifford?

— O mezanino, ora.

— Mezani... Está falando da cama de cima? Aquilo é o mezanino?

— É.

— É uma graça — disse Nell.

— Que Deus te abençoe! — Johnny mal conseguia falar.

Ele correu para o hall de entrada para implorar que Muiria desse os melhores quartos — independentemente de como fossem — para as pessoas no grupo que não fossem da família.

Tinha três quartos duplos mais ou menos decentes, dois deles sendo suítes. As amigas de Jessie, Mary-Laine e Annette, ficaram nas suítes com seus maridos. Rionna e Kaz poderiam ficar no quarto sem banheiro. Rionna era tranquila, não se sentiria ofendida.

— Quem eu devo alocar na yurt? — perguntou Muiria.

Uma *yurt*?

— Ninguém.

— Alguém vai ter que ficar lá.

— Não podem ser nem Mary-Laine nem Annette nem Rionna.

— Não se preocupe.

Mas ele estava com medo de confiar nela, então ficou ao lado da porta, interceptando as pessoas conforme chegavam e grudando nelas durante o check-in.

Lá vinham Rionna e Kaz.

— Esse lugar é uma porcaria — murmurou ele. — E sinto muito. Sinto muito, muito mesmo.

Rionna e Kaz riram.

— O importante é que Jessie se divirta.

Mary-Laine, amiga de Jessie, e o marido, Martin, estavam tão relaxados quanto elas.

Já Annette e Nigel... Annette era amiga de Jessie e era tranquila, mas o marido, Nigel, era um perfeito babaca. Agressivo demais, sempre tinha que vencer e sentia *prazer* em importunar a vida dos outros toda vez que podia.

Lá vinha um grupo de pessoas que Johnny não reconhecia. Deviam ser os outros hóspedes, percebeu. Seis, na faixa dos trinta anos, um sorridente grupo de amigos barulhentos. Johnny os analisou em busca do alfa, a pessoa com quem pudesse unir forças para manter as coisas nos trilhos — mas eram todos betas. Então, estava completamente sozinho, levando o fim de semana inteiro nas costas. Ele apenas tentou economizar. Basicamente, estava pensando no bem de *todos*. Mas quem ia relevar isso?

Ninguém, isso, sim.

Ele era um fardo pesado e solitário.

Os únicos que ainda não tinham chegado eram Ed e Cara, e os dois ficariam felizes com qualquer coisa. Então, quando Micah passou rapidamente por ele e lhe disse para ir à sala de estar, Johnny decidiu que já era seguro baixar a guarda.

Cinquenta e oito

— Nell McDermott? — chamou Micah. — Você é Ginerva McQuarrie, socialite e aventureira implacável.

Os acessórios dela eram um par de óculos escuros vintage, uma piteira feita de ônix, um boá de plumas e luvas compridas de cetim, tudo de qualidade decente.

— Ferdia Kinsella? — chamou Micah. — Quentin Ropane-Redford, piloto de corrida e solteirão cobiçado. — Ferdia recebeu um par de luvas para dirigir, um isqueiro Cartier falsificado, um relógio escandaloso e óculos escuros esportivos. — Nesse fim de semana, *se torne* o seu alter ego. — Micah piscou para ele. — E espere pelo inesperável...

O marido de Mary-Laine, Martin — ou parlamentar Timothy Narracott-Blatt — recebeu uma bengala com cabo prateado, um monóculo e uma cartola.

— Liam Casey? Você é o vigário Daventry.

Ele lhe entregou um colarinho branco, uma dentadura com dentes tortos e uma bíblia.

— Me poupe. — Liam vasculhou os acessórios. — Todo mundo é playboy ou algo legal, e eu sou um vigário de merda.

— Um vigário gostosão — disse Nell.

— Ah, é? — Ele encaixou os dentes falsos e se virou na direção dela. — Ainda acha isso?

Ela fez um movimento para que ele se afastasse.

— Vou me trocar no quarto.

Johnny a interrompeu como se fosse o enlutado em um funeral.

— Nell, peço desculpas. Isso aqui é um puta desastre.

— Imagina! — disse ela. — Só não é tão Johnny e Jessie. Mas vai ser muito divertido. Os acessórios são *ótimos*. Compraram de um grupo de teatro. São muito legais.

— Você é tão gentil...

Por um segundo assustador, parecia que ele ia beijá-la.

— Quando podemos dar o presente de Jessie para ela? — perguntou. — Compramos uma caixinha de pó compacto. Vintage. Prateada e esmaltada. Tudo bem?

— Aaah... A gente vê no desenrolar da noite. Tenho certeza de que ela vai adorar.

Johnny, obviamente, não fazia ideia, e Nell teve pena dele. Enfim, ela teria que gostar. Tinha passado dias no eBay procurando algo que fosse a cara de Jessie.

— Johnny Casey! Dr. Basil Theobald-Montague, cirurgião cardiovascular de renome no passado — chamou Micah.

— Vou subir — disse ele e vazou.

Nell viu Cara e Ed, finalmente, chegarem. Pareciam emburrados.

— O que houve? — perguntou ela.

Cara olhou rapidamente ao redor até ter certeza de que Johnny estava longe demais para ouvir.

— Ed e eu... O nosso quarto é uma yurt.

Ferdia também tinha chegado para dar um "oi".

— Uma yurt? Legal!

— Só que não é uma yurt — disse Ed.

— É só uma barraca, tipo uma barraca de camping. — O queixo de Cara tremia. — Não conseguimos nem ficar de pé, e não tem banheiro. Estou velha demais pra isso...

— Fiquem com o meu quarto — interrompeu Ferdia. — Tenho cinco camas e, pelo menos, um banheiro.

— Para, Ferdia, não posso aceitar.

— Pode, sim. Não estou nem aí. Não preciso de banheiro. Deixa de bobeira, Cara, vamos pegar as coisas de vocês e trocar agora.

— Obrigado, Ferdia — disse Ed. — Seria ótimo.

Lágrimas de verdade escorreram dos olhos de Cara. Ela parecia um pouco infeliz. Ferdia a conduziu, com o braço nos ombros dela.

Como aniversariante, Jessie foi a primeira Casey a chegar à sala de estar para dar as boas-vindas aos convidados no coquetel antes do jantar. Já tinha vivido dezenas de estados de espírito desde que chegaram. De início, estava surpresa — aquela não era "a pousada" onde o tão esperado fim de semana de seu aniversário de cinquenta anos aconteceria, era? Quando entendeu que era, sentiu uma decepção violenta.

Foi só ao perceber como Johnny estava envergonhado que sentiu certa compreensão. Era horrível organizar um fim de semana desastroso e, depois, ter que enfrentá-lo.

Porém, logo começou a ficar furiosa: deu várias dicas diversas vezes de um lugar mundialmente famoso em Perthshire, que deixava esse no chinelo. Johnny ficava feliz em gastar bastante dinheiro com os outros. O dinheiro *dela*. Mas, com ela, não gastava. Jessie teria organizado o fim de semana sozinha e garantido que todos fossem para a Escócia. Mas quis que fosse "surpresa".

Bem, foi uma puta surpresa.

Só que a raiva teria que ser reprimida pelos próximos dois dias porque não se tratava só dele e dela. Outras pessoas estavam envolvidas naquela bizarrice, e Jessie tinha a obrigação de ser educada. Havia momentos, no entanto — cada vez mais frequentes —, em que se questionava sobre Johnny. Anônimos estranhos na internet sempre diziam que ele a traía. Não apenas por ser bonito e charmoso, mas porque ela o tinha castrado por ser a principal provedora da família. Que outra escolha ele tinha, justificavam eles, além de ser infiel? Esse fim de semana de merda era uma punição passivo-agressiva? Será que o fim estava chegando para os dois?

Convencê-lo a dormir com ela naquela noite em Limerick tantos anos atrás foi pura espontaneidade. Ele estava lá, com aquele cabelo bagunçado, a gravata torta. Ela fez uma piadinha, ele disse "ainda quero você" e *bam*! Ela voltou à vida, foi do nada ao tudo. De repente, veio aquela assombrosa onda de desejo, aquela inundação de anseio. *Oh, meu Deus, eu sou mulher e você é homem, vamos transar porque aposto que transar com você seria incrível.* Ela o queria e ligou o foda-se para as consequências. Era como comprar um casaco fabuloso que não precisava nem podia bancar.

Mas ir para a cama com Johnny não era como comprar um casaco Tory Burch. Os casacos Tory Burch podiam ser devolvidos, e seu dinheiro, reembolsado.

A primeira noite confirmou que, sim, eles eram *muito* compatíveis sexualmente. Que, sim, eles eram loucos um pelo outro. Que aquele lance era real, era *pra valer.*

Ela e Johnny tinham mergulhado de cabeça. Sexo, sexo, sexo. Trabalho, sexo e mais sexo. Engravidar foi um choque para ela — *o que* tinha na cabeça?

A angústia dos pobres Kinsella foi um choque ainda maior. Mas isso fortaleceu ainda mais seus laços com Johnny, criaram um elo nós-contra-o-mundo.

Ela achava que formavam um casal feliz, mas, quando se tem filhos e se compartilha um cronograma profissional agitado, são necessárias muitas estruturas para manter as coisas funcionando. Se as coisas saíssem dos trilhos, poderia levar um tempo para alguém perceber.

Tinha que admitir que, apesar da relativa harmonia entre os dois, Johnny a tirava como trouxa às vezes, como se fosse um pesadelo teimoso que precisava ser controlado. Quando ele e as crianças se juntavam contra ela, chamando-a de "Herr Kommandant", ela supunha que era de forma afetiva, mas será que era mesmo?

O amor esmaecia e azedava, era o que ouvia. Os sentimentos de Johnny por ela teriam azedado porque era mandona demais?

Olhe como Ed e Cara eram diferentes: Ed *idolatrava* Cara. Era tão óbvio. Não demonstrava com grandes gestos, mas ele se comportava como se fosse o homem mais sortudo do mundo. E Cara amava Ed também, isso era fato.

No fundo, achava que nunca tinha sentido isso da parte de Johnny, aquela sensação de ser valorizada. Em vez disso, ela o imaginava se esgueirando por aí, com medo de receber mais tarefas e constantemente atrás de sexo, como um guaxinim rodeando uma lata de lixo.

Ele *podia* a estar traindo. Na verdade, podia mesmo. A possibilidade embrulhou seu estômago. Não faltavam oportunidades — ele viajava muito sem ela. Só Deus sabia com quem se encontrava. As pessoas gostavam dele. Ela via com os próprios olhos. O ciúme surgiu como lava a queimando por dentro.

Outra vez, pensou no marido feito um guaxinim rodeando uma lata de lixo, imaginando se conseguiria convencê-la a ir para a cama com ele. Havia um desequilíbrio constante entre a quantidade de sexo que ela achava que ele queria e o que realmente faziam. A questão era que ela gostava de sexo. Gostava muito. É que chegar até lá era como ter que abrir caminho em meio a uma floresta densa, lutando contra obstáculo atrás de obstáculo. O trabalho, o cansaço, os filhos interrompendo e as tarefas de último minuto, todos conspiravam para acabar com qualquer oportunidade.

Novamente, se lembrou das coisas estranhas que ele disse no fim de semana infernal em Mayo. Tudo aquilo sobre ser um homem vazio a alarmou. Na época, ela decidiu que passariam um tempo sozinhos, só os dois, certo? Para entender a fundo o que estava acontecendo com ele, o que quer que isso fosse. Mas, assim que tomou a decisão, o desastre de Hagen Klein explodiu. Em seguida, ela estava em um avião, indo para o Líbano, depois, Suíça, tentando desesperadamente convencer outro chef a ocupar o lugar de Hagen com pouquíssimo tempo de antecedência, enquanto lidava com a interferência de cem clientes que estavam tão irritados com Jessie que parecia até que era ela que comprava pessoalmente os papelotes de metanfetamina e ficava na cozinha de Hagen forçando-o a usar a droga.

No fim, Mubariz Khoury, de Beirute, aceitou. Tudo foi consertado no fim de semana anterior, sem acabar causando muito dano à marca da PiG.

No entanto, o drama tomou todo seu tempo, foco e cada gota de energia. De vez em quando, nas últimas semanas, pouco antes de cair em um sono pesado, ela se lembrava das coisas estranhas que Johnny tinha dito em Mayo. Só agora estava emergindo da lama de pânico para poder planejar as outras partes de sua vida — para descobrir que Johnny ainda estava estranho.

Cinquenta e nove

Micah se aproximou, carregando uma bandeja de coquetéis.

— Ah, srta. Rosamund Childers, está muito bonita essa noite.

Como secretária, Jessie não teve muita escolha em suas roupas. Isso era outra coisa! Johnny devia ter pressionado para conseguir algo mais divertido para sua identidade — uma dançarina como Saoirse, de short e frente única brilhante; ou uma mulher misteriosa, como Nell. Em vez disso, ela usava uma roupa sem graça, com saia de lã, sapatos oxford com cadarço e um conjuntinho de blusa e suéter, acompanhados por óculos *pincenê*, colar de pérolas falsas, caderno com capa de couro e caneta-tinteiro para anotar todos os detalhes sobre os compromissos do parlamentar Timothy.

— Por favor, pegue qualquer taça — disse Micah —, menos a cor-de-rosa. É um drinque especial para Lady Ariadne Cornwallis, herdeira argentina.

— Entendi. — Nada como anunciar de antemão que Lady Ariadne Cornwallis, fosse quem fosse, não viveria muito mais tempo.

Logo depois, Rionna chegou, como Phyllida Bundle-Bunch, uma cantora de ópera "mundialmente renomada", usando um extravagante vestido longo de tafetá, uma peruca bem trabalhada e uma enorme gargantilha adornada com joias.

— Você está bem? — perguntou ela a Jessie.

— Me esforçando. Vou me divertir mesmo que isso me mate.

— Boa mulher. Essa aqui é a juíza Jeffreys, famosa pelas condenações à forca.

Era Kaz, usando uma volumosa capa preta e uma longa peruca amarelada de magistrado, que parecia causar coceira.

— Isso é fantástico! — Ela acenou com o malhete, fazendo com que o tecido esvoaçasse para todo lado. — Parece que vou sair voando.

Conforme todos começavam a chegar à sala de estar, foi um alívio perceber que tinham se empenhado nas fantasias. Havia um lorde de sobrecasaca, relógio de bolso e costeletas suíças, uma dama caridosa de vestido *chemise* e chapéu *cloche*, uma "bela misteriosa" de vestido esvoaçante e véu.

Nell, como sempre, estava magnífica fantasiada de socialite vigarista, usando um vestido justo de cetim cor de champanhe.

Um par de grandes dentes tortos pairou sobre Jessie.

— Já abriu o seu coração para Jesus Cristo, nosso Senhor e Salvador?

— Sai daqui! — Jessie conseguiu rir, mas, verdade fosse dita, estava ressentida com Liam desde que ficou sabendo de sua gracinha com Sammie.

Tinha sido pura sorte ela ter acordado tão cedo naquela manhã de domingo, no mês passado. Na verdade, não conseguiu pregar os olhos. Quando começou a ouvir barulhos vindo do lado de fora da "casa dos jovens", abriu a porta — e lá estava Barty, jogando mochilas no carro de Liam. Ela o chamou:

— O que está acontecendo, Barty?

Ele ficou mais do que satisfeito em dar com a língua nos dentes. Não era capaz de manter a boca fechada, aquele rapaz.

— Tem um pedido de desculpas rolando lá agora mesmo. — Ele acenou com a cabeça para a casa. — Mas Liam é um babaca. — Em seguida: — Foi mal pelo palavrão. Ele não é um babaca.

Mas Jessie também se perguntava se Liam não seria *mesmo* um babaca. Homens que agiam como idiotas porque a carreira da esposa ia bem não eram seu tipo favorito de pessoa — e, principalmente, não hoje à noite.

Ah, Deus, lá vinha Johnny, parecendo estressado, segurando um bigode de ator pornô no rosto.

— Não consigo colar o meu bigode. Você pode...?

Jessie foi na direção de Annette e do marido horrível dela, Nigel, apresentando Johnny com o ombro.

— Nesse fim de semana, *se torne* o seu alter ego — disse Micah pela milionésima vez. — Espere o inesperado... Não! O drinque cor-de-rosa é de Lady Ariadne!

— Puta *merda*! — exclamou Kaz.

— Uau — concordou Rionna.

Jessie se virou e viu Ferdia, alto e esbelto, com um smoking branco, gravata-borboleta preta e calça social também preta. Pela primeira vez, o cabelo estava penteado cuidadosamente para trás. Parecia arrumado e elegante, e o peito de Jessie ficou repleto de amor. *Você estaria tão orgulhoso dele*, disse a Rory.

— Eu viraria hétero por ele — disse Rionna.

— Eu também — se intrometeu Kaz. — Ei! Você mesmo, garoto! Vem aqui!

Rionna e Kaz o alugaram, puxando o smoking dele e acariciando a camisa branca engomada.

— Olha só pra você, Ferdia. Todo adulto.

— E gostosão.

— Ah, parem. — As maçãs do rosto dele coraram. — São só roupas.

— Arrá! — berrou Micah. — Ouço o sino do jantar!

— Não ouvi nada — disse Jessie. — Será que estou ficando surda?

— Acho que é imaginário — disse Rionna. — Tipo a acomodação de luxo, os lençóis de trezentos fios, o...

— Desculpa — disse Johnny. — Sinto muito por tudo isso.

E devia mesmo, porra, seu miserável pão-duro e perverso.

Assustando a todos, uma mulher apareceu de repente.

— Lady Ariadne Cornwallis — anunciou a si mesma. — Herdeira argentina!

Era Muiria, usando um vestido preto, uma peruca com longos cachos pretos e batom perolado na boca.

— Ai, minha nossa! — Rionna se virou de costas rapidamente, sacudindo os ombros.

— Lady Ariadne — disse Micah —, aqui está seu coquetel especial.

— Oh, claro! Meu coquetel especial! — Lady Ariadne fez uma rápida performance ao beber seu drinque especial e colocar a taça de volta na bandeja. — Obrigada, jovem Micah.

— Como estava? — perguntou Kaz, empolgada.

— O gosto estava um pouco diferente do que o de costume? — A voz de Rionna tinha um tom de maliciosa satisfação.

— Um toque de amêndoa? — indagou Jessie.

— Por que amêndoa? — quis saber Kaz.

— Aquele veneno muito conhecido, cianeto, tem gosto de amêndoa.

— Parem, por favor! — pediu Johnny.

— Vamos até a sala de jantar — disse Micah, nervoso.

Surpreendentemente, a mesa do jantar parecia adequada. Havia um elaborado candelabro pendurado sobre uma comprida mesa coberta por uma toalha branca, e a luz refletia em castiçais prateados e taças de cristal.

— Podem se sentar no lugar que preferirem — anunciou Micah.

Animados, todos se acomodaram e se apresentaram aos vizinhos com seus novos nomes. Jessie ficou feliz em ver que seu grupo estava se enturmando com "Os Outros Seis". Assim, as coisas ficavam menos constrangedoras.

Clifford chegou com uma bandeja cheia de pratos pequenos. Ele e Micah colocaram as saladas caprese na frente de todos os hóspedes.

No entanto, o marido de Annette, Nigel, na cabeceira da mesa, não recebeu nada, e não tinha sobrado mais nada na bandeja de Clifford. Ninguém poderia começar a comer até Nigel receber sua entrada — o que parecia que não ia acontecer. Os três McStitt estavam no salão, e Jessie sabia, lá no fundo, que ninguém passaria pelas portas com uma salada caprese extra para salvar o dia. A tensão da expectativa pairava no lugar. As pessoas estavam com fome, queriam que a noite seguisse, que o vinho fosse servido, que um ou dois assassinatos ocorressem...

Atrás dela, Clifford e Micah murmuravam:

— ...dezesseis, dezessete, dezoito, dezenove, vinte.

— Está faltando um.

— Mas como? Você disse *vinte*, eu empratei *vinte*.

— É a mamãe! — disse Micah. — Ela não deveria ter recebido uma.

— Isso mesmo! — Clifford pegou a entrada de Lady Ariadne/Muiria, lançou um olhar para ela e pôs o prato na frente de Nigel. — *Bon appétit*! — declarou ele para todos os presentes.

Mas, agora, Lady Ariadne não tinha nada para comer.

— Por favor, podem começar — disse ela.

— Você não vai comer, hmmm... Lady Ariadne? — perguntou Ferdia.

Ela olhou cheia de desejo para o prato dele.

— Ah, não, vou comer algo na cozinha mais tarde. Digo, eu... Eu nunca como!

Enquanto Micah servia o vinho, Lady Ariadne envolvia todos em uma conversa alegre.

— Quem é o senhor? — perguntou ela a Ed.

— Stampy Mallowan.

— Então, o senhor é um implacável dono de indústrias americano?

"Stampy", com um charuto e um colete cafona de tweed amarelado combinando com uma gravata-borboleta, disse:

— Ah, sim!

— É casado, sr. Mallowan?

— Acho que não. Mas estou na companhia de... — Ele consultou seu pedaço de papel. — Jolly Vandermeyer, uma dançarina de cabaré.

— Sou eu — disse Saoirse.

— Mas o senhor já foi casado? — Lady Ariadne pressionou Stampy Mallowan.

— Já fui? — Ed olhou seu papel. — Fui, sim. Mas minha primeira esposa morreu sob "circunstâncias misteriosas".

— Isso é hilário! — disse Rionna.

— Leve a sério — implorou Johnny.

Lady Ariadne continuou o interrogatório e, apesar de ser forçada, a história começou a ganhar forma.

— Já nos encontramos antes, Lorde Fidelis...

— Srta. Elspeth Pyne-Montant, acredito que conhecia meu falecido marido...

— O senhor não esteve no fim de semana da festa de caça na propriedade em Monserrat, dr. Theobald-Montague?

No final, ficou óbvio que todos já tinham cruzado o caminho de Lady Ariadne em algum momento.

O prato principal chegou e estava "perfeitamente comestível", nas palavras de Rionna.

Só quando todos terminaram, Micah e Lady Ariadne assentiram um para o outro, e, em seguida, ela simulou uma asfixia, agarrou a garganta e caiu de cara na mesa.

— O jogo começou! — exclamou alguém.

— Vou chamar o médico! — gritou Micah.

— Eu sou massagista esportivo! — berrou Liam.

— Espera aí — disse Johnny. — Acho que o médico aqui *sou eu*! — Agora, até mesmo *Johnny* estava sabotando as coisas.

— Você não tem uma reputação manchada? — perguntou Ferdia, e as gargalhadas tomaram conta do lugar.

— Ah! — disse Micah, evidentemente aliviado. — Vocês entraram no clima. — Ele disparou para fora do salão.

— Você é mesmo massagista esportivo? — questionou o marido de Mary-Laine, Martin, se dirigindo a Liam.

— Sou.

— Não é, não! — Foi Saoirse mesmo que gritou isso? A civilidade estava decaindo ali.

— *Aconteceu alguma coisa com a minha panturrilha enquanto eu estava correndo.*

— *Vem aqui me mostrar.*

Instantes depois, um homem de casaco e chapéu pretos, carregando uma maleta de médico, entrou correndo na sala de jantar. Era Clifford. Ele examinou Muiria rapidamente antes de declarar que:

— Lady Ariadne Cornwallis está morta! Envenenada! E todo mundo é suspeito!

— Isso significa que não vamos comer sobremesa? — Jessie ouviu Annette perguntar em voz baixa e teve medo de que ela começasse a rir e não parasse mais.

— Ajam com decência — ordenou o médico. — Desviem o olhar enquanto o jovem Micah e eu removemos o corpo da pobre senhora.

Mas aquilo era bom demais para perder.

— Desviem! — gritou ele. — Eu insisto, *ora*.

Mas ninguém desviou o olhar, e uma Lady Ariadne muito viva foi arrastada para o lado de fora.

O dr. Clifford voltou.

— Enquanto esperamos o detetive, serviremos um pudim para quem ainda tiver estômago para comer.

Ou seja, todo mundo.

Sessenta

— Tipo, *óbvio* que foi o jovem rapaz Micah! — gritou Phyllida Bundle-Bunch.

— É, foi ele que trouxe a bandeja com os drinques.

— Mas o jovem Micah... — Clifford, agora fantasiado de "inspetor Pine", tentava se fazer ouvido por cima da algazarra. — Eu disse que o JOVEM Micah não conhecia Lady Ariadne.

— Mas foi ele que trouxe a bandeja de...

— *Foi uma sensação repentina de torção, depois, uma dor terrível.* — Martin tinha dobrado a calça e exibia a panturrilha machucada para Liam.

— *Estou vendo... É. Dói se eu fizer... isso?!* — Liam apertou com o dedo o músculo da panturrilha de Martin, que urrou de dor.

— Qualquer um de vocês pode ter colocado veneno na taça dela! — berrou o inspetor Pine.

— Mas ninguém teve mais oportunidade que Micah.

— Meu Jesus Cristo da Prada! — Os olhos de Mary-Laine faiscaram no rosto avermelhado dela. — Ele ainda está reclamando de dor na perna? Devia tentar parir um BEBÊ DE QUASE CINCO QUILOS!

Cara teve a sensação de que estava assistindo àquela cena toda — o cômodo iluminado demais, as pessoas com rostos corados, as fantasias ridículas — de longe.

— *Distensão muscular...* — Ela ouviu Liam dizer.

— Não fui eu — declarou Micah.

— *Não foi* ele. — O inspetor Pine estava inflexível. — Foi alguém que está aqui nesta sala!

— Quem sabe não fui eu? — disse Jessie. — Tenho sentido *muita* vontade de matar alguém. — Ela olhou rapidamente ao redor e encarou Johnny. Cara o observou se encolher.

— *Consegue dar um jeito?* — perguntou Martin. — *Posso te pagar.*

— *Não vou cobrar a um amigo de Johnny.*

— *Não sou realmente amigo de Johnny.*

— Temos que trabalhar juntos para solucionar esse crime hediondo! — gritou o inspetor Pine, cheio de lamentação. — Vocês devem fazer duplas. EU DISSE QUE VOCÊS DEVEM...

— *Nunca gostei muito de Johnny. A minha esposa é amiga de Jessie. É por isso que estamos aqui. Então é melhor me cobrar.*

Era como captar o sinal de várias frequências de rádio, sentiu Cara. Havia muito barulho e falação.

— ...para me ajudar a revelar a identidade do assassino.

— *Está bem. Cinquenta euros?*

— *Espera aí, Tonto. Isso é meio salgado.*

— Cadê o vinho? — indagou Jessie.

— Você pode comprar mais. — O inspetor Pine parecia estar em pânico.

— Está dizendo que já acabou o que estava incluso? — perguntou Johnny.

— Para hoje à noite, sim. Vamos servir mais amanhã. Agora, para solucionar o mistério do assassinato...

— *Bem, e quanto é que você* quer *pagar?*

— *Não vou saber até você terminar. Se der um jeito, pago quarenta.*

— Podemos ver o cardápio de vinhos? — solicitou Johnny.

— Não temos cardápio de vinhos. — O coitado do inspetor Pine estava por um fio. — Mas podem comprar a garrafa do vinho do jantar por quinze libras. Fechado?

— *Quer saber? Vai se foder.*

— *O quê?*

— *É, vai se foder. Ofereço minha especialidade de graça, você insulta meu irmão e ainda pechincha por um serviço que eu ofereci sem cobrar...*

— Bom. Ótimo — disse Johnny. — Traga seis garrafas de vinho branco e seis de tinto, e aí a gente vai vendo.

— Muiria vai resolver isso. Está bem. Vamos voltar a tentar solucionar esse crime hediondo! Madame Hestia Nyx? Você está com o major Fortescue.

— Perdão? — Cara pensou que poderia, simplesmente, escolher ficar com Ed.

— Estamos dando uma misturada. — Micah notou a ansiedade de Cara. Ele parecia nervoso.

O marido de Annette, Nigel, foi para o lado dela. Ele acenou com a cabeça, e ela respondeu com um aceno ainda mais discreto. Já tinham se encontrado uma ou duas vezes, e ela o achava um cara difícil de lidar.

— Aqui estão as suas pistas. — Micah entregou rapidamente uma folha de papel, e Nigel a pegou.

— Ginerva McQuarrie? — chamou o inspetor Pine. — Quentin Ropane-Redford? Vocês trabalharão juntos.

Eram Nell e Ferdia. Com ar sonhador, Cara os observou. Com seu smoking branco e cabelo penteado para trás, Ferdia estava tão adulto e bonito aquela noite. Quanto a Nell, com seu vestido justo e penteado elaborado... Ambos altos e jovens e glamourosos. E *parecidos*, como se tivessem sido cuspidos por uma linha de produção de coisas genéricas, lindas e jovens.

Jessie me odeia, concluiu Johnny. *Ela quer me matar, e eu mereço.*

Nell, que Deus a abençoe, agarrou o braço dele e disse com uma doce sinceridade:

— As pessoas, geralmente, se divertem ainda mais em coisas assim. Quando tudo é perfeito, a gente pode até se impressionar, mas não relaxamos de verdade. Aqui, estamos *morrendo* de rir e estamos *muito* unidos.

Ela era muito amável. Legal — essa era a palavra. Apesar de alguém tê-lo dito uma vez que "legal" era ofensivo hoje em dia. Mesmo assim, Nell estava muito bonita esta noite. Jessie sempre tagarelava sobre como Nell era linda, mas ele nunca tinha notado até hoje. O que ela estava fazendo com Liam, que *não* era legal? Nem um pouco.

Não devia condenar as pessoas assim. Acabaria virando o próprio pai.

A dupla de Johnny era um dos Os Outros Seis, um "produtor de Hollywood", mas ele estava constantemente de olho em Jessie. Ela fez dupla com Liam e, apesar de estar participando da brincadeira, sabia que a esposa tinha reservado pura ira só para ele, para ser entregue em um futuro com data desconhecida.

Nossa, teria sido tão difícil assim fazer isso direito?

Jessie não costumava exigir muito esforço. Não esperava flores frequentes nem presentes caros. Sim, ela gastava bastante dinheiro em viagens, mas eram quase sempre atividades em família.

Aquele era o aniversário de cinquenta anos da esposa, e ela ainda deu dicas para ele. *Várias.* Basicamente, lhe disse o que fazer, e ele não deu ouvidos.

Será que conseguiria planejar outra coisa rápido? Era tarde demais para organizar um fim de semana de assassinato desses — esse leite estava derramado para sempre.

Que tal se fossem juntos para Paris? Mas ela *saberia* que ele estaria tentando consertar as coisas. A realidade era que Jessie nem gostava de Paris: dizia que as francesas eram "umas vadias assustadoras". Também não era fã de vendedores italianos, lembrou ele. Porque alguém foi arrogante em uma loja da Versace em Milão.

Aonde mais as pessoas iam? Barcelona, todo mundo amava Barcelona. Mas era um point gastronômico e, provavelmente, ela começaria a importunar chefs se ficassem mais de meia hora lá...

Quando todas as duplas se formaram e receberam pistas enigmáticas para solucionar o mistério, o inspetor Pine anunciou:

— Uma hora. Temos que encontrar esse assassino hediondo antes que ele, ou ela, ataque outra vez! Vamos nos encontrar novamente aqui, às onze, para compartilhar nossas descobertas.

Em seguida, ele saiu para lavar a louça.

— "Lá no alto, na Suíça." — Nigel e Cara estavam analisando suas "pistas". — O tema de um dos quartos deve ser a Suíça.

— É óbvio que é lá fora — insistia Nigel. — Tem algo a ver com um morro nas redondezas.

— É o *quarto* de alguém. Eles plantaram coisas incriminatórias nos quartos das pessoas, e a gente tem que encontrar.

— Não. Deve ser uma montanha. Vamos lá pra fora.

Seu dente quebrado latejava, sua garganta ardia, suas costelas doíam e seu trabalho estava em risco.

— Já que você é tão bom nisso — disse ela em voz baixa —, por que não vai sozinho?

Cara foi até o quarto, onde tinha escondido sob a cama uma mala de rodinhas meio cheia de chocolates. Todos ficariam uma hora ocupados: ela ia se esconder no banheiro, onde poderia se livrar da terrível tensão em seu peito.

Ferdia e Nell estavam no primeiro andar, seguindo uma pista sobre "a Imperatriz", quando o celular de Nell recebeu uma notificação. Ela deu uma olhada e exclamou:

— Três agora!

— Três o quê?

— Mandei algumas mensagens ontem à noite dizendo que estou disponível para trabalhar no Festival de Teatro. Dois diretores me responderam hoje. Agora, são três. — Ela estava quase convencida de que ninguém mais iria querer trabalhar com ela.

De algum lugar próximo, veio um barulho estranho: um tropeção, seguido de um forte baque.

— O que foi isso? — perguntou ela. — Outro assassinato?

Só que o primeiro baque foi seguido por várias outras pancadinhas ritmadas, seguidas de um gemido.

Eles se entreolharam.

Nell corou.

— É... Acho que é algum casal...

O rubor subiu pelo rosto de Ferdia.

— Nossa... A gente deixa pra lá?

— Talvez. Não sei. De quem é esse quarto?

— Cara.

Outro gemido baixinho chegou aos ouvidos deles.

— Acho que não é safadeza — disse Nell. — O barulho é... diferente.

— Será que a gente entra? — Se alguém estivesse mesmo dando uma rapidinha, ele morreria. Ferdia bateu e, como ninguém respondeu, abriu a porta cuidadosamente.

Não tinha ninguém à vista, mas, quando entraram no banheiro, Cara estava no chão. Os olhos dela estavam fechados, o corpo tremia e as pernas batiam uma lata de lixo de plástico contra a parede.

— Nell! — Ferdia estava de joelhos ao lado de Cara. — Me ajude a virá-la de lado.

Paralisada pelo medo e pela confusão, Nell voltou à realidade.

Se ajoelhando ao lado do corpo trêmulo de Cara, Ferdia tentando contê-la, eles a viraram delicadamente.

— É uma convulsão? — perguntou Nell.

— Um menino da minha escola costumava ter convulsões. Traga alguns travesseiros. Para proteger a cabeça dela.

No quarto, tinha muitos travesseiros porque tinha muitas camas. Todos eram finos e cheios de caroços, mas teriam que servir.

Enquanto Ferdia segurava a cabeça de Cara, Nell arrumou os travesseiros ao redor da cabeça e do rosto dela.

— Eu fico com ela — disse ele. — Vai chamar Ed. Ligue para uma ambulância.

Nell desceu as escadas correndo, gritando:

— Ed! Ed!

Hóspedes vestidos com roupas espalhafatosas, incluindo Ed, abarrotavam o corredor, satisfeitos e energizados pela nova reviravolta da noite.

— Ed, você tem que...

— Sou Stampy Mallowan.

Ai, caramba. Ele estava empenhado.

— Ed, Cara não está bem. Alguém chama uma ambulância!

— Dr. Basil Theobald-Montague a seu dispor. — Johnny abriu caminho e fez uma reverência de exagerada cortesia.

— Não...

— Apesar de ser um pária, com a minha reputação em frangalhos, acredito que eu possa...

— Johnny, pare. É verdade! — Nell se virou, desesperada. — Clifford! Muiria! Chamem uma ambulância! Chamem uma ambulância, *por favor*! Cara está passando mal.

Muiria pareceu aterrorizada.

— Passando mal?

— Um tipo de convulsão.

A palavra teve o efeito desejado: Ed saiu correndo escada acima, Jessie ligou para a emergência e Clifford iniciou uma apressada conversa aos murmúrios com Muiria:

A muçarela estava fora de validade.

Só dois dias.

Mas você disse...

— Muiria — Jessie empurrou o celular para ela —, fala com eles, diga como chegar aqui.

Nervosa, Muiria agarrou o celular.

— A maneira mais rápida é virar no... Isso, sim... Não, continue seguindo. Vocês vão ver um trator queimado. Continuem em frente, até passar pela placa "Molly's Hollow". Vão achar que passaram direto, mas não passaram. Vão chegar a um bangalô novo. Um homem vai correr para a estrada e gritar com vocês, é Howard, não deem atenção, é que ele gosta das luzes. Estamos ali, bem à esquerda. Se passarem pelos bodes de pedra, aí foram longe demais... Bodes. Feitos de pedra. Isso. — Ela tirou o celular da orelha. — Vão chegar em quinze minutos.

Com as roupas amarelas farfalhando e rádios chiando, os paramédicos subiram as escadas e, em questão de minutos, Cara já estava bem amarrada a uma maca, enquanto todos assistiam em silêncio. Seria levada a um hospital em Belfast, e só Ed poderia acompanhá-la.

— Vamos atrás de vocês — prometeu Johnny enquanto as portas se fechavam e a ambulância dirigia para longe.

Mas a ideia de entrar em um táxi até Belfast fez Muiria e Clifford quase berrarem de tão perplexos que ficaram.

— O preço! Vai dar umas sessenta libras!

— Mais que isso, ora. E o mesmo preço para voltar! — Depois de uma longa e densa pausa, Clifford disse: — Não tem táxis por aqui. Só tem um no centro, mas ele não vem até aqui. Tivemos uma... Uma... — Nervoso, Clifford olhou para Muiria em busca da palavra certa.

— Desavença. Um de vocês poderia *dirigir* até o hospital. A mocinha ali — apontou para Nell — não bebeu quase nada. Deve estar quase sóbria. Não está?

Nell assentiu.

Jessie parecia ofendida.

— *Por que* está sóbria no meu aniversário?

— Não sou muito chegada a vinho.

— Ela bebe sidra. — Isso veio de Liam, cujo tom soava arrastado e quase acusatório.

— Também vou — disse Ferdia.

— Johnny vai. — Jessie o contrariou. — Ferd, você é só um garoto. Ed precisa do irmão.

— Ed precisa da *esposa*. E não sou "só um garoto". Cuidei de Cara. Eu vou, sim.

— Ele tem razão — disse Johnny. — Ferdia deve ir.

Sessenta e um

A dra. Colgan marchou pelo corredor do Royal Victoria Hospital, em Belfast, e chamou Ed, gesticulando com o dedo. Ed se levantou da cadeira de plástico mofada. Estiveram esperando por quase três horas, três longas horas nas quais suas fantasias tinham atraído o interesse de todos, menos dos pacientes mais graves na sala de espera.

Hoje é noite de lua cheia?

Fugiram do hospício?

O século dezenove ligou. Quer as roupas dele de volta.

— Apenas o marido — disse a médica quando Nell quase se levantou da cadeira.

Ed seguiu a dra. Colgan até uma sala improvisada atrás de uma cortina.

Era exatamente o tipo de sala onde davam péssimas notícias. Mas, se Cara estivesse morta, Nell e Ferdia também não teriam entrado?

A porcentagem de mortes causadas por bulimia era de 3,9%, Ed sabia. Em outras palavras, era muito raro. Mas alguém tinha que fazer parte daqueles números...

— Pode se sentar. — A médica parecia preocupada, mas solidária. — Ela está estável, vai poder ir pra casa logo. É só uma questão de burocracia. Então, sr., é... Casey, sabia que a sua esposa é bulímica?

Ed tinha achado que seria um alívio falar abertamente sobre o problema. Em vez disso, se sentiu derrotado. Essa questão ficou tanto tempo por baixo dos panos que chegou a acreditar, mesmo angustiado, que o problema ia desaparecer. Mas, agora, tinha que lidar com ele.

— Acho que sim. Ela teve uma crise anos atrás. Suspeitei que pudesse ter começado de novo. Ela vai ficar bem?

— Pelo exame de sangue e o estado dos dentes dela, ela tem vomitado bastante em um curto período de tempo, mas é impossível saber quanto.

— Não podemos perguntar a ela?
— É provável que ela minta.
— Não para mim.
Um olhar compreensivo da médica o fez sentir um arrepio de medo. Ela sabia mais sobre Cara do que ele, sobre o que ela vinha fazendo. E Cara andou, *sim*, mentindo para ele: mentir por omissão também era mentir.
— Pela minha experiência — disse a médica —, Cara vai precisar ficar em uma clínica...
— Espera aí... O quê, um *hospital*? Você disse que ela estava estável.
— Um centro de tratamento. Para pessoas com vícios. Sim, é um vício. Posso te dar um panfleto.
— Mas... por quanto tempo ela teria que ficar internada?
— Geralmente, são vinte e oito dias.
— E depois está curada?
— Posso recomendar umas clínicas em Dublin. Eu ligaria logo de manhã para colocá-la nas listas de espera.
— E depois ela vai ficar curada?
— Pode ir vê-la agora. Festa à fantasia, é?

Cara tinha a sensação de estar em alta velocidade e aos solavancos. Apontaram luzes fortes para seus olhos. Ela sabia que Ed estava ali. Outros também, mas Ed era o único de quem precisava.
Vozes desconhecidas faziam e respondiam perguntas breves e apressadas.
— O que está acontecendo? — Sua voz estava rouca.
O rosto de Ed estava muito próximo do dela.
— Você teve uma convulsão.
— Por quê?
O rosto dele ficou inexpressivo.
— Me diga você.
Não. Não, não, não, não, não.
Não era possível. Isso era loucura. Devia ser o estresse. Ou algum problema neurológico que tinha acabado de surgir...
Não podia ser culpa dela.

Em seguida, chegaram a um enorme hospital movimentado. Ed já não estava mais com ela quando a levaram de maca para um pequeno espaço protegido por cortinas para ser examinada por uma sucessão de pessoas usando aventais azuis.

— Já estou bem agora — ficou dizendo, ansiosa.

— Excelente. Só vou...

Depois, foi rapidamente colocada no soro, ligada a um monitor cardíaco e lhe tiraram quatro frascos de sangue das veias.

— É sério — implorou ela. — Estou bem. Posso ver meu marido?

— Depois da tomografia.

Tomografia? Ficou gelada de medo. Se ela tinha provocado toda aquela perícia e aqueles gastos médicos por causa de chocolate em excesso e vômitos, a culpa a mataria.

E pensar que fez isso no aniversário especial de Jessie...

Deitada de barriga para cima na máquina branca apertada, por um instante, teve a esperança de que a tomografia revelasse que ela sofria de uma condição de verdade, tipo epilepsia. E, outra vez, a vergonha tomou conta dela. Quando saísse dali, ia refletir muito sobre as coisas. Talvez pudesse ir a um hipnoterapeuta para ajudá-la a parar.

A cortina de seu cubículo abriu e a médica entrou, seguida por Ed.

Ela tentou sorrir.

— Nenhum problema neurológico — disse a dra. Colgan. — Você vai pra casa em breve. Há quanto tempo sofre de bulimia?

Cara olhou rapidamente para Ed.

— Eu não..

— Você tem um transtorno alimentar crônico. — A médica, obviamente, não estava no clima para baboseira. — Pode ver o resultado do seu exame de sangue. Seus eletrólitos estão totalmente desequilibrados. E o esmalte dos seus dentes mostra sinais de erosão ácida recente.

Todos os seus segredos estavam escritos no seu corpo.

— Há quanto tempo? — repetiu a médica.

— Três meses.

Ela balançou a cabeça.

— Faz mais tempo que isso.

— Eu juro. Só três meses.

— Bem, as coisas, com certeza, foram bem intensas para você. Não é a sua primeira crise?

Aquela vergonha nunca chegaria ao fim.

— Não.

— Recomendaria que fosse internada em uma clínica por, pelo menos, quatro semanas.

O quê? Não.

— Não posso. Tenho um emprego e dois filhos.

— Já vi isso muitas vezes. Pode morrer se não parar. E é improvável que pare sem ajuda.

— Vou parar. — Ela estava se cagando de medo.

— Bulimia é um vício.

Isso não era verdade. Ela só andava comendo chocolate demais e, agora, só de pensar, ficava enjoada.

A viagem de volta ao Gulban Manor foi em silêncio, mas, assim que chegaram ao quarto cheio de camas, Ed a colocou contra a parede.

— Devia ter me contado. — Ele estava furioso. — Pra que temos isso, você e eu, se não me conta algo tão, tão... *importante*?

— Era só por pouco tempo. Eu ia parar e...

— Achei que você ia morrer — disse ele. — Consegue imaginar como me sinto?

— Eu vou parar. Vou parar com a sua ajuda.

— Você vai pra uma clínica. Vai fazer o que a médica disse. Por um mês.

Ela sentiu as entranhas se contraírem de medo. Ah, não. Não.

— Não precisa, Ed. Tomei um susto tão grande que nunca mais vou fazer isso de novo.

— Ela me deu um panfleto. Bulimia é um vício. Você precisa ir pra algum lugar.

— E o meu emprego?

— Não vai ser muito útil para eles se estiver morta.

— Ed, eu não vou morrer.

— Mas, querida, você pode morrer.

A tristeza escondida por baixo da ira dele ficou subitamente óbvia, e o coração de Cara amoleceu.

— Ed, meu bem... Você levou um susto. Eu levei um susto. Mas agora vou parar. Vai ficar tudo bem.

— A médica sabe o que fala. Vou ligar para as clínicas de manhã.

Ed levava conselhos profissionais muito a sério. Ela sempre achou isso encantador, mas não desta vez.

Sessenta e dois

Cara bateu na porta de Jessie e uma voz gritou:

— Entra. A não ser que você seja Johnny Casey, o babaca!

Hesitante, Cara entrou no quarto e Ed a seguiu.

Jessie estava na cama, de pijama. Saoirse dormia ao lado dela. As cortinas estavam abertas, permitindo que a luz fraca da manhã entrasse.

— Jessie, me desculpa por arruinar seu aniversário.

Tranquila, Jessie falou:

— Você não arruinou nada, sua boba. Johnny fez isso sozinho. Mas estou preocupada com você! É verdade? Bulimia?

Cara queimou por dentro. Talvez a casa toda soubesse.

— Vou ficar bem. — Ela tentou sorrir. — Foi só um deslize.

— Vamos embora agora — disse Ed. — Cara tem uma consulta à tarde no St. David's.

— O manicômio? — Os olhos de Jessie faiscaram com alguma coisa. Satisfação? — Em um sábado?

— O hospital psiquiátrico — corrigiu Ed. — Para checar se é o lugar ideal.

— Sim. Sim. Façam o que for preciso.

Do lado de fora, Cara perguntou:

— Onde acha que Johnny está?

— Provavelmente, no quarto de Saoirse, já que Saoirse está com Jessie.

Johnny estava mesmo na cama dobrável na pequena cozinha. Os acessórios de médico estavam espalhados pelo quarto, a cartola se equilibrava na chaleira. Ele irradiava um ar amigável exausto e maníaco.

— Me desculpa por arruinar o fim de semana.

— Que isso! — Ele deu de ombros de maneira exagerada. — É tudo culpa minha. Nem pense nisso.

— Preciso me desculpar com Ferdia e Nell também — disse Cara. — E agradecer.

— Isso me lembra — falou Johnny em uma voz alta demais — do dia seguinte à despedida de solteiro de Ed. Tive que me desculpar com cada um dos meus vizinhos. *Acredita*? Fiquei batendo com panelas nas portas deles a noite inteira. Subi e desci a escada marchando e cantando músicas da resistência. E bebendo rum. Nunca mais, hahaha, nunca mais.

Era visível que Johnny ainda estava meio bêbado e muito angustiado.

Cara conseguiu soltar um educado "haha" com a história dele, mas tudo estava tão deprimente.

— Vão lá — disse ele. — Boa sorte no hospício.

Enquanto iam até o carro, Cara sentiu os olhos da casa sobre ela. Era uma pessoa gulosa, fraca e fodida, e todos sabiam. Jamais, em toda sua vida, tinha se sentido tão abatida quanto agora.

— Jessie ficou animada — disse ela.

— Ah, meu bem. Não de uma forma maldosa. Só ficou empolgada com a ideia de ter uma família interessante.

— Comer demais e de maneira compulsiva é um transtorno mental — Varina, a responsável pelas admissões no hospital, fez questão de explicar. — Bulimia também.

Mas Cara sabia que a única coisa que tinha de errado com ela era simplesmente gula. Ela não era louca e não queria ser tratada como tal.

— Consigo parar sozinha.

— Já tentou?

— Sim. Na verdade, não. Mas agora é diferente. Fiquei bem assustada.

— Se nada mudou, então nada mudou — disse Varina.

Cara nem sabia o que aquilo significava. Só queria voltar à sua vidinha normal e deixar tudo isso para trás.

— Consigo parar sozinha. Desculpe a inconveniência que causei a todo mundo e obrigada pelo seu tempo.

— Mas... — Ed ficou pálido.

— Se estiver incomodada com o estigma de ficar em um hospital psiquiátrico, pode ser nossa paciente e vir aqui todos os dias, mas não precisa ficar internada. Não é o ideal, mas...

— Consigo parar. Já parei. Ficou pra trás.

Tamborilando com a caneta na mesa, Varina parecia imersa em pensamentos.

— Talvez você *possa* parar sozinha. Só o tempo dirá. Ter uma convulsão costuma ser um sinal vermelho de que a bulimia está em um estágio avançado... No entanto, como a sua vida não corre risco imediato, não pode ser forçada a ficar aqui.

— Mas... — disse Ed outra vez.

— Sinto muito, sra. Casey — disse Varina. — Não posso te ajudar se você mesma não vê necessidade.

Do lado de fora, no corredor, extasiada por ter escapado por um triz, Cara sussurrou alegremente:

— Vai ficar tudo bem, amor, eu prometo.

Ed a encarou com frieza.

— Estou falando sério. Vai ser tudo diferente. Estou feliz por ter tido a convulsão... Bem, não por ter te preocupado, mas, finalmente, sinto que me libertei da comida.

Ed viu o semáforo à frente ficar amarelo e pisou fundo no acelerador. Quando passou, o sinal já estava vermelho há uns dois segundos, pelo menos. Buzinas iradas soaram. *Foda-se.*

— Amor — falou Cara, suavemente alarmada.

Mais encheção de saco à frente, um idiota na pista errada, tentando virar à direita, atravancando a rua inteira.

— Vai *logo*, caralho.

— Ed!

Ele a ignorou. Nunca esteve tão irritado na vida quanto agora. Não apenas com ela, mas consigo mesmo. Tinha sido cúmplice: jogar o chocolate todo da casa fora, guardar um pouco para a inevitável emergência, e pior, não ter perguntado a ela sobre o chocolate que encontrou daquela vez no armário não usado do banheiro.

Ele devia *mesmo* ter dito alguma coisa quando encontrou o pote de sorvete vazio na nécessaire dela.

Por que não falou nada?

Porque ela teria mentido.

Mentido. Para ele. Cara, sua melhor amiga, sua esposa. Se almas gêmeas existissem, poderia ter se convencido de que era isso que eles eram. Na verdade, ela já tinha mentido para ele ao esconder os desejos dela, o comportamento, a vergonha e o medo. Talvez ele estivesse esperando que as coisas ficassem tão sérias que se tornariam inegáveis. E *o que* exatamente isso dizia sobre ele? Que era um covarde. Porque ela poderia ter morrido na noite de ontem. Ela era um perigo para si mesma e, ainda assim, não admitia que tinha um problema.

Uma boa parte da raiva frustrada estava reservada para a responsável pelas admissões no St. David's. Era óbvio que Cara estava mal, doente, qualquer que fosse a palavra correta. Era trabalho de um profissional da saúde ajudar pessoas como ela, e eles não o fizeram.

— A gente devia passar na minha mãe para buscar as crianças e o Baxter? — perguntou Cara.

— Não. — Se as crianças ficassem com eles, teriam que deixar isso para um outro momento. Era sério demais para deixar para lá.

— Seria ótimo passarmos o fim de semana juntos, só nós quatro.

— Um fim de semana normal? Em que fingimos que você não teve uma convulsão ontem à noite?

— Ei! Não grite comigo.

Ele respirou fundo e tentou acalmar seu coração agitado.

— Cara, pense nisso. Na noite passada. Você. Teve. Uma. Convulsão.

— Foi "leve".

— Você podia ter morrido. Os meninos estariam órfãos de mãe nesse exato momento. Eu estaria sem você. Isso ainda pode acontecer.

— Eu não vou morrer. Já parei.

— Te ofereceram ajuda. Jogaram uma boia salva-vidas para você melhorar. Cara, por favor, se agarre a ela.

— Não preciso dela.

— O que vai querer comer na janta? — Ed entrou no quarto deles, onde ela estava dando uma olhada no Facebook.

Estavam sozinhos em casa. Em qualquer outra noite, teriam adorado essa liberdade inesperada, mas, nesse momento, mal se falavam.

Hoje foi a primeira vez que Ed gritou com ela. Nos últimos treze anos, dava para contar nos dedos as vezes que tinha ficado irritado, e nunca com ela.

— Janta? — repetiu ele.

— Oh? Eu posso comer? Achei que tinha um transtorno alimentar.

— Você tem que comer. Podemos pedir alguma coisa.

— Uma pessoa com transtorno alimentar pode comer comida de rua? Enfim, como eu aproveitaria com você me vigiando enquanto como?

— Que tal se, depois, você descer até a garagem, comprar dez barras de chocolate, comer todas em segredo e, em seguida, forçar o vômito? — perguntou ele no momento da raiva.

Ela ficou tão chocada que calou a boca.

— Não devia ter dito isso — falou ele. — Estou assustado. Tenho lido sobre bulimia.

— Onde? No dr. Google? Logo você, acreditando nessas coisas.

— O panfleto que a dra. Colgan me deu ontem à noite diz as mesmas coisas. — Ele o pegou e mostrou para ela. — Pode dar uma olhada?

Irritada, ela leu.

Segredos. Comportamento instável. Problema crônico. Insatisfação corporal. Autocrítica severa. Comer grandes quantidades de comida, geralmente, de maneira descontrolada, em um curto período de tempo. Evitar atividades sociais que envolvam comida. Pensar em comida o tempo inteiro. Abuso de laxantes. Exercícios físicos em exagero. Dor de garganta constante...

— Não abuso de laxantes nem exagero nos exercícios físicos.

— Mas faz algumas das outras coisas.

Ela leu no panfleto:

— "Evitar atividades sociais que envolvam comida"? Acho que não, Ed.

— Pode ser que não evite, mas odeia.

— Então por que me força a ir? A família é sua. Minha família é diferente. Nenhum dos meus amigos de verdade me faz passar por esse sofrimento.

— Me desculpa...

— Ótimo. Vamos mudar de assunto. — Ela respirou fundo e se esforçou para soar razoável. — Ed, por favor, amor. Podemos esquecer que isso aconteceu? Nunca mais vai acontecer de novo.

— Não.

Aquilo a surpreendeu.

— Qual é? Quer fazer tudo do seu jeito?

— É porque estou preocupado.

Bruscamente, ela disse:

— Não quero jantar. Não quero nada.

— Tem certeza disso? Bem... Então tá.

Quarenta minutos depois a campainha tocou. Em seguida, veio o som de Ed falando com alguém na porta. Alguém disse "obrigado", a porta bateu e uma moto deu partida na rua.

Ele não...?

Ela desceu as escadas a passos pesados e foi até a cozinha. Ele tinha feito aquilo *mesmo*. O desgraçado tinha pedido comida indiana só para ele.

— Por que não pediu nada para mim?

— Disse que não queria.

Ela marchou pela cozinha e preparou uma tigela de cereais para si.

Para puni-lo, dormiu na cama de Vinnie.

Quando acordou na manhã de domingo, tudo o que aconteceu pareceu bem menos dramático. Obviamente, ela estava estressada por causa do trabalho e com dificuldades de se ajustar à ausência de Ed de segunda a sexta. Independentemente do que tinha acontecido naquele hotel maluco — e, provavelmente, nem fora uma convulsão de verdade —, era apenas consequência do estresse. Todos exageraram porque estavam bêbados.

Ela e Ed não estavam se afastando. As coisas só precisavam voltar ao normal.

Ed estava dormindo no quarto do casal. Mesmo adormecido, ele parecia preocupado.

— Ed?

Ele acordou com um pulo, parecendo assustado. Depois, seu rosto suavizou com um sorriso.

— Meu amor.

— A gente devia conversar.

— Tudo bem. Certo. — Ele esfregou os olhos.

— Estou com medo, Ed. Não quero ser rotulada. Não quero ter um "transtorno alimentar".

— Mas você *tem* um rótulo, você *tem* um transtorno alimentar.

Ela não estava esperando uma resposta tão sincera.

— Posso me curar sozinha. Não preciso dessa coisa toda de hospital.

— Precisa, sim.

A frustração veio. No passado, a disposição que Ed tinha de Seguir as Instruções parecia um traço bonitinho da personalidade dele. Mas agora ele apenas parecia deliberadamente teimoso.

— É sério, Cara. Se você não buscar ajuda, não vou poder ficar.

Incrédula, ela indagou:

— Você está... me *ameaçando*?

— Acho que estou.

Ele não *podia* estar falando sério.

No travesseiro, ao lado da cabeça dele, o celular de Ed vibrou.

— Tenho que atender.

Perplexa, ela ouviu. O que poderia ser tão importante?

— Scott — disse Ed —, obrigado por me ligar de volta. — Ele ouviu o que o tal Scott dizia. — Pode? Isso é ótimo, cara... Na maior parte, em Louth. Vou te enviar o briefing. — Ele ouviu um pouco mais. — Enfim, por uma semana. Talvez mais. Podemos nos falar na sexta-feira. Vou ter uma ideia melhor até lá... Ah, é? Ótimo. Obrigado, te devo essa.

Ele desligou, e Cara perguntou:

— O que foi isso, Ed? Conseguiu alguém para te cobrir no trabalho?

— Um freelancer. Sim.

— *Por quê*? Vai ficar aqui me espionando? Ed, não seja tão... babaca. — Ela nunca tinha falado com ele daquele jeito. — Amanhã, vou trabalhar normalmente.

— Precisa ir pra uma clínica.

— O que você quer é uma esposa magra que não te dê problemas.

— Por que está dizendo uma coisa dessas? — Ele parecia aflito. — Quando foi que eu...? Cara, eu te amo. E você está infeliz. Queria que fosse mais feliz. Não por mim. Por você.

Ela não entendia como aquilo tinha acontecido, mas eles estavam em lados opostos de um problema sem solução.

— Vai se foder. — Ela saiu da cama. — Vai se foder, Ed.

Passaram a manhã inteira se evitando. Ela passou seus uniformes de trabalho e as roupas das crianças, mas ignorou tudo que era de Ed, deixando tudo amassado na cesta.

Será que ele enlouqueceu de verdade? Era impossível compreender por que estava fazendo tanto escarcéu com aquilo. Mas a mente dele funcionava de maneira lógica. Tudo era muito prático para Ed: não tinha espaço para nuances.

É assim que vamos terminar?, perguntou a si mesma. Em seguida, *isso não pode estar acontecendo de verdade*. Enquanto pendurava suas camisas brancas, passadas e engomadas, no armário, ela foi invadida por uma felicidade repentina. Em bem menos de um segundo, uma historinha passou pela sua cabeça como um filme: amanhã de manhã, sairia para o trabalho quinze minutos mais cedo, daria um pulo no Tesco da Baggot Street, passaria apressada pelos corredores, escolhendo seus doces favoritos, se sentaria em "seu" banco, faria uma visitinha ao "seu" banheiro e, depois, apareceria, livre, leve e solta, para começar a trabalhar às dez da manhã.

Era impressionante — depois de sexta-feira à noite, tinha tomado a decisão final: não se comportaria mais daquela forma. Mas o pensamento reapareceu em sua mente e armou uma *emboscada* para ela, apesar de estar firmemente resolvida. Era culpa de Ed. Toda essa conversa sobre transtornos alimentares quase a convenceu de que sofria de um. Para ser sincera, deveria admitir que já não tinha mais cem por cento de certeza de que não compraria chocolates amanhã. Mas imagina como seria absurdamente mortificante desmaiar, ter uma convulsão, ou algo do tipo, no trabalho? Eles teriam que demiti-la. E quais seriam as chances de conseguir uma boa referência?

Por alguns minutos, Cara ficou no quarto, tentando recuperar a determinação inabalável que sentiu mais cedo naquela manhã, mas ela continuava inalcançável. Tentava encarar a situação de diferentes formas, mas não adiantava: a vontade de comer compulsivamente não ia embora.

— Ed? — gritou ela para o andar de baixo. — Ed!

— Oi?

Em meio a lágrimas de fúria frustrada, ela pediu a ele:

— Me fala sobre aquela opção de ir todos os dias ao hospital.

— Ok. — Ele levou uns minutos para se recompor. — Quatro semanas, de segunda a sexta, das dez da manhã às quatro da tarde. Você vai ter consultas individuais diárias com seu psicólogo, participar de palestras e ficar sob os cuidados de um nutricionista. Vai receber um planejamento alimentar. Eles prefeririam que você ficasse internada para que pudessem monitorar sua alimentação. Mas é melhor do que nada.

— Quando eu começo?

— Amanhã.

— Ok. Mas só porque você me forçou. É melhor ligar para Henry e dar a ele a boa notícia.

— Ligue você. Tem que se responsabilizar por isso — disse ele.

O desespero surgiu, mas ela pegou o celular e encarou o número de Henry. Aquilo era difícil. Então, nervosa, respirou fundo e tocou na tela para ligar.

Sessenta e três

Cinquenta anos hoje. Meio século. Certa de que era velha o suficiente para deixar todo o sofrimento e as preocupações para trás? Então onde estava sua adorável vida? Seu casamento feliz? Seu sentimento de realização? Por que estava na cama, sozinha, com as cortinas fechadas, sem intenção nenhuma de se levantar?

Depois que a coitada da Cara foi levada em uma ambulância na noite de sexta-feira, Jessie teve a esperança de que poderia usar a infeliz confusão como desculpa para ir para casa mais cedo. Mas Rionna e Kaz insistiram que, não, o fim de semana de assassinato e mistério ainda poderia ser salvo. Acharam que estavam ajudando: isso só significava que a agonia de Jessie tinha sido prolongada por mais trinta e seis horas de "muita diversão".

Durante as longas horas excruciantes de sábado e domingo, ela não dirigiu uma palavra sequer a Johnny. Por estar "curtindo para caramba" com os outros, supôs que ninguém notaria.

Aquilo importava: Jessie tinha seu orgulho.

Johnny se preocupava com dinheiro, ela *sabia* disso. Mas era seu aniversário de cinquenta anos. Sem dúvida, era algo importante.

Era vergonhoso ficar tão aborrecida assim por passar um fim de semana em um lixo de hotel. Isso, sim, era um problema de Primeiro Mundo. Mas não era uma simples pirraça. Desde sempre, Johnny e as crianças se comportavam como se ela fosse um pouco tirana: ela dava ordens e, depois de muita queixa, eles obedeciam.

Até então, sempre pensou ser uma demonstração de carinho. Não mais. Agora, imaginava se eles a desprezavam de verdade.

Não precisava de muito para voltar a se sentir como seu eu jovem, sempre hesitante por fora, se perguntando se todos estariam rindo dela pelas costas.

Johnny tinha dito umas coisas muito estranhas durante aquele fim de semana horroroso do aniversário de casamento dos pais dele: falou sobre se sentir vazio e inútil. Isso a preocupou, mas, quando o drama de Hagen Klein estourou, não teve tempo para lidar com o assunto. Com a vantagem de poder relembrar, parecia o início de uma confissão.

Nos últimos quatro dias, andou pensando e repensando na possibilidade de o marido estar tendo um caso. Ele poderia realmente estar fazendo isso, e a ideia era *horrível*.

Ela perguntaria. Mas talvez nem precisasse, talvez o próprio comportamento dele fosse prova suficiente.

Assim que foram embora do Gulban Manor e chegaram em casa, ela jogou a gilete e a escova de dente dele que estavam no banheiro do casal no corredor. Deixou que ele entendesse que aquilo significava que ele deveria dormir em outro lugar.

Quando a manhã de segunda-feira chegou, ela dirigiu sozinha até o escritório, deixando que ele se virasse. Passou o dia inteiro sem trocar uma palavra com ele. Vários entregadores apareceram lá, levando orquídeas e garrafas de vinhos de vários empresários conhecidos. Em outras circunstâncias, ela teria adorado aquela festa toda.

Agora, já era terça-feira de manhã, seu aniversário de cinquenta anos, e ela não conseguia encarar o fato de ter que ir trabalhar. Isso nunca tinha acontecido. Mesmo depois da morte de Rory, ela apareceu todos os dias na empresa, a não ser que surgisse alguma emergência com as crianças.

— Mamãe, está acordada? — Dilly pôs seu rosto perto do rosto da mãe e, em seguida, saiu correndo da cama. — A mamãe está acordada! — gritou ela escada abaixo.

Ai, lá vem.

Eles entraram, seus cinco filhos, cantando "parabéns pra você", a expressão deles radiante sob a luz de um bolo com cinquenta velas. Atrás, estava o homem-guaxinim, Johnny. A cena poderia ter saído de um filme sobre uma família feliz.

Era uma óbvia tentativa patética de Johnny para resolver as coisas. Provavelmente, teve que subornar as crianças para serem legais, porque, sejamos honestos, estavam *todas* pouco se fodendo para ela.

Menos Dilly.

E Saoirse.

Talvez, Ferdia.

— Feliz aniversário, mãe! Assopre as velinhas!

Enquanto o fazia, uma lágrima escapou de seu olho. Tentando ser discreta, ela a secou com o nó do dedo.

Johnny fez um gesto para Bridey, que deu um passo à frente.

— Feliz aniversário, mãe. Esse é o meu presente.

— Obrigada, filhinha. — Ela tentou fazer uma grande cena ao desembrulhá-lo, porém mais lágrimas ameaçavam cair.

— Perfume! — declarou Bridey enquanto Jessie abria a caixa.

Era óbvio que tinha sido Johnny que comprara. Provavelmente, em uma ida de emergência a uma loja de departamentos ontem na hora do almoço. Se ele se interessasse mesmo por ela, saberia que nunca usava perfume. Não era muito fã. E ficou desproporcionalmente chateada por Bridey não ter escolhido o presente sozinha. Ano passado, a filha tinha lhe dado um apito: "Em caso de emergência." Ela realmente *pensou* no presente.

Jessie se preparou para o próximo presente, era a vez de Dilly agora. O mesmo papel de embrulho do de Bridey. Apostava que era uma calcinha vermelha de cetim do tamanho errado. E um sutiã combinando de TJ, sem dúvida.

— Mamãe, você está *chorando*? — perguntou Dilly, perplexa.

— Não, amorzinho. Não, só estou...

— Gente! — Ferdia parecia superanimado. — Sabem de uma coisa? Vamos deixar nossa mãe aproveitar um descanso de aniversário. Depois, terminamos isso.

Confusos, todos, menos Johnny, saíram do quarto.

— Jessie. Eu sinto...

— Eu sei. Sente muito.

— Tenho um presente pra você. — Ele ofereceu uma caixa elegantemente embrulhada.

Ela sabia sobre a bolsa da Fendi, tipo era *óbvio* que sabia. As instruções de Mary-Laine para Johnny tinham sido diretamente de Jessie.

— Não quero.

Ele engoliu em seco.

— Não te culpo por estar com raiva.

— Não estou com raiva. Estou *triste*. — Ela caiu em um pranto de lágrimas barulhentas. — Não, se afaste, não quero suas mãos fedorentas e egoístas em mim. — Seu rosto estava encharcado pelo choro. — Não foi só o fim de semana. O que estava acontecendo mês passado em Mayo? O que estava tentando me dizer?

— N-nada.

— Johnny. Escuta. Não consigo não pensar em coisas terríveis. Você está... Tem algo acontecendo? Encontrou outra pessoa?

— Não. Eu juro.

— Então o que está acontecendo com você?

— Estava tentando economizar. Fiquei preocupado, mas escolhi o momento errado para fazer isso.

— Eu trabalho muito, Johnny. Tão duro quanto você. Mas todos vocês pensam que sou uma imbecil mandona que banca tudo. Ninguém se importa comigo.

— Isso não é verdade.

— É, *sim*. Olha como me tratam. Aquela porra de fim de semana maluco naquele lugar maluco! Foi aquilo que você achou que eu merecia?

— Eu não sabia que seria tão maluco assim...

— Foi você que comprou aqueles presentes de merda das crianças? *Elas* nem se importaram.

— Ferdia e Saoirse compraram os deles.

— Outras mães ganham presentes feitos à mão. Coisinhas de papel machê que vêm com o *pensamento* e o *amor* das crianças. Em vez disso, o *pai* das minhas filhas teve que comprar presentes genéricos pra "esposa emburrada" dele de um carrinho de uma loja de departamentos.

— Tem algo que eu possa fazer para consertar isso? Faço qualquer coisa.

— *Você* está pedindo que *eu* te ajude a consertar a merda que fez comigo? Isso diz tudo. Vai se foder, Johnny. Se manda daqui. Vou voltar a dormir.

Ele ficou perambulando ali por séculos.

Enrolada como uma bola triste e irritada, ela não conseguia vê-lo, mas dava para escutar a respiração nervosa dele. Depois de um tempo, o barulho parou, então ela concluiu que ele tinha ido embora.

Apesar de desejar o entorpecimento, era impossível cair no sono.

Em vez disso, para se reconfortar, pensou nas mudanças que ocorreriam se o deixasse.

Ele poderia ir morar no Airbnb dele na cidade, e ela ficaria ali na casa com as crianças. Apesar de que, naquele exato momento, também não queria ficar *com elas*.

Talvez *ela* pudesse morar no apartamento. Com os cachorros. Johnny poderia ficar na casa com as crianças. Ele ia ver só.

As finanças teriam que ser separadas, óbvio. A PiG só tinha dois acionistas: ela e Johnny. Separar esse time podia complicar as coisas.

Porém, ela não queria brigar por dinheiro. Apesar de todos os defeitos, Johnny contribuiu muito com a empresa e merecia a parte dele.

Ela o *humilharia* com sua benevolência. Só que continuar trabalhando no mesmo espaço talvez seria um problema.

E os irmãos dele e suas respectivas famílias? Continuariam próximos?

Ela esperava que sim. Cara e Nell, pelo menos. E Ed, ela gostava de Ed. Liam não fazia diferença.

Sim, manter esses relacionamentos exigiria algumas manobras, mas pensaria em alguma coisa. Principalmente porque seria irritantemente madura quanto a tudo isso.

Ela percebeu que seu humor mudou — planejar deixá-lo a alegrava.

O que a encorajava mais era imaginar como ele ficaria mal por não ter dado seu devido valor.

Todos eles ficariam mal.

No andar de baixo, Johnny estava à espreita, agoniado de tanta incerteza. Ir trabalhar confirmaria a convicção de Jessie de que nenhum deles se importava. Sentado nas escadas, com os ouvidos atentos a qualquer movimentação lá de cima, ele ligou para o florista com quem tinha feito uma encomenda de última hora ontem e implorou para que ele interceptasse o motorista e o buquê gigantesco fosse entregue em sua casa, e não no escritório. Em seguida, ligou para o restaurante caro e cancelou a reserva de almoço pela qual suplicou ontem. Racionalmente falando, ele deve ter se sentido péssimo assim em outro momento da vida, mas não conseguia lembrar quando.

Fisgadas de pânico começavam a surgir em seu estômago — e se ela jamais o perdoasse? Porém, pior que o medo era testemunhar a dor dela — dor que ele tinha causado. Os dois nunca foram melosos. Em vez disso, demonstravam amor tirando sarro um do outro. Ambos eram resilientes, mas ela sempre lhe pareceu quase impossível de magoar — e isso o enganou a ponto de não se importar.

O resumo da ópera era que hoje era o dia de um grande aniversário. Jessie sobreviveu a tanta coisa... Ela sustentava todos eles. *Merecia* uma extravagância.

Fechar a torneira era um objetivo recomendável, mas o aniversário de cinquenta anos de Jessie não era o momento certo para fazer isso.

Ele não conseguia se lembrar deles tendo uma briga dessas antes. Inúmeras vezes, quando estavam cansados e sobrecarregados, foram ríspidos um com o outro, até mesmo discutiram, mas foi só mais uma frustração passageira do que uma mágoa profunda.

Quando as flores chegaram, ele ficou agradecido e aterrorizado ao mesmo tempo por ter um pretexto para importuná-la. Subiu as escadas e bateu levemente na porta.

Ela estava deitada de barriga para cima, com os olhos abertos.

— Oi — disse ele. — Como está se sentindo?

— Pensando em te deixar.

Ele teve que apoiar a mão na parede.

— Jessie. Por favor, não. Me deixe tentar fazer as pazes com você.

— Como acha que ficaria sem mim? Ficaria ótimo, não é?

— Não. — Ele engoliu em seco. — Jessie, eu ficaria perdido. Ficaria de coração partido.

— Sentiria falta de mim dando ordens e arruinando a sua vida, só isso.

— É sério, Jessie. Foi a última...

— O que está acontecendo, Johnny? Você ficou aborrecido e esquisito em Mayo. O que houve com você?

— Foi só meu pai e tal. E me senti triste e velho.

— Por quê?

— Talvez porque eu seja. Pelo menos, velho.

— Escuta. Você está tendo um caso?

Aquele era o momento, a chance.

— Não.

"Caso" era a palavra errada.

— Então o que está acontecendo? Foi algo que eu fiz?

— Não tem nada acontecendo.

— Johnny, se quiser que a gente continue junto, é melhor me contar o que tem de errado com você.

— Ok. — Um suspiro. — Estou preocupado com o dinheiro. Gastamos demais e, depois daquela história do Hagen Klein... Sim, eu sei que você resolveu... mas poderia ter dado tão errado. Acho que Mason e Rionna estão certos quanto ao site.

— Ah. — A voz dela ficou fria outra vez.

— Foi você que perguntou.

— Se estou te castrando, pode ir trabalhar com outra pessoa.

— Quem está falando que você está me castrando? Ah, Jess! Você prometeu não ler os comentários.

— Bem, eu li! Eu leio! Então, vai embora, arranje outro emprego. Não me importo.

— Não quero outro emprego. Eu te amo, mas sou muito ruim demonstrando. Prometo que vou melhorar. Vou só enfiar essas flores em um vaso.

— Tenho uma ideia melhor de onde você pode enfiá-las.

Sessenta e quatro

— Mãe? — Alguém batia na porta do quarto.

Sonolenta, Jessie acordou. Eram quase seis da tarde, devia ter caído no sono.

— Mãe? — Era Ferdia. Ele abriu a porta e entrou. — Posso entrar?

— Já entrou — disse ela. — Está com o meu presente?

Ele parecia perplexo, mas lhe entregou um pacote fino, tamanho A4: uma foto emoldurada de Ferdia e Johnny, com os braços um em volta do outro, parecendo melhores amigos.

— Me desculpe por complicar tanto as coisas, mãe. Com Johnny, digo. Ele é um cara legal, sempre foi. Meu comportamento era abominável.

— Tarde demais, Ferd. Vou me separar dele.

— Como assim? Mãe... tá falando sério?

Depois de uma longa pausa, ela falou:

— Provavelmente, não. Mas pensar a respeito faz com que eu me sinta bem.

— Isso não passa quando a gente amadurece?

— Parece que não.

Os dois riram.

— Vai descer pra jantar? — perguntou ele. — As meninas estão sem graça. E Johnny também, óbvio — acrescentou ele.

— Que bom para eles... — Mas que diabos foi isso? Ela já estava esgotada de guardar rancor.

Na cozinha, na mesa, todos pareciam envergonhados.

— Somos filhos horríveis — disse TJ.

— Não ganhamos mesada suficiente para comprar uma coisa boa. — Isso veio de Bridey.

— Mas a gente ama você, mamãe — disse Dilly. — Te acho muito maneira.

— E eu comprei, sim, um presente para você. — Saoirse deslizou um pequeno embrulho por cima da mesa. — É um apanhador de sonhos!

— Obrigada, Saoirsh. Amores, está tudo ótimo — disse Jessie. — Me desculpem por ter chorado mais cedo.

— Você está passando pela crise? — perguntou Bridey.

— Pela o quê? — indagou TJ.

— Acontece com as mulheres na idade da nossa mãe. Elas ficam secas e agem de maneira estranha com as pessoas que amam.

— Ficam *secas*? — TJ parecia confusa.

— Eu *não* estou passando pela crise. — Bem, talvez estivesse. — Fiquei chateada porque achei que ninguém me amava.

— *O que* exatamente fica seco?

— A vagina.

— Meninas, *agora*, não. Se cantarem "parabéns pra você" outra vez, apago as velinhas.

— Dá azar! — Dilly parecia assombrada. — Cantar duas vezes.

— Não dá, não!

— Ah, não? Que bom!

Depois do jantar e do bolo, as crianças foram saindo até que ficassem apenas Johnny e Jessie na mesa.

— Me perdoa — repetiu Johnny. — Nunca mais vou deixar que aquilo se repita.

— Me desculpa também. Eu estava agindo feito uma diva. Não devia ter tido vontade de ir para o hotel careiro, pra começo de conversa. Quem eu acho que sou? Mas escuta... posso me desculpar por outra coisa? Naquela bizarrice do aniversário dos seus pais, eu sabia que precisávamos de um tempo sozinhos. Foi quando a coisa do Hagen Klein explodiu. Eu estava apagando o incêndio e, sim, me distraí. Me desculpa.

— Aceito suas desculpas. — O sorriso dele tentava demonstrar seriedade.

— Ainda quer que eu transfira os negócios para o site.

— Bem, que pense a respeito...

— Daria tanto trabalho... E seria um caos. Teríamos que comprar depósitos, contratar empacotadores e entregadores, novos funcionários... Custaria muito dinheiro. E nós não temos.

— É pra isso que servem os bancos.

Jessie tinha medo de bancos. Os bancos a fizeram fechar oito de suas lojas durante a quebra da bolsa. Os bancos não emprestariam dinheiro sem inspecionar as finanças pessoais dos Casey. Os bancos tinham o poder de retirar seu generoso cheque especial a qualquer momento.

— Eles iam querer uma garantia, e a única que realmente temos é a casa. Se der merda, vamos ficar sem empresa... e sem casa.

— Não vai dar merda.

Mas pode ser que dê.

— Existem muitos sites, Johnny. Qual seria o diferencial do nosso?

— O nome da PiG. O valor da empresa.

Ele não entendia. *Ninguém* entendia além dela.

— O valor da empresa não conta em um site. Tudo se resume a preço, e a gente não teria o poder de compra que empresas maiores têm.

— Mas também não podemos continuar assim.

Mas por que não? Eles trabalhavam muito, mas tinham uma boa vida. Qual era o problema de continuar *exatamente* daquele jeito?

Sete semanas atrás

FIM DE AGOSTO

Toscana

Sessenta e cinco

— Ai, meu Deus! — Nell disparou em direção a um aparador baixo, sua cor verde-água polida para ganhar um brilho fosco. — O acabamento! — Ela passou os dedos nos entalhes superficiais das gavetas. — Os detalhes. — Admirou o padrão de arabescos, tão desgastados que quase não eram visíveis. — Com certeza, isso não é da Ikea italiana.

— Acho que Nell gostou da casa de veraneio — disse Ed, carregando uma mala escada acima.

— Nell *amou* a casa! — exclamou ela.

Depois do baque do voo bem cedo de manhã, o inferno para alugar um carro e a dificuldade de guiar um Liam mal-humorado pelo GPS em meio ao conturbado trânsito de Florença, o dia de Nell melhorou drasticamente assim que chegaram ao interior da Toscana. A cada cinco minutos, aparecia algo novo e belo para surpreender: as encostas ensolaradas, as formações de arenito empoleiradas sobre uma colina íngreme, o verde e bege dos vinhedos.

— Tipo, isso é totalmente incrível!

No banco traseiro do carro, Saoirse e sua nova melhor amiga, Robyn, estavam cansadas da vida e nada impressionadas.

— Ela é fofa — disse Robyn ironicamente.

— Como assim nunca tinha vindo à Itália? — perguntou Saoirse a Nell.

— Nunca tive a chance.

Quando fizeram a curva na estrada em direção ao vilarejo, Nell ficou impressionada de novo, desta vez por causa do tamanho da propriedade.

— Quase trinta mil metros quadrados — disse Saoirse. — Aquelas são as oliveiras, ali ficam os vinhedos. Lá, a horta.

— Nossa, hein — falou Robyn.

De repente, Saoirse calou a boca.

Rodeada por ciprestes, que pareciam estalagmites cobertas de musgo, a casa de veraneio surgiu: era linda e com uma estrutura sólida, com telhados inclinados feitos de telhas terracota e paredes envernizadas em amarelo-claro. Persianas pintadas de verde-escuro flanqueavam cada janela embutida, e a pesada porta estava aberta de maneira convidativa.

— É perfeito. — Nell mal conseguia respirar. — Como um quadro do século dezoito.

— Acho que eles não tinham antenas parabólicas no século dezoito — murmurou Liam.

Aos subir os degraus de pedra, Nell saiu do sol ardente e pisou na entrada azulejada, fresca e simples da casa, e, dali, passou para uma enorme sala de estar. A luz penetrava por meio de seis janelas impactantes.

Era tudo perfeito. Em uma parede, uma estante de livros embutida, pintada com uma lindíssima cor de sálvia, se estendia até o teto. As outras três paredes tinham um acabamento rústico envernizado, em um tom quente de amêndoa. Dois sofás gigantes em formato de "L" compartilhavam o espaço com poltroninhas robustas cuja cor Nell decidiu chamar de aipo. Em pontos aparentemente aleatórios pelo cômodo, tinha mesas de centro baixas feitas de carvalho levemente envelhecido ou com um acabamento em mosaico de azulejos. Proporções, equilíbrio, cor: o lugar era tão bem-feito que ela ficou empolgada.

— Nell! — chamou Jessie. — Por que a pressa? Você está bem?

— A gente viu você entrar correndo! — Dilly estava bem atrás da mãe. — Precisa ir ao banheiro?

— Estou bem, meu anjo. Mas, Jessie, esse lugar é incrível! Não sei nem... Quer dizer, obrigada por me convidar.

— Não há de quê! — Jessie radiou de satisfação.

— Mãe. — Bridey estava lá dentro e andava em direção às escadas. — Não quero ficar no mesmo quarto que Dilly.

— Encantadora — disse Dilly.

— Quantos anos ela tem? — perguntou Nell a Jessie. — A casa?

— Duzentos e cinquenta, algo do tipo. — Em seguida: — NÃO! — Ela ergueu a mão para Bridey. — Não! Foi o combinado, você vai dividir o quarto com ela e ponto final.

— Nell — chamou Liam —, vou levar todas as nossas coisas pra dentro sozinho?

Cada vez mais Caseys se reuniam na casa, arrastando bagagens, esbarrando em quem estava à frente.

— Liam, deixa ela em paz! — falou Jessie. — Ela está em êxtase por causa da casa.

— Êxtase! — exclamou Dilly.

— Saoirse e Robyn, vocês vão ficar no estábulo. — Jessie enxotou as meninas para fora.

— No estábulo? — Ouviram Robyn dizer. — *É sério*?

— É superaconchegante. — Saoirse soava ansiosa.

— Que putinha... — sussurrou Jessie para Nell. — O estábulo é o melhor lugar. Vem cá. — Ela pegou Nell pelo braço. — Vem ver a cozinha.

— Também não sou a maior fã de Bridey — falou Dilly sozinha. — Mas só que *eu* não contei pra *ela*.

— *Regardez* — suspirou Jessie.

A cozinha era um amplo e iluminado cômodo retangular. Dominando o centro, estava uma enorme placa de mármore com lascas cor de âmbar, sobre a qual arranjos de lavanda se penduravam em um porta-panela suspenso. Armários com entalhes decorativos, pintados com uma tinta cor de damasco, abriam sem fazer barulho nenhum. Dentro deles, havia pães, massas, cerais de café da manhã e condimentos.

— De onde veio toda essa comida?

— E bebida. — Jessie apontou para os galões de água, engradados de cerveja e caixas de vinho. — Estoque antecipado de compras.

Era outro mundo, um mundo de gente rica.

— Isso tudo só vai durar até amanhã — disse Jessie. — Mas é prático não precisar ir ao supermercado assim que a gente chega.

Três janelas francesas se abriam para uma mesa de jantar comprida, com lugar para, provavelmente, vinte pessoas, sob uma pérgula trançada com glicínias. Um pouco mais à frente, ficava uma horta de temperos banhada na luz do sol. Jessie sorriu como se estivesse olhando para uma cesta de filhotes.

— Na maioria dos dias, acho que me desapaixonei pela cozinha.

— É mesmo? — Nell ficou surpresa.

— É. A gente se conhece. Cozinhar para crianças acaba com a alegria de qualquer um. Mas esta cozinha sempre reacende a magia.

— Essa pia! — Bridey entrou com Robyn. — Você também devia prestar atenção, Nell. Nessa pia é onde enxaguamos as louças. Estão vendo aquela mangueira enorme? Usem. Nunca preparem comida aqui.

— Bridey, você é má. — Dilly pareceu ter ensaiado a fala. — Também não sou a sua maior fã, mas não quis te magoar.

— Jessie. — Johnny passou a cabeça pela porta. — Vou dar uma passada lá no Marcello, antes que ele vá trabalhar, para praticar um pouco meu consumo de *espresso*.

Ela foi beijá-lo na boca.

— *Bonne chance, mon brave*. Não beba muito café. — Depois, se virou para Nell: — Quer ver o seu quarto?

— Sim, *por favor*!

Acompanhada por Jessie, Dilly e, agora, Bridey e TJ, Nell foi conduzida até o andar de cima.

Uau, que quarto! As paredes e a abóbada eram pontilhadas com uma cor de pergaminho. O assoalho era de largas tábuas de carvalho-branco. Duas paredes — *duas* — contavam com belíssimas janelas embutidas, que se fechavam com ornados trincos de prata e davam vista para o olival e para as colinas no horizonte. A mobília, antes azul-clara, agora estava tão esmaecida que era quase branca, não tinha adornos e era impecável. A cama possuía uma cabeceira simples de tecido em uma suave cor cinza-prateado.

— Ai, nossa. — Nell passou a mão pelos lençóis. — Jessie, estou amando. É luxuoso, mas nem um pouco *nouvy*.

— *Nouvy*? — questionou Jessie. — Quis dizer *nouveau riche*? Jessie, a burguesinha emergente!

— Não, não quis dizer...

— Paciência, se a carapuça serviu!

Quanto mais Nell olhava, mais impressionada ficava. Tudo funcionava muito bem. As tomadas ficavam nos lugares certos. E não era necessário um diploma em Matemática Avançada para descobrir como acender a luz.

Mas, quando ela viu o banheiro conjugado, uma miragem de mármore azul-cobalto e branco, seu rosto mudou.

— Está se sentindo culpada? — perguntou Jessie.

— Não. Ah, me desculpa.

— Bem, essa é a melhor parte. Estou morrendo de vontade de te contar! Uma historinha: viemos pra cá cinco anos atrás, reservamos por meio de um agente e, pois é, não foi barato. Nas primeiras três noites, fomos a um restaurante no vilarejo, administrado por Loretta e Marcello. Simpatizamos uns com os outros, ficamos até tarde conversando, bebendo limoncello, o de sempre. Eu os convidei para vir aqui na noite de folga deles, disse que prepararia um prato irlandês. Estava bêbada, tipo, você sabe como é: burguesinha. E exibicionista, óbvio. Não, Nell, eu amo essa palavra! Então, eles vieram, a noite foi ótima. Digo, são uns amores, não é difícil. Acontece que o irmão de Marcello é o proprietário desta casa. Giacomo, o nome dele. Assustador. Totalmente diferente de Marcello. Ele é todo meio "estou *devertindo* vocês?". Mas, assustador ou não, deve ter gostado da gente porque disse para reservar diretamente com ele se quiséssemos voltar. Agora, pagamos um terço do preço que pagamos naquele primeiro ano. Isso faz você se sentir melhor?

— Giacomo gosta da mamãe — disse Dilly. — É o que o papai diz.

— Ele sempre faz uma visita quando nosso pai não está — contou TJ. — Com grappa. Ele tenta embebedá-la.

— Nosso pai diz que, se nossa mãe praticasse ato sexual com Giacomo, conseguiríamos a casa de graça. E ele não disse "praticar ato sexual", ele disse "transar", o que não é nem um pouco adequado para nós, crianças, ouvirmos — disse Bridey.

— Fiquem quietas — interferiu Jessie. — Papai estava só brincando.

Bridey suspirou.

— Papai devia mesmo melhorar aquele senso de humor.

Sessenta e seis

— Ferdia? — Ele ouviu a voz de Jessie vindo lá de fora. — Está aí dentro? Trouxe Nell para ver...

Ferdia abriu a porta. Jessie, Nell e Dilly estavam do lado de fora sob o sol escaldante.

— Ai, filho, perdão! — Jessie deu um passo atrás. — Foi mal. Só estou mostrando o lugar para Nell. Achei que estivesse na piscina.

— Podem entrar, não tem problema.

— Não, não. — Nell estava relutante. — A gente volta outra hora.

— Seria pior vocês bisbilhotando aqui sem mim. — Ele quis soar brincalhão, mas, em vez disso, pareceu mal-humorado. — É sério, entrem. — Forçou um sorriso. — Sejam bem-vindas ao Antigo Armazém.

Cautelosas, elas entraram.

O rosto de Nell estava coberto de espanto.

— O pé-direito baixo, as vigas expostas, o chão de pedra, dois andares... — Ela estava maravilhada. — Muito rústico. Ei! — Subitamente, percebeu algo. — Barty não veio?

Merda. Quantas vezes ele teria que responder isso?

— É, não veio. Ocupado. Sabe...

— Só percebi agora. — Ela riu de si mesma. — Para você ver como eu estava acordada no aeroporto. Que pena... Barty é divertido.

Você acha?

— Então o coitadinho do Ferdia não tem ninguém com quem se divertir — disse Jessie.

— Que tal Seppe e Lorenzo? Posso me divertir com eles. — Em seguida, explicou para Nell: — Filhos de Marcello.

Ela assentiu, nada interessada, ainda totalmente concentrada na decoração.

— Olha que arco de pedra lindo!

Ele nunca tinha reparado naquilo, e já era sua quarta visita. O arco abria para os largos degraus de pedra que levavam até o quarto, no andar de cima.

— Podemos...?

— Vão em frente.

Com os passos ressoando nos degraus, eles tumultuaram o pequeno quarto iluminado.

— Melhor Wi-Fi em toda Santa Laura — disse ele.

Sob a sombra na praça da cidade, Johnny bebia *espresso* com Marcello. Ele não gostava de *espresso* e, tão tarde assim, o deixava meio enjoado.

— Quer beber outra coisa? — indagou Marcello.

— *Nah*. Estou praticando. Para quando eu fugir e vier morar aqui. Os outros homens não vão me deixar sentar com eles se eu estiver bebendo um frappuccino de caramelo.

— Você é muito imbecil. — Foi Jessie que o tinha ensinado a falar isso.

— Vou aprender a jogar damas. Vou me sentar sob os arcos na companhia de outros homens e a minha vida vai ser só paz.

— Você não sabe de nada — disse Marcello. — Trabalhamos como uns condenados por quatro meses para juntar dinheiro para os outros oito meses do ano.

— Mas moram nesse lugar lindo, podem ir para o trabalho andando e não precisam ir a feiras profissionais em Frankfurt.

— Devíamos trocar de vida por um tempo.

— O estresse te mataria.

— Minha vida não é fácil. Outra bebida? Por favor, meu amigo, beba outra coisa.

— Não. Outro *espresso*. Tenho que aumentar minha resistência.

— Ferdia! — chamou Saoirse. — Estamos prontas.

— Hm. Nossa.

Não eram nem 18h, mas Saoirse e Robyn estavam vestidas como se fossem a uma boate: vestidos curtos e brilhantes, sandálias de salto agulha e algo brilhante que marcava o rosto.

— Contorno — informou Saoirse.

— Vai ficar de boa com esses sapatos? — perguntou ele a Robyn. — São dez minutos subindo a ladeira até a cidade e ruas de paralelepípedos quando a gente chegar lá.

— Eu nasci de salto alto.

Talvez sim, mas, assim que chegaram no Il Gatto Ubriaco, ele tinha uma garota apoiada em cada braço.

Os filhos de Marcello, Seppe, Lorenzo e Valentina, estavam em uma mesa com vista para a planície ensolarada lá embaixo. Houve abraços calorosos e beijinhos duplos. Por um momento, Ferdia se esqueceu de Barty.

— O que estão bebendo?

— Aperol Spritz. — Valentina apontou para o drinque laranja na frente dela.

— Dois mil e quatorze ligou. Ele quer o drinque do momento de volta. — Robyn abriu um sorriso malicioso para Ferdia.

Ele desviou o olhar, sem graça.

— Então, seis Aperol Spritzes — disse ele e foi até o bar.

Foi uma *passeggiata*. Grupos de famílias, alguns de apenas duas ou três pessoas, outros muito maiores, passavam pelo bar. Eram, em sua maioria, italianos, com apenas um ou dois grupos de turistas.

Jessie deveria ter nascido na Itália, pensou Ferdia. Eram todos muito ligados à família. Ei! Lá estavam Cara, Ed, Vinnie e Tom. Ferdia observou Cara. Ela estava de mãos dadas com Tom e Ed, e parecia bem, normal. Mas sempre a achou normal e acabou que ela sofria de bulimia. Era estranho como todos estavam agindo como se ela não tivesse tido uma convulsão e dado um grande susto neles. Será que era difícil para ela estar ali, rodeada por tanta comida? Ou estava curada agora?

— Ordens da chefia — anunciou Bridey. — Temos uma reserva para o jantar no restaurante de Loretta. Saímos às sete e quinze em ponto. Não se atrasem.

Nell tomou um banho, lavou e secou o cabelo e pôs um vestido de algodão vermelho. A escova de dente elétrica zumbia dentro da boca quando ela ouviu Liam subindo as escadas. Ficou tensa sem entender o porquê. A escova de dente foi um presente dele, dada em uma época em que tudo o que ele dizia ou fazia era baseado em seu amor por ela. Na época, Nell não se sentiu ofendida por ser algo prático demais para ser um presente: foi apenas mais um sinal da devoção dele. A forma correta de usar, ele lhe informou, era demorando trinta segundos em cada quadrante da boca — em vez de perambular aleatoriamente como ela estava fazendo agora.

— Oi. Só vim trocar de blusa.

Ela entrou no banheiro, saindo do caminho dele. Era só uma coisinha pequena, uma coisinha tão pequenininha, mas ela queria escovar os dentes do jeito dela.

— ...um subsídio do governo para startups — contava Seppe a Ferdia sobre a pequena empresa de e-commerce que tinha acabado de abrir. — Eles gostariam que Arezzo se tornasse um centro de ourive...

— Ai, ai — bocejou Robyn em alto e bom som.

Ferdia fez uma cara desconsolada para Seppe, que sorriu para mostrar que entendeu.

Seppe tinha acabado de terminar a faculdade e, enquanto a carreira do rapaz não era exatamente o que ele pessoalmente pretendia, ficou animado pelo amigo enxergar um futuro para si. Era difícil se sustentar ali, no interior da Toscana, bem mais difícil que na Irlanda.

— E você? — perguntou Valentina a Ferdia. — Ainda falta um ano para terminar a faculdade? Vai fazer o que depois?

— É, bem... — Ele estava interessado em falar sobre sua nova empreitada, mas Robyn o interrompeu.

— Blá-blá-blá. Quando é que a gente vai se divertir?

O celular de Saoirse recebeu uma notificação.

— É a minha mãe. Estamos atrasados para o jantar.

— É melhor a gente ir. Nos falamos depois?

Ferdia, Saoirse e Robyn se apressaram pelas estreitas ruas de pedras, passando por arcos de arenito e mercados que mais pareciam cavernas. O jantar era no restaurante de Loretta e Marcello, do outro lado da cidadezinha. Passaram por um antiquado boticário e, em seguida, por uma pequena e brilhante joalheria cujas mercadorias eram fortemente voltadas para os turistas.

— Minha nossa! — Robyn apontou para pulseiras cobertas de cristais. — São lindas demais! Quero experimentar.

— Estamos atrasados — disse Ferdia. — As pulseiras ainda vão estar aí amanhã.

— Quero dar uma olhada agora.

— Ok, vão em frente. Saoirse, sabe como chegar no restaurante. Nos vemos lá.

— Não vai esperar a gente? — Robyn fez biquinho.

— Não quero chegar atrasado. — Ele continuou andando.

— Que babaca! — disse Robyn em voz alta.

— "...I fought the LAAAAAAWWWW..." — cantou Johnny. — Hahaha! Pareço um cantor de ópera.

— Um barítono — disse Liam. — Marcello, são esses os que têm a voz grossa?

— *Sì.* — Marcello revirou os olhos. — *Cafone.*

Babaca italiano descarado. *Cafone* significava algo como "ralé ignorante".

— "...and the LAAAAAAAAWWWW won!" — continuou cantando Johnny. — Ouçam só essa reverberação!

Era tarde da noite de sábado, e eles estavam jogando sinuca no porão, que tinha uma acústica que produzia ecos bizarros.

Liam tomou um gole de sua cerveja, bateu no peito e arrotou.

— "'Cause girls like YOOOOOUUU" — interrompeu Ferdia.

— "Run around with BOYS like me!" — Seppe e Lorenzo fizeram o coro, e os três não conseguiam parar de rir.

Chame de paranoia, mas Liam desconfiava de que estavam rindo dele. Ele não tinha certeza, mas tinha alguma coisa nas entrelinhas. Estava bem bêbado e se sentindo inconsequente o bastante para...

Ed se colocou na frente dele.

— Tudo bem?

Pego de surpresa, ele disse:

— Ah. Tudo.

— Tem certeza? — Agora, era Johnny quem o bloqueava.

— Estou ótimo.

— Ok! — Johnny se afastou e, em seguida, berrou: — "I FOUGHT THE LAAAAAW."

*

Nell acordou em meio à escuridão, seu coração martelava. *Onde estou?* Ela estava na cama, mas não em casa. Levemente em pânico, esticou uma perna e percebeu que estava sozinha. Onde estava Liam?

Tateando ao redor, ela tocou um interruptor e, de repente, conseguiu enxergar. Estava no lindo quarto na linda casa na Itália.

Lá estava seu celular. Era só 1h23 — era provável que Liam ainda estivesse jogando sinuca.

Foi quando se lembrou do sonho, foi ele que a acordou.

Nossa, foi horrível. Nele, ela e Liam não se amavam mais. Tinham tomado a decisão estranhamente calma de se separar.

— A gente se deixou levar — disse ele. — Se casar foi loucura. Você vai ter que se mudar.

— Ótimo. Nunca gostei desse apartamento mesmo.

Foi horrível — e nem fazia sentido. Ela amava Liam. *E* amava o apartamento. Precisava mesmo de um abraço dele para espantar aquele medo que a deixava trêmula, mas não podia sair andando, sorrateira, pela casa àquela hora da noite, tentando encontrá-lo. Ele ficaria com vergonha. E ela também.

Será que tinha problema mandar uma mensagem?

Amor, tive um sonho ruim. Pode vir para cama? Te amo, bjs.

Sabendo que ela logo o veria, dispersou as últimas lembranças esfumaçadas do pesadelo.

Ela esperou e esperou, até que, depois de muito tempo, ficou sonolenta outra vez e decidiu que era seguro voltar a dormir.

Sessenta e sete

— E a mamãe? — sussurrou uma voz.

— Vamos deixá-la dormir. — Outra voz, de Ed.

Cara abriu os olhos. Itália. Toscana. Na cama mais confortável do mundo, no quarto mais perfeito do mundo, na casa mais bonita do mundo. Ed, Vinnie e Tom estavam acordados e vestidos, olhando atentamente para ela.

— Oi, mãe — sussurrou Tom. — São oito e dez. Mas no horário italiano. São só sete e dez na Irlanda. Vamos colher frutas pro café da manhã.

— Também vou. — Cara estava cheia de energia de repente. Colocando um vestido soltinho, deslizou os pés nas sandálias e os seguiu escada abaixo.

Lá fora ainda estava fresco, e o sereno brilhava nas folhas. O sol, longe de estar no pico, projetava uma luz amarela esmaecida. Carregando seus cestos de vime, eles caminharam até as ordenadas fileiras de sulcos e árvores, onde borboletas coloridas se lançavam no ar e voavam.

— Que frutas tem aqui? — perguntou Tom.

— Cerejas — disse Ed. — Pêssegos, provavelmente. Tomates.

— Tomate não é fruta. — Vinnie estava sempre pronto para zombar de alguém.

— Na verdade, é, sim — começou Ed.

— *Nãããão*, uma das explicações do papai!

Mas todos riram.

Olhando de fora, percebeu Cara, alguém poderia pensar que sua vida era perfeita.

Para ser justa, estava tudo ali — o lindo cenário, o homem bom, os dois filhos amados, muita comida, muito amor.

Era ela quem não era capaz de vivenciar aquilo direito.

Desde que todo o drama tinha estourado, era como se a verdadeira Cara não estivesse totalmente alinhada com a realidade. Seu jeito de ser deslizava, como uma lente de contato instável que não para na íris. Quando tinha outras pessoas ao redor, ela conseguia manter um diálogo, mas, ultimamente, parecia mais memória muscular do que engajamento genuíno. De vez em quando, seus dois "eus" se sobrepunham perfeitamente, se encaixavam e, de repente, ela estava ali, no momento. Sensações intensas a inundavam, boas e não tão boas assim, e sua essência se desconectava outra vez.

Ela vivia a própria vida a uma certa distância de si mesma.

E o que isso tinha a ver com comer demais e forçar o vômito? Se o que a psicóloga Peggy disse fosse verdade, ela estava fazendo aquilo para mudar de humor. Agora que não tinha como alterar seus sentimentos, precisava fazer com que fizessem sentido novamente.

Porém, como dizia a si mesma, era apenas o começo. Seria um erro tentar entender tudo agora. Devia apenas continuar dando um passo de cada vez, continuar vivendo, até que as coisas ficassem mais compreensíveis.

— Quero colher as cerejas! — Tom correu em direção a uma escada que estava sob uma árvore.

— Vou colher os pêssegos — disse Vinnie.

— Eu pego os tomates — anunciou Cara.

— Tomate não é fruta! — insistiu Vinnie.

Ela riu.

— Eles servem para o almoço.

Enquanto Ed instruía os meninos sobre como saber se uma fruta estava madura, Cara tentava arrancar os tomates da videia com bastante atenção, sentindo o peso firme deles na mão. Algo que Peggy disse veio à mente dela:

— O propósito da comida é alimentar o seu corpo. Nada mais.

Inesperadamente, ela teve um daqueles raros momentos de alinhamento: essas plantas vieram da terra para mantê-la viva. Brevemente, soube qual era o seu lugar no ciclo da vida.

Aconteceu outra vez quando Tom e Vinnie exibiram seus cestos. A penugem laranja-rosada dos pêssegos, com sua distinta fragrância doce, e o roxo brilhoso das cerejas era lindo.

Talvez ficasse tudo bem.

De volta à casa, as janelas francesas estavam escancaradas. Dilly e Nell andavam apressadas, de um lado para outro, levando pilhas de pratos para a mesa comprida sob a treliça cheia de flores glicínia. Jessie, usando uma túnica *kaftan* esvoaçante, cozinhava algo quente que espirrava no fogão. Saoirse e Robyn preparavam vitaminas. Johnny e TJ lidavam com a máquina de café, enquanto Bridey se intrometia em tudo e Ferdia servia o que parecia granola caseira em uma pesada tigela de cerâmica. O único que não estava presente era Liam.

— Olhem só pra vocês, meus pequenos caçadores-coletores! — exclamou Jessie ao vê-los. — Parece que saíram de um comercial de vida saudável. Foto! Cadê meu celular?

Examinando o conteúdo dos cestos, ela foi generosa nos elogios a Vinnie e Tom.

— Vocês trouxeram coisas ótimas. Olha esses pêssegos! — Falou para os outros: — Eu poderia fritá-los com mel. Nós temos mel? É óbvio que temos mel! E pistache?

— Burguesinha! — gritou Bridey.

— Concordo com Bridey — disse Johnny. — Relaxa.

— Eu só quero Nutella — disse Vinnie. — Comeria fácil aquele pote gigante e nem ficaria enjoado.

Risadas nervosas surgiram e, de repente, ninguém olhou mais na direção de Cara. Deviam estar pensando que Vinnie tinha herdado o que havia de errado com ela — pelo menos, a parte de comer compulsivamente. Era vergonhoso.

Mas era só o começo, lembrou a si mesma. O começo.

— Então o que posso cozinhar pra vocês? — perguntou Jessie. — Cara?

Automaticamente, todos espicharam as orelhas.

— Uma omelete com dois ovos, por favor — respondeu ela com educação. — E tomate.

— Queijo?

— Não, obrigada.

Jessie estava prestes a tentar convencê-la a comer mais — como provedora, era um reflexo automático. Depois, se lembrou.

— É pra já.

O objetivo do planejamento alimentar diário, projetado pelo nutricionista do hospital, era amenizar as variações nos níveis de açúcar no sangue de Cara, que, aparentemente, a levavam a comer excessivamente. Talvez estivesse funcionando, porque não tinha sentido desejo por doce nem por chocolate nas últimas semanas. O que era uma loucura, porque, naqueles meses antes do Gulban Manor, comer era tudo em que ela era capaz de pensar: qual chocolate comprar, quando comprar, quando comer. Agora, parecia ter liberdade.

Mas quem diria que aquela liberdade seria tão... sem graça?

Sessenta e oito

Robyn era uma garota cruel, observou Jessie. A gratidão que Saoirse sentia por ser amiga dela era dolorosa de ver. Lembrava Jessie de sua própria adolescência, uma época que gostaria de esquecer.

Robyn também era preguiçosa. Ela fugia quando precisavam lavar as louças do café da manhã e, depois, aparecia na beira da piscina de biquíni, que ela enfiava bem dentro da bunda.

— O que é aquilo? — perguntou Jessie a Johnny quando estavam de pé, perto da janela, lavando as panelas. — Por que ela, simplesmente, não comprou um fio-dental?

— Acho que está na moda. Estão usando assim em *Love Island*.

— Mas e se todos ficarem atraídos por ela?

— E daí?

— Mas e se todos, sabe, ficarem excitados?

— E daí?

— Mas e se tiverem uma ereção?

— *Quem?*

— Bem... você.

— Não diga isso. Que horror!

Cheia de dúvidas, Jessie olhou para ele.

— Acho todos os homens uns tarados, sempre prontos para transar, de dia ou de noite.

— Não vou ter uma ereção. — Ele olhou na direção da piscina, onde Ed estava em uma guerra aquática com as crianças menores. — Nem Ed.

— Liam?

— O tempo dirá, se é que ele vai aparecer.

— Ferdia?

— Ah, sim, pode ser. Ele está na idade. Aliás, cadê ele?

— Derrubando alguma coisa com Seppe e Lorenzo. Uma parede, eu acho.

— Até que é algo saudável pra se fazer.

— Olha as nossas menininhas — disse Jessie, condescendente. — Pequena Dilly. — Ela era a coisa mais fofa, pequena e cheinha naquele maiô de sereia com pregas no bumbum. E Bridey, sempre catastrófica, com um maiô inflável amarelo.

— Qual é a de Bridey com aquelas boias? — indagou Johnny. — Ela sabe nadar.

— Ela diz que não peca pelo excesso.

Robyn se levantou para ajeitar o biquíni.

— Por que a bunda da garota está incomodando você? — perguntou Johnny.

— É que eu quero que tudo seja perfeito. Porque sou burguesinha, é o que diz Nell — acrescentou ela. — Adoro Nell.

Como se tivesse sido invocada, Nell apareceu na linha da visão deles usando um biquíni branco.

— Meu Deus! — Com a mão cheia de sabão, Jessie agarrou o braço de Johnny. — Olha a Nell!

— *Agora*, sim, tive uma ereção. Apesar de parecer que é você que está de pau duro por ela.

— Johnny, não diga "pau duro".

Ele olhava para Nell com os olhos semicerrados.

— O que tem de diferente nela?

— O cabelo. Não está mais cor-de-rosa. Olha lá, aquela cascata de fios loiros descendo pelas costas dela. Ah, lá vamos nós...

Robyn — talvez ameaçada pela sensualidade natural de Nell — se levantou outra vez e enfiou ainda mais o biquíni entre as nádegas.

— Não tem mais espaço lá dentro! E onde ela pensa que está? — quis saber Jessie. — Em Nikki Beach? São férias em família, e não quero ninguém tendo ereções. Vou patrulhar a beira da piscina com um cano de metal. Vou ser a polícia da ereção. Qualquer evidência de ratinho agitado, vou acertá-lo com o meu cano!

Johnny riu.

— "Ratinho agitado". Você é a melhor.

— Ah, é?

O sorriso dele desapareceu.

— Ah. É. — Ele deslizou os braços ao redor da cintura dela e a puxou com força para perto.

— Uau, por que a mudança repentina de humor?

— Por causa da minha esposa linda e sexy.

— Sou mesmo? Ei, Johnny? Isso é...?

— Um ratinho agitado? Culpa sua. Vai acertá-lo com o seu cano?

— Vou lidar com ele de outra forma. Vem.

— É sério? — Eles ficaram muito mais próximos desde a briga por causa do aniversário dela, mas sexo no meio do dia não acontecia fazia anos.

— Eles estão na piscina, ninguém vai sentir a nossa falta. Vamos.

Uma e vinte e três da tarde, almoço. Salada, uma colher de sopa de molho, meio abacate médio, duas fatias médias de pão de massa azeda, um cacho pequeno de uvas vermelhas, água com gás.

Cara digitou tudo no celular para relatar depois a Peggy.

Quando Cara viu seu planejamento alimentar pela primeira vez, entrou em pânico: tinha *tanta* coisa. Ela ia ganhar toneladas de quilos.

Aparentemente, pelo que Peggy explicou, seu corpo estava tão confuso com toda aquela restrição alimentar seguida de muita comida ao mesmo tempo que seu organismo precisaria reaprender que tinha a garantia de um fornecimento regular e estável de alimentos.

Além disso, Peggy insistiu que muitos dos beliscos de Cara tinham sido engatilhados não por desejos, mas pela boa e velha fome.

Talvez isso significasse alguma coisa. Ela sempre pulava o café da manhã para cortar calorias diárias. Mas, no meio da manhã, sentia uma necessidade tão voraz por comida que ingeria muito mais do que teria comido em um café da manhã normal.

Nas primeiras consultas, Cara tinha achado Peggy mandona demais. Ela lembrava uma professora de escola primária, com aquele ar cheio de convicção de que sabia o que era melhor. Porém, agora, Cara gostava disso. Era reconfortante estar sob os cuidados de uma psicóloga com tamanha confiança.

Agora, precisava registrar seu "humor depois de comer". Não precisava nem pensar a respeito: horrivelmente insegura. Pela primeira vez em séculos, usava uma roupa de banho, sem uma canga escondendo seus quadris e coxas. Era um maiô robusto azul-marinho, com uma cinta embutida, que não chegava nem perto do pequeno biquíni fluorescente de Robyn, mas mesmo assim...

Quem sabe se fossem apenas Ed e os meninos ali, ela se sentiria bem. Mas com todas essas pessoas ao redor da piscina, principalmente, Robyn...

Cara conseguia ler a mente dela: a expressão da garota variava entre nojo e pena. Quase conseguia enxergar Robyn decidindo que jamais se tornaria uma mulher roliça com celulite. E talvez não se tornasse mesmo. Nem todos eram fracos como Cara.

Ai, Deus, lá vinha Liam, outra pessoa que a fazia se sentir vulnerável. Ela desconfiava que a opinião dele sobre as coxas dela era cruel. Mas sentia um pinguinho de prazer sabendo que sua própria opinião sobre ele era igualmente implacável. Lá estava ele, atrás dos óculos escuros, achando que ninguém conseguia ver que estava de olho em Robyn.

Quanto à opinião de Johnny, ela se importava bem menos. Ele falava demais e, na verdade, era uma pessoa muito genti... Jesus! Respirando fundo involuntariamente, ela quase se engasgou com a própria epiglote. Era Ferdia, sem camisa, usando um short de mergulho. Avaliou o corpo alto e esbelto dele, os cabelos pretos contrastando com a pele clara. Os ombros e os braços eram adornados com várias tatuagens, os pelos dele formavam uma linha escura que ia do umbigo até o cós do short, e era muita... informação.

— Que GATO! — gritou Dilly para ele.

Ed ergueu a cabeça.

— Ah, sim. — Ele riu de leve. — De repente, me sinto um peixe fora da água.

— Onde esteve a manhã inteira? — perguntou Bridey a Ferdia.

— Demolindo uma parede com uma marreta! — Ele sorriu. — Foi maneiro.

— Ele se acha — disse Robyn. — Que fofo...

— O que isso quer dizer? — perguntou Dilly.

Quer dizer que Robyn gosta de Ferdia.

— Ele parece um cara de uma revista — declarou TJ.

— Um modelo! — disse Bridey.

— Não conte pra ele — implorou Jessie. — Ele vai se irritar com a gente.

Tarde demais. Elas pegaram a *Vogue* de Jessie e encontraram um anúncio de loção pós-barba da Armani.

— Ferdia! — Elas bateram com os dedos molhados na página. — Você se parece com ele!

— Não, ele tem que molhar o cabelo. — Dilly estava analisando a foto. — E precisa de umas gotas de água no peito.

— Entra na piscina — ordenou Bridey. — Você precisa parecer que esteve na piscina.

Ferdia obedeceu. Depois, se sentou na borda enquanto as irmãs se agitavam ao redor dele, arrumando-o, usando os dedos para afastar seu cabelo molhado do rosto.

Vinnie pegou a revista.

— Tem meio que fechar um pouco os olhos. Isso, assim! Está parecendo um bobão!

Persistente, Tom disse a Cara:

— Mãe, pode me emprestar o celular? Valeu. — Em seguida, se voltou para o primo: — Ferdia, faça amor com a câmera.

Tom tirou uma foto atrás da outra.

— Tem que levantar uma das pernas.

— Assim? — Ferdia ergueu uma das pernas no ar, e as crianças caíram na gargalhada.

— Não, o seu pé fica no chão, e o seu joelho, dobrado. Sim, isso.

— Glorioso! — berrou Dilly. — Estamos em êxtase!

— Como se chama a loção pós-barba? — perguntou Nell.

— Cocô! — berrou Dilly e riu tanto que caiu em uma espreguiçadeira, em que seu corpinho gorducho convulsionou de tanto gargalhar.

— Fedido! — gritou Tom.

— Cocô fedido.

— Peido — disse Vinnie. — Cara de peido!

— Mané — sugeriu Liam, mas, além de um "ah, não" quase inaudível de Johnny, ele foi ignorado.

— Cara de peido — declarou Ferdia e, em seguida, lançou um olhar exageradamente ardente. — *By Armani.*

As crianças gritaram de alegria, tão tomadas pelas gargalhadas que decidiram cair umas por cima das outras.

*

Quando um monte de crianças tinha subido na espreguiçadeira de Jessie, fazendo com que quase perdesse o equilíbrio, ela se levantou e puxou outra espreguiçadeira.

— Agora, tem espaço para todo mundo.

Dilly, TJ e Bridey grudaram nela, contorcendo seus corpinhos úmidos até ficarem confortáveis. Tudo o que poderia deixar Jessie mais feliz era Saoirse se juntando a elas, mas a filha mais velha estava temporariamente indisponível para a mãe. Seria inútil até pensar em Ferdia. Ele era um homem agora.

— Tem espaço para mim? — perguntou Johnny.

— Sim!

Um novo contorcionismo começou até que todos ficassem confortavelmente agarradinhos outra vez.

— De quem é essa perna? — Jessie esfregou o pé em alguém. — Parece cabeluda demais. É do papai?

Isso causou risadas aos berros por parte das meninas.

— É a perna da Dilly!

— E ela não é cabeluda!

Isso é tudo o que eu quero, pensou Jessie. Tudo o que eu sempre quis.

— Desculpa, mãe! — TJ deu uma cotovelada na orelha de Jessie sem querer. — Você está bem?

— Estou, estou. — Mais feliz do que jamais imaginei.

Sessenta e nove

No fim da tarde, enquanto o ar denso vibrava com o calor, Cara estava meio adormecida meio acordada quando seu celular tocou suavemente.

— O que é isso? — Saoirse ergueu a cabeça, grogue.

— Nada. Desculpa.

Era hora do segundo de um total de três lanches recomendados pelo hospital. Ela tinha que comer a cada três horas para manter os níveis de açúcar no sangue estáveis e, portanto, frustrar quaisquer tentativas de emboscá-la com desejos. Mas comer quando mais ninguém comia era vergonhoso. Até mesmo a palavra "lanche" a deixava desconfortável: era o que recebiam crianças na pré-escola, não mulheres crescidas.

Pior de tudo, ela nem estava com fome, o que parecia ser o maior desperdício de calorias.

Na cozinha, em busca de seu pacote de castanhas, abriu um armário — e esbarrou com um estoque de biscoitos italianos. Assustada, fechou a porta com força, mas não antes de ter tido a visão do farto chocolate, dos minimarshmallows e das avelãs crocantes.

Seu coração disparou. Ela não estava procurando biscoitos — nem sabia que estavam lá —, mas, mesmo assim, se sentiu culpada.

Açúcar processado não fazia parte de seu planejamento alimentar. Ainda não. E, quem sabe, nunca mais faria.

Chocada consigo mesma, ela se afastou. Como assim abriu justamente o armário que estava cheio de biscoitos? Estava tentando se sabotar?

Peggy não queria deixá-la ir nessa viagem: era cedo demais para colocá-la em um ambiente que não pudesse controlar. Cara estava confiante de que não teria um lapso. Só que, agora, entendia a preocupação de Peggy.

— O que foi? — Ed entrou.

Os lábios dela pareciam dormentes.

— Eu... Aaaah...

— O que aconteceu? — Os olhos dele passavam por ela e ao redor dela, como se ele estivesse procurando a evidência de que ela comeu muito de algo.

Um pensamento terrível lhe ocorreu.

— Veio aqui me vigiar?

Eles ainda não tinham se recuperado totalmente das coisas horríveis que disseram um ao outro após a convulsão. Eram educados e agradáveis, mas Cara tinha a sensação de que estavam apenas atuando.

— Vim ver se você estava bem, se tinha encontrado seu lanche e tal.

Ele pareceu surpreso e, em seguida, magoado. De repente, ela ficou envergonhada.

— Desculpa, amor.

Johnny apareceu, seguido por Dilly, TJ, Vinnie e Tom. Tinha mais gente atrás deles. De uma só vez, a casa inteira passava pela cozinha, indo em direção a seus respectivos quartos para tirar um cochilo.

Ed se aproximou de Cara, mas ela recuou.

— É melhor eu ligar para Peggy.

Ele tinha que deixá-la ir, porque Peggy era a pessoa em quem Cara confiava para mantê-la na linha. Nada podia atrapalhar aquele relacionamento.

Enquanto a esposa desaparecia escada acima, Ed ficou na cozinha, imaginando se, alguma vez, já tinha se sentido tão solitário assim. Nas últimas cinco semanas, o terror invadia seus sonhos: Cara poderia ter morrido. Ele foi lançado de volta à realidade, ofegante e com o coração disparado. *Ela está morta.*

Sua vida tinha se tornado "De Caso com o Acaso". Em uma versão, a real, Cara ainda estava viva. Na outra, tinha morrido naquela noite de sexta-feira.

Ele vivenciava essa viagem por meio do prisma da segunda versão. Apesar de ela estar ali, viva, ele compreendia como a morte estava próxima. Todos se agarravam à vida pelos fios mais finos. Era apenas uma sorte absurda eles não arrebentarem, arrebentarem e arrebentarem, um após o outro, arremessando as pessoas no vazio.

Ed não conseguia parar de observar Vinnie e Tom — Vinnie causando um caos na piscina, Tom lendo sob uma árvore — e pensar como essa viagem podia ter sido diferente. *Sua mãe podia ter morrido. Vocês ainda estariam aqui, e ela, não.*

Não que ele fosse falar isso para a esposa. Cara estava tentando melhorar, ele não podia jogar esse peso nas costas dela.

— Tudo bem aí? — Johnny o encarava com preocupação. — Vamos à cidade. Vamos beber com Marcello. Coisa de homem! Bem, podemos fingir. Liam, você topa?

— Nada de *espresso* — disse Johnny a Marcello. — Se vamos "conversar sobre os nossos sentimentos", precisamos de cerveja.

— Ah, para com isso — ponderou Ed. — Não posso me abrir assim. — Além disso, aqueles homens não entenderiam. Ele e Cara eram diferentes de Johnny e Jessie, de Liam e Nell, de qualquer outro casal.

Antes de conhecer Cara, suas três namoradas sérias tinham dado um pé na bunda dele. Ed não era sério o suficiente — em relação à vida, à carreira, a elas... No início de um relacionamento, era elogiado por seu comportamento tranquilo, mas, no fim, tudo azedava em ataques de raiva sobre ele ser muito "desapegado" e "independente demais".

Sempre se sentiu muito bem na própria companhia, mesmo na infância. Quando era mais novo, idolatrava o irmão mais velho, Johnny. Mas, quando percebeu o esforço que Johnny fazia para ser amado por todos, a idolatria pelo seu herói se transformou em algo parecido com pena.

Quando adulto, se sentia confortável em viajar sozinho. Iniciava conversas no trem, nos bares — falava com qualquer um e estava sempre bem. Quando conheceu Cara, tinha trinta e dois anos e a reputação de um cara legal que não era para ser levado a sério. Tudo isso mudou quando subiu uma escada de mão em uma festa. Naquela noite, quanto mais alto subia, mais assustado ficava. Foi quando a mulher no pé da escada gritou para ele:

— Estou aqui. Você está seguro.

Do nada, Ed sentiu algo totalmente novo: ele desejou a segurança que ela havia prometido a ele.

Desde o início, tinha achado Cara extraordinária. Mas, quando exaltou as qualidades dela para seus irmãos, Liam riu e disse:

— É verdade mesmo o que dizem, né? O amor é cego.

Depois que acalmou sua fúria, Ed entendeu: para a maioria das pessoas, Cara era comum. Mas ela liberou sua capacidade de amar. Com aquela devoção afobada veio uma vulnerabilidade que combinava entre os dois. Ele nunca mais desejou outra pessoa.

Traições aconteciam, ele sabia. Alguns de seus amigos eram fiéis, outros cometiam deslizes, alguns eram sempre canalhas... Ele tinha suas suspeitas quanto a Johnny — não que fosse perguntar. Se Johnny traía, ele *não* queria saber. Ele mesmo, porém, era um cara correto.

Chegaram as cervejas, e Ed deixou Marcello a par de sua história e de Cara.

— Diga algo — disse Johnny. — Te achamos muito sábio porque você tem uma voz grave e um sotaque estrangeiro.

— Ela está na reabilitação? — perguntou Marcello. — Isso é positivo.

Mas não era.

Ed tinha a esperança de que algum trauma de infância fosse rapidamente identificado e removido, restaurando Cara à imediata normalidade. Em vez disso, o plano de recuperação do hospital parecia um processo de tentativa e erro, em que sua esposa gradualmente forjava uma nova relação com a comida. Pior ainda, ela guardava segredos quanto à sua "recuperação". Todos aqueles anos, ele havia sido cúmplice de sua compulsão: escondendo chocolates dela e os devolvendo depois.

Agora, quando ela estava — supostamente — melhorando, o afastou. Isso o magoava e assustava.

Parecia que estavam ainda mais longe um do outro do que quando ela vomitava várias vezes por dia.

*

Do lado de fora da casa, Nell sacudia o iPad acima da cabeça. Sério, o Wi-Fi ali era uma merda. Era ridículo reclamar sobre o Wi-Fi quando se estava no verdadeiro paraíso, mas ela precisava fazer uma chamada de vídeo com Lorelei para saber como estavam indo as coisas no cenário no Liffey Theatre.

Nell tinha conseguido o trabalho de cenografia de *Human Salt* logo depois do fim de semana de assassinato e mistério. Tinha sido necessário muito esforço para recuperar a confiança.

— O que está fazendo?

Era Ferdia, na porta da casinha dele.

— Tentando conseguir um sinal.

Ele escancarou a porta.

— Meu quarto tem o melhor Wi-Fi da casa inteira.

Ela se sentia estranha entrando no quarto dele. Ferdia era um rapaz jovem — só Deus sabia o que estava fazendo.

Entrando na sala de estar, ela subiu os largos degraus de pedra correndo até o quarto dele e tentou não olhar para os lençóis nem para as roupas no chão. Não cheirava tão mal, nada de chulé ou suor ou... autossatisfação. De repente, sentiu vontade de rir.

— Qual é a graça? — A cabeça dele apareceu na porta.

— Não. Nada.

— Quer beber alguma coisa? Tenho sidra!

— Quero! — Por que não? Já eram quase seis da tarde.

Ferdia tinha razão quanto ao sinal. Ela se conectou na mesma hora.

— Lorelei, desculpe o atraso. Wi-Fi ruim. Como estão as coisas?

— Não podemos ter a caixa-d'água gigante. Lei de saúde e segurança no trabalho.

Ah, merda. Era o que ela temia, mas Nell sempre foi otimista.

— Mas podemos colocar cinco pequenas em uma fila. Fizemos um protótipo...

— Me mostra.

Lorelei exibiu a fila de pequenas caixas-d'água.

— Posicionadas juntas — disse ela —, ainda dá pra parecer o mar.

Nell não tinha certeza. Era frustrante não estar lá.

— Vou pensar um pouco. Talvez eu consiga enxergar. Obrigada, querida, a gente se fala.

— Sempre que precisar de sinal — disse Ferdia assim que ela desceu as escadas —, vem pra cá. Então, voltou a trabalhar?

— É, estou seguindo em frente...

— Como eu disse? — Ele parecia satisfeito.

— Ah? Foi você, é! Pois, é. Consegui um trabalho no Festival de Teatro. Não tão grande quanto aquele em que eu estava trabalhando em Mayo, orçamento bem menor, mas o trabalho é interessante. Estou empolgada.

— Deve ser frustrante estar aqui, e não lá, né?

— Sim... — Ela se ouviu e corou. — Quem não ia querer estar aqui? No lugar mais lindo do mundo. E Liam e eu vamos à Uffizi na terça-feira. Tem como ficar melhor?

— Não estava sendo irônico. Só estava...

— Sendo legal?

— É! — Ele abriu um sorriso largo. — Sendo legal.

— Essa é nova.

O sorriso desapareceu.

— Tenho me comportado de maneira diferente já faz um tempo. — Ele parecia magoado. — Mais maduro.

Agora que ele mencionou, não parecia tão mimado quanto antes. Devia ser a boa influência de Perla. E ele se saiu muito bem naquela noite, no Gulban Manor, ajudando Cara.

— Você *está* diferente — disse ela e acrescentou: — Me desculpa. Estou muito focada nas minhas coisas. — Encorajar o rapaz, por que não? — Vai à procissão mais tarde?

Santa Laura estava tendo um tipo de festival religioso.

— Sim — disse ele. — Não perderia por nada.

Ela olhou para ele desconfiada.

— Estou falando sério. Não foi sarcasmo.

Depois do jantar, quando as crianças já tinham saído, Jessie apoiou os cotovelos sobre a mesa, decidida.

— Ok, posso conversar com você sobre uma coisa? Sabe o último fim de semana de setembro? O Harvest?

— O que é isso? — perguntou Nell.

— Um festival — respondeu Johnny. — É novo, só tem dois anos.

— É aquele em uma floresta em Tipperary? Mas é bem...

— Burguesinho — se intrometeu Jessie. — Sim!

— Eu ia dizer careiro.

Ferdia riu.

— Não é coisa de burguês. É *cool*, butique, ecologicamente consciente.

— Coisa de adulto — insistiu Jessie.

— É para quem não suporta uma dificuldade. As barracas contam com camas de verdade.

— Mas os banheiros são compartilhados. E, ainda assim, são superlimpos. — A expressão no rosto de Jessie era onírica. — Eles oferecem chuveiros ao ar livre, banheiras de madeira na floresta com água de fontes termais, pisca-piscas enrolados nas árvores... — Para Nell, ela disse: — Você vai amar!

— Como assim? Eu também vou?

— Se quiser. A ideia é a seguinte — falou Jessie. — Escola de culinária da PiG móvel com o antigo sous-chef de René Redzepi dando workshops grátis. Preciso de voluntários.

— Pra quê? — Liam parecia cético.

— Para atrair as pessoas, servir a comida e, depois, coletar dados. Basicamente, convencer as pessoas a nos passarem o e-mail delas. Vai ter doze mil pessoas cheias do dinheiro do tipo conceitual reunidas em um só lugar. Clientes ideais para a escola de culinária.

— Estou muito ocupado. — Outra vez, Liam. — Estou fazendo o curso e, praticamente, gerencio uma loja de bicicletas com muito movimento por um salário de merda.

— Ninguém está forçando vocês a irem — disse Jessie com um toque ácido no tom de voz. — O pessoal do trabalho mataria um para poder ir, mas família em primeiro lugar. Vão ter tempo de sobra para ir aos shows ou alinhar os chacras ou fumar um baseado bem grosso e ficar deitado de barriga para cima do lado de fora do trailer, olhando as estrelas e falando merda por seis horas... — Essa última parte foi dirigida a Johnny.

— Podem participar de um workshop de teatro — disse Ed. — Ou ouvir Angela Merkel falando com o presidente do FMI ou ir nadar no rio...

— Nadar *pelado*. — Bridey tinha reaparecido.

— Só tinha *uma* mulher nadando pelada — frisou Jessie. — E acho que ela estava meio confusa.

— Parece incrível — disse Nell. — Mesmo a parte de nadar sem ser pelado.

— E a estadia de vocês seria grátis.

— É o mesmo lugar de quando ficamos naquele trailer que parecia um chalé? — Dilly também se esgueirou de volta à mesa. — Ah, Nell, você tem que ir. É *glorioso*! A mesa da cozinha vira uma cama. É mágico. Bridey diz que é anti-higiênico.

— *É* anti-higiênico.

— Você vai? — perguntou Nell a Cara.

Ela balançou a cabeça.

— Adoraria ir pela música, mas não me saio muito bem ao ar livre. Acampar, mesmo com esse glamour todo, não é para mim. E é no mesmo fim de semana do aniversário da minha amiga Gabby. Mas Ed vai.

— As atrações são sempre incríveis. — Ed estava mexendo no celular. — Esse ano, vai ter... Uau, Hozier, Janelle Monáe, Duran Duran, rá! Eles ainda estão vivos? Laurie Anderson, Halsey... Alguém sempre dá um show secreto. Jessie, pode contar comigo.

— E comigo — disse Ferdia. — Eu já ia mesmo. Eu e Perla...

— O quê? — Jessie deu um pulo ao ouvir aquela informação. — Desde quando?

— Faz umas semanas.

— Também estou dentro — disse Nell.

— Você vai trabalhar — lembrou Liam.

— No último fim de semana de setembro? Não, a minha peça já vai ter estreado. Estou dentro. Mas não vai estar frio?

— Por incrível que pareça, não — disse Johnny. — Tem feito sol nos últimos dois anos, como se eles tivessem um microclima próprio lá.

— Talvez eles usem uns aviões de caça para destruir as nuvens de chuva, tipo o Putin quando faz um grande desfile — disse Ferdia.

— *Taaalvez.* — Jessie estava pensativa. Perguntou a Ferdia: — Tem *certeza* de que não é coisa de burguês?

Setenta

— E se eu infartar? — perguntou Johnny.

— Não vai — zombou Liam.

Era segunda-feira de manhã, outro dia de sol quente e brilhante. Johnny, Liam e Ed estavam reunidos à mesa do café da manhã, olhando para um mapa enorme aberto sobre ela.

Nell chegou.

— Vou tomar outro café antes de ir para a piscina.

— Nell — disse Johnny —, me proteja do seu marido. Está me obrigando a ir andar de bicicleta com ele em um lugar fatal amanhã.

— A-amanhã? — Nell teve um mau pressentimento. — Como assim?

— Ele quer que a gente suba cinquenta e cinco quilômetros íngremes pedalando, e no calor. — O tom de Johnny era urgente.

— Mas amanhã? — perguntou ela de novo.

— Amanhã. Terça-feira.

Liam desgrudou os olhos do mapa.

— O que foi?

Tentando fingir que estava de boa, ela sacudiu o dedo.

— Nada de ciclismo para você amanhã. Tem um encontro comigo na Uffizi.

Com uma cara de choque, ele a encarou.

— Lembra? Que eu comprei ingressos? Está no nosso roteiro de viagem.

Ele pegou o celular para conferir.

— Merda. Desculpe, amor. Esqueci totalmente.

— Sorte sua que estou aqui para te lembrar. — Ela forçou um sorriso.

— Vai ser que nem o museu do Prado, em Madri?

— Talvez ainda melhor.

— Ah, amor, *nããããão.*

Agora era *ela* quem estava chocada. Enfim, conseguiu falar:

— Achei que você tinha amado o museu do Prado? Você disse que amou.

— Eu literalmente nunca estive tão entediado na vida.

Nell ficou tão chocada que não conseguia nem falar.

Jessie, com seu radar de drama, surgiu da cozinha.

— Fui porque te amo — disse Liam.

Ele parecia estar esperando que ela desse um desconto para ele e não o deixasse ir.

— Mas achei que... — Nell ainda estava em choque.

— Ah, Liam! — repreendeu Johnny.

— Eu fui porque a amo. Foi uma coisa boa.

— Mas a questão é que não pode sair do personagem! — disse Ed.

— Tem que levar para o túmulo com você!

Todos tinham a mesma opinião. O tom era de brincadeira, mas o clima estava tenso.

— Tudo bem. — Um sorriso vacilante apareceu no rosto dela. — Eu vou sozinha. Vou adorar.

— Não pode ir sozinha — lamentou Jessie.

— É sério. Estou superempolgada. Não tem problema. — Antes que alguém dissesse mais alguma coisa, ela largou o café e voltou para o andar de cima.

Ela se deitou na cama. Então. Isso não era nada bom.

Uma batida na porta do quarto anunciou a chegada de Liam.

— Nell, sinto muito. Sou um babaca.

Ela se sentou.

— É.

— Sabe como é, não sabe? Começo de um lance, você concorda com qualquer coisa pra pessoa te achar legal. Todo mundo faz isso.

— Faz?

— Faz. Claro. Todo mundo. — Ele estava totalmente na defensiva. — Eu entendo, está se sentindo humilhada...

Era bem pior que isso.

— Estou me perguntando com quem me casei.

Ele suspirou.

— Ah, Nell. Não exagera, vai. Isso não importa.

— Para mim, importa.

— É sério, não seja chata. Você é melhor que isso. Ainda quer que eu vá com você?

— Ficou maluco? Seria horrível.

— Amor, eu estraguei tudo. Mas não fiz nada que todo ser humano na face da Terra já não tenha feito em algum momento. Tente olhar pelo outro lado.

— E que lado é esse?

— Que, mesmo que você ame algo que eu não entenda, que não suporto na verdade, ainda te amo.

— Não! De jeito nenhum. Você não tem o direito de falar isso. Não menti sobre quem eu sou.

— Também não menti. Só... Nell, vamos parar com isso. Vamos, vamos pra piscina.

— Pode ir. Daqui a pouco, eu desço. Só preciso... processar as coisas.

— Você vai ficar bem — disse ele.

Provavelmente, ela ficaria. Mas quantas coisas a mais ela teria que descobrir sobre ele? Era assim com todo mundo? Era isso que as pessoas queriam dizer quando falavam que casamentos eram difíceis? Uma decepção e uma surpresa atrás da outra?

— Ferdia? Está aí? Posso usar seu Wi-Fi?

Ele abriu a porta. Estava comendo uma maçã.

— Claro. Sobe lá — falou ele com a boca cheia. — Você está bem? Fiquei sabendo do lance da galeria.

— Ótima. Só estou procurando um hotel barato em Florença pra ficar hoje à noite. Meu ingresso da Uffizi é pra amanhã às nove e quarenta e cinco da manhã, e o ônibus da cidade não vai me deixar lá a tempo. Então vou hoje à tarde, passo a noite e, *bam*, já vou estar lá quando acordar. Só que já está tudo reservado.

— Fim de agosto — disse ele. — Muito turista. Por que não dirige até lá? É só uma hora.

Ela hesitou.

— Não me julgue, mas fico nervosa em dirigir até Florença. Dirigem que nem uns loucos nas estradas aqui, e tem todas essas *regras*. Você precisa de uma autorização para andar pelo centro de Florença, e não consigo fazer isso, não sozinha.

— Eu vou com você.

Outro louco. Sério, quem foi que ela sacaneou na vida passada para ter que lidar com tanta gente doida?

— Eu gostaria de ver "arte". Sammie dizia que eu era uma vastidão de cultura. Tem um museu do Da Vinci também, com algumas das máquinas que ele criou. Isso seria irado. Ei! — ele interrompeu os protestos dela. — Não estou sendo bonzinho. Quero mesmo ir, tem um ingresso sobrando, então vamos. Posso até dirigir.

— Não sei... É melhor eu falar com Jessie.

— Tenho vinte e um anos. Quase vinte e dois. Não sou uma criança, Nell. Se vamos "falar" com a minha mãe, você não devia "falar" com o seu marido?

Ela bufou e revirou os olhos.

— É sério, preciso saber se Jessie está de boa com isso.

— Então quero saber se Liam "está de boa" com isso. — Com um andar soberbo, balançando os quadris e forçando uma voz grave e boba, ele disse: — Ei, Liam, considerando que você é um babaca egoísta com a sua esposa, suponho que não se importaria se eu a levasse até lá de carro. Haha, seria hilário.

— Não gosta dele, né?

— Nell, eu o odeio pra caralho.

Um pensamento lhe ocorreu.

— Ai, Ferdia, não! Está fazendo isso pra se vingar dele pelo que fez com Sammie?

— Claro que não. Quero ir à galeria porque quero ir à galeria. Nada mais que isso.

Ela ficou desconfiada.

— Pode ser que fique entediado. Não quero ter que parar no meio do passeio porque você não quer ver mais nada.

— Se eu ficar entediado, posso ir embora. Temos celulares! Fico andando por Florença sem rumo que nem em um filme.

— Talvez encontre uma garota que esteja indo embora de Florença no trem das cinco. Poderia se apaixonar por um dia.

— Quero *tanto* que isso aconteça. Mas, basicamente, pode ficar na galeria até te expulsarem de lá. Ok?

Nell ainda estava em dúvida.

— Preciso falar com Jessie sobre o carro. Não acho que você esteja no seguro do nosso carro, então vai ter que pegar o dela emprestado.

— Ok, a gente vê isso. — Com uma reverência teatral, ele indicou a porta e a seguiu. — *Andiamo.*

*

— Se o que te preocupa é dirigir, a gente poderia conseguir um carro e um motorista — falou Jessie para Nell. — O Estou-*devertindo*-vocês poderia arranjar isso.

— Eu ficaria muito sem graça. Não saberia o que dizer para o homem. Não consigo.

— Ok. Ferdia pode te levar. Mas, Ferdia — Jessie estava séria —, você não pode mudar de ideia depois de meia hora e começar a choramingar, dizendo que está entediado.

Nell achou que ele fosse cair para cima, mas Ferdia apenas disse:

— Talvez Nell pudesse levar uns livros de colorir e giz de cera pra mim.

E foi tão inesperado que Nell caiu na gargalhada.

— Então está resolvido? — Ele quis saber. — Beleza, vou lá deixar Vinnie me afogar.

Jessie segurou Nell pelo braço até que ele fosse embora e, em seguida, falou entre os dentes:

— Me faça um favor e descubra o que aconteceu entre ele e Barty? Boa garota.

Cara estava de frente para a pia de mármore, lavando folhas de alface para o almoço, quando Johnny apareceu.

— Como vão as coisas? — perguntou ela.

Ele parecia desconfortável.

— Ótimas.

— Você está bem?

— Olha. Queria me desculpar. Temos exigido muito de você, eu e Jessie. Fazendo a nossa contabilidade e tal. Se todo aquele estresse te levou ao extremo, sabe...

Cara vinha esperando uma chance de se livrar daquilo. E lá estava sua oportunidade, ela precisava ser corajosa. Respirou fundo e disse:

— Você se importaria se eu parasse de fazer a contabilidade mensal de vocês? Me sinto meio... desconfortável. Sabendo tudo que fazem com o dinheiro.

— Sim. Maravilha. Com certeza. — Johnny parecia envergonhado. — Me desculpe por...

Ela pôs a mão no braço dele.

— Vamos deixar isso pra lá. Enfim — ela sorriu —, vocês dois nem olhavam meus relatórios.

— Mas é porque a gente sabia que, se tivesse algum problema muito sério, você nos contaria. E, quanto ao Airbnb, poderia me ensinar como vem cuidando das coisas?

— Isso eu posso continuar fazendo. O lugar praticamente se gerencia sozinho. Hassan faz o trabalho pesado. Tudo o que eu faço é ir dar uma olhada de vez em quando.

— Bem, isso seria ótimo. Mas, caso fique muito puxado, é só...

— Pode deixar. Prometo.

Depois de uma pausa constrangedora, ele soltou:

— Está dando certo, né? O apartamento? — Ele pareceu tão orgulhoso que ela teve que rir.

— Sim. Quase tudo reservado até outubro.

— Novembro! — disse ele. — Dei uma olhada hoje mais cedo. Praticamente nenhum dia livre entre uma reserva e outra.

— Parabéns!

— Fico atualizando o calendário para admirá-lo — admitiu. — Me sinto tão... Será que a palavra é *validado*? Lendo as avaliações boas, senti um... É, um *quentinho* no coração. Quando dizem que a localização é ótima, penso no quanto mandei bem em o ter comprado tantos anos atrás. Me sinto um homem de negócios muito esperto. Então está tudo certo, né? Obrigado, Cara, obrigado. — Cheio de sorrisos, foi embora da cozinha.

Cara voltou a lavar as alfaces, suas mãos tremiam um pouco. Deu tudo certo, pensou ela. Foi corajosa.

Mas coitado do Johnny.

Depois: *o que ele planeja fazer com todo aquele dinheiro?*

Não demorou muito, e Jessie apareceu, jogando sua cesta de feira trançada em vime em cima da bancada.

— Sabe o que tem no mercadinho do Fausto, lá na cidade? — exclamou ela.

— O quê?

— Porra nenhuma! Porra nenhuma mesmo. — Jessie procurou em volta, aflita. — Algum dos fofinhos por aqui?

— Eu sou um fofinho? — Tom saiu em um pulo da despensa, onde tinha se escondido para ler.

— É claro que é. — Jessie o agarrou e o encheu de beijos no topo da cabeça. — Mas não vai me julgar.

— É só uma palavra — disse o menino. — A que começa com a letra "p". Não tem valor moral por si só. É o que o papai diz.

— Ótimo — disse Cara, quase por cima dele. — Mas você ainda não pode falar essa palavra.

— Não estou dizendo que o mercadinho de Fausto não é uma graça — continuou Jessie, encantada. — Parece um cenário de filme. Vários sacos de papel amarelo-claros com farinha semolina, latas de purê de castanhas com uma poeirinha, trocentos potes de conserva de limão... Mas uma caixa de Rice Krispies? Nem pensar. Consegui comprar pão, vinho e sorvete, os grupos alimentares principais. Mas vamos precisar dar um pulo no supermercado, no anel rodoviário de Luca. Hoje, o almoço está a salvo com pão e queijo. Salada da horta?

— E vamos fazer pizza no jantar.

Fazia menos de quarenta e oito horas que estavam lá, mas já tinham desenvolvido uma rotina mansa: café da manhã atrasado, seguido por um tempo na piscina. Almoço leve, mais banho de sol, um cochilo, e depois o jantar, geralmente, na cidade.

— Posso ir ao supermercado amanhã — disse Cara.

— Boa garota.

Setenta e um

No quarto, enquanto discava o número de Peggy, Cara se lembrou do seu primeiro dia no St. David's.

— Data de nascimento? — perguntou a responsável pelas admissões, e então parou de digitar e olhou para a porta, agora aberta, do consultório. Um homem de camisa social e gravata entrou meio alarmado.

— Peggy quer as correspondências dela.

— Ali. — Ela indicou o lugar, apontando com uma caneta para uma pilha de papéis.

— Obrigado. — O homem pegou o maço e saiu apressado.

— Desculpe. Me diga a data outra vez.

Quando todos os dados de Cara foram registrados, a secretária pressionou um dos botões do interfone e falou:

— Alguém poderia vir buscar uma das pacientes de Peggy? — Depois, se virou para Cara: — Você vai ficar com Peggy.

— Quem é Peggy?

A secretária ficou um pouco surpresa.

— Peggy Kennedy. Sua psicóloga.

O jeito como falavam de Peggy dava a entender que ela era alguém *importante*.

Uma segurança mulher se materializou na frente delas.

— Vim buscar a paciente de Peggy.

Cara foi conduzida por corredores de pisos vinílicos que brilhavam, passando por uma sequência de portas duplas para chegar até a tal Peggy. O hospital parecia limpo e bem-cuidado, mas o prédio era antigo e tinha uma arquitetura austera. *Eu devia estar no trabalho agora. Em vez disso, sou paciente em um hospital psiquiátrico.*

Era inacreditável.

— Todo mundo parece ter medo de Peggy — disse ela à segurança.

Esperava, pelo menos, um sorriso da mulher, mas tudo o que recebeu em troca foi uma resposta rígida:

— Ela é muito respeitada.

Cara corou de vergonha. Só estava tentando puxar assunto.

— Chegamos. — A guarda acompanhou Cara até uma sala pequena e se retirou rapidamente.

Cara se sentou em uma das poltronas. Além de uma mesinha de centro, o cômodo estava vazio. *O que estou fazendo aqui? O que deu errado na minha vida? Como eu poderia ter evitado isso?*

Uma mulher baixa de cabelos cacheados entrou, provavelmente, em seus quase sessenta anos. Vestia uma saia evasê e uma blusa rosa pastel. O tipo de mulher que as pessoas descrevem como "fofa".

— Peggy Kennedy. — Ela cumprimentou Cara com um aperto de mão rápido e brusco. — Cara Casey? Então, o que te traz aqui?

— Não te contaram?

— Prefiro ouvir de você.

Ah. Ok.

— Então... na noite de sexta-feira, tive uma pequena convulsão. Pareceu bem pior do que realmente foi. Foi só uma falta de sorte. Mas meu marido ficou desesperado, então aqui estou eu. — Ela pausou. — A coisa toda me parece meio kafkiana, para ser sincera...

Peggy parecia confusa.

— Quer dizer, é como se eu estivesse pagando por um crime que não cometi.

— Sei o que kafkiano significa. Me fale sobre a sua bulimia.

Cara repensou a própria opinião. Peggy não era fofa. Nem um pouco.

— Não é uma bulimia de verdade. Foi só uma coisa temporária, e eu já parei. Não sabia que as pessoas estavam tão preocupadas comigo.

— O que é então? Medo de comida? Amor por comida? Ódio pelo seu tamanho? Comer sem parar quando está se sentindo irritada, ansiosa, estressada ou solitária? Comer escondido? Quando começa a comer açúcar, não consegue parar? Culpa depois de comer demais? Promessas a si mesma de que vai passar a comer normalmente? Como está soando para você?

Desafiando a autoridade, Cara disse:

— Não conheço quase nenhuma mulher que tenha uma relação normal com comida e com o próprio corpo.

— Mas nem toda mulher tem uma convulsão decorrente de uma alimentação desequilibrada.

— Mas é sério, não foi um caso de...

— Você. Podia. Ter. Morrido — disse Peggy, com clareza.

— Não podia, não.

— Podia. Ainda pode, se continuar assim.

— Eu já parei.

— Vai voltar a fazer se não receber a ajuda que precisa. — Peggy levantou a mão. — Não me diga que consegue controlar. Não consegue. Sei muito mais sobre o assunto do que você. No momento, está achando que não te conheço tão bem quanto você se conhece. Mais uma vez, está errada.

Cara sentiu um friozinho na barriga. A confiança de Peggy era preocupante. E se ela estivesse certa?

Mas não devia estar.

Durante as quatro semanas que se seguiram, Cara foi ver Peggy de segunda a sexta, em consultas de uma hora, e teve todas as suas pré-concepções destruídas.

Quando Cara disse "para mim, transtorno alimentar é anorexia", Peggy explicou: "Comer mais do que o seu corpo é capaz de digerir e depois induzir o vômito é um transtorno alimentar."

Quando Cara disse "eu comia muito porque sou uma porca sem autocontrole", Peggy explicou: "Você tem um transtorno. Ficou viciada na dopamina que o seu cérebro produzia toda vez que você comia compulsivamente. É a mesma coisa que o vício em drogas."

Quando Cara perguntou "mas transtornos alimentares não acontecem por causa de traumas?", Peggy foi franca: "Não necessariamente."

Peggy era obstinada e não dava o braço a torcer. Não era totalmente fria, mas era direta e falava a verdade, por mais difícil que fosse de ouvir.

Além dos encontros diários e privados com Peggy, Cara tinha consultas com um nutricionista em que teve que descontruir todas as crenças que ela tinha enraizado sobre comida: carboidrato não era obra do diabo, pular o café da manhã não era boa ideia. Assistiu a vídeos que mostravam como funcionava o ciclo da compulsão alimentar e como a força de vontade era inútil. Aprendeu sobre as mudanças químicas que ocorriam no cérebro humano quando uma grande quantidade de comida invadia o sistema digestivo. Explicaram para ela que encher o corpo de comida de que ele não precisava e era incapaz de digerir era um ato de crueldade consigo mesma.

Consultas com um terapeuta cognitivo-comportamental lhe mostraram maneiras mais saudáveis de lidar com o estresse e a ansiedade.

Em todos os dias daquele mês, Cara recebeu tanta informação por minuto que ficou cansada demais para não considerar todas as partes que achava que não se aplicavam a ela.

Cinco semanas depois, ainda não gostava de Peggy, mas confiava nela. Peggy queria que ela "ficasse boa".

Apesar de Cara ainda desconfiar de que já *estava* "boa".

Setenta e dois

Nell virou um expresso triplo na cozinha silenciosa. Não tinha mais ninguém acordado, nem mesmo Jessie.

Do lado de fora, uma névoa avermelhada pairava como um véu no ar. O sol, que mal tinha nascido, estava começando a aquecer a terra. Ferdia, usando bermuda cargo e uma camisa amarrotada abotoada só da metade para baixo, a esperava perto do carro.

— Tudo bem?

— Tudo.

— Música?

— Cedo demais.

Durante uns quarenta minutos, a estrada estava vazia. Nell encostou a cabeça na janela, maravilhada com tanta beleza, observando as ondinhas no horizonte do asfalto causadas pelo calor do sol.

Sem muito aviso, chegaram aos arredores, para a surpresa dele, feios de Florença. Um pequeno trânsito se formou, e os carros andavam bem devagar.

— Não se preocupe — disse Ferdia, as primeiras palavras ditas na viagem. — Vai dar tempo.

— Tudo bem. — Talvez desse. O que ela poderia fazer de qualquer forma?

— Quando chegarmos lá — sugeriu ele —, vamos começar pelo último andar. É onde ficam as melhores coisas, e depois vamos descendo. Pode ser?

Ela sorriu. Era óbvio que ele também tinha lido o TripAdvisor.

— Sempre que passar por um banheiro feminino, use. Tem poucos, e vai demorar até achar outro.

— E se eu não estiver com vontade de ir na hora?

Ele abriu um sorriso largo.

— Tente mesmo assim. Não podemos entrar com comida nem com bebida. Trouxe barrinhas de cereal pra gente comer antes de entrar.

— Você pesquisou, hein.

— A noite inteira, aproveitando ao máximo meu Wi-Fi de alta qualidade.

Quanto mais se aproximavam do centro de Florença, fazendo curvas e saindo em ruas cada vez mais estreitas, mais o trânsito se transformava em um pesadelo estressante e barulhento. Cada centímetro de chão era agressivamente disputado. Ferdia estava fazendo seu melhor para esconder a ansiedade, mas o rosto dele estava pálido e suas mãos apertavam o volante com tanta força que ela pensou que os ossos dele fossem atravessar a pele.

Um carro, vindo de outra rua, entrou devagar na frente deles, e os para-choques quase se encostaram. Nell se preparou para algum tipo de confronto, mas Ferdia riu e deixou o carro passar.

— Vai, passa na frente, já que isso é tão importante pra você.

Os ombros dela relaxaram de alívio. Pouco depois, desceram uma rampa que dava em um estacionamento subterrâneo.

— Chegamos? Uau.

— Viu? — disse Ferdia. — Dirigir foi tranquilo.

— Esses italianos dão medo. Eu não teria conseguido passar por aquele finalzinho.

— Não fiquei com medo. — Ele riu. — Só nas vezes em que fiquei com medo.

— Isso é porque você é jovem. Os jovens não sentem medo.

— *Nah.* É porque está acostumada a dirigir com um velho. Um velho bem babaca!

Nell deu um sorriso sem graça.

— Ferdia... — E então ela disse: — Liam é meu marido e está passando por um momento difícil com as filhas. Sei que tem problemas com ele, mas poderíamos não falar disso?

— Já o perdoou por ter se esquecido de hoje?

— Já. — Era complicado, mas ela parou de culpá-lo. A culpa era das próprias expectativas insustentáveis.

— Beleza — disse ele. — Não vou falar mais nada.

— Está bravo comigo?

— Não. — Ele soou surpreso. — Por que eu estaria?

— ...as pessoas acham que essa obra não é original porque a beleza dela é moderna demais. Padrões de beleza diferentes do século XV...

— ...Caravaggio pintava pessoas à margem da sociedade. Usou uma prostituta como modelo para pintar Maria, e o patrono dele ficou maluco...

— À primeira vista, é uma pintura celebrando uma grande batalha, mas está vendo para onde as lanças estão apontando? Uma cena de caça. Não tinha batalha nenhuma, era uma mentira e essa pintura expõe isso. Arte sendo política.

Entravam e saíam de várias salas, Nell fazendo uma leitura crítica de dezenas de pinturas para Ferdia.

— Estou falando muito? — perguntou ela.

— Não! Estou curtindo. Talvez não tanto quanto você. Como diria Dilly, está "transcendendo", né? Mas é interessante.

— Tem certeza? Ok. Ai, meu Deus, é *A Primavera*. Obra muito famosa de Botticelli. Olha essas flores, não dá quase para sentir o cheiro delas? Tem, literalmente, quinhentos tipos diferentes de planta neste quadro. Botânicos costumam vir aqui para estudar plantas que não existem mais. Ed talvez se interesse.

— Ed se interessa por tudo.

Enquanto iam para outra sala, Ferdia apontou com a cabeça para uma pequena aglomeração ao redor de um quadro.

— O que é aquilo?

— Ah! — Ela respirou fundo. — *O Nascimento de Vênus*, de Botticelli.

— Até eu já ouvi falar dessa! — Ele se aproximou para dar uma boa olhada. — Ela se parece um pouco com você.

É O QUÊ?

— Não estou falando da... Não por ela estar nua — se justificou rápido. — Quis dizer que... — O que ele quis dizer? — O cabelo. O cabelo dela me lembra o seu.

— *Entããão* tá. — Ela estreitou os olhos, desconfiada.

— E, claro, a concha gigantesca embaixo dos pés dela.

— Haha. Muito bom. — As coisas voltaram ao normal. — Vamos continuar? Ah, legal, Ticiano agora. Está vendo esse aqui? Um cara rico encomendou para a esposa e...

— ...mesmo cachorro do outro quadro, então, com certeza, a mesma mulher...

— ...tá vendo a diferença na paleta de Michelangelo? Muito mais vibrante que a de Botticelli? Ele revolucionou as cores... Tem certeza de que não estou falando muito?

— Para de perguntar isso — disse ele. — Se eu não estiver mais a fim, vou esperar na cafeteria. Continue.

— ...Caravaggio pintava pessoas reais. Não gostava de ficar bajulando modelos para que posassem para ele...

De repente, o fluxo de informações parou. Nell continuou, dava para sentir a admiração no tom dela:

— Na próxima sala, está *Medusa*, de Caravaggio. Amo esse quadro desde que eu tinha quinze anos, estou tão empolgada nesse momento, não consigo nem... — Ela respirou fundo. — Tá bem, vamos nessa.

Ele a seguiu em direção a um quadro redondo, protegido por uma caixa de vidro. Nell ficou parada na frente dele, em total silêncio por um minuto.

— Fala — disse ele.

— A emoção. O terror nos olhos. Ela, ou talvez seja ele, acabou de perceber que está morrendo. Se achava invencível. Consegue sentir?

Para falar a verdade, ele conseguia.

— Pobre coitada.

— É, mas saía por aí transformando as pessoas em pedra.

— Acabaram de cortar a cabeça dela!

— Hahaha. Justo. — Em seguida, voltou a admirar o quadro. — O realismo das cobras. Mais de quatrocentos anos...

— Ok — disse Nell. — Terminei. Vamos comer alguma coisa.

Em uma cafeteria próxima, Ferdia perguntou:

— Você curtiu?

— Ai, meu Deus! — exclamou ela. — Eu *amei*! — Teria preferido estar lá com Liam. Nunca mais passaria o dia em uma galeria de arte com ele. Isso já estava no passado. Mas a beleza ajudava a sarar a ferida.

— E agora? — indagou Ferdia. — O museu do Da Vinci?

— Se eu vir mais alguma arte, meu cérebro vai explodir. Vem, vamos dar uma volta, conhecer Florença.

Lá fora, na ensolarada rua movimentada, um homem tocava sanfona. Depois de um tempo, Nell reconheceu o tema de "O Poderoso Chefão", e a alma dela murchou. Ela e Ferdia se entreolharam. Estavam claramente pensando a mesma coisa: que Florença parecia um cenário de teatro, que aquele homem tinha sido pago pela secretaria de turismo da Toscana.

— O cara parece... — disse Ferdia.

— Eu sei.

— Mas... Olha só todas essas estátuas.

Na rua, sobre pedestais de mármore, se erguiam diversas esculturas. Ferdia parou em frente a um homem nu esculpido em mármore branco.

— É a estátua de *Davi*?

— Uma réplica — disse Nell —, mas, sim, é ele.

Eles estudaram a estátua. Nell lançou um olhar atrevido para Ferdia. Repetindo o que ele tinha dito mais cedo, ela disse:

— Ele se parece um pouco com você.

— Ah, é? Nu assim? Ah, é o cabelo, né?

— E o bloco de mármore enorme preso nos pés.

— Pelo visto, ele deu uma aparada nos pelos.

— E — Nell olhava a pequena genitália — devia estar frio no dia em que foi esculpido. — Depois, envergonhada, disse: — Vamos.

Voltaram a caminhar, se afastando do centro, sem planos, passando por prédios de sete andares em vários tons de amarelo, de cor de ouro a cor de palha, e desviando das pessoas pelas ruas de pedestre estreitas.

Setenta e três

Johnny e Ed trocaram um olhar. *Pelo amor de Deus, não ria.* Mas era difícil não rir. Liam manteve o ritmo lá em cima durante a manhã inteira. Ed tinha conseguido acompanhar, mas Johnny ficava para atrás, sem fôlego e odiando cada segundo.

Até que, a dez quilômetros da casa, Liam soltou um grito de dor e freou, derrapando até parar, alegando ter "dado um jeito" nas costas. Eles o levaram, com uma expressão de dor no rosto e xingando, até a sombra de uma árvore. Johnny se jogou ao lado do irmão.

— Talvez eu nunca mais consiga me levantar — balbuciou Liam.

— Pelo menos, pode se curar sozinho — disse Ed, distribuindo garrafas de água. — Com a sua massagem e tal.

— Não posso, não, porra! Como é que eu ia alcançar? Como isso foi acontecer assim, do nada? Não estava fazendo nada com as minhas costas!

— É assim que as coisas funcionam — disse Ed. — Você tenta blindar a vida de desastres. Mas o problema vem de coisas que nunca passou pela sua cabeça.

— Como assim? — Johnny pareceu preocupado.

— É que... Eu me preocupava com dinheiro, em ficar longe de casa por causa do trabalho, com Vinnie ser meio levado. Achava que uma dessas bombas ia acabar estourando na nossa mão. Mas Cara ter uma convulsão por causa de um transtorno alimentar? Por essa eu não esperava.

— Achei que a gente estava falando sobre as minhas costas — disse Liam. — Como foi que você se tornou o foco dessa conversa, Ed?

— Ela está recebendo ajuda — disse Johnny. — Vai ficar boa.

— Sabe aquele seu amigo... É Andrew o nome dele? — perguntou Ed a Johnny. — Com a esposa alcoólatra?

— Grace? *Siiiim*? — Fácil adivinhar por que Johnny estranhou a pergunta: aquela história não tinha um final feliz.

Andrew tinha sido — e todos concordavam — "muito bom para Grace". Era ele que ligava para todo mundo na manhã seguinte, se desculpando no lugar de Grace por ela ter bebido demais e passado do ponto na noite anterior. Para diminuir a vontade da esposa de beber, ele saiu de férias com ela, contratou uma pessoa para ajudar a cuidar do filho e tentou acabar com os estresses da vida dela.

Após anos de tentativas da parte dela que não vingavam, Andrew a deixou.

E aí ela parou de beber.

Andrew se manteve longe. Ela se manteve sóbria.

— Moral da história: com ele por perto, ela se sentia no direito de continuar bebendo — disse Ed. — Meu segundo maior medo é que Cara não consiga parar. Se ela voltar a fazer isso, acho que não posso continuar com ela.

— Mas ela não está bem! — Johnny estava apavorado. — Você não pode abandonar uma pessoa que não está bem!

— Se eu ficasse, ela ia achar que não existem consequências. E provavelmente continuaria fazendo isso.

— E qual é o seu maior medo? — questionou Liam.

— Que ela morra.

— É — disse Liam. — Pode acontecer.

— Mas não acredito que ela vá — disse Johnny, rápido. — As coisas costumam ficar ruins antes de ficarem boas. Mas pense positivo. É isso que você faz.

Ed sempre ouvia dos outros que era uma pessoa positiva, mas, nesse momento, esperança era algo que estava em falta.

No início da tarde, a casa de veraneio estava calma. Johnny, Ed e Liam estavam na pedalada maluca deles, Nell e Ferdia, em Florença, Saoirse e Robyn, passando o dia em um spa, e Cara, Vinnie e Tom, no supermercado, lá na "cidade de verdade", a nove quilômetros dali.

— Mãe? — Jessie estava indo para a piscina quando Dilly, que estava no meio de um debate sério com TJ e Bridey, a intimou. — Violet e Lenore ainda são nossas primas?

— É claro que são, querida.

— Podemos fazer uma chamada de vídeo com elas? Agora?

Jessie não viu por que não. Tinha que admitir que ficou triste pelas meninas não terem ido para a Itália com eles, mas ela e Paige sempre se deram bem. No início da separação, Jessie quis manter a amizade, mas Liam pediu que ela não fizesse isso. "Me sinto ainda mais fracassado, ela sendo legal com você, mas não comigo", foi o que ele disse.

Foi difícil, mas, por lealdade a Liam, ela se afastou.

Isso era outra coisa: era sobre as crianças. O relacionamento delas era importante.

— Violet e Lenore estão no acampamento essa semana — lembrou ela a Dilly e TJ. — Talvez não estejam em casa.

— Podemos tentar?

Que horas deviam ser em Atlanta?

— Sete e trinta e nove da manhã. — Bridey leu sua mente.

— Ok. — Jessie decidiu. — Vou mandar uma mensagem para Paige e ver o que ela vai dizer.

Dentro de segundos, Paige já tinha respondido:

Claro!

— Ok! — exclamou Jessie. — Liberado!

Elas foram ao quarto de Ferdia e ligaram.

E lá estavam elas: Violet, Lenore e Paige. Seus sorrisos preenchiam a tela. Uma gritaria começou, todas falavam ao mesmo tempo.

— Por que vocês não vieram para a Itália? — quis saber Bridey.

— TJ! — chamou Violet. — Ainda usa roupa de menino? Porque eu também uso!

— Mentira!

— Lenore, eu ganhei um unicórnio que dá pra apertar! — Dilly sacudiu o brinquedo na frente da tela. — Posso comprar o de cupcake para você com o dinheiro que ganhei no feriado!

— Dilly, eu *tenho* o de cupcake! — disse Lenore, bem alto.

Um misto doloroso de amor e tristeza invadiu Jessie. Era isso que acontecia quando as pessoas se separavam, mas era evidente que as crianças ainda tinham um vínculo.

— Jessie! — Paige abriu um sorriso enorme. — Que surpresa! Está tudo bem?

— Tudo ótimo. É só que... Estamos com saudade de vocês. Uma pena as datas não terem batido e elas não terem conseguido vir para a Itália, mas... Talvez eu esteja passando dos limites aqui, mas será que poderia pensar em deixar as meninas passarem o Halloween com a gente lá na Irlanda?

— Como é?

Ai, Jesus, limites. Recuar, recuar.

— Me desculpa, Paige. Foi só uma ideia. Pra que as meninas pudessem ver as primas. Mas não tenho nada a ver com isso. Me desculpa.

— Jessie. — Paige tentou falar por cima de todas as vozes. — Jessie! Jessie. Temos que ir agora. Foi muito bom falar com vocês. Deem tchau, meninas.

A conexão foi interrompida.

— O quê? Não! Espere! — Bridey, TJ e Dilly começaram uma confusão. — O que houve? Mãe, o que houve? Liga pra elas de novo!

— Elas tiveram que ir. — Jessie buscou as palavras certas para restaurar a paz. — Elas ficaram só um pouquinho porque tinham que ir para o acampamento.

— Como é que você sabe? — Bridey estava muito desconfiada. — Deixa eu ver a mensagem.

— Ela não disse com as próprias palavras, mas é uma coisa de adulto. Estava subentendido.

TJ caiu no choro.

— Ah, minha fofinha. — Jessie a pegou no colo.

— Elas não querem mais ser amigas da gente!

— Querem, sim. Querem, sim! Só estavam muito ocupadas.

Jessie não fazia *ideia* do que tinha acabado de acontecer. Havia passado dos limites sugerindo a visita no Halloween? Deve ter sido isso. Elas já deviam ter outros planos. *Eu e minha mania de me meter na vida dos outros que nem uma maluca controladora.*

Assim que tivesse um pouco de privacidade na casa, pediria desculpas a Paige e tentaria esclarecer as coisas. Se suas filhinhas ficassem um pouco na piscina... O que era aquilo? Jessie avistou algo ou alguém atrás das árvores. Logo depois, a coisa ficou completamente à vista: um homem com roupas escuras.

— Jesus Cristo! — Ela ficou pálida. — É o Estou-*devertindo*-vocês.

— Quem?

— Giacomo. Vindo falar com a gente. — Murmurando para si mesma, continuou: — Preocupado que a gente esteja relaxando demais, então veio aqui para nos lembrar de como é sentir medo. — Não era surpresa para ninguém por que Giacomo estava fazendo uma visita logo naquela hora, com Johnny penando no passeio de bicicleta a tantos quilômetros de distância dali.

— Ele é assustador — disse Dilly.

— Eu que o diga! — Pensou melhor: — Ah, não é nada... — Não podia assustar as filhinhas. — É só o jeito dele. Mas, não importa o que disserem, meninas, só não reclamem do Wi-Fi.

— O que pode acontecer?

— Não queremos descobrir. Bridey, pega a garrafa de Baileys. Está lá em cima, no meu quarto.

Ela olhou para o lado de fora de novo. Nossa, ele já estava quase na porta. Como fazia isso? Parecia que se teletransportava de um ponto a outro, mas ela nunca o via se mover de fato.

De frente para a porta, com as meninas enfileiradas atrás dela no hall de entrada de iluminação fraca, Jessie se perguntou se o desconto no aluguel realmente valia a pena.

— Ahahaha! Giacomo, que *sorpresa*! *Entrez-vous, venite.* — Ou qualquer que fosse a maldita palavra.

— *Buon giorno, bella signora*, Jessie. — Com um semblante indecifrável, ele a cumprimentou com um aceno de cabeça e lhe entregou uma garrafa de *grappa*, da qual ela tinha tomado pavor. Depois, deu um beijinho nas duas bochechas dela.

Entrando na casa, ele tirou o boné preto da cabeça e se inclinou para as meninas.

— *Le piccole signorine.* He-he-he. — Ele abriu um sorriso nada receptivo.

— *Buon giorno, signor Giacomo* — disse Bridey. — Estamos tendo um ótimo feriado na sua casa.

— O Wi-Fi é muito bom — soltou TJ.

— Aaaaah. — Giacomo a estudou com frieza. — *Bella ragazza.* He-he-he. — Ele deu um puxão na orelha da menina, e ela olhou para Jessie cheia de medo.

— Elas são boas meninas. — A voz de Jessie saiu aguda. — Vão para a piscina. Não se afoguem. — Para Giacomo, ela disse: — Entra. Pode se sentar aqui. Se bem que a casa é sua, então pode se sentar onde quiser, hahaha. Quer uma bebida?

Quando Cara voltou do supermercado, Jessie estava deitada no sofá.

— Fui *Giacomizada* — disse ela sem forças.

— Como ele sabia que não ia ter outro adulto na casa?!

— A rede de espiões dele... — lamentou. — Cara, estou emocionalmente abalada. Tive que tomar três taças de *grappa*, aquela coisa *nojenta.* Está tudo girando, e meus músculos estão doendo de tanto medo.

Uma lâmina de culpa — mais uma — rasgou a alma de Cara, abrindo ainda mais as feridas mais recentes.

— As coisas que você faz pela gente... — disse ela. — Não pense que não somos gratos. — Mas, se não fosse pela pobre Jessie tendo que aturar o Estou-*devertindo*-vocês em troca do desconto da hospedagem de todos eles, Cara tinha outros incontáveis motivos pelos quais se culpar.

Todo o estrago financeiro proveniente do drama alimentar dela pesava muito. Para seu grande alívio, o Ardglass continuou lhe pagando durante o tempo em que esteve “doente”. Mas Ed pediu que Scott o cobrisse por duas semanas para que ele pudesse apoiá-la nesse período, e lá se foram quinze dias de salário...

Mas o pior era o custo do tratamento dela. O plano de saúde cobria mais ou menos a metade. O resto ficava por conta deles. Além disso, ainda tinha um ano de consultas semanais com Peggy, que passariam a ser uma vez por semana e a serem pagas do bolso deles. Ela desejava do fundo do coração não ter deixado nada disso acontecer.

Setenta e quatro

No meio da tarde, Ferdia e Nell compraram *gelato*, procuraram uma sombra para comê-lo e postaram milhares de fotos no Instagram. Em seguida, Nell se deitou sob uma árvore, apoiando a cabeça na própria bolsa.

— Vou fechar os olhos só por um minutinho. — Dentro de segundos, ela já tinha caído no sono.

Quando acordou, as sombras já cobriam boa parte do chão.

— Que horas são?

— Vinte pras sete.

— Foi mal! — Ela tinha dormido muito. — A gente devia ir. Ainda tem água aí?

Quando ele passou a garrafa para ela, Nell viu alguma coisa escrita tatuada na parte interna do antebraço dele.

— O que é isso?

— Está escrito "te devo uma jujuba vermelha. beijos, papai". Um bilhete que meu pai escreveu alguns dias antes de morrer. O tatuador copiou a caligrafia dele.

— Você deu a jujuba mais gostosa para ele? Mas ele prometeu que te daria outra. Que fofo! Como ele era? — Ela mesma se cortou. — Desculpa, ainda não acordei direito. Isso é muito pessoal.

— Não tem problema. Estou de boa. Tipo, não me lembro muito bem dele. Só lembranças de quando eu era criança, ele era grande e calmo. Mas era sério também, bem mais sério que Jessie. Não no sentido cruel ou nervoso da coisa, mas, quando ele falava "não", eu não pagava pra ver. — Ele encolheu os ombros. — Era uma pessoa normal. Se ainda estivesse vivo, talvez nem fôssemos tão próximos.

— Ou talvez fossem. Tinha seis anos quando ele morreu? Conseguiu entender o que tinha acontecido?

— Mais ou menos. Um dia, ele saiu para trabalhar, como sempre fazia, e nunca mais voltou pra casa. Minha mãe, meu avô... Todo mundo ficava me dizendo que ele estava no Céu, mas a maior parte do tempo eu passei achando que ele ia voltar. Até que um belo dia, um dia como qualquer outro, eu entendi. Ele *nunca* ia voltar. Foi... Foi um baque. Me senti que nem um trem saindo dos trilhos.

— Caramba...

— Faltei à escola por um bom tempo, e aí minha mãe disse que, daquele jeito, eu ia acabar repetindo de ano. Não queria ser o menino triste e coitado que perdeu o pai, então encarei o problema, voltei pra escola, fiz o que tinha que ser feito. E foi isso.

— E voltou para os trilhos?

— Voltei, sim. Um pouco diferente, tipo um trem com a roda amassada. Mas todo mundo é assim. Todos nós já perdemos alguém ou alguma coisa. É muito bizarro... Minha cabeça sabe que ele se foi, mas acho que o meu corpo não.

— Como assim?

— Sabe quando você vai sair, mas está esperando os outros ficarem prontos? Como deixa os músculos prontos para se mexer? Tipo, a parte de trás da sua perna, você meio que a tensiona para poder levantar rápido? É assim que me sinto em relação ao meu pai. Como se eu estivesse a postos, sempre esperando por ele. Já faz parte de mim. Acho que sempre vai fazer parte de mim.

— Meu Deus, isso é tão triste...

— Sério, não é! Estou bem. Todo mundo é meio danificado por dentro, não é?

— *Bella coppia!* — disse uma voz adulante. — *Innamorati!*

Nell olhou para cima.

— Opa... Não.

Um homem com um sorriso agressivo, carregando uma cesta de vime cheia de rosas embrulhadas em papel-celofane, surgiu na frente deles.

— *Bella signora.* — Ele tirou uma rosa da cesta e insistiu que Ferdia a pegasse. — *Per la bella signora.*

Ferdia ficou aflito.

— *Rosa* — persistiu o homem. — *É aumentato por amore!*

— *Quanto?* — Nell pegou a bolsa.

O homem exibiu dez dedos, e Nell achou rápido o dinheiro na bolsa. Com a mesma rapidez, a nota desapareceu, e ele enfiou a rosa na cara dela.

— *La bella signora.*

— Para ele. — Ela apontou para Ferdia. — *Bello signor.*

Em menos de um segundo, o homem se empolgou e começou a protestar:

— Feminista! Feminista! *Bacio, bacio!*

— Sem *bacio.* — Nell estava achando aquilo hilário. — *Grazie, signor. Arrivederci*!

— *Bella coppia* — disse ele e foi embora, tranquilo, procurando seu próximo alvo.

— Não reclame comigo — disse ela a Ferdia. — O coitado estava tentando ganhar uns trocados.

— O que é "*bacio*"? "Beijo"? Por que eu reclamaria e por que o seu italiano é tão bom?

— Baixei um curso. Só com o básico do básico.

— Se saiu bem. — Ele estava olhando para a rosa e ficou um pouco envergonhado. — Ninguém nunca tinha me dado uma rosa. É legal. Valeu.

— Ok. Vamos pra casa.

— Estou morrendo de fome. Se importa se a gente comer alguma coisa antes?

Ele era o motorista dela, não se importava nem um pouco.

— Minha mãe me falou de um lugar por aqui...

O calor do dia tinha passado, e a luz estava agradável. Ferdia os guiou pelas ruas, seguindo o celular. Parado em frente a uma porta dupla bem simples, disse desconfiado:

— Devia ser aqui.

A porta se abriu de um jeito que pareceu ter feito sozinha, e Nell ficou confusa quando um homem de terno e gravata disse sorrindo:

— *Signore Kinsella, signora McDermott, benvenuti*! Sejam bem-vindos!

Eles entraram, e a cidade barulhenta desapareceu. O piso era de mármore, as paredes, de um amarelado desbotado, e, acima deles, o teto era composto por vários arcos pintados em afresco. Eles estavam em algum tipo de palácio. Restaurado, óbvio, mas um palácio de verdade.

O homem sorridente os levou até um sofá barroco bem extravagante que ficava sob um lustre todo detalhado e disse:

— Por favor, se sentem. Vou providenciar a mesa dos senhores.

Assim que ele se afastou, Nell falou:

— Ferdia, aqui é chique demais. Vamos embora.

— Não. Foi Jessie que fez a reserva.

— Mas isso... Estou me sentindo envergonhada que precisou de um esforço tão grande assim para alegrar a coitada da Nell. Estou bem. E, mesmo que não estivesse, isso é entre mim e Liam.

— Ok. Fique sentida se quiser. Mas eu preciso muito comer.

— Estou me sentindo deslocada. Não tenho nem roupa para isso.

— Até parece. Sua concha gigantesca é perfeita para isso. E não estou muito longe. — Ele apontou para a bermuda larga quase caindo e para a camisa fina e usada diversas vezes que vestia. — Qual é? — Ele tentava persuadi-la. — Ela pensou nisso com tanto carinho. Não pode fazer isso só para agradá-la?

O Homem Sorridente retornou, e, como se estivesse hipnotizada, Nell o seguiu por um corredor com piso de mármore preto e branco, passando por várias estátuas, até chegar a um jardim aconchegante, onde varais de luzes iluminavam o cair da noite. Ouvia o barulho de água corrente, mas não sabia de onde vinha.

A sensação que teve foi de flutuar entre os garçons, que não paravam de sorrir, realmente felizes por ela estar ali. Provavelmente, Jessie tinha lhes pagado para ficar sorrindo, mas mesmo assim.

A mesa deles ficava ao lado de um lago ornamental, em que a escultura de uma ninfa flutuava sob uma folha de lírio de cerâmica enorme.

— Sidra para a *signora.* — Um dos membros do exército sorridente pôs uma taça na frente de Nell. — E Orangina para o *signore.*

— Estou chocada — sussurrou Nell. — Como eles sabiam da sidra?

— Jessie. Qual seria a outra fonte? O que acaba com as minhas esperanças de beber qualquer coisa com álcool.

— Toma um pouco do meu.

— Melhor não. — O branco dos dentes dele se destacou na meia-luz do anoitecer. — Tenho que levar a gente de volta pra casa.

— Cardápio para a *signora*.

Nell deu uma olhada e exclamou:

— Ah, não! O meu não tem preço. Não posso fazer isso. Só estou com trinta e cinco euros, e isso é provavelmente quanto vamos ter que pagar pelos sorrisos.

— O meu também não tem preço. Não surte, mas é Jessie que vai pagar.

Ela afundou o rosto nas mãos.

— Isso é horrível. Meus problemas com Liam são problema meu. E estão desperdiçando comida chique comigo. Fala sério, eu gosto de barrinha de Ryvita.

Ele deu uma lida no cardápio.

— Olha só, tem coisa normal também. Eles têm lasanha!

— Deve ser feita com folhas de ouro. Vou querer só um *scone* de queijo. E talvez uma porção de bolinhos de frutas secas.

— Que nem os que tem nas lojas Marks & Spencer?

— Talvez em outra vida. Meu orçamento está mais para os que tem no mercado Aldi, e são quase tão bons quanto.

— Acho que não vai ter *scone* de queijo nem bolinho de frutas secas aqui, mas tente curtir?

— Agora eu sou a ingrata. — E então: — O que está rolando entre você e Barty?

Ele piscou.

— É *assim* que se muda de assunto. Está perguntando para uma amiga?

— Haha. Não vou contar nada pra Jessie. Mas o que houve?

— A gente brigou, eu e Barty. A briga foi feia. Teve a ver com Jessie. Barty comentou que tia Izzy chamou minha mãe de piranha.

Nell arregalou os olhos.

— Não foi a primeira vez que isso aconteceu, mas não penso mais dessa forma. Só disse isso, que acredito na minha mãe. E a Terceira Guerra Mundial começou.

— Eita. Acha que você e Barty vão conseguir fazer as pazes?

Ele suspirou.

— Talvez não.

— Poxa, Ferdia! Não está tendo uma fase muito boa. Sammie foi embora, e agora Barty.

— Estou tranquilo quanto a Sammie. Ela é ótima, mas não fomos feitos um para o outro. Barty... Não estou tão tranquilo assim. — Ele encolheu os ombros. — Mas, pelo menos, meus avós ainda me amam.

De repente, ficou curiosa.

— Como eles são?

— Os melhores. Meu avô Michael é a pessoa que mais amo neste planeta. Ele não é só meu avô, é meu amigo e... É, uma figura paterna também, tudo isso. Tipo, ele se *interessa* por mim. E não me julga. Não tenta resolver os meus problemas, mas, só de desabafar com ele, as coisas melhoram. Quando contei pra ele que tinha terminado com Sammie, ele disse: "Quando estiver casado, nada disso vai importar." Falava a mesma coisa quando eu era criança e caía de um muro ou de outros lugares.

— Ele parece ótimo.

— Ellen também é legal. Ela é... *leve*. Como uma avó deve ser. Quando eu tinha uns oito anos, peguei catapora. Minha mãe tinha que ir para o trabalho, então fui pra casa deles. Foi tipo viajar no tempo. Fiquei no quarto antigo do meu pai, a televisão só tinha dois canais e a comida era, sabe, pão e batatas e torta de maçã. Lemos vários livros juntos, minha vó disse que eram do meu pai.

— Todo mundo devia ter avós como eles. Não ia querer conhecer minha vó.

— Assustadora?

— Não sei nem por onde começar...

— É, mas minha vó Ellen também pode ser durona. Nem ela nem meu avô falam com a minha mãe e com Johnny. Izzy e Keeva também não. Por causa de... — Ele simulou as aspas no ar com desdém. — "Coisas de muito tempo atrás". Quando Saoirse e eu íamos pra lá na infância, tinha que ter um... Como posso dizer isso em termos diplomáticos? Um mediador?

— Uma "pessoa neutra"?

— Alguém tipo o marido de Keeva ou a sra. Templeton, a vizinha. Minha mãe levava a gente até a porta dos meus avós, mas era a sra. Templeton que atendia. Desse jeito, minha mãe e os Kinsella nunca ficavam cara a cara.

— Isso parece... horrível.

— *Nah.* A gente se acostumou.

Eram 23h em ponto quando eles chegaram da viagem.

A cara de Liam não estava nada boa.

— Por onde estava esse tempo todo?

— Florença, cara — disse Ferdia.

— Fazendo o quê?

— Apreciando arte.

— Até agora?

— Nós paramos para jantar.

— Onde?

— Por que quer saber? Relaxa aí, cara.

Jessie apareceu às pressas.

— Fofinhos! Vocês chegaram! Como foi lá no Palazzo dell'Arte Vivente?

— É esse o nome do restaurante? — perguntou Nell. — Foi totalmente incrível!

– Espera aí... O quê? — quis saber Liam. — Vocês foram ao Palazzo dell'Arte Vivente?

— Mas, Jessie — interrompeu Nell —, deixa eu te pagar pelo jantar.

— O Palazzo dell'Arte Vivente? — repetiu Liam. — Como conseguiram uma mesa?

— Não precisa me pagar nada — disse Jessie. — O chef é um amigo meu. Bem, talvez amigo seja exagero, mas...

— Ai, Jessie! Bem, vou te pagar de alguma forma.

— Não. — Jessie segurou o pulso dela. — Eu te devo muito. Por... — Ela disse o resto sem emitir nenhum som: — ...resolver as coisas entre mim e Ferdia.

— Estou entendendo direito? — Liam ergueu a voz. Jessie, Nell e Ferdia finalmente deram uma atenção mínima a ele. — Você... — Ele apontou com a cabeça para Nell. — E... ele jantaram de graça no Palazzo dell'Arte Vivente?

No silêncio que se seguiu, Nell perguntou em voz baixa e receosa:

— Isso é bom ou é ruim?

— Ah, pelo amor de Deus!

Setenta e cinco

O humor de Liam parecia melhor de manhã.

— Teve um dia bom ontem?

— Eu amei! Sei que não é sua praia, mas fiquei tão feliz. Acho que vou voltar para ver...

— Meu dia não foi nada bom — disse, seco.

Ah. A pedalada.

— O que houve?

— Minhas costas. Pode ser um músculo distendido. Pode ser algo pior.

— Não devia ir ao médico?

— Ah, não. — Ele subestimou a preocupação dela.

Então não devia estar doendo tanto assim.

— Vou para Florença de novo, ao museu do Da Vinci, amanhã provavelmente — disse ela. — Tem algumas das criações dele, foram construídas baseadas nos desenhos que ele fez.

— Li sobre o lugar. Parece legal. Acho que vou com você.

— Não precisa. Ferdia disse que vai me levar.

— Eu te levo.

— Mas Ferdia quer ir.

— Eu também.

Não podiam ir os dois. Não juntos.

Ela encontrou Ferdia na piscina.

— Ferd?

Ele ergueu o olhar.

— Aconteceu alguma coisa?

— Liam quer ir ao museu do Da Vinci.

— Ah, beleza. Fica para a próxima então.

Ela ficou grata por ele ter aceitado numa boa.

— Sinto muito.

— Imagina! Está tudo bem. É bom que ele queira ir.

— É.

— Vai ver ele acha que minha mãe vai pagar um jantar pra ele no Arte Palazzo.

— Haha, deve achar mesmo. — Ela sorriu, mas parou logo em seguida.

Enquanto voltava para dentro de casa, o celular dela tocou. Era Perla. Ela sabia que Nell estava na Itália, então aquilo foi meio estranho.

— Nell, me desculpa por te ligar nas suas férias. Está se divertindo?

— Demais. É... Está tudo bem?

— Tudo ótimo. Mas queria falar com Ferdia, e o celular dele está dando desligado.

— Ah, beleza. Vou chamá-lo pra você.

Ela correu de volta para a piscina.

— Ferdia? Perla quer falar com você.

— Ah, é? Devo estar sem sinal.

Nell fez uma horinha ali, esperando pelo celular. Quis saber o que estavam falando um para o outro — sim, estava *curiosa*, mesmo que não fosse nada da conta dela.

— Valeu. — Sorrindo, Ferdia se virou de forma exagerada para Nell e devolveu o aparelho dela. — Eu, éééé...

Sentiu que ele estava prestes a lhe dar algum tipo de satisfação da qual ela não precisava.

— Perla e eu estamos...

— Bom pra vocês.

— É o seguinte: a gente...

— Ótimo. — Ela sorriu. — Está tudo ótimo.

No calor forte de fim de tarde, todas as espreguiçadeiras ao redor da piscina estavam ocupadas. O som das cigarras preenchia o ar. Jessie pegou o celular, tinha recebido uma mensagem no WhatsApp. O coração dela bateu mais rápido quando viu que Paige tinha respondido à mensagem dela se humilhando:

Vamos fazer uma chamada de vídeo amanhã, às 14h daí. Eu te ligo. Não conte pra Liam. Não esteja com as crianças. Bj bj.

Ela se despediu com dois beijos. Devia ser um sinal de que Jessie não tinha destruído completamente as coisas.

*

— Cara?

— Mãe? Está tudo bem?

— Sim. Só quero conversar.

Elas sempre se falavam, mas as ligações da mãe aumentaram de forma significativa desde a convulsão.

— Estou bem. — Cara se antecipou. — Não precisa ficar preocupada.

— Preocupada? Eu? — Dorothy riu como se Cara tivesse falado um absurdo. — Como é a casa e todo o resto? Fabulosa?

— Fabulosa. Mas é a mesma das outras duas vezes.

— E está se alimentando bem?

— Sim, mãe. — Ela quis suspirar.

— E está preparada para voltar ao trabalho na segunda-feira?

Essa ela não soube responder. Naquele mesmo dia, tinha acordado por volta das 5h, assustada com a dimensão da sua volta, retornar depois de cinco semanas afastada por uma doença misteriosa.

— Ai, mãe... Estou morrendo de vergonha. Me sinto tão constrangida.

— Não tem que se sentir assim — disse Dorothy. — Você está doente.

— Mãe. — Ela segurou o celular com as duas mãos e sussurrou: — Por favor, não fala assim. Odeio essa palavra. Não estou doente. Foi só um... Perdi o controle por um momento. Mas, mesmo todo mundo acreditando em mim, quero morrer de vergonha.

— As pessoas são muito compreensivas hoje em dia. Muito mais do que antigamente.

— Hmmm. — Talvez fossem mesmo, quando se tratava de doenças bem definidas, como bipolaridade ou vício em drogas. Mas a tendência dela de comer demais e vomitar não a absolveria da mesma forma.

— E está sentindo... *vontade*? Vendo *gelato* e coisas do tipo?

— Para ser sincera, não. Mãe, não há nada errado. Eu só... Não sei muito bem, perdi o controle por um tempo. Mas estou bem agora.

— Que bom então! Como está todo mundo? Meus pestinhas adoráveis? Meu genro preferido? E... — a voz dela amoleceu — Jessie?

— Está todo mundo bem. Tchau, mãe. A gente se fala na semana que vem.

*

— E aí? — Robyn se levantou e disse em voz alta: — Quem está a fim de ir até aquele shopping que tem os *outlets* de marca?

— O que fica perto de Siena? — indagou Jessie. — Eu é que não. Só tem porcaria.

— Ah. — Robyn reagiu com indiferença. — Saoirse e eu precisamos de alguém para levar a gente. — Ela se virou para Ferdia com brilho nos olhos, que a ignorou de propósito.

Para a surpresa de todos, Liam disse:

— Eu levo vocês.

— Ah! Obrigada, Liam.

— De nada. Pode ser amanhã?

— Vai ter que ser na sexta. — Nell entrou na conversa. — A gente vai ao museu do Da Vinci amanhã.

— Ah, é. Sexta então.

— Você vai, Nell? — perguntou Robyn, mesmo já sabendo qual seria a resposta. — Ao *outlet*?

— Passo. Não sou de fazer compras.

— Não me diga.

Robyn e Liam riram. Em seguida, Saoirse se juntou a eles.

Sentada debaixo da sombra com seu livro, Cara se perguntou se seria convidada. *Nop*, tudo indicava que não. Era literalmente invisível para Robyn, não servia nem para ser zoada. Chegava a ser engraçado.

— Então, talvez essa tarde, a gente volte para o spa — disse Robyn. — Preciso de uma massagem pro*fuuuuuuuuunda*. — Ela passou as mãos pelas coxas jovens para cima e para baixo.

— Ei, posso fazer uma massagem em você — disse Liam. — Preciso de cobaias para praticar.

Cara ficou perplexa. Ele não *podia* estar falando sério.

— Ei! — Ed chamou a atenção de Liam. — Deu um jeito nas costas. Não está podendo fazer massagem em ninguém.

— É, mas... — Liam pareceu irritado, mas cedeu: — Acho que não posso mesmo.

Cara deu um sorrisinho para Ed enquanto conversavam com o olhar, e foi mais ou menos assim: *Dá pra acreditar no que esse otário fez?* e *Você foi um herói* e *Não achou que eu ia deixá-lo fazer isso, né?*

Ed respondeu com um sorriso muito fofo. Por um instante de alegria, parecia que nada tinha mudado.

— Mãe — disse Dilly a Jessie —, por que ele faz massagem em roedores?

— Não, filhinha, ele... — A ópera "Cavalgada das Valquírias" começou a tocar muito alto, assustando a todos.

— Jesus! — reclamou Liam com a mão no peito enquanto Jessie pegava o celular.

— Loretta! *Cara mia! Bene. Sì, sì. Bene. Fantastico! Grazie mille.* — Ela encerrou a chamada e anunciou para todos ao redor da piscina: — Rá, respondi tudo em italiano, e Loretta falou o tempo todo em inglês. Enfim! Vai ter um casamento lá na cidade às cinco horas. Se chegarmos às cinco e meia, dá pra ver a noiva e o noivo saindo e podemos *gettare* o confete neles! Quem quer ir?

— Ed — respondeu Cara.

Todo mundo sabia que Ed era louco por casamentos.

— Manteiga derretida — disse Liam.

— Com orgulho — respondeu Ed.

O argumento dele era que assumir publicamente um compromisso, na frente de todos os seus amigos e familiares, era um ato otimista e de coragem. Ver qualquer pessoa se casando sempre o deixava feliz.

Cara também queria ir, mas tinha o seu lanche das seis. Poderia levar algo, talvez uma banana. Mas ter que comer na frente das pessoas as lembrariam, mais uma vez, da situação dela.

A vida dela ia ser assim para sempre? Tendo que planejar tudo? Sendo vista como uma aberração? Bem, seria melhor se aceitasse de uma vez por todas sua condição. Tinha todos os membros, podia enxergar, ouvir, falar — algo muito pior podia ter acontecido com ela.

Apenas Liam, Saoirse e Robyn ficaram para trás. Coitada de Saoirse, pensou Cara. Adorava casamentos italianos. Robyn era uma má influência.

Conforme se aproximavam da igrejinha de pedra, Nell exclamou:

— Ai, que lindo!

O que chamou a atenção dela foi um Cinquecento azul pastel antigo com um trailer acoplado na parte de trás, enfeitado com laços brancos e flores.

— Aquele é o carro de fuga? — perguntou Ferdia.

— Acho que é o carro de núpcias. — Ela riu. — Mas é.

Sob o facho de sombra que a igreja proporcionava, várias moças emburradas em trajes de gala e saltos altíssimos se abanavam e pareciam bem irritadas. Pouco longe delas, estava um grupo de rapazes que fumavam e pareciam desconfortáveis em seus ternos engomados.

— Por que eles não estão lá dentro? — questionou Cara.

— Só Deus sabe! — Os olhos de Jessie brilhavam. — Italianos são muito engraçados. Parece até que estão em um julgamento de homicídio em vez de um casamento.

Automaticamente, Cara avaliou o físico das mulheres. Magra, magra, magra — não tão magra. Uma delas ninava um bebê que chorava e até que era bem cheinha.

Por um momento, ficou aliviada — em seguida, veio a onda familiar de julgamento. Não devia fazer aquilo. Nem consigo, nem com outras mulheres.

Mas, perguntou a si mesma, será que era mais fácil na Itália? Quando tinha um bebê, era aceitável que a mulher engordasse?

Provavelmente, não. O mundo ocidental impunha o mesmo padrão de beleza a todas as mulheres.

De repente, o som alto de música instrumental ecoou, seguido por um falatório que só aumentava. Os rapazes apagavam os cigarros com giradas elegantes de seus sapatos novos, as moças já não estavam mais emburradas e várias senhoras surgiram do nada, carregando cestas cheias de papel que imitavam pétalas brancas. Uma das mulheres mais velhas entregou um punhado de pétalas a Vinnie.

— *Gettare!* — pediu ela, mostrando como se arremessava. — *Gettare.*

— *Gettare*, minha bunda. — Com cara de nojo, ele as passou para Cara.

A noiva e o noivo apareceram nos degraus da igreja, jovens e lindos.

— *Bella! Bravo!*

De alguma forma, todo mundo já tinha conseguido confetes e os atirava com alegria nos recém-casados. Enquanto uma tempestade de pétalas de papel caía sobre eles, Cara observava Ed, a felicidade estampada no rosto, os olhos brilhando por conta das lágrimas que se formavam. Ele era uma pessoa incrível. Um pai brilhante. Via o melhor nas pessoas sem se deixar enganar. Era de admirar a forma que se jogava na vida, o otimismo raro que tinha. Os sentimentos de Cara andavam uma confusão, mas ela sabia que o amava.

Quando a última pétala de papel atingiu o chão, Vinnie choramingou:

— *Gelato*!

O grupo saiu correndo para a sorveteria. Cara ficou para trás e comeu sua banana.

Setenta e seis

Os olhos de Nell se abriram. Era madrugada, mas estava totalmente acordada. Ao lado dela, Liam ainda dormia profundamente.

Não sabia por que tinha acordado — e então se lembrou: algo estava muito errado entre eles.

A verdade gritava dentro dela: Liam era quase um estranho agora, uma pessoa de quem ela mal gostava. Ele não parava de decepcioná-la. As ações dele eram de um homem muito mais egoísta do que aquele com quem achava que tinha se casado. E ela continuava o decepcionando por ser ela mesma.

A ficha não parava de cair: ignorou todos os avisos e se casou cedo demais.

Os pais dela estavam certos quando lhe disseram para esperar um pouco.

Isso não podia estar acontecendo. Não podia ser real. Era como o pesadelo que teve duas noites atrás, só que estava acordada dessa vez.

Uma claridade alaranjada tentava entrar no quarto por baixo das cortinas. O sol devia estar nascendo e iluminando toda a bela vastidão de campo. Lá estava ela, em um dos lugares mais perfeitos do mundo, e o contraste entre isso e o vazio dentro dela era horripilante.

O amor entre eles se desencontrou, estava ausente, disperso. O que ela poderia fazer? Como poderia consertar aquilo?

Queria muito acordá-lo para conversar. Mas isso concretizaria o que ela estava sentindo.

Quando deu por si, o rosto dela estava sendo coberto de beijos. Devia ter caído no sono. Agora o quarto já estava todo iluminado, e lá estava Liam, sorrindo para ela. Todo o seu medo tinha evaporado, e o alívio era tão grande que estava em êxtase.

— Liam, tive um pesadelo.

— Devia ter me acordado, amor.

— Era tipo um pesadelo na vida real. Achei que a gente não se amava mais.

— É claro que a gente se ama. Mas isso é culpa minha. — O olhar dele estava triste. — Têm sido dias complicados. Fui um babaca com o lance do museu.

— Tudo bem. O medo já foi embora.

— Sinto muito. Acho que nos conhecemos um pouco melhor agora.

— Acho que sim.

— Filhinho! — Jessie estava em frente à porta de Ferdia. — Preciso do seu Wi-Fi.

Ele abriu a porta e deu um passo para trás, abrindo caminho para as escadas que davam no quarto dele.

— Trabalhe à vontade.

Ela lhe lançou um olhar desconfiado. Jessie ainda estranhava a nova versão do filho, e ele se sentia um merda por isso.

— Posso simplesmente sair entrando? — perguntou ela.

— Claro. Precisa ficar sozinha?

— É... Não. Só vou fazer uma chamada de vídeo com Paige, aceitar o esporro e me desculpar. Andei me intrometendo de novo.

Ferdia ficou no andar de baixo, usando o laptop. Jessie aceitou a chamada de Paige e, depois de uma chuva de "olás", disse:

— Paige, me desculpa por ter me metido no...

A voz de Paige agora:

— Jessie, espera aí. Precisamos conversar sobre a Itália. O que quis dizer com as datas não terem batido?

— Que as meninas tinham o acampamento e não puderam vir.

— Ir para onde?

— Para a Itália. Para a casa na Toscana. Onde estamos agora.

— Não sei do que está falando.

— Liam te mandou uma mensagem meses atrás. Convidando as meninas. Mas as datas não bateram.

— Liam não me mandou mensagem nenhuma sobre a Itália.

— Mas... — Jessie estava se esforçando para entender. Se isso fosse verdade, era completamente deplorável. Será que Ferdia estava conseguindo ouvir? O quarto não tinha uma porta que ela pudesse fechar.

— Liam não quis marcar uma data para as meninas irem para a Irlanda. Disse que estava muito ocupado no trabalho.

— Paige... nem sei o que dizer. Estou morrendo de vergonha. Foi errado da minha parte me meter, mas a gente ama vocês.

— Liam não ama.

— Mas o restante de nós, sim, amamos você e as meninas. Mas não sei o que devemos fazer agora.

— *Ooook.* — Paige respirou bem fundo. — Liam e eu precisamos ter uma conversa. E eu preciso digerir isso. Vamos resolver. Obrigada por se importar. Te amo, Jessie.

— Também te amo, Paige.

Jessie encerrou a chamada e permaneceu sentada, olhando para as próprias mãos. Estava atordoada.

— Mãe, que porra foi essa? — Ferdia subiu as escadas correndo.

— Você não devia ter ouvido.

— Ele nunca convidou as filhas?!

— Não. Acha que Nell concordou com isso?

— Nell? Ela não tem ideia. Só fala em como precisa proteger Liam porque a vida dele é tão trágica...

A cabeça dela estava girando.

— Não sei o que fazer — confessou ela. — Como se conserta isso?

— Mãe — disse ele, com cuidado. — Não estou falando por mal, mas isso é entre Liam e Paige.

— Mas ele mentiu para todos nós. — Jessie suspirou. — Talvez eu não devesse ter convidado as meninas. É que as fofinhas sentem tanta falta das primas...

— Você teve a melhor das intenções.

— Ferd. — Ela ficou nervosa de repente. — Não pode contar isso para ninguém, ok? A gente não devia estar sabendo disso. Não vou contar nem para Johnny, só quando chegarmos em casa. Criaria um clima aqui. Tudo bem?

— Consigo ficar de bico fechado.

— Olha só pra você, todo adulto. — Ela abriu um sorrisinho triste.

— Falando nisso, quer saber o que aconteceu entre mim e Barty?

— Hmmm... É... Quero.

— Acho que vai ficar chateada. Sinto muito por isso.

— Quero saber mesmo assim.

Ele desabafou, e ela ouviu sem fazer um comentário sequer.

Quando ele terminou, ela disse:

— Fiz uma besteira tão grande com os Kinsella. Sinto muito que isso esteja te afetando.

— Ah, mãe... Para com isso.

— Me sinto estranha — disse Cara ao celular. — Na minha cabeça, sei que amo as pessoas e que deveria estar feliz, mas os sentimentos não estão lá. Meio que não sinto... nada.

— É embotamento afetivo — informou Peggy. — As substâncias químicas do seu cérebro estavam em uma montanha-russa. Agora, ele está se estabilizando. Confie em mim, vai parar de se sentir assim em breve.

— Isso não foi muito reconfortante.

Peggy riu.

— Viva um dia de cada vez. Amanhã, você se preocupa com o dia de amanhã.

Nell ficou maravilhada quando as engrenagens começaram a girar, movendo todo o sistema do equipamento. Era uma máquina de moer, mas também tinha máquinas voadoras, um tanque e uma bomba-d'água. A visão de Da Vinci era incrível. Ele usou técnicas que, quase seiscentos anos depois, eram relevantes para o trabalho que ela fazia hoje em dia.

Liam perambulava atrás da esposa.

— Olha! — disse ela, toda animada. — Está vendo como os desenhos são muito precisos?

— Está se divertindo?

— Nossa, *muito*! — Depois de responder, percebeu que não era exatamente isso que ele tinha perguntado. Liam queria saber quanto tempo mais eles ficariam ali. — *Você* está se divertindo?

— *Éééé.* É que as minhas costas não estão muito boas.

Frustração foi o que sentiu. Por que ele tinha vindo? Ferdia tinha se oferecido. Ferdia *queria* ter vindo.

— Quer que eu vá mais rápido?

— Não foi isso que eu disse.

Ela tentou ignorar a silenciosa, porém evidente, impaciência dele, mas não tinha muita energia.

— Podemos ir agora.

— Vamos embora? — Dava para sentir o prazer na voz dele.

— Depois de passarmos na lojinha do museu.

— *Você*? A Sra. Anticonsumismo?

Sem responder, ela saiu andando, deu uma olhada nas prateleiras e encontrou o que procurava.

— Só preciso pagar.

— O que é isso?

— Uma miniatura da máquina voadora. Um dos projetos. Para Ferdia.

— *O quê*?

— É pra agradecer a ele por terça-feira.

— Ah, é? — Liam não parecia feliz. Não com raiva, mas incomodado. — E onde está o meu agradecimento?

— Quer um agradecimento? Queria ganhar uma máquina voadora também? — Estava sendo sarcástica, o que não era do feitio dela.

Ele lhe lançou um olhar estranho.

— Tanto faz. O que fazemos agora? Preciso comer.

— Podemos dar uma volta, ver se achamos um lugar legal.

— E o Palazzo dell'Arte Vivente?

— Como assim? Tínhamos que ter reservado e tal.

— Jessie não fez isso pra gente?

Ela ficou pasma.

— Não que eu saiba. Ela disse que faria isso?

— Não sei. Só achei que, se ela fez por Ferdia, faria por mim.

— Mas, amor... — Ela se sentiu culpada por algum motivo. — Eu não sabia de nada naquele dia. Foi tudo entre Ferdia e Jessie. Nem sei o que dizer.

— Foda-se. É melhor irmos pra casa. — E saiu pisando duro pela rua.

— Liam! — Centenas de pensamentos passaram pela cabeça dela. Deveria ligar para Jessie? Liam tinha o direito de ficar com raiva? Ela poderia consertar isso?

Não, concluiu. Não e não.

*

No caminho de volta para a casa, Nell sabia que ele estava querendo intimidá--la com seu silêncio. Ou, quem sabe, fazer com que ela se sentisse culpada por não ter dado um dia espetacular a ele. Mas não se sentiu nem de uma forma nem de outra. Liam se comportava como uma criança, quase empatava com Vinnie, que tinha dez anos.

Quando chegaram em casa, ele estacionou o carro com movimentos bruscos e bateu a porta com força assim que saiu do veículo. Depois, subiu as escadas com pressa.

Não tinha ninguém por ali, então Nell foi até a piscina em busca de um rosto amigo.

— Voltaram cedo! — exclamou Cara. — Como foi lá?

— Foi legal. Obrigada. — Porque tinha sido legal. Algumas partes, pelo menos. — Sabe onde Ferdia está?

— Talvez na casinha dele?

Ela subiu de volta o caminho de pedras e bateu à porta de Ferdia. Ele a abriu na mesma hora.

— Ei, já voltou! Pode entrar. Como foi lá?

— Incrível. O que está fazendo, enfurnado aqui que nem um vampiro?

— Trabalhando. Estou fazendo um...

— Comprei um negocinho pra você em Florença.

— Comprou? — Ele soou surpreso.

Um pouco tímida, ela lhe entregou o presente.

— É só uma lembrancinha. Pra te agradecer por terça e me desculpar por hoje.

Ele abriu a caixinha.

— É um dos projetos de Da Vinci — explicou ela. — Uma máquina voadora. Ela se mexe e tudo.

— Olha só! Ela me dá flores. Ela me dá aviões. — Ele abriu os braços e, hesitante, ela deu um passo atrás. *Ele vai me abraçar.*

Foi inesperado. E, ao mesmo tempo, não foi.

Ela o deixou envolvê-la nos braços dele. Era difícil saber como aconteceu, mas ela e Ferdia tinham se tornado amigos.

Setenta e sete

No fim da tarde de sexta-feira, bateram à porta de Ferdia.

— Ferd? Posso entrar?

Era Saoirse.

— Claro. Fala aí.

Ela rastejou até o sofá e se sentou, abraçando as pernas.

— Estou me sentindo um pouco... — As lágrimas começaram a escorrer pelo rosto dela. — Robyn. Ela não gosta de mim.

Saoirse estava provavelmente certa, mas ele não queria deixá-la mais triste.

— Como assim?

— Ela se irrita comigo e fica dizendo que está entediada. Não sei o que ela estava esperando, eu *avisei* a ela que não estávamos indo para Shagaluf. Mas hoje foi esquisito. E horrível. Tudo que provei no *outlet*, ela disse que me deixava gorda.

— Você não é gorda.

— Pior é que sei disso, ela só estava sendo uma cobra. Mas ela e Liam ficavam conversando só entre si, tipo, me excluindo. Tenho certeza de que estavam rindo de mim.

A raiva crescia dentro de Ferdia.

— Por que acha isso?

— Ela foi na frente, no banco do carona, e eles ficaram cochichando e rindo. Mas, quando eu perguntava o que estava rolando, eles diziam "nada, nada", de um jeito falso.

— Filhos da *puta*.

— O que devo fazer?

Ele suspirou.

— Acho que nada. Gente que nem ela *e ele*, se você as confronta, elas te manipulam completamente. Hoje é a nossa última noite aqui, aguenta mais um pouco. Fique perto de mim. E, quando voltar pra casa, nunca mais fale com ela.

— Mas, Ferd, e Liam? Ele é nosso tio. Não dá para eu nunca mais falar com *ele*.

*

Jessie esperou até que todos tivessem pedido antes de fazer o que sempre fazia nos últimos dias de viagem.

— Fofinhos? Poderiam falar qual foi o momento favorito de vocês da viagem? Um de cada vez, na ordem que estamos sentados à mesa.

A resposta dela foi um coro de lamentos.

— O meu foi *nadar*! — disse TJ. — Sempre é nadar.

— Com licença — disse Tom, todo educado —, mas o meu, na verdade, foi *não* nadar.

— Nadar e *gelato*! — gritou Vinnie.

— Obrigada, Vinnie — disse Jessie. — Sei que todos vocês ficam rindo de mim...

— Eu não fico! — disse Dilly.

— Um dia, você vai — decretou Bridey.

— Nos conte o *seu* momento favorito. — Johnny provocou a esposa.

— Ter todas as crianças reunidas. Nossa tribo de fofinhos. Teve um dia em que todos eles foram comigo até a horta e nós colhemos tomates. Vocês não sabem como aquilo me deixou feliz. Obrigada por isso.

— Obrigada você, mãe — disse Bridey. — Por pagar por tudo. Por todo o *gelato* e todo o resto.

— O papai também pagou.

Bridey a afrontou com o olhar.

— Johnny? E você?

— Consigo tomar seis expressos por dia agora sem ter a sensação de que vou infartar.

— Se dedicou muito para isso. — Jessie sentiu muita, muita compaixão por ele. E orgulho, sim, *orgulho*. — Merece esses resultados.

— Ferd?

Ferdia olhava para o nada.

— Gostei de tudo. Mas, se tivesse que escolher só uma coisa...

— E *tem* — murmurou Dilly.

— É tipo o *conceito* de "momento favorito". — Bridey foi arrogante.

— Diria que foi quando vi a *Medusa* na Uffizi!

— Sério? — Jessie se surpreendeu e depois ficou nervosa. E se Ferdia passasse a ser um admirador de arte? Ela teria que virar uma também!

— Eu ia falar isso! — Nell estava radiante. — Amei esse lugar. É tão bonito, tanta gente legal, muito obrigada! Mas a melhor parte, para mim, foi a *Medusa*.

— Foi motivador ver que os pequenos produtores italianos estão dando as costas para os pesticidas — disse Ed.

— Ah, *Ed*.

— E o casamento — acrescentou ele. — Foi incrível. Cara?

— Não ter que fritar *nugget* de peixe e batata frita quarenta vezes por dia. Todas as refeições que preparou, Jessie, é sério, obrigada. Basicamente, não ter nada para fazer além de ler e beber vinho foi *óóóóóóó*timo.

Liam estava bem para baixo e disse:

— O momento que vou lembrar para sempre é a merda da estrada italiana acabando com as minhas costas.

Era a vez de Saoirse, mas Robyn começou a falar:

— Liam foi meu momento favorito. — E sorriu para ele com o canto da boca. — Obrigada por me levar ao *outlet*. Consegui comprar aqueles saltos Sergio Rossi, bem de piranha, com sessenta por cento de desconto.

— Olha a boca! — repreendeu Bridey. — Tem crianças aqui.

Em silêncio, Jessie concordou. Seja lá o que fosse acontecer no ano que vem, Robyn não estava convidada.

— Saoirse? — Jessie foi delicada. De repente, entendeu toda a tristeza da filha: ela teve uma semana difícil.

— Ah, vocês sabem... — balbuciou Saoirse — Tudo. O sol e tudo mais. Obrigada, gente. — A voz dela embargou.

O coração de Jessie ficou apertado. Sabia exatamente como sua amada filha se sentia: careta e deslocada, alvo de piada, em vez de um ser humano completamente maduro. A hora de Saoirse chegaria, assim como a de

Jessie chegou, quando ela finalmente fez amigos de verdade, quando as pessoas viram seus "defeitos" como qualidades. Mas, até lá, Saoirse se sentiria sozinha e tola. Se interessaria por pessoas que fingiriam amá-la também, não por quem ela era, mas pelo que poderia fazer por eles. Jessie se lembrava bem dessa parte. Até conhecer Izzy e Keeva Kinsella e tudo mudar da água para o vinho.

Setenta e oito

Desde a primeira sexta-feira à noite, há tanto tempo, quando Rory levou Jessie e Johnny "lá pra casa", Izzy e Keeva foram nada menos que uns amores. Naquela noite, as três dormiram no mesmo quarto: Jessie em uma cama de solteiro e as irmãs uma virada para os pés da outra. Ficaram acordadas até de madrugada, conversando sobre *tudo*.

Deitada no escuro, Jessie contou suas histórias do Homem-Gato Birmanês e do Flautista Amador e ficou feliz por tê-las feito rir tanto.

— Achava que *eu* tinha a história mais hilária do mundo! — gritou Keeva. — Mas você ganhou! — Depois, ela contou sobre um rapaz da cidade que chegou perto dela e disse, bem sugestivo: "Eu poderia fazer coisas incríveis com a sua propriedade."

— Tem algo rolando entre você e Rory? — perguntou Izzy.

— Nadinha. — Porque não tinha mesmo, não naquela época.

— Nem Johnny?

— Nem ele.

— "Ei, Johnny!" — disse Keeva com uma vozinha fina. — "Como você faz tanto sucesso com as *garoutas*?"

Mais uma vez, as três caíram na gargalhada.

— Nem sei por que estou rindo — confessou Izzy. — Qual é a graça?

— Era uma *propaganda*. Não se lembra? Da Pepsi, eu acho. Devia ser muito nova.

— E Johnny *faz* tanto sucesso com as *garoutas*? — quis saber Izzy.

— Ah, *faz*.

— Não fique em cima dele, Izzy — repreendeu Keeva.

— Ah, *Keeev-eeeee*!

— Ela é insuportável — disse Keeva a Jessie. — Dá em cima de todos os homens que conhece, mas só fica iludindo os caras.

— Fico me divertindo. Só isso. Não tem mal nenhum nisso. Ei! Querem biscoito? — Um borrão, que devia ser Izzy, tentava se levantar da cama.

Keeva soltou um som abafado.

— *Cui*dado, sua bruta. Me deu um chute na cara!

Gritinhos viam de onde Izzy estava, enquanto ela se curvava de tanto rir.

Jessie molhou o travesseiro de tanto chorar de rir. Não se divertia assim, sei lá, desde que *nascera*.

Depois daquela noite, a vida de Jessie nunca mais foi a mesma.

Menos de duas semanas depois, Rory foi até a mesa dela.

— Izzy acabou de ligar — disse ele. — Está te chamando para ir a Errislannan com a gente no sábado à noite.

— Ah! — Um quentinho gostoso aqueceu o peito dela. — Keeva também vai? Você vai?

— Esses são os planos. E Johnny.

— *Ótimo* então!

Naquela época, os três irmãos Kinsella já moravam praticamente sozinhos: Rory tinha um apartamento em Dublin, Keeva passava cinco dias da semana com o noivo, Christy, na cidade vizinha de Celbridge, e Izzy estava procurando um lugar na cidade para morar. Mas, pelo menos uma vez por mês, ainda mais se tivessem tido uma semana difícil, ligavam um para o outro e combinavam de ir para a casa de Ellen — com Johnny e Jessie de agregados — em busca de um amor materno.

Depois de serem alimentados, Jessie e Johnny entravam na briga pelo melhor lugar no sofá. Assistiam a filmes, iam de vez em quando ao pub mais próximo para beber alguma coisa e passavam o dia seguinte visitando os filhotinhos de cachorro ou torcendo para o Celbridge no campeonato da Associação Atlética Gaélica. Naqueles fins de semana, Izzy e Keeva sempre dividiam o quarto com Jessie, e todas ficavam deitadas, acordadas até as quatro da manhã, conversando e rindo. Jessie estava, finalmente, vivendo sua fantasia adolescente de ter melhores amigas, confidentes para quem podia contar qualquer coisa.

Com o passar do tempo, ela começou a se encontrar com Izzy e Keeva em Dublin, sem Rory nem Johnny.

Em uma quinta-feira à tarde, Izzy ligou.

— Compras? Depois do trabalho? Estou querendo comprar uma bota e preciso que você vá comigo.

Com humildade, Jessie respondeu:

— Não entendo muito de moda.

— Mas vai ser sincera comigo. Se eu quiser comprar botas de salto alto que me deixem parecendo uma garça, você vai me falar. Vamos, Jessie.

Jessie ficou extasiada de tanta alegria e, para não decepcioná-la, fez exatamente o que Izzy pediu e disse "garça" quando ela experimentou um par de botas de bico fino. Izzy tinha os joelhos levemente tortos, como se não conseguisse dar conta dos membros longos.

— Mas — acrescentou Jessie — não há nada de errado com garças. Eu adoraria ter pernas longas e esbeltas que nem as das garças.

— *Nah.* — Izzy olhou para si mesma de maneira crítica. — Não está bom. Pareço uma aranha.

E parecia mesmo, com aqueles cabelos pretos, volumosos e levemente bagunçados e com os braços e pernas longos e magros. Mas uma aranha muito divertida e encantadora.

— Então é isso. Vamos beber alguma coisa. E, da próxima vez, vamos fazer compras pra você. Quando seu salário cair, avise a gente. A mim e a Keeva.

— Ah! Ok. Que tal sábado?

— Marcado no sábado.

Elas se encontraram às 10h, e Izzy falou para Jessie:

— Chegamos à conclusão de que não está mostrando todo o seu potencial.

— *Ela* chegou a essa conclusão — corrigiu Keeva. — Eu acho que você está ótima.

— É que você é um pouco... — disse Izzy. — Terninhos de mais? Sabe? Precisa de roupas novas, uma calça jeans.

— Eu tenho calça jeans.

— Mas elas são muito... Qual é a palavra? Arrumadinha? Elegante. Não precisa passá-las, Jessie. Ficaria incrível com uma peça mais despojada.

— Sério? — Ela perdeu o fôlego imaginando essa versão nova e ousada de si mesma.

— Sim!

Jessie olhou para Keeva. Ela era a voz da razão.

— Sério?

— Sério. Aliás, que tal uma mudança nesse cabelo também? Umas luzes não te matariam.

— Não! Não mataria. — Jessie estava querendo muito agradá-las. — Aonde devo ir?

Com o tempo, Jessie começou a fazer mais amigas — suas colegas de apartamento, algumas mulheres do trabalho. Sentia que, finalmente, tinha se tornado "real", normal, igual às outras pessoas. Izzy e Keeva enxergaram o potencial dela e lhe deram confiança para ser ela mesma.

Ficaram ainda mais próximas quando ela começou a sair com Rory.

— Já estava na hora, cacete! — disse Izzy. — Ficamos com medo de que Johnny chegasse primeiro. Não que ele não seja uma graça, claro. — Ela estendeu as mãos e balançou os dedos na direção dele, do outro lado do pub lotado. Com um sorriso deslumbrante, ela articulou com os lábios: "Não te expulsaria da cama nem se você comesse em cima dela e sujasse tudo, querido!".

Keeva era a melhor pessoa do mundo: era confiável, fiel e boa. Porém, Izzy era a que chamava a atenção das pessoas: animada, espontânea e generosa, todos queriam tirar uma casquinha dela.

Assim que terminou a faculdade, Izzy começou a trabalhar com gestão de riquezas pessoais, um trabalho no banco que exigia muita lábia e socialização. Informal e engraçada, não tinha nada a ver com os colegas de trabalho certinhos e engomados e se destacou muito.

No início, Jessie ficava chocada com a rapidez com que ela trocava de namorados, mas depois passou a admirar isso. Mal se interessava por alguém, e Jessie já recebia a notícia:

— Ah, não deu certo. O mar está cheio de peixe!

Às vezes, quando um homem a decepcionava, ela — brevemente — desanimava, mas nunca por muito tempo. Quando tinha vinte e sete anos e Jessie e Keeva já eram mães, Izzy conheceu Tristão, um banqueiro brasileiro que morava em Nova York.

Tristão tinha uma altura mediana, era forte e *muito* gato.

— O quê? Eu não era bonito o bastante para você? — Johnny se queixou com ela.

Tristão se deu bem com todos eles. Ele ia para Errislannan, comia a torta de ruibarbo de Ellen, brincava com os bebês Barty e Ferdia e assistia em pé a todos os jogos de futebol irlandês que ia às tardes de domingo, debaixo de chuva e vento, assim como a família inteira fazia. O inglês dele era impecável, e seu senso de humor, também.

Uma vez por mês, Izzy voava até Nova York e passava quatro dias lá. Duas semanas depois, Tristão vinha para a Irlanda. O lance transatlântico parecia funcionar para eles, provavelmente, porque ambos tinham muita energia: Izzy conseguia desembarcar e ir direto para o trabalho. As viagens que faziam nos feriados eram sempre estranhas e incríveis: iam para o Uzbequistão passear de camelo, passavam dez dias rastreando ursos-polares no Alasca.

— Achei muito ousado da minha parte quando fui para o Vietnã — dissera Jessie.

De vez em quando, surgia um papo de que Izzy ia se mudar para Nova York permanentemente, mas ela sempre acabava dizendo:

— Mudei de ideia. Gosto muito da Irlanda.

Ao longo de quatro anos, ela e Tristão terminaram, pelo menos, duas vezes, mas sempre voltavam. O relacionamento podia não ser muito convencional, mas funcionava para eles.

Setenta e nove

— Não pare! — Jessie agarrou os quadris de Johnny enquanto ele entrava e saía dela rápido como um coelho.

— Você está...? — grunhiu ele.

— Ainda não! Mais rápido!

Apoiado nos braços, por cima dela, os cabelos dele estavam escuros e molhados de suor. Uma gota pingou em seu rosto, e ela a secou com a língua. Ela estava *amando* aquilo. *Por que* não faziam com mais frequência?

Tinham saído para beber tarde da noite para se despedir de Loretta e Marcello.

— Tão triste pensar que vamos ficar mais um ano sem te ver — suspirou Loretta, acariciando a bochecha de Johnny.

— Está dando em cima do meu marido? — perguntou Jessie. — Ou apenas sendo italiana?

— Dando em cima — disse Loretta. — Ele é um homem sexy.

— Esse imbecil?

— Para mim, ele não é um imbecil — falou Loretta. — É um homem sexy. Amo Marcello, mas, se eu tivesse um passe livre no meu casamento, escolheria Johnny.

— Se *eu* tivesse um passe livre no *meu* casamento — disse Marcello —, também escolheria Johnny.

— Deus nos proteja — gritou Johnny, envergonhado. — Vocês dois praticam *swing*, é?

— Ele é muito charmoso — informou Loretta a Jessie. — E é simplesmente... — Ela passou os dedos pelo rosto e torso de Johnny, como se suas mãos italianas estivessem pintando um quadro eloquente. — Gato. É isso, ele é muito gato.

E então Jessie concordou.

Johnny estava um pouco bronzeado, o que fazia os olhos dele parecerem mais claros, e os dentes, mais brancos. Diferente de Marcello, que mais parecia um ursinho fofo, Johnny era esbelto e forte. Não era alto, mas tinha muito poder naqueles quadris e coxas...

Ver o marido pelos olhos de outra mulher fez com que ela apressasse as despedidas e o levasse direto para casa, até a cama deles, para uma transa sem cerimônias.

— Não! — protestou ela, enquanto ele a beijava da barriga até o mamilo. — Sem essa parte. Vai direto ao ponto. Agora!

Ele arrancou as roupas e a penetrou com facilidade, e ela se permitiu gemer bem alto, sem se preocupar se dava para ouvir:

— Ai, meu Deus!

— Nem. Me. Fala — disse ele a cada investida.

Quando ele desacelerou, variando o ritmo, ela gritou:

— Não!

Não queria delicadeza nem técnicas, só queria foder.

— Só continue fazendo exatamente o que estava fazendo.

Hoje à noite, ela queria gozar com ele por cima dela, mas a respiração dele mudou, estava fazendo aquele som que indicava que estava quase chegando lá.

— Calma — ordenou ela. — Pensa na queda nos lucros da loja de Kilkenny!

— Está quase...?

— Sim. Sim! Sim! Sim!

Em seguida, esparramada na cama, ela murmurou:

— Foi bom pra cacete.

— Nem me fale. — Ele descansava a mão no cabelo dela.

— Fiquei com medo dos seus braços não aguentarem — confessou. — Mas boa jogada, manteve o ritmo até o fim.

Ele fez um barulho que pareceu um ronco.

— Sempre teve força nos braços — disse ela, fraca.

Na última manhã, Johnny estava deitado na beira da piscina, terminando de ler seu livro de Lee Child. Ele amava Jack Reacher. Às vezes, tinha vontade de *ser* Jack Reacher. Jack Reacher não tinha medo de nada. O que achava imensamente satisfatório era que os livros de Lee Child eram do tamanho certo para suas férias. Estava na reta final da viagem e do livro. Deixou para terminar à tarde, no avião, quando estivessem prestes a aterrissar.

Quantos escritores poderiam prometer isso?

Nenhum, ele apostaria facilmente.

Jessie se aproximou e disse:

— Olha ele, todo feliz, lendo seu livro.

— Estou *mesmo* feliz — concordou Johnny.

Nell também estava deitada na beira da piscina. Não gostava de pegar sol, mas estava com preguiça e sem disposição para fazer qualquer coisa. Depressão de fim de viagem.

Ed e Ferdia estavam na água com as crianças, tentando derrubar uns aos outros de cima das boias longas. Ferdia parecia estar levando a pior. Se bem que devia estar os deixando ganhar.

— Vocês estão tentando me matar! — gritou ele, nadando para longe. — Estou de pausa! — Apoiou as palmas das mãos na borda da piscina, deu um impulso e se sentou, com a maior naturalidade. Balançou a cabeça para enxugar um pouco o cabelo e secou os olhos. Quando viu Nell, deu uma risada, com aqueles dentes brancos. — Esses safados quase me afogaram.

Abaixando seu livro, ela sorriu para ele, para os olhos dele, para os cílios pretos e perfeitamente distribuídos dele.

Uma felicidade estranha tomou conta dela.

Ele se levantou, e a sombra dele a cobriu, deixando as gotas de água gelada do corpo dele caírem na pele quente dela.

Ah, puta merda... As *filas* no Aeroporto de Dublin. Parecia que a Irlanda inteira tinha voltado de viagem hoje e estava na frente deles na fila do passaporte. O humor de Johnny despencou.

Ele pegou o celular para saber se algo tinha acontecido enquanto estavam no avião.

— Guarde isso. Preciso te contar uma coisa — disse Jessie.

Palavras que faziam o coração de qualquer um parar.

— Sei não, amor — disse ele. — Estou numa depressão pós-viagem...

— Eu estava falando com Paige. Durante a semana. Descobri uma coisa muito ruim. — Ela contou tudo a ele de forma sucinta.

— Meu Deus — lamentou ele em voz baixa. — Isso é... Nossa, Jess, isso é bem ruim. Mas devíamos estar nos metendo nisso? Não sei, não...

— Também não sei. Não sei o que fazer.

— Nada — respondeu ele na mesma hora. — Não faça nada.

— Ok. Você tem razão. Tem mais uma coisa. Descobri por que Barty não viajou com a gente.

— Ah, é? — Ele ficou atento.

Conforme Jessie contava os detalhes da conversa que teve com Ferdia, Johnny ficava mais chateado.

— Que bom que Ferdia te defendeu! Mas foi muito sério?

— Segundo ele, sim. Talvez nunca mais voltem a ser amigos. Sinto muito, amor — disse ela. — Sei que está chateado. Também estou.

A vida dele, que estava ensolarada e gratificante apenas um dia atrás, de uma hora para outra, parecia um percurso de obstáculos: crianças e cachorros e aeroportos e reuniões e chefs e bebedeiras e postagens no correio e sapatos misteriosos e charretes e ligações do banco trazendo problemas e conta bancária secreta, que, apesar da quantidade de pessoas que vinha se hospedando no apartamento, estava crescendo muito devagar.

— Ah, lá está a nossa! — exclamou Nell assim que a esteira cuspiu a mala deles.

Com desprezo, Ferdia olhava para Liam, que deixava Nell pegar e carregar a mala dos dois sozinha. O "jeito" que Liam tinha dado nas costas parecia incomodar só quando lhe convinha.

Agora, Nell estava se despedindo de todo mundo, agradecendo a todos a viagem maravilhosa — Dilly, Tom, até Robyn. Ela demorou na vez de

Jessie, conversando e rindo. Depois, foi a vez dele. Ansioso, ele deu um passo à frente para receber só um abraço rápido e desajeitado.

— Obrigada, Ferdia. Me diverti muìto.

Os olhos dela passaram por ele, e foi isso.

Arrasado, ele a observou partir.

Seis semanas atrás

SEGUNDA-FEIRA, 31 DE AGOSTO

Dublin

Oitenta

Talvez o centro de Dublin estivesse interditado por causa de uma ameaça terrorista. Não uma *de verdade* — Cara não queria que ninguém se machucasse. Mas ficaria muito grata se tivesse algo que a impedisse de ir trabalhar hoje.

Desde quarta-feira passada, com a ansiedade já dando as caras nos seus últimos dias na Itália, ela estava morrendo de medo desta manhã. Daria qualquer coisa para este primeiro dia acabar logo, para já ter falado com todos os colegas de trabalho e sobrevivido aos inevitáveis "olás" embaraçosos. Melhor ainda, pular para o mês seguinte, quando todos já teriam se esquecido da sua ausência misteriosa.

Secar o cabelo e fazer seu coque chignon levou meia hora. Demorou quase o mesmo tempo para se maquiar. Foi de cômodo em cômodo para ver como a base ficava sob luzes diferentes, acompanhada pelos olhares mal-humorados de Vinnie e Tom. Eles não sabiam os detalhes, mas entendiam que algo ruim estava rolando.

— Alguma maldita coisa fora do lugar no meu rosto? — perguntou a Ed. — Preciso parecer eficiente e bem-resolvida.

— Nada fora do lugar. E aí... Tomar café?

O estômago dela revirou, mas precisava comer. Peggy a avisou que se encontrar em situações que a levavam a exagerar na comida poderia servir de gatilho.

— Vou fazer mingau — disse ele.

Mas, quando se sentou à mesa, o cheiro da comida no fogo deu um nó na garganta dela. Ela se levantou.

— É... Olha, vou indo nessa.

Ed a puxou para perto dele.

— Você é a pessoa mais corajosa do mundo. Hoje vai ser um dia difícil, mas você é forte e vai passar por isso. E estamos todos te apoiando.

— Dê o seu melhor. — Tom reproduziu o que ela costumava dizer a ele nos dias de esporte na escola.

— Voltar a trabalhar é um grande passo — disse Ed. — Está cada vez mais perto da normalidade.

Caminhando até o ponto do Luas, a apreensão dela intensificou. Cacete, já tinha um chegando no ponto. Não podia ter tido a decência de dar um tempinho para ela?

Fazendo um barulho alto, as portas se abriram bem ao lado dela, como se estivessem tentando lhe provar algo. Ela entrou, com a sensação de que tinha embarcado em um trem com destino ao Inferno.

Dentro de poucos instantes, ou pelo menos foi o que pareceu, ela chegou ao centro da cidade. A maioria das pessoas do seu vagão saltou na estação St. Stephen's Green. Com as pernas moles, andou pela curta distância até o Ardglass.

Assim que entrou, sentiu uma diferença sutil no ambiente. Durante as últimas cinco semanas, o hotel tinha seguido em frente, vivenciando milhares de pequenos acontecimentos por minuto, sem ela. De cabeça baixa, apertou o passo nos corredores do subsolo, em direção ao vestiário, para vestir seu uniforme. Duas pessoas passaram por ela — um chef, um eletricista. Ela acenou com a cabeça, distribuiu sorrisos com o canto da boca e continuou andando.

Do lado de fora do vestiário, respirou fundo, rezando para que estivesse vazio.

Henry tinha ligado para ela no sábado, supostamente, para ver como ela estava, mas também, suspeitava Cara, para confirmar se ela ia voltar mesmo. Ele lhe disse que os colegas dela da recepção foram informados apenas que ela esteve doente. Qualquer pessoa com metade dos neurônios saberia que a doença de Cara não era física, nada como pneumonia ou câncer. Era óbvio que tinha a ver com saúde mental — e a vergonha a estava matando.

Pressentindo algo ruim, ela empurrou a porta. Ling estava lá dentro.

— Cara! — Ela veio correndo do outro lado do vestiário e envolveu a amiga em um abraço. — Bem-vinda de volta! Está se sentindo melhor?

— Sim, sim. Cem por cento. Não foi nada de mais... — Ela parou. Ficou afastada por cinco semanas enquanto seus colegas seguravam as pontas: seria errado demais dizer a eles que não tinha sido nada de mais. — Desculpa por ter deixado vocês na mão! Mas estou cem por cento recuperada. De volta à minha melhor forma!

— Que bom! Ok então... Nos vemos lá em cima.

Quando a porta se fechou atrás de Ling, o medo dominou Cara. Ela trabalhava duro, era uma pessoa que levava o trabalho a sério. Foi a primeira vez que percebeu o quanto valorizava ser considerada confiável, até mesmo respeitável. Agora que essa parte de sua vida tinha sido comprometida, ela estava morrendo de vergonha.

A porta abriu de novo. Era Patience dessa vez.

— Bem-vinda de volta, Cara. Quando estiver de uniforme, podemos ter uma conversa rapidinho? No escritório de Henry.

Então, nenhuma conversa aconchegante ao lado da lareira com um bule de prata dessa vez?

Pelo menos, o uniforme dela ainda cabia. Era um motivo de gratidão. Com a barriga doendo de ansiedade, ela foi até o escritório de Henry.

Raoul estava lá, com Henry e Patience.

— Feche a porta e se sente. Como está se sentindo?

Ela se sentou sem perder a postura e sorriu.

— Ótima. Excelente. — Em seguida, desabafou: — Me desculpem. Estou tão envergonhada... Foi um caso isolado, um deslize, um momento de loucura.

— Mais do que um momento. — Henry estava sorrindo, mas mesmo assim...

— Me desculpem mesmo...

— Você está doente — disse Henry. — Não tem que se desculpar por estar doente.

— Não é uma doença, não exatamente.

— Ficou afastada com uma *licença médica*. — Henry deixou no ar.

Ah.

— Como podemos te apoiar? — perguntou ele. — Para prevenir uma recaída?

— Não vou ter uma recaída.

— Você ficou afastada com uma licença médica — repetiu Henry. — Temos o dever de cuidar de você.

De repente, Cara enxergou o dilema. Não tinha sido demitida porque estava "doente" — o que significava que ela era um potencial risco, suscetível a uma recaída. Isso era, isso era... *ruim*.

— Preciso comer de três em três horas — disse ela muito rápido. — É só um lanche, não vai me manter longe da minha mesa por mais de um ou dois minutos. Vou à terapia uma vez por semana. Às sextas-feiras. Se eu trabalhar na hora do almoço, posso sair uma hora mais cedo?

Henry olhou para Raoul.

— Pode?

— É possível.

— E é todo o apoio que precisa de nós?

— Sem mais fugas ao banheiro do subsolo? — Patience falou pela primeira vez.

Quase morrendo de vergonha, Cara sussurrou:

— Sim.

— Você era a nossa melhor recepcionista — disse Patience. — Seria uma pena perdermos você.

Não havia dúvidas: aquilo foi um aviso.

Não, foi uma ameaça.

— Se acontecer qualquer coisa — disse Henry bem sério —, você vai nos avisar imediatamente.

Não era uma pergunta nem uma preocupação.

— Não vamos te atolar de trabalho de cara, no seu primeiro dia de volta.

— Ah! Mas estou com muita vontade de trabalhar. Trabalhar muito. Podem contar...

— Nos primeiros dias, Vihaan vai te orientar — disse Raoul.

Vihaan. Apenas cinco meses atrás, era *ela* quem o orientava. Mas teve que engolir a humilhação. Aos poucos, a nova realidade se tornava mais clara e cristalina: nunca mais confiariam nela da mesma forma.

Ela era tão, tão boa no que fazia. Tinha tanto orgulho do seu trabalho — e agora isso havia acabado.

Se tivesse ido trabalhar normalmente naquela segunda-feira depois da convulsão, ninguém no trabalho ficaria sabendo de nada.

Agora, já tinha estragado tudo, e seria assim para sempre.

*

— Hoje deve ter sido um dos piores dias... — disse Ed quando ela chegou em casa pálida e atordoada naquela noite.

Cara assentiu, traumatizada demais para falar.

— Como posso te ajudar? — perguntou ele. — Qualquer coisa que precisar de mim, eu faço. Qualquer coisa. — Ele estava todo solícito.

Mas jamais seria capaz de entender a imensidão da perda dela.

— Você tem que me deixar te ajudar — disse ele.

— Preciso me deitar. — Era tudo que queria.

— Suba, finja que está em um hotel, e vou levar a janta pra você.

Oitenta e um

Um alarme do celular alertou Liam da chamada de vídeo de Violet e Lenore.

Não vou atender.

Só que eles não se falavam havia duas semanas.

Mas, nossa, essas conversas forçadas eram horríveis...

Para a surpresa dele, quem apareceu na tela foi Paige. Apesar de tudo, ele entrou em pânico: suas filhas estavam bem?

— O que houve? — indagou ele rapidamente.

— Então quer dizer que as meninas foram convidadas para ir à Toscana? — disse Paige. — E você não me contou?

Meeeeeeeerda.

— Com quem andou falando? — perguntou Liam. — Jessie, né?

— Você mentiu para Jessie sobre mim. Disse que eu não consegui adiar o acampamento delas. Eu não sabia *de nada*.

— Não foi isso que eu disse.

— Foi, sim.

— Ouça, Paige. Jessie é encrenca. Esse fetiche dela de juntar todo mundo, ela não liga de exagerar para conseguir o que quer.

Paige suspirou.

— Ainda bem que não sou mais casada com você.

— Igualmente.

— Por que não contou para as meninas?

— Porque não era uma boa ideia. Você não teria ido, certo? Sem você, essas garotas são, bem... São, basicamente, *patéticas*. Ei! — Ele falou por cima dos protestos dela. — Sem me julgar...

— Sem te julgar?!

— Elas teriam ficado assustadas e tímidas. Estou errado? No fim do primeiro dia, teriam implorado para voltar pra casa e pra você.

— Estariam com os primos delas. Elas amam os primos. E sabe o que me parte o coração? Que também amam você. Passar uma semana inteira com todos vocês naquela casa, elas teriam ficado tão felizes... Mas você é egoísta demais para permitir isso.

— Eu queria que elas fossem, cem por cento. Morro de saudades delas. Mas sabia que não iam colaborar. Melhor cortar o mal pela raiz do que você pagar pelas passagens à toa.

— Que bom saber que sente falta delas. Porque vão passar o Natal com você.

— Por quanto tempo?

— Quatro dias. Talvez uma semana. Vou falar com Jessie.

— Paige, não. — Ele não ia permitir aquilo. — Tem que decidir isso comigo. Eu sou o pai delas.

— Então aja como tal. — Ela desligou.

Liam ficou furioso com tanta inconveniência. Jessie e Paige o envolveram em uma mentira e o ofenderam ao terem falado pelas suas costas sobre as *suas filhas*.

Por isso que era importante manter seus mundos diferentes completamente separados. Uma colisão de médio porte tinha acabado de acontecer, e ele não gostou.

Nell *não* precisava mesmo ficar sabendo disso.

Essa família de merda! Por que tinham que ser tão unidos?

Precisava corrigir a situação com Jessie. Se humilhar para pedir desculpas caía bem... mas atacar costumava ser a melhor forma de defesa.

Ele ligou para ela.

— Fiquei sabendo que andou falando com Paige.

— Oh! — Ela soou chocada. — Hmmm. Sim. Na Itália. Minhas filhas estavam com saudade das primas.

— Escuta, Jessie. É o seguinte: Paige era casada *comigo*. As filhas dela são minhas filhas. Minha relação com ela é muito mais importante do que a sua relação com ela. Deu pra entender?

Jessie deixou escapar um grito de discordância.

— Ela é minha amiga, somos amigas. A gente tem um relacionamento...

— Segundo — falou ele por cima dela —: você ficou sabendo da versão de Paige sobre as coisas. Mas não é a história completa. É muito mais complexo.

Depois de uma pausa, quase dando para ouvir a confusão mental de Jessie, ela questionou:

— E qual *é* a história completa?

— Com todo o respeito, Jessie, não é da sua conta.

Aquilo fez com que ela calasse a boca.

— Toda história tem dois lados, Jessie. Se lembre disso. É óbvio que Nell sabe da história toda. — Ele queria provocar um impacto. *Deixe Nell fora disso.* — Isso não precisa virar um *problema.* Tipo, você é legal, Jessie. Mas talvez devesse tentar não se meter em situações que você não sabe de tudo. Ok, tenho que ir.

Ele encerrou a chamada. Aquilo devia fazer com que ela parasse de dedurá-lo para a família inteira. Principalmente, para Nell. As coisas já estavam agitadas o bastante, não precisavam de mais um problema.

Depois que Liam desligou na cara dela, Jessie ficou sentada em silêncio por, no mínimo, sessenta segundos. Reparou que estava tremendo. Mas, mesmo com toda a convicção moralista de Liam, ainda acreditava na versão de Paige. Quanto a Nell, será que sabia mesmo dessa talvez-verdadeira-talvez-não "história completa"? Difícil dizer. Será que ao menos existia essa tal "história completa"?

Quem sabe Liam *estava* falando a verdade.

Mesmo que estivesse mentindo, o relacionamento dele com Paige era, *sim*, mais importante do que o delas.

Além disso, era Liam que vivia na Irlanda, e não Paige. Liam era a pessoa que Jessie era obrigada a ver, pelo menos, uma vez por mês.

Cada um escolhe as batalhas que quer lutar.

Mas Johnny precisava saber. Era difícil ficar no meio do marido e do irmão dele em uma situação dessas, mas ela criou isso no momento em que se intrometeu. Fazia diferença se suas intenções tinham sido boas?

— Johnny? — Ela correu escada abaixo. — Preciso falar com você.

O rosto dele perdeu a cor.

— O que foi?

Tomando cuidado para não parecer parcial, ela despejou tudo sem nenhuma emoção.

— Liam está certo — insistiu ela. — Não devia ter me envolvido. Mas Liam e eu estamos bem agora. — Bem, não eram exatamente melhores amigos, mas ficaria tudo bem com o tempo.

— Ok — disse Johnny.

— Está chateado?

— Não. Quer dizer, Liam é meio... Mas... está tudo certo.

— E então? — disse Peggy. — Como você está?

— Estou... — Cara não conseguiu continuar, pois começou a se debulhar em lágrimas. Ela chorou e chorou, tirando lenços da caixa e os pressionando contra o rosto todo molhado. — Perdão. — A voz dela estava grave. — Eu só... — Uma nova onda de choro a atingiu.

Quando achava que tinha terminado, começava outra vez. Era difícil acreditar que tinha tanta lágrima dentro dela.

Depois de vários minutos, Peggy perguntou, disposta a ajudar:

— Por que está chorando, Cara?

— Trabalho. — Ela se engasgou. — Estão me vigiando. O tempo todo.

A semana inteira, Raoul, Patience ou Henry ficaram fazendo hora perto da recepção, dando uma desculpa qualquer, mas, na verdade, a estavam avaliando. Observando e querendo saber o que estava acontecendo

— O jeito que olham pra mim! — Isso a fez chorar mais ainda. — Como nos filmes, quando alguém é um traidor ou um... Um... agente duplo. E uma pessoa do lugar desconfia. É assim que olham pra mim agora. Como se eu fosse uma traidora.

— E isso faz com que você se sinta...?

— De coração partido. Estou... Estou *de luto* pela confiança que tinham em mim.

— Ainda se sente daquele jeito? Quando disse que não conseguia sentir nada...

— Tenho sentimentos de mais agora. Sabe o que me obrigaram a fazer a semana toda? Ser orientada por Vihaan! *Ele* foi treinado por *mim* e está tão envergonhado quanto eu.

— Como está lidando com os outros recepcionistas?

Ela pegou outro lenço da caixa. Devem ter falado dela, se perguntado onde ela estava naquelas semanas de ausência, mas ninguém tinha lhe perguntado nada e ela não sabia como contar para eles.

— Todas aquelas perguntas e explicações não ditas... É tão constrangedor! E me tornei tão forçada! Falo como se estivesse acrescentando um milhão de pontos de exclamação invisíveis em todas as frases, e aí fico, tipo, "Sem problemas!!!" isso e "Sem problemas!!!" aquilo, e isso é *exaustivo.*

Oitenta e dois

Quando a porta bateu com força e ela soube que Liam tinha saído do apartamento, Nell soltou o ar, trêmula. Ficar com ele estava sendo uma tortura. Desde aquela última manhã na Itália — apenas seis dias atrás, apesar de parecer uma eternidade —, a cabeça dela estava uma zona de guerra.

Duas coisas diferentes e terríveis tinham acontecido. Coisa terrível número um: Liam — o marido dela, o homem que ela deveria amar —, de repente, ela não o suportava. Ele tinha um lado mesquinho que estava se tornando significativo, e tudo de ruim que acontecia na vida dele era culpa de outra pessoa.

Foi o fim de semana em Mayo que os destruiu, admitiu para si mesma. O que ele fez com Sammie foi um insulto tão grande que, mesmo que Nell tivesse tentado diminuir o ocorrido e deixá-lo tão pequeno a ponto de escondê-lo de si mesma, não desaparecia. A maldade no rosto dele naquela noite a assustou. Apesar de estar bêbado e irritado, parecia que ela havia visto o verdadeiro Liam.

Mesmo antes de Mayo, ele estava esquisito. No hotel chique que ficaram na Páscoa, fez comentários "brincalhões" sobre quanto ela bebeu e sobre achar suas roupas de brechó nojentas. A partir dali, foi só ladeira abaixo.

A coisa terrível número dois era que tinha uma queda por Ferdia. Mais do que uma queda. Estava se tornando uma obsessão.

Ferdia, um *garoto*. Seu sobrinho. Mais ou menos. Mesmo que fosse só um sobrinho postiço por causa de seu casamento.

Pegou seu iPad e buscou por "Relacionamentos Inadequados" no Google. Várias histórias apareceram.

Meu marido deu em cima da minha filha.

Meu marido teve um caso com a esposa do meu filho.

Nell subiu a tela para ver mais.

Estou apaixonada pelo meu enteado.

Essa. Ela clicou no link e devorou os detalhes.

A mulher da história era treze anos mais velha que o enteado. Nell não era nem nove anos mais velha que Ferdia, então essa mulher era pior que ela.

O enteado tinha dezoito anos, Ferdia era quase quatro anos mais velho, e quatro anos era *muita coisa* naquela idade.

Quando as diferenças de idade eram maiores que a que tinha com Ferdia, ela se sentia menos pervertida... Mas ainda eram nove anos.

Sexta-feira que vem, era o aniversário dele e faria vinte e dois anos, então Nell seria só oito anos mais velha que ele.

Mas ficar com esses joguinhos era bobagem. Ela sabia disso. Só queria fazer de conta por um tempo.

A única coisa que a impedia de perder completamente a cabeça era o trabalho. Um dia depois da chegada da Itália, tinha se enfurnado no quarto e trabalhado por treze horas seguidas. Desde então, tem feito a mesma coisa todos os dias. Como um plano, *não* era fácil. Mas, quando mergulhava nas próprias ideias para tentar resolver as coisas de um cenário, não ficava se martirizando por ser uma pessoa terrível.

Além disso, bônus em dobro, a mantinha fora do caminho de Liam.

Mas quando aquela queda maluca por Ferdia tinha começado? Porque, por um bom tempo, ela só o via como um bobo mimado. Foi em Mayo a primeira vez que se sentiu *esquisita* em relação a ele? Logo depois de Liam soprar as bolhas no rosto de Sammie? Ferdia, como um protagonista romântico e atraente de um filme, envolveu Sammie com os braços, murmurando palavras reconfortantes e carinhosas no cabelo dela — e Nell, *com certeza*, se lembrava de ter sentido algo forte e desconfortável ali.

Depois, pulando para a casa de campo bizarra do aniversário de Jessie, quando Ferdia tinha se saído tão bem ajudando Cara. Juntos, talvez tivessem salvado a vida dela. Foi uma experiência intensa que os aproximou ainda mais.

Deve ter sido ali que ela decidiu que ele era sensato.

Mas tudo tinha desandado de vez durante a semana ensolarada na Toscana.

Mesmo naquela época, Nell tinha analisado, racionalmente, que ele era gato, mas sentir *atração* por ele? De jeito nenhum.

Mas foi só no último dia que, em um piscar de olhos, ele deixou de ser um garoto por quem tinha carinho e passou a ser um homem que a *embriagava* de desejo. As pontas dos dedos dela, literalmente, pulsavam com a necessidade de tocar o rosto dele. Ela queria beijar e provar o corpo dele com a língua, a boca dele também, queria sentir as palmas das mãos dele deslizando pela pele dela e ouvir a voz dele chamando o nome dela de novo e de novo.

Atordoada era como se sentia: confusa, envergonhada, com medo. Era horrível.

Quando se despediram perto da esteira no aeroporto, ela ficou com tanto medo de não resistir e beijá-lo ali mesmo que nem olhou para ele direito.

O que precisava se lembrar era que esses sentimentos não tinham como ser reais.

É claro que *pareciam* reais, mas, com certeza, de forma alguma, eram reais.

Quatro semanas atrás

SEXTA-FEIRA, 11 DE SETEMBRO

Aniversário de Ferdia

Oitenta e três

— Jessie?

— Oi! — Ela estava tentando enfiar outra garrafa de cerveja na porta da geladeira.

— Barty vem hoje?

— O quê? — Preocupada, parou o que estava fazendo e deu atenção ao marido. — Não, amor. Eles ainda não se acertaram.

— Mas é o aniversário de Ferd. — Johnny estava inconsolável.

Sem saber o que fazer, ela ficou olhando para ele. Desde que voltaram da Itália — praticamente desde o exato momento em que tinham aterrissado em Dublin —, toda aquela proximidade que tinham construído nos últimos dias evaporou.

— Querido... — o tom dela era gentil — Você está bem?

— Estou ótimo. Tudo ótimo.

Era óbvio que *não estava* ótimo. Ele andava quieto e abatido, talvez estivesse até deprimido. Mas Johnny não falava sobre as coisas. Podia estar pensando em pular de uma ponte — sentado em uma viga, olhando para a água agitada lá embaixo! — e continuaria insistindo que estava bem.

— Johnny — chamou ela, hesitante. — Pode me contar qualquer coisa. Sou sua amiga.

— É — disse ele, soando vago. — Eu sei.

— Eu faria qualquer coisa por você.

Aquilo não era bem verdade. Jessie tinha deixado implícito que "pensaria" sobre mudar o modelo do negócio deles e não o fez.

Certo. Tinha medo de mudanças, mas estava na hora. O problema era que não fazia ideia de como começar. No entanto, sua amiga Mary-Laine, que tinha mais experiência administrando empresas do que Jessie, poderia dar uns conselhos a ela.

Não deixe para amanhã o que pode fazer hoje. Ela pegou o celular.

— M-L? E aí, patroa? Vamos tomar uma depois do trabalho, na segunda? E bater um papo sobre negócios?

— Vamos. Aquele barzinho novo de quinta categoria em Smithfield?

— Ai, *Senhor*. Já estamos muito velhas, vão rir da gente.

Mary-Laine ficou em silêncio. Mary-Laine queria ir àquele bar e Mary-Laine nunca dava o braço a torcer.

— Ah, *tudo bem* — assentiu Jessie. — Seis e meia?

— Te vejo lá.

— Me desculpa pelo atraso. — Cara se sentou em frente a Peggy. — Desculpa.

A expressão de Peggy era agradável, mas reflexiva. Passado um momento de silêncio, ela questionou:

— Tem algum motivo? Para estar quase quinze minutos atrasada?

— Sair do trabalho não foi fácil, e depois ter que atravessar a cidade sexta-feira, na hora do *rush*, sabe como é.

Mas nada a tinha segurado no trabalho. Ela não queria ter ido hoje, era só isso.

Peggy a observava com atenção.

— Como você está, Cara?

— Estou bem.

— Bem como?

— Ah, você sabe. Apenas bem. Tudo bem.

A questão era que, ao longo da semana, havia percebido que não queria mais fazer aquilo — ser a mulher com a doença vergonhosa. Já tinha perdido muita coisa por causa desse desastre todo. Queria que sua vida voltasse a ser como era antes — cortar os laços com o hospital e parar de ver Peggy. E, depois de certo tempo, quase todo mundo ia esquecer que esse deslize tinha acontecido.

— Como foram as coisas no trabalho essa semana? — perguntou Peggy.

— Boas. Tudo bem.

— Semana passada, estava se sentindo triste e irritada porque achava que não confiavam mais em você.

— Essa semana foi muito melhor.

Não tinha sido. A humilhação de ser orientada por Vihaan havia acabado, mas ainda existia um *clima*: níveis bizarros de alegria tanto dela quanto dos outros recepcionistas tentavam ignorar o estranho fato que foi ela ter desaparecido por mais de um mês por conta de uma doença misteriosa.

Raoul, Henry e Patience continuavam observando seus passos. O que quer que estivessem esperando de Cara, era óbvio que ainda não tinham presenciado. E isso tinha ficado mais do que claro ontem.

Os Spaulding eram um casal infernal. Antes de sua licença-médica, Cara era a única funcionária em quem confiavam para passar tanto tempo com eles. Precisava confessar que, conforme a hora do check-in deles se aproximava, seu nervosismo aumentava. Foi o primeiro desafio importante que precisou encarar desde que tinha voltado ao trabalho, e, se o casal a tratasse mal justo agora, não sabia como ia receber a maldade.

De pé atrás da mesa da recepção, com o iPad e as chaves em mãos, ela fez um de seus exercícios de respiração discretamente para tentar se acalmar antes da chegada deles.

Inspira quatro, expira sete, inspira quatro, ex...

Raoul apareceu, seguido por Madelyn.

— Quem está com as chaves dos Spaulding?

— Aqui.

— Então. — Raoul pegou as chaves e o iPad e os entregou a Madelyn. — Sorria. Diga "sim" para tudo. E pode ir.

A cabeça de Vihaan virou em um solavanco para olhar a cena, Ling arfou, pego de surpresa, e os olhos de Zachery arregalaram com o espanto.

Pareceu ter acontecido em câmera lenta, e Cara sentiu o próprio rosto paralisar de tão chocada que ficou. Madelyn evitou olhar para ela, mas era visível que estava constrangida.

Tentando controlar sua respiração, que estava curta e rápida em seu peito, Cara percebeu que nunca chegaram a verbalizar que ela cuidaria do check-in dos Spaulding. Mas, como era sua responsabilidade no passado, presumiu que continuava sendo. A humilhação quase a devastou. Foi quando decidiu que aquilo já tinha ido longe demais.

Peggy a observava com o mesmo foco intenso.

— Foi uma grande mudança entre uma semana e outra.

Cara sorriu.

— Está tudo de volta ao normal.

— Como vai seu planejamento alimentar?

Cara ajeitou a postura para transparecer firmeza.

— Bem. Tipo, bem mesmo. É sério, já faz sete semanas desde a... Hmmm... Convulsão, e tenho seguido tudo direitinho. Nem sinto mais *vontade* de comer chocolate ou algum doce! Estou achando muito fácil.

Tão fácil que teve ainda mais certeza de que não tinha nada de errado com ela. Se fosse mesmo uma comedora compulsiva, com certeza, *jamais* teria aguentado tanto tempo.

— Talvez tenha que ficar de olho nisso — disse Peggy. — Não é bom desenvolver muita confiança e ficar convencida.

— Não estou convencida — disse ela. — Estou querendo dizer que seu planejamento funciona.

Peggy balançou a cabeça.

— O que está querendo dizer é que não tem nada errado com você.

E não acho que tenha.

— Ninguém quer um estigma desses — emendou Peggy.

— Tem razão.

Mas, por enquanto, estava quase convencida de que *não tinha* um transtorno alimentar e que parecia desonesto ser paciente do hospital.

— Como estão você e Ed? — indagou Peggy.

Cara se encolheu. Era impossível colocar em palavras. Às vezes, ficava com raiva dele por ter armado todo aquele circo. Mas, na maioria das vezes, não pareciam mais capazes de se conectar como faziam antigamente, sem precisarem se esforçar. Tentavam se comunicar, mas era como se estivessem vedados por dentro, com bolhas à prova de som.

— Peggy, podemos encerrar por hoje? Estou completamente esgotada.

— Vinte minutos mais cedo? — Peggy lhe lançou outro daqueles olhares penetrantes. — Então... semana que vem?

— Não posso. Vinnie. Ele tem uma consulta. Com um especialista. Sobre um possível TDAH.

— Vamos marcar para um outro dia da semana então.

— Desculpa, não posso. O pessoal tem sido tão bom comigo no trabalho, e não me parece certo pedir por mais tempo livre.

Depois de ficar em silêncio reprovando a atitude dela, Peggy disse:

— O vício é a doença da negação. Ele fica dizendo para você que não tem nada disso.

— Aham.

— Este horário daqui a duas semanas?

— Com certeza. Este horário daqui a duas semanas.

Quando se levantou para ir embora, Cara sentiu um aperto no coração. Peggy tinha sido muito boa para ela. Ficou triste porque nunca mais a veria.

— Até amanhã — disse Nell a Lorelei.

— Aonde você vai? São só seis horas da tarde!

— Jantar de aniversário do sobrinho.

— Então faz só meio expediente?

— Hahaha. — Ela estava *tão* nervosa. — Tchau.

Tranquilo, tranquilo, tranquilo, pensou. *Vai ser moleza. Só apareça, diga "feliz aniversário", dê o presente dele e vá brincar com as crianças. Ninguém vai desconfiar de nada.*

Na frente de casa, abriu a porta.

— Ei — chamou Liam. — Vamos.

Mas ele estava na cama, pronto para dormir.

— Vai mesmo ao aniversário daquele babaca? — perguntou ele.

Ela respirou fundo.

— Liam, ele é da família.

— Não da sua. — Ele estava tentando magoá-la. Ah, se ele soubesse... — Eu não vou — declarou.

— Bem, eu vou.

Ele franziu a testa.

— O q-quê? Sério isso? De carro ou de bicicleta?

— De ônibus. — Estava se sentindo meio fraca para arriscar dirigir ou — mais louco ainda — andar de bicicleta no trânsito que era a hora do *rush*.

— Uau. — As costas dele ainda doíam depois da viagem. — Adoraria poder subir na bicicleta e dar uma boa pedalada.

— Logo, logo, vai estar bom.

— Desde quando virou médica?

*

— Vai logo, mãe! — disse Vinnie assim que Cara entrou em casa. — A gente já está pronto pra ir pra casa de TJ.

— Oi, amor. — Ed lhe deu um beijo. — Como foi a consulta?

— Sabe, Ed... — Talvez fosse um bom momento para jogar a ideia discretamente no meio da conversa. *Não tem mais necessidade de eu continuar indo. Acho que não vou mais.* — Estou me sentindo bem. Não preciso continuar indo.

— Querida. — Ele ficou preocupado. — Ela faz parte da sua rede de apoio, você precisa...

— Mas estou indo tão bem! Sem compulsões. Voltei ao normal.

— Por favor, não pare de ir. Ainda não. O acompanhamento com Peggy vai aumentar suas chances de não ter uma recaída.

Gostaria que o marido não usasse palavras como "recaída": isso fazia com que as coisas parecessem bem mais sérias do que realmente eram.

— Querida, eu te amo tanto... — Ele parecia esgotado. — Mas, se acontecer de novo, eu teria que ir embora. Se eu ficasse, acabaria contribuindo...

— Não vai acontecer.

Mas hoje, claramente, era cedo demais para fazê-lo mudar de ideia.

Quando estivesse seguindo seu planejamento alimentar mesmo com algumas faltas na conta, teria como provar que tinha realmente melhorado. E aí contaria para ele.

Do lado de fora da casa de Jessie, Nell encarava os fatos: Perla estaria lá. Desde que essa loucura começou, tinha passado a sentir um ciúme maluco de Perla. Mas *não* podia deixar que alguém percebesse. Respirou fundo, expirou devagar, e agora, sim, podia tocar a campainha.

O som do bater de pés correndo veio pelo corredor.

— Nell chegou!

A porta foi escancarada, e a criançada a arrastou até a cozinha.

Lá estava ele, mais alto que todo mundo. Não conseguia olhar para ele.

Nenhum sinal de Perla ainda.

— Nell, Nell, Nell! — Jessie a puxou para um abraço. — Tome um vinho. Ei. Cadê Liam?

— As costas dele ainda estão doendo... — Ela se esforçou para focar em Ferdia. — Ele disse que sentia muito.

— Está tirando o dele da reta? — Ele sorriu. — Sabe que é boa *demaaaaais* pra ele, né?

As bochechas dela ficaram quentes.

— Feliz aniversário. — Entregou uma caixa volumosa para ele.

Nell observou os dedos dele desfazendo o laço com cuidado e tirando o durex com a unha. Tudo que ele fazia com aquelas mãos a fascinava.

— O que tem aqui? — Se desfazendo do durex, ele a encarou, estreitando os olhos.

Metodicamente, Ferdia retirou o papel de presente da caixa e removeu a tampa. Dentro, tinha um carrinho de brinquedo entalhado à mão, um Chevrolet de madeira bem polida, que deixou todos maravilhados.

— Onde foi que conseguiu isso? — choramingou Jessie.

— Na feira de Summersgate.

Nell tinha passado horas e horas lá, quando devia estar trabalhando, procurando por algo interessante nas barraquinhas, algo especial.

— Então me deu um avião — disse Ferdia —, e agora um carro!

— É de Liam também. — Rá. Liam nem sabia da existência do presente.

Ferdia ignorou.

— Abraço de aniversário?

Ela teve que entrar no círculo dos braços dele, como se fosse a mesma coisa que abraçar Dilly. O calor do peito dele passou pelo tecido da sua camisa e invadiu a blusa dela.

Com receio, tocou as costas dele, mas, quando as pontas de seus dedos sentiram as curvas da coluna dele, ela se afastou um pouco rápido demais. Para seu alívio, a chegada de Ed, Cara e os meninos mudou o foco.

Nada de Perla ainda — nem quando Jessie pôs várias travessas de mandus coreanos sobre a mesa e houve uma rápida movimentação para acharem seus lugares. Talvez ela não viesse. Jessie não teria servido o jantar se estivessem esperando mais gente.

Rondando com o vinho, Johnny parou em Ferdia.

— Mais?

— Não. Estou indo devagar.

— Grande evento hoje à noite? — perguntou Ed.

— Um show no Button Factory. Vocês deviam ir. — O olhar dele passeou pela mesa e fixou em Nell.

— Meus dias de show ficaram pra trás faz tempo — disse Cara. — Se não tenho onde sentar, meu sofrimento é imensurável.

— A idade chega para todos — comentou Ed.

— E nós somos novos demais — se intrometeu Bridey.

— Mas Nell pode ir — disse Dilly. — Ela tem a idade certa.

— Vai, Nell — insistiu Jessie.

— Vamos — disse Ferdia.

— Haha. — Não sabia se estava soando descontraída. — Tenho que trabalhar amanhã.

— No sábado?

— Todos os dias agora. Só faltam onze dias para a estreia. Se alguém quiser entrar de graça, pode me pedir.

— Como estão indo as coisas? — perguntou Jessie.

— Bem. — Ela pausou. — Acho. Se não der nada muito errado entre hoje e a próxima terça-feira, sem ser essa, vamos conseguir.

Assim que conseguiu escapar da casa de Jessie, ligou para Garr.

— Onde você está? Pode me encontrar? Em, tipo, quarenta minutos?

— O que houve?

— Quando a gente se encontrar, eu te conto.

— Vou estar no Long Hall.

Quando Nell chegou, Garr já tinha pedido um drinque para os dois.

— Eu... — Mal sabia como começar. — Eu acho que não amo mais o Liam.

O bom de Garr — talvez dos homens no geral — era que ele não falava o que achava que ela queria ouvir. Triona, por exemplo, teria dito: "É claro que o ama! Isso é só uma fase."

— Aconteceu alguma coisa? — perguntou Garr.

— Umas coisinhas, mas acho que não vou conseguir continuar assim. Talvez eu o conheça de verdade agora. É horrível, mas realmente não gosto dele. Me casei com ele muito rápido, Garr. Não era pra ser. Minha vó tinha razão. E não é justo com ele.

— Conversa com ele.

— Já tentei. Ele disse que estamos apenas nos conhecendo melhor. Mas, quanto mais o conheço, menos gosto dele. Me sinto uma pessoa horrível.

— Precisa dizer a ele o que acabou de me dizer. — Ele pausou. — Não com as mesmas palavras. Talvez pegar leve com as partes muito negativas. Acho que consegue resolver isso.

— Acha mesmo? Me sinto tão culpada por causa da família dele, eles são tão atenciosos comigo. *Amo* Cara. Jessie também, mesmo ela sendo doidinha de pedra. Ed é ótimo, Johnny é hilário. E as *crianças*, Dilly, TJ, Vinnie e Tom. Até Bridey. Saoirse é um amor. E... — Ela parou abruptamente.

— O que foi? — perguntou Garr.

Ela não conseguia falar.

Garr não estava acreditando.

— Nell... Jesus Cristo, tem alguma coisa rolando entre você e o garoto? O filho? Seu *sobrinho*?

— Não. Não. De jeito nenhum. Não.

— Nell, *o que foi*?

— Ai, Garr, é horrível. Estou... meio que... *obcecada* por ele. — As lágrimas escorriam pelo rosto dela. — Estou morrendo de medo. Será que tenho alguma doença mental? Existe isso?

— Mas quantos anos ele tem? Dezenove? Vinte?

— Vinte e dois. Sou quase nove anos mais velha que ele, Garr. Mas não é ilegal... se apaixonar pelo seu sobrinho. Eu pesquisei.

— Ah, *Nell*. Mas deixa eu te perguntar, o que veio antes? Parar de gostar de Liam ou ter uma queda pelo sobrinho?

— Parar de gostar de Liam. — Precisava que isso fosse verdade. Se tivesse perdido o interesse em Liam por causa da queda que tinha por Ferdia, que tipo de pessoa ela seria?

— Sente atração pelo cara? Ou...?

— "Sentir atração" não é a expressão certa, Garr. Eu o quero tanto que é... uma *loucura*. Eu o acho uma pessoa boa, o coração dele é bom. Ele era um idiota, mas agora não é mais. E é engraçado e gentil... — Ela pigarreou. — Enfim. Ele está namorando.

— Fique longe dele. Estou falando sério: fique bem longe dele. E resolva as coisas com Liam.

— Obrigada, Garr. Vou fazer isso.

O Button Factory estava escuro, lotado e muito barulhento. Ela tinha ficado doida? Além disso, nunca o acharia no meio daquele caos. Mas lá estava ele, passando pelas pessoas, seu olhar não desgrudava do dela.

— Nell. — Os olhos dele brilharam. — Você *veio*. — E segurou o rosto dela, as palmas das mãos dele, ásperas e macias, nas bochechas dela. Ele chegou tão perto que estavam respirando o mesmo ar, e então perguntou: — Veio sozinha?

Ela conseguia ver os poros de sua barba, as linhas dos lábios dele, como seus cílios pretos de dividiam.

— Vou pegar uma bebida pra você.

Ela foi tomada pelo medo.

— Ferdia. Não. Me desculpa. Tenho que ir.

A onda de pânico a arrancou para fora daquela multidão. Na rua movimentada, ela se esquivava e desviava das pessoas, aumentando a distância entre eles, enquanto seu coração batia forte.

O celular dela vibrou com uma mensagem. Por favor, volte. Ela andou mais rápido, tentando controlar a respiração e afastar a ansiedade em seu peito. Seu celular começou a tocar. Não devia falar com ele, não podia voltar. Essa situação era assustadora e perigosa.

Onde ele estava com a cabeça, segurando seu rosto e olhando para ela daquele jeito?

Talvez estivesse bêbado. Chapado? Sendo só amigável? Tentando se vingar de Liam? Tudo era possível. O importante a se fazer era ficar se lembrando de que, *até agora*, até este *exato momento*, ela não tinha feito nada de errado.

Estou segura. Ainda sou uma pessoa normal. Não fiz nada de errado.

Se passasse daquele limite, criaria toda uma realidade de dor e remorso. Não só para si mesma, mas também para outras pessoas, e, principalmente, para Liam. Ele merecia coisa melhor.

Andando depressa, se concentrou no conselho de Garr: resolver as coisas com Liam.

Precisavam conversar sobre as expectativas que tinham um do outro. Precisavam se ajustar à realidade e — quem sabe — ser honestos em relação às decepções que cada um tinha.

Comunicação é essencial, as pessoas vivem dizendo — isso quando não estão falando sobre como casamento "dá trabalho".

Também havia a questão da bagagem do marido: Liam tinha duas filhas que ele nunca via. Isso devia estar acabando com a autoestima dele.

Quando chegou em casa, tinha tomado uma decisão: não ia desistir ainda.

Oitenta e quatro

Ela estava bordando um código de barras em um ingresso para a noite de estreia de *Human Salt*. Era trabalhoso, complexo e muito fácil de errar, e ainda faltavam centenas de ingressos... Uma mão em seu quadril nu a surpreendeu. Dedos tamborilantes acariciavam a parte de cima de sua coxa, tocando levemente seu ponto mais sensível e voltando. O hálito quente em seu rosto, e então uma voz grave disse:

— Deixei você descansar.

A adrenalina disparou, a tirando do sonho de ansiedade e a trazendo para a triste realidade. Liam estava querendo transar. Não tinham feito nada desde que chegaram da Itália. E não era coincidência: andava se desencontrando com ele de propósito, acordando cedo e voltando para casa tarde. As poucas vezes que ele tentou, foi direta e disse que estava cansada.

Mas hoje, obviamente, ele tinha decidido que ela havia descansado o suficiente.

Prosseguir com aquilo seria um desafio. Neste momento, Liam era só um homem com uma ereção que queria transar com o corpo dela. Se ela recusasse, ia iniciar uma briga. Coisa que não queria. Não depois da decisão da noite passada de que ainda havia esperança para os dois.

Estou concordando com isso.

Estou consentindo.

Estou fazendo isso para ganhar tempo.

Ela fechou os olhos, tentou desaparecer dentro dos próprios pensamentos e lembrou a si mesma que estava dando a Liam permissão para fazer o que quisesse.

Foi rápido. Ofegante, ele descansou em cima dela.

— E você? — perguntou ele.

— Estou bem. Cansada.

— Ótimo. — Ele desabou sobre o colchão e, em segundos, estava roncando.

— Devo usar as minhas botas? — gritou Saoirse para a casa inteira.

— Está sol! — disse Bridey.

— Mas é setembro, outono. E se o outono chegar quando eu estiver na rua e tiver que voltar pra casa no frio de sandália?

Johnny manteve a cabeça baixa, temendo que Ferdia ou Saoirse pedissem uma carona até Errislannan.

Algo sobre aquela situação, a virada das estações, fez com que ele se lembrasse daqueles sábados, tanto tempo atrás, quando se sentia, praticamente, um morador de lá.

Depois da morte de Rory, ganhou a própria chave para que pudesse ir para lá quando quisesse. Quase todo fim de semana, dirigira até lá, jantava em silêncio e, depois, assistia à programação de sábado à noite, se reconfortando nas besteiras que passavam. Às vezes, Keeva aparecia, às vezes, Izzy visitava, mas, no geral, ficava sozinho com Ellen e Michael, e ninguém parecia achar estranho. A companhia de Michael deixava Johnny menos preocupado com tudo.

Se, por algum motivo, Michael tivesse que sair de casa, Johnny o seguia como um cão fiel. Certa vez, surgiu uma oportunidade de última hora para ir à noite de quiz da AAG, pois estavam precisando de alguém para controlar a entrada do público e conferir os ingressos. Michael e Johnny se levantaram do sofá ao mesmo tempo. Foi um prazer para ele passar noventa minutos inúteis sentado ao lado de Michael na friagem que fazia do lado de fora do lugar enquanto o observava rasgar ingressos pela metade.

Em outra noite, quando os vizinhos da casa mais próxima à dos Kinsella precisaram de ajuda com uma ovelha que paria, Michael e Johnny se levantaram, calçaram suas galochas e atravessaram o campo até o celeiro, onde Johnny, obedecendo às instruções, trouxe vários cordeirinhos ao mundo.

Contudo, ele não ia muito bem. Ele mesmo era capaz de reconhecer.

No trabalho, as pessoas lhe perguntavam como estava lidando com tudo sem querer realmente saber a resposta. Ele performava uma versão palatável do luto: um sorriso sutil e irônico, um triste balanço de cabeça e qualquer resposta clichê do tipo "a gente aprende a viver com isso".

Mas a verdade era que ele assustaria as pessoas se contasse a elas como realmente se sentia.

Uma vez, em uma festa da empresa, esbarrou com Yannick, um homem que não via desde Antes do Acontecido. Gostava dele — sempre lhe pareceu gentil e gente boa.

— Johnny, como você está?

E se seguiu uma pausa sugestiva, as palavras não ditas: *desde que Rory morreu?*

Johnny tinha bebido muito e pensamentos estranhos começaram a escapar de sua boca:

— Eu... Ah. Yannick... sabe aquele quadro do homem com as duas mãos no rosto? É *O Uivo* que se chama?

— Ah, *O Grito*? De Munch?

— Acho que é. Outro dia, vi estampado em uma luva de cozinha. Pois, é. Uma luva de *cozinha*. As pessoas estão ficando malucas, né? — Ele riu alto. — Enfim, vi isso e, por um momento, achei que estivesse olhando no espelho.

As pupilas de Yannick dilataram com o espanto. Não sabia se tinha sido uma piada.

— De onde a gente vem? — questionou Johnny. — Não consigo entender. A gente nasce, faz umas coisas e depois morre e... *Por quê*?

— É mesmo...

— Faz algum sentido pra você? — Johnny percebeu que estava muito emocionado. De repente, parou, forçou um sorriso e disse: — Estou bem, Yannick. E você?

Continuou lutando com a perda e, certo sábado, não muito antes de a morte do amigo completar um ano, quando as folhas estavam ficando vermelhas e alaranjadas, e o ar, com um friozinho de outono, Johnny dirigiu até Errislannan e encontrou Izzy à mesa da cozinha, jogando Sudoku.

— Achei que estava em Nova York.

— Terminei com Tristão. Aviões, lenços umedecidos com cheiro de capim-limão... Johnny, do nada, minha vida ficou cheia de *ostentações*.

Johnny compreendeu. A morte de Rory acordou todos para a vida e fez com que reavaliassem como estavam fazendo uso de seus dias curtos e preciosos.

— Aquelas viagens chiques que Tristão e eu fazíamos... — disse Izzy — Era tudo sobre ir atrás de sensações novas.

— Não tem nada de errado nisso.

— Tem se for só sobre isso. — Apaixonada pela ideia, ela disse: — Johnny, quero morar em um lugar só e entrar em um avião só duas vezes por ano. Quero fazer parte de uma comunidade e ter marido e filhos. Quero entrar em um clube de leitura e ajudar na vigilância do bairro.

Ele não disse nada. Se era isso mesmo que queria, então era isso, e pronto.

— E você, Johnny? Também está ficando velho.

Ele queria as mesmas coisas que Izzy. Com o passar dos anos, teve seus envolvimentos, alguns pareciam que iam longe, mas, quando certo tempo se passava, se afastava das pessoas. Durante esse período, seus sentimentos por Jessie iam e vinham. Seu desejo por ela ia às alturas, e então desaparecia. Quem sabe em meses, talvez anos, voltassem a ser amigos. Quando passava um tempo sem pensar nela, tinha certeza de que a tinha superado. Mas voltava a acontecer. Tanto que chegou a se perguntar se deveria apenas aceitar que, vira e mexe, isso traria um incômodo, como se tivesse tendência a doenças respiratórias que lhe causassem dores no peito. Enquanto isso, fez jus à sua fama de garanhão. Em seus momentos de autopiedade, Johnny sentia que não merecia ser amado, apesar de já ter partido o coração de uma ou duas mulheres, mesmo que temporariamente.

Sempre que uma saía de cena, Izzy brincava:

— Ninguém nunca vai chegar aos meus pés, Johnny Casey. É melhor aceitar logo.

Eles sempre foram assim, Johnny e Izzy, um provocando o outro. Um belo dia, quando eram ridiculamente jovens e sem nenhuma preocupação na cabeça, ele e seus colegas de quarto foram acordados às 3h pela campainha, que não parava de tocar.

Quando um Johnny sonolento abriu a porta, Izzy estava do lado de fora, rindo.

— "Pode arreganhar", disse o bispo para a atriz.

— O que está fazendo aqui?

— Curiosidade — disse ela. — Onde fica seu quarto?

Ele ficou tenso. Achava Izzy interessante, mas era comprometido ao clã dos Kinsella e não queria arrumar nenhum problema.

Ela já tinha desaparecido escada acima.

— Meu Deus, Johnny Casey — berrou ela para o andar de baixo. — Não quero me *casar* com você. É só sexo. *Vem*!

No quarto, ela tirou as botas com os pés e abriu o zíper da calça jeans.

— É, mas...

— Pare de pensar demais nas coisas.

Pela manhã, continuava alegre.

— Não aconteceu nada, ok? Não queremos um climão na mesa de jantar de Ellen.

— Sim. É. — O alívio dele foi imenso.

Na próxima vez, foi *ele* que apareceu na casa *dela*.

Ao longo dos anos, transavam ocasionalmente. Às vezes, chovia sexo em um único mês, e depois ficavam muito tempo sem fazer nada. Até que acabou de vez.

Nos meses pós-término com Tristão, uma rotina foi desenvolvida em que, na maioria das tardes de sábado, Izzy e Johnny iam para Errislannan e ficavam até a noite de domingo. Ellen os empanturrava de comida caseira, e eles jogavam, sem a menor pressa, longas partidas de Banco Imobiliário e Risk. Se houvesse um aniversário ou algum tipo de comemoração, Jessie os visitava com Ferdia e Saoirse, assim como Keeva, Christy e os filhos. Eles cantavam, comiam bolo e seguiam em frente, convivendo com aquela ausência horrível em suas vidas.

Johnny ainda era o ajudante de Michael. Quando a van de Christy quebrou, mesmo não entendendo nada de motor, foi lá ajudar.

Em um dia de neve, quando uma árvore caiu inclinada no portão de um vizinho, Johnny ajudou Michael a serrar o tronco e quebrá-la ao meio.

Foi Liam que acabou questionando Johnny uma vez.

— Espera aí. Já está com quase trinta e cinco anos. Passa todo seu tempo livre dormindo em uma cama de solteiro na casa dos pais do seu amigo que morreu. Precisa reagir.

Porém, Liam não sabia de nada: pouca idade e poucas vivências.

— Ou está, tipo, deprimido? — perguntou o irmão. — Procura um médico, toma remédios e toma um rumo.

Semanas depois, Johnny pesquisou quais eram os sintomas da depressão. Coincidentemente, viu que tinha alguns deles, mas não tinha necessidade de ir ao médico: o tempo cuidaria dele.

Oitenta e cinco

Segunda-feira à noite, depois do trabalho. Ambas falando o tempo todo ao celular, Jessie e Mary-Laine chegaram ao bar hipster exatamente na mesma hora.

— Tenho que ir. — Jessie desligou e, em seguida, abraçou Mary-Laine. — Obrigada por isso.

— Tem uma mesa. — Mary-Laine se moveu para chamar a atenção do garçom e acenou para ele.

— Gim-tônica — pediu Jessie a ele, com educação. — Em um daqueles copos redondos enormes, sabe de qual estou falando? Com muito gelo.

— Mesma coisa pra mim — falou Mary-Laine. — Você me ganhou em "copo redondo enorme". — Depois, disse só para Jessie: — E aí?

— Com quem eu poderia falar se quisesse deixar os negócios só no mundo virtual?

Mary-Laine franziu a testa.

— Quer fazer isso?

— Na verdade, não — admitiu Jessie. — Mas Johnny quer. — Ela hesitou antes de contar o próximo segredo. — O aniversário dele está chegando, e esse vai ser meu presente. Olha, eu sei! — Ela advertiu Mary-Laine.

— Eu não disse nada!

— Está pensando que ele não merece nada depois do desastre total que foi a organização do *meu* aniversário...

— Fiquei com pena dele, se quer saber.

— E estava certa, mas já superei. Isso significa muito para ele, mas não sei por onde começar.

— Precisa conversar com um consultor empresarial.

— Não conheço nenhum. E não sei em quem confiar.

— Karl Brennan. É o melhor que nós temos.

— Ai, obrigada!

— Só tem uma coisa. Ele é meio... *péssimo*. Gosta de ficar tocando nas pessoas. Meio invasivo. Vira e mexe tem um filho com uma mulher diferente. Ai, graças a *Deus*, lá vêm os nossos drinques gigantes!

— Parece um aquário de peixe-dourado. — Jessie admirou seu enorme copo redondo e, depois, brindou com a amiga. — Ao gim!

Depois de um glorioso gole, Jessie comentou:

— Lembra quando ninguém gostava de gim? Qual era o nosso *problema*?

— A gente não tinha noção de nada. — Mary-Laine deu um gole de encher a boca e suspirou. — Nossa, é maravilhoso. Estão tentando fazer uísque entrar na moda agora, mas acho que nunca vou gostar.

— E por que gostaríamos se temos gim?

— Devo "entrar em contato" com Karl por você?

— Cantaria facilmente agora uma música sobre como amo gim! — disse Jessie. Ela encostou na cadeira para observar melhor o copo enorme. — Acho que são mais fortes do que eu pensei.

— Estou quase terminando o meu.

— É porque somos mulheres de negócios! Independentes e proativas. Faça isso. Entre em contato. Mas sob *sigilo absoluto*.

— Sob sigilo absoluto será.

— Se Karl Brennan disser "sim", o que eu faço?

— Encontre-se com ele. Leve-o para almoçar, algo leve que dê para conversar.

— E disse que ele é o melhor.

— Brilhante. Infelizmente. Aproveita logo antes que ele vá parar na reabilitação. Ou na cadeia por causa de alguma importunação sexual.

— Devo me preocupar?

— *Nah*. Fica tranquila. Só não dê muita confiança. Ele tem... — Ela parou de falar e teve um lapso de consciência — Tipo, um charme repulsivo.

— Charme repulsivo. Entendi. Vamos pedir outro aquário de gim?

— É melhor eu ir. Obrigada pelo gim.

— Obrigada pela dica.

Jessie estava do lado de fora procurando por um táxi quando seu celular tocou. Número desconhecido.

— Jessie Parnell? Karl Brennan. Mary-Laine falou comigo.

— Essa foi rápida. Ela chegou a te explicar tudo?

— Um pouco. Devíamos nos encontrar. Pode ser agora?

— Nossa, como você é dinâmico! Todos os consultores empresariais são assim?

— Sempre.

— Estou indo pra casa agora. Pode ser amanhã à noite?

— Jack Black's, na Rua Dawson. Sete horas? Me mande um e-mail com a sua contabilidade dos últimos três anos. Te mando meu e-mail por mensagem.

— Cara — disse Raoul. — Uma palavrinha.

O que foi *agora*? O dia estava sendo completamente insano. Zachery estava doente, então estavam com um recepcionista a menos. Além disso, tudo o que podia dar errado tinha dado errado. Hóspedes chegando cedo. Um hóspede de saída tendo uma dor de barriga estranha e passando muito mal antes de ir embora. Uma garrafa meio cheia de vinho tinto entornando acidentalmente no carpete branco da Suíte Lua de Mel quarenta minutos antes de os pombinhos chegarem.

Fazia horas que Cara estava apagando incêndios. Mal resolvia um drama, e já aparecia outro.

Agora mesmo, um hóspede que fez check-out de manhã tinha ligado para dizer que esqueceu duas abotoaduras de diamantes em uma gaveta — mas os hóspedes novos já estavam alocados, com um aviso de "Não Perturbe" pendurado na porta. O hóspede falava loucamente ao telefone sobre medidas liminares, e Cara precisou de toda energia armazenada em seus músculos para convencê-lo a se acalmar.

O telefone tocou outra vez enquanto Raoul dizia:

— Não atenda. E o seu lanche?

— Meu...? — Ai, meu Deus, o *lanche*. Chegou a ficar enjoada de tanta vergonha. — Que horas são? — Eram 14h55: fazia quase seis horas que não tinha comido nada.

— Estou bem. Ocupada demais para sentir fome. Enfim... — Ela apontou para o telefone.

— Henry diz que tem que comer. — Raoul soava irritado. — Temos o dever de cuidado e vigilância. Mas vai *rápido*.

Pareceu mais fácil obedecer do que ficar ali discutindo, então ela desceu correndo as escadas para comer suas nozes no vestiário.

— Aonde está indo? — Madelyn parecia zangada. E com razão. Fazia horas que alguém tinha tirado um intervalo, não saíram dali nem para ir ao banheiro.

— Volto em um segundo.

Cara foi embora, mas não antes de ouvir Ling perguntar:

— Aonde ela foi?

Vários homens sozinhos assombravam o Jack Black's, todos parecendo um pouco desesperados depois do trabalho. Mas um deles se destacou, com os cabelos grisalhos recém-cortados, uma pancinha, avermelhados olhos azuis e um terno chamativo com um leve, mas preocupante, brilho metálico.

Não seja Karl Brennan.

— Jessie? — chamou o sr. Terno Duvidoso. — Vamos pegar uma mesa!

— Antes de continuarmos, seu tempo é muito caro? — perguntou Jessie assim que pediram os drinques.

O sorriso malicioso dele era ociosamente confiante.

— Cobro por períodos de seis minutos. Meu preço. — Ele rabiscou um número em um pedaço de papel como se estivesse em "O Lobo de Wall Street" e o deslizou sobre a mesa na direção dela.

— Não é seu preço *por hora*? — Ela teve que confirmar. — É melhor eu falar rápido. O varejo está morrendo, é o que todo mundo anda me dizendo. A internet é o futuro. Mude ou morra.

— Ééééé. Algo me diz que não está animada com essa mudança.

— É uma vontade do meu marido.

— O que está te preocupando?

— Muita coisa — disse ela.

— O relógio está correndo.

Rapidamente, ela desembuchou: o medo dos bancos, o medo da irrelevância, o medo de perder tudo. A crença e o orgulho do modelo atual, a convicção de que bajular chefs era um esforço que trazia lucros.

— Fiz algo semelhante para a AntiFreeze — disse ele. — Uma marca exclusiva de roupas para todos os tipos de esportes feitas sob medida que atendia em uma loja única em Londres. Era tudo focado na necessidade do cliente, botas feitas sob medida, óculos de natação ou proteção, tudo. O negócio inteiro está on-line agora. Conseguiram recriar um pouco da dinâmica cara a cara usando escaneamento computadorizado e mensagens instantâneas. Não é perfeito, admito. Mas o faturamento subiu mais de dois mil por cento.

— Isso me dá... uma esperança. E agora?

— Vou te enviar um contrato. Você paga um adiantamento. Vou dar uma olhada na sua contabilidade, fazer minha pesquisa e pensar em propostas diferentes.

— E vão funcionar? Não vou falir?

Ele revirou os olhos.

— Eu sou bom. Nunca disse que era à prova de balas!

— Quanto tempo vai levar? Gostaria de ter algo para mostrar no aniversário de Johnny, que é daqui a quatro semanas.

— Isso é loucura — disse ele. — Muito perto.

— Então quanto tempo *vai* levar? Porque, me baseando no seu preço de seis minutos, vou declarar falência se demorar muito mais que isso.

Ele riu. E deveria.

— Não cobro por cada segundo do meu tempo. Preciso esperar por algumas informações. De vez em quando, tiro um tempo livre. — Outro daqueles repulsivos sorrisos levemente maliciosos.

— Estimativa?

— Seis semanas, talvez oito?

Bem, já era um começo. O contrato caro seria um presente de aniversário maravilhoso para Johnny, rá.

No táxi, voltando para casa, ligou para Mary-Laine.

— Me encontrei com ele.

— Ele tentou te atrair para uma boate de *lap dancing* com a namorada dele de vinte e três anos? Não? Então foi tranquilo. Deve amar mesmo Johnny Casey — disse Mary-Laine. — Escolher passar por isso por ele...

— Devo mesmo.

Oitenta e seis

Cara entrou rápido na SpaceNK e, dentro de segundos, estava testando tons de base nas costas da mão. Era tipo matar aula — a mesma sensação de liberdade misturada ao medo de ser pega.

Às 16h, tinha saído do trabalho porque hoje era sexta-feira e era isso que todos esperavam que ela fizesse.

Mas não estava indo ver Peggy, então tinha uma hora livre para fazer o que quisesse.

Nas segundas ou terças, ligava para a assistente de Peggy com uma desculpa para a próxima sexta. Alguma coisa, qualquer coisa, não importava. Era uma mulher adulta, independente: não era obrigada a ver Peggy. Na semana que vem, ia escrever uma carta, dando um fim a toda farsa.

Não foi uma decisão fácil: gostava muito de Peggy. Mais importante, não queria que Ed se preocupasse. Mas *sabia* que conseguia fazer isso. Ficaria bem. Comer compulsivamente e vomitar depois não ia mais acontecer. Acabou, fim, ficou para trás, e tinha absoluta certeza de que tinha forças para manter as coisas do jeito que estavam. Tudo que precisava era de tempo para provar.

Quando chegou em casa, Ed parecia ansioso:

— Como foi com Peggy?

— Hmmm — disse ela, tentando soar positiva sem, de fato, falar nada. — Ótimo. — Mentir para Ed parecia errado. Porém, era cedo demais para lhe contar a verdade. Ele entraria em pânico. Entraria direto no modo Seguir as Instruções e insistiria que ela voltasse a ver Peggy o mais rápido possível.

Conquistar sua vida de volta exigiria muito jogo de cintura. Havia alguns obstáculos para ultrapassar. Mas, desmontando, com paciência, a proteção desnecessária que tinham construído em volta dela, chegaria lá.

Dezessete dias atrás

TERÇA-FEIRA, 22 DE SETEMBRO

Oitenta e sete

— Nell! Nell! — Era o pai dela, espremido em seu único terno, acompanhado pela esposa, que estava com o cabelo escovado e toda elegante.

Ela atravessou o lobby de entrada do teatro Liffey em direção a eles.

— São só seis e meia, seus bobos! Ainda falta uma hora pra começar.

— Não queríamos nos atrasar — disse Angie. — Grande noite para a nossa menininha.

— Vou entender a peça? — perguntou Petey. — Não? Ótimo. Não vou nem tentar então.

— Como está se sentindo, querida?

— Ansiosa. Esgotada. Empolgada. Olha, tenho que conferir umas coisas de última hora. Encontro vocês no bar. Lorelei está lá em cima com o namorado dela. — Como sempre, Nell tinha oferecido ingressos grátis para todos os amigos, mas, como o Festival de Cinema estava rolando, Triona e Wanda foram as únicas que puderam ir.

Na verdade, foi um alívio Garr não ter conseguido ir — porque Ferdia *ia*. No final da semana passada, Jessie tinha mandado uma mensagem para ela:

Algum ingresso sobrando para a noite de estreia?

Nell respondeu:

Para você, sempre. Quer quantos?

E então Jessie:

Dois, pode ser? Para mim e Ferd. Ele é o seu maior fã kkk!

Mas que droga ela quis dizer com aquilo? Nell releu a mensagem milhões de vezes, *agonizando*, tentando entender o significado. Principalmente o "kkk" — era para ter sido sarcástico?

Mas Jessie não era assim.

No bar, Petey disse:

— Já se passaram vinte minutos, devemos entrar? Onde está Liam?

— Está vindo — respondeu Nell. — Vocês quatro vão entrando, e eu vou esperar Jessie no lobby.

— Está tudo bem? — perguntou o pai. — Parece muito nervosa.

Estava era nervosa para cacete, uma pilha de nervos. E rezando para que Liam não aparecesse na mesma hora que Ferdia, atrapalhando qualquer chance de falar com ele.

Lá vinha Jessie! O coração de Nell martelava em seu peito.

Atrás de Jessie, avistou Saoirse.

Por que *ela* estava ali? Ninguém tinha mencionado que ela viria e não tinha mais ingressos sobrando. A não ser que... Não. Não podia ser... Saoirse tinha vindo *no lugar* de Ferdia?

— Nell! — chamou Jessie e empurrou uma garrafa de alguma coisa para ela. — Parabéns!

Magoada com a decepção, Nell aceitou os abraços mais empolgados que o normal de Jessie e de Saoirse.

— Precisam de quantos ingressos?

— De dois, obrigada. Eu e Saoirse.

— É que... — Ela pigarreou. — Tinha falado que Ferdia viria?

— Ah, é! Falei, né? — A imprecisão dela era quase insuportável. — Não, ele foi fazer alguma coisa com Perla, então...

— Ótimo. Tudo bem. — Ela forçou um sorriso. — Vocês duas vão entrando. Estou só esperando Liam.

Assim que ficou sozinha de novo, a notícia lhe causou uma tontura. Ficou profundamente magoada. Tinha esperado *tanto* que não conseguiu lidar bem com a situação. Queria trocar olhares com ele, uma chance de tentar entender o que exatamente havia acontecido naquela noite, no Button Factory.

Pois é. Agora ela sabia o que havia acontecido — absolutamente nada. Ele não estava ali. Na verdade, tinha saído com a namorada. Do que mais precisava saber?

— Nell, é melhor entrar.

— Oi? — Ainda atordoada, ela se virou.

Um lanterninha estava do seu lado.

— Precisa entrar agora, querida. Vai começar.

— Ah, mas estou esperando... — Depois, percebeu: dane-se Liam. Já passava das 19h30, e ele não ia chegar agora. Por que ficar ali esperando?

As luzes diminuíram, as cortinas se abriram e a peça começou. Nell recebeu vários apertos nos braços e várias pessoas se inclinaram em seus assentos para demonstrar o apoio delas com um sorriso. Reunindo todas as suas forças, ela tentou se concentrar no que acontecia no palco. Já tinha assistido aos ensaios seis vezes, mas não dá para saber se está tudo funcionando mesmo até que o público seja pessoas que pagaram para estar ali.

Até que não estava Nada Mal. Na verdade, estava Muito Bom. Mas ficou meio triste por causa dos objetos de cena que não tinha dado para comprar, os pequenos ajustes aqui e ali que poderiam ter feito toda a diferença.

Sua concentração autocrítica foi interrompida quando as pessoas perto do corredor se levantaram. Liam tinha chegado.

— Desculpa. — Ela o ouviu sussurrar enquanto abria caminho por elas. — Desculpa. Desculpa.

Eram 19h56, quase meia hora de atraso.

Finalmente, chegou ao assento vazio ao lado dela.

— Me desculpa — sussurrou ele. — Chelsea sendo uma vadia de novo.

Nell reconheceu a chegada dele com uma erguida de queixo. Não tirou os olhos do palco.

No intervalo, foram todos para o bar.

— Parabéns — disse Triona.

— Sim, total! — ecoou Wanda. — Está muito bom. Seu trabalho, digo. Inovador.

— Não entendi *bulhufas* do que aconteceu — falou o pai dela. — Mas a construção passava confiança. Disso eu entendo. Vou pegar as bebidas.

— Não sei as palavras certas — disse Angie. — Mas você é tão inteligente! E tem tanta imaginação!

— Uma gênia, é isso o que ela é — declarou Jessie.

— É mesmo. — Saoirse a abraçou.

— Então, não vão acreditar — anunciou Liam. — Sabem a Chelsea, né? Falei para ela que ia precisar sair mais cedo hoje. Falei o *porquê*. Então, lá estava eu, na loja, dez pras sete, nenhum sinal dela. Então mandei uma mensagem falando que precisava ir embora. Disse que ela precisava ir para lá fechar o caixa e a loja. E aí ela me respondeu, dizendo que não sabia de nada.

— Ela esqueceu? — Angie ficou chocada.

— Esqueceu porra nenhuma. É só uma filha da puta.

— Nossa, Liam, precisa mesmo sair desse lugar. Quanto mais cedo se qualificar como massagista, melhor.

Nell estava tão desinteressada que parecia estar assistindo a um filme.

Liam se virou e colocou as mãos nos braços dela.

— Sinto muito, amor.

— Tudo bem.

— Mesmo? — Ele parecia desconfiado.

— Mesmo.

Às 6h35 da manhã, Nell acordou de novo. Mais uma vez, pegou o iPad. Estava cochilando e acordando desde as 3h, atualizando os sites de notícias, desesperada para saber quais críticas *Human Salt* ia receber.

Finalmente, as notícias de quarta-feira saíram.

Com a barriga doendo de ansiedade e medo, clicou na crítica do Festival de Teatro do *Independent*.

Nada.

Leu mais devagar só para ter certeza de que sua ansiedade não estava fazendo com que ela pulasse alguma coisa.

Nada do mesmo jeito.

A decepção foi brutal.

Foi para o *Irish Times*.

— Alguma coisa? — Liam tinha acordado.

— No *Independent*, não. Nem no *Irish Times* pelo visto.

Agora, era ele quem clicava e estudava a tela do iPad.

— Tem uma menção pequena aqui no *Mail*.

— Cadê? — Ela se jogou sobre ele.

— Sinto muito, amor. Nada sobre você.

Quis ler mesmo assim. "Uma produção digna" foi a conclusão, mas não tinha nada sobre ela nem sobre seu cenário.

Por causa das ótimas críticas que *Timer* levou, estava desesperada por mais reconhecimento pelo seu trabalho. Não conseguia evitar.

— Outra menção, bem pequena, no RTÉ.ie — disse ele. — Nada sobre você de novo.

Teve que ler aquela também para acreditar nele.

Era loucura ficar paranoica por causa disso. Uma crítica negativa poderia destruir sua confiança, da mesma forma que uma positiva poderia te enganar e fazer com que se sentisse Jesus Cristo pisando na Terra.

A opinião dela sobre o próprio trabalho deveria ser a única que importava. Mas continuava no Google, pesquisando e clicando, com uma pontinha de esperança. Por fim, suspirou e desistiu.

— Mais nada? — perguntou Liam.

Ela sacudiu a cabeça, decepcionada demais para falar.

— É por causa do festival. — Ele soou empático. — Muita coisa para assistir. Não deve ter crítico suficiente para ver tudo.

— Está tudo bem — disse ela. — Fiz um bom trabalho, e é isso que importa. Talvez saia algo no *Ticket*, na sexta.

Liam parecia irritado.

— Por que isso é tão importante? Tipo, você está sempre trabalhando. Ou pensando em trabalho.

— Nem sempre. Eu... — Pega de surpresa, ela parou. — Sabe que é importante pra mim.

— Na verdade, não sei. Quando te conheci, você disse que dinheiro não importava.

Ela não tinha dito isso. Ou pensado. Nunca. Dinheiro não era a motivação dela. Mas era muito ambiciosa. Confusa, falou:

— São duas coisas diferentes, dinheiro e trabalho. Trabalhar me faz feliz.

— Não acredito nisso. — Agora, parecia estar com raiva. — Se vendeu para mim como descontraída, tranquila...

— Me *vendi*?

— É modo de falar. Não precisa brigar comigo por isso.

Estava desanimada demais para brigar.

— Mas falando sério... — Ele voltou ao assunto, esquentado. — Verão passado, quando fomos para a costa oeste de ônibus? Não estava trabalhando naquela época. Nem falando sobre trabalho.

— Porque não tinha nenhum trabalho. Não tinha nenhuma peça estreando. Mas te disse no dia em que a gente se conheceu como o meu trabalho era importante pra mim.

— *Nop*. Não me lembro disso. Só dessa garota legal, que amava a vida.

— Mas, Liam... — Outra vez, ela parou. Nesse dia, obviamente, ele tinha tirado as próprias conclusões de que ela era do tipo livre, para cima e ingênua. Qualquer evidência que lhe mostrasse o contrário entrava em conflito com a ideia que ele havia criado dela.

Não era à toa que estivesse puto com ela.

— Ei... — O tom dele ficou mais amigável. — Por que não me deixa fazer uma massagem em você? Eu pratico, e você relaxa.

Rá. A massagem duraria uns dois segundos até ele dizer que estava excitado e transformar aquilo em preliminares.

Ela não queria transar. Só de pensar em Liam encostando nela a deixava enojada.

O dia depois de uma noite de estreia era sempre estranho: cansaço causado pelo nervosismo misturado com frustração. De repente, depois de semanas trabalhando doze horas por dia, não tinha literalmente nada para fazer. A não ser que saíssem ótimas críticas, Nell sabia que não tinha como sair desse buraco. Então teria que dar tempo ao tempo.

Ela e Lorelei trocavam mensagens de apoio, seguras de que deram seu melhor. O diretor da peça lhe enviou um e-mail de agradecimento. Triona e Wanda mandaram mensagens no WhatsApp dizendo de novo quão incrível ela era.

E Liam estava por aí.

Ficou ansiosa porque ele passou o dia inteiro em casa, tentando convencê-la de que sexo curaria sua microdepressão.

Estava também cada vez mais preocupada que o mau comportamento dele irritasse Chelsea e ela o demitisse.

Os fatos eram simples: *um* deles precisava colocar dinheiro dentro de casa.

Neste momento, estava convencida de que jamais voltaria a trabalhar.

Quando era quase meio-dia, ele, *finalmente*, saiu para trabalhar, e ela ficou muito aliviada.

No sofá, com Molly Ringwald e seu iPad, se distraiu na internet. Fez um quiz no Buzzfeed e depois mais outros vinte antes de cair no sono. Às 22h, acordou com uma notificação de WhatsApp. Era Perla:

> Vi Human Salt. Muito bom! Seu cenário é inteligente. A gente se vê no fds, lá no Festival Harvest.

Outra notificação. Outro WhatsApp. Dessa vez, era Ferdia.

> Ei! Perla e eu acabamos de ver Human Salt. Você é um gênio, o cenário foi a melhor parte da peça (e não estou falando mal da peça). Te vejo no festival nada burguesinho!

Eles foram juntos.

Eles foram juntos, só os dois. A um encontro. E estavam sendo leais e legais com Nell porque ela havia apresentado os dois.

As lágrimas estavam ameaçando cair o dia inteiro e, finalmente, ela chorou. Pelo fracasso de seu casamento, pela decepção com a própria peça e, sobretudo, pela enorme queda idiota que tinha por um garoto de vinte e dois anos.

Duas semanas atrás

SEXTA-FEIRA, 25 DE SETEMBRO

Festival Harvest

Oitenta e oito

Assim como na última vez em que Nell tinha recebido uma crítica positiva, Garr deu a boa notícia a ela. Desta vez, pelo WhatsApp, às 8h07 de uma sexta-feira:

O Irish Times amou o seu trabalho. Vai no *The Ticket*.

— Liam! — Ela o sacudiu para acordá-lo. — Abra o *Ticket*. Garr disse que falaram da peça! Ai, Deus, aqui está! — Ela passou rápido pelo início. — Blá-blá-blá, diálogos, atuação... Ai, agora! "O cenário de Nell McDermott é original e surpreendente. Em poucos minutos, se tornou a designer referência se está procurando inovar com pouco dinheiro. Seria interessante ver o que ela é capaz de fazer com um orçamento decente. No mundo da cenografia irlandesa, vale a pena ficar de olho nela." — Seu rosto representava toda a sua felicidade. — É de mim que estão falando, Liam! De mim! Vale a pena ficar de olho em mim, Liam! Em mim!

— Parabéns, meu amor.

Ela pegou Molly Ringwald no colo e rodopiou pelo quarto.

— Vale a pena ficar de olho na sua mamãe! Aposto que não sabia disso, né? — Ela encheu a gata de beijos.

— Não se deixe levar — disse Liam, da cama. — O mundo da cenografia irlandesa é um ovo.

Ela parou na mesma hora.

— Não gostou da crítica! Teria ficado mais feliz se tivessem dito que sou uma merda.

— Que mentira...

Não, não era.

Talvez fosse...

Eles se olharam em silêncio, e, em seguida, Nell foi para o banheiro.

— Vamos — disse Nell. — Pegue sua mala, e vamos.

Liam fez uma careta.

— Então... não estou muito a fim de ir.

Perplexa e tropeçando nas palavras, ela disse:

— Isso não é um passeio que dá pra furar. Jessie precisa da gente para ajudá-la com o trabalho.

— Já tem *várias* pessoas para ajudá-la — falou ele, irritado.

— A gente disse que estaria lá por ela.

— E eu mudei de ideia. Meu emprego é um pesadelo, estou estudando sozinho para outra carreira no meu tempo livre e ainda querem que eu trabalhe de graça no final de semana.

Ela poderia refutar aqueles argumentos de diversas formas, mas não se importava mais.

— Bem, eu vou.

— O quê? *Por quê*?

— Porque ela está contando comigo.

— Não, amor. Não vá. Fique aqui em casa comigo.

— Vai, pelo menos, avisá-la que desistiu de ir?

— Está indo mesmo? Então avise você.

Ela foi até a cozinha e ligou para Jessie.

— Nell? — atendeu Jessie. — Está tudo bem?

— Está, sim. Mas, Jessie, Liam não... — Por que estava tentando inventar desculpas por ele? — Liam não vai mais.

— Está com as costas doendo?

Jessie estava tão disposta a dar o benefício da dúvida a Liam que Nell sentiu grande compaixão por ela.

— As costas dele estão ótimas. E eu ainda vou.

— Não precisa. Posso...

— Quero ir. Vou mandar uma mensagem pro Ed, ver se dá para pegar uma carona com ele.

Cara chegou em casa e encontrou Ed perto da porta, com a mochila no chão, ansioso para ir ao festival.

Poderia ter chegado uma hora mais cedo em vez de ficar batendo perna na Brown Thomas. Mas ainda era cedo demais para contar a ele que não estava mais vendo Peggy. Precisava de mais algumas semanas.

— Pode ir, querido — disse ela. — Se divirta.

— O carro está meio temperamental — disse ele. — Espero que sobreviva à jornada. Me desculpe por te deixar sozinha com essa dupla.

— Não precisa se desculpar. Vou sair amanhã à noite.

Vinnie e Tom iam dormir na casa de Dorothy e Angus.

— Eu sei. É que...

— Se está preocupado achando que vou abusar da comida, posso te afirmar que não vou.

— Não quis dizer...

— Tudo bem. Está tudo bem. — Ela tentou se redimir pela grosseria. — Desculpe.

— Eu te ligo. — Ele ainda parecia desconfiado. — Se divirta com Gabby.

— Se divirta você também.

Quando Ed saiu, ela colocou os meninos para ver um filme com uma tigela gigante de pipoca na frente deles e pegou seus fones de ouvido. Um casal de YouTubers que acompanhava tinha acabado de postar o vídeo da estadia deles no Haritha Villas, no Sri Lanka, mostrando todos os maravilhosos passos que davam. Era tão longe da realidade dela, mas nossa-tão-fabuloso.

Depois, mergulhou em uma estadia imaginária na suíte duplex do George V e, em seguida, em uma casa na árvore de luxo na Costa Rica...

— Mãe.

— *Mãe.* — Alguém cutucou a perna dela. Cara tirou um dos fones. Vinnie estava berrando. — MÃE! O filme acabou. Sorvete!

— Ok. Calma aí, docinho. — Foi até a cozinha e procurou pelos potes no congelador. — Qual sabor? Pistache?

— *Não*!

— Prefiro a morte! — disse Tom, fazendo drama.

— Chocolate?

— Sim!

Três bolas pequenas de sorvete para cada um era o suficiente. Quando estava fechando a porta do congelador com o quadril, lambeu a concha de forma automática. Ai, meu Deus, era tão gostoso que quase delirou.

Na sala de estar, observou os meninos devorarem o sorvete.

Não ia evitar o açúcar para sempre. Em algum ponto, teria que voltar a comer normalmente. E agora parecia um ótimo momento para começar.

De volta à cozinha, serviu duas bolas médias de sorvete de chocolate para si mesma. E então se sentou e as comeu.

Nada de ruim aconteceu.

Oitenta e nove

O Festival Harvest ostentava princípios ecológicos impecáveis. Era fato. No curto tempo em que Ed estacionou o carro, Nell tinha contado dois, três... Não, *quatro* Teslas.

— O pessoal aqui é *eco-friendly mesmo* — disse ela a Ed.

— Éééééé. — Ele pareceu duvidar. — Por outro lado, Jessie me disse que ficaram revoltados quando acabaram com o heliporto.

Eram quase 20h, e começava a escurecer. Dezenas de pessoas atravessavam o campo em direção à entrada, carregando — mesmo com a pouca luz, Nell reparou — malas que pareciam ter acabado de sair da loja. *Muita* Louis Vuitton.

Momentos depois de terem entrado, um grupo de sambistas, deviam ser umas trinta pessoas, com looks dignos de desfile de carnaval, passou dançando por eles com seus adereços de cabeça cobertos de pena balançando para lá e para cá.

— Um carnaval relâmpago — disse Ed.

Hipnotizada, Nell ficou os observando ir embora.

Ed consultava o aplicativo.

— Jessie e companhia estão no *Singing Vegan*, que fica... — Ele olhou ao redor e apontou. — Por aqui.

Enquanto seguia Ed, passando por barracas, palcos e grupos de garotas bonitas cheias de glitter, Nell se perguntou se Ferdia já estava lá. A vontade de vê-lo bateu tão forte que a assustou. Mesmo que ele estivesse lá, estaria com Perla.

Você tem que se controlar.

Agora, estavam passando por um aglomerado de *food trucks* do mundo inteiro, e, atrás deles, tinha uma tela gigantesca de cinema com uma imagem da ponte do Brooklyn. Dava até para se imaginar em Nova York. Era deslumbrante.

— E isso não é nem a *metade* — disse Ed. — Assim como as bandas, tem muita coisa divertida e diferente, aulas de dança, de fabricação de velas, coisas tântricas aqui e ali... — Eles viraram em uma viela com pequenos "prédios" de cores vibrantes. Pareciam nepaleses, ou talvez andinos. Tinha só a fachada, mas eram tão convincentes.

Seguindo o aplicativo, Ed disse:

— O *Singing Vegan* deve ser bem... aqui!

E era. Eles abriram a porta, e lá estavam Jessie, Johnny e o que parecia ser um exército de crianças. Mas, depois do frenesi de abraços, Nell percebeu que apenas Bridey, TJ, Dilly e Kassandra estavam lá.

— Cadê, hmmm... Saoirse?

— Ela não vem — respondeu TJ. — Está com uma amiga nova. Uma gótica. Cortou a franja *bem* curta e disse que talvez pinte o cabelo de azul-escuro.

— Imprudente, *imo* — disse Bridey. — Quer dizer "na minha opinião" em inglês.

— Estamos com saudade dela — disse TJ. — Mas fazer o quê?

— Que triste... — Pigarreando, Nell tentou soar casual. — E Ferdia?

— Vem amanhã com Perla.

Perla. Meu Deus. Como estava arrependida de ter apresentado os dois. Mas que direito tinha de guardar rancor da felicidade de Perla?

— Quer ver a sua barraca? — perguntou Dilly.

— Ou quer comer? — perguntou Jessie.

— A barraca.

— Vamos! — Ela foi arrastada porta afora por todas as meninas do grupo.

— Vai achar que é longe de primeira... — avisou Dilly.

— E confuso. — completou Kassandra.

— Então, se você se perder, procure pela torre. Está vendo?

— Vai na direção dela. Depois, peça ajuda para algum homem.

— Mas não qualquer homem. Ele tem que estar de uniforme. Estamos quase chegando! — E então: — Essa é a sua barraca — declarou Dilly. — Não é uma gracinha?

Era realmente uma gracinha: o espaço era aconchegante e tinha um telhado em formato de cone. Em volta da barraca, lanternas penduradas iluminavam a noite com vários tons de rosa. Tinha até uma cama de verdade, feita de madeira entalhada, decorada com almofadas estampadas e mantas de lã. Um rádio antigo decorava uma cômoda robusta com gavetas.

— Tire os sapatos! — disse Bridey. — Agora, experimente o carpete.

O chão da barraca estava coberto com três tapetes que se sobrepunham, o que deu mais conforto e uma aparência luxuosa.

— Já que o tio Liam não está aqui, Kassandra e eu vamos dormir com você — decidiu Dilly.

— Obrigada. Eu aceito com o maior prazer.

— Tem espaço pra mim? — perguntou Bridey.

— Não! — gritou Dilly.

— É claro que tem — cedeu Nell.

— A barraca do tio Ed é ali — disse TJ. — A dele não é tão chique. É porque ele é homem e homens não ligam para essas por... — ela lançou um olhar assustado para Jessie — ...carias. E a de Perla é por ali.

— Não tem um banheiro individual — disse Bridey —, mas não ficam muito longe...

— E não são nojentos.

— Vamos mostrar as banheiras mágicas para ela! — Jessie saiu na frente mostrando o caminho pelas filas de barracas.

— É do lado de fora — avisou Dilly. — Mas ficam escondidas entre as árvores, então ninguém consegue ver seu bumbum. Tem uma ali!

— Está vendo aquele jarro enorme de água do lado das árvores? — perguntou TJ a Nell. — Com um desenho de tulipa? É a banheira tulipa.

TJ se aproximou, enfiou a cabeça entre dois troncos de árvore e berrou:

— Oi? Tem alguém pelado na banheira? — Ela deu um tempo para responderem.

— Dá pra ver no aplicativo — disse Jessie. — Ele diz se está ocupado.

— Mas eu gosto de gritar — comentou TJ. — Fale AGORA porque vamos ENTRAR.

Ninguém respondeu.

— Ninguém disse que *não tinha* ninguém. Então vamos.

No meio de TJ e Dilly, Nell foi levada pela mão até um pequeno espaço encantador. Em um círculo com piso de ardósia e cercado por uma vegetação densa, havia uma banheira funda. Prateleiras simples feitas de galhos de árvores seguravam toalhas e sabonetes.

— Gostou? — perguntou Jessie.

Nell suspirou.

— *Amei*. Você toma um banho de banheira dentro da floresta.

— Quando reservar um horário — disse Jessie —, vão preparar o banho para você, então já vai estar tudo pronto quando chegar. E a água é ótima para a pele porque vem das fontes termais.

— Mas não fede!

— Qualquer um pode usar? — perguntou Nell.

— Claro. Dá uma olhada no aplicativo, vê se tem alguma banheira livre, são sete no total, e coloque seu nome. Fácil! Vamos chamar o papai e o tio Ed. A gente se senta no jardim encantado e planeja o dia de amanhã.

— Jessie, me diga o que preciso fazer — disse Ed.

Jessie pegou seu iPad.

Um bando de gente usando asas iluminadas com luzes de LED e *collants* estampados passou por eles fazendo um alvoroço.

— Quem são *esses*? — Nell encarou o grupo passar e brilhar noite adentro.

— São só pessoas sendo vaga-lumes — disse Johnny.

— Amo esse lugar.

— Espero que continue amando depois de ter trabalhado em seis workshops de culinária — falou Jessie. — Três amanhã, três no domingo, às dez, meio-dia e meia e às quatro horas. Cada um com quarenta e cinco minutos de duração. Passeiem por aí com uma bandeja de comida, puxem assunto. Se as pessoas parecerem amigáveis, perguntem se gostariam de entrar na nossa lista de e-mails. Não precisa insistir. Se não estiverem interessadas, sejam gentis e sigam em frente. Só vocês dois vão participar das sessões das dez e do meio-dia e meia. Mas Ferdia e Perla vão aparecer para o restante do dia. Se puderem chegar com quinze minutos de antecedência, seria ótimo. Fora isso, façam o que quiser com o tempo de vocês.

— Mas todo mundo vai ver o show da Momoland às cinco e meia — insistiu Dilly. — É uma *girl band*. De *k-pop*. Da *Coreia*! Ai, Nell, elas são tão fofas!

— A gente ama Momoland — disse Bridey.

— São nove meninas — tagarelou Dilly. — Cada uma tem um cabelo diferente.

— O estilo delas é muito menininha — disse TJ. — Mas gosto das músicas. E alguns clipes são engraçados.

— É *bubblegum pop* — falou Dilly.

Aquilo fez Nell rir.

— E o que sabe sobre *bubblegum pop*?

— Foi o que Ferdia disse. — Na defensiva, ela declarou: — E não tem nada de errado nisso. Vou te ensinar as coreografias.

Discretamente, Jessie chegou bem perto de Nell.

— Quer ir comigo à aula de dança burlesca amanhã à tarde?

— *Ugh*... não.

— Mas não sente essa pressão? De aumentar seu repertório sexual com habilidades novas?

— Tipo, *não*. Não somos bonecas adestradas. Sexo é para ser uma coisa equilibrada e amorosa entre duas pessoas.

Jessie parecia perplexa.

— Não consigo acompanhar. Achava que os jovens faziam sexo igual de filme pornô.

— Talvez eu não seja jovem.

— Você *é* jovem.

— Não esqueça o negócio de Ferdia — disse Bridey. — É uma e meia.

— Que negócio?

— Na barraca dos inteligentes. Ele vai falar sobre absorventes grátis por Perla.

— E por outras mulheres! — corrigiu Dilly. — Não só Perla.

— Não sabia? — Jessie franziu o cenho para Nell. — Achei que soubesse. Ele está "conscientizando as pessoas sobre pobreza menstrual".

Johnny enfiou o rosto nas mãos.

— De todas as causas que podia ter escolhido... Está fazendo de propósito para me matar de vergonha.

— Essa sua reação mostra exatamente por que é necessário falar sobre isso! — Em seguida, Jessie murmurou para ninguém: — Estou só um pouco envergonhada.

— Não estava sabendo. — Nell estava chocada.

— Ele tem ido atrás de políticos, redes de drogarias, jornalistas, todo tipo de gente. Estava trabalhando nisso enquanto a gente estava na Itália. Podia jurar que ele tinha te contado. É uma causa muito nobre. Mas é bom ir parando com isso agora que as aulas da faculdade voltaram. Se não tirar notas boas, vou matá-lo.

Nell fuçava o aplicativo, tentando conseguir detalhes — e lá estava: "Deixe a pobreza menstrual no passado." Aparentemente, Ferdia Kinsella e Perla Zoghbi apresentariam um painel de discussões à 13h30, amanhã, na Lightbulb Zone, onde aconteciam conversas políticas e literárias.

Isso era... *surpreendente.*

De repente, Nell não conseguia processar mais nada.

— Ei, se importam se eu for pra cama agora?

— Não vai com a gente criar memórias no show da Janelle Monáe? — indagou Dilly.

— Estou muito cansada para criar memórias hoje à noite. — Ela semicerrou os olhos para a menina. — Você tem oito anos. Não tinha que estar na cama?

— Não. Eu sou... O que foi que aquela moça disse que eu era, mãe?

— Precoce.

— Essa palavra. É isso que eu sou.

Nell achou sua barraca e cambaleou até a cama sem ligar para Liam e lhe desejar boa noite. Se reclamasse, ela fingiria que estava sem sinal.

Noventa

Johnny e Jessie estavam ao lado da estação de trabalho, olhando apreensivos para Anrai McDavitt, que era tão famoso por seus ataques de raiva quanto por sua habilidade com a cebolinha.

Nell começou a circular com o iPad em mãos. Abordar clientes era assustador. Alguns levavam comida e culinária muito a sério e não reagiam bem a uma abordagem descontraída. Outros estavam apenas passando pela barraca e paravam para ser desagradáveis.

— Ouvi falar desse cara. Chef agora também dá curso para controlar a raiva?

Todos deram suas informações numa boa, mas, mesmo assim, Nell ficou aliviada quando terminou.

— Como foram? — perguntou Johnny.

— Johnny! Devia ganhar um prêmio pela lábia que tem. Faz parecer fácil uma coisa que é *difícil*.

— Qualquer velho imbecil consegue fazer isso.

— Não consegue, não. Isso é *impressionante*.

— Moleza. — Ed apareceu.

— Ah, é? — questionou Johnny. — Quantas pessoas conseguiu?

— Hmmm, quatro. Não, três. Droga, esqueci de pedir o e-mail do último cara.

— Sobre o *que* ficaram conversando então?

— Mamíferos que só existem em Madagascar. Sabia que...?

— Não. E nem quero saber. Nell, quantas conseguiu?

— Trinta e uma...

Só faltava uma hora e meia para o serviço recomeçar, mas Nell estava tão nervosa por causa da ansiedade de ver Ferdia que precisava fazer alguma coisa — qualquer coisa — para não enlouquecer. Ela olhou a programação. O que estava acontecendo agora?

— Pode levar minhas filhinhas com você aonde quer que esteja indo? — Jessie passou com pressa, parecendo preocupada.

— Está tudo bem?

— Tudo ótimo. Você sabe... *Chefs*.

Um pouco atrasada, Nell chegou à Lightbulb Zone. Estava lotado, todos os assentos ocupados e havia algumas pessoas sentadas no chão. Ferdia estava de pé em um palco baixo. Ele era tão alto. Seus cabelos estavam um pouco bagunçados, e as mangas da camisa, dobradas.

— Abolir o sistema de Provisão Direta é a nossa cartada final — dizia ele. — Vai dar trabalho, mas o sistema atual, o que faz com que a Irlanda não pareça atraente para refugiados, é conveniente para o nosso governo. A mudança só vai acontecer quando a opinião pública tiver um peso maior.

Com o microfone na mão, ele dava pequenos passos, parecendo um político jovem e gato no comício. Nell se sentiu terrivelmente apaixonada por ele.

Ao lado dela, Dilly sussurrou:

— Ele parece um *homem*.

— Ele *é* um homem — disse Bridey por entre os dentes.

— Não! Tipo um homem de televisão. Alguém que a gente não conheça.

— Absorventes custam cerca de dez euros por mês, o que corresponde a seis por cento da ajuda de custo anual que as mulheres na Provisão Direta recebem do governo. É muita coisa.

Ele articulava naturalmente, confortável no próprio corpo. As pessoas estavam *ouvindo*.

— Um dos motivos de os absorventes não serem gratuitos é porque as pessoas não se sentem confortáveis falando sobre isso. — A risada dele foi suave. — Pois, é. Sei que se sentem assim.

Risadas de identificação.

— Não faz muito tempo que eu também morria de vergonha. Devem estar me achando um sem noção por estar aqui falando sobre pobreza menstrual. Mas a verdade é que o dinheiro público é controlado por homens. Se os homens não se tornarem aliados dessa causa, as chances de mudanças caem muito. É sério, os homens precisam superar essa vergonha. É um processo do corpo humano que acontece com metade da população mundial. Para os homens presentes aqui, hoje, essa analogia pode funcionar. Imagina que você tenha pisado em uma poça. Sua meia e seus sapatos estão molhados. Está longe de casa, então tem que passar o dia inteiro com a meia e os sapatos molhados, o frio penetrando na sua pele e nos seus ossos. Seus amigos podem rir de você porque foi tanta burrice sua ter pisado naquela poça, então você fica quieto. Agora, imagina isso acontecendo por até sete dias seguidos... E vai acontecer de novo no mês que vem. E no outro mês. E no outro.

— Ser mulher é horrível — disse TJ em voz baixa. — Literalmente, horrível.

— Em um passado não muito distante — disse Ferdia —, achavam estranho uma mulher nos últimos meses de gravidez sair na rua. Para sair em público, elas se enrolavam em uma tenda de circo, algo que ficasse bem largo para poder esconder o "problema" delas. Hoje em dia? Uma mulher com nove meses de gravidez pode usar um biquíni sem que ninguém se importe. Mas os tabus não se destroem sozinhos. A mudança ocorreu porque as mulheres ignoraram as regras que só existiam na cabeça das pessoas. Quanto a esse problema, quanto mais falarmos a respeito, *principalmente, nós, homens*, mais normalizamos o assunto. Pedir absorventes à Provisão Direta dará início a muitos questionamentos. E as mulheres sem teto? E as mulheres refugiadas? E as mulheres de baixa renda? E o negócio é o seguinte: em um mundo ideal, absorventes estariam disponíveis gratuitamente para todo mundo. Mas temos que começar por algum lugar, em algum momento. Obrigado pela atenção.

Ele encerrou sob aplausos e um ou dois *uhul*.

Depois dele, Perla contou sua história, mas Nell não conseguiu se concentrar. Assim que o evento terminou, ela se levantou, passou pelas pessoas na sua frente e interceptou Ferdia, que pulava do palco.

— Nell! — Ele sorriu.

Quase com raiva, ela quis saber:

— Por que não me contou que ia fazer isso?

O sorriso desapareceu.

— Tentei te contar algumas vezes, mas sempre era interrompido. Também não quis ficar me gabando com isso. Sabe? Não queria que achasse que eu estava fazendo isso só pelos aplausos.

— Uau... Você mudou.

— Eu te avisei.

— Mandou muito bem lá em cima. — O queixo dela tremeu. — Você foi incrível.

— O que querem fazer agora? — perguntou ele. — Comer? Só preciso pegar meu carregador na barraca.

— Onde fica?

— Em frente à sua. Estou com Ed.

Ela ficou confusa. Talvez, por causa das crianças, ele e Perla estavam fingindo que não estavam dormindo juntos.

— O que foi? — perguntou ele. — Você parece...

— Só me perguntando por que não está na mesma barraca que Perla.

Ele foi pego de surpresa.

— Na mesma barraca que Perla? Eu?

— Não estão... — Ela parou. Mal conseguia falar a palavra. — Juntos?

Agora ele estava tentando entender.

— A gente estava trabalhando juntos nesse projeto... Espera aí! Achou que a gente estava... Está querendo dizer, tipo, *juntos*, juntos?

Ela se irritou com quão improvável ele julgou a situação.

— Por que não? Ou ela é "velha demais"?

— Hmmm, Nell? Por que está puta comigo?

— Não estou puta. — Ela estava quase chorando. — Mas não é legal da sua parte achar que ela é velha demais para ser, tipo... Ela só tem vinte e nove anos!

— Eu não falei nada sobre a idade dela! Eu a acho incrível, só que não é esse tipo de... lance.

— Foi mal. — As lágrimas já tinham escorrido pelo rosto dela. — Tive uma semana esquisita. Me desculpa.

*

Nell se deitou na cama, ouvindo os vários Casey do lado de fora de sua barraca.

— A gente precisa chegar cedo para Dilly e eu conseguirmos ver! — persuadiu Kassandra.

— Cinco minutos, pessoal! — Jessie bateu palmas. — Depois, vamos ver Duran Duran. Sim, sei que está muito cedo, mas quem quer ver Dilly e Kassandra chorando?

— Eu! — disse Bridey.

— Também não ligaria — concordou TJ.

— Fofinhas! — arfou Jessie. — Não!

Nell estava exausta. Ficar alegre e dançante seria impossível. Tinha muita coisa para digerir.

Então, quando Jessie chamou com um aviso "está na hora!", ela pôs a cabeça para fora da barraca e disse:

— Encontro vocês daqui a pouco.

Jessie a encarou.

— Está tudo bem?

— Sim. — Ela forçou um sorriso. — Estou bem.

Quando as vozes sumiram, ela pôs a cabeça para fora de novo só para ter certeza de que já tinham ido mesmo. Saiu de fininho e seguiu para a floresta, na direção oposta do palco principal. Ela voltaria depois, quando estivesse se sentindo melhor.

Lá no alto, um emaranhado de galhos formava uma copa que abafava todos os sons feitos pelo homem. O sol estava se pondo, mas ainda dava para enxergar um caminho sinuoso. Do nada, uma clareira materializou uma pequena casa de madeira. Nell ficou imóvel com a surpresa. Cortinas xadrez cobriam as janelas que pareciam ter saído de um conto de fadas, e a pequena porta da casa era vermelha. Diante dos olhos surpresos de Nell, a porta se abriu e uma mulher de vestido longo e brilhoso, com o cabelo cheio de glitter, saiu.

— Olá. — Ela sorriu. — O que te traz aqui?

— É... Estou indo para o show.

— Escolheu um caminho curioso.

— Queria um pouco de tempo para pensar. O que *você* está fazendo aqui?

A mulher sorriu.

— Sou do seu futuro.

Aquilo estava assustador. Começava a escurecer agora e ninguém sabia onde ela estava.

Mas a mulher riu.

— Adoro falar isso! É tão dramático! Não, não, está tudo bem. Sou Ucposfe, Uma Carta para o Seu Futuro Eu. Estou na programação. Dá uma olhada.

— O que você faz?

— Te dou uma caneta e um papel. Você escreve uma carta para você mesma... Digo, para a pessoa que gostaria de ser daqui a um ano. E então descreve a sua vida, as coisas que gostaria que acontecesse, as coisas ruins que queria que estivessem resolvidas. Depois, a gente coloca um selo e envia para você no ano que vem.

— Por que eu faria isso?

— Traz mudanças positivas para a nossa vida. — Ela pausou. — É o que dizem. Quando escreve o que quer, está se ajudando a focar nas coisas que importam. Supostamente.

— Quanto custa?

— Nada. Está incluso no ingresso. — Um maço de papel e uma caneta foram entregues a Nell. — Me colocaram em uma área mais afastada — declarou Ucposfe — para que só quem precisasse disso conseguisse chegar até aqui, e *entendo*. Mas só recebi seis pessoas o dia todo. E não tem Wi-Fi.

— Parece ser meio entediante.

— Você nem *imagina*. Enfim, ache um cantinho confortável em alguma árvore e escreva. Não pense muito. Seja otimista.

Enquanto encarava a folha em branco, Nell ficou nervosa. Parecia uma grande responsabilidade. Tinha a sensação de que, se errasse, seu futuro seria arruinado.

— Estou com medo — confessou para a mulher.

— Ah, é só um exercício.

— Como começo?

— Poderia começar com "querido futuro eu".

Querido futuro eu,

Estou escrevendo isso no presente, onde estou muito assustada. Acho que não amo mais Liam. Prometi que o amaria para sempre e sei que, no fundo, todo mundo acha que casamentos não são para sempre, mas, sendo bem sincera, dez meses é muito pouco e não gosto muito de mim mesma.

Mas, no meu novo presente, está tudo bem. Terminei com Liam...

O quê?! Ela largou a caneta.

Tinha escrito aquilo mesmo?

Ucposfe olhou para ela.

— Continue — encorajou ela. — Pense em finais felizes.

Você estava muito assustada, mas, com certeza, foi a coisa certa a fazer.

— Como vou saber se estou fazendo certo?

— Não existe jeito errado. Pense positivo.

Liam está bem nesse presente. Se qualificou como massagista, saiu da loja de bicicletas e, provavelmente, tem outra namorada porque ele é Liam.

Está tudo bem com seu trabalho também, Nell. Tem trabalhado com uma boa frequência desde que escreveu essa carta e acabou de fechar um trabalho com a Ship of Fools no Festival de Teatro.

Dane-se, por que não sonhar mais alto?

Ninguém surtou quando você deixou Liam. Foi novidade por, tipo, cinco minutos e, depois, todo mundo seguiu em frente. Depois de um tempo, nem os Casey se importavam. Continuaram sendo amigos. Jessie disse que, uma vez uma Casey, sempre uma Casey, então ainda te convidam para os eventos e ainda é a melhor amiga de Dilly, TJ e Bridey. E de Jessie e Cara.

E de Ferdia.

Sua obsessão passou. Ficou maluca por um tempo só por causa dos problemas com Liam. Foi mais fácil pensar que não o amava mais porque tinha se apaixonado por outra pessoa. Em vez de encarar o fato de que se casou muito rápido. E com a pessoa errada.

Assim que deixou Liam, seus sentimentos por Ferdia sumiram. Isso fez com que Nell se sentisse muito triste.

Bem, não exatamente sumiram. Mudaram. Percebeu que queria ser amiga dele. Porque têm vários interesses em comum.

Ele terminou a faculdade, e você não destruiu a vida dele.

Nell percebeu que estava escrevendo cada vez mais rápido.

Ele tem um emprego agora, trabalha para uma causa social e está feliz. A diferença de idade entre vocês parece cada vez menor conforme o tempo passa.

Ainda são muito amigos. Muito próximos.

Ela rabiscava muito rápido agora.

Vocês se veem o tempo todo e nenhum dos Casey se importa, nem mesmo Liam, e nenhum dos seus amigos acha estranho e todos gostam dele e o acham legal. E, se ele tem uma namorada, você não liga, a acha demais.

De repente, consciente de como estava sendo egoísta, escreveu:

Garr está conseguindo ótimos trabalhos, e todos viram como ele é um gênio. Wanda, Triona, todos os meus amigos estão vivendo sua melhor fase. O caso de Perla foi reconhecido. Ela e Kassandra conseguiram status de refugiadas. Perla trabalha como clínica geral agora, e está tudo bem.

Quem mais? Jessie. Mas Jessie não tinha problemas. Já Cara...

O transtorno alimentar de Cara foi curado, e ela está feliz. Meus pais estão ótimos, Brendan também, apesar de ter princípios bizarros e de só pensar em ser rico. Tudo está uma maravilha, a vida de todo mundo que conheço está indo bem, e não sou mais obcecada por Ferdia, e isso é bom e tudo está bem.

Talvez devesse parar agora. Concluiu que, no final, tudo ficaria bem.

Boa sorte, Nell!
De mim para mim

— Terminei — disse Nell. — Rápido, um envelope antes que eu mude de ideia.

— Escreva seu endereço que vou fechar com o selo.

Mas como saberia onde estaria morando ano que vem? Ou *semana* que vem?

Escreveu o endereço dos pais e estendeu o envelope.

— Cara! — exclamou Delma. — Oi!

Ela levou Cara até uma mesa afastada do salão principal do restaurante.

— Estamos escondidas aqui. Acho que não queriam vinte mulheres bêbadas estragando a noite romântica dos casais.

— Somos as primeiras a chegar? — Ela mal conhecia Delma e sempre a achou meio exagerada.

— *Yep*. Então! — Com a maior cara de pau, Delma a avaliou. Estudou cada centímetro de Cara, da cabeça aos pés, procurando... pelo que exatamente? — Não está *tão* mal assim!

Cara sentiu o sangue se esvair de seu rosto.

— É, fiquei sabendo da sua pequena aventura. Olha, Cara, pode acontecer com qualquer pessoa. Ah, lá vem Gwennie.

— Cara! — exclamou Gwennie, baforando álcool em seu rosto. — Não tinha certeza se viria. — E então um aperto reconfortante no ombro. — Está indo muito bem.

— Cara!

— Ah, oi, Quincy.

Quincy a puxou para um abraço desajeitado.

— Pontos pra você!

Fazia muito tempo que não via aquele grupo. Provavelmente, desde o aniversário de Gabby, no ano passado. Se todas elas fossem tocar no assunto do seu "transtorno alimentar" daquele jeito, achava que não ia aguentar a noite toda.

— Cara, como você *está*?

— Heather, oi. Estou bem. E você?

— Por favor, me fala o nome dos remédios.

— Que remédios?

— Não te receitaram alguma coisa para parar com a compulsão? Também preciso. Juro por Deus, quando tem biscoito em casa, como até acabar. Não é assim?

Uma mulher chamada Ita, que Cara mal conhecia, a arrastou até um canto.

— São umas idiotas. Vacas insensíveis, não entendem nada. Precisa tomar conta de si mesma aqui. Tem uma doença fatal. Elas que se fodam. Está me ouvindo? Que se fodam. Você tem uma doença que pode te matar, então, se precisar se levantar e ir embora para continuar segura, faça isso!

Esse foi pior do que todos os outros comentários juntos, na verdade.

— Hmmm, obrigada. — Cara se afastou assim que avistou Gabby e agarrou o braço da amiga. — Gabby, para quem você contou?

— Para ninguém. Bem, para Erin, óbvio. E *talvez* tenha mencionado para Galina porque ela fica falando por horas sobre o peso dela. Tentei mostrar que ela não tinha um problema de verdade, não... Sabe, comparado ao seu. — Gabby parecia arrependida. — Ai, nossa, me perdoa. Não achei que ela fosse contar para todo mundo. Mas você está bem agora, né?

— Estou. — Se fosse para casa agora, todas iam falar que ela havia ido embora para comer até entrar em coma. *Ela não consegue se controlar, é uma doença, sabe?* Seu orgulho dizia que tinha que resistir.

E, sem dúvida, tudo se acalmaria assim que se sentassem para comer. Mas, conforme o tempo passava e o álcool entrava, as pessoas ficavam mais intrometidas, e não menos.

— Nunca forcei o vômito. — Milla entediava Cara com aquele papo. — Mas já *quis*. Muitas...

Janette passou por cima dela e se sentou no colo de Milla.

— Cara, não me leva a mal, mas por que não emagreceu?

— Como?

— Tipo, não é a mesma coisa que anorexia?

E foi assim por diante. Quando a cadeira ao lado de Cara vagava, outra mulher se sentava e ficava sondando a situação dela.

— Sobremesa? — gritou a garçonete por cima da bebedeira. — Alguém quer pedir sobremesa? Você? — Ela olhou para Cara.

— Um tiramisu, por favor.

— Sua médica *deixou*? — berrou Celine do outro lado da mesa. — Você é *bulímica*.

— Estou bem. — Cara conseguiu sorrir.

Quando seu tiramisu chegou, ficaram observando Cara com tanta atenção que parecia que ela estava engolindo fogo. Casualmente, sem parecer estar aproveitando a sobremesa, deu quatro ou cinco garfadas e deixou um quarto da fatia.

— Nossa, arrasou — disse Delma, impressionada. — Eu nunca seria capaz de fazer isso.

Cara aguardou, esperando para o desejo de comer mais aparecer. Mesmo que sentisse vontade de comer todos os bolos do mundo essa noite, não ia ceder.

Mas nada aconteceu. Ela ficou bem.

Nell voltou caminhando por onde tinha vindo. Estava bem escuro agora. Talvez fosse ver se uma daquelas banheiras ao ar livre estava disponível.

Todas as sete estavam. Pelo visto, ninguém queria passar o sábado à noite tomando banho de banheira. Ninguém, a não ser ela. Fez a reserva pelo aplicativo e, depois, continuou andando até encontrar a estreita passagem entre as árvores. Ao adentrar o bosque verde e escuro, via a água quente e cheirosa, silenciosamente, enchendo o ar da noite de vapor. Havia toalhas limpas em cima de uma banqueta baixa e rústica e um roupão pendurado em uma divisória de madeira. O piso de ardósia estava seco e levemente aquecido. Tudo dava a impressão de que, literalmente, segundos atrás, vários funcionários tinham corrido de um lado para o outro para que tudo estivesse perfeito quando ela chegasse, mas não via nem ouvia nada que indicasse que tinha alguém por perto.

As lanternas penduradas nos galhos emitiam uma iluminação baixa e amarelada. Em uma das prateleiras, tinha cinco frascos de vidro de sais de banho etiquetados à mão. Nell derramou um pouco do que dizia "Minerais do Oceano", deixando a água azul e leitosa. Depois, tirou a roupa e entrou na banheira, se arrepiando com o calor repentino.

Enquanto seu corpo boiava, ela olhava para cima, para o emaranhado de galhos, e sentiu gratidão por ainda ser capaz de apreciar a beleza deles. Ela ia deixar Liam. Quando voltasse para casa amanhã à noite.

Talvez ele fosse prometer que ia mudar mais uma vez, mas isso não ia fazer diferença.

Estava grata por ele ter sido tão horrível. Teria sido muito pior se ele fosse um cara legal que ela tivesse simplesmente deixado de amar.

Tinha certeza de que Liam ficaria bem. Desconfiava que ele jogaria toda a culpa em cima dela e que sua próxima namorada ouviria histórias sobre a ex maluca. Mas nada disso importava. O que precisava agora era se livrar dele e de todos os Casey. E então essa obsessão por Ferdia evaporaria.

Sentiria falta deles. Mas tinha uma vida antes e poderia construir uma nova.

Flutuando de barriga para cima, com os ouvidos dentro da água, ouviu uma voz fraca a chamando:

— Nell?

Rapidamente, se sentou, agitando a água com um fluxo barulhento.

— Nell? — A voz sem corpo vinha do lado de fora do círculo de árvores. — Está tudo bem?

— Ferdia?

— Minha mãe me disse para te procurar. Está preocupada. Você está bem?

— Estou ótima — gritou ela. — Desisti de ir ao show.

— Vou falar pra ela. Foi mal te atrapalhar.

Isso era loucura, ficar berrando um com o outro no escuro, pelas árvores. — Olha, pode entrar. Estou coberta.

De repente, ele apareceu no bosque.

— Bem, não *exatamente.* — Ela estava muito nervosa. — Mas não dá pra ver através da água. Senta aí, coloca as toalhas em outro lugar.

Ele se sentou no banquinho, evitando, com muito esforço, olhar para a água leitosa.

— Foi mal — disse ele. — Jessie ficou preocupada com você por Liam não ter dado as caras...

— Como sabia que eu estava aqui?

— Seu nome está na lista.

Ela se apoiou na lateral da banheira, descansando o rosto sobre os braços dobrados. Os cotovelos dele estavam apoiados nos joelhos. As mãos dele eram lindas. Os pulsos magros e os dedos longos com os nós salientes a deixavam dolorosamente vulnerável. Nossa, ela o queria tanto!

— Vou largar Liam. — A informação escapou de sua boca antes que ela pudesse impedir.

— O quê?

Ai, meu Deus, não.

— Eu não devia ter dito isso. Liam devia ser o primeiro a saber.

— Aconteceu alguma coisa? — perguntou Ferdia. — Descobriu... alguma coisa?

— Descobri que não o amo mais. Não é suficiente? Sou uma pessoa terrível. Ferdia — disse Nell, com urgência —, não pode contar para *ninguém*. Não até eu conversar com Liam.

— Pode confiar em mim. Um milhão por cento.

Sem piscar, eles se olhavam sob a luz fraca das lanternas, que fazia muitas sombras.

— Está solteira agora?

Aquilo foi tão inesperado que ela acabou rindo.

— Ai, meu Deus, sei lá. Não faço a menor ideia... Quem quer saber?

— Eu.

Oh.

Ele engoliu em seco. Com a voz rouca, disse:

— Preciso falar uma coisa. Nell, penso em você o tempo todo...

— Pensa...?

Ele assentiu e parecia muito mal com isso.

— O que... aconteceu? Quando?

— Talvez... na primeira comunhão de Dilly? Sabia que dar o dinheiro para Kassandra não tinha sido ideia de Liam. Tinha que ter sido sua. É que... Suas paixões, seus princípios, o jeito como vive sua vida, com tanta coerência... É como eu queria viver a minha.

— Achava que você não gostava de mim.

— Eu também, já que você quis se casar com Liam. No fim de semana em Mayo, me disse para me voluntariar em algum lugar. E eu fui. Porque queria te impressionar. — Depois, completou rapidamente: — Mas agora faço porque quero. Sério, estou me dedicando muito. Lembra quando Perla estava fazendo aquele discurso? Você chegou e *bam*! A mulher mais linda do mundo. Foi, tipo, um *soco* na cara. Fiquei maluco.

— Mas tão pouco tempo depois de Sammie...?

O sorriso dele ficou abatido.

— Sammie soube antes de mim. Quando a gente estava no trem, voltando de Westport, ela falou. Eu sabia que te achava legal, mas não sabia que ia além disso. Mas Sammie ama você. Está tudo de boa. — Ele se encolheu. — Depois, teve a Itália. Aquilo foi uma agonia. Meu aniversário também. Mas aí você apareceu no Button Factory, eu já tinha bebido um pouco e não consegui disfarçar. Por que você foi, Nell?

Porque não tive forças para resistir.

De repente, ele pareceu tão cansado de tudo.

— Me fala logo, existe alguma chance? Pra mim? Pra nós?

— Me dá uma toalha?

Meio surpreso, ele tateou o piso de ardósia. Desdobrando a toalha até que ela ficasse completamente esticada, ele se levantou. Nell ficou de pé na banheira, a água escorrendo pelo seu corpo, para ser abraçada pela toalha, e então o deixou envolvê-la com ela e prendê-la com um toque inocente perto de sua axila.

Ferdia ofereceu a mão a ela para ajudá-la a sair, mas ela sacudiu a cabeça. A barreira que a banheira criava entre os dois era a garantia de que estavam seguros.

Hesitante, ela chegou para a frente, puxando o corpo e o rosto dele para mais perto. Depois, fechou os olhos, sentiu a respiração dele no rosto e sua boca beijando a dela, devagar e com vontade, mas também com delicadeza. As mãos dele estavam em seus cabelos molhados, e o beijo ficou mais intenso e mais urgente.

Se não parassem, ela começaria a abrir a calça dele. Envolveria sua cintura com as pernas e o deixaria penetrá-la ali mesmo. Ou o puxaria para dentro da água, tiraria a roupa dele e...

Segurando-a bem forte, forte, forte, pressionando o quadril dela no dele, com sua respiração ofegante, irregular e alta no ouvido dela, ele sussurrou:

— Sai da banheira, Nell. Por favor.

— Não. — Com certo esforço, ela se afastou.

E, bruscamente, Ferdia a soltou. Em seguida, ele andou até as árvores e apoiou o braço em um dos troncos para tentar recuperar o fôlego.

— Ferdia — disse ela. — Essa é a bagunça mais assustadora da minha vida. Estou perdida. Preciso resolver as coisas com Liam.

— Nell, acho que estou apaixonado por você.

— Ah, para com isso!

— Não, para você. Tem algo especial entre a gente. Nós dois sabemos disso.

— Sou nove anos mais velha que você. Sou casada com seu tio.

— Tio *postiço*. Por *casamento*. E nove anos não são nada. Sam Taylor--Johnson é vinte e quatro anos mais velha que o marido. Sim, andei pesquisando essas coisas.

— E como Jessie ficaria? Eu a respeito, gosto muito dela. Acho que ela surtaria e...

— Ei, somos todos adultos.

— Éééé, meio que... *não* somos. Você ainda está na faculdade.

— Me formo em oito meses.

— Não posso confiar em mim mesma porque tinha certeza de que amava Liam.

— Porque ele chegou bancando o Sr. Perfeito, fingindo que amava arte e tal. Eu? Me via como um... Um garoto mimado. Porque eu *era*. Mas estava na idade de aprender as coisas.

Ela apertou os lábios. Até que tivesse conversado com Liam, não podia prometer nada a Ferdia.

Ele suspirou e encolheu os ombros.

— Olha, agora sabe como me sinto. Depende de você. Se me quiser...

E então foi embora.

Nell se secou devagar enquanto esvaziava a banheira. Aquilo não foi legal. Não devia ter acontecido. Nada disso. Independentemente do que Ferdia disse, ele não a amava de verdade: só era jovem e idealista. Da mesma forma que o que achava que sentia por ele — o desejo, a atração física — era só uma consequência esquisita dessa montanha-russa de emoções.

Deixar Liam e terminar o casamento seria difícil, precisaria de todo o foco e energia que tinha dentro dela. Só precisava acreditar que, quando estivesse tudo acabado, ficaria loucamente aliviada por nada ter acontecido entre ela e Ferdia.

Além daquele — e sejamos honestos — beijo *incrível* para cacete.

Noventa e um

— Mãe.

— *Mãe.*

— MÃE!

Um dedo insistente cutucava fundo o braço dela.

— Ai!

— Acorda! — gritou Vinnie. — Chegamos da casa da vovó!

Cara abriu os olhos e teve que fechá-los outra vez. Tudo doía. Cabeça, mandíbula, ombros e até seus pés.

— O que foi? — disse ela com a voz de quem tinha acabado de acordar.

— Preciso de dinheiro.

As memórias da noite anterior voltaram como uma avalanche. O aniversário de Gabby. Aquela refeição horrível. A humilhação de todo mundo cochichando sobre ela. Só tinha tomado duas taças de vinho. Por que estava sentindo a pior ressaca de toda a sua vida?

— Dinheiro — repetiu Vinnie.

Devagar, com todos os músculos doloridos, Cara conseguiu se sentar na cama. Obviamente, tinha pegado uma virose.

— A vovó está aqui? — sussurrou ela.

— Foi jogar tênis.

— Chame Tom para mim — pediu ela, com dificuldade.

— Primeiro, o dinheiro.

Ela conseguiu abrir os olhos.

— Chame. Seu. Irmão.

Vinnie recuou, nervoso, e voltou com Tom instantes depois.

— O termômetro — instruiu Tom. — Está em uma caixa no banheiro. Estou doente.

Porém, sua temperatura estava normal. Não entendeu.

Sentia como se tivesse feito dez aulas de pilates seguidas.

Foi por causa da noite passada?

Talvez. Tinha se sentido tão atacada que tensionou os músculos, tentando encolher até desaparecer. Pior que a dor física era a depressão terrível que tinha tomado conta de si, aparentemente, do nada. Tudo parecia deprimente e estranho — suas amizades, seu emprego, ela mesma e Ed.

Não teria conseguido sair da cama nem se sua vida dependesse disso. Durante o dia, os meninos fizeram torradas e chá para ela, que a serviram com muito orgulho, como se tivessem conseguido dividir um átomo em dois. Ela não conseguiu reunir todos os elogios que, obviamente, esperavam.

No início da noite, enquanto esperavam Ed chegar em casa, eles subiram na cama dela e colocaram "Detona Ralph" na televisão. Lágrimas começaram a escorrer pelo rosto de Cara, estava arfando e lutando para respirar.

— Para — pediu Vinnie, mas não de uma forma cruel. — Por favor, mãe, para. Mães não choram.

Assim que entrou em casa, Nell largou a mala no chão e viu Liam na sala. A ansiedade atacou seu estômago, e ela ficou enjoada. Ele precisava saber *agora*. A decência comum dizia que ele merecia.

— Ei, você chegou! — Ele ameaçou se levantar para beijá-la, mas Nell acenou para que continuasse sentado.

— Precisamos conversar.

Foi uma surpresa quando ele respondeu:

— Sim, precisamos. Eu começo. Larguei meu emprego.

Nell sentiu o sangue se esvair de seu rosto.

— Como é que...?

— Pois, é. — Ele estava alegre. — Parecia a coisa óbvia a fazer. Trabalhar e estudar é muito puxado, estava me deixando muito irritado. E, falando sério, amor, todo o desgosto que tenho com aquele lugar por tão pouco dinheiro... Para quê?

Isso não pode estar acontecendo.

— A única coisa é que temos só sua renda agora. Você vai nos sustentar... Só por um tempo. Tudo bem? — Suavemente, ele disse: — "Na riqueza e na pobreza", certo? Amor, não fique tão surpresa...

O sorriso dele era gentil.

— Vamos ficar bem. As provas são só daqui a dois meses. Quando eu passar, posso começar a cobrar as pessoas. Pode ser que leve um tempo até que eu crie minha clientela, mas vamos ficar bem.

Não tinha escrito *nada* sobre isso naquela carta idiota para ela mesma.

— Sobre o que queria conversar?

— Oh... Ah. Nada. — Como poderia fazer isso com ele agora? — Não era nada demais.

Johnny tirou o cinto da cintura e o jogou na bandeja de plástico, com sua carteira, pasta, laptop e iPad.

— Algum dinheiro com você? — perguntou a mulher. — Nos bolsos?

Johnny os apalpou, procurando por algum trocado. Havia algo naquela mulher, na forma travessa que o olhava, que o lembrava de Izzy. Ele jogou um punhado de moedas barulhentas na bandeja e andou, mas, de repente, sua mente foi lançada de volta ao passado, para mais de treze anos atrás.

Izzy tinha ligado para seu trabalho.

— Preciso de um acompanhante — disse ela. — Para uma festa de gala, coisa de trabalho.

Fazia dez meses desde que tinha terminado com Tristão e parecia não ter volta.

— Topa ir comigo?

Ele não precisou pensar muito.

— Claro.

A cerimônia ocorreu em um hotel no meio do nada com uma decoração em mármore e ouro que reluzia. A longa noite chegou ao fim, e, sem falarem nada, foram para o quarto de Izzy e transaram. Johnny estava com trinta e cinco anos, mais velho do que na época em que se encontravam sem compromisso, quando tinham seus vinte e poucos anos — e bem mais triste. Mas, quando se entregava à sensação que tocar Izzy lhe causava, ao beijo dela, quando ela o tocava, ele se sentia normal — um homem, um animal humanizado, fazendo o que tinha sido programado para fazer.

De manhã, com Izzy dormindo esparramada sobre os lençóis, as pernas longas dela entrelaçadas às dele, ele se preguntou se ela pertencia à sua cama. Ele pertencia à dela? Izzy era muito especial, mas era vulnerável. *Ele* era vulnerável.

Quando os olhos dela, finalmente, se abriram, ela disse:

— Nem devia ter me preocupado em reservar um quarto para você.

— A gente não sabia que isso ia acontecer.

— Ah, me poupe, Johnny.

Ele ficou chocado com a própria ingenuidade.

— Izzy, você é uma das pessoas mais importantes da minha vida. Me importo demais com você para ficarmos só...

— Transando sem compromisso? Ok. Não se preocupe.

— Então estamos de boa?

— É *claro* que estamos de boa, seu cabeçudo. Somos Izzy e Johnny, sempre vamos ficar de boa!

Alguns sábados depois, em Errislannan, em uma tarde chuvosa e com ventos fortes de outubro, eles calçaram as galochas e saíram para tomar um ar. Enquanto atravessavam o campo, a luz já se esvaía. O inverno estava chegando.

O zumbido baixo da cerca elétrica fez Izzy dizer:

— Lembra quando a gente ficava tentando derrubar um ao outro em cima dela?

— Lembro. — Isso fez com que ele abrisse um sorriso breve.

— Essa era a diversão da época. Éramos uns doidos.

— Bem, *você* era.

— Haha. Olha, o céu não está lindo? — Ela olhou para as manchas lilás e cor de malva. Depois, se voltou para ele: — Johnny? Queria te falar uma coisa. Existe... — Ela parou e recomeçou: — Johnny, acho que tem chances de existir algo entre nós dois. Algo sério.

O coração dele pesou como se fosse uma pedra. Não imaginava aquilo nem em sonho. *Não posso magoá-la.*

— Izzy... tenho muito carinho por você.

— É claro que tem — disse ela, resgatando sua velha e boa presunção. — E aquela noite no hotel... né?

Ele se sentiu como se estivesse escorregando e derrapando enquanto tentava, desesperadamente, agarrar a verdade antes que ela escapasse. Para ele, tinha sido uma transa madura, digna de respeito e livre de sentimentos, mas, para Izzy, ele estava rapidamente percebendo, tinha sido um encontro romântico e significativo.

— Você disse que não queria ficar só transando — disse ela.

— Disse, mas... — Ele quis dizer que deviam parar de transar.

— Tem outra pessoa? — Ela parou de andar e olhou para ele.

— Izzy, entenda: não tenho condições de ter uma namorada agora.

— Já faz quase dois anos, Johnny. Temos que tentar. — Ela abriu seu sorriso otimista de sempre. — Me prometa que vai pensar.

Mas não conseguia achar as palavras certas.

— Ei, Johnny Casey — intimou Izzy pelo telefone —, está me evitando?

Sim.

— *Nah.* Trabalho. Muito ocupado.

Desde a proposta de Izzy naquele dia, Johnny se sentia mal e estranho quando se encontravam. Tinha se dado conta de que não podia sair por aí levando todo mundo para a cama. Toda ação tem sua consequência. Passou a não ir mais a Errislannan aos sábados à noite. Uma vez aqui, duas vezes seguidas ali. Tinha acabado de alcançar três vezes seguidas, seu recorde até então.

— Olha — disse ela —, claramente, te assustei naquele dia. O lance do "você e eu" foi só uma ideia. Uma ideia ruim. Não estava falando sério.

— Ah, claro... *Sei* que não. — Jesus Cristo, que *alívio*...

— Não tenho me reconhecido ultimamente. Nenhum de nós está em nosso melhor momento, não é mesmo? Desculpa por ter te assustado.

— *Nah.* Não me assustou. Sério, o trabalho *está* uma loucura mesmo.

Curiosamente, era verdade. Jessie estava em um ritmo frenético, trabalhando cada vez mais e arrastando todo mundo com ela. No momento, sua obsessão era expandir o negócio para Limerick.

— Vem pra cá esse sábado então — persuadiu-o Izzy. — Sentimos sua falta. Vou ligar para Jessie e mandar ela te dar folga no fim de semana.

— Ok. Faça isso!

Um peso enorme saiu de seus ombros. De repente, ficou saltitante e cheio de energia.

Por obra do destino, dois dias depois, ele levou Jessie de carro até Limerick para visitar os lugares com potencial.

O local parecia promissor, ótimo espaço para um arquiteto trabalhar. Jessie estava muito cansada para fazer outro bate e volta até lá no dia seguinte. A babá dela podia passar a noite com Ferdia e Saoirse, e Johnny não viu problemas em pernoitar porque não tinha nada para fazer naquela noite. Nunca tinha.

Fizeram o check-in em um hotel pequeno e, depois, saíram para comer um sanduíche. Johnny acompanhou Jessie até o quarto dela e verificou se não havia nenhum intruso se escondendo debaixo da cama. Estava quase fechando a porta quando ela disse:

— Você só me queria porque seu amigo me quis primeiro.

Ele podia ter deixado para lá — uma risada rápida, uma confissão de que aquele era o tipo de babaca que ele era.

Em vez disso, falou:

— Ainda quero você.

Porque sim, ele queria.

Não tinha acabado de aprender que suas ações têm consequências, que não podia sair por aí transando com todo mundo?

Mas agora era Jessie.

Corada e lisonjeada, Jessie começou a desabotoar a camisa dele e, apesar de ter tentado ignorar que aquilo estava acontecendo, ele também não a impediu. E, às vezes, se perguntava que tipo de homem ele era.

Onze dias atrás

SEGUNDA-FEIRA, 28 DE SETEMBRO

Noventa e dois

Pela respiração, Nell percebeu que Liam já estava acordado.

Nenhum dos dois estava trabalhando, então não tinham motivo para se levantar da cama. Foi algo deprimente de se reparar.

— É o sonho de todo mundo não ir trabalhar segunda de manhã — disse ela —, mas quando não se tem escolha...

Liam rolou na cama.

— Sei o que vai fazer a gente se sentir melhor.

Não. Ela deslizou pelos lençóis e desceu da cama.

— O que foi? — Ele ficou confuso. — Você não quer?

O que ela devia dizer?

— Desculpa.

— Está menstruada?

— Não... Eu só... Desculpa.

— Só não quer? — Ele parecia meio chocado. — Não sente mais atração por mim?

— Só não quero agora.

— Não estou entendendo.

Ela encolheu os ombros, nervosa. Precisava de um motivo para sair do apartamento. Os dois trancados ali, por vários dias seguidos, parecia perigoso.

Na sala, ligou para o pai.

— Nellie, e aí?

— Está trabalhando nesse momento? Posso te ajudar? Não precisa me pagar muito.

— Quem é você e o que fez com a minha filha?

— Pai. Sim ou não?

— É... Uma casa grande em Malahide. Vem cá, você está *bem*?

— Só preciso fazer alguma coisa. Só isso.

— Não precisa falar nada. Sua mãe vai arrancar de você e me contar. Ou podia dar uma de ajudante e... Não? Ok então. Quer começar amanhã?

— Valeu. Me mande uma mensagem com o endereço.

— Posso falar por aqui, já que estamos conversando. Por que temos que digitar a merda do tempo todo? Não posso só...?

— Ok. Tudo bem. Me fala.

Ela ouviu Liam bater a porta do apartamento ao sair. Muito aliviada, foi para o sofá com Molly Ringwald, pegou seu iPad e jogou no Google: "Me divorciei e não fiquei casada nem um ano."

Era impressionante a frequência com que isso acontecia. Havia casais que descobriam na *própria lua de mel* que estava tudo acabado. Para certo casal, os preparativos do casamento tiveram tantos processos e foi tão cansativo que os pombinhos ficaram meses sem se falar direito. E aí, quando se viram isolados na companhia um do outro em uma faixa de areia minúscula do oceano Índico, descobriram que, na verdade, não se suportavam.

Também havia as mulheres que tinham se casado "por pânico": com medo de não encontrarem o homem perfeito, decidiram que podiam aturar um mais abaixo do padrão. Para então perceberem que, na verdade, não podiam...

Nell devorou todas as histórias, se consolando com as mais semelhantes à dela: que, basicamente, tinham se casado muito rápido, sem se conhecerem bem. "É muito fácil deixar passar os detalhes no início." Ela se identificou *muito* com essa frase.

Era inútil culpar Liam. Isso era culpa dela. Quis que ele fosse o Sr. Fabuloso e tinha se recusado a ouvir aqueles que lhe imploraram para pensar melhor.

Por que tinham se casado? Qual foi a daquela pressa toda? Liam tinha dado a ideia, mas ela também quis.

Achou que seria empolgante — e foi só isso. Achou que faria com que ela parecesse interessante e adulta.

Agora, se lembrou de ter dito exatamente ao pai:

— Qualquer coisa, a gente se divorcia.

Estava brincando, mas será que, no seu subconsciente, tinha pressentido que não funcionaria em longo prazo?

Ela não tinha deixado Liam. Porque, se tivesse feito, todo o clã dos Casey ficaria bravo, criando uma confusão. Pareceu tão decidida no sábado à noite. Porém, claramente, algo havia mudado quando chegou em casa. Decidiu dar outra chance a ele? Percebeu que ainda o amava?

De qualquer forma, Ferdia estava na merda. Sem sombra de dúvida, esses estavam sendo os piores dias da vida dele.

No domingo à noite, quando todos já tinham voltado do festival, ele ficou prendendo a respiração, esperando pela notícia de que ela havia deixado Liam. Nada aconteceu; então, se sentindo meio ansioso, foi para a cama. Na manhã seguinte, nada ainda. Ele foi à faculdade, agindo de forma confiante, mas olhando para o celular a cada dez minutos.

Tudo o que recebia era um belo nada. Toda. Santa. Vez.

Na terça-feira, a mesma coisa. Estava distraído, nervoso e mal para cacete.

E o pior era que não tinha ninguém com quem conversar. *Principalmente* Nell.

Independentemente do que ela decidisse fazer — ou não —, ele tinha que ficar de boa. Ficar mandando mensagens ou ligando seria um tipo de assédio.

Qual era a garantia de que ela teria alguma coisa com ele mesmo que deixasse Liam? Mas, enquanto estivesse casada, havia zero esperança.

Aquilo o estava destruindo. Ele se sentiu abandonado, como se tivesse perdido alguém precioso. O que era loucura, porque ele nunca a teve.

Agora era quarta-feira de manhã. Ainda sem notícias. Pela primeira vez, aceitou a probabilidade de que não fosse *existir* notícia nenhuma. Essa era a vida dele agora. Precisava seguir em frente, agir como se estivesse tudo bem. Continuar colocando um pé na frente do outro até chegar o dia em que a tivesse superado.

Em casa, o caos do café da manhã acontecia.

Jessie deu um prato a ele com mais força que o necessário.

— Filhinho, torrada. Vai sobrar. — E então para os pequenos: — Vão agora, senão vão perder o ônibus.

Ferdia olhou para a fatia de torrada. Sua boca estava seca. Literalmente, não conseguia comer.

— Mãe? — A voz dele saiu rouca. — Quando é a próxima reunião em família?

Ela olhou rapidamente para Johnny.

— No aniversário dele. Na próxima sexta, sem ser essa. Jantar aqui em casa.

— Quem vem?

— Os de sempre. A gente. Ed, Cara e as crianças. Liam e Nell. Por quê?

— Só perguntando.

Jessie estava pronta para continuar o interrogatório, mas o celular dela apitou com uma notificação.

Passou rápido por ele para olhar o telefone.

— É de Nell. Liam está procurando corpos para poder praticar suas técnicas de massagem.

— O-o quê?

— O curso de massagem dele. — Jessie estava impaciente. — Ele precisa de voluntários.

Nell estava ajudando Liam? Isso não era nada bom.

— Estou ocupado demais — disse Johnny de pronto.

— Pode ser em qualquer horário nas próximas sete semanas.

— Mesmo que eu tivesse toda a eternidade, não ia querer uma massagem. Ninguém nunca pensou no quão anormal é isso? Uma pessoa esfregando outra, como se estivesse tentando limpar mijo de cachorro do tapete?

— Quando foi que Camilla mijou no tapete? — Jessie fez cara feia.

— Já cuidei disso.

— Ok. Também estou muito ocupada — disse ela.

— *Nem um pouco* interessada na ideia de ser massageada pelo tio Liam. — Saoirse fez uma cara de *eca*.

— Ferd?

— É sério? Você *sabe* o que acho daquele babaca.

— Ele podia chamar Robyn. — A voz de Saoirse saiu fraca. — Tenho certeza de que ela ia curtir. Os dois iam.

Enquanto Jessie descia as escadas que davam na escuridão do Jack Black's, o barman pegou a garrafa de gim quando a viu. *Não.* Gim era para a noite, e não para as dez e meia da manhã.

Lá embaixo, em uma mesa grudenta, exibindo outro de seus ternos bizarros, estava Karl Brennan. Talvez em outra pessoa a confiança dele impressionasse, mas hoje, na terceira reunião deles, Jessie considerou a possibilidade de ele estar passando as noites ali.

Ela balançou a cabeça para o barman.

— Só água, obrigada.

— Mas a senhora sempre bebe gim!

Ai, meu Deus, esses homens de ego frágil, querendo reconhecimento só por ter se lembrado de um drinque que a pessoa pediu. O que era (a) o trabalho dele e (b) longe de ser uma tarefa desafiadora, já que ela era, literalmente, a única mulher que já tinha visto frequentar aquele bar pequeno e vazio — que, para preservar sua sanidade mental, batizou de Última Parada Antes da Reabilitação.

— Meio cedo para gim — declarou ela, o que fez com que dois homens, em mesas separadas, olhassem para Jessie com cara de assustados e ofendidos.

— Sra. Parnell. — Karl assentiu com uma formalidade exagerada. — Sempre um prazer.

— Sr. Brennan. — Jessie puxou um banco para ele.

Ela não tinha experiência com consultores empresariais, mas suspeitava de que Karl Brennan era totalmente atípico no meio. Para começo de conversa, ele parecia beber muito de dia. De noite também.

Os ternos dele pertenciam ao vocalista de uma banda dos anos 1980. O cabelo também.

Mas sua capacidade de focar exatamente nos pontos que ela considerava importantes a encorajou. Ele tinha convocado essa reunião para averiguar seu método de bajular os chefs. Suspeitava de que ele era muitas coisas — na maioria, ruins —, mas que havia uma chance de ele ser, mesmo com aquele jeito repulsivo e conflituoso, um gênio.

— Ed, não! Eu teria que raspar minhas pernas. E talvez fazer um bronzeamento artificial.

— O quê? Por quê?

— Para Liam me ver sem roupa... Eu *morreria*.

— Mas Peggy não disse que tinha que começar a ser gentil com seu corpo?

— Sim, mas...

Fazia quase três semanas que ela não via Peggy. Em algumas semanas, ia poder contar para Ed.

— Que tal falar para Liam que está nervosa? — sugeriu Ed.

— Acho que ele não se importa.

— Ele vai lidar com todo tipo de gente, isso se virar mesmo massagista. Vai ser uma boa oportunidade pra ele. Pra você também.

Ela não ia conseguir *suportar* ser massageada por Liam. Ele não era um homem bom. Não sabia muito bem quando tinha chegado a essa conclusão, mas era um forte pressentimento.

Ele era meio nojento — na Toscana, ficava olhando para o corpo de Robyn *o tempo inteiro*.

Cara não o achava boa pessoa. Às vezes, se perguntava se Nell não era muito jovem e ficou meio cega por ele.

Mas, se continuasse resistindo à ideia daquela massagem, Ed podia tomar uma atitude, como ligar para Peggy e pedir que ela interviesse. E *isso* seria um desastre.

— Ok — disse ela. — Eu vou.

— Cara disse que pode treinar a massagem nela — disse Nell.

Liam fez uma careta.

— Não. Não consigo, não nela.

— Por que não?

— Ela critica tudo.

— Não critica nada. Ela é um amor. — Precisou de muito esforço para se controlar. — Quando estiver trabalhando com isso, não vai atender só pessoas que você ama. Faz parte do treinamento.

— Só vou trabalhar com pessoas de quem gosto. — Ele notou o olhar cético dela. — O que foi? Sou bom nisso, Nell. Vou poder escolher meus clientes.

Aquilo parecia um pesadelo, ficar presa com Liam até ele passar na merda daquelas provas.

Graças a ele, Nell ficou sem pagar aluguel por um ano. A voz da justiça dizia que ela devia carregar o peso financeiro dos próximos dois meses nas costas. Uma pessoa mais forte teria apenas ido embora. Teria dito a ele que largar um emprego e ficar sem renda foi burrice. Mas ela não era assim.

Assim que ele voltasse a ganhar dinheiro, ela poderia ir embora, então a única coisa que poderia fazer era conseguir um monte de corpos para que ele pudesse praticar a massagem. O que era *bem* mais difícil do que esperava. Os parentes mais próximos de Liam não estavam exatamente dispostos a ajudar. E ela, literalmente, não conseguia nem pensar nele tocando nela.

Sua obsessão por Ferdia ainda não tinha ido embora. Se fossem loucos o suficiente para começar alguma coisa, quem poderia imaginar o caos que isso criaria? Imagens horríveis a perturbavam: ele largando a faculdade, os dois vivendo na miséria, odiados por todos os Casey e, no fim, odiando um ao outro.

Provavelmente, iam se ver na sexta-feira que vem, no aniversário de Johnny. Vai ser uma tortura absurda.

Quatro dias atrás

SEGUNDA-FEIRA, 5 DE OUTUBRO

Noventa e três

A mesa de massagem de Liam estava no quarto de Violet.

— Senta aí — disse Liam a Cara, acenando para uma poltrona de balanço cor-de-rosa. — Só está faltando uns detalhes. Está tomando algum remédio? Lesões de que eu precise saber? Alguma informação pertinente?

— Nenhum remédio. Nenhuma lesão. Mas estou... — ela tossiu. — Fora da minha zona de conforto.

— Aqui é um ambiente profissional, Cara. Pense em mim da mesma forma que pensa em um médico.

Aquilo não ajudou: ela também ficava com vergonha quando tinha que ficar sem roupa na frente de um médico.

Liam saiu do quarto, a deixando sozinha para se despir. Ela subiu na mesa, puxando a toalha, desesperada para cobrir o máximo de pele possível.

Levantando o rosto do apoio de cabeça, ela anunciou de forma triste:

— Estou pronta. — E então encaixou novamente o rosto no apoio de cabeça e admirou o tapete de Violet.

Liam entrou, abaixou rápido a toalha até a cintura dela e espalhou óleo em suas costas sem o menor cuidado. Algumas gotas respingaram em seu cabelo, que ela havia acabado de lavar. As mãos geladas dele tocaram a pele dela, e seu corpo inteiro arrepiou. Começou a amassar e pressionar o corpo dela com as mãos fechadas e com tanta rapidez que parecia uma lavadeira na beira do rio esfregando um lençol sujo.

Tinha energia, isso podia afirmar.

Logo depois, teve a sensação de que sua pele estava pegando fogo. Parecia ter cismado com uma mancha no ombro direito dela que estava difícil de sair. Enfiava ambos os polegares com muita força em sua pele, o que a deixou dolorida na hora. Em seguida, ficou esfregando os nós dos dedos na mesma área, e ela começou a achar que não ia aguentar.

Era essa a sensação de ser torturada, pensou. Deitada, sujeita a uma agonia insuportável.

Exceto pelo fato de que, quando se é torturado, não precisa fingir que está gostando. Pode gritar e implorar por misericórdia.

Ai, meu Deus. Lá vinha ele de novo com as mãos fechadas.

— Hmmm, Liam... — Ela tossiu outra vez. — Estou achando a pressão um pouco forte.

— É? — Ele soou surpreso. — Deve ser porque não é muito atlética, não é?

— *Yep* — murmurou ela, ardendo com a humilhação.

— Ok. Uma versão mais leve especialmente para você. — Houve uma pausa expectante.

— Obrigada — murmurou ela no apoio de cabeça.

Ele recomeçou. A pressão estava menos brutal, mas nunca prazerosa. Quando chegou a vez das coxas, Cara sentiu que passou mais tempo que o necessário nelas, fazendo movimento para cima e apertando suas celulites, como se fossem um *slime* da Play-Doh. Tinha certeza de que isso não estava trazendo nenhum benefício para ela e de que só ele estava se divertindo.

Lá foi ele de novo, empurrando suas coxas e as deixando voltar balançando para o lugar.

No final, teve que virar de barriga para cima, para que ele trabalhasse na parte frontal de seu corpo. Mas, quando ele ameaçou tocar sua barriga, ela não queria mais continuar.

— Ok — disse ele. — Terminamos. Nossa, estava precisando disso.

Ela deu um sorriso nervoso. *Por favor, saia daqui e me deixe colocar minha roupa.*

— Você é, literalmente, a pessoa mais tensa que já toquei.

Não fode.

— E aí, como foi? — perguntou ele.

— Foi boa.

Ele continuou olhando para ela.

— *Muito* boa. — E então lhe veio um clarão de inspiração. — Divina.

— Que *demais*! Ótimo! — O sorriso dele era enorme. — Legal. Alguma sugestão para eu melhorar?

Ela balançou a cabeça. Por favor, ele não podia só sair do quarto e deixá-la se trocar?

— Divina — repetiu ele. — E sem sugestões. Estou tirando onda!

Três dias atrás

TERÇA-FEIRA, 6 DE OUTUBRO

Noventa e quatro

O som do toque de seu celular assustou Nell de uma forma que ela quase caiu da escada. Ninguém tinha mais o costume de ligar hoje em dia... Deve ser uma emergência! Ela atendeu à ligação.

— Jessie? Está tudo bem?

— Nell, desculpe te ligar. Sabe o jantar de aniversário de Johnny, sexta-feira à noite? Não sei se vai pra frente.

— Ah. Ok.

Talvez devesse ficar aliviada: estar no mesmo ambiente que Ferdia, agindo como se ele não significasse nada para ela, será que ia conseguir fazer isso?

Mas sentia um nervoso bom na barriga sempre que pensava na sexta.

Jessie falava rapidamente.

— Michael Kinsella... Sabe, o pai do meu primeiro marido, Rory? Meu sogro? Acabamos de saber que ele está na UTI porque teve um infarto. Johnny está arrasado. Michael era como um pai para ele, um pai de verdade, digo, não aquele psicopata do Canice. Ferdia e Saoirse também estão muito tristes. — Ela acrescentou depois: — Eu também não estou muito bem.

— Que droga essa situação, Jessie...

— Então um jantar de aniversário daqui a dois dias parece difícil.

— Esqueça tudo isso. Cuide de Johnny e... das crianças. E de você mesma.

— Ok. Obrigada. Tchau, fofinha. — Ela desligou.

Nell respirou fundo. Ferdia havia contado para ela o quanto Michael era importante para ele. Então... devia ligar para ele?

Como amiga?

Mas tinha passado dez dias difíceis tentando se desintoxicar dele. Qualquer contato a faria voltar para a estaca zero.

Ok. Não vou ligar para ele. Com certeza, não vou ligar.

*

E-mails, pensou Jessie. Ia responder e-mails.

Ela olhou para Johnny. Ao mesmo tempo, ele ergueu o olhar.

— Devíamos...?

— Ligar para Ellen? Não.

— Mas...

Não, não podiam.

O marido de Ellen está quase morrendo. A coitada devia estar vivendo um inferno. Eles não tinham o direito de atormentá-la mais.

— Eu poderia ligar para Ferdia? — sugeriu Jessie.

— Será que o celular dele está ligado? Já que todo mundo deve estar na UTI?

— Vou tentar.

Mas a ligação caiu na caixa postal e ela desligou.

No início da tarde, Ferdia ligou de volta.

— O coração dele parou duas vezes. Colocaram um balão para abrir a artéria dele, e agora está com um marca-passo temporário. Só tem trinta por cento de chance. Se sobreviver até amanhã à noite, vão ter uma noção melhor.

Isso não soava nada bom...

— Como está todo mundo?

— Ah, você sabe... — Ferdia parecia constrangido.

— Pode dizer a eles...? — Jessie parou. — Obrigada, filhinho.

Ela contou a situação para Johnny, que reagiu com um aceno de cabeça brusco. O coração dela se entristeceu. Ele estava tão arrasado. Apesar de não estar tão triste quanto ele, isso tinha despertado muitas coisas nela também: uma tristeza protetora em relação a Ferdia e Saoirse, empatia por Rory, como ele teria achado difícil caso estivesse aqui. E, sobretudo, lembranças daquela parte de sua vida em que era tão jovem e feliz, quando Izzy e Keeva fizeram com que se sentisse "real".

Fazia muito tempo que tinha deixado de procurar por uma reconciliação. Era desconfortável — e embaraçoso — ser uma estranha para seus ex-sogros e suas ex-cunhadas, mas ela lidava com isso. Hoje, porém, estava dominada pela nostalgia — eles, realmente, viveram os melhores momentos juntos. Hoje, sentiu muita falta deles. Especialmente, de Izzy.

Ellen tinha ligado para Ferdia pouco antes das 7h. Ferdia e Saoirse correram pela casa, se preparando para ir ao hospital.

Jessie estava na cozinha preparando o café da manhã para eles quando Johnny perguntou em voz baixa:

— Será que devo ir também?

Surpresa, notou que Johnny esperava — com certa esperança — que um drama de vida e morte pudesse impulsionar uma reaproximação. Na verdade, um pinguinho de esperança também tinha restado dentro dela.

Mas esse drama chegou e uma troca de afetos no leito de morte parecia cada vez mais improvável. A única solução para os dois era desfazer tudo o que tinha acontecido desde a morte de Rory.

Jessie não podia nem faria isso.

Se seu luto por Rory tivesse sido do jeito que os Kinsella queriam, nunca teria se casado com Johnny nem tido mais três filhas. A família e a vida que tinha agora, simplesmente, não existiriam. Porém, se lembrando de como havia dado a notícia para eles, era difícil acreditar na própria falta de sensibilidade que teve. Ela se sentou na sala e disse:

— Acho que era para ser assim. Para eu ficar com eles dois. Primeiro com Rory, e depois com Johnny.

O que era uma baita de uma mentira. Mas, naqueles primeiros dias maravilhosos de sexo, sexo e mais sexo com Johnny, uma parte convincente de seu subconsciente silenciou a culpa que sentia com sussurros de *Era Para Ser*.

Michael, Ellen e Keeva tinham reagido com um silêncio horrorizado. Izzy explodiu em lágrimas de fúria.

— Qual é o seu *problema*?

Jessie sabia sobre as transas de Izzy e Johnny no passado. Tipo, todo mundo ficou sabendo. Nunca virou algo a mais porque Izzy transava com todo mundo. Aliás, Johnny também.

Izzy sempre levou a vida amorosa com um desdenho bem-resolvido, dizendo coisas como: "Homem só daqui a alguns *anos*. Só uma transa com Johnny Casey, mas ele não conta." Quando o assunto era seu coração, Izzy tinha uma resiliência admirável. O engraçado foi que, apesar de ter contado a Jessie que transou com Johnny há alguns dias, não tinha falado da sugestão que deu a ele sobre tentarem ter um relacionamento de verdade. Foi Johnny que acabou contando para Jessie.

Não tinha deduzido nada a respeito da omissão de Izzy — a vida mudara, as prioridades eram diferentes.

Agora, em meio a lágrimas infinitas, Izzy suspirava:

— Rory se foi. Você ficou com tudo, e nós não temos nada!

Jessie gelou. Tinha acabado de perceber que Izzy estava apaixonada por Johnny. Não sabia quando os sentimentos de Izzy por ele tinham se transformado em amor, mas claramente aconteceu.

Ela *adorava* Izzy — a admirava, respeitava, amava, era fascinada por ela. Agora, a tinha magoado. A família de Rory nunca ficaria feliz com o fim que levou a relação dela com Johnny, mas Jessie tinha fé de que eles acabariam aceitando. Mas esse era um problema completamente diferente.

O pânico a invadiu enquanto pensava em como consertar as coisas. *Vou ter que deixar Izzy ficar com Johnny.*

Mas eu o amo.

E vamos ter um bebê.

Eu devia deixá-lo escolher.

Mas não, isso não faz sentido nenhum. Eu o amo, ele me ama. Eu e Izzy não estamos disputando uma bolsa.

Todos os quatro Kinsella pareciam ter ficado mais bravos com Jessie do que com Johnny.

— Nós dois fizemos isso — insistiu Johnny em voz alta. — Eu sou tão...

Mas Izzy chiou entre os dentes:

— Cala a boca, Johnny! — E falou por cima das tentativas dele de se culpar.

Mesmo quando iam embora cabisbaixos da casa deles, Michael apertou a mão de Johnny e Ellen o puxou para um forte abraço cheio de lágrimas.

Tudo que Jessie recebeu foram olhares que, se pudessem falar, diriam "como você pôde?".

Assim que Jessie chegou em casa, ligou para Izzy. Izzy desligou na cara dela.

Jessie ligou de novo. Mais uma vez na manhã seguinte. Izzy desligou de novo e de novo e de novo.

Além de Johnny, Jessie não tinha mais nenhum confidente agora.

O conforto veio de um lugar inesperado — sua mãe.

Dilly Parnell era uma pessoa simples e calma por natureza. Tinha que acontecer algo muito inacreditável para ela desandar a falar. Mas ficar sabendo sobre Johnny e Jessie funcionou.

— Ganhar uma segunda chance no amor! É uma grande bênção. E outro bebê vindo aí! Mas me fala... Como Michael e Ellen receberam a notícia?

Jessie aproveitou a onda de alívio que sentiu para desabafar.

— Estão muito magoados. Izzy e Keeva também.

— Era de se esperar.

— Mas estão me culpando muito mais do que a Johnny. Como se eu fosse uma sedutora sem coração. A culpa é sempre da mulher.

— Estão falando coisas com a cabeça quente — disse ela. — Acham que você roubou os dois filhos deles.

— Não roubei ninguém!

— Quando se casou com Rory, o levou embora. E, enquanto estava sob os seus "cuidados", ele morreu. Agora, tirou o... Qual é a palavra? Reposição? O substituto deles?

— Mãe, isso não tem lógica. Estou levando a culpa por... E estou surpresa porque são pessoas tão gentis. Corretas.

— Estão sofrendo com o luto. Você teve a sorte de encontrar um homem que talvez supra a ausência de Rory. Mas eles nunca vão encontrar um filho ou irmão que tape esse buraco. E Johnny e Izzy?

— Achava que não tinha nada. Mas Izzy... Ela está com o coração partido. Talvez eu deva deixar Johnny para ela.

— Não pira! Não está falando sério de qualquer forma...

Não mesmo: seu instinto de sobrevivência tinha acionado.

— Está viva outra vez — disse a mãe —, e está gostando.

Nas semanas e meses seguintes, Jessie continuou mandando mensagens para Izzy, alegando não saber dos sentimentos da ex-cunhada por Johnny, enviou e-mails se desculpando profundamente, escreveu cartas à mão jurando fazer qualquer coisa que Izzy quisesse. Menos abrir mão de Johnny.

Izzy ignorou tudo.

O olhar das duas só foram se cruzar de novo mais de um ano depois: uma das entregas de Ferida e Saoirse para passar o fim de semana que Michael e Ellen coreografaram meticulosamente tinha saído dos trilhos. A sra. Templeton, a vizinha que costumava agir como intermediária, estava de cama com pneumonia. Então foi Izzy quem abriu a porta para receber Ferdia e Saoirse. Ela olhou para Jessie de uma maneira tão desdenhosa quanto repreensiva e, depois, fechou a porta.

Aquilo a abalou, ter visto Izzy tão de perto e sentido sua hostilidade. No carro, voltando para casa, chorou.

Então, no banco de trás, Bridey com seus oito meses começou a choramingar, e seu coração ficou leve outra vez.

Ela não queria ter machucado ninguém, queria que ela e Izzy ainda fossem amigas. Mas, nesta vida, era o que tinha para hoje.

Agora, Johnny olhava para Jessie do outro lado do escritório. Durante muito tempo, sentir saudades dos Kinsella tinha se tornado algo sutil. Geralmente, era tão fraco que mal sentiam. Porém, desde aquele domingo chuvoso em junho, quando ele tinha levado Saoirse e Ferdia até Errislannan, isso mudara.

Ferdia e Saoirse saltaram do carro, e ele manobrou para pegar a estrada estreita de volta para casa. Tinha percorrido menos de cinquenta metros quando ouviu um barulho rítmico e abafado, uma música com baixo pesado. Um lustroso Range Rover Discovery vermelho-escuro se aproximava dele, fazendo muito barulho.

Não tinha espaço para os dois carros passarem. Alguém teria que encostar e, pelo andar da carruagem, teria que ser ele.

De repente, seu coração começou a bombear pura adrenalina — o outro motorista era Izzy.

Fazia anos que não a via. Ele observou a expressão dela mudar conforme o reconhecia, e o carro dela parou bruscamente, bloqueando a passagem.

Sentiu todos os músculos ficarem tensos, à espera de um confronto.

E então ela sorriu.

Um dia atrás

Noventa e cinco

Ele ama o avô, deve estar arrasado, ia querer que eu ligasse.

Mas... e Liam? E meus princípios?

Ok, mas posso encontrar Ferdia só como amigo...

Nell passou a quarta-feira inteira nesse vai e vem.

Agora, era quinta de manhã e o pingue-pongue mental continuou sem pausa.

Então pensou que, se não ligasse, a agonia ia continuar para sempre. E, se ligasse, ia parar.

Ótimo, pensou, aliviada. *Vou ligar.*

Ele atendeu antes de o primeiro toque terminar.

— Nell?

— Ferd? — Ela soltou o ar só pelo prazer de falar o nome dele. — Fiquei sabendo do seu avô. Sinto muito. Como ele está?

— Segurando as pontas. Se sobreviver às próximas treze horas, deve ficar bem.

— Ai, Deus. Ok. Estou torcendo por ele.

— Ok... Nell? Pode me encontrar?

— Posso.

— Iria mesmo?

— Claro. — Por que mais teria ligado?

Mas onde?

Não poderia ser em um bar ou em uma cafeteria. Dublin era muito pequena — alguém, com certeza, os veria. *Óbvio* que não poderia ser no apartamento de Liam e *óbvio* que não poderia ser no apartamento que Ferdia herdou da avó.

E na casa dos pais dela? Não. Seria muito desagradável. Na casa de Garr? Não. Era errado envolver outra pessoa.

Um pensamento passageiro passou pela sua cabeça: a casa que ela estava decorando? Era, tipo, um plano bem duvidoso, mas tinha lhe dado uma ideia.

— Que tal o Airbnb de Johnny? Se não estiver reservado para hoje.

Silêncio.

Ficou preocupada agora — tinha ido longe demais?

Em seguida, ele disse:

— Como a gente entraria? Ele deve ter uma chave no...

— Eu tenho uma chave. De quando pintei o apartamento no verão. Nunca devolvi. Bem, tentei, mas Johnny disse que alguns de nós tínhamos que ter uma chave caso Cara perdesse a dela.

— Pelo que Johnny diz, anda bem movimentado, quase sempre está reservado. — Ela o ouviu digitando. — As chances de estar vazio são... Lá vai. Não. Tem gente lá hoje. Mas parece que vai estar vazio amanhã?

Meeeeerda.

— Nell?

Ia fazer isso? Ia fazer *mesmo* isso?

— Ok. — A voz dela oscilou. — Que horas?

— O check-out é meio-dia. — Ele teve que pigarrear. — Acho que seria uma boa a gente esperar umas duas horas para ter certeza de que foram realmente embora.

— Então...? Nos vemos lá às duas?

Não ia acontecer nada. Não daquele jeito. Eles eram melhores que isso.

Ed tinha acabado de passar para a pista da esquerda quando o motor do carro começou a engasgar. Pisando no freio, o carro quicou até o acostamento e ele rezou para que o seguro ainda estivesse na validade. Uma fumaça preta, que não podia ser coisa boa, saía do capô, e Ed pressentiu que era *game over* para o velho Peugeot.

O momento não era nem um pouco ideal. Nunca teria sido, mas, agora, por conta das despesas com a doença de Cara, eles estavam mais apertados do que o normal. Precisar de um carro novo podia trazer gatilhos para ela e fazer com que mergulhasse em um poço de remorso.

Não queria que ela se sentisse assim ou fizesse algo. Ele entendia: Cara se sentia profundamente culpada. Mas isso tinha acontecido, ela estava se recuperando e era hora de seguir em frente.

Talvez ficasse tudo bem com o carro. Correia dentada arrebentada, um problema pequeno desse tipo...

Porém, quando levantou o capô, chamas azuladas subiram em cima dele, queimando mais rápido, agora que tinham oxigênio.

Ele saiu quase correndo pelo acostamento, deixando muito espaço entre ele e o carro, caso o veículo decidisse explodir. Nem perdeu tempo ligando para a seguradora. Em vez disso, era melhor ligar para os bombeiros.

— O carro deu perda total.

— Oi? — Cara olhou para cima, em choque. — É sério?

— O motor pegou fogo na M50.

— Ai, Ed! Está tudo bem com você? Jura? Então... isso quer dizer que temos que comprar um carro novo?

— Temo que sim.

Ah, não.

— Quanto?

— Acho que dá para conseguir um seminovo por uns dez mil. Empréstimo no banco?

Ela sacudiu a cabeça.

— Só faz um mês que entramos no cheque especial. — Para cobrir despesas que não podiam pagar no momento. Despesas que eram culpa dela.

— A gente consegue pegar um cartão de crédito novo? — Ele soava exausto. — Pagar pelo carro com ele?

— Ed, as taxas de juros... Seria quase tão ruim quanto um agiota.

Os dois ficaram em silêncio. Cara não podia pedir aos pais dela: eles não tinham dinheiro. Ele não podia pedir aos dele: eles não dariam.

— Eu podia pedir emprestado a Johnny? — sugeriu Ed.

— Talvez. — Fazia dois meses que ela não fazia a contabilidade deles. Quem sabe eles não haviam controlado os gastos?

Também tinha a conta do Airbnb de Johnny: ali tinha dinheiro suficiente.

— Ok — disse ela. — Pergunte a ele. O pior que pode acontecer é ele dizer "não".

— Johnny. — O tom de Jessie era hesitante.

A noite tinha sido estranha na casa deles, ela e Johnny girando em órbitas diferentes, suspensos em uma atmosfera de catástrofe iminente. Ferdia e Saoirse ainda estavam no hospital. Fazia horas que não ligavam. Em breve, saberiam se Michael ia sobreviver.

Apesar do desentendimento entre eles, Jessie ainda tinha carinho por Michael. Era um homem gentil e foi o melhor sogro que alguém poderia desejar. Queria que ele sobrevivesse, mas um lampejo de aceitação a percorreu: às vezes, as pessoas morrem. Seus pais tinham morrido. Rory também. Ela sabia melhor do que ninguém...

Aqueles que nunca haviam perdido um parente — e Johnny era um deles — tinham uma inocência que ia contra a realidade, uma expectativa de que a vida ainda teria um final de conto de fadas. De qualquer forma, sabia que os últimos dois dias foram muito difíceis para ele.

Johnny estava assistindo mais ou menos a um programa sobre carros. Jessie pegou o controle remoto e colocou no mudo.

— Rapidinho — disse ela. Depois, falou: — Amor, nós fizemos a nossa escolha. Foi uma escolha boa, somos felizes.

Johnny continuou em silêncio.

Talvez ajudaria se verbalizasse a verdade que ele estava tentando aceitar.

— A gente manteve a esperança de que, se esperássemos por muito tempo, eles iam nos perdoar.

Não quis dizer exatamente "nós": já tinha se convencido havia muito tempo de que essa possibilidade não existia. Mas não queria correr o risco de fazê-lo se sentir humilhado.

— Não sei se vai acontecer.

— Ok. — A voz dele quase não saiu.

Jessie queria dizer mais, algo que trouxesse conforto ou coragem para ele, mas talvez tivesse dito o suficiente por enquanto. Ela devolveu o controle para Johnny.

— Veja seus carros.

Como se estivesse fazendo vigília, ela se sentou ao lado dele.

O programa de carros acabou e começou outro — devia ser o canal automobilístico. Como era possível ter tanto assunto sobre carro para preencher a programação inteira de um canal?

Seu celular vibrou. Ferdia!

— Filho?

Ao lado dela, o celular de Johnny tocou — parecia que todos os telefones da casa começaram a tocar ao mesmo tempo.

— Alô? — Johnny se levantou e saiu da sala.

Ferdia disse no ouvido dela:

— Mãe. Meu avô não vai morrer, o médico disse. Tipo, não agora, deu pra entender? Os sinais vitais dele estão voltando ao normal. Saoirsh e eu estamos indo pra casa.

— Ótimo. Ótimo! Dirija com cuidado. Nos vemos logo. — Ela desligou e gritou: — Johnny!

Jessie o encontrou no corredor.

— Era Ferd. Ele disse que Michael vai ficar bem.

Johnny pôs as mãos no rosto. Lágrimas silenciosas escorreram dos olhos dele.

Hoje

Noventa e seis

— Está bem para fazer isso? — perguntou Raoul a Cara.

— Totalmente.

Billy Fay estava vindo do aeroporto, e Cara pedira para fazer o check-in dele.

— Madelyn pode fazer — insistiu Raoul.

— Confie em mim. — Ela forçou um sorriso. — Deixe comigo.

Fazia seis semanas que tinha voltado a trabalhar, e, nesse tempo, Billy Fay se hospedara no Ardglass duas vezes. Madelyn cuidara dele nas duas ocasiões.

Todos ainda pisavam em ovos com dela.

Mas Cara tinha um plano. Estava na hora de ser a própria heroína da sua vida. Se conseguisse levar os insultos de Billy Fay na brincadeira — mantendo seu profissionalismo e sua educação —, levaria a opinião que tinha de si mesma lá no alto. Mesmo que seus colegas não soubessem dos detalhes, sacariam quando percebessem a melhora em sua autoestima.

Em sua versão idealizada dos fatos, ela acompanharia o sr. Fay até a suíte dele. Quando Anto, ou qualquer outro mensageiro do hotel, subisse com a bagagem e perguntasse onde o hóspede gostaria que ele a colocasse, em sua imaginação mais ambiciosa, ela diria de forma descontraída:

— O senhor se lembra da última vez em que fiz seu check-in e sugeriu que Anto enfiasse as malas na minha bunda? Ainda é seu lugar de preferência?

Era difícil saber como ele ia reagir, mas a intenção dela era sorrir, sorrir, sorrir e continuar falando.

— Disse para Anto enfiar na bunda *dele*. Mas ele disse que era muito pequena, então o senhor sugeriu que ele enfiasse na minha. Deve lembrar, foi tão engraçado!

E em seguida:

— Então, sr. Fay, precisa de mais alguma coisa? Ou devo ir embora agora, já que sou uma vaca gorda?

Para finalizar seu roteiro perfeito, ela daria um sorriso indiferente e sairia, deixando-o tomando fôlego em busca de uma resposta como um peixe prestes a morrer.

Era um tom delicado de alcançar, mas dava para fazer — Anto conseguia ser atrevido e respeitoso ao mesmo tempo. Tudo o que Cara tinha que fazer era ser um pouco mais como Anto.

Billy Fay *talvez* achasse engraçado. Talvez. A máscara dos *bullies* costumava cair quando a vítima se defendia. Ou talvez ele se envergonhasse a ponto de se comportar melhor. Não era completamente impossível.

Existia uma chance de ele fazer uma reclamação. Mas poderia declarar que estava apenas brincando com ele. Que ele instigou uma provocação sutil e ela respondeu na mesma moeda. Que estava demonstrando como era divertida...

Era arriscado. Mas, tecnicamente falando, ela não estaria errada. Tudo o que precisava fazer era dar uma de inocente e continuar no personagem.

Poderia até se tornar uma *cause célèbre* para recepcionistas ao redor do mundo que sofreram *bullying* — sorriu só de pensar —, e Billy Fay ficaria marcado em todos os hotéis 5 estrelas do planeta.

Havia uma pequena possibilidade, *minúscula*, de que perdesse seu emprego. Mas era realmente muito pequena. E, pelo menos, recuperaria parte do respeito que perdera por si mesma...

Ansiosa, andava de um lado para o outro atrás do balcão. Seu celular vibrou. Uma mensagem no WhatsApp de Jessie:

> O jantar de aniversário de Johnny vai rolar hoje à noite! 19h30.

Ah, não! A súbita decepção esmagadora! Ela amava Johnny, Jessie, todos eles, mas, em sua cabeça, já tinha planejado uma noite de sexta tranquila, vendo TV de pijama. Em vez disso, teria que reunir litros de adrenalina, porque não tinha sobrado nenhuma para o fim de semana, içar sua energia do porão e segurá-la em cima de sua cabeça até as dez horas da noite.

Seu ramal tocou, fazendo todas as suas terminações tremerem.

— Chegando — disse Oleksandr, o porteiro. — O sr. Fay.

Pegando a chave e o iPad, ela foi para os degraus da entrada e observou o esforço de Billy Fay para sair do carro, como se estivesse tentando escapar de um mata-leão. Em seguida, subiu os degraus com passos cansados. Sinceramente, teve que ter coragem para achar que *ela* fosse gorda.

— Boa tarde, sr. Fay. — Sua boca secou, fazendo um barulho estranho.

Sem responder, ele seguiu com pressa para o elevador. Cara logo atrás dele.

— Eu ia perguntar como foi a viagem do senhor — se empenhou para soar agradável —, mas, pelo que me lembro, prefere ficar em silêncio.

Ele lançou um olhar confuso para ela. Desconfiado.

— A Suíte McCafferty. — Ela abriu a porta e o convidou para entrar. — A de sempre. O frigobar do senhor foi abastecido com a cerveja americana de que gosta. Toalhas extras no banheiro...

Lá vinha Anto.

— Onde posso deixar suas malas, sr. Fay?

Agora! *Agora*! Esse era o momento dela, o momento em que se defendia do gordofóbico esquisito, em que lhe devolvia a vergonha que ele a fizera sentir.

Na última vez, o senhor sugeriu que Anto as enfiasse na minha bunda. Ainda é seu lugar de preferência?

Mas, quando abriu a boca, as palavras não saíam.

Precisava que fossem ditas. O respeito que tinha por si mesma dependia disso.

— Na estante — murmurou o sr. Fay. — Tanto faz.

Anto as deixou ali e saiu às pressas.

Ainda podia falar, dava tempo... Ouviu a própria voz dizer, de forma meiga:

— Gostaria de um *tour* sobre as comodidades do quarto?

— Não. — Ele parecia cansado e mal-humorado. — Apenas leve essa bunda gorda para fora daqui.

Rápido! Diga alguma coisa agora. Qualquer coisa!

O tempo ficou em câmera lenta, e ela ficou ali, em pé, imóvel, no meio do quarto. Ele franziu a testa, olhando para ela com certa curiosidade. A boca de Cara abriu de novo: desta vez, diria alguma coisa.

— Preciso tirar um cochilo — disse ele.

Ela fechou a boca. Seu corpo se mexeu. No corredor, do lado de fora, ficou na companhia da desolação irreparável do anticlímax.

Descera apenas dois degraus, e a fúria por ter desperdiçado sua chance lhe ardeu por dentro. Estava se odiando — por ser um alvo, por ser uma covarde.

Não conseguia *suportar* se sentir assim. Um vazio e uma fome insaciáveis explodiram, a invadindo com um enorme rugido. Sentiu uma vontade descontrolada de comer e comer, de se encher de comida, de abafar esse desconforto aterrorizante.

Era sobre *isso* que Peggy ficava falando? A conexão entre sentimentos insuportáveis e o desejo de desligar seus sentimentos?

Provavelmente. Ela só não tinha enxergado isso antes.

Isso significava que havia *mesmo* algo de errado com ela? Chame de "doença", "vício", o nome não importava. Seja lá o que fosse, pensou que tinha tudo sob controle, mas estava claro que não tinha.

O que tinha na *cabeça* para querer colocar em prática esse plano maluco de enfrentar Billy Fay? Jamais teria conseguido. Ele se garantia demais — e ela... não...

Um redemoinho de emoções ruins a sugava para um lugar sombrio, e ela só queria comer muito e vomitar depois.

Bem, queria e não queria. Queria algo para se anestesiar, mas a sensação era de que já tinha fracassado. Depois, ia se arrepender se fizesse isso.

A solução veio como uma pomada aliviando uma queimadura: ligaria para Peggy e imploraria por uma consulta. Hoje, se possível.

Se enfiou em um canto silencioso entre dois quartos e ligou para o hospital. A atendente disse:

— A sra. Kennedy está com um paciente.

Mas é *óbvio* que estava com um paciente. Peggy esteve tão disponível no passado que ficou desorientada com a decepção.

— Posso encaminhar a senhora para deixar uma mensagem na secretária eletrônica dela.

— Ok. Hmmm, não. Espere. Está tudo bem. — Considerou a possibilidade de ligar para o celular dela. Peggy tinha dito que podia, mas isso foi na época em que ainda era sua cliente.

Na verdade, *paciente*: essa era a palavra. Ela tinha sido *paciente* de Peggy.

Será que podia ligar enquanto ela atendia outro paciente? Seria muito ruim, certo? Mas, se não conseguisse falar com ela, ia sair, comprar um monte de comida e comer tudo.

As consultas de Peggy começavam em horários redondos e duravam cinquenta minutos. Se ligasse por volta das cinco para as duas, talvez ela atendesse.

Porém, quando Cara ligou às cinco para as duas, o celular de Peggy caiu direto na caixa postal. Rapidamente, ela desligou.

— Cara — disse Raoul. — Duas horas. Seu almoço.

Acabou. Não tinha mais o que fazer. Não tinha mais como lutar.

Exceto pelo fato de não ter onde fazer aquilo. "Seu" pequeno banheiro no subsolo era muito arriscado. Considerou o banheiro feminino de outro hotel chique ali por perto. Mas isso não lhe daria a privacidade que precisava. No desespero, pensou em reservar um quarto de hotel — e foi uma ideia tão radical que sua sanidade começou a voltar.

Do outro lado da rua movimentada, Ferdia observava a porta, esperando por Nell. Ele chegara cedo, sentindo que estava enlouquecendo. Ela queria vê-lo. Isso devia significar *alguma coisa*...

A pesada porta georgiana abriu pelo lado de dentro, e seu corpo tensionou, preparado para se levantar. Talvez ela já estivesse lá. Mas a mulher que saiu do prédio não era Nell. Por um momento, ficou tão confuso que não conseguiu raciocinar. Que porra era essa...? O que *Izzy* estava fazendo aqui? Visitando um amigo?

Fala sério. Quais eram as chances de Izzy ter um amigo que morava no mesmo lugar onde Johnny tinha um apartamento? Só tinha seis apartamentos naquele prédio, isso era *muuuita* coincidência.

Izzy olhou rápido sobre os dois ombros e, depois, acenou para um táxi. Ela entrou no carro como se não visse a hora de sair dali.

Isso não era bom. Não era nada bom. Em seguida, a porta abriu de novo.

E a pessoa que saiu era Johnny.

Merda.

O coração de Ferdia batia muito forte.

Johnny repetiu as mesmas olhadas discretas por cima dos ombros que Izzy e, depois, assim como ela, chamou um táxi.

Era óbvio que tinham se encontrado.

Que merda estavam aprontando?

E que tipo de pergunta idiota foi *essa*?

Coitada da minha mãe. Essa foi a principal preocupação dele. Isso ia *acabar* com ela.

Ele costumava duvidar muito de Johnny. Antigamente, decidira que ele era infiel, porque acreditar em coisas ruins o fazia se sentir melhor. Mas, com o tempo, passou a gostar dele. Só porque ele, literalmente, *nunca calava a boca* não significava que era um mulherengo.

Mas Ferdia se enganara: o mundo era maior, pior e mais assustador do que pensava.

Noventa e sete

Eu devia ter comprado lingerie nova. A gente vai transar mesmo? Devia ter passado desodorante. Espere. Não trouxe camisinha. Não devia estar indo me encontrar com ele. Por que meu cabelo fica tão cheio quando preciso que ele fique com as ondas bonitas? Estava bom até eu penteá-lo. Será que ele trouxe camisinha? O que faço com Liam? Isso está fodendo minha cabeça, e estou ficando maluca.

Ele estaria mesmo esperando por ela do lado de fora, na rua? Ei, talvez ele nem aparecesse.

Não. Ele não mudaria de ideia: disso tinha certeza.

Ela fez a curva em uma rua e, agora, conseguia ver o prédio. Ferdia não estava lá. Mas, conforme se aproximava, o avistou do outro lado da rua, vestindo um sobretudo preto e botas grosseiras com cadarço, parecendo um pedinte elegante.

Forçando o próprio corpo a continuar com naturalidade, tirou a chave de dentro de sua bolsa satchel. Com o canto do olho, o viu atravessando a rua.

A chave não encaixava. Ai, meu Deus, *não*. Johnny trocara as fechaduras? Com as mãos trêmulas, tentou de novo. Dessa vez, entrou e girou com facilidade, e, aliviada, ela abriu a porta com o corpo. Quando pisou no corredor, Ferdia já tinha a alcançado. Conseguia sentir seu cheiro — suor fresco, dia frio e sabão em pó com um leve toque de roupa guardada, provavelmente, do casaco. Ficou arrepiada.

A porta se fechou, e a rua clara e fria desapareceu. No corredor mal iluminado, a única luz vinha de uma janela em forma de leque em cima da porta.

Nell se virou para ele, seus olhares se encontraram e o medo acendeu dentro dela. Isso era loucura.

— Está tudo bem. — Ele parecia tão seguro...

— O apartamento — disse ela — fica no primeiro andar. — Ela entregou a chave para ele. — Pode...?

— Hmmm... Beleza.

Ele não teve problemas com a fechadura, ela reparou. Seus dedos giravam e rodavam a chave com confiança. Ferdia deu passagem para ela entrar primeiro, e o som da porta fechando ecoou atrás deles.

E então? E agora? Uma conversa amigável?

— Como está seu...?

— Melhorando — respondeu ele, rápido. — Não disse nada pra não desistir de me ver. Enfim... Por que quis que eu abrisse a porta?

— Pra não parecer que estou, tipo, tirando vantagem de você.

— Nell, por favor... — Ele ficou meio frustrado. — Não sou um adolescente. Sou um homem.

— Ok...

— E o que que tem? Você é casada. Não vai terminar com seu marido. Por que estamos aqui afinal de contas?

Tecnicamente, você *fez o convite.*

Mas que se dane. Não vim até aqui para que você pudesse chorar no meu ombro. Preciso ser honesta comigo mesma.

— O que você acha?

— Oh... Ok.

Seu peito apertou tanto que sua respiração ficou curta e ofegante.

Ele esticou os braços para tocar o corpo dela. Acariciando seu quadril, Ferdia colou o corpo dela no dele e, ai, meu Deus, era *agora.*

Seus lábios se tocaram de um jeito meio desengonçado. Nervoso, ele segurou o rosto dela com força.

— Te machuquei?

— Não, não. — *Por favor, não pare!*

O beijo desacelerou e ficou delicado, mas com muito desejo ao mesmo tempo.

Nossa, me lembro diiiiiiisso.

Nell passou as mãos por baixo do casaco dele e pelo seu tronco magro. Sem pressa, pousou a mão na barriga dele e puxou a camisa de dentro da calça para poder sentir sua pele fria e nua.

A súbita corrente de ar frio avisou a ela que não estavam mais sozinhos.

Se soltando dos braços dele, ela se virou.

Cara. Cara estava lá.

Cara olhou para Nell e, depois, para Ferdia. Estava extremamente chocada.

— O que está...? — Nell engoliu em seco. E então viu as sacolas de compras nas mãos de Cara.

Pelo plástico fino, deu para ver os pacotes de biscoitos de chocolate, as embalagens de Twirls e vários saquinhos coloridos de bala.

— Ah, *não*, Cara.

Cara se virou e impediu que a porta que tinha acabado de abrir fechasse. Se contorceu para passar pela brecha, e Nell foi atrás dela, seguida por Ferdia.

— Cara, não tem problema...

Mas ela saiu correndo para a escada íngreme, descendo rápido demais. Ainda faltava boa parte quando ela tropeçou e caiu, rolando pelos degraus, esbarrando no corrimão e, por fim, batendo a cabeça com força na última coluna de madeira da escada. Biscoitos e doces rolaram pelo piso de madeira polido.

— Cara! — Nell a alcançara. — Meu Deus, você está bem?

— Estou. — Ela estava agitada.

— Espere um segundo. — Ferdia pôs as mãos nos ombros dela. — Bateu a cabeça com muita força. Está enxergando direito?

— Estou bem, estou bem, estou perfeitamente bem. — Ela já estava tentando se levantar.

— A gente pode te levar à emergência.

— Estou bem. Desculpe por interromper vocês. Achei que não tivesse ninguém. Olhei as reservas... Mas vou voltar pro trabalho agora.

— Mas... — Nell gesticulou para a comida no chão. — Não tem ninguém com quem possa conversar? Sua psicóloga ou outra pessoa?

— Tem, sim. Podemos fingir que nada disso aconteceu? Me desculpem.

E ela se fora. A porta bateu atrás dela, e as partículas de poeira pairaram no ar.

Nell olhou para os chocolates e biscoitos espalhados no chão e percebeu que não tinha mais clima.

Ferdia começou a catar tudo. Instantes depois, ela se juntou a ele. Em vez de voltar para o beijo relaxante que estavam dando, Nell se sentiu limpando a cena de um crime com seu cúmplice.

— Estou preocupado — disse ele. — Foi uma porrada feia.

— Talvez eu devesse ir atrás dela. — Ela suspirou e, depois, disse: — Na verdade, acho que devíamos ir embora. Isso não foi legal. — Ela olhou para as embalagens em suas mãos, sem poder fazer nada. — O que vamos fazer com isto? Deixar no apartamento para os próximos hóspedes?

— Acho que sim. É... Olha, aconteceu uma coisa estranha. Johnny esteve aqui mais cedo. Pouco antes da gente. Izzy estava com ele. Sabe, aquela minha tia?

Nell mexia os olhos de um lado para outro enquanto pensava nas consequências.

— Ai, meu Deus, *não*. Coitada da Jessie... Você está bem?

— É bizarro. É que... Coitada da minha mãe. E vamos todos nos ver mais tarde no aniversário dele. Vão rolar umas atuações dignas de Oscar.

Cara abria caminho no movimento da hora do almoço de uma sexta-feira, voltando para o Ardglass. Sua cabeça estava girando. Ferdia e *Nell*? Nell e *Ferdia*?

Casos amorosos aconteciam, todo mundo sabia disso. Mas aqueles dois?

Se bem que... Era *tão* improvável assim? A diferença de idade entre Nell e Liam era muito maior do que entre Ferdia e Nell.

Se perguntou se Nell ia largar Liam. Se Cara, de alguma forma, tivesse o azar de ser casada com Liam, ela também o deixaria... De repente, ficou muito enjoada. Mas que *merda* era essa?

Seu estômago se acalmou e então embrulhou de novo. Agora, era sua cabeça que latejava.

A ironia que seria se ela vomitasse agora!

Estranhamente, a vontade de comer sumiu. Parece que é esse o efeito de pegar seu sobrinho e sua cunhada se beijando. Decidiu ligar para Peggy mais uma vez — e, para sua surpresa, desta vez, ela atendeu.

— Cara? — Havia um sorriso na voz dela.

— Me desculpe por ter parado de ir — desabafou. — Mas posso voltar?

— Claro que pode.

— Tem algum horário livre para hoje?

— Acho que não. Deixe-me ver. — Depois de alguns cliques, Peggy disse: — Terça-feira, às 8h. Sei que é cedo.

— Está ótimo. — Tinha dado para entender ou ela falou muito rápido? Talvez um pouquinho?

— Cara? — indagou Peggy. — Você não me parece muito bem.

— Bati com a cabeça uns minutos atrás.

— Hmmm, isso não é muito bom. Acha que pode ter sofrido uma concussão?

Por um instante, ela viu as coisas duplicadas.

— É sério, estou bem.

— Concussões podem ser muito traiçoeiras...

— Estou bem. Obrigada. Nos vemos na terça.

Ed ficou muito nervoso quando chegou em casa e viu que Cara estava lá.

— Por que não está com Peggy?

— Bati minha cabeça. Voltei pro trabalho e mandaram eu vir pra casa.

Por favor, que ela fique bem. Por favor, que não fiquem irritados com ela.

— Cancelou a consulta? É melhor ir duas vezes semana que vem. Marque outro horário.

— Já marquei.

— Para quando?

— Terça-feira. Oito horas.

— Sério?

— Sério. — Ela ofereceu o celular para ele. — Ligue para ela se quiser.

— Desculpe, querida, eu... — *Fiquei com medo de que tivesse parado de ir.* Agora, ele se sentiu culpado. — O que houve com a sua cabeça? Como foi que bateu?

— Uma placa de madeira. Caiu em cima de mim.

— Que estranho...

— A vida é estranha — disse ela.

— E o jantar hoje à noite? Dá para você ir?

— O que Johnny disse quando pediu o dinheiro emprestado?

— Disse que ia ver.

— Então precisamos ir. É sério, estou bem.

Ele não tinha certeza. Porém, tinha outras coisas com que se preocupar, então deixou para lá.

Agora

Noventa e oito

Johnny foi acometido por um acesso de tosse violento — um pedacinho de pão desceu pelo lugar errado. Mas a conversa ao redor da longa mesa de jantar continuou. Maravilha. Ele podia morrer ali, literalmente *morrer*, em seu aniversário de quarenta e nove anos, e será que algum deles sequer notaria?

Jessie era sua maior esperança, mas ela estava na cozinha preparando o próximo prato extravagante: ele só queria sobreviver para poder prová-lo.

Um gole de água não ajudou. As lágrimas escorriam pelo rosto dele quando Ed, *finalmente*, perguntou:

— Está tudo bem aí?

Viril, Johnny gesticulou para o irmão não se preocupar.

— Pão. Desceu mal.

— Por um momento, achei que você estivesse se engasgando — disse Ferdia.

— Seria uma pena — disse Johnny, com dificuldade — morrer no meu próprio aniversário.

— Você não morreria — disse Ferdia. — Um de nós tentaria fazer a manobra de Heimlich.

— Sabe o que aconteceu outro dia? — perguntou Ed. — Com Heimlich? O homem que inventou a manobra de Heimlich? Finalmente, aos oitenta e sete anos, ele precisou usar a técnica em alguém.

— E funcionou? — questionou Liam, que estava sentado à cabeceira da mesa. — Seria o maior mico se ele fizesse isso e a pessoa batesse as botas.

Liam tinha mesmo uma mania de debochar de qualquer situação.

— Tipo o dono da Segway — falou Ferdia —, que dizia que seus patinetes motorizados eram totalmente seguros e morreu andando em um.

— Na verdade — corrigiu Ed —, ele só disse que não tinha como cair de um.

— E o que aconteceu? — Embora estivesse chateado, Johnny ficou interessado.

— Ele caiu acidentalmente de um penhasco enquanto andava em um.

— Meu Deus. — Nell deu uma risada. — Ele foi enganado pela própria propaganda?

— É por isso que o traficante não deve usar a própria droga — comentou Ferdia.

— Disso você entende. — Liam lançou um olhar maldoso para o sobrinho.

Ferdia o encarou.

Quer dizer que a rixa entre esses dois voltou? O que será dessa vez?

Ele perguntaria a Jessie, ela saberia. Lá vinha ela, carregando uma bandeja cheia de sorvete.

— Para limpar o paladar! — declarou ela. — Sorvete de limão com vodca. Ela voltou para seu lugar na cabeceira da mesa.

— E a gente? — questionou Bridey. — Não tem *condições* de a gente tomar sorvete de vodca, somos novos *demais*.

— Não seja por isso! — disse Jessie.

É claro que não era, pensou Johnny. Ponto para ela. Nunca deixa a peteca cair.

— Para vocês, só de limão.

Bridey deu instruções rígidas às crianças mais novas, dizendo que, se os sorvetes tivessem "um gosto esquisito", elas deveriam se abster de comê-los sem delongas.

— Estão todos servidos? — perguntou Jessie.

Ouviram-se confirmações alegres, mas, quando o falatório parou, Cara disse:

— Vou te falar que estou quase morrendo de tanto tédio.

A fala foi seguida de gargalhadas bem-humoradas, e alguém murmurou:

— Você é muito engraçada!

— Não foi uma piada. Estou quase *chorando* de tédio.

Jesus Cristo, ela estava falando sério?

— Me poupe. *Sorvete*? — indagou Cara. — Quantos pratos *mais* a gente vai ter que provar?

Beleza, Cara tinha um ou outro defeito. Pegando leve. Mas era uma querida, uma das pessoas mais legais que Johnny já conhecera.

Nervoso, ele desviou o olhar para Ed — era função dele manter a esposa sob controle. Não que este pensamento tivesse sido machista... Ok, ele admitiu que foi, sim. Ed parecia estupefato e confuso.

Numa tentativa de reverter a situação, Johnny adotou um tom descontraído.

— Ah, por favor, Cara. Depois de todo o trabalho que Jessie teve...

— Mas foi o bufê que fez tudo.

— *Que* bufê? — questionou alguém.

— Ela *sempre* contrata bufê para essas ocasiões.

Jessie jamais contrataria um bufê. Ela ama cozinhar.

A mesa inteira estava entre a comoção e o escândalo. Por que Cara — a pessoa mais adorável de todas — estava dizendo aquelas coisas?

— Quanto foi que você bebeu? — perguntou Ed a Cara.

— Não bebi nada — respondeu ela. — Porque antes levei um...

— ...uma pancada na cabeça! — Ed terminou a frase por ela, e seu alívio era perceptível. — Ela levou uma pancada na cabeça mais cedo. A placa de uma loja caiu bem na cabeça dela...

— Não foi isso que aconteceu...

— A gente achou que ela estivesse bem...

— Vocês *queriam* que eu estivesse bem — disse Cara. — Mas eu sabia que não estava.

— Você devia ir à emergência! — Jessie estava fazendo de tudo para retomar seu jeito maternal e mandão de ser. — Insisto que vá agora mesmo. Por que veio, pra início de conversa?

— Porque Ed precisa de um dinheiro emprestado de Johnny — respondeu Cara.

— Que dinheiro? — perguntou Jessie logo depois.

— Da outra conta bancária — declarou Cara. — Ai, Jesus, não era para eu ter falado isso.

— Que conta bancária? — questionou Jessie. — Que dinheiro?

— Cara, para o hospital agora. — Ed se levantou.

— Johnny...? — perguntou Jessie.

Mas ele ainda tinha uma carta na manga.

— Jessie? Que bufê?

Ferdia encarou Johnny.

— Vai mesmo fazer isso com ela?

— Tenho o direito de saber.

O tom de Ferdia ao falar com o padrasto tinha muitas facetas.

— *Você*? Você não tem direito a nada.

Johnny sentiu o medo revirando em seu estômago como uma enguia. *Ferdia sabia. Mas como?*

Encurralada pelo julgamento coletivo, Jessie parecia em pânico.

— Ok, eu admito, sim! — Ela soou exasperada. — Bufês. Às vezes. E daí? Eu tenho cinco filhos, um negócio, o dia tem poucas horas e...

Cara se levantou.

— É melhor eu ir logo pro hospital antes que eu arranje briga com todo mundo. Vamos, Ed.

— Ei, Cara, você gostou *mesmo* do meu cabelo assim? — interrompeu Saoirse, que parecia em dúvida.

— Não me pergunte isso! — disse Cara. — Você sabe que eu te amo muito.

— Isso é um "não"?

— Ai, meu bem, essa franja deixa o seu rosto redondo que nem a lua.

Ao ver a expressão desolada de Saoirse, Cara falou:

— Sinto muito, Saoirse, não devia ter me perguntado isso... Mas é só cabelo, vai crescer de novo. Vamos logo, Ed.

— Cara, antes de ir... — Liam inclinou o corpo para a frente e semicerrou os olhos. — Você achou *mesmo* que aquela massagem que eu fiz em você foi... Qual foi mesmo a palavra? "Divina"?

— Odiei. Esqueça essa ideia de ser massagista. Você é *péssimo*.

— Ei! — se intrometeu Nell para defender o marido. — Ele está se esforçando.

— Logo *você* o defendendo? — questionou Cara.

De repente, Liam se ajeitava na cadeira. Ele se aproveitou da situação de Cara para tentar descobrir a verdade.

— E qual é o problema de ela me defender? Conta pra gente, Cara, conta.

— Cara, vamos.

— Não, Cara! — A voz de Nell estava aguda.

— Bridey! — Jessie gritou para que a menina a olhasse. — Leve as crianças lá para o meu quarto. Coloque um filme. Vai!

Bridey ainda estava tentando reunir TJ, Dilly, Vinnie e Tom, mas Liam continuou insistindo:

— Fala.

— Não! — disse Nell. — Cara, vai sobrar pra você também.

— Fala. — O tom de Liam era insistente. — Por que a minha esposa não pode me defender?

— Não. Não vou falar mais...

De repente, Nell ergueu a voz.

— Liam, pare. Eu estava no apartamento de Johnny hoje.

— Fazendo o quê? — Johnny parecia escaldado.

— Fui encontrar Ferdia.

— Não acredito! — exclamou Johnny.

— Ei! — gritou Ferdia para ele. — Eu te vi lá também!

— Onde? — Agora, era a vez de Jessie soar apavorada.

— Mãe, sinto muito.

— Esperem um segundo, merda — disse Liam, com a voz grossa. — Nell? Nell, você estava naquele apartamento com... *ele*? — Apontou para Ferdia com a cabeça.

Jessie ainda perguntava para o filho:

— O que você viu? — Ela estava da cor de um pergaminho.

— Johnny e Izzy — respondeu Ferdia — saindo do apartamento Sinto muito, mãe.

— Nell? — perguntou Liam outra vez, com a voz fatalmente calma — O que estava fazendo com esse babaca?

— *Você* não pode ficar com raiva dela. — Saoirse chorava. — Sei sobre você e Robyn!

— *O quê?* — Várias vozes perguntaram.

— Isso é verdade? — perguntou Ed a Liam, que assentiu irritado com os ombros. — Ela é muito nova! — explodiu Ed. — Quase uma criança.

— Não é criança nada.

— Johnny? — Jessie parecia prestes a chorar. — Estava mesmo com Izzy no apartamento?

— Não é o que parece.

— Cara — interrompeu Ed —, por que *você* estava no apartamento?

— Achei que estivesse vazio.

— Mas por que foi lá?

— Precisava comer. Chocolate. Depois... você sabe. — A sinceridade cruel dela passou.

— Entendi. — Ed soava calmo. Ele ficou de pé. — Bem, então é isso.

Depois

Sexta-feira à noite/Sábado de manhã

Não pertenço a esse lugar, pensou Nell. *Nunca pertenci.*

Todos foram atingidos por um fogo cruzado de diferentes acusações e defesas.

A pior de todas foi Liam e Robyn. Ela era tão nova, só uma criança. Não que a traição de Liam equilibrasse a de Nell. Ela se sentiu envergonhada em dobro, como se também fosse culpada pelo comportamento dele. Ou, talvez, por não perceber.

De repente, o instinto de sobrevivência de Nell entrou em cena: precisava ir embora, buscar Molly Ringwald, tirar todas as suas coisas do apartamento de Liam e arranjar um lugar para dormir esta noite.

Ferdia estava tenso na cadeira, olhando para ela. De forma sugestiva, ele olhou para a porta que dava no corredor.

Discretamente, ela saiu do cômodo, e Ferdia a seguiu.

— A gente precisa tirar as suas coisas da casa dele — sugeriu. — Precisamos ir agora.

— É melhor se eu fizer isso sozinha. Se a gente sair juntos, aí... *aí, sim,* ia piorar as coisas. Está tudo de cabeça pra baixo. A gente não pode... esperar um pouco? Deixar tudo se acalmar, ver como as coisas vão estar amanhã?

— Mas onde vai passar a noite? Quem vai te ajudar a fazer as malas?

— Vou chamar meu amigo Garr. Vai ficar tudo bem. Por favor, Ferdia. Se nós dois sumirmos agora, a loucura vai ser maior. Te mando uma mensagem assim que eu achar um lugar.

Ele estava relutante em deixá-la ir, e o pânico começou a crescer dentro dela.

— Tenho mesmo que ir — insistiu ela. — Vai ficar tudo bem. E, Ferd, não deixe ninguém colocar a culpa em você. Não aconteceu nada entre a gente.

— Teria acontecido se Cara não tivesse chegado.

— Mas ela chegou.

Do lado de fora, ela chamou um táxi e pegou o celular.

— Garr. Rolou uma parada séria. Estou deixando Liam, tipo, agora. Teria como você...?

— Te encontro lá.

— Odeio pedir, mas posso...? Só por esta noite?

— Fique o tempo que quiser.

Mas ela não podia fazer isso. Ele não morava sozinho: tinha outras pessoas para levar em conta.

— Pegue minhas coisas de trabalho. — Ela passou correndo por Garr, empilhando coisas em uma sacola de nylon. — Portfólios, modelos. Preciso de *tudo*.

— Não pode voltar amanhã?

— Não confio nele. Ele pode jogar fora.

— Mesmo ele tendo ficado com a menina?

Uma onda de incredulidade a deixou tonta.

— Não é a coisa mais doentia do mundo?

— E você e o garoto?

— Nem me pergunte. Estou muito desnorteada para pensar nisso. Só preciso achar um lugar para morar e me acalmar. Prioridades

Quando Rory morreu, o único consolo de Jessie foi que nunca mais passaria por algo tão ruim assim. O falecimento de seu pai foi doloroso. O de sua mãe, pior. A ferida de ser cortada da vida dos Kinsella tinha demorado para sarar. Desistir de ter um sexto filho foi, por um lado, estranhamente insuportável. Mas nada tinha chegado perto do soco no estômago que foi Rory deixar de existir.

Ao longo dos anos, quando tinha que passar por algum drama grande, seu segundo ou terceiro pensamento era: "Já sobrevivi à pior coisa que poderia acontecer."

Se sentia segura assim. Quase sortuda.

Mas isso — hoje à noite — foi tão ruim quanto perder Rory, a mesma combinação confusa de não querer acreditar e ter uma certeza incisiva: algo terrível acontecera. Ela não queria que fosse verdade, mas tudo já tinha mudado para sempre. Mais uma vez, o quebra-cabeça que era sua vida fora jogado para o alto e ela não tinha ideia de onde as peças iam cair.

Apesar de todas as brigas sobre dinheiro e trabalho, acreditava que ela e Johnny eram para sempre. Mas, de uma hora para outra, sentiu como se estivesse caindo em queda livre.

Depois de todos esses anos, Johnny e Izzy? O baque foi muito forte — e sabia disso porque parecia que estava sonhando. Graças a experiências antigas, tinha aprendido que era assim que se suportava o insuportável: seu cérebro prestativo desacelerava seu entendimento para que a realidade alarmante a impactasse em doses homeopáticas.

Porém, por mais que seu cérebro se esforçasse, o medo não parava de agitá-la como ondas quebrando dentro dela. Isso — a traição de Johnny. Com Izzy — trazia uma sensação inevitável de humilhação.

Apesar do choque, uma voz em sua cabeça dizia: "Ah, ok. É ruim, mas não chega a ser uma surpresa."

Seu erro foi achar que tinha deixado de ser a pessoa que os outros zoavam. Tinha se acostumado a ser completamente feliz. Mas a roda da vida ia continuar girando até que ela voltasse a ser a pessoa que sempre foi.

Não foram só ela e Johnny que desmoronaram esta noite. A *família* inteira implodira.

O mais triste dessa bagunça toda era que Cara tinha voltado com episódios de bulimia. O corpo dela não aguentava mais aquilo — nem Ed.

— Mãe. — Bridey a tirou de sua introspecção. — O filme acabou. São onze e dez. Onde coloco Vinnie e Tom? Na minha cama? Posso dormir com Saoirse? Você coloca Dilly na cama, e eu cuido de TJ. — Em seguida: — Dilly, se comporte com a mamãe. Coisas ruins aconteceram hoje à noite.

Ansiosa, Dilly foi para o quarto dela rapidamente e puxou o edredom até o queixo.

— Boa menina — disse Jessie. — Durma um pouco.

— Mamãe... — chamou Dilly enquanto as lágrimas de Jessie pingavam nela. — Suas lágrimas estão pingando no meu rosto.

— Vá dormir. Vai ficar tudo bem. — Não se deve mentir para crianças, mas este não era o momento para verdades.

No andar de baixo, Johnny estava de frente para a pia da cozinha, com água e sabão até os pulsos.

— Amor, por favor. — Ele parou de lavar a louça. — Só me deixe explicar. Não aconteceu nada...

— Alguma coisa aconteceu.

— Não no sentido... Escute. Sim. Eu sei. Mas posso só explicar...?

— Por quê? Você, Izzy, apartamento, encontro secreto, *conta bancária* secreta. Consigo ligar os pontos.

— Por favor, me escute. — Johnny desandou a falar. — Alguns meses atrás, no verão, levei Saoirse e Ferdia até Errislannan. E esbarrei com Izzy. Foi totalmente por acaso. Só que, em vez de ficar brava, ela foi... amigável. Poucos dias depois, me adicionou nas redes sociais.

— E você *aceitou*? Sem me contar?

— Era delicado. Não ia querer que eu ficasse conversando com Izzy. *Mas!* — Ele aumentou a voz antes que ela reclamasse. — Estava tentando descobrir se eles ainda nos odiavam. — A boca de Johnny parecia estar seca. — Sem sair perguntando. Achei que, se ela voltasse a confiar em mim primeiro, nós dois teríamos uma chance com o restante deles. De sermos amigos de novo.

— Mas a gente estava bem sem eles.

— Achei que você quisesse... — Ele parecia confuso.

— Seria legal se fôssemos amigos de novo. Mas você sabe...

Ele parecia desolado.

— Achei que tinha esperanças... das duas partes. Acho que você lida com isso melhor do que eu.

— E aí vocês começaram a se comer. — As lágrimas voltaram a escorrer pelo rosto de Jessie.

— Tudo o que a gente fez foi conversar.

— Ficou usando o apartamento para poderem...? *Nossa.*

— Juro que tudo o que a gente fez foi conversar.

— Essa é a desculpa mais velha que existe. Ah, Johnny. Eu *confiava* em você.

*

Cheiro de urina, macas grudadas umas às outras e enfermeiros correndo de um leito para outro.

Cara tinha passado pela triagem em menos de uma hora depois que chegou, mas o fluxo de pacientes esfaqueados, infartos, queimaduras e agressões estava muito grande e fez com que sua concussão insignificante caísse para o fim da lista.

Outra maca passou correndo por Cara e Ed, carregando um homem com ferimentos evidentes na cabeça.

Ela respirou fundo. Se sentia fraca.

— Ah, é verdade — disse Ed. — Estava apagada da última vez. Perdeu o espetáculo.

Estava falando de um jeito estranho.

— É a segunda vez em três meses que viemos parar em uma emergência por causa do seu *hobby*.

— Mas, Ed... — Sua irritação gratuita de mais cedo tinha passado completamente. Agora, só estava confusa. — Estou doente. É uma doença.

— Não faz muito tempo que me disse que isso não existia.

Sua razão estava muito desorganizada e escorregadia para que pudesse usá-la.

— Cara Casey? — chamou um homem de jaleco.

— Aqui — respondeu ela.

— Vai demorar um tempo. — Ele olhou para Ed. — Pode ir pra casa se quiser.

— Vou ficar.

Depois que o enfermeiro se afastou, Cara disse:

— Obrigada, querido.

Ela segurou as mãos dele. De propósito, ele as puxou de volta com cuidado.

— *Ed?* Não estou entendendo.

— É porque você bateu com a cabeça.

— Mas do jeito que está falando parece até que foi *você*.

— Te avisei que não ia passar por isso de novo. Só estou aqui porque concussões podem ser sérias. Assim que melhorar, está por conta própria.

— Mas, Ed, não cheguei a fazer. Não comi nada nem forcei nenhum vômito.

— Teria feito se Nell e Ferdia não estivessem lá.

— Sim, mas... — Ela se interrompeu. — Nell e Ferdia. Dá para acreditar?

Ed continuou em silêncio.

Os bens de Nell eram tão poucos que só precisou de uma corrida de táxi para reunir todas as suas coisas em frente à casa de Garr.

— Uau. — Ela teve que rir. — De volta para onde eu morava na noite em que conheci Liam. A vida é uma comédia. — Ela deixou Molly Ringwald no quarto de Garr, que já tinha sido a sala de estar de um antigo e mais próspero lar. — Não tem nenhuma pessoa alérgica morando com você, tem?

— Se tiver, logo vamos saber. Enfim, não se preocupe com esta noite.

— E aí, algum cobertor sobrando? Quem sabe um travesseiro?

— Vai dormir no chão? Não seja maluca. É uma cama de casal.

Não seria a primeira vez. Alguns anos atrás, tinham tentado evoluir a amizade para um romance. Durou por míseras semanas antes de reconhecerem que tinha sido um erro. Tiveram sorte de conseguir reverter a situação com êxito.

Ela mandou uma mensagem para Ferdia:

> Vou ficar com um amigo. Garr. Estou bem. Espero que você esteja bem. Nos falamos amanhã, bjs

— Está falando com Liam? — Garr soou preocupado.

— Não, só...

— Ah, o garoto.

— Não foi nada do jeito que está pensando — disse Johnny, desesperado. — A gente trocava mensagens de vez em quando. Coisa rápida e engraçada. *Gifs* de gatos.

— *Gifs* de *gatos*? — indagou Jessie. — Você odeia gatos!

— Odeio. Mas... Jessie, pode olhar logo as mensagens? Vai ver que não tinha nada demais.

— Claro que dou uma olhada nas suas mensagens *rápidas e engraçadas*. — Depois, acrescentou: — Ops, Jessie, acho que as apaguei sem querer.

— Por que eu faria isso? Não estava fazendo nada de errado. — Ele rolou a tela. As mãos dele tremiam, ela viu. Bem, ele foi pego traindo: qual era a surpresa?

— Apenas leia. — Ele insistiu que ela pegasse o celular.

A primeira mensagem de Izzy dizia:

> que LOUCO esbarrar com você em Errislannan no fim de semana passado

Tinha sido enviada quatro meses atrás. O medo ressoou como o tilintar de um sino gigante. Izzy estava de volta na vida de Johnny esse tempo todo e ela nem imaginava.

Johnny respondeu:

> Engraçado, né

Jessie ficou enjoada.

— Como está a aparência dela agora? — Essa era uma pergunta importante.

— Sei lá. A mesma coisa.

Ela o encarou, e ele disse, na defensiva:

— *A mesma coisa*. Muito cabelo, alta.

Na mensagem seguinte, Izzy, com aquele seu jeito fácil de reconhecer, disse:

Que merda era aquela que estava dirigindo?

Haha, respondeu Johnny, pelo menos, não pareço um traficante

— Qual é o carro dela? — perguntou Jessie.

— Um Discovery.

— *Ugh*.

A próxima era um *gif* de gato mandado por Izzy. Depois, Johnny mandou um link sobre um assalto à mão armada em Kildare e disse:

Voltou com seus velhos truques kkk

— Kkk? — Jessie franziu a testa. — Usa "kkk" agora?

Outro *gif* de gato de Izzy. Jessie nunca a imaginaria como uma amante de gatos. A vida leva mesmo as pessoas para caminhos estranhos... Ela avistou o próprio nome, e seu coração quase saiu pela garganta.

Aniversário de cinquenta anos de Jessie este fim de semana, escreveu Johnny. Planejei uma festa misteriosa em um hotel chique para descobrirmos quem é o assassino

Izzy não comentou. Nenhum sinal dela por uma semana. E então ela mandou uma foto de cordeiros em um campeonato de agropecuária, e eles conversaram sobre como andavam ocupados.

Estou sempre dentro de um avião, escreveu Johnny.

Haha, eu também. Nunca me satisfiz só com filhos e um clube do livro

Jessie viu seu nome outra vez.

Indo para as férias de verão com Jessie e as crianças. Toscana

Izzy só mandou outra mensagem dez dias depois:

Essa doeu! E um emoji de jogador de futebol.

— O que é isso? — perguntou Jessie, incomodada por não ter entendido.

— Futebol? — disse Johnny. — O Liverpool deve ter perdido nesse dia. Nem me lembro.

— Johnny. — A voz dela quase não saiu. — Não consigo acreditar nisso. Em todas essas mensagens.

— Eu não fiz nada.

— Fez, sim. Não acredito... Você e ela, melhores amigos.

Enquanto lia o fluxo de mensagens, muitas eram tão sem graça que ela achou que poderiam ser códigos.

Bom fim de semana? Johnny tinha perguntado no fim de agosto.

Estou em Errislannan

Legal! Como está todo mundo?

Ótimos

Sempre que Johnny falava de Jessie ou das crianças, Izzy não comentava nada.

— Ela ainda me odeia — concluiu Jessie.

— Eu estava tentando descobrir...

Pela milésima vez, Jessie lembrou a si mesma de que, na época, antes de começar a transar com Johnny, ela não fazia ideia de que Izzy gostava dele. Ela não tinha culpa. Se soubesse, teria parado?

Talvez.

E talvez não.

O certo e o errado são muito relativos, e como poderia saber o que faria se soubesse?

Pensando em voz alta, Jessie disse:

— Ganhei uma competição da qual nem sabia que estava participando.

— Não foi uma competição — disse Johnny. — Eu amava você. Só queria você.

— Menos quando a quis.

— Aquilo foi milhões de anos antes. E você *sabe* disso, Jessie, você sabe.

Enquanto observava Jessie avaliar as mensagens de Izzy, o coração de Johnny batia tão forte que seu peito doía.

Depois de uma troca de mensagens com vários emojis rindo, Izzy tinha enviado:

Seria bom te ver pessoalmente

Com cautela, Johnny jogou a bola de volta para ela ao responder:

Seria

Alguns dias depois, ela disse:

Então, vamos nos encontrar?

Ele não soube como responder porque ainda não tinha ideia das intenções dela. Tentando conseguir uma pista, perguntou:

O que tem em mente?

Beber depois do trabalho? Algum lugar no centro

Não. Não queria encontrá-la em um lugar público, onde poderia facilmente ser visto. Se Jessie ficasse sabendo de algo antes de ele descobrir como Izzy se sentia, ela poderia interpretar errado. No mínimo. Mas também não queria ficar se escondendo com Izzy pelos cantos de forma suspeita, como se estivessem tramando alguma besteira.

Respondeu:

> Acho que Errislannan seria melhor

> O centro é mais a minha cara. Errislannan fica muito longe para ir dirigindo em dia de escola

Ele não caiu nessa. A distância nem era tão grande.

Estava óbvio que ambos estavam sendo cautelosos. Ele não queria encontrá-la em público, e ela não o queria perto de sua família.

Estavam em um impasse e, na Itália, Johnny decidira que não valia tanto a pena se estressar com isso. Porém, no dia em que chegou em casa, depois das férias, Jessie contou para ele sobre a briga de Ferdia e Barty. Isso o incomodou profundamente. Sentiu que os laços que restavam com os Kinsella diminuíam cada vez mais, e a ideia de que, em breve, não existiriam mais o fez persistir.

Então, ele mandou mais uma mensagem:

> Outra sugestão?

Ela respondeu:

> Quer saber? Talvez a gente poderia beber alguma coisa no Aeroporto de Dublin? Em algum momento em que nós dois fôssemos viajar? Já que praticamente vivemos lá

Outra sugestão ruim. Aeroportos tinham muito movimento. Queria que o primeiro encontro cara a cara deles fosse em um lugar tranquilo, onde pudesse perguntar sobre Michael, Ellen e Keeva. E, apesar de terem reclamado de "quase viver" no Aeroporto de Dublin, ele desconfiava de que seria um desafio monumental achar um dia em que ambos tivessem que estar lá no mesmo horário.

Foi quando começara a pensar em seu apartamento. Ficava no centro da cidade, mas era um lugar privado.

Apesar de ter a disponibilidade limitada.

Ele *podia* reservar para si mesmo, mas aí começou a parecer uma coisa completamente diferente. Apesar de suas esperanças de se reconciliar com os Kinsella, parecia mais fácil, mais seguro, deixar as coisas fluírem.

A semana passou tranquilamente. Depois, dez dias, duas semanas... E então Michael Kinsella teve um infarto e Johnny ficou sabendo por Ferdia.

Nada de Izzy. Nem uma palavra sequer.

No primeiro dia, ligou para ela diversas vezes, mas o celular caía sempre na caixa postal.

Ficou profundamente abalado. Achara que ele e Izzy haviam recuperado boa parte da intimidade amigável que tinham. Mas não foi só com Izzy que ficou chateado, foi com todos eles.

A informação de Ferdia dizia que Michael, provavelmente, não ia sobreviver, e Johnny ficou confuso: sempre pensara que, *em algum momento*, ele e os Kinsella se entenderiam. Como isso ia acontecer se Michael morresse?

Na quarta e na quinta-feira, ficou pensando muito sobre como tudo aconteceu, suas lembranças iam e vinham, como dedos faziam ao tocar o piano, se perguntando como poderia ter evitado aquela desavença tão antiga.

No meio disso tudo, Ed tinha mandado uma mensagem para ele perguntando se poderia pegar dez mil euros emprestados. Estava tão distraído que respondeu com um vago "vou ver" e depois acabou se esquecendo.

De repente, na terça-feira, por volta das 21h, o grupo de WhatsApp da família começou a apitar com as notificações e seu celular e o de Jessie tocaram ao mesmo tempo. A pessoa ligando para Johnny era Izzy, e ele sentiu uma tontura de esperança e medo. Ou Michael tinha morrido ou...

Ele não morrera.

O alívio daquilo somado ao fato de Izzy o considerar importante o suficiente para ligar e contar o deixou esperançoso de novo. Isso era reparável. Tudo isso.

— A gente precisa se ver logo! — disse Izzy.

E sua resposta foi:

— Sim! Se lembra do meu antigo apartamento na Baggot Street? Só um segundo, preciso ver se... Ah, que ótimo. Amanhã? Uma hora? Uma e meia?

— Ok. Uma e meia. Te vejo lá.

Jessie apareceu em sua frente para contar a boa notícia, que ele já sabia, e ele estava tão sobrecarregado de esperança e culpa, e o passado invadia seu presente tão rápido que lágrimas singelas umedeceram seu rosto.

Eram quase 5h30, e Cara já estava se sentindo melhor desde quando sua concussão foi confirmada, e foi por isso que disse todas aquelas coisas terríveis que não tinham nada a ver com a sua personalidade.

Enquanto Ed dirigia de volta para casa, cenas da noite anterior começaram a revisitá-la em forma de *flashes* bem vívidos. Falou para Liam que ele era um péssimo massagista. Ai, meu Deus, meteu Nell e Ferdia naquela merda toda. Admitiu que tinha preparado tudo para comer compulsivamente. Magoou Saoirse, quem ela tanto amava, ao dizer que seu rosto parecia a *lua*. Instigou uma revelação sobre Johnny e Izzy Kinsella...

Era difícil — na verdade, pavoroso — assimilar o estrago que ela desencadeou. Tinha muitas ligações para fazer e desculpas para dar assim que as pessoas acordassem.

*

No escuro, Nell olhou seu celular: 5h35.

Três chamadas perdidas de Ferdia.

Estava sendo difícil para ela acreditar que tinha ido mesmo àquele apartamento encontrar Ferdia. Ontem à noite — meu Deus, faz *tão* pouco tempo assim? —, quando o lance deles foi revelado para todo mundo no jantar, ela perdeu o encanto por ele.

Tudo parecia completamente diferente agora de manhã. Se sentia mais madura, sábia e via as coisas com menos romantismo.

Deve ter ficado temporariamente *louca*. Ferdia era novo *demaaaaais* para ela. E pensar que, se Cara não tivesse aparecido, eles, com certeza, teriam transado.

Ela gostava de Ferdia. Em uma visão imparcial, conseguia ver que ele era atraente, mas seus sentimentos por ele tinham voltado a ser como eram antes da Itália. Ele era só um garoto. Teve uma queda enorme por ele porque seu casamento estava desmoronando. Talvez Ferdia estivesse pensando como ela agora, percebendo que aquilo não era real. Precisava ligar para ele, mas ainda não tinha coragem.

Já Liam não tinha mandado nada, nenhum SMS, nenhuma mensagem no WhatsApp, nada. Chegou a se perguntar se nunca mais falaria com ele.

Nada tinha saído do jeito que ela esperava. Acreditara que, quando "o fim" chegasse, eles seriam civilizados um com o outro. Mas o lance *dela* com Ferdia e o *dele* com Robyn...

Sua tristeza era inegável: a forma meiga como se tratavam no início tinha se tornado o exato oposto. E Robyn era tão absurdamente nova que Nell sentiu vergonha de Liam.

Que alinhamento maluco foi esse dos planetas na noite passada? Todos os casamentos à mesa foram por água abaixo.

— Você está bem? — sussurrou Garr. — Posso ligar a luz?

— Obrigada. — Estava muito grata por tê-lo em sua vida para poder conversar. — Não consigo entender como me casei e, onze meses depois, acabou tudo. Quem *faz* isso? Tenho pensado em todas as *coisas* que as pessoas se preocupam quando se separam. Hipoteca no nome dos dois, conta bancária conjunta, contas? Liam e eu não tínhamos absolutamente nada juntos. A ex-mulher dele paga pelo apartamento, e as contas estão no nome dele. A gente dividia, mas não temos nenhuma ligação burocrática.

— Isso deve ser bom — disse Garr.

— Hmmm, é. Mas *normal* não é. Enfim... Assim que for um momento razoável, vou ligar para os meus pais, ver se fico lá por um tempo, enquanto procuro outro lugar para morar. — Ela deu um soquinho no ar. — Vencendo na vida!

— Guarde seu equipamento com eles e pode ficar aqui se quiser.

— *Posso?* Seria ótimo. Só por umas duas semanas.

— Quanto tempo precisar... O que vai fazer quanto ao garoto?

— Me sinto tão mal por ele. Ele é... ótimo. Mas é muito novo, e eu sou obviamente meio doida, e começar algo agora com outra pessoa seria péssimo. — Ela olhou para o celular. — Preciso contar pra ele.

— Conte. Vou buscar um copo de água. O quarto é todo seu.

— Ai, *meu Deus*! Ok.

Ferdia atendeu de imediato.

— Nell? Você está bem? Podemos nos ver?

— Ferdia. Ferd. Olha, preciso te falar uma coisa. Você e eu, nós dois precisamos parar. Tenho que organizar meus pensamentos.

— Ah. Hmmm. Nossa... — Ele parecia surpreso. — Achei que a gente ia...

— A culpa é minha. É como se eu tivesse perdido a sanidade por um momento. Agora, estou sã outra vez e não gosto da forma como estava agindo. Não a entendo. Preciso ficar longe de relacionamentos.

— Eu esperava que...

— Eu sei. Me desculpe. Mas vai superar rápido. Você é...

— Jovem. Tenho ouvido bastante essa. Queria que tivéssemos a chance de... Mas, ei, tudo bem. Eu entendo. Enfim, você é demais.

— E você é demais também. É o melhor.

— Ok. Tenho que ir.

Ela desligou rápido, quase eufórica por esse momento desagradável ter tido um fim digno.

*

Por volta das 6h30, Ed e Cara foram recebidos por uma casa fria e vazia. Exaustos, subiram a escada devagar e foram para o quarto.

— Precisa de alguma coisa? — perguntou ele.

— Não.

— Tente dormir um pouco. Vou te acordar daqui a quatro horas, só para ver se está tudo bem.

— Não vai dormir também?

— Não neste quarto.

Foi quando ela soube. Esperou ele dizer.

— Vou embora, Cara — disse ele gentilmente. — Sabe disso, né?

Ela assentiu.

— Sinto muito. — Ele começou a chorar.

— Amor, não chore. Por favor. Está tudo bem.

Algo estranho tinha lhe acontecido nas últimas horas. Foi como se o acúmulo de tensão das últimas semanas tivesse chegado ao auge e então explodido, rompendo todo o ódio que sentia de si mesma, o ressentimento que sentia ao ser rotulada, a distância entre ela e Ed. Pela primeira vez em meses, seu amor por Ed, a versão verdadeira e pura, voltara com tudo, como se fosse uma maré alta atrasada.

Teve também um olhar sobre seu problema com a comida que nunca havia tido: não tinha controle sobre isso. Não podia consertar a si mesma — nem Ed podia fazê-lo.

— Se eu ficar — disse ele —, vou ser cúmplice dessa... O mais importante é que você melhore. Por você e pelos meninos. É mais importante que eu ou nós, ou...

Muitas pessoas não compreenderiam a atitude dele — pensariam que ele a estava abandonando quando ela mais precisava de ajuda. Mas ela não era uma dessas pessoas. Ficar sem ele seria horrível. Naquele momento, não conseguia imaginar a magnitude de sua ausência. Mas isso era culpa dela. Uma parte dela sabia que ali seria exatamente o fim. Ele já a tinha avisado que não saberia lidar se ela começasse de novo — e Ed não era de fazer promessas em vão.

A partir do momento em que começou a mentir para ele sobre Peggy, passaram a caminhar para este exato fechamento. Ela sabia disso e não fora capaz de parar.

— Durma um pouco, querida — disse ele. — Vou estar aqui do lado.

— Bom dia, mãe! Está tudo bem, mas tenho uma novidadezinha ruim. Liam e eu terminamos.

— Nell, meu amor... — A voz de Angie era suave. — Todo mundo acha que tem grandes, gritantes razões. Está achando que é o fim do mundo, mas...

— É sério, mãe. Acabou. Vamos nos divorciar.

— Ah, Nell! Como posso ajudar? Espere aí. Seu pai quer saber o que... — Nell ouviu a voz abafada da mãe dizendo: — Nell e Liam terminaram. Vão se divorciar.

E depois a resposta abafada de Petey:

— Nunca gostei do rapaz.

Petey pegou o telefone.

— Ah, querida. Ah, querida, querida, querida Nellie. Mas que tristeza... Triste mesmo. Você está bem? Porque é só isso que importa. Olha, esse seu casamento no Polo Norte, provavelmente, nem valeu. Passou uma história no programa de *Joe Duffy* sobre pessoas que levaram seus filhos para ver o Papai Noel lá e nem a neve era de verdade, muito menos os duendes. Pode vir morar com a gente. Podemos jogar o bingo da TV juntos, como fazíamos.

— Pai, você é o melhor. Mas vou passar um tempo na casa de Garr.

O breve silêncio de Petey dizia muito.

— Garr? — quis saber ele. — Espere aí, Nellie! Tem algo que você não está nos contando?

— Pai, não seja bobo. Garr é meu melhor amigo.

— E Angie McDermott é *minha* melhor amiga.

Nos fundos, Nell ouviu a mãe falar:

— *Niall Campion* é seu melhor amigo.

Jessie acordou de um sono induzido por Xanax. Estava chorando. Johnny estava na sua frente, acordado e vestido, com uma caneca de chá verde para ela. Ela não sabia onde ele tinha dormido na noite passada, mas devia ter sido no sofá.

— Anjo. — Ele tocou o rosto molhado dela.

— Não tenho amigos — arfou ela entre lágrimas.

— Eu sou seu amigo.

— Não é. Tem essa pessoa que foi minha melhor amiga no passado e que me odeia agora e você esteve se encontrando com ela e, mesmo que não estivesse transando com ela... E como posso saber se não estava mesmo? Ainda assim, não devia ter trocado mensagens com ela todo amigável e engraçado, com suas velhas piadas internas e kkks.

— Foi só porque eu tinha esperanças de que ela pudesse ser nossa amiga de novo. *Nossa* amiga.

— Mas eu não precisava disso. Você agiu pelas minhas costas. Estou muito triste. — Jessie começou a chorar de novo, as lágrimas vazando e escorrendo pelo seu rosto. — Achei que a gente estivesse do mesmo lado.

— E *estamos*. Eu estava fazendo aquilo por nós dois!

— Me fala. — Ela se sentou na cama e olhou nos olhos dele. — Você transou com ela? Nem uma rapidinha pelos velhos tempos?

— *Não*.

— Você sempre foi mulherengo. Só pensava com a cabeça de baixo.

— E isso já faz muito tempo. Sou diferente agora.

— Aquelas mensagens que me mostrou podem ser falsas. Pode ter outro celular com as verdadeiras.

— Sabe que não tenho. Nunca faria isso com você. A logística básica já prova meu ponto. Na sexta-feira, saí do escritório à uma e dez e voltei às duas e cinco. Nesse meio-tempo, andei de táxi duas vezes no trânsito da hora do almoço. Teria sido uma foda muito rápida.

Jessie também já tinha feito esse cálculo e concluído que não teve muito tempo para fazer alguma coisa. Além disso, o tom das mensagens não era de flerte.

Mas nada daquilo mudava como ela se sentia.

— Estava trocando mensagens com ela sem que eu soubesse de nada. Você me traiu, e, Johnny, não consigo lidar com isso. Sinto como se eu não tivesse ninguém.

— Você me tem.

— Me explique de novo a história da conta bancária.

— Uma conta bancária para o dinheiro que entrava do Airbnb. Separada do resto das nossas coisas para caso ficássemos quebrados financeiramente. Se o banco decidisse cobrar o cheque especial ou cancelar nossos cartões de crédito, esse dinheiro nos sustentaria até a gente se recuperar.

— Estava tão preocupado assim?

— Você, não?

— Por que não fez uma conta conjunta?

— Porque eu não queria que você soubesse da existência dela. Até que... fosse necessário.

— Por quê? Porque eu teria gastado tudo?

— É... Talvez. Sim.

Ontem à noite, Jessie tinha certeza de que ele estava guardando aquele dinheiro para fugir. Hoje de manhã, acreditou na versão dele da história, mas ainda não fazia diferença.

— Quero que vá embora. Embora de vez. Quero que vá morar em outro lugar. Sem ser comigo.

Ninguém mais entendia por que aquilo pesou tanto para ela. Pensariam que Johnny só quisera se reconectar com uma velha amiga em um momento de crise e que não tinha nada de errado com isso.

— Jessie, juro por Deus... — Ele ficou pálido com o susto.

— Nada que você me disser vai consertar isso.

— E... Mas e as crianças?

— Não fui eu que criei essa bagunça, e, às vezes, crianças só precisam de alguém para alimentá-las e não a deixarem se machucar. Você ir embora não é o ideal...

— Quer dizer que você me expulsar de casa não é o...

— Você se encontrar com Izzy Kinsella *escondido* não é o ideal. Você fingir que *gosta de gatos* não é o ideal. Mas aconteceu.

— Por favor, Jessie.

— Michael ia ficar bem. Não entendo por que quis vê-la.

— Foi aquela coisa, sabe, você toma um susto grande e, depois, sente um alívio grande. Acho que fiquei muito empolgado com a ideia...

— Não. Você queria os Kinsella e a mim e achou que poderia ter os dois.

*

Cara estava acordada, e a casa, silenciosa. Nenhum barulho de crianças brincando do lado de fora.

O celular dizia que eram 9h20.

Era surpreendente a calma que estava sentindo. Sempre pensara que, se Ed a deixasse, ia, literalmente, se descabelar de tanta tristeza. Mas, nesse momento, sua alma estava em silêncio. Talvez porque ainda estivesse só na teoria. Mas, em seis semanas ou quatro meses ou dois anos, seria pura agonia.

Todos esses pensamentos rolavam pela sua cabeça, como pedrinhas de praia passando pelos seus dedos.

Ela o encontrou no quarto de Vinnie.

— Querido — sussurrou ela.

Ed se virou, e os olhos dele se encheram de lágrimas.

Levantando o edredom de Vinnie, ela subiu na cama, pressionando seu corpo contra o calor do dele. O amou mais do que nunca naquele momento, e sua aceitação pacífica começou a se estilhaçar.

— É o melhor que posso fazer por você. — Ele a abraçou forte. — Não posso tomar as rédeas da sua vida. Só você pode fazer isso.

— Amor, não cheguei a ingerir, *de fato*, os doces...

— Mas ia se Nell e Ferdia não estivessem lá.

— Eu poderia ter mudado de ideia no último minuto?

Ele balançou a cabeça.

Provavelmente, ele tinha razão.

— Ed, me desculpe... Eu sinto muito. Por todo o estrago...

— Não tinha o que fazer. É um vício. Não estava em condições de aceitar ajuda.

— Talvez eu aceite agora.

— As crianças — disse ele. — Podemos tentar deixar as coisas o mais normal possível?

— Mas é *claro*. O que vamos dizer a eles?

— A verdade. Apesar de que talvez seja dura demais para eles: você está doente, então, para te ajudar, estou indo embora. — Um novo espasmo de choro o fez tremer.

— Não podemos mentir para eles, como se não gostássemos mais um do outro. Podemos contar os fatos? Pode ser que entendam. — Ela respirou fundo. — Ed, isso está acontecendo mesmo?

— Não faça isso. — A voz dele estava grave. — É tudo muito triste. Quando devemos contar para eles?

— Agora? Podemos trazê-los pra casa e contar agora.

— Ok. E aí vou ter que ir embora.

Nell se preparou para ligar para Jessie. Tinha grandes chances de ela não atender — mas atendeu.

— Jessie. — Nell atropelou as palavras caso Jessie desligasse. — Sinto muito pela minha situação com Ferdia. Não aconteceu nada de mais, se é que isso ajuda. Você foi tão gentil, me acolheu na sua família, e eu te envergonhei, criei um caos e, tipo, me desculpe *mesmo* por essa merda toda.

— Por essa eu não esperava. — Jessie não soava nada como a pessoa ativa que era. — Não sei como me sentir. Tanta coisa aconteceu ontem à noite, e essa é só uma das coisas que estou tentando... Olha, vocês dois são adultos, podem fazer o que quiserem. Mas ele é meu filho, e você, minha concunhada. Apesar de não por muito tempo, eu imagino?

— Pois, é.

— Todos nós gostávamos muito de você — disse Jessie. — Está tudo dando errado, e é... Está sendo muito difícil. Tenho que ir. Se cuide, boa sorte.

— Obrigada. Você também. — Nell desligou. Fora brutal. Mas podia ter sido muito, muito pior.

Momentos depois, chegou uma mensagem de Liam:

Arranje um advogado, vadia

Ela ficou abalada. Mas aquilo era só pose. Ela não tinha um centavo, nem ele: não havia pelo que brigar. Nell se sentou e esperou seu corpo parar de tremer.

— Liam disse que posso ficar na casa dele. — Johnny esperava que *agora*, com certeza *agora*, Jessie ia mudar de ideia.

— Tá. — Ela continuou esvaziando o lava-louça.

— E quando quer que eu vá?

— Agora.

— Nesse instante? — Duas e quinze da tarde de um sábado?

— Sim. — Ela ficou subitamente irritada. — Nesse instante. Em que outro maldito momento seria? Na porra da primavera? Vá!

Johnny fez as malas e, de propósito, não levou quase nada. Dessa forma, teria vários motivos para continuar voltando lá. Depois, foi dirigindo para a casa de Liam.

— Como você está? — perguntou ele ao irmão caçula.

Liam deu de ombros.

— Você e Nell...?

Ele revirou os olhos de maneira exagerada.

— Acabou? — questionou Johnny.

— Porra, é claro que acabou! Eu não encostaria naquela vagabunda de novo!

— E você e Robyn?

Liam abriu um sorriso malicioso.

— Eu e Robyn.

— Não acha que ela é meio nova pra você?

— Se quiser ficar aqui, é melhor guardar esses pensamentos pra você.

— Ok. Em qual quarto posso ficar?

— Qualquer um.

Johnny deu uma olhada no quarto de Violet. Muito rosa. Depois, no de Lenore. Mais rosa ainda.

— Vou ficar no de Violet — avisou a Liam. — Só vou desfazer a mala.

— Não se sinta muito em casa — respondeu Liam. — Vai ser só por um tempo.

Tirando uma família de porcos de veludo do caminho, Johnny colocou seus diversos carregadores na pequena penteadeira com espelho biselado. Ele ainda estava em estado de choque. Fazia pouco mais de vinte e quatro horas desde que liberara a entrada de Izzy Kinsella no prédio de seu apartamento e sua vida desabara.

Naquele momento, suas esperanças estavam, mais uma vez, se reerguendo lenta e dolorosamente, mas já não estava mais totalmente convencido de que insistir em Izzy valeria a pena. Não conseguia superar o fato de nenhum deles, nem mesmo Izzy, ter se dado ao trabalho de lhe contar quando Michael tinha ido parar no hospital. Por outro lado, foi um momento estressante e desesperador para eles. E Izzy *tinha* ligado assim que as notícias ficaram promissoras.

Mas Ellen não ligara. Michael, de cama, obviamente não chamara Keeva e sussurrara em seu ouvido com a voz rouca: "Quero ver Johnny."

Ele continuava tropeçando em suposições ínfimas em sua mente que o machucavam: *Eles não se importam comigo, e eu achava que se importavam.*

Ontem, Izzy subira as escadas com os cachos saltitando. Passara rápido na frente dele e entrara primeiro na sala, colocara sua garrafa térmica de metal em cima da mesa de centro, jogara o casaco sobre o braço do sofá e se atirara na poltrona.

— Poltrona chique. — Ela piscou, debochando.

— Sou chique — respondeu ele. — Café?

— Trouxe o meu. — Ela acenou com a cabeça na direção do copo. — Feliz aniversário. E aí? Como você está?

— Ah, você sabe. Valeu por ligar ontem à noite.

— É. — Ela respirou fundo e com força. — Esses últimos dias têm passado muito devagar. Nem acredito que ainda é sexta-feira. Estou com cara de acabada?

— Está exatamente como antes.

— "Exatamente como antes"? — Ela pareceu ofendida. — O Johnny Casey que conheço consegue se sair melhor que isso.

— Você está bonita. — Ele se ajeitou na cadeira.

Precisava cortar essa conversa fiada. Tinha aguentado quatro meses de um jogo que não o levara a lugar nenhum. Estava na hora de fazer perguntas diretas e francas.

— Então Michael vai ficar bem mesmo?

— Não vai poder correr uma maratona tão cedo, mas... Achei que era um caso perdido. Quando disseram que ele ia ficar bem — o rosto dela se iluminou —, o alívio foi, tipo, haha, como se eu estivesse drogada.

— Foi assim que me senti quando você ligou.

— Você foi uma das primeiras pessoas em quem pensei. Acho que uma coisa tão séria assim nos mostra o que realmente importa. — Diminuindo a voz, ela disse: — Senti sua falta.

Lá vamos nós.

— Eu também. — Ele estava extremamente animado. — Senti saudades de todos vocês. Foi por isso... Como você disse, um baque desses nos faz ter outra perspectiva das coisas. Então, Izzy, existe alguma chance de nós deixarmos o passado para trás?

— Nós quem?

— Todos vocês... Você e Keeva, sua mãe e seu pai, não poderiam perdoar a mim e a Jessie?

O olhar de Izzy passeou pelo rosto dele. Sua boca abriu como se ela fosse falar, mas fechou novamente. E então disse:

— Podemos ser amigos, Johnny. Você e eu.

Ah, merda.

Bem, os instintos dele já tinham lhe dito que isso seria um fiasco.

Mas fora ele que brincara com os sentimentos dela? Ou o contrário? Os dois tinham culpa?

Com o coração apertado, ele falou:

— Sabe que Jessie e eu sempre tivemos um carinho enorme por você.

O rosto dela paralisou. Depois de um longo momento de silêncio, ela disse:

— Juro por Deus, Johnny Casey, você é um grande aproveitador.

Ele continuou sentado, encabulado, envergonhado. Fazê-la passar por isso era bem baixo.

— Acho que não temos nada para dizer um ao outro. — Apanhando o casaco e a garrafa térmica, ela mostrou a si mesma o caminho da porta.

Antes de ir em direção às escadas e desaparecer de vista, o sorriso esperto dela e aquele familiar aceno de cabeça pessimista talvez tenham sido genuínos.

Apoiado na porta fechada, a aversão a si mesmo, como um leite azedo, invadiu seu estômago.

Nenhum deles tinha conseguido o que queria.

Isso foi encerrado. Acabou. Fim.

— Você a deixou? — gritou Johnny.

— Você a *deixou*? — insistiu Liam. — Ed, qual é a porra do seu problema?

— Pela primeira vez, Ed, será que você poderia não... Não... — Johnny procurou pelas palavras certas. — Não ser esquisito?

— Será que podem parar de gritar comigo? Só por um minuto? — disse Ed. — Qual é o meu quarto?

— É sério — disse Liam —, não se acostumem com a minha casa. Nenhum dos dois.

— Muito obrigado, hein — disse Johnny. — Valeu, *mano.*

— Paige pode me expulsar.

— Ok. Isso... É, não seria muito bom.

— Você realmente largou Cara? Contou pros seus filhos?

Ed mal aguentava pensar sobre isso.

— Sim. — Tinha sido pior do que esperava.

Vinnie chorou. Seu filhinho durão chorando porque o pai estava indo embora.

Tom ficou ansioso e desconfiado e fez perguntas do tipo:

— Que tipo de doença você tem, mãe? Vai morrer?

E:

— Pai, você tem que cuidar dela se ela estiver doente.

— Tenho que ficar forte sozinha — disse Cara.

— Mas é só por um tempo? — insistiu Tom. — Vai voltar quando ela melhorar? Mãe, você vai melhorar.

Quem sabia se ela ia ou não?

— Fez isso mesmo com os seus filhos? — perguntou Liam.

O sujo falando do mal lavado. Mas tanto faz. Isso era melhor do que Cara ter outra convulsão. Pelo menos, dessa forma, ambos os pais deles ficariam vivos.

Segunda-feira

— Deus todo-poderoso — disse Petey a Nell —, está com a corda toda hoje! O divórcio caiu bem em você. — Ele repensou: — Longe demais? Estava só...

— Pare. Estou bem. Me dê outra coisa para pintar.

Não houve mais nenhum contato de Ferdia. E isso era bom, era ótimo. A poluição emocional se dispersara, clareando os pensamentos de Nell. Ela entendia agora: sua fixação por Ferdia tinha acontecido porque seu subconsciente estava tentando distraí-la do fato de que Liam era um babaca. As coisas faziam sentido, e ela estava gostando.

Jessie encheu a chaleira com as lágrimas escorrendo pelo seu rosto. *Gifs* de gatos! *Gatos.* Eles preferiam cachorros, uma família que gostava de cachorros!

Vasculhando ao redor, tentando encontrar macarrão para fazer o jantar das crianças, ela ouviu a porta se abrir. Johnny apareceu, e ela gritou do corredor:

— Você não mora mais aqui!

— Só vim buscar umas roupas pra Berlim. Vou amanhã.

Ótimo. Tinha sido estranho e horrível ficar sentada em frente a ele hoje, no escritório.

— Vai ficar quanto tempo?

Ele entrou na cozinha.

— Volto quinta à noite.

— Precisa arranjar outro emprego — disse ela. — Não podemos trabalhar juntos. Você é muito comunicativo e, com o seu charme, vai conseguir outro emprego.

Dinheiro, esse era o problema, reconheceu ela. Fora um problema antes e era um problema ainda maior agora. Mas ela ia esperar até que Karl Brennan lhe entregasse o relatório dele. Talvez ele sugerisse algo útil.

Não era irônico — ou era exatamente esse o significado de "ironia"? Ela sempre teve medo de assumir, desde a humilhação que a pobre Alanis Morissette sofreu tantos tempo atrás — ela ter consultado Karl Brennan para tranquilizar Johnny e agora ele ter o poder de achar soluções financeiras que facilite a separação deles?

— Você sabia que ela me odiava. Nunca devia ter ido se encontrar com ela.

— Eu não sabia de nada. Fiquei com receio de perguntar cedo demais. Quando *finalmente* perguntei, deixei claro que você e eu éramos um pacote só.

— Ela não me quis.

Angustiado, ele disse:

— Sinto muito que tenha sido dessa forma.

— Ela só quis você. E não como amigo.

— Eu nunca devia... Eu me odeio...

— Tente ser eu. Me sinto excluída, abandonada, humilhada, burra, que não sou amada e que não tenho amigos.

Terça-feira

— Se não tivesse perdido nada — disse Peggy —, por que mudaria?

Cara assentiu, concordando.

Ed não teve escolha.

Mas era tão, tão triste...

Seus pensamentos estavam bem mais evoluídos que seus sentimentos. Na teoria, concordava com Ed, mas, emocionalmente, ela era um oceano de lágrimas: podia chorar para sempre se quisesse.

E, mesmo assim, as coisas poderiam ser piores: a logística da separação deles não era tão devastadora quanto poderia ser para outros casais. O fato era que Ed passava três meses por ano fora de casa. Ela e os filhos estavam acostumados. Lidavam bem com isso.

Também tinha Dorothy e Angus. Eram loucos por Vinnie e Tom e sempre estavam disponíveis para cuidar deles, para levá-los ao médico, qualquer emergência.

Ed precisava de um lugar para morar: arranjar dinheiro para isso seria um desafio. Mas ele não precisava de luxo — poderia dormir feliz dentro de um armário.

— Parti o coração dele — contou ela a Peggy. — Parti o meu. Se eu fizer tudo o que disser, quanto tempo vai levar para eu melhorar?

Peggy riu.

— Difícil dizer? — perguntou Cara.

— É, sim. *Eeee* não faça isso por Ed. Não faça isso para consertar o seu casamento...

— Acha que dá para consertar?

— Não sou eu que tenho que saber disso. O que estou tentando dizer é que tem que deixar isso pra depois. Se quiser melhorar, então faça isso por você, Cara.

De certa forma, sentia que já tinha perdido muita coisa para se dar ao trabalho disso tudo...

— Você tem uma vida única e preciosa — afirmou Peggy. — Por que não tentar vivê-la do jeito feliz?

Mas ela tinha seus filhos. E tinha a si mesma.

E isso era um bom motivo para tentar.

Quarta-feira

— Nell! Olha ali! A droga da arquitrave!

Sem falar nada, ela olhou. A tinta amarela cor de ovo que estava passando nas paredes pingara na madeira branca polida. Ela nem tinha notado.

— Desculpe, pai.

— Está distraída hoje. Aconteceu alguma coisa?

O que aconteceu foi que a merda dos sentimentos por Ferdia tinha voltado, como herpes labial que ela achava que estava curada.

No aniversário de Johnny, seu total constrangimento havia contido seus sentimentos de maneira eficiente: era óbvio como tinha sido terrível seu flerte com Ferdia. Essa convicção durou todo o fim de semana, até segunda-feira.

Mas, ontem, não parecera *tão* terrível assim.

E, hoje de manhã, não parecia nada terrível. Uma questãozinha de diferença de idade e, ok, não se conheceram da forma mais fofa e esperada possível. Mas, *porra, e daí?*

Quinta-feira

Como quem não quer nada, Nell deixou a seguinte mensagem no ar:

Hey

A adrenalina e o medo que se seguiram fizeram com que ela segurasse Molly Ringwald muito forte contra seu peito.

— Vamos ver esse filme? — perguntou Garr.

— *Yep*. Vamos.

Molly se contorceu para sair de seu colo, deixando uma camada de pelos avermelhados na camiseta de Nell. A coitada da gata estava soltando pelo a rodo, provavelmente, por causa do estresse. Se não parassem em um lugar logo, acabaria ficando completamente careca.

O que parecia cada vez mais provável. Nell estava visitando lugares todos os dias depois do trabalho: por um milhão de motivos diferentes, eram todos inadequados e, às vezes, um desastre.

— Espere dois segundos. — Ela foi até o armário debaixo das escadas para buscar o aspirador de pó. Passou rapidamente pelo quarto de Garr, aspirando o último acúmulo de pelos de Molly.

— Beleza. Pronto. Dá *play*. — Ela deu uma olhada de rabo de olho em seu celular. Nada.

O filme tinha ganhado o Oscar de melhor fotografia, mas ela continuava olhando sorrateiramente para a tela do celular. Nada, nada, nada, nada — e, do nada, um "hey" seco.

A alegria a invadiu, e deve ter ficado óbvio porque Garr olhou para ela e perguntou:

— O garoto?

— Garr?

— Oi?

— Será que a gente podia parar de chamá-lo de "garoto"?

Garr pareceu surpreso.

— Hmmm, claro. Ótimo. Tanto faz.

— O nome dele é Ferdia.

Ela digitou:

Tudo bem?

Depois de outra longa espera, ele respondeu:

O que posso fazer por você?

Uiii! Ela quase riu.

Mas ele estava certo. Ela tinha falado que estava tudo acabado entre eles antes mesmo de terem começado algo. O que ele podia fazer?

Nell digitou:

Já me superou?

A resposta veio rápida:

Já

Na quinta-feira à noite, depois de desembarcar de um voo de Berlim, Johnny dirigiu automaticamente para sua casa.

Foi só quando estacionou a merda do carro do lado de fora da casa que se lembrou de que não morava mais lá.

Mesmo assim, ele entrou. Queria ver suas filhas.

Além disso, sempre pensando positivo, era só uma questão de tempo até que Jessie o deixasse voltar.

— *Papai! Papai! Papai!* — As meninas ficaram muito felizes ao vê-lo.

Jessie pôs a cabeça para fora da sala. Parecia confusa.

— O que está fazendo aqui?

— Eu... É... — Ele encolheu os ombros. — Queria ver minhas filhas.

— Não pode aparecer sem avisar assim. Precisamos de um cronograma.

O sangue esfriou nas veias dele. Ela estava tão irredutível quanto na noite de sexta passada. Pela primeira vez, realmente acreditou que talvez ela não fosse mudar de ideia. Jessie explodia rápido, mas também perdoava rápido. Mas, amanhã, faria uma semana desde o jantar dos infernos.

As filhas mais novas imploraram por uma historinha antes de dormir e que ele as pusesse na cama, então Johnny subiu com elas. Foi no seu tempo e prometeu às crianças que voltaria para casa logo, mas que ele e "a mamãe precisavam resolver umas coisas de adulto".

Passava das 23h quando desceu. Sem fazer barulho, entrou na sala. Jessie estava mergulhada em uma poltrona, mexendo em seu iPad de forma distraída. Ele tinha um plano secreto de ficar por ali e talvez dormir no sofá. O primeiro passo sorrateiro para sua reintegração.

Porém, Jessie saiu do torpor em que estava.

— Já pode ir.

— Mas... Isso é horrível para as crianças.

— Bem, vamos ter que pensar em alguma coisa — murmurou ela. Em seguida, começou a chorar e chorar, e disse: — Você destruiu tudo.

— Jessie, estou implorando... Já te dei algum motivo para não confiar em mim?

— "Kkk"! — disse ela. — Pode ir embora agora?

Sem ter mais o que fazer, ele foi.

— Eu gosto dele. — Nell falava com o teto da casa de Garr. — É isso. E não dá para sair transando por aí com todo mundo que a gente gosta. A civilização iria entrar em colapso, as pessoas andariam pela rua se agarrando.

— Sim? — disse Garr.

— É só uma simples atração física. Uma simples atração física *forte* nesse caso, mas consigo superar. Tipo, não sou um *animal*... — Ela não devia ter dito essa palavra porque, agora, estava pensando de maneira bem animalesca. Palavras como *rasgar* e *morder* e *empurrar* passavam pela sua cabeça, acompanhadas por imagens eróticas de Ferdia, nu e lindo. — É o foi-mas-não-foi que está fodendo com a minha cabeça.

A gente se beijou duas vezes e ficou muito... E aí tivemos que parar. E, Garr, isso não é *saudável.*

— Então o que "desfoderia" a sua cabeça?

— Terminar o que a gente começou. Só uma vez. Pode parecer besteira, mas acredito de verdade que fecharia esse ciclo para mim.

— Será que dá para você, *por favor*, dar pra ele logo? Não aguento mais essa sua angústia.

— Ele disse que me superou.

— É, bem. Talvez seja verdade, ou talvez o cara só tenha um pouco de orgulho.

— Então... devo ligar pra ele?

— Não. Deve amarrar duas latas de feijão vazias em um barbante e esticar daqui até a casa dele. Ou alugar um jatinho e jogar panfletos por Foxrock lá de cima. Sim, Nell, pelo amor de Deus, *ligue* pra ele. Vou levar a gata pra passear. O quarto é todo seu.

Assim que Garr saiu, ela ligou para Ferdia. Mas nem tinha certeza se ele ia atender.

— O que você quer? — perguntou ele.

Nell estava suando.

— Você disse que já tinha me superado.

Depois de vários segundos em silêncio, ele suspirou.

— Nell, isso não é legal. Você disse o que queria. Tem sido difícil, mas estou aceitando. Você está fazendo joguinhos comigo.

— Não posso me envolver com ninguém até que minha cabeça volte pro lugar. Mas... — Ela estava incrivelmente nervosa agora. — Será que a gente podia passar uma noite juntos?

— Acha que isso é só sobre sexo?

— Sim ou não?

— É isso que quer?

Ela pausou.

— É difícil saber o quanto posso confiar nos meus sentimentos agora, mas... Sim, é isso.

Outro daqueles longos silêncios preocupantes. Em seguida:

— Quando?

— Logo. O mais rápido possível. Posso tirar uma folga. Estou trabalhando com o meu pai.

— Ok. — De repente, pareceu que estava fechando um negócio. — Vou ver aqui. Te mando uma mensagem depois.

Mas não mandou.

Passou sexta.

Passou sábado.

Passou domingo.

Segunda-feira

Finalmente, Ferdia ligou.

— Ainda quer fazer isso? — perguntou ele.

— Quero. — Nell engoliu em seco.

— Ok. Pode pegar o trem para Scara amanhã? Na costa.

Scara?

— Onde fica o farol?

— Isso. Não tem muitos trens pra lá porque é pequeno. Consegue pegar o de dez pras três, saindo de Greystones? Tudo bem se a gente se encontrar na estação de Scara? Em vez de irmos juntos?

— Hmmm. Claro.

— Me mande uma mensagem quando estiver chegando. Vou estar lá.

Na segunda-feira à noite, Liam ergueu a cabeça quando Johnny chegou de uma confraternização no trabalho.

— Ela ainda está de bico virado? — Ele parecia irritado.

Johnny engoliu em seco.

— Não acho que... — Ele se sentou e pôs as mãos na cabeça. — Não tenho certeza se temos volta. Já faz onze dias, quase duas semanas. Acho que é isso mesmo que ela quer.

— *Nah*! Quando ela precisar que você busque as crianças do hipismo...

— Hipismo?

— Ou qualquer que seja a atividade do dia. Sei lá, balé, ou algo assim. Aí, ela vai precisar de você. Não vai aguentar muito tempo sem o empregado dela.

— Não sou o empregado dela.

— É, sim.

A raiva do momento explodiu da boca de Johnny.

— Cale a boca, seu pedófilo de merda.

— Ela tem dezoito anos, seu babaca! Dezoito! Vai se *foder*.

— Vai se foder também.

— Não, vai se foder você, seu frouxo. O problema é que você tem medo de Jessie.

— Não tenho nada.

— Tem, sim. Precisa ser homem... Aonde você vai?

Jessie estava apagando as luzes e trancando a casa para ir dormir quando a campainha tocou. Era Johnny.

— Mas que droga é essa? — disse ela. — Já estão dormindo.

— Vim ver você, não as crianças.

— Pra quê?

Ele a seguiu pelo corredor até a sala.

— Precisamos conversar.

— Não peça mais desculpas — disse ela.

— Não vou. — Ele se sentou em uma poltrona de frente para ela. — Porque não fiz nada de errado. — A convicção dele a surpreendeu. — Não queria nada com Izzy. Me pareceu uma oportunidade aleatória da vida que cai do céu às vezes. Trocar mensagens com ela, me encontrar com ela, fiz tudo isso por nós dois. Tenho *certeza* disso. Foi um erro, mas eu não estava tramando algo ruim.

Ele parecia diferente esta noite, pensou Jessie. Nada submisso.

— Você viu todas as mensagens — disse ele. — E não comece com aquela história de mensagens secretas outra vez. Não tem nenhuma. Não aconteceu nada sexual com Izzy. Nem passou pela minha cabeça.

Ela estava contrariada com o discurso certeiro dele e não sabia por quê.

— Quando eu era mais novo, não tinha o menor respeito por mim mesmo. Me comparava a outros homens, Rory era um deles, e me sentia um imbecil superficial. Não ligava muito para as mulheres que levava pra cama. Não ligava pra muitas coisas. Tenho vergonha de quem eu era. Mas não sou mais aquele homem. Faz muito tempo que não sou mais aquele homem. Sou uma piada para você e as crianças...

— *Eu* sou a piada. Herr Kommandant e tudo o mais.

— E eu sou Johnny, o idiota que mal consegue amarrar o próprio cadarço. Mas... E isto é algo em que tenho pensado muito. Sou um homem decente. Sei que sou. Dou o meu melhor para ser um bom pai. Vivo minha vida com você porque é isso que me faz feliz.

— Se fosse verdade, nunca teria trocado mensagens com Izzy.

— Você está magoada com o que achou que eu tinha em mente. E por Izzy não ter aceitado nós dois. Sinto muito que minhas ações tenham feito você sofrer.

— Não estou nem aí pra Izzy...

— A gente estava feliz antes disso tudo. Mais feliz que muita gente. Pelo menos, eu estava.

— Você estava preocupado com dinheiro.

— Todo mundo se preocupa com dinheiro.

— Ainda espera que os Kinsella voltem a falar com você?

— Eu tenho a minha família agora. Finalmente. E, Jessie, esta vai ser a última vez que vou falar isso...

A confiança dele a intrigava muito. Tinha se acostumado com ele se diminuindo pelo remorso.

— Eu só usei "kkk" uma vez e me odiei por isso. E nunca enviei um *gif* de gato sequer. Vou embora agora. É última vez que falo sobre isso.

Terça-feira

Logo depois que Jessie chegou ao escritório, o nome de Karl Brennan acendeu a tela de seu celular. Ela atendeu rápido porque, provavelmente, ele tinha iniciado o cronômetro assim que pensou em ligar para ela.

— Terminei — anunciou. — Quatro propostas para você, bela dama.

— Como conseguiu fazer tão rápido?

— Porque seu negócio é muito pequeno.

Ela ficou indignada, e ele deve ter percebido porque riu.

— Não é um Facebook da vida. Enfim, o relatório envolve projeções, pesquisa de mercado, pesquisas de grupo de foco. Estou te enviando por e-mail agora.

Com o coração acelerado e a boca seca, ela perguntou:

— Quanto vai custar isso?

— Nossa, *muito.*

Ela desligou e prendeu a respiração até o documento chegar à sua caixa de entrada.

Havia páginas e mais páginas de números, percentagens e palavras, mas ela não conseguia se concentrar.

Teve que ligar de volta para ele.

— Resume para mim.

— Pessoalmente é melhor.

— Posso ir ao seu escritório.

— Me encontre no Jack Black's.

Meu Deus, ele amava aquele lugar. Provavelmente, estava lá agora. Provavelmente, era *lá* o escritório dele.

Jessie deu um aviso geral:

— Vou ficar umas duas horas fora. Reunião.

No buraco que era o Jack Black's, Karl Brennan estava sentado com um copo grande de líquido escuro em sua frente.

Ela acenou com a cabeça para o copo.

— Me diga que é Coca.

— Manhattan.

Eram vinte para as onze da manhã.

— Nunca estou bêbado — disse —, mas também raramente estou sóbrio. — Ele pressionou uma tecla no laptop, e vários números surgiram na tela. — Acho que vai precisar de um drinque também.

— Pode falar.

— Ok! Quatro propostas. Primeira: continua como está, com seus chefs e lojas.

— E? — Com certeza, não era tão simples assim.

— Vai à falência em dois anos.

O sangue do rosto dela se esvaiu.

— É sério?

— Seríssimo. — Ele parecia estar gostando daquilo. — Os aluguéis não param de aumentar, e o varejo, de cair, aquela história... Próxima opção: buscar emitir novas ações para financiar essa mudança para a internet. O que não vai rolar. Seu momento foi há doze anos. Seu negócio é muito pequeno, e é muito arriscado para um investidor apostar nele. E *você*, como pessoa, é muito controladora.

Ela engoliu com dificuldade.

— Terceira opção: fechar todas as suas lojas. — Ele a observou se encolher de medo. — Sim. Todas. Elas. *E* a escola de culinária. Libere o patrimônio líquido das propriedades que tem. Não vai mais precisar pagar os aluguéis nem seus funcionários. Falando nisso, sua folha de pagamento é uma *loucura*. Enfim, assim, vai ter um valor líquido suficiente para se instalar on-line. Único problema: reconhecimento de marca. É algo forte na Irlanda, confiável, vai adorar descobrir. No resto do mundo, nem tanto. Você mesma disse, é um ramo saturado. Ia passar sufoco. Talvez não sobrevivesse.

— A quarta opção? Eu vendo meus filhos?

— Ou... — Aqueles olhos azuis e irritados olharam para ela com uma especulação repentina. A imaginação dele foi para algum lugar no qual ela não queria *nem* pensar. — Quarta opção: fechar cinco dos seus pontos de venda. Consegue manter três lojas abertas em cidades maiores *e* a escola de culinária. Além disso, vai ter disponibilizado grana para investir na parte on-line das coisas, em almoxarifado, *delivery* e novos funcionários. O que *não vai* ter é dinheiro pra impulsionar o negócio no ranking do Google e alcançar o público internacional. Mas tem um porém: essa sua coisa com os chefs te dá uma vantagem...

— Eu te disse.

— É, aplausos pra Jessie. Mas só vai fazer o melhor uso disso com um canal no YouTube. Entrevistas com chefs, workshops a distância. Esse pode ser o seu diferencial. E precisa dar um gás nisso. Atualmente, trabalha com quatro chefs por ano. Aumente esse ritmo para um a cada seis semanas e você vai valer ouro.

Isso *não* ia acontecer. Já tomava muito do tempo dela.

— Contrate outra pessoa pra isso. — Era óbvio que tinha lido sua mente. — Quem foi que elegeu *você* a única conquistadora de chefs da cidade? Vejo isso o tempo todo em donos de empresas de família como você. Não conseguem delegar. O ego influencia a maioria das decisões. Uma hora, tudo implode. — Ele espalhou as mãos sobre a mesa grudenta. — Tá aí. A visão geral que me pediu.

Tinha muita informação para processar, mas ela digeriu com muita dificuldade — como uma cobra que engoliu um abacaxi — o fato de ter que mudar, e rápido, em um momento em que já estava passando por tantas reviravoltas...

— Qual você escolheria? — perguntou ela.

— Não é minha área, né? Mas gosto de arriscar. Opção três. Coloque tudo on-line. Talvez funcione, talvez não, mas seria uma morte gloriosa.

— Glória não paga a hipoteca.

Ele gargalhou.

— Vai ficar com a quarta opção. Se seguir esse caminho, é provável que nunca cresça. Ninguém vai se precipitar e te dar bilhões pelo seu negócio. Mas, caso se adapte muito bem e muito rápido, tem boas chances de sobreviver. — Ele tomou um longo gole de seu Manhattan. — Preciso de mais um desses. Não vai beber nada? Beber, beber?

— Vou — disse ela. — Ah, se vou.

*

— Qual é a desses ternos? — perguntou ela.

Três drinques depois, ela estava se sentindo consideravelmente mais otimista.

— Gostou?

— Não consigo pôr em palavras o quanto os odeio.

— Mando fazer à mão em Hong Kong.

— Com quem? Um... Um encanador? Um encanador cego?

— *Por* quem. Um alfaiate que copia roupas de grife.

— E ele cobra muito, muito, muito, muito, muito, muito barato?

— Está ligando pra quem?

— Shhh. — Ela ergueu um dedo e, em seguida, falou no celular. — Johnny? Pode ficar com as crianças hoje à noite? Até tarde. Talvez muito tarde. Está tudo bem, só saí para beber... Quero me divertir. Amanhã, vou ficar triste de novo, mas agora estou feliz, então pode ficar aí até eu voltar para casa? Que vai ser às... Nossa, nem sei, em alguma hora, mas me prometa que vai ficar e cuidar das nossas filhinhas. Mas não se preocupe, Johnny, estou muito bêbada, mas muito saudável, e a gente se vê por aí, como dizem. — Abruptamente, ela desligou.

— O que houve?

— Eu, meu marido, meu outro marido, a irmã dele... — Jessie deu o seu melhor tentando explicar.

Karl Brennan franziu mais ainda o cenho e, em certo momento, ele pediu mais drinques com a mão.

Quando ela terminou, ele disse:

— Está sendo ridícula. Não aconteceu nada.

— Como *você* sabe?

— Acabou de me falar o que tinha nas mensagens. Se ele estivesse querendo transar, teria feito meses atrás.

— Era para ele ser *meu* amigo.

— Ok, ele errou, não entendeu seus motivos como mulher. Mas as intenções dele foram boas. Ela te magoou, mas é *ele* que você está punindo. É isso que está acontecendo.

É?

Talvez fosse.

— Você é um homem decente, Karl Brennan?

— Não — respondeu ele. — Com certeza, não.

— Johnny disse que ele é um homem decente.

— Talvez seja.

— Disse que se dedica a mim. Mas ficou anos me criticando e perturbando para eu mudar o rumo dos negócios.

— Mesmo que ele estivesse comendo todas as mulheres da Irlanda, te fez um favor em falar isso.

De repente, ela ficou triste de novo.

— Nunca vou perdoá-lo.

— Vamos beber mais? — perguntou ele. — Ou vai pra minha casa comigo?

— Ficou *maluco* da cabeça?

— Isso é um "talvez"?

Ela revirou os olhos e, brevemente, viu tudo duplicado.

— Estou bêbada, estou vulnerável, minha vida está arruinada.

— Isso é definitivamente um "talvez". Vamos pedir a saideira.

Era um pouco tarde para Nell se tornar uma mulher que possuía muitos vestidos sensuais. De qualquer forma, o tempo estava frio e chuvoso, então, o desafiando um pouco, ela vestiu uma jardineira, um suéter e um casaco acolchoado quentinho.

Mas, por baixo, estava com sua nova lingerie — um sutiã de renda dourado e uma calcinha que combinava. Era impressionante o contraste que aquelas peças brilhosas davam na pele dela.

Mas, para ser sincera, isso não era bom, compactuar com o capitalismo só porque estava louca por Ferdia Kinsella.

Nas últimas três paradas do trem velho e enferrujado, ela era a única pessoa a bordo. De vez em quando, o mar dava o ar da graça, uma imensidão sombria e desértica. Acima dele, em tons mais claros de cinza, o imenso céu se estendia até o infinito.

Duas plataformas estreitas e uma bilheteria abandonada formavam a estação de Scara. E lá estava ele, com seu sobretudo e botas robustas.

— Ei. — Com os olhos brilhando, ele segurou as mãos dela. — Estou tão feliz que você veio.

Ele insistiu em carregar a bolsa satchel dela, apesar de ser sua bolsa de sempre. Talvez tudo isso fosse ser constrangedor, mas ele parecia tão feliz.

— Tudo bem se a gente andar um pouco? — perguntou ele. — Sete minutos. Calculei no cronômetro.

— Aonde está me levando?

— Para uma pousadinha da região que tem uma proprietária que julga todo mundo e um crucifixo pendurado em cima de todas as camas.

— E um quadro do Sagrado Coração bem vermelho e aceso no corredor? Legal!

Saindo da via principal e atravessando uma planície de grama baixa, eles caminharam contra o vento. Rajadas de chuva dolorosa estapeavam o rosto dela.

— Isso não fazia parte do plano. — Ele parecia estressado. — Me desculpe.

— Sério, aonde está me levando? — *Com certeza, não podemos ficar em uma barraca. O vento, literalmente, levaria a gente.*

— Já, já, você vai ver.

Eles subiram uma colina não muito alta, e, no topo dela, deu para ver uma depressão vasta de terra que antes era impossível. Do outro lado, no ponto mais longe, o solo voltava a subir. Escondido até agora por um desses truques com que terrenos irregulares nos enganam, havia um istmo. Sobre ele, se erguia um farol. *O* farol.

— Lá — disse ele. — É pra lá que estamos indo.

Uma chave enorme de metal abriu a porta pesada de madeira. Lá dentro, na entrada de chão desprotegido, ele fechou a porta, deixando o som do vento do lado de fora. Degraus infinitos de pedra faziam curvas para cima e para os lados.

— Eles são a pior parte — disse Ferdia, desamarrando os cadarços. — São oitenta e sete. Depois disso, é só alegria. *Andiamo.*

Um corrimão de metal, preso às paredes ásperas de pedra, giravam e rodopiavam para cima. Ela começou a subir. E subir. Suas pernas estavam ficando moles.

— Quase lá — disse ele. Em seguida, falou: — Chegamos.

— Espere aí. Só preciso... — Ela respirou fundo. — Estou... — E parou.

— Sem ar? — perguntou ele. — Mas ainda nem começamos... — Então, ele ficou tímido, abaixou a cabeça e entrou em uma sala aquecida e caiada de branco. Não tinha quase nada, mas era aconchegante. Duas poltronas e um sofá cercavam uma mesinha robusta. Bem baixinho, tocava um blues sulista meio gótico que ela não conseguia identificar.

— Tem outros cômodos. — Ele apontou para cima. — Bem acima da gente. Uma cozinha, depois um... Hmmm, quarto, e, mais lá no alto, um banheiro. — Ele tirou o sobretudo. — A banheira tem uma vista. É incrível. Você vai ver. Enfim. Posso tirar seu casaco? — Ele soava tão educado que ela quase riu.

Ele alcançou seu zíper antes dela. Segurando a ponta dele, começou a descer. Sem pressa.

Surpresa, ela olhou para ele. O clima já era outro. Completamente outro. Talvez não tão educado assim no final de contas.

Sem tirar os olhos dela, ele continuava abrindo seu casaco. Quanto mais perto do fim, mais devagar ele ia.

Ela precisava engolir, mas sua garganta não obedecia.

Quando, finalmente, seu casaco abriu completamente, algo aconteceu com eles: soltaram o ar, trêmulos, e reposicionaram seus corpos.

Passando as mãos por baixo do casaco, ele o tirou dos ombros dela. Seus polegares alisaram suavemente suas clavículas. As palmas das mãos dele desceram pelos braços dela, os acariciando.

Ele não tinha feito nada de mais, mas o corpo de Nell pulsava.

O casaco dela caiu no chão, e ele sussurrou:

— Nell. — Ela ficou fraca.

Pegando uma mecha volumosa de seu cabelo, ele a esfregou entre o polegar e os dedos.

— Amo o seu cabelo.

Com a outra mão, segurou o rosto dela.

O beijo foi ardente e meigo, romântico e sexy.

— Isso não era para estar acontecendo aqui — disse ele, com a voz rouca. — Não neste cômodo. Podemos...?

Ele a pegou pela mão e a conduziu por mais degraus de pedra. No andar de cima, ficava uma cozinha redonda, mais acima, um quarto pequeno, com três janelas enormes e uma vista para o mar cinzento.

— Bem melhor aqui — disse ele.

A cama era uma simples estrutura de metal coberta por um edredom branco sem estampa. As únicas cores presentes no quarto vinham de um tapete persa desbotado e de uma manta de lã angorá vermelha. Ele foi direto para a cama e a puxou junto.

— Desculpe por assumir o controle. — Os olhos dele cheios de malícia.

Ferdia abriu a fivela da jardineira dela e, devagar, tirou a alça por cima de seu ombro. Depois, a outra alça, enquanto passava as mãos por ela como se fosse feita de vidro.

Ela abriu um dos botões da camisa dele, depois outro, até que seu peito estivesse nu. A tinta preta das tatuagens contrastando na pele pálida e perfeita dele. Ela se lembrou de como se sentiu naquele dia na Itália — a sede que sentiu por ele, o choque daquilo tudo. Isso — esse momento — era exatamente o que sempre quis.

Em seguida, as mãos dele passeavam por baixo da blusa dela. Com um estalo repentino, ele abriu seu sutiã. Isso a fez se lembrar das ficadas fogosas da adolescência. Mas ela e Ferdia não eram crianças. Não precisavam parar.

Tirando a camisa dele, ela tocou o zíper da sua calça, mas ele afastou as mãos dela gentilmente.

— Vai acabar muito rápido...

Ele desabotoou a fileira de botões de metal ao lado dos quadris dela. Juntos, tiraram sua jardineira e sua calcinha.

A cabeça escura dele se moveu entre as pernas dela, aplicando uma fila de leves mordidas na parte interna de suas coxas. Usando a língua e os lábios, ele se aproximava devagar do centro dela enquanto, na outra direção, as mãos dele apertavam com força.

— Ferdia. Pode...?

Ele ergueu a cabeça.

— Não está bom?

— É que... preciso de você. Tipo, agora.

— Ah, tá.

Esbarrando um no outro, ele arrancou o resto das próprias roupas enquanto ela rasgava a embalagem do preservativo. Com as mãos tremendo, ela se apressou e, por cima dele, deslizou para baixo.

— Vai devagar. — Ele pediu, ansioso.

Mas ela não conseguiu.

Em questão de segundos, o cabelo dela entrelaçado em seu punho, ele se erguia embaixo dela, puxando seu quadril contra o dele, chamando o nome dela de novo e de novo e de novo.

— Coloque a mão nele, Jessie.

— Vou pra casa.

— Rapidinho. Aqui, por baixo da mesa. Ninguém vai ver.

— Karl, você é nojento. Perplexamente, e que palavra difícil de falar, continua sendo sexy. Mas a parte nojenta ganha. E a questão... A questão, Karl, que acabei de me lembrar é que...

— O que é?

— É que tenho um *marido* muito sexy e nada nojento.

— Quarenta minutos atrás, "nunca ia perdoá-lo".

— O tempo cura tudo.

— Ele *pode* ter comido aquela mulher.

— Não acreditei muito tempo nisso. Fique mais chateada com os *gifs* de gato e com a diversão que estavam tendo. Ninguém gosta de mim...

— Não?

— Não muito. Sou muito mandona. É o que dizem.

— Mary-Laine gosta de você. *Eu* gosto de você. Gilbert gosta de você. — Ele apontou para o barman. — Ouvimos você descendo as escadas, toda mulher de negócios, com esses saltos fazendo *click-clack* e "meio cedo para gim". Levantou nossos espíritos.

— Johnny gosta de mim. É o que estou tentando dizer — suspirou ela. — Foi horrível vê-lo sendo tão legal com alguém que não me queria... Que não me quer. Mas não é culpa dele.

— Te falei.

— Ele foi me ver na noite passada. Estava... diferente. Muito seguro de si.

— Ah, é?

— Ele... — Ela assentiu, refletindo. — Ele tem braços tão fortes. Sempre teve. Ainda tem. E não é só a força, estou falando de...

— *Yep*. Obrigado por compartilhar.

Ela pegou o celular.

— Se eu pedir pra ele vir me buscar, quem vai olhar as crianças?

— São três e vinte e seis. Da tarde.

Ela piscou.

— Sério? Sempre parecem que são quatro da manhã nesse lugar. E acabaram de declarar a minha falência.

Ela pôs o celular na orelha.

— Johnny? Vem me buscar? Estou em um bar horrível chamado Jack Black's. — Ela desligou e falou para Karl Brennan: — Ele está vindo.

— Quer que eu suma daqui?

— Nossa, sim! E é melhor pagar a conta. Tenho que gastar menos agora.

Ela guardou seu laptop, penteou o cabelo, vestiu o casaco e terminou a bebida. Parecia ter passado pouco tempo mexendo no celular até ver Johnny descendo as escadas correndo. Seus olhos procuravam por ela.

Enquanto ele atravessava o salão, ela teve certeza de ter avistado a confiança habitual e atraente dele reaparecer.

— Johnny. — Ela se levantou.

— Olá. — Ele parecia cauteloso.

— Olá mesmo. — Ela envolveu o pescoço dele com os braços. — Quer ficar e beber alguma coisa?

Ele olhou ao redor.

— Não... Com certeza, não.

— Resposta correta. — Ela não conseguia parar de sorrir, um sorriso largo e cheio de alegria. — Estou tão feliz em ver você.

— E eu estou tão feliz em ver você!

— Ok. Vamos pra casa.

Nell acordou. Seus cabelos estavam espalhados sobre o peito dele, os braços de Ferdia a envolviam com firmeza. A chuva tamborilava no vidro da janela, o barulho tão alto quanto o de granizo. A luz do dia era quase nenhuma.

— Está dormindo? — sussurrou ela.

— Não — sussurrou ele de volta. — Posso acender uma luz? Cubra os olhos. — Um clique acendeu a lâmpada, e lá estava ele, com aquela pele, aquelas costelas, aqueles olhos.

— Isso é incrível — disse ela.

— Foi rápido demais. Foi mal.

— Bem, você me tem por mais umas dezessete horas. Pode demorar o tempo que quiser da próxima vez.

Ele riu suavemente.

— De quanto tempo de intervalo você precisa? — Ela respondeu a própria pergunta: — Ah, é. Esqueci. Vocês, jovens, precisam de *zero* segundo de descanso.

— Haha! Vai descobrir que estou mais pra homem. Mas você precisa comer — disse ele. — Ficar forte para as minhas exigências másculas. Tem coisa na cozinha.

— Trouxe um pijama. Vou colocar. Estou tímida.

— Vai em frente. — Ele vestiu as calças e a camisa. — Já vi tudo mesmo.

Na cozinha, Ferdia disse:

— Posso cozinhar se quiser. Mas veja o que tem aqui.

Ela perambulou pela cozinha redonda, tão acima do mar.

— Como *encontrou* esse lugar?

— Do jeito de sempre. Internet. Mas você gostou? — Ele se sentiu absurdamente orgulhoso. — Para você, tinha que ser um lugar muito especial.

Ele não contou para ela as horas que passou pesquisando "hotéis diferentões" e "lugar mais romântico na Irlanda" no Google, como descartou dezenas de opções por não serem "A Cara de Nell".

— Não é o tipo de mulher que curte hotel boutique. Essa porcaria não é seu estilo de vida. *Muito* menos aqueles hotéis enormes e glamourosos estilo mãe. Nada contra a minha mãe — acrescentou logo. — Aí comecei a pensar em castelos. Pude te imaginar caminhando sobre as muralhas. Quando vi, o *stalker* do Google, que nos conhece mais que a gente mesmo, me sugeriu esse lugar. Se não fosse tão esquisito, seria maneiro.

— Mas é maneiro. É muito maneiro. — Nell abriu um armário e riu. — Ryvita! Direto do túnel do tempo! Amo Ryvita. Manteiga de amendoim... e Nutella! As três coisas juntas são perfeitas, você tem que provar. Isso tudo já estava aqui?

— Hmmm, já.

Ela enfiou a cabeça na geladeira.

— Cereja roxa! Mais caras que ouro! Eu *amo*. Queijo halloumi! Halloumi grelhado seria, literalmente, a última refeição que eu escolheria no meu ritual de execução.

Ele a observou reparar nas latas de sidra, nos queijos Dairylea, nas alcachofras em conserva para grelhar. Com sua linguagem corporal subitamente em alerta, ela voltou para o armário para olhar melhor. Vasculhando os produtos, encontrou um pote de biscoitos Lotus crocante em pasta, quatro *scones* de queijo e um pote de bolinhos de frutas secas — os chiques, da Marks & Spencer.

— Andou espionando a minha mente? — quis saber ela.

Ele deu de ombros e riu.

— Na verdade, você que me contou suas comidas preferidas. Prestei atenção. O que posso dizer? Sou obcecado por você.

— Não, não diga isso.

— *Gosto* de você... É aceitável isso? É, *gosto* de você faz um tempo. Me interesso pelo que você gosta. Não só comida.

Ela escancarou a porta do freezer e encontrou dois potes de sorvete de gengibre.

— Tem algo aqui para *você* comer?

— Não vai me dar nem um pouquinho do seu?

Ela insistiu em fazer "sanduíches abertos" de Ryvita, manteiga de amendoim e Nutella para ele.

— Vai falar que não amou? — Ela o observava.

— Muito.

— Haha. Acho que não gostou, não. Vou fazer uma pergunta péssima, mas... tem Wi-Fi aqui?

— Não. Agora, vai entrar em pânico. Mas vai passar.

— Ah, tá de boa. — Ela sentiu, *sim*, uma onda de medo.

— O pânico vai voltar, talvez, a cada hora. Fiquei assim de manhã quando percebi. Mas você vai superar.

— Então, sem Wi-Fi, sem Netflix... O que a gente vai fazer a noite toda? — Quando os olhos dele arregalaram em choque, ela disse: — Tô brincando! Não tem como ficar mais incrível!

Ela analisou a variedade de guloseimas que tinha alinhado sobre a mesa.

— Por onde começo? Vou comer você — selecionou os bolinhos. — E você. — Um saco de Tangfastics. — Você. — Uma caixa de bombons Lindt. — E você, óbvio. — Ela apontou para Ferdia. — Vamos.

De volta para a cama, sentados e comendo, Ferdia disse:

— Me conta por que você trabalha com cenografia.

— Eu adoraria! Haha! Mas acho que estou muito elétrica por causa de todo esse açúcar e carboidrato.

— *Nah*. É só porque está comigo.

Ferdia estava brincando, mas sentiu uma pontada de medo ao pensar que ele poderia ter razão. Nell estava ridiculamente feliz.

— Então, eu tento criar sensações: o cenário tem que transmitir a emoção da peça. Costuma rolar uma série de desafios, e eu tento criar soluções criativas. Algumas não funcionam, em outras, tenho que ceder, geralmente, por causa de dinheiro. Às vezes, por causa da lei de saúde e segurança no trabalho. É frustrante. Mas, na noite de estreia, quando vejo o que projetei e construí se tornando parte do todo, dando apoio à peça, me sinto... — Percebeu a forma como Ferdia a olhava e ficou imediatamente tímida. — Orgulhosa. Enfim! Me conta como estão indo as suas coisas.

— Te conto depois.

— Depois de quê?

— Depois que você tirar seu pijama.

— Me mostra o que *você* tem a oferecer primeiro.

Ele deu de ombros e abriu o primeiro botão da calça. O início da ereção dele apareceu.

— Essa foi *rápida* — disse ela.

Ele revirou os olhos.

— Está aqui já faz, tipo, quarenta minutos.

Ela riu de prazer.

— Bem, não vamos deixá-la esperando mais.

— A gente precisa ter certeza de que você está pronta.

— Ah, eu estou pronta.

— Ééé, não tenho certeza disso.

— Eu estou...

Ele enrolou as mãos no cabelo dela e a beijou. Ela tentou afastá-lo e ir direto ao ponto, mas, ao pé do ouvido dela, ele falou:

— Espera um pouco.

Ela quase gritou.

— Você está pronto há quarenta minutos! Eu quero agora!

Mas ele não ia fazer o que ela pediu. Por mais delicado que o toque dele fosse, aquilo também estava agoniante. Ele brincava com as expectativas dela, às vezes, a penetrava um pouco, mas sempre tirava.

Quando, depois de muito tempo prolongando e adiando o prazer, ele, finalmente, a preencheu, ela pensou que fosse morrer com a intensidade daquela sensação.

— Te avisei — rosnou ele como um animal na orelha dela. — Sou um homem.

Quarta-feira

Ed estava na cozinha de Liam, passando manteiga na torrada, quando ouviu alguém abrir a porta.

Era Johnny.

— São sete e meia da manhã — disse Ed. — Seu baladeiro safado. Quer café?

— Não. Estou de boa. — Johnny sumiu, em direção ao quarto de Violet, e Ed o seguiu. Ele estava tirando seus carregadores da tomada e os atirando dentro da mala.

— O que está acontecendo? — perguntou Ed.

Johnny puxou três camisas do guarda-roupa e as jogou na mala também.

— Estou perdoado. Vou embora daqui. — Ele abriu um sorriso enorme. — Vou pra casa ficar com a minha esposa.

— Boa.

— Algo que você devia fazer também.

— Para.

— É sério. Tome juízo. Volte pra casa, pra sua esposa.

Ed ficou quieto. Johnny não entendia. Quase ninguém entendia.

Além dele, a única pessoa que entendia era Cara.

Ed não ia para casa ficar com a sua esposa. Nem hoje. Nem amanhã. Nem nunca.

— Ferdia, preciso ir embora em uma hora, mais ou menos.

Um ar de tristeza passou rapidamente pelo rosto dele, mas depois ele sorriu.

— Vamos tomar um banho de banheira.

Bem no topo da casa, uma grande banheira tinha vista para as ondas.

— Olha o mar — exclamou ela. — É tão sóbrio que chega a ser fabuloso.

— É como se tivesse rancor da gente.

Dentro da banheira, ela se apoiou nele, as costas dela no peito dele, assistindo às incansáveis mudanças e curvas da maré. O clima ficou sombrio.

— Essa vai ser nossa única vez juntos mesmo? — perguntou Ferdia.

— Vai. Estou repetitiva, mas preciso pôr minha cabeça no lugar. Fiz coisas que não aprovo. E não quero fazê-las de novo. Ficar solteira por um bom tempo é o certo a fazer. Tipo, é necessário. Mas estar com você... tem sido incrível. Obrigada.

— Nell, se quiser, posso te esperar.

Isso estava partindo o coração dela de certa forma.

— Um dia, quando tiver, tipo, quarenta e sete anos e tiver vivido várias outras experiências, talvez se lembre vagamente disso. Mesma coisa comigo. A lembrança vai ser feliz. Mas pequena. Como pedrinhas preciosas bem brilhantes no mosaico de nossas vidas. É isso que somos um pro outro.

Ele assentiu em silêncio, seu queixo tocando o topo da cabeça dela.

— No meu mosaico, você pode ser uma obsidiana — disse ela. — É uma pedra escura, quase preta.

— E qual você é? Me fala uma que seja rara e linda. Meio dourada.

— Citrino? Olho de tigre?

— Olho de tigre. Gostei de como soa.

Após mais silêncio, ele falou:

— Então, quando você entrar no trem, a gente bloqueia o número um do outro, contatos, tudo?

— Sim.

Na pequena estação, ventava muito e a espera para se despedir era horrível.

— Ferd? É melhor se não esperar pelo trem comigo.

— Devo ir então?

— É que... Essa coisa toda de dar tchau de longe? É meio Segunda Guerra Mundial.

— Entendi.

— Tchau — disse ela. — Obrigada. Você é... Você sabe... Ótimo.

— E você é incrível pra caralho.

— Mas prometa que não vai "esperar" por mim.

— Não vou esperar por você. — Ele estava conformado, ela notou. Isso era bom. — Pedrinhas preciosas brilhantes?

— Isso. Pedrinhas preciosas brilhantes.

Oito meses depois

Era um fim de tarde ensolarado de junho, e algumas crianças jogavam futebol na grama. Enquanto Ed se aproximava da casa onde morava em sua bicicleta, avistou Vinnie correndo a toda velocidade em direção à bola.

E era *Cara* ali? Arrancando a grama com seus chutes, bem atrás de Vinnie.

Nossa, *era* ela.

Fazia um bom tempo que não a via tão leve.

Isso era... ótimo?

Desde que se mudou, ambos mantiveram a promessa de coparentalidade civilizada. O único contato entre eles era uma série de encontros breves e dolorosos, sempre relacionados a Vinnie e Tom. Os meninos ficavam com Ed em finais de semanas alternados. Atualmente, ele estava morando em um pequeno trailer, em um canto do quintal enorme de Johnny. Era uma solução nada ortodoxa para seu problema habitacional, mas não pagava quase nada, e as crianças — sendo crianças — adoravam.

No dia a dia — trabalho, dinheiro, filhos —, ele e Cara estavam dando conta.

Duas noites por semana, Cara participava de um grupo de apoio do hospital, e Ed olhava os meninos nesses dias. Mas ele costumava evitá-la. Era doloroso demais.

Em noites como essa, quando ela saía, passava rapidamente por ele no corredor, com um sorriso rápido e nervoso. Quando, duas horas depois, ela chegava em casa, eles trocavam outro sorriso sem jeito. E então ele metia o pé.

Ed nunca fazia perguntas sobre o tratamento dela. O que Cara fazia ou deixava de fazer era só da conta dela. Por mais duro que soasse, ele não tinha nada a ver com isso.

Dentro da casa, Tom estava à mesa da cozinha, lendo um livro grande de capa dura.

— Oi, pai — disse ele. — Chegou a *ver* a mamãe lá fora? Futebol? Sinto que não a conheço mais.

Ed conseguiu dar uma risada.

— Ed! — Cara entrou aos tropeços pela porta. — Ed?

— Cozinha.

— Me *perdoe.* — Ela estava radiante. Vibrante. — Perdi a noção do tempo lá fora.

Mudo, ele assentiu. Esse era o maior contato visual que tinham feito em meses.

— Uma ducha — disse ela. — E caio fora. — Então, ela franziu a testa. — Está tudo bem?

Ele forçou um sorriso.

— Claro. Tudo ótimo.

— Tá bem. — Ela subiu a escada correndo. Dez minutos depois, a porta da casa bateu atrás dela e Cara já tinha ido.

Ed acendeu o forno para preparar o jantar dos meninos. Suas mãos tremiam um pouco.

Não tinha mais nada entre ele e Cara. Acabou, e ele sabia disso.

Nos últimos oito meses, ele se arrastava pelos dias, fazendo o que precisava ser feito. Davam a ele uma tarefa, e ele fazia. Diziam a ele para aparecer em certo lugar a certa hora, e ele aparecia. Mas seu futuro era uma vastidão em branco.

Nunca se perguntou se encontraria outra pessoa. Também não tinha esperanças, nem aquelas que ficam escondidas bem lá no fundo do coração, de que, um dia, Cara ficaria boa o suficiente para que pudessem voltar. A vida se tratava apenas de sobreviver aos poucos.

Mas ter visto Cara tão feliz estilhaçou todos os muros que ele tinha construído ao redor de seus sentimentos.

Ele percebeu agora que *estava* esperando por ela.

E se sentiu *preenchido* pela perda.

Cara estava melhorando. Isso era óbvio.

Parecia que ela estava trilhando um caminho diferente, prestes a desbloquear uma fase melhor de sua vida. Como ele poderia ser contra isso?

Enquanto servia mecanicamente as batatas fritas e os nuggets Quorn, Ed morria uma morte silenciosa.

As pessoas pensavam que Cara era fraca, ainda mais depois do colapso dramático dela. Que era ele quem tomava conta do relacionamento deles. Mas estavam erradas. A forte ali era Cara, a única pessoa que fez com que ele se sentisse seguro em toda sua vida. Quatorze anos atrás, tinha prometido para ele:

— Estou aqui. Você está seguro.

Ele precisou disso na época.

Ele ainda precisava disso.

Em uma sala vazia, nove pessoas estavam sentadas em um círculo, em cadeiras sem apoio para os braços.

Peggy era a mediadora da noite. Ela começou pedindo pela contribuição de Serena, uma novata, que teve a fala seguida por um homem chamado Trevor.

Quando ele terminou, Peggy perguntou:

— Como vão as coisas com você, Cara?

— Aaah. Hoje, joguei futebol com Vinnie. Ele se saiu muito melhor que eu, mas me sinto tão livre no meu corpo... — Para sua surpresa, lágrimas começaram a escorrer de seus olhos. — É novo. Bom. Algo que achei que nunca mais fosse sentir.

— Então por que as lágrimas?

— Não sei...

Peggy aguardou. Ninguém se atreveu a tossir ou a se mexer em suas cadeiras. O silêncio duraria até que Cara encontrasse a própria verdade.

Por fim, ela falou:

— Acho que estou me tornando uma versão melhor da pessoa que eu era. E me parte o coração porque Ed está perdendo essa parte. — Ela pausou. — Ele merecia ter o melhor de mim. Eu o amo. Sinto que sempre vou amá-lo. E ele não vai voltar.

Peggy continuou calada.

Depois de uma pausa, interrompida por fungadas trêmulas, Cara disse:

— Queria que a gente recebesse um certificado aqui, assinado por você, Peggy. "Cara Casey está curada." Assim, ele teria uma prova de que é seguro ficarmos juntos. — Ela riu no meio das lágrimas. — Não funciona assim, eu sei.

O aceno de cabeça de Peggy disse: "Pode continuar."

— O tempo está passando rápido demais. Eu tinha esperanças de que, depois de alguns meses, ele veria que estou comprometida com isso.

Mas já faz oito meses. Acho que minha ficha está caindo de que isso é permanente.

— Como acha que está se saindo? — indagou Peggy. — No geral?

— Provavelmente, vai discordar, mas acho que estou me saindo bem. Não comi compulsivamente desde o aniversário de cinquenta anos de Jessie. Não falto a uma consulta semanal com você há oito meses. Vim a todas as reuniões do grupo, menos quando Vinnie quebrou o tornozelo em janeiro. Sigo tanto meu planejamento alimentar que ele parece parte de mim agora. Não entro mais em pânico se eu tiver que sair para comer. No começo, sentia... como se não existisse felicidade em comer...

— E agora? — Peggy estava interessada.

— Me acostumei. Me acostumei com a monotonia que é comer. Sem altas emoções. Sem vergonha. São apenas minhas refeições. Tenho sorte de tê-las, mas não são meu... — Ela procurou pela palavra certa — Meu entretenimento. Não mais.

— O que *você* pensaria se outra pessoa do grupo dissesse o que você acabou de dizer?

Cara ficou desconfiada.

— Pensaria que essa pessoa aprendeu muita coisa... Que chegou em uma etapa muito boa.

— Boa o suficiente para reatar um casamento?

— Acho que sim. — Depois, com mais convicção: — Sim.

Qualquer esperança que tinha foi arruinada quando Peggy perguntou:

— Boa o suficiente para sobreviver ao fim de um casamento?

Cara apertou os olhos com as mãos.

— Meu Deus — sussurrou ela. — Sim. Eu acho. Vai ser difícil pra cacete, mas sim.

Peggy sorriu.

— Isso aí. Independentemente do que aconteça, você vai ficar bem.

Ed ouviu Cara gritar:

— Cheguei!

Essa era a deixa dele para pegar suas coisas e sumir de lá.

Em vez disso, ele foi até a entrada da casa, bloqueando a passagem dela até as escadas.

— Cara — ele apontou para a sala —, podemos conversar?

Ela o seguiu.

— Sobre o quê?

Ele se sentou em uma poltrona.

— Sobre como você está.

Cautelosa, ela se sentou de frente para ele.

— Estou indo bem. Fazendo tudo certo. Até Peggy disse.

— Você parecia feliz. Mais cedo. Jogando futebol.

— Acho que... sim. Me senti feliz no meu corpo. Livre.

— *Livre*? — Talvez já fosse tarde demais.

— Ed. O que está acontecendo? — Ela engoliu em seco. — Está na hora de oficializar isso? Nossa separação? Tipo, da gente se divorciar?

— É isso que você quer?

— Foi você que foi embora. — E então: — Me desculpe. Se é o que você quer, então tudo bem.

Ele decidiu arriscar.

— Não, Cara, não é isso que eu quero.

Os olhos dela voaram de um lado para o outro.

— Olha... eu quero voltar pra casa. Ficar com você. Ficar com os meninos, mas, principalmente, com você. Se não quiser, vou aceitar, mas...

— Para. — Ela estava em choque. — Espera. Está falando sério?

— Totalmente.

— Porque não aguentaria se você estivesse...

— Estou falando sério.

— Então sim. Volte.

— Sério?

— Sério.

O alívio foi tanto que ele começou a chorar. Ela estava ali, sentando em seu no colo.

Ele afundou o rosto no pescoço dela.

— Faz duzentos e quarenta e sete dias que não te toco. — Ele soltou uma gargalhada. — Não que eu estivesse contando. Senti tanto medo sem você.

— Não precisa ficar com medo — disse ela.

— Fala — disse ele. — Faz a minha vontade.

— Mas estou falando sério.

— Então vai. Fala. Preciso ouvir.

— Estou aqui. Você está seguro.

AGRADECIMENTOS

É preciso uma aldeia inteira, como costumam dizer, e sou imensamente grata a tantas pessoas!

Preciso dizer que o Hotel Lough Lein foi *inspirado* no encantadooooor Hotel Europe, em Kerry, onde passei Páscoas muito felizes com meus sobrinhos e sobrinhas. Mas tem suas diferenças. Por exemplo: não existe uma casa do lago no Hotel Europe para "os jovens" se encontrarem de madrugada e aprontarem.

Os outros hotéis (O Ardglass e Gulban Manor) também são invenções, bem como o Festival Harvest e as cidades de Beltibbet e Errislannan, e tomei grande liberdade com a localização do Lago Dan.

Maiores liberdades foram tomadas com a data do show das Spice Girls em Dublin. Com o show do Fleet Foxes também. Espero que vocês não se importem.

Várias pessoas, de maneira muito generosa, me ajudaram com todo tipo de pesquisa: Lian Bell, Richard Chambers, Suzanne Curley, Monica Frawley, Ema Keyes, Luka Keyes, Vicky Landers, Petra Hjortsberg, Jimmy Martin, Ann McCarrick, Judy McLoughlin, Fergal McLoughlin, Brian Murphy, Aoife Murray, Stephen Crosby e Rachel Wright. Um agradecimento especial a Louise O'Neill. Sou imensamente grata a todos eles.

A deusa Nigella Lawson me ajudou com algumas traduções do italiano. Além disso, meus amigos do Twitter se disponibilizaram para me ajudar com todos os tipos de dúvidas (geralmente, questões médicas). Agradeço por todas as informações que recebi e quaisquer erros ou imprecisões são responsabilidade minha.

Uma das melhores maneiras que alguém pode ajudar é ler o livro enquanto escrevo e oferecer *insights*, incentivos e opiniões. Tenho uma dívida eterna com Jenny Boland, Cathy Kelly, Caitriona Keyes, Rita-Anne Keyes, Mamãe Keyes, Louise O'Neill (de novo) e Eileen Prendergast.

Kate Beaufoy merece um agradecimento do tamanho de *Guerra e Paz* — ela leu o manuscrito de diversas maneiras, aproximadamente, um milhão de vezes e me manteve na linha com sugestões, um apoio incansável e, uma ou duas vezes, um bom esporro!

Você deve ter visto o termo "Provisão Direta" mencionado no livro. Ele se refere à forma como o governo irlandês trata as pessoas que pedem refúgio no país, pessoas que fugiram de guerras ou de traumas em seu país de origem. Enquanto aguardam seu pedido de refúgio ser processado, são sustentadas "diretamente", visto que sua comida e abrigo são fornecidos em um dos trinta e seis centros espalhados pela Irlanda.

Suas vidas estão sujeitas a uma variedade de restrições e humilhações, que vão de inelegibilidade para trabalhar, não poder cozinhar a própria comida, compartilhar o espaço onde dormem com pessoas de diferentes países e culturas até não ter permissão de receber visitas. Muitos refugiados vivem assim por muitos anos.

É uma forma terrível de tratar pessoas que já estão traumatizadas, e desconfio de que, um dia, a Irlanda vai sentir muita vergonha por ter permitido que isso acontecesse.

O livro também toca na questão da pobreza menstrual. Obviamente, é algo que afeta quem está na Provisão Direta, mas também muitas outras pessoas. Agradeço a Claire Hunt, da ONG Homeless Period Ireland, que faz um ótimo trabalho na área. (E, claro, a todos que trabalham para tornar os produtos de higiene íntima acessível para todos.)

A minha editora visionária, Louise Moore, que me apoia desde o primeiro dia. Como escritora, tive uma sorte incomum por ter uma pessoa tão incrível me incentivando, me apoiando e me promovendo. Ela me dá todo o tempo necessário até eu achar que meu livro "chegou lá". Não existem palavras suficientes no universo para a minha gratidão.

Da mesma forma, ao meu agente maravilhoso, Jonathan Lloyd, que sempre esteve disposto a me defender e amparar. Louise, Jonathan e eu trabalhamos juntos há mais de vinte e três anos, e devo a eles minha carreira.

Também expresso minha enorme gratidão para cada pessoa na Michael Joseph: a equipe de vendas, a equipe de marketing, a equipe editorial, a equipe de design. Todos trabalham muito duro e com muita criatividade para levar meus livros ao mundo, e gostaria de estender um agradecimento especial a Liz Smith, Clare Parker e Claire Bush.

Igualmente, obrigada a todos da Curtis Brown — Direitos Autorais, Filme e Áudio. Sou imensamente grata.

O que seria de mim sem a adorável Annabel Robinson, da FMCM, que gerencia minha publicidade no Reino Unido?

Ou sem a poderosa Cliona Lewis, que toma conta da minha publicidade na Irlanda? A PRH Ireland publica meus livros com muita energia e paixão, e é impressionante aonde sua equipe de vendas, de Brian Walker e de Carrie Anderson, consegue chegar.

Obrigada, Gemma Correll, por criar uma capa tão linda.

Este é meu décimo quarto romance, e ofereço meus mais profundos e sinceros agradecimentos a vocês, meus leitores, por sua confiança e lealdade. É uma grande honra ter pessoas na minha vida que acreditam que vou escrever um livro do qual vão gostar. *Nunca* deixarei de valorizar isso.

A pessoa a quem mais sou grata é meu marido. Ele me apoia e me incentiva incansavelmente, nunca deixa que eu me diminua e confia de olhos fechados no meu trabalho, mesmo quando eu mesma não confio. Não sei o que fiz para ter tanta sorte.

(Devo mencionar que, graças à menopausa, minha memória está um lixo. Se tiver alguém que deveria estar nesta lista e não está, por favor, aceite minhas desculpas descaradas.)

Impresso no Brasil pelo
Sistema Cameron da Divisão Gráfica da
DISTRIBUIDORA RECORD DE SERVIÇOS DE IMPRENSA S.A.
Rua Argentina, 171 – Rio de Janeiro, RJ – 20921-380 – Tel.: (21) 2585-2000